경희대 인문학연구소
고전명작 이본총서

춘향전 전집 7

김진영 · 김현주 · 차충환 · 조영식 · 김희찬 편저

도서
출판 박이정

머리말

춘향전 전집 1~6권이 나온 지 근 이년만에 7·8·9권이 나오게 되었다. 그동안 춘향전 팀이 보여준 각고의 인내와 노력은 눈물겨운 것이었다. 특히 구성원들이 교체도 되고 새로 짜여지기도 하는 가운데 수차례 이루어져야 하는 교정의 어려움 때문에 모두가 춘향전의 어구에 관한 한 박사가 되어야만 했다. 교정을 맡은 사람이 교정지를 받는 순간부터 교정에 들어갈 수 있는 것은 아니다. 먼저 대체적인 춘향전의 내용을 숙지하여야 하고, 다음에는 춘향전의 표현을 알기 위해 여러 춘향전들을 읽어야 했다. 그래서 대체로 내용과 표현에 익숙해진 다음에야 교정에 임할 수 있었기 때문에 한 차례의 교정에 걸리는 시간이 길게는 몇개월은 되었던 것이다.

우리의 이 이본 전집 작업의 생명은 정심한 읽기에 달려있기에 시간이 좀 지체되는 것은 문제가 될 수 없었다. 한두 번의 교정으로는 만족할 수 없어 최소한 다섯 번 내지 여섯 번의 교정을 실행하였다. 여러 사람이 보다보니까 잘못 읽은 곳이 계속해서 발견되고 그래서 더 나은 상태로 교정될 수 있있음은 물론이다. 그러나 그 과정에서 어떤 사람은 시력이 나빠져 작은 활자만 보변 눈물이 나오기도 했고, 근시와 원시를 욌다갔다 하는 사태를 경험하기도 했다. 그래서 많은 사람들에게 폐만 끼치는 게 아닌가 하는 생각이 들 때도 한두 번이 아니었다. 그럴 때면 우리는 누군가 언젠가는 우리 문화 유산을 정리하는 이 작업을 해야만 한다는 처음의 정신을 되돌이켜 보면서 의지를 다잡곤 했다.

아직도 춘향전 이본들은 그 전체의 모습을 드러내지 않고 있다. 어딘가에서 잠자고 있는 이본들이 분명히 있을 것이고, 돈을 따라 유랑을 계속하는 이본들도 있을 것이다. 또 연창본들은 앞으로도 계속해서 생성될 것이다. 안타까운 것은 자기의 존재를 드러내지 못하고 유랑하고 있는 이본들이 지금도 존재한다는 사실이다. 얼마전 우리는 '제6회 서울 고서전'에서 하나의 특이한 춘향전 필사본을 발견하고 흥분했었다. 그것은 '정렬기별춘향가'라는 표제를 달고 있었고, 4권으로 구성되어 있었는데, 날씬한 필체로 기존의 춘향전과는 사뭇 다른 이야기와 표현 방식을 보여주고 있었다. 마치 남원고사의 작자가 그랬던 것처럼 만물상 같은 지식과 자유분방한 사고력을 지닌 사람의 소작인 듯했다. 그러나 우리는 불행하게도 눈으로만 잠깐 볼 수 있었을 뿐 그 필사본은 큰 돈을 낼 수 있는 주인을 기다리고 있는 처지였다. 우리가 할 수 있는 일이란 그 필사본이 주인을 잘 만나 빨리 공개될 수 있기를 마음 속으로 비는 것이 고작이었다. 거기에는 그 외에도 '옥단춘향전'이니 '남원방춘'이니 '성춘향전'이니 하는 몇 가지 새로운 춘향전 필사본도 볼 수 있었다. 책주인은 그것들을 낱권으로는 팔지 않고 완질로 사는 사람에게 모두 팔 생각이라 했다. 앞으로 주인이 누가 되느냐에 따라서는 그것들이 조만간 공개될 수도 있고, 아니면 영원히 공개되지 않을 수도 있을 것이다.

　춘향전 전집 7권에는 나손 김동욱 선생님께서 소장하셨던 필사본 9개를 실었고, 춘향전 전집 8권에는 사재동 선생님께서 소장하고 계신 필사본 8개를 실었으며, 춘향전 전집 9권에는 박순호 선생님께서 소장하고 계시는 필사본 8개를 실었다. 그런데 박순호 선생님의 필사본은 이것이 모두가 아니기 때문에 나머지는 전집 10권에 계속해서 수록될 것이다. 귀중한 이본들을 이 책에 수록할 수 있도록 협조해주신 나손문고 관계자 여러분들과, 특히 우리 전집 작업에 처음부터 관심을 갖고 도와주고 계신 단국대 홍윤표 교수님께 감사드린다. 또한 소장본들의 전재를 흔쾌하게 허락해주시고 각종 문의에 성심껏 응해주신 사재동 교수님과 박순호 교수님께도 감사의 말씀을 올린다. 특히 사재동 교수 소장본의 작업에는 선생님의 자제분을 직접 참여하게 하여 작업의 보람을 배가할 수 있었다. 어려운 형편인데도 출판을 계속 맡아주고 있는 도서출판 박이정에도 거듭 고마운 마음을 전한다.

1999년 5월말 경희캠퍼스에서

김진영 · 김현주

일 러 두 기

1) 〈춘향전 전집〉 7권은 나손 김동욱 선생님께서 소장하셨던 필사본 이본 9개를 수록하였다. 그것은 나손본 필사본고소설자료총서에 실려 있는 다섯 개 이본과 단국대학교 나손문고에 소장되어 있는 네 개 이본으로 구성되어 있다. 나손 선생님의 별세 후 소장본 전체가 단국대 나손문고에 기증되었으므로 여기 실린 9개 이본 전체는 현재 모두 나손문고에 있다.

2) 원문 상태 그대로 옮기되 띄어쓰기만 했다. 띄어쓰기는 현대 정서법상의 띄어쓰기를 원칙으로 하였다. 그리고 장수(張數) 개념을 적용하여 장수를 표기하였다. 예컨대 〈23-앞〉, 〈23-뒤〉 등으로 매장이 시작될 때 밝혀주었다.

3) 원본이 오자나 탈자 상태일 경우라도 전혀 수정 가감하지 않고 그대로 놓아두어 필사본 자료로서의 가치를 그대로 보존하고자 하였다. 그리고 판독이 불가능한 글자에 대해서는 ○○○○○ 표시로 복자 처리를 하되, 자수도 맞춰보려고 하였다.

4) 새로운 이본이 시작될 때마다 이본의 서지사항과 내용상의 특성 등에 대해 간략히 소개했으며, 대상본의 소재처를 밝혔다.

5) 각 이본의 명칭은 소장처 또는 소장자의 이름과 작품 표제명, 그리고 장수를 가지고 붙였다. 예를 들어 '김동욱 소장 48장본 옥중화'이다. 낙장본일 경우에는 전체 장수를 세어 괄호 안에 표기함을 원칙으로 하였다. 예를 들어 '김동욱 소장 춘향전 (낙장 70장본)'이다.

차 례

간필체가 거칠은 난필이고 글씨 크기도 한결같지 않지만 읽기에는 어렵지 않다. 장수 앞에 1장, 2장 하면서 한자로 장수 표시를 하였다. 손이 잡히는 아랫부분을 둥그렇게 공란으로 남겨둔 것을 보면 세책방 용으로 필사된 것이 아닌가 싶다. 가끔 한문을 섞어 썼는데, 우리식 이두체가 섞여 있다. 간기는 없다. 방자가 그네타는 춘향에게 가 소리를 질러 부르니 춘향이가 깜짝 놀라 "이 발길 놈아! 생침을 맞느냐, 경풍(驚風)을 하느냐!" 하자 방자가 "옳다, 옳다. 안다, 경풍(京風)은 서울 바람이라, 네가 인사를 곧 버렸다……"라고 하는 동음이의(同音異義)를 활용한 대꾸가 이채롭다. 춘향이는 이도령의 부름을 거절하고 "탈나고 안나기는 네 수단에 달렸으니 잘 여쭈어 탈없이 하여 달라"고 했으나 방자는 돌아가 이도령에게 "금야 황혼에 제 집으로 행차하시면 좋을 줄로 대답하더라"고 제 의사대로 꾸며댄다. 이도령의 보고지고 소리에 이사또가 놀라 통인을 통해 염문하니 이도령은 방자가 그리했다고 여쭈라고 한다. 그러자 옆에서 방자가 항의하고 결국 이도령이 상방에 올라가 거짓말을 한다. 천자문 타령의 내용도 특이하다. "상사하던 우리 낭군 만나보게 하여주오 비나니다 하늘 천, 흉중에 불이 나니 두 주먹을 불끈 쥐고 탕탕 두드려 따 지, 약수삼천 가렸던가 청조새가 끊쳤으니 소식조차 가물 현 ……" 이도령의 이름이 '春得'으로 나오기도 하고, 몽룡으로 나오기도 한다. 춘향이 신관사또의 수정을 거절하사 신관사또는 책방의 문생원을 불러내 춘향을 설득해주기를 바라나 문생원은 오히려 바른말을 하여 신관사또의 의도에 역행하는 장면이 재미있게 꾸며져 있다. 농부가 중에 "구관 사또 자제 이두령이 암행어사 났단다"라는 구절이 있다. 이도령이 춘향이 초분에서 울고 상제들한테 쫓겨나는 장면이 장자백 창본처럼 되어 있다. 남원을 내려오던 이도령이 도중에 어떤 일미인이 나타나 첩을 구해달라는 꿈을 꾸고 허급하게 내려온다는 화소가 있다.

춘향이 꿈을 해몽하려 봉사를 옥중에 불러 봉사가 축문을 외는 장면에서 낙장되었다.

대상본 소재처 : 나손본 필사본고소설자료총서 73권, 보경문화사, 1994
(원본은 나손문고)

김동욱 소장 춘향전 (낙장 70장본)

〈1-앞〉

숙종디왕 즉위 초의 국티민안하고 시화연풍이라 조정의난 츙신이요 여염
의난 효즈 열여료다 百姓而 擊壤歌乙 일슘을 제 잇 쩌의 三川洞 리할임니
落点하여 南原府使 나려갈 제 빅셩의계 善治하고 거리거리 목비로다 南原
使道가 자졔 한 분을 두워씨되 平生의 마음이 허량하여 놀기을 조워하여
房子 불너 뭇는 마리 네 골 경체 어디민야 방즈 이른 마리 글익난 도련임
이 경체 차져 무워하실야오 네가 무식하다 第一江山 곳곳마다 풍경이 다
흐리로

〈1-뒤〉

다 놀만한 경체 일너다고 방즈 엿즈오디 平壤 연광전과 晉州 촉셜누 울진
은 망형전 삼젹 듁셜누 잉양 낙션사 그건 니 부득 쾌론이요 南原 廣活樓
가 南方의 졔일 경체로 치난이다 그름 애 광할누 귀경가즈 방즈계 분부하
되 나귀 안즁 찰이라 나귀 안즈 지을 젹의 셔손나귀 솔질 솰솰 가진 안즁
지을 젹의 홍연즈가 산호편의 오광금션 황굴노의 쥬먹승모 덤벅 다라 압
뒤 결쳐 즈바미고 호피도듬 티가 난다 도련임 치예 볼죽시면 신슈조흔 얼
골 분셰슈

〈2-앞〉

정이 하고 감틱 갓튼 치머리 용의소로 솰솰 빗계 희남을 만니 발나 궁초 딩긔 셔광물여 밋씨잇씨 줍미고 가지 안쥬 조흔 슐을 쳔은벙의 가득 너어 나귀 등의 는짓 실고 범능당 쇄금션을 황학의 나리 갓치 좌르륵 펼쳐 일광을 갈이오고 삼문 박 딕상의 호호거려 나간다 부하의 나난 틱졀 광풍 좃차 펄펄 위졀 조흔 도화식의 거름거름 힝글업다 위졀 조흔 젹토마도 예셔 드할손야 도련임 셔부령 셥젹 건넌 틱도 만셩견즈슈불이요 흔늘 겨려 견너가 광할누 다다

〈2-뒤〉

너셔 나귀 노와 풀 쓱기고 樓閣 노피 올나 셔판글을 살펴보니 그 글의 하여시되 오초난 동남틱이요 건곤은 일야부라 아양누의 일너잇고 경쳐 조흔 풍경는 등왕각의 일너잇고 綠水靑山 졉졉손은 연광정 일너잇고 요쳔슈 나린 물은 오죽교 흘너신니 광활누의 경이로다 廣活樓 경쳐 보니 烏鵲橋 分明하니 牽牛 織女 읍실손야 牽牛星 니가 될연이와 織女星은 뉘가 되고 오날날 화임즁의 삼싱연분 만나볼가 통인야 슐 부어라 고강츄쥬일일취 승하동낙 광계할야

〈3-앞〉

가진 안쥬 조흔 슐을 도련임이 취토록 먹은 후의 취흥이 도도하여 雲淡風輕近午天의 두로두로 근일면셔 南方을 살펴보니 쥬른취기불승츈이요 쳡쳡 츙영상딕기라 압푸로난 영쥬손이요 뒤로난 물능도화 흔 빅즈 불글 홍즈 가지가지 꼿치 피고 불글 단 풀을 쳥즈 송이송이 단청이라 유록황힝우졍 예난 봉니 방즁 영쥬손을 안하의 각가온 듯 물은 본시 銀河水요 景은 잠

간 玉景이라 玉景一時 分明하면 月宮항아 읍실손야 白白紅紅난만즁의 一
美人이 잇씨되 알음답고 슨명하여 男 홀여먹게 싱긴 여즈가 츈흥을 못이
긔여

<h3 align="center">〈3-뒤〉</h3>

츄쳔할야 할 졔 장장치셩 근이쥴을 요요송지 고빅쳑의 홰홰친친 감아미고
빅티션여 고혼 티도 몸을 졍이 할여 할 졔 회식왜단 졉져고리 진안궁초
졉치마을 활활 버셔 썰어걸고 빅져포 깃긔젹삼 몸의 맛기 지여 입고 玉手
을 볏듯 드려 양 근이쥴을 갈나 잡고 션듯 올나 안져 발을 구를 졔 한 번
굴너 뒤도 놉고 두 번 굴너 압도 놉다 슐입반공의 죵자리 쩐듯 셕양강쳔
졔비 쓰덧 압도 놉고 뒤도 놉다 난만도화 느려진 가지가지 톡톡 찬니 송
송니 미친 꼿션 둥둥 썰어졔 츈풍취송낙홍셜니요 금능졔빅셜은닉의 금상
빗난 의복 복공즁포할 졔

<h3 align="center">〈4-앞〉</h3>

압픠 찬 옥픠난 바람길의 벗듯 쌔져 흘으난 반셕상의 징긔랑 징긔랑 소리
호고 이리 가고 졀이 가고 오락가락하난 티도난 낙포션여 구름 타고 광한
젼의 힝하난 듯 무산션여 쳥학 타고 요지여의 힝하난 듯 만고일식 네로고
나 삭탈셔시 니로고나 이바호녀 네로고나 즁부셩셩 니로고나 단슌호치 발
근 티도 구름 속의 명월인 듯 함고한티졍비일은 우하등션 이 안녀야 셕고
셩이 안일진디 이소져가 여긔 오며 이화졍이 안일션니 슉낭즈가 여긔 오
라 속으로 탄복하고 통인 불너 뭇난 말니 져 근너 슈양 속의 오락가락하
난 거시 무워시야 통인이 의몽하여

〈4-뒤〉

오락가락ᄒ면 밧가난 소말이요 어 그 ᄌ식 문동답셔라고 져 근너 져 근너
슈양 속의 익무 공ᄌ 나랴들고 네구분 충송 녹죽 츄천하난가부다 ᄌ셔이
보고 일너다고 예 이졔 보아소 츈향이가 츄천을 하난가 보오 여염 아희가
안니요 도련임도 알 듯 하올이다 그 젼의 使道계셔 삼지비라 불으실디 유
긔라 불우던 月梅 ᄯᆯ 츈향이로소이다 애 그려하면 덕욱 조쿠나 불너라 통
인이 엿ᄌ오디 졔 비록 기싱이나 십셰젼의 글을 비와 경셔을 능이 알고
예힝이 불명튼니 십셰 너문 후로 몃쳐하고 츌입 ᄯᆣ코 紡績만 일숨아 南方
의 유명ᄒ고

〈5-앞〉

여모졍열 지푼 ᄯᅳᆺ젼 ᄲᅦ실 긔리 읍ᄉ온니 그른 줄노 아옵시고 져을 불너
보옵소셔 네 말이 반듯ᄒ면 요조슝여 졔가 되며 니 말을 슌종하면 군ᄌ호
귀 될니로다 눈치잇게 불너오라 방ᄌ 보니신다 그리하라 방ᄌ 근너갈 졔
조약돌도 놉피 드려 유상잉비 훨훨 버들입도 쥴룩룩 훌터 구곡창파 혼날
이며 귀비귀비 도라가셔 츄쳔한난 압픠 셕 나셔 볘안간의 소리을 지르니
츈향이 ᄶᆞᆷ짝 놀니여 이 발길놈아 싱침을 맛난야 경풍을 하난야 올타 올타
안다 경풍은 셔울바람이라 네가 인ᄉ을 곳 발엿다 근이을 ᄶᅮ라거던 후원
단중

〈5-뒤〉

돌이지와 낙낙중송 만큰만은 구틔야 변화이목니 원 일야 칙방 도련임니
너을 보고 디혹하야 불너오라 분부을 ᄒ니 어셔 밧비 근너 가ᄌ 무읫셜
엇ᄌ고 엇지여 왜 너드려 도련임계 아무 기싱 ᄯᆯ니요 일홈은 츈향이요 분

명 네가 그리하엿지 읍다 그리한 놈은 우리 고조할미 아반니 고손즈로다
그러나 몰나다 득인즈난 홍하고 실인즈난 망하난니라 옛말의 일너잇고 쏘
한 칙방 도려임은 남중호결이요 옥인에 기싱이라 졔셰안미지슐을 흉중의
가득하고 강유을 겸젼하여시니 구지부득이요 시호부지로다 잔

⟨6-앞⟩

말고 근느 가즈 가단니 어듸을 가 죽거도 못 가것다 애 너무 고집 말고
근녀 가셔 도련임과 연분되면 너도 일식 여즈로셔 그런 셔방임을 엇거되
면 평싱 한을 풀 거시요 쏘한 우리 도련임도 가문이 동촌 외가의 쳥츈 나
인즉 이팔 열골니 일식 글지죠도 잇고 글씨가 명필 밉씨가 흐르고 멋시
가득하야 속긔틱 진법이 북창문이라 그만하면 네 쩍인듸 마다난 일이 워
일이며 만일 네가 안니 가면 가졍하다 분을 니여 너 하나을 보량이면 호
중의계 분부을 하면 너 모친 불펑하고 네 구실 쩨기로 물찬 오번 못 셰우
이라

⟨6-뒤⟩

두말 말고 근녀 가즈 잇 쩨예 츈향이가 파급한 계집이 되야시면 당시 스
쏘 즈졔가 불읍시나듸 안니 갈 수가 인난야만은 파급한 리니 읍고 아즉
어린 아히로셔 슈신하난 마음이 압을 션니 갈 기리 젼히 읍다 방즈달여
하난 마리 닉 일을 네 아넌 비 문외 츌입읍넌 닉가 우연이 나와쏜가 도련
임 안목의 밋쳐씨나 변화한 광할누의 만일 한번 츌입하면 이만임계 쑤중
나고 양반 압희 힝동거지 슈문슈답 닉 몰은니 졔면젹고 북그업다 쑤중이
뒤예 잇셔 어만이가 당할망졍 나은 차마 못 가것짜 탈나고 안나기난 하인
슈단의 달여씬니 구

〈7-앞〉

번디로 잘 엿즈와 탈 읍시 하여다고 홍상자락 거더아고 자지당여 쌕쌕 쓸며 츄파로 오면하고 단정이 도라가난 양은 십오야 발근 달니 구름 속의 경기난 듯 가만가만 드려간니 방즈 근너 가서 도련임 노긔읍시 졔 어스디로 알외되 지가 말슴하읍긔을 광할누난 번화하오니 금야 황혼의 졔 집으로 힝츠하시면 조흘 줄노 졔우 디답하읍듸다 이도령이 츈향 안니온난듸 분이 디단하다가 방즈 말을 드려보니 도련임 얼인 마음 노긔가 발로 풀이며 그 일 가즁 잘 되여다 졔 속이 글은 줄 알어시면 부류 거시 후회가 난다 오날밤의 갈 터인니 츈향

〈7-뒤〉

집이 어디미야 방즈 손을 드러 져 근너 보읍시요 봉황디 날인 줄긔 디을시며 울을 삼고 동편은 송정이요 셔편은 즁임인디 후원의 초당 직고 초당 압픠 연못 파고 그 압픠 일광문은 취명으로 트러신니 빅운심쳐유인가라 즈셰의 보읍소셔 도련임 발아보고 조코나 春香의 집 송죽이 울밀하니 결향은 가지로다 히 다 간니 드러가즈 도련임 나귀 타고 策房으로 도라와 즘잔한 마음 읍셔지고 납듸난 품이 고초잠자리요 가부업기가 빅지즁이라 히가 질다 히가 질다 져 히가 어셔 지면 츈향의 집 가련마넌 南天浮雲은 奇峰도 장할씨고 黑雲이 만

〈8-앞〉

첩하면 히 안니 가도 져물구나 방즈야 春香이 의여쑨야 어셔 좀 보아씨면 가갑하여 나 죽거다 보고시푼 노리을 남 웃난 줄 몰우고 인스을 져바리난 듸 보고지고 보고지고 츈향 어셔 보고지고 익연한 고혼 티도 이져 잠간

보고지고 홍상ᄌ락 거더안고 가던 모양 보고지고 이고 이고 보고지고 이
고 이것 죽거고나 보고지고 소리을 엇지 되게 질너썬니 ᄉ쏘계셔 펑싱의
지무시다 외마듸 소리예 엇지 놀니여던지 일오너라 칙방의 범이 들어난야
뉘게 싱침을 만난야 알어드리ᄅ 通引이 급피 나가 쉬 네 이 놈 살비암을
몰고 단니난야 살비암이고 율무기고 웬 보고

<h2 style="text-align:center">〈8-뒤〉</h2>

지고 소리을 버력 질너 ᄉ쏘계셔 놀니시고 알려드리라 분부낫쇼 도련임
할 말 음셔 니가 그리한 게 안니라 방ᄌ가 그리하여다 엿쥬어라 방ᄌ 듯
던니 여보 도련임 죄난 도련임 짓고 벽략은 소인더러 마지라오 ᄉ난즉이
라니 쇼인은 바은디로 알외것쇼 도련임 싱각다 못하여 상방의 올나와 ᄉ
쏘젼의 엿ᄌ오디 연쇄지당유란 쪽을 치우ᄃ 오힝이 틀이여 그리ᄒ여셰요
ᄉ쏘 디쇼하시고 칙방의 몽낭쳥 다리고 아들 ᄌ양을 하넌디 엇쩌 우리 아
희 가가 칠디독ᄌ라 글을 심셔 안니 갈쳐도 졔벽니 쳔싱일네 쳥싱이지요
글을 지으면 파고

<h2 style="text-align:center">〈9-앞〉</h2>

싱각한난니 그엇치요 파난 듸만 싱각하지요 붓칠 거션 다 부치난니 글어
치요 붓기예난 다 되야지요 오날도 연쇄지당유 쪽을 짓다가 남북그원 쥴
모로고 소리을 질너다 한니 우리도 져 나을 지너보건이와 그리 쓷지 그디
지 지극할 ᄌ 너가 보와다 하니 미우 싱각하지 미우 싱각하지요 웃지한
일인지 양 갈비쩌로 용트임을 하며 먹을 갈던니 보고지고 만슈쳔자 위노
턴니 소익을 버력 질넙듸다 ᄉ쏘 속을 모로고 여보아라 ᄉ롭이 글을 너며
싱각하면 심졍이 상하난이라 참어짜 져역의 일거라 육즉이 불너 딧초 두
가락

〈9-뒤〉

식 칙방으로 드리ㄹ 하옵시고 스쪼 디희하야 전여긔 글 잉난 것 보시라고
칙방 압피로 살펑승 도도 노코 통인 시긔여 원션하며 담비 즙슈시고 안져
신니 일언 각갑한 일 어 잇씰고 도련임 마지못하야 마음음난 글 일글 졔
놀오글노 잇난듸 시젼을 익다 셔젼 익고 서젼 잇다 짠젼으로 의젼으로 근
너갈 졔 관관져구난 지하지듀료다 요죠슝여난 군즈호구로다 왈 약졔고디
왈 방운이신니 홍명문스 안안하시며 거난 원코 형코 이 코 져 코 춘향 코
니 코 어불스 못 일것다 디학지도난 지명명덕하시며 지신민하며 지지어지
션인니

〈10-앞〉

라 양졀반시왈 남충은 코구역이요 홍도난 시 각시로다 吳楚東南 탁 버어
진 디 乾坤日夜浮라 孟子見梁惠王하신디 王曰 쉬불언쳘니이닉하신니 역중
유의오국잇가 孟子 對曰 와워과궈가갸 아셔라 이 글 못일것다 국즉국즉한
쳔즈나 일거보즈 방즈 보던니 여보 도련임 인졔 어린 쳐라고 쳔즈가 웬
이리요 쳔즈도 익난 속을 알어 들으면 됴은이라 뒤을 푸려 일것짜 상스하
던 우리 낭군 만나보게 하야쥬오 비난이다 한날 쳔 흉중의 불이 나니 두
쥬먹을 불근 쥐고 통통 쑤드려 쯔 지 약슈삼쳔 가려던가 청죠시ㄱ 끈쳐신
니 소식됴츠 가무 현

〈10-뒤〉

밤나지로 벙이 되야 골슈의 깁피 든니 얼골 죠츠 누루 황 나며들며 머리
들고 다만 한슘 질겨 슈며 바라보니 집 부 원갓 비단 펼쳐 노코 금의나상

집 죠 쇼미ㅼ락 수품지도 품시도 마침 ᄆᆞᆫ 둡도 안코 너불 홍 단중 거울
여어 노코 팔ᄌᆞ쳥산 그려니니 다시 안니 거칠 황 진일난도공단중의 어셔
나일 반가올ᄉ 동역 한날의 도두 온다 달 월 보고시분 니 사량 마음의 가
득 ᄎᆞ 령 가득하니 졍회 은졔 만나 지울 칙 속졀음난 진진 밤 초불노 시
일 젹의 삼오지동 별 진 독슈공방 곱송거리고 시우줌으로 잘 슉 오미불망
하던 임 우연이 꿈의 마나 시양말

<h2 align="center">〈11-앞〉</h2>

고 벌 연 원낭금침 요를 훨훨 펼쳐 베풀 장 바람이 쇨쇨 분ᄃᆞ 품안의 들
거라 찰 하 베기가 노푸이 니 팔을 비여라 이리 오너라 올 니 ᄲᅡ드득 씨
여안고 두 다리를 틀여 가문니 어의덧시 더울 셔 이불을 혀치면셔 꿈을
씨여 만져보니 임미 어듸로 갈 왕은 언졔 올가 긔약 두이 염오동 가을 추
임이 손수 지은 농ᄉᆞ 자연추슈 거둘 슈 황국단풍 다 지니니 육화분분 져
의 동 졍든 임 어셔 오소 왼갓 의복 감츌 장 세월이 여유하니 눈식조차
부류 눈 관손월노 발아보니 쳔이 만니 나무 려 이 몸 펄젹 날거더면 평싱
소원 이룰

<h2 align="center">〈11-뒤〉</h2>

셩 추하추동 다 지니니 송구영신 히 세 안니 박더 못ᄒᆞ난니 더동통편 버
즁 눌 츈향 입과 니 입과 한테 더고 맛츌 터인니 법즁 여ᄯᅡ가 이 안니야
방ᄌᆞ가 듯던니 도련임 졔법이요 아셔라 이 글도 못익것ᄯ 이마 혼미 이
지경의 부모 소겨 일근 글노 셩공하기 바라손야 후일 동차 공부하ᄌ 칙
덥퍼 물이치고 방ᄌᆞ야 예 슝방의 불 물연나 보아라 인졔 등용 더령이요
여바아라 폐문한 졔가 언졔긔여 인졔 등용 더령이요 한니 너머한다 이윽
고 퇴령이 나니 도련임 조와라고 방ᄌᆞ야 예 어셔 가ᄌ ᄉᆞᄶ 안이 지무신

난디 차지시면 엇

〈12-앞〉

지 하시라요 원 일노 안이 지무시난야 기싱하고 슘ᄌ비 부루라 분부나쇼
죠타 부ᄌ 다 노라나난고나 방ᄌ 엿ᄌ오더 상방의 불 물여소 도련임 반겨
듯고 갈연금야숙창가라 춘향의 집 어셔 가ᄌ 방ᄌ 널낭은 등용의 불키들
고 염셩문 어셔어셔 잇거라 안악의 을는 드러가 청수도포 쩔쳐입고 만셩
침야 흔늘흔늘거려 방ᄌ 다리고 나간다 일졈 등화 혹션혹후 양인 정담 두
련두련 명월은 고등한디 밤시 소리가 처량하다 남인북촌 집집마다 스람
보고 짓난 기야 도젹인가 의심마라 춘향집 츠져가난 한양셩즁 아희로다
춘향

〈12-뒤〉

집 다다른니 져후난가 오양각을 입 구ᄌ로 지여난디 젼우좌후 조흔 화계
모란 ᄌ약 영순홍과 들츙 빅ᄌ 젼나무며 금수오쥭 연포도화 츄슈황연 버
려난디 방원 춘식 져 연못과 층층한 셕화산은 니의 금강 쳬격이요 취병
압희 벽오동은 명월삼경 붓친 그늘 옥난간의 인난 경쳐 하일읍신 션경이
라 월도쳔심 밤이 집퍼 은하 지우러지고 인젹도 고요하다 방ᄌ야 드러가
연통이나 하여라 방ᄌ 드러가며 춘향모을 부운다 잇 써 춘향모난 졀머셔
나 무던턴니 늘거진니 번식하여 눈어덕이 툭 쩌지고 이난 말즁 모도 쌰져
목툭 속

〈13-앞〉

이 되야난디 반빅된 머리가닥 되난더로 지벼언고 쩌려진 발막 쓱쓱 슬고

힝동거여 나온던니 계 누가 이 늘근 사름을 밤의 괴롭겨 차네고 그만두고
문 좀 여오 문을 열고 나셔보니 면시난 방즈엿다 이고 요 즈식 운냥이 아
들 만낭이려고나 뇨 쇠야들놈 글셰 웨 와셔 늘글이을 왜 춘난야 방즈 드
어시며 쉬 쉬란니 날 보고 쉬 하넌이 네 할미을 보고 쉬라 하여라 요 좀
연의 즈식 방즈 긔가 미케 업더 그 할머이 움죽하면 쏭쏜ㄷ고 병긋하면
욕을 굴드려 마시듯 하니 요연어 즈식 날덜어 욕 드려마신단네 식그엽쇼
사쏘 즈졔 도련님 나오셔쇼 츈향모가 도련님 나

<h2 style="text-align:center">〈13-뒤〉</h2>

오셧단 말을 듯고 그계난 겁이 나셔 방즈을 도료난디 요 이 즈식 네가 욕
담거리 사지야 너의 어먼이하고 나하고 증동갑인듸 싱일노 너가 손위 되
야 날 곳 보면 형이라 하넌듸 네가 큰어미도 모로난야 나 한 말낭 노여마
ㄹ 알심인난 츈향모가 도련임 연졈하야 안으로 모시는듸 이고 싹하지 도
련임 웃지 힝츠ㅎ신잇가 져난 아쥬 펴닌이라 몰나본 일 가측마오 그럴 니
가 잇나 드은이 츈향모라 지너다가 우연이 예을 와 늘근이 퍼가 즉덜 안
니히 디쳥의 보젼하고 도련임 모시 후의 츈향모 엿즈오더 도련임 누지의
오신 일을 아마도 모료것소 늘근이 듯쇼 시셔의 곤

<h2 style="text-align:center">〈14-앞〉</h2>

한 졍이 광활누 올나쩌니 요 모통이 슈양 속의 근늬 뒤고 노던 아희 과연
미방 차겨왠네 늘근이 쌸니라 힛도의 싱각말고 자너 쓰시 엇더한가 춘향
모 엿자오더 쇼여 말슴 드으시요 쇼여 당초 졀머씰 졔 수의가난 긔싱으로
관장임 존젼하의 고상도 만니 하고 외도 속멋든 사롬 괄셰 안코 지닐 젹
의 말연 신셰 아쥬 잇고 허송세월하던 이리 이계료 싱각한이 익달기 층양
읍쇼 만득하야 져을 나 익비 읍시 질을 젹의 침션 범졀 힝신을 남부롭잔

할망증 져만치나 키워니이 맛당한 유유상종 혼인할 곳 만스오나 본지체야
웃지던지

〈14-뒤〉

유의한 쓰셜 먹고 잇 쩌가지 잇사오나 도련임 절문 쳐분 일시 잠간 사룽
타가 나즁의 브리시면 제 몸도 망쳐쥬고 칠십당연 이 늘근이 말연 신세
웃지되올익가 그런 분부 마옵시고 그져 놀고 가옵시요 도련임 하신 말슴
즈니 말 드려보니 간절한 니 마음 일시들 바리손가 화용월틱 고은 기셩
음난 비 안니료되 구테야 이 경양은 사름 하나 구함이라 제 마음도 그러
하면 다시 두말할 것 음니 그난 그렷타고 스쏘계셔 쑤즁나면 그난 웃지
하라시요 도련임 급한 마음 중담을 씨난듸 그 일난 염여마쇼 니가 칠티독
즈노셔 이목지심 하고푼 일 볼니 금하신 비 읍

〈15-앞〉

고 니가 지금 기셩으로 팔션연을 쑤며노코 날노 호강하더러도 조금도 염
여읍니 춘향모 할 일 읍셔 도련임 모시고 춘향 방으로 드러가며 아가 칙
방의 도련임 나오셧쓰 초듸의 불 케 녹코 보요 쌀아라 도련임 모신 후의
춘향모 일어나 무슌 것추하노라고 문 닷고 느가며셔 도련임 혼즈 안즈 심
심이 예긔신다 담비 붓쳐 올이고 문답이나 하여라 춘향이 담비 푸라할 졔
빅문셜합 열쩌리고 셔울셔초 불경이을 은슈복 빅통듸 너울 담비 덤벅 담
마 쳥동화로 빅탄불 박금박금 쎌야할 졔 일 졈 이 졈 안기 피듯 디날 질
고 키넌 잘너 한 무

〈15-뒤〉

릅 쓸고 한 다리 세워 치마끈의 바드득 씻쳐 도련임계 올여짜 하되 무순
그럴 이가 잇시야 츈향이 계면적고 북그러워 아무 말도 못하고 잇실 졔
도련임도 츈향을 디하여 보던니 어린 아희 마음으로 겁도 나고 방탕한 마
음의 됴키도 하고 으간의 속이 쩔여 말을 웃지할 쥴을 모로고 쥬지분 모
양으료 안져 담비 푸여 물고 방안를 둘너본니 벌반 스쳐난 읍실망졍 셔화
난 붓쳐것짜 도련임이 파급한 양반갓튼면 그 반스의 글림 벽셔을 보라만
은 초은사롬 홍살문 구경한난 모양이엿짜 짠짠이 살펴볼 졔 츄월은 양명
휘요 도영의 슈고송을 팔분 체로 부쳐

〈16-앞〉

잇고 셰펀 부벽 살펴보니 효졔츙신 예의염치 소상팔경 관동팔경 십오십경
오동져월 고소셩의 한산스의 야반동셩 도각견을 좌우로 부쳐잇고 남펀 글
림 살펴보니 진쳐스 도연명은 펑퇵원을 마다 츄강션의 비을 져어 타고 워
르령츄령쳥 가난 거동 부츄산 염즈웅은 간의디부 마다하고 빅구로 벗셜
솜여 동강 칠이탄의 낙시쥴 늘이우고 한가이 안진 경과 한종실 유황슉이
와룡션싱 맛나라고 남양초당 드러가 잠든 와룡 긔다리고 지셩으로 셧난
경과 북벽의 붓치 글림 상슨수오 네 노인니 자지고 노릐 쯧터 바독 두난
그림인디 엇더한 노

〈16-뒤〉

인은 코 쯪 걸고 시우등 구펴 빅긔 한 졈 손의 들고 상스문 살피노라 요
만하고 안진 노인 이난 뉜고 하니 노인션싱이요 그 압피 한 노인은 눈질
은 탁 쩌지고 이마은 용은한디 흑긔 한 졈을 손의 들고 하도낙셔 법을 차

려 요만하고 안진 노인 이난 뉘 하니 그린계요 그 엽피 한 노인은 갈건
벼셔 셕벽의 걸고 송풍의 이마 쐬야 뒤짐 질며지고 지우시 구경한니 이난
뉘고 한니 한황공이요 제 편 암승의 창송이 울울한듸 노인 한 분 안져씨
되 낫 쌀고 이마 질언 남급노인의 긔싱이라 제갈무후 셔간 들고 암승의
빗계 안즈 학의 춤 보노

<h2 align="center">〈17-앞〉</h2>

라고 요만하고 빗계신니 니난 뉘고 한니 동원공이로다 오두즈의 슈단인가
그림도 명화되고 부벽셔도 명필일다 잇 쩌의 도련임이 아무리 하여도 츈
향보고 초면 인스할 마리 읍셔 이윽키 안져짜 계우 하난 마리 갓튼 남이
쎨이 말하듯 하것짜 네가 오날 근늬뒤던 아희지야 츈향이 디답하되 소여
오날 근늬쒸려 갓습던니 도련임 광활누셔 불너계옵시되 양반임 존젼흐의
문견한 일 읍스온즉 무슴 분부 계실난지 겁이 나 못 가난이다 광활누료
안니온 건 녀즈의 당연하다 리도영 츈향하고 슈

<h2 align="center">〈17-뒤〉</h2>

작이 되던니 츠츠 파급이 되난듸 초면의 무엇할 마리다만은 네 일홈이 츈
향이라지 츈향이요 니 일홈은 봄을 은난 츈득이라 네 승은 성가요 니 승
은 리가로다 이가 성가 부쳐보면 조흔 말 인난 즁의 너도 김족하련이와
네 나희 멋살이야 열여섯리요 나난 네 번 네 살이로다 싱월 싱시난 언계
이 스월 초팔일 유시요 나난 디막황 시졀의 등불케던 날 달기시로다 스쥬
날과 갓튼신니 무남도여 네 신세가 무미독즈 날과 갓다 방즈로 월노 슴고
근의로 치승 슴며 군즈호귀 엇더한야 츈향이 무식이 만단하야 익미을

〈18-앞〉

수긔고 염용 디답하난 마리 도련임은 귀공즈요 제 몸인즉 소인이라 중쥬
갓치 한번 맛나 일시 잠간 알어짜가 셩우분슈 가신 후의 아쥬 잇고 바리
시면 졀졀한 여즈 부택할 곳 읍스온니 공누명월 실푼 신셰 은금으로 속신
할익가 일시 작쳡 좃타 말고 별반 쳐분 하옵시요 이도령 일은 말이 네 말
안하여도 니 듣노라 예중지 돈중갓치 일중 명문 하여듀마 됴흔 가지 파난
득기 슈긔을 시라할 졔 디무쌔슝 열쩔이고 당연의 먹을 갈아 빅능셜합 디
간지승의 호황모 무심필노 일필휘지 니쩔이니 슈긔 스연의 하여시되 우슈
긔스짜은 한북지남과 호

〈18-뒤〉

남지여와 오월 단오 츄쳔시 양숭봉지화초졍은 단산지봉황이요 녹슈지원낭
이라 욕투숭지광쳡으로 희봉춘지가졀이라 츈졍이 미환하여 상어유졀한니
빅연을 쥰결하야 슈긔숭급하온이 여아양인이 스싱빅연의 긔역순이 불붕하
고 약스슈부지졀이라 일후약유소박지폐인즉 지츳문긔로 고관변졍스라 필
집 이몽용이요 증인의 방즈의 방낭이라 얼픗 써 니덜이니 춘향이 하리읍
셔 슈긔 바더 심중할 졔 잇 쩨 츈향모난 쥬효을 츠리것다 왜반 닥거 져범
녹코 복근즈십 충면 타고 북어 약포 마른 안쥬 전복 한 긔 오려 노코 쳥
셕다리 슈문

〈19-앞〉

슐집 약쥬 늑 즌 바더 녹코 이근 잉도 쥬홍 장반의 빅쳥 일긔 졋드리고
영계찜의 초중 녹코 풋곳초 통짐치 슐즌 노와 들이고 가만가만 드러오던
니 즙슈실 쩐 읍시나마 도련임 약쥬 한 즌 드려르 춘향이 술 부어 도련임

계 드리온니 도련임 슐즌 바다 손의 들고 이 슐이 일을테면 디예쥬로 알
고 즙소시요 츈향니 너도 먹거라 츈향이 마지못하야 조금 마시껏다 도련
임이 술 부어 들고 츈향모 쥬머 일홈 다른 슐인니 우리 며여 먹어씬니 노
여 말고 즙슈시요 상 물여 방즈 쥬며 널낭 이 슐 먹고 드러가거라 房子
슐 먹고 드러가며 도련임 디스나 平安이 지니시요 春香모 일으나며 短夜

〈19-뒤〉

의 일즉 지무시요 츈향이 왜열노 놋초쩨 타귀 지쩔이 운목으로 밀쳐 녹코
영창은 닷치고 쥬렴은 거드쳐 족즈을 치고 요강은 디예 밧쳐 발채로 밀어
녹코 선단요 궁초이불 무겁다 후리치고 유록슈쥬 뉘비이불 골져버 펴고
왜죽 노은 자기침을 머리마틔 말아 노코 도련임 平安이 기무시요 이도령
이 긔가 막케 너난 워디 가 자라난야 저난 어만이ᄒ고 자지요 너난 계 가
자고 난 예셔 혼즈 즈라이 니가 옴종리졉을 완난야 상직군인 야마선 아조
등진 말 마라 그리면 도련임 혼즈 지무식기 심심하시면 나넌 맗우의셔 즈
며 각금 지침이나 하지요 조타 날을 구단

〈20-앞〉

차무 직킈듯 할야난야 그날밤 사룽가로 놀 이리나 도련임과 春香과 츠음
으로 만나 첫날밤의 제면적 북글어 원 사룽가로 놀 이가 잇난야 그날밤
집푼 언약 정담으로 밤시우고 칙방으로 드려와 나지난 글을 일고 밤이면
퇴령후 춘향 집의 가셔 노난듸 츠츠 허물은 읍셔지고 정은 졈졈 집피 들
던니 사룽가로 노난듸 사룽 사룽 니 스룽이야 어화 둥둥 니 스룽야 만첩
청순 늘근 범이 살진 앙킈을 무려노코 이난 빠져 먹던 못ᄒ고 으르응 거
려 어류난 듯 북희 홍용이 여쥬늘 물고 치운중 논이난 듯 단순봉황이 쥭
씨을 물고 오동 속의 논이난 듯 니 스룽이지

〈20-뒤〉

니 스룽이야 이 스룽이 연분은 비할 고지 읍셔고나 양산빅이 츈양디예 죽
어 다시 만난 연분 손슉향이 마구가의 월노스로 미진 연분 우리 연분을
당할손야 어화 둥둥 니 스룽아 몽낭무변슈쳔의 창희갓치 집푼 사량 洞庭
七百月下中의 巫山갓치 노푼 사랑 洞庭江山 秋月갓치 은은하계 비친 사랑
연즈누상창상션 은과 면과 노던 사랑 광한누각 추쳔어가 화월 습경 쎄친
사룽 사룽 니 사룽이야 너 쥬그면 나 못살고 나 죽의면 너도 쏙 못스려라
어화 둥둥 스랑이야 우리 평싱 스랑타가 스후 연분 다시 미져 여쳔지로
승종하자 너난 죽 무엇 되며 나 죽어 무엇 되리

〈21-앞〉

너난 죽어 곳치 되되 츈시계 스계 월계 부○○○○○ 두견 벽도홍 다 던
지고 모란화 넌짓 되○○○○○ 나뷔 되야 진쑤리를 예후려 곳봉○○○○
○코 너울너울 놀거덜양 네가 날린○○○○○ 실여요 웨 말이야 나뷔라
한난 것션○○○○○지면 오덜 안니한다 하니 니사 실소 그것 말고 될 것
잇다 너난 쥬거 남기 되되 호양김셩 물푸리 되면 나난 죽어 칠년츌 되야
밋틔서 곳쌋지 슷틔셔 밋쌌지 너리치치 가머것던 날인 줄을 네 아러라 니
스랑이지 니 사랑아 어화 둥둥 니 사룽아 사랑 낭군 죽어 무엇 될고 낭군
은 죽어 오현금이 되

〈21-뒤〉

고 첩은 죽어 오현금 밧탕이 되야 궁상각치우로 둥지둥덩 놀거낭 날린 쥴
을 알으시요 도련임 화답하되 너난 죽어 될 것 잇다 너난 죽어 쇠가 되되

천은 오금 빅통 쥬셕 일언 쇠난 그만두고 종노 네 겨리이 인경 되면 나난
죽어 인경치가 되면 三十三天 二十八宿 남 듯기난 인경 소리로 알아도 우
리 두리 송니은 니 사룽 춘향아 덩덩 치결낭 네가 날린 쥴를 알나무나 니
사 실례요 웨 말인야 망근중사 쇼피하난 것 보기 실쇼 면듸 소식 드러고
나 그러면 너 죽어 될 것 잇다 너난 죽거 방아확이 되면 나는 죽거 방아
고 되야 썰커덩 찍커드면 라린 쥴

〈22-앞〉

을 알어다고 이고 그것 나는 실쇼 도련임은 죽어도 위료만 되가고 나난
죽어 밋티로 보닌니 니사 실쇼 그리면 너 위짝 될 것 잇다 너난 죽거 미
위쪽이 되고 나은 죽어 그 미 밋짝이 되야 천지음양 비함으로 빙빙 돌거
덜낭 나린 쥴을 네 아려라 니사 실소 왜 이면의 부닥겨 위로 보니야도 될
건 도로 니가 된이 위로 간 보암이 무웨잇쇼 그난 나도 웃잘 슈 읍쌋 어
화 둥둥 니 사룽 식가 되야도 쥴란화각의 쌍거쌍니 졔비 안니면 녹슈장강
의 원양됴 되고 남기 되야도 힝즈목이 되야 음양으로 마조 스고 돌긔 되
야도 망두석 되야 비합으로 마쥬 스즈 어화 둥둥 니 스랑아 스랑의

〈22-뒤〉

미진하야 어붐질노 노라보자 도련임은 나을 어버도 나난 도련임을 웃지
어버요 나중의 보면 알연이와 어셔 니게 업퍼라 춘향을 업고 논다 어화
둥둥 니 간간 니 스랑 니 간간이지 니반혼미 네러군나 식탈서씨 네려군나
권불등화 박다한들 너을 본니 침침하고 피난 곳치 곱다한들 황홀하기가
너 가트라 이리 보와도 니 스랑이요 져리 보와도 니 간간 아무리 보와도
이승한니 만고결식 네러구나 더단 쪽도리 비단 발막 화판교초 보디씌여
작각봉의 안져시면 가츈홍이 너 쌀르며 일렵편쥬 너을 싯 물동의 씌여시

면 홍도 츈식을 못비시라 어

〈23-앞〉

화 둥둥 니 스랑 니 스랑 네 무엇셜 먹그랴넌야 쳥포두 빅포도 며루 달러
셩유 감유의 능금을 쥬랴 반도 벽도 쳔도을 쥬랴 둥글한 슈박을 것봉지
쩌고 강능 빅쳥 쌀르르 부워 반간즈로 쩌셔 주랴 아무것도 니스 실쇼 시
금털털 기살구나 이졔 쥬면 먹건넌야 이고 뉘가 입던 낫소 춘향 나려 녹
코 날 좀 어버라 이고 무거워 웃쳑킈 어부요 너더려 무거계 되계 어부란
야 느직이 어부면 존 슈가 잇다 춘향이 긔슈알고 밧삭 되계구나 그만하여
도 속니을 알며 허무리 읍서라고 애가 홍을 니여 노난듸

〈23-뒤〉

어화 둥둥 니 낭군 단순 죽실이 다 이건늬 하우직이 봉이 완늬 슉즈 스치
도든 키난 슴십슴쳔 답하야고 두즈 팔촌 즈근 키난 이십팔슈 응하야네 고
용쳔지 쌍빅이예 손연등과할 낭군 이죠옥쌍할 낭군 팔도감스 어버신덜 든
든한 졍 이 갓트며 육파셔 어벼신들 든든하기 일어할가 슴졍승할 낭군 여
보 셔방임 웨아 졍이월리 셔방불너 졍쳠되면 쎄드득 슴사월 셔방임 불너
바람마 뚜ㅇ 뚜ㅇ 윗터타 츄풍낙엽을 입의다 물고 쳥계손의다 집짓자 어화
둥둥 니 낭군 이고 고만 너리시고 우리 말농질노 노

〈24-앞〉

라보즈 말농지리 무어시요 널낭은 마리 되고 날낭은 마부 되여 네 궁둥이
을 치거덜낭 마린득기 외용외용 하려무나 이고 북그려 웃지할고 너고 나
고 한난 일이야 무어시 북그럽단 말이야 이도령 허리씌로 춘향 목을 송아

지 목미듯 하고 탈승즈 놀것다 영척은 쇼을 타고 밍호연은 나귀을 타고
이젹션은 골이을 타고 노즈난 청독을 타고 이 몸 사롱 춘향을 타고 금야
사랑 노라보즈 노랑으로 거려라 화즁으로 거려라 반부시로 거려르 긔츄마
로 쒸여라 이라 이라 아쥬 지가 말인득기 외용외용 하여더라 그만 놀고
누워 즈즈 춘향

〈24-뒤〉

하난 마리 그나면 그나면 지가 잇다 년으로 시기난디로 한인계 별이리 만
소그랴 사롱의 미진하야 볏기을 셔로 시양한다 익 이 지집아희 어서 버셔
라 인고 북그러워 웃지 버실고 예라 이 지집아희야 안되 마리로다 어셔
벼셔라 누워 자즈 리도령 싱각하되 실낭이 신부을 다르난 볍이이 이도령
니 면여 버셔 졔즈달이 거려 녹코 春香을 벽기난듸 져고리 치마 무직기
벽겨 한편의다 밀처녹코 버션 벽계 요 밋틔 늑코 燈燭乙 무리고 속오셜
벽계 발치만치 밀쳐노코 바드득 찌고 드어누워 칩다 칩다 니 품의

〈25-앞〉

들거라 벼기가 노푼이 니 팔을 비여라 반식하야 노난 양은 녹슈의 노던
鴛鴦 쩟짜 도로 좀기난 듯 靑天 노던 鶴이 날야다가 니린난 듯 침볍이 잡
바지고 벼기가 속굴치며 니불이 버셔지고 발유 누윗던 춘향이 엽푸루 도
라눌 제 츰으로 방탕한 도련임이 오즉 반해건난야 민일 츄입 무상턴니 육
방이 모도 알고 스쏘도 짐족하던 것엿다 츈청이 미급하고 조물이 시암발
나 스쏘게셔 니직으로 올나가실 졔 도련임 불으신니 들어가 스쏘 보옵거
날 너난 워듸을 단이난야 도련임

〈25-뒤〉

셰살 먹근득기 디답하야 긔스의요 긔스의난 웨 시싁기 즈부려요 시싁기난 무엇하게 갓치 시싁긔 쥴밥 메길나구유 갓치식긔난 무얼 할야난야 웃지 글이 무르시요 리이 하엿다 하되 무순 글열 이가 니건난야 이 즈식 져만치나 큰 즈식이 집안의 즁스가 잇서도 모로난야 니직을 하여신니 즁긔 닥고 쩌나것다 널낭은 內次과 갓치 너일 일즉 쩌나계 하여라 예 도련임이 디답은 하엿씨나 春香을 싱각한니 가심니 답답하야 히음음난 눈물이 등경등경 쩌려진이 스쏘 보시고 져 눈물이 웨 리이야 도련임 니침

〈26-앞〉

짐의 웃즌 말인지 모로계 열벼무려 엿자오디 져것 거시기도 무읫하고 양반이 일구이언할 슈 읍난 즁의 랄이 구질 듯ㅎ온니 츄하야 모시고 가면 조흘 듯하외다 무어시 엇쩌야 몽낭쳥 졋티 잇다 지가 불니 엄친의계 호힝이 즈특하야 ㅎ로리도 더 잇다 모시고 가라나보 스쏘난 짐즉하고 어셔 쩌나계 하여라 도련임 하리읍서 칙방으로 물너나와 아무리 싱각하되 春香을 다려갈 회칙이 읍서 이별차로 나간다 방즈야 예 사쏘계셔 츠지시거든 春香家으로 나온니라 春香家으로 나올 계 답답한 졍 울음 되고 울롬 차머

〈26-뒤〉

눈물 되야 가난 지리 안이 뷘인다 츈향 집의 다닷던니 즁문안 부용당 난간 말류 올나셔셔 이고 츈향아 잇 씨예 츈향이난 도련임 드리야고 부쥬통 옷 뉘비난듸 청동화로 빅탄 피여 통영인두 쏘즈 녹코 이공도침 실을 쮜여 누비질하난 거동 낙양동창 이화졍 슴낭즈 고이 안져 치단 봉황 슈논난 듯 반달이마 구실짭은○○○○○○○ 좀못즈 곤한 모양 존쥴누비 반를 든 치

수창젼의 조으던니 우름 소리 놀니야셔 소실쓰려 잠을 씨이 도련임 셩음
이라 츈향이 나온다 진치마 거듬거듬 가만가만 나온다 곤한 잠을 지피 기
야 연지보리 불고소

〈27-앞〉

롬 산호줌을 낭즈하고 영창 밀고 나온난듸 감티갓튼 조흔 머리 운긔 져져
가닥가닥 도화갓튼 두 귀밥 속으로 빗쳐 볼고쇼롬 이도령 보던니 더구나
긔가 막켜 남 운난 줄 아쥬 잇고 통치 우름을 드려니야 이고 츈향 달여드
려 도련임 소민을 줍고 이고 이계 원 리이요 즘존하신 도련임이 부모담상
당하기젼 울 이리 웁삽난듸 글셰 이계 무삼 체요 어서 드러가옵시다 방으
로 드러가 우난 말을 뭇것다 웃지하야 우르시요 졔 집의 단인다고 스쏘계
셔 쑤즁 낫소 안니다 그리면 원 이리요 답답하여 우난 말을 안할 테요 속
이 답답 못 견듸여 쩔치고 이려나며 너가 이 말 듯다가난 속이 터져

〈27-뒤〉

나 죽건니 건너방으로 근너가 줌이나 즈것소 문 열고 근너간니 도련임 긔
가 막케 치마즈약 부여 줍고 계 안거라 말을 하마 달이 우난 계 안이라
스쏘계셔 너즉으로 올나가시난듸 날더려 니힝차 모시고 너일 일즉 쩌나라
흐옵신니 우리 졍을 싱각하면 사셰 부득 이 노르시 우름 박긔 쏘 이난야
그 일 무웟 울 것 잇소 너난 일언 리엿 안니 울고 무슌 리이 우난야 셩젼
남원골마 살다 말짜 너즉도 하시야지 방빅을 쉬이 하지 도련님 가슈롭소
부모 리힝 가시난듸 타힝 졉졉 져리 하신니 도례예 그역되고 나무 니목
상식존쇼 니힝차 모시고 일즉 쩌나시면 나넌 느직

〈28-앞〉

하야 쩌나 쳔쳔이 가더리도 긔탄읍시 갈 터인니 도련임 걱졍마오 셔울 귀
경 원일넌이 인졔난 하거쓰나 상단야 예 졔자썰이 김셔울이더러 조군 두
퓌만 으더 닝일 앗침 집의 와 멱고 니힝차 쩌난신 후 쳔쳔이 올나가것다
하여라 요시 어만임이 구소삭한니 힝차 읍셔 못 씨것다 증육 시무근 져리
쳔 민들고 암치 되여 쥭함의 너코 이웃 말 짐슈톤네 슈양어만이 오시리서
가더 맛터짜가 셔울 올나가셔 긔별한난디로 미미하야 올이라 거 졸지예
할 슈 읍다 지금 이리 셔드러도 닝일 쩌나기 밧부것다 힝즁의 셔실이 펴
란하니 도련임 긔가 막케 업더 야야 너머 셔드지

〈28-뒤〉

마라 그 속의 일이 잇다 일이난니 웬 말슴이요 네 닝 말을 드러보와라 닝
가 셔울 양반으로 남원이 근 쳘이라 방츈연분 너을 만나 무졍셰월 보닐
젹의 우리 졍을 시알이면 줌시 이별 궁난하되 호스미가 잇셔 양반의 도례
료 부모 짜려 외방 와셔 죽쳡하야 간단 마리 조졍의 디론되면 버린 축으
로 도라가셔 벼슬 지리 쓴어지고 사쏘 졍체 네 안난 비 만일 너을 디려
가거드면 부즈싱면 못할 쥴노 지엄 분부 계옵신니 스세 부득 이 지경의
디려갈 슈 읍시 되이 닝 올나가 셩관 후의 힝즁 츠려 보닝거든 반가의 만
나보즈 그리면 이별이요 그라 오야 할 슈 읍다 츈향니가

〈29-앞〉

이별을 듯던니 얼골의 쳥긔가 돌고 일신 슈족을 바르르 썰며 진졍이요 진
졍일다 츈향이가 셩스을 시아리지 안니하난되 안져다 이려날 계 발피난이
치마쓰락 쯱 쩌져 닝던지고 사룽하던 면경 쳬경 발질노 함부로 화짝닥 차

며 도련임 압푸로 바드득 쒸어 안져 글세 여보 도련임 무어시 웃지히요 승단아 중문 열고 수긔 니여오너라 종문긔시힝이라 하던니 슈긔도 쓸더읍다 당초의 만나실 졔 니가 먼여 사즈던가 도련임이 먼여 스즈고 하여지요 스름을 망치여도 슈가 잇지 중슴이스 오일밍조 시속 못된 오임투로 속이 난 줄 니 몰나소

〈29-뒤〉

가시난 임 도라ㄱ고 잇난 몸 발인 신세 싱스분별 뭇도 말계 일신 천금 중 타던니 오날 신세 시알인니 사난 연이 역적이요 목숨 쯘키 홍노로세 싱이 별 당한 신세 스려나면 무엇한나 허트려진 머리짜닥 목의다 홰홰 감던니 손으로 바드득 졸나 줍고 사암이을 보도독 갈며 긔식하야 죽계 되니 도련임 긔가 막커 왈악 쒸여 달여드러 츈향 손목 부여 줍고 말아 말아 이리 마라 정신차려 일어안져 니 말 다시 듯여보아라 듯기 시려 듯기 시려 노푼 낭긔 올여 노코 흔든난 말 듯기 시려 나 죽으면 그만이지 잇 쩌의 春香母난 건넌방의 안져 혼자말노 져 스름덜 스랑

〈30-앞〉

쌈 나고나 급사퉁 영이별노 져리하다 울이잔치 울롬이 장츠 길어간니 츈향모가 나온다 헛던 일 밀쳐녹코 상초머리 힝자초미 모양읍시 나온다 가마가만 나오던니 츈향의 방 영창 압피 가만니 살즉 올나안져 아모리 드려도 이별니엿다 의간말류 션듯 올나 두 손벽 쌍쌍 치며 허허 별일낫다 우리집의 별일낫다 동니 스름 다 드려보쇼 우리집의 스람 셋 죽십니 쌍충문 펼젹 열고 쥬먹 쥐고 쌀 져누며 이고 요 연아 네 이 연 썩 죽거라 져 양반 올나가면 뉘 간중을 노길난야 니 일상 말ᄒ기을 후회되기 쉽계기로 티과한 마음 먹지 말고

〈30-뒤〉

여염을 시알으 짓쳬도 너와 갓고 모양도 너와 갓튼 鳳凰의 짝을 지여 네
평싱 노난 거셜 니 안목의 보와씨면 너도 조코 나도 좃치 마음이 도고하
야 남과 별노 다르던니 잘 되얏다 줄 되얏서 도련임 압피 박삭 안져 나고
말 좀 하여보겨 나의 딸 츈향이을 바리고 간다 하니 무슴 일노 허여질나
오 니의 딸 츈향이 도련임 모시지 쥰 일연이 되야씨되 인물이 밉도던가
힝실이 그르던가 언어가 불순턴가 즙시렵게 힝흐던가 힝실이 그르던가 노
류중화 음난턴가 어의 무엇시 그르기로 이 봉변을 하시난가 君子 승여 바
린난 법 칠거지악이 읍ᄉ거던 발인난 법 음난 일을 도

〈31-앞〉

런임 모로시요 니 딸 어린 츈향이을 쥬야로 ᄉ랑턴이 필경의 가실 제난
쑥 쎄여 발이신니 양뉴쳔만순은 가난 추풍을 ᄌ바미며 녹엽비이 낙화가
된덜 언이 나뷔가 짤려올가 니 딸 옥갓튼 화용신 부득중춘 졀노 늘거 홍
안니 빅수가 되덜 시호시호부ᄌ니로다 다시 졈던 못하난니 무슴 죄 지중
하야 빅언허송 하랴난가 도련임 가신 후의 니 딸 춘향 임 그릴 제 월명夜
三更의 중젼의 도든 달이 왼 쳔하의 빗치올 졔 쳡쳡슈심 어린 것시 가군
싱각 간졀하야 초당젼 화계승의 담비디 푸여 입비 물고 이리져리 근린다
가 불꼿갓튼 시름 상ᄉ 홍중의 왈칵

〈31-뒤〉

니면 손 드려 눈물 씻고 북역을 가리치며 한양 긔신 리셔방임 날과 갓치
그리난가 니 ᄉ룽을 옴겨다가 다른 임을 고이난가 무졍하야 아쥬 잇고 일

중수서를 못하난가 피눈물 진 한숨 창곳난 이원이라 방의 쑤여드려와 담비디 쌍쌍 쩌르 운목긔다 밀처녹코 이분 옷도 안니 벗고 외료온 버기 우의 벽만 찌고 드러누워 쥬야로 우난 거시 병 안니고 무워시요 늘글 어미 졋티 안져 조흔 말노 달야너도 실음상스 집피 든 병 니 구하지 못하고 필경의 죽계 되면 칠십당연 늘근 거시 짤 죽기고 스위 일코 지리손 갈가마귀 긔발 물어 더진득기 뉘을

〈32-앞〉

밋고 사존 말이요 못하지 못하여 양반의 자세만 할랴고 이 봉변을 흐시난가 익고 니 일리야 니도령 긔구 막켜 너머 이리 우지 마오 츈향니 다려감세 감토난 쇼미의 넛코 츈향을 요야의 티워가면 뉘구 츈향인 둘 알건ᄂ 츈향이 긔구 막켜 엄만이 구만두오 오직키 답답흐야 그런 말슴을 흐오리구 어만이 방으로 근너 구오 나난 도련임흐고 우룸이나 실컨 울고 할 말리나 실컨 흐고 가랴난네 녀보 도련임 인져 구면 언의 씨ᄂ 오랴시요 올 날리나 일너쥬오 오두빅흐건던 오랴시요 마두각흐건던 오시랴오 금강산 上上峯이 平地

〈32-뒤〉

되면 오랴시요 됴고만흔 됴약돌리 커드랸흐여 광셕 되야 증 맛거던 오시랴요 四海 너른 물리 육지구 되거던 오랴난구 올 날리ᄂ 일너쥬오 도련님 이른 말리 우지 마라 우지 마라 너 우름 흔 쇼리의 즁부 근 ᄃ 녹넌ᄃ 녯말 드러보아라 부슈요간텻지우의 오나라 졍부덜도 경기관산 머ᄂ먼데 일편쇼식 돈졀흐되 잉도옥창 늘거잇고 쥬류낙일권염간의 스랑군 글려시니 티평건곤 이 시졀의 날 보기를 염여흐랴 그날 밤시 즈든니 오난 정 둘 디

읍고 보닐 마암 답답ㅎ여 우름으로 밤시울 졔 봉즈ㄱ 나온다

〈33-앞〉

퉁퉁거러 나오던니 녀보 도련임 웬 일리오 니힝츠 ㄱ시난되 도련임 안기
시다고 안낙의셔 쑤줌낫쇼 어셔 밧비 ㄱ옵시ᄃ 이별을 ㅎ량이면 니왕의
잇난 슐노 잠ㄹ 증별홀 거시지 웬 이별을 장왕이 시즉하시오 이도령 ㅎ릴
읍셔 금낭을 어루만져 셕경을 니여 츈향 듀며 즁부의 졍십힝니 거울빗 갓
틀진디 변심할 비 잇슬숀야 츈향 셕경 밧고 옥지환 버셔니여 도련임게 드
리면셔 쳡의 고졍지졀리 옥지환 갓틀진디 틔글 쇽의 바려둔덜 변심할 비
잇스오릿ㄱ 오야 부디 변

〈33-뒤〉

치 마라 송빅ㄱㅊ치 구든 졀기 픔우리도 번치 말고 쇠솟가치 모진 마음 홍
누리도 녹지을 말고 날 오기만 지다려라 썰치고 드러간니 사쏘계셔 분을
디단이 니셔난디 어듸을 갓던니 도련임 의뭉하야 동졉하던 李進士 子諸와
족별하려 갓삽던니 이별이 즁하수식하노라고 자연 지쳬되야쪄요 사쏘계셔
노긔가 내굴이예 믈 다문듸기 비로 쌔지며 어셔 드려가 칙이나 거두고 일
즉 쩌나계 하어라 도련임 히리읍셔 힝장을 차리난디 잇 쩌 츈향이난 도련
임 즌송차로 오리졍을 나간다 쥬안을 졍이 차려 향단이게 들여 압셰우고
슌쳔디명

〈34-앞〉

니외 삭갓 머리 위예 숙겨 씨고 붕문 밧 기렴길노 社稷堂 小路길노 가만
가만 나간다 松亭 밋터로 얼는 지나예 五里亭 다닷쩐니 녹음중 그를 쇽의

술병을란 물예 치워녹코 탁식하야 우난 말이 익고 니 리이야 오老峯乙 올
나간들 이니 속이 시원하며 東湖水를 다 먹기로 타난 가심 열일손야 桃花
까지 직끈 썩쩌 시름읍시 니던지고 붓 부류난 져 黃鶯은 막敎枝오 우지
마라 이별한난 나도 잇다 익고 니 일이야 한층 리이 탄식할 졔 니힝츠 나
온신다 쌍교 도교 압피 셔고 도련임 거동보쇼 비용갓튼 나귀 등의 가진
안중 지여타고 三門外 大道上 쩌량쩌량 나오실 졔

<h3 style="text-align:center">〈34-뒤〉</h3>

희음읍난 두 줄 눈물 紅扇으로 치면하고 五里亭을 다다은니 이연한 우름
소리 風片의 들이거날 李道令 지음하되 우난 소리 징징한니 글린성도 갓
다만은 春秋 大學 지여니던 孔父子 읍셔신니 그린성도 안니로다 鳳凰聲
갓다만은 丹山 梧桐이 읍셔신니 鳳凰聲 안니로다 마우역 져문라에 양퇴진
의 우름이야 빙용퇴 흐직하고 한퇴로 힝하던 왕소군의 우름이야 望父山
뇌피 올나 千里漢國 바라보며 원정부지 이별하던 니비졔 우름이야 네 가
보고 오너라 房子가 드려갈 졔 香丹이 먼여 나와 익고 도련임 아씨 나오
셧

<h3 style="text-align:center">〈35-앞〉</h3>

쏘 도련임 그 말 듯고 말 아러 선듯 나려 녹음을 허처 드려갈 졔 春香이
난 失誠痛哭 눈물흘너 눈니 캉캄 양도화엽니 뒤북 풀러 오난 스롬 몰나보
고 익고 익고 痛哭하니 리도령 긔가 막켜 우류류 달여드려 春香의 목을
안고 눈물 무든 쌤을 디며 익고 이게 웬 이리야 우지 마라 우지 마라 니
가 간덜 아쥬 가며 아쥬 간덜 이질손야 두고 간난 니 마음이 보닌난 너만
못할손야 원낭이 분수남북비하니 은근 이정이 결승용이라 春香이 情神차
려 도련임 모신 후의 이별쥬을 권하난디 환소쥬 부워 들고 슈리나 망종

접수시

〈35-뒤〉

요 첫지 잔 情盃酒요 둘지 조년 이별쥬이 글이 알고 접수시요 쪼 흔 준
부어 들고 지집이라 한난 거시 일시 잠간 츈식인니 날 싱각 너머 말고 글
공부 심을 써셔 계화쳥순 도라오면 쳡의 평싱 발원이요 셩관취쳐하신 후
의 부디 날늘 잇지 말고 다려다가 히로하면 유시유종 디중부이 이 셰 가
지 잇지 말난는 불망쥬로 아르시요 리도령 酒盃 줍고 눈물이 딩경딩경 이
슐를 먹지 말고 우리 두리 죽어써면 조컷짜 말는 가즈 굽을 치며 홍홍 걸
여 소리하고 임은 줍고 낭누하며 질 늣썻소 어셔 ㄱ오 언지무궁 하리옵셔
등즈 눌너 말

〈36-앞〉

을 타며 빅철이 동두한니 언의 랄이 남두할고 영유슈난 읍건만은 웃지타
이니 간중 구비구비 셧근 무리 눈의만 소사나 너의 노모 줄 모시고 부디
부디 조 잇거라 도련임 가시난 길의 강수쳥쳥 풀우거든 원함경을 잇지 말
고 녹수진경도의 부디 평안이 가옵시요 말을 치쳐 몰아간니 영각이 젹실
하다 한 고기 너머셔 손 한 변 허치던니 글림지도 안니 뵈다 쳥순은 아암
하고 녹슈난 존존 산노누젼불견군한니 각분동셔 되거쏘나 츈향이 긔가 막
켜 그 조리 픽셔 쥬져 안져 쳥춘힝낙을 뉘라셔 좃타던가 힝낙이 얼마가리
각지 남북 분슈

〈36-뒤〉

한니 가난 고젼 알건만은 망연하다 만날 긔약 녹슈의 져 원낭은 쌍거쌍니

이리 읍고 한고목의 져 가마귀 웅비종즈 단졍하다 나난 웃즌 팔즈로셔 단
이십이 치 못되야 독슈공방 찬 베기예 거울 속의 글림갓치 이 서름을 웃
즌거나 이고 이고 니 이리야 한참 이리 울마듸예 츈향 어먼이 나온다 통
통거려 나온던니 츰 보와다 츰 보와 그리하면 열여되야 우리 한충 졀머씰
졔 셔방 이별 당흐면 한슘 한 변의 그만일너라 셰승의 긔박긔 사너가 음
난야 어서 밧비 드러가즈 츈향니 情神읍시 집으로 들러올 졔 夢中의 쳐량
인

<h3 align="center">〈37-앞〉</h3>

가 다시 싱각 한심하다 집의을 드려시며 숭단아 中門은 아쥬 닷고 니 방
의 요을 펴라 방으로 드러간이 닌격은 고요하고 황혼이 되야난듸 임의 현
몽 읍셔신니 답답하야 웃지 살고 담비 피여 입비 물고 시름상스 두련거려
피문 소리 쳔희션의 도련임 진지 즙슈신가 하인을 물이라 퇴영이 난니 로
견인 오시난 듯 안석의 의지하야 몽즁의나 맛나볼가 지다려도 즘이 읍고
원낭와량숭하즁의 비취금한공고유 침침 집푼 야삼경의 구진 비난 오동의
훗불일 졔 창긋난 이원이라 二十五絃 발근 달의 도라가난 져 긔력아 너난
무슴 실품으로 소상동졍

<h3 align="center">〈37-뒤〉</h3>

바리난야 십이 이원 일어커든 날을 차져 바릴손야 잇 쩌의 도련임은 츈향
을 이별하고 졍체읍시 올너갈 졔 맛읍난 슐막방의 忽然이 즘미 든니 츈향
이 졋틔 와 우즁츈슈 어린 모양 단순호치 반계하야 운난 듯 씽기난 듯 츈
향의 왜목 덥벅 안고 소소리처 즘을 씨이 니 팔만 안너쏘나 일언 허망한
이리 닛씨라 신관 스쏘 리씨 양반 일연 남즉 하겨이짜 올나가고 잇 쩌의
신관이 넌고하니 셔울야 지골 막바지 변학도라 하난 양반인듸 슐 잘 먹고

호식하야 지집의계 정성잇서 긔싱방의 상직하고 빅발른 소소하나 청춘을
압두한니 중안

〈38-앞〉

만호의 유명한 호걸이엿다 말연의 초사의 붓쳐 남원골를 으든니 심중의
조와라고 코노리 한난 마리 남원은 웅지 그읍이라 응당 명긔난 만느렷짜
벌르고 인난 차의 신연하인 슨신 알이요 이방 부르라 예 이방이요 신관이
무르시면 읍폐 민폐와 경수붓치을 문난 계 안이라 식붓치을 먼여 뭇것다
네가 이방이면 네 골 긔싱 슈도 알연이와 가무 유명 영역키 알것구나 예
남원 긔싱이 서른 아홉이옵고 가무 유명이 열스시로소이다 츈향 인물이
경향의 유명키로 이왕의 드럿던니 츈향을 닛고 문난 말슴니 그 익도 그
속의 들려써꾸나 이방이 그

〈38-뒤〉

익을 못나 듯고 그 익가 안니오라 연이라 한난 긔싱이 명기로소이다 수쏘
향쏜을 이젓서라고 긔가 츈 무엇시엇다 츈예오 안니다 츈절이 말슴이요
어 시터져 못씨럭고 통인이 졋티 섯다 춘향이 말슴이요 올타 네가 알려다
츈향 미우 어엽부야 슴남의 유명하와이다 예서 남원이 면이야 六百餘里로
소이다 니일 한겻 도임 못할가 니일 도임하기 걱정읍지요 급충 슈비를 돌
아보며 우리골 향아리 흐나 니려간다 수쏘 욕되난 쥴 모로고 향아리난 웬
항이리이 예 소인 골이 독 졈은 만수오나 항이리 졈은 읍수와 허낙식 사
다 안낙의셔 즁다머 즙숨이다 그

〈39-앞〉

리면 큰직한 늠을 스라 향이리 사셔 스쏘 분부너의 젼비스령을 지우이 젼
비스령이 홰을 니여 이계 워듸 신연지리요 이스짐이지 급급 발힝 길쩌날
졔 벌연 밉셰 즁이 좃타 모란시금 완즈충의 네 활기 젹 별이고 一等 馬父
유양달마 덩글키희 시려노코 키큰 스량 쳥충옷 씌을 자벼미고 뒤치자비로
심을 씨며 별연 뒤예 쌀오난듸 南大門外 썽 니달라 칠퓌 팔퓌 쳥비달이
이야고기 넘거곤야 左右山川 바라보니 환안츈식 만화방초 버들입은 풀웃
풀웃 동젹이 월강하고 승방들 바로 진나 남타령 능거고나 刑吏 一双 通引
一雙 及唱 나졸이 용위하야 거들거려셔 니려갈 졔 신연급충 치례

〈39-뒤〉

보아라 키 코고 질 잘 것고 어여뿌고 말 줄하난 영이한 져 급충이 가는
양틱 병포립 궁초 갓근 널계 달라 한 엽으로 빗식 씨고 셕셩망근 듸모관
즈 자지당줄 달아시고 젼비즈 젼토시 볼아동옷 방퓌 쳘육 빅수쥬로 네 골
접어 쳘육즈락 크계 하야 뒤로 잣쳐 줍어미고 비단쌈지 은즁도의 즁주면
이을 비썩 차고 뉘비바지 시질버선 스날초헤 넌지 신고 결비한 즁유지로
초롱단임을 즈바미고 활기 훨훨 종걸어 쳥중줄 금쳐줍고 좌우예 급즁이야
무심질 흠노한듸 즁쳥거려 이 놈 져 놈 계 안거라 젼비나즁이 거동바라
통양갓시 희짓 쏘즈 갓치옷시 방울 쳐워 일슨 압희 갈

〈40-앞〉

나 셔셔 예위끼로 예위끼로 통인 함 쌍 최졀임의 마승 틱도 더욱 좃타 경
긔 츙쳥 얼풋 진나 졀나開明 득달하야 스쏘 연명 아쥬 하고 노고바위 즁
화하고 임실읍너 숙소하고 오슈역의 즁화하야 긔구잇계 도임할 졔 五里亭

당도한니 병방집亽 치려바라 외골망근 쥬어 미져 옥관즈 상의당줄 뒤을
졸나 맛계시고 제모림 금피갓근 호슈임시 넌짓 붓처 긔알탕근 밧처 씨고
진남항나 즈락쳘육 진즈쥬 디고씌을 졀영티의 빗식 차고 비룡갓튼 져 마
등의 虎皮도듬을 언져 트고 좌우로 모신 나줄 일순구동 젼후비례 티고적
발근 달 요순격 닥근 질노 각서비 말를 타고 십

<h3 align="center">〈40-뒤〉</h3>

이예 가 다안난듸 마부야 네 말이 좃타 말고 두 팔의 심을 올여 양 엽피
지울잔계 고로　져려쩌라 져려숩다 티도 고은 일등 명기 칙즐입의 호亽식
여 가진 안즁 노푼 말계 쌍쌍이 가난 모양 하릴읍신 선여로다 슈셩형즁아
문이라 쳔총이 령솔하야 쳥도긔을 별려난듸 각각 네 줄노 좌우으로 버려
셔 쾡 쳐르으 난이나노 홍홍 뒤 육각셩 취티 소리 순쳔이 굼이난 듯 역즁
이 역씀질이 압뒤예셔 반난 소리 바람지리 영이로다 쩨긔럭기 소리로다
고마즁아 수문 돌이 종종하고 너민 도리 것집되여 무심 집난이라 졍마손
을 가다듬어 치질을 쳑쳑 굼리어 든든이 져려거라

<h3 align="center">〈41-앞〉</h3>

져럿숩나 후비亽령 예이 금난즁교 읍난야 좌우 즈빈 훨석 치우고 헌화금
못하난야 쉬 하마포 하오 쾅 긱亽의 하례하고 동원의 너른 영각 디례로
도임 후의 三日이 當하니 都執事 들려 예亽알이요 일번 달은 경고 다 맛
고 기싱경고 되야쩟다 戶長이 안칙을 드려 노코 호즁이 부를 젹의 여려
긔싱더리 큰 머리 단중하고 연화석교 팔선여갓치 일즈로 틀어 안겨 회명
디로 나가난듸 비예 桂月이 나오 月仙이 나오 기싱졈고을 이리 하여 오른
야 늘려 녹코 부류난듸 도리츈풍장한시의 쩍쩌든이 일지홍이 나오 일지홍
이 드려갈 졔 홍승즈락 거더안고 가만가만

〈41-뒤〉

드려가 요만하고 정고맛고 푸른 오동 불근 도화 청홍 양간 두 시이예 절
기인난 죽션이 나오 죽션이라 하난 기시 이싱이의 티걸디 흑운머리 천은
빈여 유문향나 디스치마 잔살ス버 썰쳐 입고 밀화불슈 순호싸지 졋고롬의
노리우고 운혀난 쌀쌀 힝취가 낭ス한듸 가만가만 드려와 요만하고 졈고맛
고 단순하의 짝을 일코 벽오동의 짓더리니 ス수구령이요 비츙긔싱이라 긔
불탁셔 구든 졀기 만신문중 치봉이 나요 네 여바라 은졔싸지 부르랴고 그
리 하난야 ス로 부류라 멋든 호중이 기싱 일홈을 늑ス 화로 들고 몽고리
난듸 이리 부류것다 교운

〈42-앞〉

모우 양디션이 의션의구 츈운이 나오 독좌유황 금셩니 어쥬츅슈 홍도 긕
ス쳥쳥 유식긔 완너야 예 등디하여소 셔충의 빗치연니 졈졈 영ス 조월이
완난야 예 등디 八月芙蓉君子節의 만당春水 홍연이 나오 암양부동월황혼
의 소식젼턴 미홍이 나오 요렴섬섬 옥지갑의 금분야도 봉션이 완넌야 예
등디하여소 원졍부지 이별하고 옥충젼의 잉잉이 완넌야 예 등디하여소 구
월구일용손음의 소츅신 국회 나오 일륜명월 월츈니 납납지경 비연이 나오
남남지경 흘지 나오 알이짜온 연넉기 완넌야 예 등디하여소 셕교ᄎ로 인
간젹한 팔션여 거수하던 음율 일슈의

〈42-뒤〉

농파 나오 우호동손 명월이 나오 만화방초 춘졀이 나오 금싱여슈 봉금이
완넌야 예 등디하여소 슈원 명옥이 초손 명옥기 젹흥인간 강션이 완션야

예 등더하여소 오희월여 다인비하이 적막츄수 부용이 완넌야 예 등더하여
소 부당운무즁의 민꼿 썩던 치연니 나오 스쏘 하신 말슴 긔싱 다 들어와
도 츈향은 읍난지라 웬 이린다 당초의 기싱졍고을 츈향 한나만 불너씨면
그만둘걸 웃지하야 불참인야 호즁이 알외난듸 츈향은 퇴기온 비 구관 스
쏘 즈졔가 머리을 언처습기로 디령치 못ㅎ여소 이졔 웬 마린이 졔가 수졀
을 하

〈43-앞〉

단 말인야 졔가 수졀을 하면 양반은 긔졀을 할가 요졀할 말도 듯계고 밧
비 부류라 방울이 덜넝 사령이 예 츈향 부류랍신다 예위 즁방쳥니 쓸넌다
짐픠두야 웨야 웨야 이픠두야 웨 부르난야 걸니엿다 걸니엿다 걸이단니
뉘가 걸여 츈향이가 걸이엿다 그물이 쳔 고이면 한 코러도 걸여고나 양방
셔방 하여노라고 힝동거지 안니쏩던니 한 번 걸일 씨가 익구나 이변의 나
가거든 일분 스졍 보난 놈의 에미 합셔 즁방슈젹이 나오던니 여보소 동간
덜라 셔울집 그 스름니 무신 상관 디단하며 구관 즈졔로 싱각을 하여도
함부류 할 슈가 읍난이라 식그럽게 하지

〈43-뒤〉

말고 조용니덜 단여오소 잇 씨의 츈향이난 도련임 이별 후의 날마다 울고
밤마다 울고 우름으로 셰월을 보닐 젹의 인간만스 스러운 일니 이별박긔
쏘 인난가 옥창 박긔 션난 버들 가지가지 입픠 피여 一介 黃鳥 붓 부를
졔 春三月노 오마던이 글린 충즈 그린 회포 쳥동부벽 빈 방안의 흐르난니
눈물이라 봄바람미 건듯하면 동산화초 만발하야 寂寂山鳥 실피 울 졔 杜
鵑聲은 더욱 습다 옥빈홍안 좀간 드려 셕양쳐을 바라보니 불여귀 즁화한
은 탕문군의 눈물이라 가련한 이닉 신셰 죽즈하니 쳥춘이요 스즈하니 모

도 고싱이라 익고 니 일

〈44-앞〉

이야 이려듯 안져 울 졔 잇 쩌예 亽령더른 芙蓉堂 당도하니 츈향의 우름
소리 이욱키 셔셔 듯다 도로여 비감하야 니럼의 하난 마리 구관 즈졔 이
도령은 어터키 타고 나셔 져디지 몬잇게 뵈야난고 알들이도 싱각한다 中
門內 드려쓰며 香丹아 누구시요 네의 서울아씨 亽쏘계셔 부류신다 츈향이
긔가 막켜 어만이 웨야 신관亽쏘 호협하야 기싱 단속 한다던니 슴일 졍고
마당의셔 언의 뉘가 날을 먹어 필경의 야단이 난나보 병탈이나 하야보게
어만니 나가서 연졉하계 알심인난 츈향어만이 亽령덜 연졉하야 방안의 안
친 후의 쥬안을 차려녹코 숭단아 슐 부어

〈44-뒤〉

라 족카네 니 말 듯쇼 노소난 분별말고 男女는 다를망졍 우리 졍을 시알
이면 金石도 뚤을 터의 요만 핑계 못하야쥴가 츈향이 나안던니 오라번이
신영초의 발병이나 안니 나소 열어 순비 권하면셔 조혼 말노 亽졍을 한다
무친쳑 하나 읍서 니 亽졍볼 이 잇쇼 무화지즁 월젼버틈 문 밧 추립 못한
다고 부디 두 번 심써 쥬오 錢 五十兩 니야쥬며 약소하나 그런디로 酒債
나 보틔쓰오 동싱 그계 웬 말인가 우리네가 예 올 젹의 돈을 먹즈고 예을
오며 슐을 먹즈고 예을 완나 지물이 흥셩하면 귀신도 사귄다 하되 먹즈고
안니 완나 우리네가 예을 와서 돈양을 가져가면 죽을

〈45-앞〉

목슘을 살여니며 돈을 우리가 안니 가져가면 살일 목슘을 죽기난가 글넌

말을낭 부디 말고 약첩이나 봇틔여 쓰소 나 드려가니 슐이 웃지 취하여썬
지 문턱의 비을 쌀고 너머시며 중담을 씨난듸 걱정마소 우리니 한마듸면
그만일세 아지만이도 글력키 아오 사령덜 들려가며 익구 죽것다 익구 디
쎅이야 지촉사령 나오면서 온넌야 드러간다 三門內 당도하야 썩 드려 업
치며 츈향 부류려 갓던 사령 알욀 말슴 잇쇼 알외라 춘향이 불너 온다 슐
이 웃지 취하야썬지 계가 어듼 줄도 모르고 무엇시라 하넝가 정신이 한나
도 웁다 너난 슐 몃죈 먹건늬 네가 알

〈45-뒤〉

려라 니가 늑 죤 더 며것다 우리 어듸 갓다와나 스쏘 디로하야 엽푸라 예
위 졀곤 십기여 송방흐며 都使令 부가하고 춘향 밧비 부르라 츄숭갓치 령
이 난니 중방이 소요할 졔 져 스령 마진 다리 정동정동 춘향 부르려 되나
온다 춘향아 나온너라 네 사정보다가난 중방변슈나 다 죽것다 어서 밧비
나오너라 져승치스 강임도령 스명인을 四月 八日 등 단듯시 쥬류류 칭 다
나오며 어서 밧비 드러가즈 힝수기싱이 나온다 힝수기싱이 나온다 손벽을
짱짱 쑤달이며 춘향이을 먹난듸 춘향이네 익기씨 정열부인 마노러임 네랴
넌 졍리 워 잇씨며 네랴넌 슈졀이 워 잇씨리

〈46-앞〉

너 한난 슈졀은 니게도 잇다 넘노하야금 六방니 쇼동하며 각쳥 두목이 다
쥬거난다 어셔 밧비 드려가즈 춘향니 긔가 막켜 마소 마소 그리 마소 힝
수니 형의게 혐미인나 나도 명식 기싱이나 시변한 일 읍난 고로 힝수니
형의게 요만치나 잘못한 이리 읍션넌듸 단난듸발 너밀기로 정집시럽게 말
을 하나 춘향 하리읍셔 변슈을 쌀어 들려간다 슴문안 다다러 디쓸 알이
드려신니 춘향이 션신 아리요 오르이라 춘향이 올나갈 졔 존견하의 거름

거리가 다 잇존만은 함부로 드려가 함부류 퍽셕 안진니 스쏘계셔난 더 숩
듸계 보고 어 잘

〈46-뒤〉

안넌다 네가 안넌 틱난 읍다마넌 의복니 심니 초라하다 아마 단발 의복의
쌜닉하나보다 니 비우예 쏙 맛난다 몃살인니 소여 나희 시무리요 좃타 너
머 어리여도 불통 손고략이요 너며 지너여도 광쥬사발리 비지죽 넘친 계
라 웃지 그리 알마진진야 하 거 연갑인계 안이라 나넌 올히 일흔살일다
청춘월졀의 미돌 줌쇠을 물고 열두 변 돌다 치야가 몰낙하고 숙지황의 무
짐치 머거던니 모발 빅발이나 송니은 청춘일다 오날벗틈 수청 그힝하고
향을 만니 차고 머리을 크계 하야 언지럿다 춘향이 분부 드려보니 스렵고
분한 즁

〈47-앞〉

의 우숩기 층양읍셔 천연이 엿즈오디 스쏘 분부 듯스온니 황공 감스하와
웃지 시양ᄒ올이가만은 구관 즈졔계셔 소여 머리 언쳐 쥬옵시고 수이 디
려간다 하옵신니 분부 시힝 웃지ᄒ오릿가 스쏘 흔 변 우셔 허허 이 기득
하다 시양지심은 예지단이란이 기집비 헙헙하면 마시 음난이라 네 인스난
차려신니 니 원 푸워 엇더허야 춘향니 엿즈오디 지염존젼ᄒ의 황송하온딜
요만 기집으로 웃지 두 말슴을 알외잇가 소여난 토기온 비 가무지쥬 읍스
옵고 시스하난 시싱더리 가무가 용스온니 다은 슈청 증하소셔 스쏘 안식
이 틀이면셔 응 한 변 시양

〈47-뒤〉

은 드럿시나 두 번치 괘심커던 일온너라 예 策房의 文生員임 듭시리라 文
生員 드려와 안지며 불너기신잇가 어 불넌네 니가 셔울셔볏틈 春香이 말
을 안턴가 文生員과 스쏘와 수쥭하면 오리 틀이잔할 양반이엿다 예 그리
지요 지가 춘향이로셰 의쑦지 의쑦외다 묘하지 묘하외다 글셰 즈니 말과
니 말과 갓트니 글셰 갓소이다 즈니 말은 하여도 무신 말린지 모로니 모
로것소 허허 모로리 니가 지을 불너다 녹코 하넌 마린계 즈니도 알든히
디강 짐쥭은 하지요 니 션친계셔 평양셔류 가셔실 졔 즈니도 갓신이 말인
지 말를 듯고 본디로 하소 니가 月香이라 긔싱 수청

〈48-앞〉

으로 두워썻지 그리지요 올 졔 힝야 千兩 쥬신 쥴은 즈니도 알어지 그럿
치요 말이라 하넌 것시 의수읍시 바은디로 하야지요 긋쩌 月香이 수쳥들
어실 졔 월향이 시간이 평양니 부지라 하던니 스쏘 수쳥드려 쇠쳔불손 한
나썻지 팔아먹고 스쏘 올나오실 졔 월향이가 울며 밥 으드려 가난 것선
보와소만은 돈 한 푼 쥬넌 것 보와시면 니가 월향이 아들놈이요 스쏘 홰
을 니녀 응 그것 고약한 거고 글럴 쥴 아러시면 策房의셔 낫잠이나 즈계
둘 걸 그려도 무잇한 쥴 알고 불너던니 아무 짝의도 못시것고 문싱원 그
계야 기슈 아넌득기 하고 한넌 말이 글을테면

〈48-뒤〉

사쏘계셔 각갑하시요 나 드려올 졔 눈치 한 변만 씀젹 하엿시면 바은말
할 이가 잇쇼 애야 춘향아 드려니 네가 춘향이란야 난향이란야 모로것다
만은 사쏘계셔 불유시기예 드러왓다 우연이 쑤즁듯고 만다마은 스쏘계셔

너을 수청슴무랴나부다만은 한마듸만 그릇하면 네 신셰난 그만이미 네 일
너 알어하여라 나 올나가오 즈니 아쥬 올나가소 아쥬 갈 수야 잇소 문셩
원 칙방으로 도라간 후의 스또 호신 말슴 그 양반 말슴 밋친 말노 쳐녹코
즌말 말고 수쳥 擧行 今日夜의 드려오너라 불유시면 오것쓰오나 분부 시
힝은 못하게난이다 네 이 연 괘심커든 니 분부 긔역하다 후회하야 무열할
고 빅

〈49-앞〉

골남힝 니 지체가 언의 양반 불려하며 즁안화류 남북촌의 외임으로 늘거
신니 네 셔방 못되것넌야 지체 말고 드려오너라 네가 그리 고집하면 네
집의 졍문 실가 츈향이 분부듯고 살 마음 젼의 읍셔 여보 스또 드르시요
츙신출어곤궁하고 녈여츌려쳔쳡인 쥴은 사쏘계셔 모로시요 궁녹지신 스또
임은 一國난을 당하시면 스린보국 안니하고 젹유의 무릅쑤려 두 인군을
셤기익가 창가소부 손여 몸이 금일 장하지혼 되야도 분부 시힝 가망읍소
스또 디경하야 웃지 분이 나쩐지 승토고가 너머계 되고 망근편즈가 쓴너
지계 되고 목이 콱 쉬며 체머리가 졀

〈49-뒤〉

노 나넌듸 응 근 연 날더려 역적이란 말이려구나 졔겨 씹팔연 갓튼니 츈
향 밧비 즈바너리라 골방의 수쳥 통인 왈르르 달여드려 춘향이 머리치을
홰홰친친 가머줍고 동뎡니쳐 그너리며 급즁이 예 춘향 밧비 즈버너리라
예 스령 예위 춘향 즈버너리라 져 스령 거동바라 츌임풍종 밍호격으로 와
락 쮜여 달여드려 함부류 줍고 널고 너른 디들 알이 두세 바퀴 니야 둘너
즈버니려소 춘향 졍신읍시 좌우을 둘너보이 스또 압희 형이 통인 즁계하
의 쳥앙 급즁 뜰아리 듀쥴 나졸 산수털 벙거지 남일광단 안을 올여 진짜

상무 달려시고 청단군복 설한쾌ㅈ 남젼더

〈50-앞〉

듸 눌너 씌고 권중 쥬즁 좌우으로 갈나잡고 듯쥬워라 한난 소리 구정뜰리 움즉인다 동틀들어 올여미라 예위 올여미야소 시번 기싱은 다짐이 읍시되 춘향은 퇴기라 다짐이 익것다 춘향이 붓디을 들고 스쏘을 물구류미 치여 다 보며 별넝별넝 쓰난듸 스쏘가 무섭고 두려워 쓰난 일도 안이요 미마져 죽글 일 싱각하야 쓰난 일이 안이라 칠십 노모와 리도령 다시 못보고 죽 난 일이 원통하야 별넝 쓸던니 죽어도 일심이라 맘 심쓰로 드르르 거어 붓디을 거듬의 니던지고 요만하고 안져난듸 형중 한아롬 덥벅 안너다 춘 향 압피 잘으르으 펼쳐 논니 집중굴노 거동바라 팔 쎄고 썽 나셔

〈50-뒤〉

형중을 골른다 형중을 골른다 이 놈 줍고 늣끈늣끈 져 놈도 줍고 늘근늘 근 쌧쌧하고 등심미 닛씨면 남모로 저처놋코 날중날중 쉬 부려질 놈 춤 탁 밧쪄 손의 들고 금중소리 발맛츄워 일보 이보 물너셧다 한거름의 달여 들 졔 즐임을 짝 잣치고 두 눈을 짝 부류쓰고 꿈격꿈격 마라 쎠 부려질나 스쏘 보난듸난 위풍으로 하고 안보난듸난 즐임을 수기며 한두만 견늬어라 미우 치라 쬐다리요 치라 어 짝이 붓치이 부려진 형중가지 후류류 썬난간 다 춘향이 긔가 막케 한나를 치미러본이 하날이 쎙 돌고 쌍이 툭 꺼지난 듯 아무말도 못하고 고기만 홰홰 니두룬다 십중가라 하난 거시 울며 마져

〈51-앞〉

못씨것다 긔긔로 포악을 하난듸 명싱 일긔 기싱이나 일부종스할 마음을

일시덜 번하리가 치라 쏘 싹 치라 둘지 나셜 부드친니 이부불경 이닌 마음 이군불스 다르린가 세치 나셜 붓듯친니 습종지도 중한 볍을 습강오륜 바리익가 네치 나셜 부듯친니 스디부 사쏘임은 사긔스를 모로시요 스시장청 송빅져리 스월믹황 다르리가 다섯셜 부드친니 오민구지 요조슙여난 군즈호구 소첩이요 오치이 발긔것나 오형의 쥐기거나 츠분디로 흐옵시요 여섯치 싹 부친니 육국을 종횡하던 소진의 구번인들 소여 마음 달닉릭가 일곱치 부드친니 칠셩금

<h3 align="center">〈51-뒤〉</h3>

드난 칼노 어셔 밧비 쥬계쥬오 八字치을 부드친니 귀곡간중 썩근 눈물 구천 사못찬이 九年之水 되여시라 十字 낫셜 부드친니 十生九死할지라도 우리 낭군 가실 쩌의 十年 期約하여시니 十分 通蜀하옵셔 열 치고 짐죽할가 시물 치고 짐죽할가 三十笞을 밍중하니 刑吏 通引 눈물 씻고 執杖굴노 눈물질 졔 玉갓튼 春香 다리 쏠쏘난 듯 뉴혈이요 桃花갓튼 두 귀티 흐르난니 눈물이라 左右로 보던 여인덜니 셔을 쓸쓸 차며 발을 탕탕 구루면서 잇고 그거 모지니 잇고 그거 독하구나 암젼하난 夫人

<h3 align="center">〈52-앞〉</h3>

불숭타고 우난 夫人 신통하다 추난 夫人 그리하여 올타 하고 치스하며 가난 夫人 三門外 어러 활양덜도 눈물지며 어러 활양 하난 마리 모지도다 모지도다 우리 스쏘 모지도다 져런 민질 어듸가 잇난야 즙중굴노놈은 눈 익키 두어쓰가 문 밧긔 나오거던 발모듬 치즈 져런 민질이 웬 잇시야 나 도러간다 춘향이가 민맛난 거동이야 사룸의 눈으로난 차마 못보것다 이 쩌의 춘향이난 반싱반스 되여쓸 졔 네 이 연 인져도 수결할가 중난한 말 구만두고 쥐계쥬오 큰칼 드러 흐옥할라 쇠악 쌍쌍 쳐 인봉후의 하옥하오

〈52-뒤〉

三門外 나올 졔 어러 활양더리 다 모여 부치질도 하다 하되 춘향니가 손본 이리 읍셔거던 그럴 이도 읍고 ᄉᄯᅩ가 웃지 강ᄯᅩ가 놀납던지 그럭커 쥐계노코 통인 불네 분부하되 박긔 나가 춘향압폐 갓씬머시 잇거던 묵거 드리리라 하나 그 ᄶᅥ 통의난 춘향 부친이 닛셔도 못드려가게 되엿ᄭᅥ다 어러 妓生더른 한 동간이라 나가난듸 애아 三啻아 왜야 주거쏜다 누가 주거쏜야 츈향이가 주거쏜다 잇고 그게 원 마리야 우루루 나가던니 춘향을 부여줍고 잇고 춘향야 네 이거시 원 이리야 잇고 兄임 잇고 同生 잇고 족하 잇고 아주미 ᄌᆞ나가 무슴 죄가 잇나 잇

〈53-앞〉

고 불숭하지고 힝수기싱 드러오며 잇고 춘향이 죽어ᄭᅮ나 증심이 널낭은 청심환 가져오고 즁염이 널낭은 부치질을 하여라 인분이 널낭은 더입을 다리고 엇언 기싱 드러오며 지야ᄌᆞ 졸시고 여려 기싱 한난 마리 잇고 밋쳐나야 너 이 춤 웬 일리야 너의덜이 몰나쏘다 평양妓生 월쳔씨난 더젼셩공 충열이 되고 진쥬기싱 의얌부인 츙열문의 괴야잇셔 쳔츄의 유젼터니 南原邑 우리 조방의도 션판감이 싱겨고나 얼시고 조을시고 춘향 압푸로 드려오며 여보계 셔울집 의고 삼쳔동니 불숭하다 ᄌᆞ늬 신셰 잇고

〈53-뒤〉

불숭하지고 노모 신셰 말 안나나 ᄌᆞ늬 신셰로난 쏙 죽어시며 조커니 일어텃시 요란할 졔 춘향모난 그계야 소식듯고 반빅된 머리 가닥가닥 되난더 뒤흔들며 우루루 드러오며 이 사롬덜 물너시계 짤 귀경 좀 할나네 춘향이

을 쩌여안고 이고 춘향아 네 이것시 웬 리이야 네가 정영 죽어고나 죄 읍
시 죽계 되이 이 릴을 웃지 하즌 말이야 香丹이도 통곡하며 이고 아씨 정
시을 차리여 이고 니계 웬 리이요 춘향모 통곡하며 香丹야 네의 아씨 죽
어고나 남문 박계 가 급조군 쩌원라 춘향이 정신차려 어만니 우지 마오
급조군도 그만 두오 스룸니 죄 읍시면 죽난 볍이 읍난이다 너며 그리

<h3 align="center">〈54-앞〉</h3>

걱정마오 스장니 불너 하옥을 지촉하니 향단니난 춘향을 업고 춘향모는
칼머리 들고 옥문 안을 달여드려 쩌적 펴고 들어눈니 이승인지 져승인지
혼몽천지 모로난듸 춘향모 거동바라 춘향 왜목 덥벅 안너 물읍 위의 뉘여
노코 형중의 승한 다리 즈근즈근 누루면셔 아가 춘향 정신추리여라 이고
어만니 걱정마오 스룸이 읍시면 죽난 볍니 읍난이다 오야 너며 슬러마라
십목도 쓰시 잇고 명천지지 소소하니 설마 어쓰한들 죽글소야 아모리 스
라나거든 무릅으로 긔여가도 구관쩍의 올나가즈 한츙 리이할 졔 사쏘는
옥형니 스장이 불너 분부하되 여보아

<h3 align="center">〈54-뒤〉</h3>

라 옥죄인니 만타하니 스옥죄인는 면쥬인의계 보수하고 화적 즈바 가둔
거선 그도 져의 싱화로고나 남원쌍의난 하지 말나고 일너셔 모도 방송하
고 옥의난 춘향만 가두고 혹시 밤으로 츌입한난 놈이 잇거던 낫낫치 염문
하여 바치라 분부 지엄하니 옥의다 츈향을 늑코 옥문 쩔걱 심쇄하니 흑운
바다 쩌러지고 금반의 던지 옥이 돌함의 드어고나 춘향이 옥의 안져 캉캄
셰월을 보니 젹의 너가 이계 무슴 죄고 국곡투식 하야던가 밍즁 형취 웬
리니이며 스린 강도 안니여든 엄수신칙 웬 리닌고 졔의 낭군 수졀하기 그
도 무슴 죄 되난가 도로여 싱각하니

〈55-앞〉

옛 스룸도 수옥하야 고성 면 밋친고 지덕하신 탕임군도 하디옥의 갓처짜
가 도로 노여 승군니 되고 인셩하신 쥬문왕도 유리옥의 갓쳐다가 도로 노
여 셩왕니 되고 명문도덕 공부즈도 상주옥의 음익으로 광짜옥의 갓처다가
도로 노여 디승되니 나도 힝여 노여날가 익미한 슉낭즈난 낙양옥의 갓처
씰 제 청조시계 편지붓처 그린 낭군 만나 죽을 목슘 스러신니 비난이다
한나임젼 청조시난 읍실망졍 지럭기나 빌이시며 안족의 글을 미야 임 계
신 듸 젼하고즈 하던니 이져넌가 졍막한 옥창젼의 춘향일화 다 져간다 임
다시 중안도즁 모춘소식을 붓치고즈 무죄하온 최회왕도 무관옥의 갓처실
제 춘임 넉

〈55-뒤〉

시덜 초혼조 져 시가 되야 뇩이청슨 뿌린 눈물 쳔추 원혼 우러신니 니 몸
도 두견되야 귀촉도 소리하여 님 오라고 권하고져 유승의 황잉조야 쬐고
올 소리쳐 지피 든 줌 꾸우고즈 녹수청강 져 기럭야 유졍하고 다졍하덜
임의 눈의 뵈이고져 한심은 청풍되여 임익 등촉 불러 쓰고 눈물은 셰우되
야 임의 금침 션뜻 뿔여 지피 든 줌 꾸오고즈 히 다 져 황혼되면 다인난
니 메 변이며 만졍화락 월명시의 출문망니 면 날니며 침침칠야 젹막ᄒ디
누워신들 줌오며 지다린덜 님이 올가 동방화촉운의 시 스랑을 다시 마나
날 싱각 니젼난 뉘 연의 쬐엽 듯고 영니별을 하라난가 고순쳐렁 슨수갑슨
영니

〈56-앞〉

막크 못오난가 줌충충 거별의 촉도지란 두너넌가 화유까지 썩거들고 주마 투겨 줌칙하여 쳡의 빅연 이젓넌가 공산의 발근 달니 옥충의 비처신니 져 달라 보넌야 임 계신 듸 네 보넌야 명지을 빌여라 나도 보계 세월니 무정 하야 삼춘의 봄이 든니 보난 것도 싱각니요 든난 것도 수심이라 작작한 두견화난 나을 보고 운난 거동 반갑고 향긔롭다 바람인 듯 구름인 듯 일 신이 요요하야 한 고결을 다다른니 엇더한 낭즈계셔 이적요로 나오거날 춘향니 눈을 들어 이 어인 스룸니요 져 낭즈 듸답하되 소쳡은 셕슝의 이 쳡 녹쥬라 한난이다 져 낭즈는 뉘라시요 평양기싱 월천이요 져 낭즁는 뉘 라시요 진쥬

〈56-뒤〉

기싱 의암이요 만고의 츙열이라 일어한 부인너가 날 갓튼 스룸을 이듸 위 로하니 이 웃쯘 일인가 가져 져 낭즈 듸답하되 연화봉 놉푼 결긔 우리 션 싱 열위하스 그듸을 모셔오라 분부가 지엄하시니 지쳑도슈하 이 곳셜 추 져와난이다 어셔 함계 가스이다 그 낭즈을 싸러 황능뫼 다다른니 만고정 열 황능지뫼라 황금더즈로 쎠인난듸 심신니 살난하야 탄식고 비회터니 한 낭즈가 등촉으로 인도커날 그 안너 드려가니 빅의한 두 부인이 손길을 셔 로 마조즈고 줌임으로 나오면서 여보아라 츈향 네 나을 모로이라 요여 슌 쳐 니비로셔 우리 임군 듸슌씨가 낙슌수하시다 충오야의 붕하신니 쥬야중 탄 두리 안

〈57-앞〉

자 충오산만 바라보고 우난 눈물 피가 되여 죽숭의 쏠여던니 듸마도 알농

지 임임피 원하니라 충오손봉향수절이이야 쥬중지슈니멸이라 누빅연니 지
나간들 우리 셔롬 이질손야 너난 임을 다시 마나 그린 회포할 거신니 슬
어 마라 슬어 마라 동편의셔 한 부인니 쏘한 나안져 우난 마리 츈향아 네
나을 모로리라 쵀즁낭 쌀 문희로셔 위즁의 안히되여 좌션왕게 즈펴가셔
초미동 고급으로 십팔빅연의 천추의 밋친 슬음 회인낙누쳔회요 한사단즁
디기각이라 니 안니 실푼손야 셔편의 안진 부인니 쏘흔 나안져 우난 마리
츈향으 나을 모로이라 한나라 소군원으로 호

<h2 style="text-align:center">〈57-뒤〉</h2>

지의 드러갈 졔 구쳔의 그린 스럼 일부쳥총 뿌리로다 마승비파 한 곡조의
분명 원혼이 이 안니인가 하도승식춘면니요 한픠공귀걸야의 혼이라도 니
안니 실푼손야 쏘흔 남편의셔 한 부인니 쏘 나자 우난 마리 나난 식나라
부인으로 총왕게 즙폐가 아모로되 사룽한들 엣 은혜을 못이져셔 셜로궁이
예 노도신한니 밍밍무원도기츈고 글만 지여 을푸노라 북편의셔 한 부인니
나안져 우난 마리 나난 진나라 악참공쥬로셔 셔덕원의 안히가 되여 풍진
의 나난 거울 십오야 승도시의 창두을 다시 보니 엿스럼니 시로라 경여의
니구텨니 부인니 불귀라 무부승아영니요 공여

<h2 style="text-align:center">〈58-앞〉</h2>

명월휘라 니별시 나난 거울 날과 갓치 가져다가 십오야 남원시의 반가니
相逢하거시니 스려마라 니러텃 마을 할 졔 황능뫼의 우난 뒤견 귀촉도 한
소리예 지피 든 줌 놀너 씨니 황능뫼도 간 곳 읍고 격격한 옥니로다 일편
셕경거월야의 기힝남비마고족은 외기력니 다리 알리 놉피 쩌셔 쑤루루 소
리하니 츈향 마음 쇄락하야 문 펄젹 열쩌리고 말니즁쳔 울고 가난 져 기
럭아 네 어디로 향흐난야 반야의 산 숙향니 되여 수산 쳘니 질의 소식을

붓쳐쓴니 니 셔름을 싱각하야 하양 셩즁 지니거던 삼쳔동 우리 셔방임젼
편지 일장 붓치여라 손 후루쳐 소리하며 일포 화젼

⟨58-뒤⟩

지여 임의 편지 밧비 쓸 졔 호황모 무심필을 즁둔을 풀어 사풍셰우 쳬가
되고 수먹순수 빗시로다 편지 써 손의 들고 문 박긔 나셔본니 충망한 구
름 손의 본 쳬 안코 지나간니 만지즁셜 하온 편지 뉘계 붓쳐 젼하리요 니
럿틋 즈탄할 졔 잇 쩌 도련임은 셔울노 올나와 일연이 치 못되야 명문거
족 취쳐할 졔 춘향 싱각 간졀하되 시흥의 잇난 몸니 달니 번통할 질 웁고
독셔의 심을 씨니 글은 틱빅이요 글씨난 왕희지라 당시 문즁 놉푼 일홈
싸을 사롬 뉘 잇시라 국가가 틱평하여 진풍연 즌치꼿터 알셩과을 뵈이실
졔 춘향 낭군 과긔 본다 명지필먹 손의 들고 춘즁더 드

⟨59-앞⟩

러가니 즈원봉 연못가의 안진 션비 청포 흑디의 뉴건 씨고 안진 거동 티
평승디 이 안니야 친임시초 하웁실 졔 골옹포 익션관의 옥교의 좌졍하웁
신니 시위군병 벼러씨되 가젼의 승사각신 가후의 별눈금과 열두 졉 즈긔
창의 셔리갓치 옹위하고 상십뉵 쌍 홍영긔난 꽂과 갓치 벼러셧다 션명한
주별감은 옥교 치을 금쳐잡고 에이워 소려 젼우고총 거원풍뉴할 졔 졉쳐
운동할 졔 춘당디 노푼 고디 구름 치일 노피 치고 삼쳔 용상 일월명의 하
날갓치 젼좌하니 독젼관 디독관 상시관 벼러스셔 차례로 시위하니 옥금을
노피하스 의계을 부웁실 졔 춘당츈식이 고금동이라 션졔판의 거러

〈59-뒤〉

논니 글중중 모든 선비 일쇠의 먹을 갈아 부류거이 씨거니 중줍니 분유할
제 선풍도골 니몽용 멍지필먹 아펴 노코 글졔을 싱각하여 일필휘지 너드
리니 용사비등이라 일쳔의 션중하니 더독관니 글을 바다 손의 들고 일거
원인니 쥬문은 쥬필을 들고 명관은 놀난한다 글시도 명필이요 글귀도 문
중이라 전하 친건하옵시고 즈즈 비점 귀귀 관쥬 상지상의 등을 막여 휘중
하여 쓸니고 장원으로 부릅신다 밉셰잇난 증연사령 쏙지예 격거들고 즈원
봉 연못가의 춤나졍 쒸허처며 리명윤 즈졔 리몽용 찬난 소러 과중 모든
션비 넉셜

〈60-앞〉

일코 귀경한다 옥골션풍 리몽용니 흔연니 썩 나시며 의젼사령 달여드러
도표자락 금처줍고 의젼의 진퇴하니 전하 층찬하옵씨되 천하 유의하스 어
진 신하 어더쏘다 어쥬 삼존 나린 후의 의약풍유을 쌍쌍 치며 계화로 나
려온니 머리의난 어스화요 몸의 청삼이라 좌수의 옥호리이요 우수의 홍퍼
로다 마두의 청기을 씌고 금화동은 쌍져을 빗계 부이 단산 추야월의 치봉
넙노난 듯 영친도문한 후의 초직으로 녹을 붓쳐 쥬셔할임 주중각의 더교
출육 동부승지 입시하야 입변할 그 쩌 호남니 홍연이라 젼하계서 ○○○
○

〈60-뒤〉

사모당 어스최계하야 드리○○○○○○○씰 졔 춘향 낭군 동부승지가 어스
최계 드러던 거시엿다 리승지 사은복지하오니 전하의셔 밀셔을 너여 쥬시
거날 것봉의 하여씨되 슝여문 기틱이라 리승지 스은슉비하고 슉여문 박계

나와 봉셔을 쩌여본니 호남이 홍연이라 방빅 수령 슬불치와 민졍을 살펴
여 즈셔니 염탐하라 수의 마픽 육쳑이며 스목쳑이 드러거날 칠픽로 바로
나와 삼일 치힝한 후의 호남으로 향할 졔 안마음의 디락하여 밍즈도 글을
비원 쳔흐의 디승니 되고 강남의 리티빅도 관산 십연 글을 일거 시즁쳔즈
되야잇고 이 몸도 글을 일거

〈61-앞〉

엇그져계 과가하고 오날 젼나어스하니 그리 안니 조흘겻나 어스또 나러올
졔 셔리 역졸 즁방니며 염문군 복지긔와 좌우으로 거날이고 칠픽영마 즈
바타고 아야고기 밥젼거리 동작기 월강하여 승방뜰 바로 지니여 남타령을
넘어고나 과쳔읍니 즁화하고 차넘물 갈미 군포 지니여 별사근니 골사근니
지지지 붓쳐당이 조기졍 얼는 지니여 수원 북문 드러다러 남문 박 썩 나
와 상하유쳔 디황교 썩젼거리 요긔하고 진긔울 즁밋 지니여 오미즁터 숙
수하고 진의읍니 조반춤의 홍쥬원을 넘거고나 소골 지니여 칠원 지니 소
시 와 즁화하고 이고달니 홍경니며 셩환영마 즈바타고

〈61-뒤〉

압슐막 졔즈거리 시름소 직산 삼거리 연봉졍이을 지니 비틀니 시슐막 쳔안
읍 월춤하야 원거리 즁화하고 삼거리을 얼는 지니 도리틱을 넘거구나 징계
영마 줍바타고 원나드리 신더평 구더평 원터 드려 숙수하고 인주원 넘구나
팔풍졍이을 얼는 지니 광졍영마 줍아타고 화란 모란 얼는 지니 닐심영마
줍아타고 근강이 나루 얼는 근너 즁긔더 숙수하고 놉푼 힝길 소기 지나 수
막 잠간 쉬여 문너미 넘거구나 졍쳔영마 줍바타고 지경터 노셩 압슐막 풋
기다리 마구평 시다리 은진읍니 닥거리 얼는 지나 황이졍니 숙수하고 셔리
불너 분부하되 너난 예셔 며여 나셔 용안 하밀 인피 옥계 증계 망계 금

〈62-앞〉

긔 틱인 진안 중수 구례 곡셩으로 단여 남원읍으로 디령하되 읍폐 민폐 강산죄인 부모불효 형제불화하난 놈과 난낫치 염탐하여 닉월 십오일 남원으로 디령하라 역쫄 너난 며여 나셔 진산 금산 무쥬 용담 화중 충평 보안 고비 고충 장셩으로 단여 남원으로 디령하되 난신격즈 발금죄인 충화도인 여수불면 국곡투식 충셩늑탈 토식스옥 등물 노상잡기 힝인탈취 협충오입 술을 먹고 휘쥬 즉난하난 놈과 뉴부여 통간하난 놈 닌물 추인하난 놈 난 낫치 연탐하여 닉월 십오일노 남원으로 디령흐라 나넌 에셔 써나 여슨 익 슨 젼주 임실노 단여 가리라 ○○○

〈62-뒤〉

의 하고 각쳐의 연탐할 제 잇 써의 어스쏘는 힝중을 다시 차리난듸 웃지 보면 과긱이요 웃지 보면 강경하다 셩공못한 션비갓고 계셔 좀 잘못 보면 당 사쥬 보난 관상이로 차리것다 모즈 상한 흔 통양 중열 다러 수겨씨고 압살 터진 망근 우의 풍줌 다려 잣계 쓰고 소민 조분 베동옷 품시 널계 썰처입고 뉵승 목번날버션 돈반자리 졀치신고 줌방 한나 뒤셰우고 추추 나러갈 제 열읍 관중 수령임니 수의 낫신 맙슴 듯고 지닌 공사 의심하야 시 공사 추러갈 제 환손의 긱이 날가 젼결의 이리 날가 수령이 이러할 제 빅셩인들 오작할가 읍니 가던 궐농덜은 식은쌈을 빗씨치며 흔 파립 좃계 쓰고 강관셔원 드르시요 암힝어스 나계신듸 삼쳔동 리씨라요 강관은 닉셜

〈63-앞〉

일코 셔원은 부딕을 놀 졔 추시의 스쏘난 여산 지닉 닉슨 지닉 젼주읍 드

러 연탐하여 진영으로 밀처노코 촌촌젼지 나러갈 졔 잇 쩌의 스쏘 염탐하
고 지푼 산골 다다른니 늣 모심기 하나라고 아시문된 기집하고 약 담복
올은 아희하고 모을 시무난듸 각금 먼듸 둘너보며 소리을 부루난듸 남녀
쳥으로 니던이라 스마지기 논밤니가 반달만치 남어나 총각아희 밧난다 지
가 무슌 반달인가 초싱다리 반달니라 서울니라 유달아의 달듯난 게 보기
조원 상쥬 함충 공갈모세 잉어노난 게 보기 조원 충청도 즁복승은 주절쥬
졀 열여네 황시야 덕싴 어듸 가 즈고 완나 수양 쳥

〈63-뒤〉

쳥 버들 속의 휘느러지게 즈고 완나 어위셰 어위셰 니 놈밤니을 어위셰
한층 이리 할 졔 어스쏘 귀경하고 어 연놈더은 불런간의 덤풀밋 츠져가것
다 南原 地境 다다른니 옛 마음니 시로 난다 춘향 이즈 속의 두고 충회을
쎄여닌다 니 버임 춘향야 죽어넌야 사러난야 너 하나을 보랴ᄒ고 모담젼
촌 소미동양이 가련하다 여관한등 독불면도 널노하야 잠이 읍고 긱심하스
젼처런도 널노하여 수심이라 네 몸이 충여로셔 슈졀는 가망읍지 안니 조
로르 찬 지졀즁의도징징이라 그런 일 읍시렷다 십별지목니엿다 열번 찍어
안니 너며지난 게 읍다 하니 그도

〈64-앞〉

그러찬치 기도 안니 쥬면 못하지 그와 다른지 혼즈 두런거리며 들노 나러
가노라 하니 五十餘名 두레군니 징 중구을 울니면셔 노리할 이 시졀이 언
의 쩐고 틱고젹 시졀인가 얼널널 상수뒤요 쾌등등 둥둥 쾡믹쾡 실농씨 교
젼의 순임군이 짜뷔 즙고 여산의 밧쳘을 가니 근들 안니 농부넌가 얼너어
널 상수뒤 진처스 도연명도 젼원즁무 것친 풀 쥬넌 원을 마다하고 밧쳘
가니 그들 안니 농부넌가 어널널널 상수뒤요 쾌드등 둥둥 쾡믹쾡 여보소

농부들아 한츌첨비 셰지말고 천ᄒᆞ디본 심을 스소 얼얼 상ᄉ뒤요 ○○

〈64-뒤〉

밧 구령논의 오곡빅과 ○○○○○○○ 상ᄉ뒤고 동군 하지 다 지니고 농
가신션 팔월졀의 어널널 상ᄉ뒤요 南田北畓 秋收하여 압뒤 쓸의 노젹하고
王税國곡 치른 후의 부모봉양 하여보세 어널널 상ᄉ뒤요 쾌드등 둥둥 쾡
믹쾡 저 근너 갈미봉 비 무더 드러온다 우중을 두르고 지짐심을 미세 얼
널 상ᄉ뒤요 낫단다 낫단다 구관 ᄉ쏘 즈졔 리도렁니 암힝어ᄉ 낫단다 얼
널널 상ᄉ뒤요 종꽁밥 호박국을 표식하고 양쥬부쳐 훨신 벗고 집벼기 명
석이불 미쪽갓튼 궁둥이을 소시양손으로 찌거당긔여 틱평가로 노러보셰
얼

〈65-앞〉

널널널 상ᄉ뒤요 어ᄉ쏘 지니가며 농ᄉ넌 천하지더본이라 한니 졔일 보기
조코 져 양반 술 즈시고 가오 어ᄉ쏘 술 밥 어더먹고 농담 드른 후의 南
原邑으로 힝하야 갈 졔 난더읍난 상부소리 어호 어호 여보소 동무더라 북
망산을 머나마쇼 뒤동산니 북망일셰 공산의 터을 닥고 ᄉ토로 집을 지여
창송으로 울을 삼고 오죽으로 버슬 삼아 영결종천 하올 젹의 눈비 오고
셔리칠 졔 언의 친구가 날 차질가 어호 어호 이난 다 닛고하니 촌사롬들
이 南原邑으로 나무팔너 갓던 사롬이라 져의찌리 노러안ᄌ 애기을 하난되
그어나 졀어나 오날 ○○○○○○○○○

〈65-뒤〉

○○○ 츈힝이을 ○○○○○○○○○여 안치고 셩양짝 은막기갓튼 거셜 가

지고 치니 압파 죽난다 하며 날을 보고 말여달나고 눈을 씀격씀격하되 드
러가지 못하고 오좀을 질금 싸것되 익소 이 사룸 츈향이 어제 죽어 져 건
느 시 초분일세 그 사룸덜 지니 후의 어스쏘가 기가 믹켜 우루룩 건너가
셔 갓셜 버셔 니던지고 최봉을 죄여뜻 듯 외면셔 츈향아 웬 일이야 죽단
말니 웬 말인야 수양산 봄바람의 졀노 스난 고사리밥갓튼 호도주먹을 불
근 쥐고 가심을 쾡쾡 두다리며 너 주던 옥지환은 니게 그계 잇다만은 니
가 주던 면경은 웃지하고 죽어난야 한

<h2 style="text-align:center">〈66-앞〉</h2>

창 이리 통곡할 졔 그계 뉘 최봉인고 하니 ○○○○ 만우란가 부들라 아
들니 오형졔되 말지 상졔가 언청이가 면져 보고 여보 형임 어만이 일홈니
츈향이요 니가 어만니 일홈을 알 수가 인난야 엇든 놈이 어만님 최봉의셔
츈향야 츈향야 하며 셕경 달나고 우니 니가 고이 아라지 어만임 다랄질
그럿시 못보든 셕경 하나 잇긔예 달나고 하여도 안주던니 송니가 닛셔 안
이 주던가부구 뉘가 알 수 잇나 그럴 이가 닛건난야 ᄊᆖᅻ 어러셔 오입
으로 반하여 나갓다 하던이 인져 와셔 우나부다 올나가 보즈 익고 익고
올나간이 어스쏘 우다가 보고 기가 막켜○○○○ 이가 즈식을 니○○○○
○○○○

<h2 style="text-align:center">〈66-뒤〉</h2>

읍고 양즈을 하여도 한나나 흣지 닷셔시나 하 수 잇나 마○○○○○ 버셔
논 갓 지버들고 그 압펴 오난 상졔가 근 六十 되여 뵈이거날 거름아 날
살여라 도망하여 그 모트으로 드려 한 곳즐 다다르이 어쩌한 농부 밧갈며
한난 마리 오즈일경만도수라 용천지도하고 인지지위하야 이양부모하고 위
국보쳐즈하여 보세 니러져러 어스쏘 듯던니 모양은 거머도 힝물은 안니요

아나징풍니 쳘거씀니라고 어스또 문난 마리 경전야수미춘식이라 밧가넌
져 농부 말 좀 뭇고지고 져 농부 군말하되 여슨

〈67-앞〉

니 안니여던 니윤이라 말 뭇심나 범아부 안니여던 디슌이라 말 뭇심나 음
능의 질을 일코 ○○도라간 연후의 무슨 말을 뭇심나 니리 좀 나오시면
할 말 잇지 져 농부 나온며 담비디 쀠여물고 엽뼈 와 안지며 무슨 말심
하라시요 이게 南原 地境이지 그러허오 본관이 明治지 명치지요 미우 슨
치한가 葛天氏曰 우리가튼 草野의 우망이냐 農事나 알지 本官 治不治을
웃지 알거소 한 농부 나안던니 입은 비트러져도 주랑언 바로 불너디고 니
오른말 하오리다 우리 원임 공스 줄 흠늬다 환소사 암부되고 송아지치은
모도○○○○○

〈67-뒤〉

의 페되다고○○간 공스안코 수○○○○○○ 디혹ᄒ여 下記 진비ᄒ고 슐
자시기로 일삼우이 요연 명치 어디 잇소 어스또 春香 소식 알야ᄒ고 니
드른즉 수청기싱 츈향니라지 늘근 농부 그 말 듯고 게가 어디 니심나 이
셰승베니난 못되난 바지속 계셔 만컨낫 날더러 우멍거지란 마릴셰 졀문
농부 거동바라 주먹 쥐고 니다르며 어디 스난 슝물인지 玉갓튼 春香身의
누셜을 입피난고 발을 빈도막식 하난 주동이을 비비니라 늘근 농부 하난
마리 더럽썻다 마라 마라 그것 칠 게 읍다 그 주먹의 마지면 도야지 민판
갓튼 낫짝이 먹야지 걸

〈68-앞〉

쳐셔야 씨거는야 져 양반 드러시요 츈향니라 하난 기성은 南原의 第一 名
妓로셔 旧官 子弟 李道令과 百年 긔약을 미져던니 新官 使道 道任 初의
슈쳥 안니든다 ㅎ고 월솜동취 즁흔 미을 맛고 거의 쥭계 되아씨되 종시
회절 안니하니 열힝으로 빗길진디 피눈물 디여 쓸여 소상반쥭 되던 ㅇ황
여영 부려할가 일언 열여 츈향 져 양반 입으로 누셜을 입피온니 심스짠은
고약한 사롬이라고 어스쏘 허허 웃고 춘향이 쥭던 안니한 기로오고 쏘 흔
農夫 나안던니 리도령니 무졍하여 쇠도령일넌고 쇠도령임 황소 불알난 거
시나 할지라

〈68-뒤〉

도 토쥬즈리 되여쓰라며 그리 괄셰하여 계가 리도령하고 웃지 되나보 남
무 리이라도 ㅎ 분하니 리도령 일가러도 만나면 말마디나 ㅎ거소 주먹
쥐고 나스던 농부도 나아져 ㅎ넌 마리 이고 삼회동리 계가 어스 나다 흔
인 쎅 져런 거시 당기며 어스득기 어수룩흔 쳬ㅎ고 단니거다 여보 어셔
가라인께 쎕기나 맛지 말고 어스쏘 욕셜이 잇슬쩟ㅎ여 니러나며 즈 쏘 보
지 계셔 떠나 오수역 당도ㅎ여 마두의 집 슉수할 졔 힝역의 뇌곤ㅎ여 비
몽인덧 사몽간의 담안 집의 부리 나셔 화광니 충천하디 어쩌흔 일미인니
나슴을 부여줍고 이원니 ㅎ넌 마리 상공은 쳡을 구하소사 소소

〈69-앞〉

리쳐 줌을 씨이 춘향니 욕즁의 스경인 줄 짐죽하고 급급 발힝 나러올 졔
춘향니난 욕즁의셔 수삼연을 반싱반스 진닐 젹의 도련임은 구니 되여 이
셜치 하여줄가 앙쳔츅수 고디할 졔 ㅎ로밤의 일몽을 으더씨되 옥창의 잉

도꼿시 어지러니 쩌러지고 두고간 임의 경포 면경도 씨져 뵈니고 희수가
자져 뵈인고 문우의 허신니 걸여 뵈이거날 춘향니 줌을 씨여 더몽인 줄
짐죽ᄒ고 길홍여부 알 수 읍셔 뉘계 무려 희몽할고 싱각ᄒ고 안져실 졔
문복ᄒ난 즁임 ᄒ나 옥문 박긔 지니년듸 문수 훼난 소리와 각즁○○○○
○○

〈69-뒤〉

○○○○○○○○○ 지니가니 츈향이 반겨 듯고 ᄉ장니게 부탁하되 즁님
좀 불너주오 ᄉ즁니 나가며 판수을 쳥ᄒ니 져 봉ᄉ 드러오며 그 누가 날
차져심너 춘향니 ᄒ년 마리 니가 오시리소 니마직 즈리의 안지시요 니 발
셔 쳥좌ᄒ여 은졔나 뇌일가 문복를 할 터니나 누지혼 욕즁의 오시날 기리
읍습던니 니가치 오셔슨니 감격혼 말슴이야 읏지 다 엿쥬리가 글역이나
어쩌ᄒ시요 니ᄉ 잘 닌네마넌 욕즁 고싱ᄒ년 말넌 읏지 다 셩언할가 의몽
혼 즁임니 춘향 압푼로 나안지며 예 아무도 읍나 아무도 읍소 겸니나 잘
쳐주오 겸이ᄉ 잘 쳐주지마넌 니가 믹을

〈70-앞〉

집펴셔 잘 아넌니 셩문 마진 다리가 얼미나 상ᄒ여나 만져보세 즁쳐을 만
지더니 이긔 어던 사령니 믹질를 리니 과이 ᄒ여나 춘돌이가 쌋여소 그
놈은 니계 와 안덕날 비드러 오면 멸문더화일를 바더주면 그 안니 어더혼
가 춘향이 기슈치고 봉ᄉ을 도르난듸 여보 즁임 드려시요 우리 임친과 즁
임과 붕우지도 극진던니 우리 부친 복이 읍셔 황쳔긱이 되고 즁임은 복이
니셔 니날거지 사러씬니 고인지즈난 즉오자란니 즁임 쌀나 다르오며 우
리 부친나나 다르잇가 두루두루 만져주요 든든ᄒ긔 츙양읍소 져 봉ᄉ○○
○○○○○○○○○

〈70-뒤〉

증잔한 장임니 일읍 춘향 졀기을 알거던 그럴 니가 닛스리 춘향니 몽스
마을 다ᄒ고 銀指環 벼셔 복치 노코 길흉여부을 ᄌ셔니 알야ᄒ온니 졍셩
굿 ᄒ여쥬오 어더 금츠 당복젼이라던니 그 마리 오레 놋각막이 디모산통
눈 위의 쩐든 드러 디츅ᄉ을 할 졔 젹이 티셰 뉴슝 쳔ᄒ언지시며 지ᄒ는
지실이요 고졔즉읍하고 응지즉신하난니 춘츄디일 통츠난 쳔지지슴경니요
고금지통의라 여쳔지로 합기덕하며 여귀신으로 합길흉ᄒ난니 디셩인 복희
씨 실농 황졔 문왕 쥬공 귀곡션싱 손빈션싱 이슌풍 원쳔강 소강졀 곽박
회암

(이하 낙장)

김동욱 소장 춘향전 (낙장 83장본)

정자체로 또박또박 쓴 한글 필사본인데 아주 가끔 한문을 섞어 쓰고 있다. 간기가 없다. 앞부분은 낙장이 되었고 춘향이 그네뛰는 장면부터 시작된다. 춘향이는 부름을 받고 방자에게 "안수해 접수화 해수혈"이라 이도령에게 여쭈라고 전하고 집으로 돌아간다. 월매의 극중 역할이 확대되어 있고 행위가 매우 골계적으로 채색되어 있다. 월매가 한밤중에 화계상에 나왔다가 이도령과 방자를 보고 도둑으로 오인하여 욕을 하고 나중에 도련님 일행인 줄 알고 사과하면서 "아이고, 저리 쉬 풀어질 줄 알았다면 욕을 좀 많이 할걸"하면서 익살을 부린다. 이도령과 월매 사이의 대화가 골계적이다. "도련님, 내 집에 오시기 천만의 외로소이다. 내 방에 들어가 노시다가 가옵소서." "나같은 주인이나 있으면 놀다 갈 터이나 늙은이는 나는 싫어." "늙으면 죽어야지. 춘향방도 싫어요?" 이도령이 춘향과 이별하려 하자, 월매는 이도령의 넓적다리를 물어뜯기도 한다. 이도령이 옥중 춘향을 만나 서로 손을 잡으려하나 멀어서 잡지 못하자 이도령이 "장모, 여기 엎드리소." "잡것이 나를 왜 엎드리라 하느냐." "자네 밟고 올라서서 춘향 손 잡을라네." "속담에 미운 것이 우줄거리며 똥싼다더니 그 말이 꼭 옳구나." 그러나 한편으로는 월매가 사려깊은 행동을 보여주기도 한다. 이도령이 마지막으로 춘향과 이별할 때, 춘향이를 잊지 않겠다고 약속해준다면 월매가 자기는 죽어 환천에 돌아가서 꼭 결초보은하겠다고 한다. 춘향의 아버지는 회동 성참판으로 되어 있다. 다음과 같은 서술자의 편집자적 논평이 개입되어 있다. "근래 사랑가의 정자 노래 궁자 노래가 있으되 너무 난하여 풍속에 관계도 되고 춘향 정렬에 복이 뇌겠으나 너무 무미하니끼 대강대강 하던 것이었다." 이도령을 먼저 보낸 후 이사또 부부는 돈과 전곡, 필목과 패물을 춘향집에 갖다 주고 위로한다.

구관사또가 올라가고 난 후 다른 신관이 내려와 일년을 살고, 그 다음에 자하골 사는 변학도가 신관으로 내려온다고 되어 있다. 이도령이 춘향의 묘소에서 우는 삽화를 갖고 있다. 남원읍의 노소 과부들이 어사또에게 등장을 올리는 화소가 있다.

대상본 소재처 : 나손본 필사본고소설자료총서 73권, 보경문화사, 1994 (원본은 나손문고)

김동욱 소장 춘향전 (낙장 83장본)

(앞부분 낙장)

〈1-앞〉

춘향의 노난 그동보아라 쟝쟝치승 그느줄을 두 손의 갈너쥐고 선쯔 올나
발 구루니 흔 번 굴너 뒤가 솟고 두 번 굴너 압히 놉하 연비○○○○○○
○ 만도화 노흔 가지 소소렷쳐 툭툭 차니 송이송이 밋친 꼿치 흐늘거려
쩌려져셔 풍무셩이 낙화로다 오락가락 논일 젹의 이도령이 졍신업시 한춤
셔셔 망견터이 쯧박기○○옷슬○름어쭝 찌치니 졍신이 암암 일신을 벌벗
들며 이 애 방즈야 부르니 방즈놈은 삼비나 쩌러 예예 예예 저 근너 오락
가락 언뜻 번뜻 저계 무어

(중간 낙장)

〈1-뒤〉

이뇨어 눈도 샹목 반목이 다르단 말이야 샹한의 눈은 양반의 눈마도 못흐
고나 니가 탐심이 음슴으로 금이 화하야 보이나보다 방즈 엿즈오디 금의
니력을 알외리다 금은 예날 초한시의 육출기게 진평이가 븜아부을 자부랴
고 황금 스만양을 초군즁의 흐터슷니 금이 엇지 여기와요 그러흐면 옥이
로다 옥의 니력을 드르시요 옥은 홍문연 진치시의 븜증의 깃친 옥니 빅셜
리 된 연후 화렴곤강에 옥셕구분이라 옥과 도리 다 탓스니 옥이 엇지 에
오리갓 그려흐면 귀신일다 빅주청명 발근 날의 귀신이 웃지 잇스릿가 그

러면 옥도 금도 안일진딘 무어이란 말이야 갑갑ᄒ다 일너다고 방즈

〈2-앞〉

놈이 그계야 오오 저거시오 나난 무어시라구 이졔 ᄌ셰이 보니 본읍 기싱
월미 ᄯ 춘향이로소이다 도령님 춘향이란 말을 듯고 우숨을 권마셩 우숨
우ᄶᄒ더니 야야 경령 춘향이야 전불님지를 견요만천이로더 져반가희랑은
한증결이라 아이인화료난 구난언이라 혼영이 비거半天이로다 눈의 수은을
올인 드시 뵈이난구나 잔말 말고 어셔 밧비 오란다구 즉시 불너오너라 방
즈 엿ᄌ오더 춘향의 셜부화룡 남방의 유명ᄒ여 감ᄉ 병ᄉ 목부ᄉ 군수 헌
감 관중덜리 무수히 보랴 ᄒ되 녹주의 식과 졀도의 문중과 목가의 에결을
품어씨이 만고여중군ᄌ옵고 ○○○○○○ 근본

〈2-뒤〉

이난 고로 임으로 호리○○○○○○○ 도련임 허허 웃고 네 말리 무식ᄒ다
형산빅옥과 여수황금이 물각유주라 잔말 말고 불너오너라 방즈 ᄒ릴읍셧
춘향 부르러 근너간다 광풍의 나비 날덧 겅충거려 근너간다 언덕 이리 숨
풀 시이로 보니지 안케 가만가만 웃뚝 셔 드러셔 소릭을 크게 질너 춘향
야 부루이 춘향이 ᄶᆞᆷ짝 놀너 그늘 아리 나려시며셔 아구 고 역셕 조금 ᄒ
더면 낙셩홀 변 ᄒ엿찌 방즈 썰썰 우스며 세상이 웃지되야 열디여섯 살
먹은 지집아히가 낙티란 말리 웬 말인야 밋친 여셕이로구나 닉 원졔 낙티
라 ᄒ더야 낙셩홀 번 ᄒ얏닷 ᄒ엿지 그난

〈3-앞〉

○○○○○○○○○○○○○○○○○○리 경상도은 산이 준ᄒ미 스람이 나면○

○하고 젼라도는 산이 순ᄒ미 스람이 나면 간ᄒ고 충청도은 산이 촉ᄒ니
스람이 나면 지조잇고 경기도로 치달나 수락산 쩌러져 도봉이 싱겨잇고
도봉니 쩌러져 종남산 싱겨잇고 왕심이 쳥용이요 말이지 빅호로다 한강
조수되고 동작이 수구막어 천부금탕 되어스니 만호장안 이 안인야 스람이
나면 슨ᄒ 즈은 슨ᄒ고 악ᄒ 지면 무셔워라 부원군이 외슘춘이요 이조판
셔 동승조부요 남원부스 당신의 으르신네이 만일 안이가면 너일 앗참 조
사 후의 너에 모친 즈바다가 최방 단장안의 마주거리 ᄒ게데면 너인덜 마
암 엇쩌ᄒ며 나니덜 마암 조흘소야 갈나거던 가고 말나거던 말야며나 나
는 가다 나는 가다 춘향이 잠간 어리어셔 방즈놈○○○○○○○○○○○○

<h3 align="center">〈3-뒤〉</h3>

의 속은 들이난 말랴 글세 방즈야 들러보아라 곳곳마다 노난 나비 곳철
어이 짜러가리 존중ᄒ신 도령님이 비루한 숭한 몸을 오라시이 감격ᄒ나
여즈 염체 몬가게다 도령임젼의 안수ᄒ 졉수화 히수혈이라 엿쥬어라 방즈
하릴읍써 근너 가고 춘향은 집으로 도러가난지라 도령임 뒷짐지고 근릴며
춘향 오너걸 술필던이 춘향은 도러가고 방즈 혼즈 근너올 졔 도령임이 춘
향 보며 글 한 귀을 을푸너데 신션이 귀동천ᄒ니 공여양유연이요 지문조
기현이로다 방즈 당도커널 두령임이 홰얼 너여 이 놈아 츈향 불너오라 ᄒ
여지 춘향을 쪼고 오라 ᄒ여더아 방즈 엿즈오되 소인은 욕만 존득 으더

<h3 align="center">〈4-앞〉</h3>

먹고 왓심이다 욕언 무어시라 ᄒ더야 안하수 졉수화 히수혈이라 해여씨이
그런 욕이 잇슷오릿가 도령임 그 말 듯고 잠잠ᄒ고 안져던이 올타 올타
네 몰넛짜 니 이릇게 들러보아라 안하수라 ᄒ난 거선 지러기 안쓰 짱를
수쓰 바다 히쓰 분명ᄒ고 졉수화라 ᄒ난 거선 나비 졉즈 곳 화쓰 분명ᄒ

고 희수혈이라 ᄒ난 거션 그이 희ᄌ 따를 수ᄌ 구명 혈ᄌ 분명ᄒ니 오날 밤 슴경시 나노 ᄒ야금 곳 제 집으로 오리신니 걱정이 무어신야 허락이 정영ᄒ다 나귀을 지촉ᄒ여 칙방으로 도라오 만스의 뜻지 읍고 눈 압희 모도 다 보니난 게 젼히 다 춘향이요 도현의 튤법도 모도 다 춘향 갓고 니 아로 드러오니 보

〈4-뒤〉

니난 게 모도 다 춘향이라 이런 환장ᄒ 눈이 잇너야 춘향을 보고시버 보고지고얼 찻난듸 보고지고 보고지고 춘향이 집을 가고지고 춘향 얼골 보고지고 소리을 크게 질너쩐이 쓰쏘난 공스의 뇌곤ᄒ여 上房의 취침타가 이 소리의 쌈짝 놀너여 이리오너라 에 칙방의 어너 놈이 싱침을 맛넌야 외마듸 소리가 웬 일리야 스실ᄒ여 올나라 ᄒ니 통인이 급히 칙방의 나와 도련임은 무슴 소리을 즐너게신지 삿도게옵셔 놀너시고 사실ᄒ여 올나라오 도령임 허허 웃고 놀너시면 니 탓신야 빅셩의 호원 소리을 몰나도 그런 소리은 일수 드르신다넌야 이언 다 광디 말리라 그럴 이가 잇넌야 아부지가 놀너셧다 ᄒ니 하졍의

〈5-앞〉

황송코나 道슈님이 글을 읽다 글字을 잇고 싱각노라 그리ᄒ얏다 엿쥬어라 通引이 도라와 使道前에 거러ᄒ니 使道 드르시고 大笑ᄒ시며 龍生龍 鳳生鳳이라 ᄒ는 수 업나니라 흐흐흐흐 우스시고 通引 불너 上房 燭 두 자루 내여 道슈님께 올이고 오날 밤이 초 달토록 讀書聲이 東軒ᄭ지 들니게 일고 자라 ᄒ라 通引이 초 갓다가 올이며 그디로 알외이 道슈님 쵸 밧아 니던지며 심술을 니다가 다시 싱각ᄒ고 房子야 온갓 冊을 드려라 四書三經 니여노코 소리만 크게 니여 누루글로 함부루 쮜여가며 읽는듸 孟子見梁惠

王ᄒ신디　王曰　슈불원쳘이리來ᄒ신이　大學之道ᄂ　在명명덕ᄒ며　지신민ᄒ며　지지어지슨

〈5-뒤〉

이리라　周易을　들녀노코　코을　부로너더　읍ᄂ　코가　다　나오기다　건는　원코　형코　이코　졍코　春香이　코　니　코　흔디　디고　그리고　졀리고　ᄒ며　시　코　나면　조코조코　어불스　기　코가　드러와고　方子　겻더　써다　道令임　엇진　코가　그리　만소　니　코　좀　너어시요　이　놈　네　코는　상흔　코라　못뎃귓다　쳔즈을　더녀노코　ᄒ늘　쳔　짜　지　여보　道令임　셰　살　자신　듯이　千字　읽고　안즈계시오　이　놈　네가　쳔자　속을　낫낫치　식여　읽으면　똥을　졀노　쌈리라　그러면　쳔자푸리　말이요　쳔즈　뒤푸리　네가　엇지　아나랴　小人　홀게　드르시오　玉皇임계셔　하늘　쳔　인간　츠지　짜　지

〈6-앞〉

휘휘친친　감을　玄　쑥　눌넛다　누루　黃　草家三間　집　宇　이　놈아　그러케　읽어　못쓴다　니　읽을게　드러보아라　子時에　生天不言　行四時　悠悠彼蒼　하늘　쳔　丑時에　生地ᄒ야　五行을　맛핫스니　養生万物　짜　地　유현미묘　흑正色　北方玄武　감을　玄　궁상각치우　東西南北　中央土色　누루　黃　天地四方　몃万里냐　하루광활　집　宇　年代國朝　興亡셩쇠　往古來今　집　宙　禹治洪水　箕子츄연　홍범구쥬　넑을　洪　졔졔羣生　슈역中에　化及八荒　것칠　荒　요슌셩덕　쟝홀시고　就之如日　날　日　억조창셩　격양가　강구연월　달　月　五車詩書　빅가어　격안영상　찰　盈　房子야　히　엇지　되얏ᄂ냐　日中則칙　기을　칙　二十八宿　河圖洛書　즁셩공지　별

〈6-뒤〉

辰 可憐今夜宿娼家 원앙금침 잘 宿 졀디가인 됴흔 風流 만반진슈 벌 列
사창月色 三更夜 경경정회 베풀 張 富貴功名 꿈밧기라 布衣寒士 찰 한 人
生이 流水굿흐야 세월이 將次 올 리 南方千里 不毛之地 春去夏來 더울 셔
孔夫子에 착흔 道德 슈천만연 굴 왕 金風이 소슬흐니 葉落梧桐 가을 츄
빅발이 장次 오게 되면 少年 풍도 것을 슈 落木寒天 찬 바롬 白雪江山 겨
울 동 오민불말 우리 사랑 규즁심쳐 감출 장 부용 작약 세우즁 허경셕긔
부를 윤 이러흔 天下美色 一生 보아도 남을 여 이 몸이 훨훨 날아가고 쳔
사만사 이를 셩 우리가 이리뎌리 노닐다가 不知세월 히 셰 안히 박디 못
흐느니라 대뎐통편 법즁 률 春香

(중간 낙장)

〈7-앞〉

道令 興이 겨워 房子 불너 흐는 말이 이 이 房子야 이 리를 엇지흐여얏
올으냐 엇지 홀 슈 잇소 道令님이 와락 쮜여드러가 春香을 쏙 붓잡고 실
컷 마음더로 지조더로 희보시구려 아모리 상한인들 말죠차 無知흐야 知女
는 막여모라니 春香母을 보아야 興成이 될 듯흐다 言畢에 春香母가 나오
는디 부산 빅동디에 西草를 피여물고 사창을 드르륵 여니 빈 마루에 달
뿐이로다 뎌 기야 짓지 마라 空山에 잠긴 달 네가 보고 웨 짓느냐 俗談에
이르기를 달 보고 짓는 기라더니 너를 두고 한 말이다 아장아장 나오며
後園 草堂 드러가니 이 쎄에 春香이는 글을 읽고 안젓거늘 春香母 흐는
말이 밤이 미우 깁헛는디 至今것 아니자고 글

〈7-뒤〉

만 읽고 안젓느냐 春香이 急히 나와 母親을 맛즈니즌 春香母 한숨쉬며 허
허 꿈도 異常ᄒ다 무슴 꿈을 꾸신닛가 燭불이 明朗ᄒ야 밝기 낫갓기로 안
석에 依之ᄒ야 셔상긔를 보다가 忽然히 잠이 드니 비몽ᄉ몽간에 너 자는
枕上에셔 치운이 이러나며 靑龍이 너을 물고 하늘로 올으기로 용의 허리
나도 안고 이리 궁굴 져리 궁굴다가 소소러쳐 잠을 ᄭ니 한츌첨비되고 가
슴니 두근두근 마음이 경산ᄒ야 잠못자고 누엇더니 글소리 들니기로 너를
보랴 나왓스니 경ᄉ잇슬 대몽이야 네가 아달이 되얏스면 丁寧 大科ᄒᆯ 꿈
이로다 모녀간 수작ᄒᆯ 졔 花墻上에셔 두런두런 春香母 놀나셔 감안이 숣
혀보니 엇더ᄒᆫ 총각이 은근히 안

〈8-앞〉

졋거늘 春香母 ᄒᄂᆫ 말이 선동인냐 인동이냐 봉리 天틔 치약동가 엇더ᄒᆫ
아희가 안인 밤즁에 남의 집을 드러와 은근이 안졋느냐 필연 도덕놈이로
구나 房子 민망ᄒ야 화계에 니려셔 쉬 使道 子弟 道슈님이오 春香母 놀니
ᄂᆫ 체ᄒ며 이 子息 너 房子 아니냐 그러면 진작 말을 ᄒ야지 디단 죄송ᄒ
고나 春香母 花墻에 올니가 道슈님 손을 잡고 道슈님이 늙은 것이 눈이
어두어 ᄌ셰 보지 못ᄒ고 흠부루 말ᄒᆫ 바를 로려 마읍소셔 이런 ᄊᆞᄂᆫ ᄀ
런 말이 더 조흐니 넘녀말소 아코 져리 쉬 풀러질 쥴 알러더면 욕을 좀
만이 할 껄 도령님 허허 우스며 츈양모 ᄒ년 말이 도령님 너 집이 오시긔
츤만 의외소이다 니 방의 들어가 노시다 가

〈8-뒤〉

옵쇼셔 날갓튼 듀인이나 잇슨면 놀다 갈 터이나 늘글이 나는 실여 츈향모

우스며 늘글면 듁어야지 츈향 방도 실려요 허허 니가 그 말 듯즌 말일세
츈향모 압을 셔 도령님을 인도홀 졔 왼손을 느직이 들어 스창을 반만 열
며 악아 츈향아 스도 즈졔 도령님이 네의 문장 말을 듯고 너 보야고 와
계신이 문 박계로 나오너라 츈향이 문의 나셔 슈연흔 고홋 티도 조양쓸
희당화요 이슬 바든 부용이라 도령님을 영졉ㅎ여 졔 방안의 좌졍후의 츈
향모 ㅎ넌 말이 악아 츈향아 도령님이 오시긔넌 너 보야고 오셔신이 인스
을 엿듀어라 츈향이 져의 모친 말드여 도령님 알령ㅎ셔오 츈향모 담비 부
쳐 도령님계 올이이 도령님 입의 물고

⟨9-앞⟩

방안을 잠간 본이 별노 사치는 읍실망졍 명화 듀어 장 부쳐는디 이상ㅎ던
가부라 탕님군 회숭되여 젼조단발 실영박모 육스로 비을 빌어 디우방 슈
철이 골용포을 젹계 닙고 연궁을로 가는 경을 력력희 그려잇고 남벽을 살
펴보이 상산스호 네 노인 바둑판을 압희 놋고 일졈 이졈 쌍쌍 둘 졔 웃든
노인은 갈근도복 떨쳐 닙고 흑긔을 손의 들고 하도낙셔 범을 차져 이만ㅎ
고 안져잇고 으던 노인은 쳥여중을 반만 집고 바둑 훈슈 ㅎ널려고 억긔
늠을로 이만ㅎ고 안진 경을 력력 그려잇고 웃더흔 노인은 건을 벼셔 송졍
의 글고 죽관을 셧계 씨고 오현금 거문고을 슬상의 올여놋교 세무지음율
우의곡을 시르령 타고 놀 졔 빅학이 츔을 츈다 북벽을 바라보니 쳔연반됴
요지

⟨9-뒤⟩

봄 西王母의 靑鳥로다 그림 下에 안진 春香 달도 갓고 꼿도 갓고 월셔시
티도 갓고 숙랑즈의 톄격이라 방안 세간 슯혀보니 문치 됴흔 디모칙상 화
류문갑 비취연상 산호필통 만호연젹 용지연 봉황필 시셔를 싸앗는디 道슈

님이 호걸 긔남즈로디 이런 일은 쳐음 當ᄒᆞᄂᆞᆫ 일이라 가삼이 두군두군 말 못ᄒᆞ고 안졋더니 春香母 ᄒᆞᄂᆞᆫ 말이 道슈님이 ᄂᆡ 집에를 오실 비 업거날 이쳐럼 루디에 왕림ᄒᆞ시니 大端 不安ᄒᆞ오이다 道슈님이 春香母 말ᄒᆞᆫ 듸에 말구멍이 열엿것다 무슴 그럴 리가 잇나 今夜 예 나온 뜻은 月色도 됴커니와 자ᄂᆡ 쏠 春香을 보러왓ᄂᆞᆫ디 ᄂᆡ 늙으니에게 ᄒᆞᆯ 말이 잇스나 드를ᄂᆞᆫ지 즈ᄂᆡ 쏠과 나와 百年期約ᄒᆞᆷ이 엇더ᄒᆞᆫ가 春香母 그 말

〈10-앞〉

듯고 顔色을 不변ᄒᆞ고 天然이 ᄒᆞᄂᆞᆫ 말이 나의 쏠 春香이가 常ᄉᆞ롬이 아이라 회동 成참판 령감이 보외로 南原에 좌증ᄒᆞ야 一色名妓 다 바리고 늙은 나를 守청케 ᄒᆞ시니 뫼신 지 수삭만에 리조참판 승차ᄒᆞ야 ᄂᆡ직으로 드러갈 제 ᄂᆞ를 가즈 ᄒᆞ옵시나 老父가 게신 고로 싸라가지 못ᄒᆞ고 리별ᄒᆞᆫ 그 달브터 져것 빈 쥴 짐작ᄒᆞ고 련유로 고목ᄒᆞ니 졋쥴 쎨만하게되면 다려간다 ᄒᆞ시더니 그 덕 運數 不吉ᄒᆞ야 령감이 별셰ᄒᆞ니 츈향을 못보ᄂᆡ고 져만치 길너낼 졔 七歲에 小學 읽혀 수신졔가 和順心을 낫낫치 가라치니 根本이 잇ᄂᆞᆫ 故로 만ᄉᆞ가 달통이라 三綱힝실 인의례지 누가 ᄂᆡ 쏠이라 ᄒᆞ오릿가 내 지별 부족ᄒᆞ니

〈10-뒤〉

지상기 부당ᄒᆞ고 상쳔비ᄂᆞᆫ 부족ᄒᆞ야 上下不及 혼인 느져 쥬야로 걱정이라 道슈님은 량반으로 츈절 나뷔 쏫본 듯이 아즉 사랑 취커니와 리중에 바리시면 독슉공방 소년졍절 속졀업시 늘글진디 뎌인들 아니 불상ᄒᆞ오 젼후사를 싱각ᄒᆞ야 안키만 못ᄒᆞ오니 그런 말슴 말으시고 놀으시다 도라가오 道슈님 ᄒᆞᄂᆞᆫ 말니 春香도 미혼젼이오 나도 미장기젼이라 밋친 듯 경심되여 자ᄂᆡ 집를 나왓ᄂᆞᆫ되 진퇴유곡이라 장황이 조롱말고 ᄒᆞᆫ 말을 결단ᄒᆞ면 륙

례는 못이루나 량반의 子息으로 一口二言 엇지ᄒ며 량반의 平生ᄉ를 밋셔
아니ᄒ홀 수 잇나 不忠不孝ᄒ기 前에 져를 엇지 이지리오 내 이즈면 쇠아들
이지 허락ᄒ야 쥬시오 春

<h3 style="text-align:center">〈11-앞〉</h3>

香母 몽ᄉ를 싱각ᄒ니 道슈님 일홈이 쑴 몽자 룡 룡자라 마음에 가득ᄒ야
과히 조롱 아니ᄒ고 희식으로 허락ᄒ며 류례는 못이루나 혼셔례장 ᄉ쥬단
ᄌ 겸ᄒ야 증셔 ᄒ 쟝 ᄒ야쥬오 그것은 그리ᄒ소 연상을 닥아노코 만호연
젹 물을 쏠아 수양명월 진케 갈아 靑黃毛 無心필 半중동 흠셕 풀어 白룡
雲花 간지상에 두어 쥴 써 春香母를 쥬니 기셔에 ᄒ엿스되 天長地久에 희
고셕란이라 天地神明이 公証此盟이라 ᄒ엿거늘 고히 졉어 간수ᄒ고 시톄
수단으로 술상을 차렷는디 나쥬칠반의 침치 ᄒ 보 약포 육졈 복쌈 ᄒ 졉
시 실과 겻드려 노앗것다 春香母 ᄒ는 말니 道슈님 安酒가 업ᄉ오니 이는
丈母의 허물이니

<h3 style="text-align:center">〈11-뒤〉</h3>

용셔ᄒ시고 슐이나 만이 잡스시오 아가 春香아 붓그러히 알지 말고 술 부
어라 春香이 잔 들어 술 부어 道슈님게 드리니 道슈님 잔 밧으며 春香보
고 ᄒ는 말니 의희ᄉ슈가 환비수요 방불문향이 불시향이로구나 여보 丈母
너가 大科及第를 ᄒ들 즐겁기 오늘 ᄀᆺ홀가 이 슐이 웬 슐이냐 이 술 먹기
덕이로다 첫지 잔은 아버지 덕 둘지 잔은 어머니 덕 두 덕을 슴ᄒ야 덕자
로 운을 달자 天皇氏 木德 地皇氏 火덕 하우氏 수덕 周文王의 큰 덕 우니
兩人 서로 만나 百年을 期約ᄒ니 丈母의 恩德이라 니 덕 네 덕 슴ᄒ야 丈
母前에 勸ᄒ야라 春香이 술을 부어 져의 母親끠 올니니 春香母 술 밧드며
흔숨쉬고 눈물지며 목이 메여 ᄒ는 말이 즐겁고 죠흔 날이 오날 우

〈12-앞〉

에 더 업스나 아비 업시 셜니 자라 하나님이 강동ᄒ샤 名門大家 道슈님과
百年을 期約ᄒ니 츙냥업는 경스로디 령감 싱각이 간졀ᄒ야 天地 아득ᄒᄉ
이다 春香도 수식씌여 두 눈에 눈물이 어리니 牧丹花 아참 이슬을 먹음은
듯 ᄒ더라 道슈님이 春香母을 위로ᄒ되 오날놀 죠흔 날에 往ᄉ는 물론ᄒ
고 슐이나 잡스시오 一二三盃 五六盃가 되니 담소 랑랑홀 졔 슐床 물녀
房子 주니 房子 잔득 먹고 道슈님 大事나 平安이 지니시오 너는 안목이나
단단이 숩혀보아라 房子 간 然後에 고만 즈야홀 터인디 春香母는 슐잔이
나 취흔 中에 道슈님근 春香을 ᄉ랑ᄒ야 건너가지 아니ᄒ고 쓸디업는 잔
소

〈12-뒤〉

리로 놀을 시기로 드니 道슈님이 민망ᄒ야 씌비도 알고 헷주증도 흔다 ᄒ
되 알심잇는 春香母가 그럴 리가 잇나 房子 간 然後에 春香母 이러나 衾
枕 나려 ᄭ라쥬고 밤이 미오 깁혓스니 일즉 쥼으시오 ᄒ직ᄒ고 근거가기
다 츈향과 도렴과 단 듀리 안저신이 그 졍을 웃지 츤양홀이 도렴님 씌을
ᄭᆯ으이 츈향이 일어나 도포 바더 의즁의 걸 졔 벽상의 ᄭᆯ인 검문고 도포
자락의 씨치며 실으령 ᄒ넌 소리 도렴님 조어라고 조타 황악수 취젹셩이
이여서 더ᄒ며 흔손수 야반죵셩이 이여서 더할소야 너가 면져 벼셔라 도
렴님 먼저 버서요 네가 먼저 버셔라 도렴님 먼저 벗시시요 미ᄉ는 간듀인
이라이 네가 먼저 버셔라 미ᄉ는 간쥬인일라이 듀인 시기는 디로 ᄒ

〈13-앞〉

오 네가 면져 버셔라 도렴님 먼저 버시시요 도렴님이 달려들 츈향의 가는

허리을 훼이쳐 안고 오슬 츠츠 고희 벽계 금침송의 졉어 넛고 도렴님도
활활 벗고 화월삼경 짐흰 밤의 지미잇게 잘 놀엇다 흐로 이틀 슈일되여
십예일이 지너간니 인정도 가득ㅎ고 북긋엄도 읍셔진이 그 가온터 사랑함
을 으지 다 말할소야 일일은 도렴님이 춘향과 희롱ㅎ는터 이것이 스랑가
되얏것다 만첩청산 늙은 범이 살진 암키 물어다 노코 이는 쎈져 먹지 못
ㅎ고 으르렁 으르렁 놀니는 듯 복히의 흑룡이 여의주을 물고 지운간의 넘
노는 듯 단산 봉황이 쥭실을 믈고 오동우의 넘는

<h3 style="text-align:center">〈13-뒤〉</h3>

듯 츈픙황앙이 벗을 불으며 셰유즁에 넘노는 듯 이도령이 홍을 계워라고
노자 노자 영쳑은 소를 타고 밍호연은 나귀 타고 리태빅은 고리 타고 젹
송즈는 학을 타고 일디쟝강 더 어부 조고마흔 일엽션을 타고 찌걱 찌걱
져어갈 졔 리도엉은 탈 것 업셔 둥둥 니 스랑 어허 둥둥 내 스랑아 너 쥭
어도 나 못살고 나 쥭어도 너 못사느니라 어허 둥둥 내 스랑아 우리 둘이
스랑타가 흔번 앗차 쥭게되면 후싱 긔약 셔로 ㅎ자 너는 쥭어 무엇되며
나는 쥭어 무엇되리 너는 쥭어 물이 되여 천상 은하수 디상에 장강 더희
바다 다 바리고 칠년디흔 마르지 안은 음양수라는 물이 되고 나

<h3 style="text-align:center">〈14-앞〉</h3>

는 쥭어 시가 되되 청죠 황죠 잉무 공작 다 바리고 원앙조라는 시가 되되
연파록수간의 빅노횡강 격으로 주야 스랑 놀게 되면 나인 줄 네가 알아라
둥둥 내 스랑이야 너는 쥭여 쏫이 되여 어쥬쥭슈이산츈 량안도화 복승화
위셩조우읍경진 긱수청청 버들쏫 련화 작약 영산홍 황국 빅국 다 바리고
목단화가 되고 나는 쥭어 나비 되여 이삼월 춘픙시의 네 쏫송이 내가 안
겨 바람부러 쏫송이 노는터 나리를 쩍 버리고 너울너울 놀게 되면 나인

줄 알념으나 어허 듕듕 내 스랑이지 근니 스랑가의 졍즈 노러 궁즈 노러
가 잇스되 넘으 란ᄒᆞ야 풍속의 관계도 되고 춘향 렬졀의 욕이 되

〈14-뒤〉

깃스나 넘무 무미ᄒᆞ닛가 디강디강 ᄒᆞ던 것이엇다 듕듕 내 스랑 이리 보아
도 내 스랑 뎌리 보아도 내 스랑 장니 夫人을 對ᄒᆞᆫ 듯 貞節夫人을 對ᄒᆞᆫ
듯 슉졀夫人을 對ᄒᆞᆫ 듯 월셔시을 디ᄒᆞᆫ 듯 양태전을 디ᄒᆞᆫ 듯 슉랑즈을 디
ᄒᆞᆫ 듯 듕듕 내 스랑 어허 듕듕 내 스랑 네 무엇을 먹으려ᄂᆞ냐 네 무엇 쓰
고십으냐 쓰기 죠흔 상평통보 네가 마니 쓰랴ᄂᆞ랴 아니 그것 내가 실소
그려면 네 무엇 먹으랴ᄂᆞ랴 둥글둥글 슈박 웃꼭지 쩨더니고 강릉 白淸 주
루루 부어 은사시로 쑥쑥 찍어 씰낭은 바리고 붉은 졈 ᄒᆞᆫ 졈을 먹으랴ᄂᆞ
랴 아이 그것도 니 실소 그러면 네 무엇 먹으랴ᄂᆞ냐 시곰텰텰 기살구 아
기셔ᄂᆞᆫ디 먹

〈15-앞〉

으려ᄂᆞ냐 금전을 쥬랴 은전을 쥬랴 듕듕 내 스랑 道令님 春香다려 사랑가
를 ᄒᆞ라 보치니 春香이 마지못ᄒᆞ야 사랑가로 노ᄂᆞᆫ디 듕듕 니 사랑 리이
보아도 니 사랑 져리 보아도 니 사랑 장니 진스을 모신 듯 장니 급졔를
모신 듯 교리 수찬를 모신 듯 참의 참판을 모신 듯 륙조판셔를 모신 듯
슝졍승를 모신 듯 기사당상를 모신 듯 듕듕 니 사랑 동졍츄월 달밝은 디
무산ᄀᆞᆺ치 놉흔 사랑 木落無邊水如天에 창희ᄀᆞᆺ치 깁흔 사랑 三五신뎡 맑은
밤에 무산쳔봉 완월사랑 증경학무 ᄒᆞ올 젹에 챠문취소ᄒᆞ던 사랑 주루락일
권렴간에 도리화기 오던 사랑 ᄒᆞᆫ참 이리 논일 젹에 一日은 窓 밧게 黃鶴
수둙 두 나래를 툭툭 치며 꼭그요 우는 소니에

〈15-뒤〉

道令님 거동보아라 父母 命을 싱각ᄒ야 관가로 드러ᄀᆯ 졔 春香이 ᄒᄂᆞᆫ 말이 미볼유초나 션극유죵이라 우리 둘리 百年佳約 즁도기로 마옵소셔 道令님 그 말 듯고 들며 나며 ᄉᆞ랑ᄒ며 리별 말ᄌᆞ 밍셰터니 하로ᄂᆞᆫ 남원 포졔가 왓ᄂᆞᆫᄃᆡ 상등을 마져 ᄉᆞ도 승챠ᄒ샤 동부승지 당상ᄒ야 니직으로 드러ᄀᆯ 졔 올나가실 治行을 ᄒ시ᄂᆞᆫᄃᆡ 마두兵房 불너 말 단속ᄒ고 공고자 불너 雙가마 ᄭᅮ미고 도ᄉᆞ령 불너 쟝을 명ᄒ고 六房頭目 불너 公由을 증ᄒ고 리방 불너 文書下記를 닥근 後 通引 불너 道令님 엿쥬어라 이 ᄯᅥ 道令님이 드러오시이 使道 보시고 이 子息 너 엇의 ᄀᆞᆺ더냐 廣寒樓 ᄀᆞᆺ다 왓셔요 廣寒樓에ᄂᆞᆫ 왜 ᄀᆞᆺ던고 용혼 文筆이 붓혓다기에 구경ᄒ엿셔

〈16-앞〉

오 내 드르니 밧계 괴악혼 말이 間間 잇스니 량반의 집 子息이 나희 二十이 不遠ᄒ얏ᄂᆞᆫᄃᆡ 집안에 경ᄉᆞ 잇스되 모로고 그 모양으로 다닌단 말이냐 경ᄉᆞᄂᆞᆫ 무ᄉᆞᆷ 경ᄉᆞ야오 오 나ᄂᆞᆫ 동부승지ᄒ야 니직으로 드러간다 나ᄂᆞᆫ 즁긔닥고 올나갈 터이니 너ᄂᆞᆫ 너의 어머니 비힝ᄒ야 明日 일즉 ᄯᅥ나게 ᄒ야라 道令님 그 말 듯고 경신이 아득ᄒ고 두 눈에 눈물이 어리여 눈만 ᄭᅡᆷᄶᅡᆨ ᄒ면 눈물이 비오듯 ᄒ겟스니 눈을 먼둥튼 듯이 ᄯᅳ고 아바지 몬져 行次ᄒ시면 小子가 中記닥고 가오리다 무엇이 엇더히 썩 나아가거라 道令님 돌아셔며 잇다감 뎌러케 망령이 도군 道令님 홀일업시 비마진 룡더긔 격으로 후즐군ᄒ게 나오면셔 春香에 집 向홀 젹에 天地ᄂᆞᆫ 明朗혼ᄃᆡ 안광은 不明ᄒ야 싱각ᄉᆞ로 모칙업셔 탄식ᄒ며 나

〈16-뒤〉

갈 적에 두구갈가 ᄃᆡ려갈가 ᄃᆡ려가도 못ᄒᆞᆯ 터이오 두구가도 못ᄒᆞᆯ 터이니 가슴 답답 ᄋᆡ가 타 우셔불가 우러볼가 져를 ᄃᆡ려가자 ᄒᆞ니 父命이 엄슉ᄒᆞ니 ᄃᆡ려갈 슈 가망업고 져를 두고가자 ᄒᆞ니 그 마음 그 힝심에 응당 ᄌᆞ결ᄒᆞᆯ 터이니 이 ᄉᆞ셰를 엇지ᄒᆞ니 가만가만 완보ᄒᆞ야 春香집 當到ᄒᆞ니 이 ᄯᅢ에 春香이ᄂᆞᆫ 道슈님 드리랴고 금낭에 수를 놋타가 도령님이 드러오니 방긋 웃고 이러셔며 오날은 웨 느졋소 오날이 몃칠인가 하로 보름 아니온ᄃᆡ 사도옵게셔 ᄀᆡ사 힝ᄎᆞ 웨 ᄒᆞ셧소 ᄎᆡᆨ방에 손님 왓소 미간에 수식이오 面上에 눈물 흔젹 몸이 압아 이리시오 ᄯᅮ즁을 드르셧소 말슴ᄒᆞ오 웬 일이오 道슈님이 ᄂᆡ 집에 단이신다고 使道ᄭᅦ 야단을 드르셧소 ᄯᅮ즁 말고 곤장을 마져기로

〈17-앞〉

이ᄃᆡ지 스러우랴 셜운 일이 웬 일이오 본ᄃᆡᆨ 셔간이 왓다더니 언의 一家 량반이 도라갓다고 부고가 왓소 그ᄭᆞ지 一家 량반 만명 죽어도 내 눈이나 ᄶᅡᆷᄶᅡᆨᄒᆞ야 그려며 웬 일이오 각갑ᄒᆞ오 말슴ᄒᆞ시오 使道가 잡바지셧단다 春香이 ᄶᅡᆷᄶᅡᆨ 놀나 使道게옵셔 上房에 건일다가 락상ᄒᆞ셧소 이 ᄋᆡ 남의 말을 口常 뒤집어 듯더라 차라리 넘어져셔 엇의를 즁상ᄒᆞ셧시면 약을 쓰면 고만이지마ᄂᆞᆫ 동부승지 당상ᄒᆞ야 ᄂᆡ직으로 드러가신단다 엇지혼단 말이냐 明日 올나간다 春香이 이 말 듯고 내 平生 원일너니 이졔 한양 가긧고나 참말이오 진졍이오 나를 속이지 아이ᄒᆞ지 졍말이오 나를 속이지 아니ᄒᆞ지 졍말이오 도영님 긔가 막혀 듯기실타 나 죽겟다 春香이 다시 놀나 원 일

〈17-뒤〉

이요 말숨ᄒ시요 ᄉᄯ계셔 승차ᄒ니 경ᄉ되야 넘어 됴하 우ᄂ잇가 도령님
올나가면 나 안갈가 이리ᄒ오 녀필종부라니 천리라도 ᄯ라갈 터인디 우시
ᄂ 속 모로겟소 道슈님 ᄒᄂ 말리 春香아 드러보아라 니가 너를 더려갈
터이면 나도 됴코 너도 됴코 량인이 됴ᄒ련마는 ᄉ도 분부니의 兩班의 ᄌ
식이 미장가전의 외방의 천첩ᄒ엿단 말이 나면 족보의 ᄢ고 ᄉ당졔 참려
를 못ᄒ다 ᄒ니 그 아니 란쳐ᄒ냐 춘힝이 그 말 듯고 어엽분 얼골이 붉으
락 푸르락 ᄒ고 눈셥이 꼿꼿ᄒ더니 안졋 이려셔ᄂ디 발길의 밟힌 초마자
락이 ᄶ아지며 면경 체경 둘너치며 문방ᄉ우를 와즉씬 와를 탕탕 ᄰ드리
며 셔방 업슬 춘

〈18-앞〉

향이가 셰간는 무엇ᄒ며 단장ᄒ야 쓸디잇나 道슈님 압헤 밧삭 나안즈며
무엇이 엇지ᄒ며 무엇시릿소 말 좀 ᄒ오 엿지ᄒ야 천첩 무엇 천첩 이ᄯ위
말이 몃가지나 되시오 도련님은 여긔 안고 춘향는 뎌긔 안져 나다려 ᄒ신
말숨 무엇이라 ᄒ시엿소 벽히가 승젼 되고 상젼이 벽히 되여도 리별마자
ᄒ신 말숨 밍셰 안니 ᄒ신잇가 도련님는 올나가면 귀가문의 장가드어 곳
갓흔 안희 엇고 초당의 工夫ᄒ야 디소과 ᄒ신 후의 명긔 명창 풍류 속의
주야 량유 노실 젹에 나갓흔 사롬이야 꿈에나 싱각ᄒ리 죽어도 갓치 죽고
살아도 갓치 살지 가망업고 무가닉하이지 나를 아이 더려가고 道슈님 가
실진디 오날밤 오경시을

〈18-뒤〉

살아 이지 안닐 테니 죽일 테면 죽여쥬고 살닐 테면 더례가오 나도 가셰

나도 가세 道슈님과 나도 가세 道슈님 기가 막혀 울지 마라 울지 마라 니
가 가면 아조 가며 아죠 갈들 이즐손냐 쇠씃가치 모진 마음 홍노아도 녹
지 말고 다시 보긔 기다려라 이 씨 츈향모는 졀고양이 모양으로 쌋씃혼
아리목의 착 졉치고 누엇다가 건넌방의셔 무엇이 화당탕 의르릉 ᄒ며 울
음 소리가 은은히 들니거눌 츈향모 이려나셔 우시며 ᄒ는 말이 뎌것들 ᄉ
랑쌈홈 ᄒ는고나 엿드르라 나오ᄂ디 옷을 모다 버셧것다 초마도 볏고 고
장이도 볏고 속속곳만 입엇ᄂ디 영창을 감안이 열고 도독괴 거름것 듯 가
만가만 나오더니 츈향 창

〈19-앞〉

밧게 귀를 기우리고 은근히 드러보니 리별이 분명ᄒ다 春香모 씸짝 놀나
이것들 이별ᄒ는구나 도로 방으로 드러와셔 벗슨 옷을 다시 닙고 영창을
후닥닥 열며 기침을 코계 ᄒ고 허허 이계 웬 울음이냐 니가 잠을 못잘진
딘 동리 스람 잠자겟나냐 웨 우나냐 이 밤중의 지금 시속 계집아희 열뎟
살 먹으며는 셔방닌지 남방닌지 이고지고 사랑쌰홈 눈이 시여 볼 슈 엽다
부모가 잠을 자면 조심셩이 바니 엽고 남 다 자는 깁흔 밤의 요망ᄒ계 대
고 운이 밋첫나냐 술들넛냐 아비는 업거이와 어미 하나 잇는 것을 어셔
어셔 죽어지라 내계 원 이 방졍이냐 ᄉ오셔로 비온 것이 사셔삼경 승후이
라 이계 무슴 행실이며

〈19-뒤〉

우는 일이 웬 일이냐 말ᄒ여라 갑갑ᄒ다 츈힝이 말 못ᄒ고 초마끈만 물어
씃드며 눈물이 비오듯 ᄒ야 옷깃을 젹시이 말ᄒ여라 웬 일이냐 도련임 가
신다요 도련님 어디로 가셔야 使道게셔 동부승지 당상ᄒ야 너직으로 드러
가신다요 츈향모 디소ᄒ며 이 이 宅의 慶事낫고나 도련님 경ᄉ시면 니 집

도 영화여든 우는 일이 웬 일냐 道슈님 속히 가면 나는 갓치 못갈망뎡 너
는 곳치 치힝ᄒ야 도련님과 갓치 가되 힝차 압에 가지말고 오리만콤 짜음
짜음 밤 되거든 만나보고 낫지면 가렷다 밤이면는 다시 만ᄂ볼 터인디 욕
심 만은 도젹년이 낫졔 못보는 익가 타셔 남 다 자는 이 밤중의 익고 지
고 디고 우이

<h2 style="text-align:center">〈20-앞〉</h2>

도련님을 �꼭 미여셔 네 고롬의 치워주랴 나는 한참 소년시의 하로밤 셔방
이별 쉰도 ᄒ고 빅도 ᄒ되 능간능슈 잇는 고로 기기히 다 밋쳐셔 돈을 쥬
다가 건달되면 신주것지 갓다 주니 각집 신쥬 모와노은 게 아마 열셤덕은
되지 그리져리 지니시되 울기는 웨 우는냐 나는 셰간 방미ᄒ고 쳔쳔이 갈
터인이 너는 곳치 치힝ᄒ야 도년님 짜라 가디 도년님이 못달여간다요 웨
못다녀가 道슈님 졍영 그리히소 그어타네 도녕님 그계 웬 소○○○○○○
○○○○○○○○○○○○○○○이편○○○○○○○○○○○○○○○○○○○
○○○○ 셥셥ᄒ나 훗

<h2 style="text-align:center">〈20-뒤〉</h2>

○○○○○○○○○○ 春香母 긔 말 듯고 검은 얼골이 붉으락 풀으락 ᄒ
며 두 쥬먹을 불근 쥐고 별별 쩔고 츈힝보고 ᄒᄂ 말이 이 년 죽어라 이
년아 죽어라 언어 놈이 새닌을 당ᄒ든지 썩 죽거라 도령님 올나가면 뉘
간장을 녹이랴는냐 요 년 썩 죽거라 道슈남 압폐 밧짝 안지며 너 이 놈의
즈식 나ᄒ고 말 좀 ᄒ여보즈 나의 쌀 春香이가 힝실이 글던냐 닌물이 밉
더냐 언어가 불순터냐 잡실업고 누ᄒ더냐 언어 무어 그르더냐 군즈 슉녀
발이는 볍 칠거지악 업시며는 바리는 법 업는 줄을 너는 엇지 모르ᄂ냐
니

〈21-앞〉

쏠 春香 스량ᄒᆞ야 쩜도리로 차자와셔 春從春遊야젼야 쥬야야유 노닐다가
말경 굴 쎄에ᄂᆞᆫ 쑥 쩨여 버리라리 楊柳千万絲 가ᄂᆞᆫ 春風 잡아미며 락화락
엽되면 언의 나뷔 도라오리 내 쏠의 고혼 花容 一生 不得長春 졀로 늙어
홍안이 白슈되면 시호시호부치리라 다시 졈지 못ᄒᆞᄂᆞᆫ 쥴 너ᄂᆞᆫ 모르ᄂᆞ냐
와락 쮜여드러 道슈님 넙젹다리를 함부로 무러 쯧ᄂᆞᆫ디 春香母가 少年 락
치를 ᄒᆞ야 압니가 빠졋스니 아모리 무러 쩨드리도 간즈럽기만 ᄒᆞ지 압흐
지ᄂᆞᆫ 아니ᄒᆞ다 道슈님 혼이 라셔 여보 丈母 두말 마소 디러감셰 죠혼 슈
가 잇네 內行 압헤 신쥬여가 올나갈 터이니 신쥬여ᄂᆞᆫ 무셔너여 니 소민
속에 넛코 春香은 여 속에 안쳐 가게되면

〈21-뒤〉

늠들니 보기에 신쥬 든 쥴 알지 春香 든 쥴 알 수 잇나 그 밧게ᄂᆞᆫ 도리
업네 春香이가 그 말 듯고 어머니 건너가오 량반의 쳬면되야 오작 답답ᄒᆞ
고 오작 민망ᄒᆞ야 뎌런 말슴 ᄒᆞ시겟소 건너가오 건너가오 져의 모친 보넌
後에 길이 탄시 우ᄂᆞᆫ 말이 千里遠程 任 바리고 가ᄂᆞᆫ 싱각 그 간장이 엇더
ᄒᆞ며 세우분분 화락시에 마上에 피곤ᄒᆞ야 방이 놀가 넘녀오니 나의 싱각
ᄒᆞ지말고 안녕히 가셔오 道슈任은 올나가면 杏花春風 집집마다 絶代佳人
됴흔 風流 락面망반 ᄒᆞ실 젹에 나ᄌᆞᆺᄒᆞ 春香이야 싱각 엇지 잇스릿가 이
쏘흔 니 八字나 쥭어볼가 살어볼가 엇지홀니 엇지홀니 니 신셰를 엇시홀
니 道슈님 보고 기가 막혀 우지 마라 우지 마라 니가 간들 아조 가며 아
조 간

〈22-앞〉

들 이질소냐 녯 일을 모르느냐 부수소관첩지오라 소관의 수긱들과 오나라
정부라도 各分東西 任 그려워 규중심쳐 늙어잇고 征客관山로긔중의 관산
졍긱이여 녹슈부릉 채연녀 츄월강산 젹막흔데 년을 키며 상사흐니 나 올
나간 후에라도 벅사창외 월명흔데 쳘리상사 부디 말라 타항 쳘리 먼먼 길
에 임을 두고 니가 간 후 한양셩즁 너는 곳에 옥여가인 만컨마는 너 흐나
을 잇게데면 일일평균 십이시에 니가 웃지 편홀손냐 우지 마라 우지 마라
치힝 독촉 즈심흐니 안에 잠간 다여오마 도영임 과가로 드어가 사도을 뵈
은 후의 니아의 을푼 단여 칙방으로 나와 방자 식혀 나귀 안장 지여타고
오리졍에 나와 류방하인 흐직 밧고 나귀을 치쳐 몰여 춘향 집 당도흐야
안으로 드여가며 우넌 춘향 바라본니 쥬뉴아은사 소젹화

〈22-뒤〉

초흐고 곡셩아은사 닝견교임이라 도영임 달여드어 춘향 혈리 안고 우지
마라 우지 마라 니 사랑 우지 마라 츈향이 펴셕 흐며 나을 노으시고 저만
콤 안지시요 답답흐오 노으시요 도영임 홀일업서 츈향 혈리 설몃시 놋코
춘향는 여긔 안고 도영임 저만치 안져 보고 울며 울고 보며 이별을 흐는
고나 함누안간함누안이요 단장인송단장인을 무정푀상천사유로 미계낭군칠
쳘신을 삼월증당삽십일흐니 광풍이 날을 이별탄니 임도 날을 이별흐네 이
별이야 이별이야 즌송춘의 낙화 이별 강슈원함졍흐니 만이의 츠군 이별
연화슴월흐양주흐니 황학누상 고인 이별 초가사면만영월의 초빅왕의 미인
이별 우우풍풍 마외역에 당명황에 귀비 이별 음누사단봉 왕소군에 한궁
이별 한사단장

〈23-앞〉

디귀긱 치문회의 고국 이별 일장풍운 허더진니 남북에 군신 이별 삼츈에
안북비ᄒ니 녁노의 형졔 이별 모도 다 슬다ᄒ되 임 이별이 더옥 슬다 죽
자ᄒ니 청춘이요 사자ᄒ니 임 그리워 웃지ᄒ나 너 신셰을 웃지ᄒ리 우지
마라 우지마라 너가 지금 올나가면 금방에 급졔ᄒ고 너을 더려갈 터이니
셜외 말고 잘 잇거라 금낭을 어우만져 겨울 너여 츈향 쥬며 장부에 발근
마음 겨울빗과 갓헐진디 천말연이 지닉간덜 변ᄒ리 이가 잇게나야 츈향이
겨울 밧고 손에 씬 지환을 버셔쥬며 ᄒ난 말리 옥환 일미는 유시에 소롱
이라 긔충군자 ᄒ테지픠ᄒ노니 玉取其堅潔 不루ᄒ고 環取其終始 不絶이라
願君子난 如玉之精ᄒ고 如環不解ᄒ

〈23-뒤〉

쇼셔 온냐 온냐 셜어말고 病나지 말긔 안보ᄒ야 明年 봄에 더여가마 잇
씨의 春香母은 일별홀 일 상가ᄒ니 天地가 아득ᄒ야 食飮을 全廢ᄒ고 슐
만 먹고 두어눠여 우황든 암소 알덧ᄒ다가 아모리 상각ᄒ되 일별이 쪽 되
얏고나 春香母 홀일읍셔 春香 房으로 근너와셔 조흔 말노 하넌 말이 여보
시요 도령임 닉 나희 五十이라 늘기의 저거을 나어 금옥갓치 길너닐 졔
하날임계 츅슈ᄒ기 七星임의 祈禱ᄒ고 나흔佛供 슴신불공 미력불공 용왕
졔 산신졔을 오날꺼지 성심ᄒ은 人物도 저와 짯고 지벌도 저와 갓고 봉황
의 짝을 으어 금실위지 노는 거을 닉 눈 압혜 보려더니 쑴박계 도령임이
닉 집을 츠져와셔 서상가약 간청

〈24-앞〉

ᄒ니 마음이 환즁되고 두 눈이 뒤집혀 션션이 허락ᄒ야 금옥갓흔 닉 ᄌ식

을 이런 변을 당계 ㅎ니 눈을 쌔고 혜을 쌔여 기을 주어 합당ㅎ지 업지러
진 물이 되고 쏘와 노은 살이 되니 통분ㅎ덜 쓸더웁고 흔탄ㅎ면 별일인ㄴ
天下 쥽연 地下 쥽연 드럽게 늘끈 참년 싱이별 멋쳔 번의 안이 죽고 살아
나셔 스위 조츠 리별ㅎ니 들어은 팔즈로다 디히장강 흐르는 물을 뉘아셔
막어니며 우산의 진는 희을 게 뉘라 굼홀손가 두고 가는 그 간장과 감을
보는 그 마음 쌍젼키 어려울 걸 漢陽千里 먼먼 길의 병이 날가 렴녀온이
우리 모녀 생각 말고 알영이 올너가오 그어ㄴ 道슈님게 당부홀 말이 잇나
이다 내 ㄴ희 반빅이

〈24-뒤〉

라 오라이나 명일이나 다 썩고 나문 간쟝 생사을 미판이인 춘향이을 잇지
말고 빅년긔약 싱긱ㅎ면 죽어 황쳔의 도라가셔 결초보은ㅎ오이다 퍼버리
고 슬이 운인 도년님 춘향母을 위노홀 졔 슐상을 디여노코 슐얼 먹지 안
이ㅎ고 春香母는 大凡흔 擧動을 보니노라 억지노 우름을 참는디 쏭난 둑
겹이 숨쉬듯 비만 불늑불늑 ㅎ고 道슈님는 당나귀 우름울 듯 우름보가 터
치는디 열두마듸을 쏙 썩거 울고 春香은 모친이 안자신이 우름을 코게 울
지 못ㅎ고 누물만 비오듯ㅎ야 옷씻셜을 젹시며 향단이는 도라셔셔 쵸마자
락으로 얼골을 가리오고 통곡ㅎ야

〈25-앞〉

울 젹의 방즈 숨이 헐덕헐덕 어보시요 도년님 야단낫소 야단나요 무슴 이
별을 리리 쓴질게 ㅎ시요 잘 가거라 잘 잇거라 부지일소홀 일이지 무슴
이별을 쎄가 녹도록 ㅎ단 말이오 大夫人 行次 발셔 오슈력의 ㄴ가겟소 道
슈님 깜짝 놀나 춘향모을 부쳐잡고 어보 丈母 나는 가이 셜어 말고 잘 지
니오 츈향아 너는 우지 말고 잘 잇거라 힝단이도 잘 잇거라 도령님 할일

업셔 마상의 올녀안지며 츈힝아 잘 잇거라 츈힝이 한 손으로 즁문을 부녀
잡고 쏘 한 손는 道令님 손을 잡으며 도녕님 도녕님 황쳔우노의 면의 조
(한 줄 缺)

〈25-뒤〉

ㅎ고 야뎜풍상의 긔요지ㅎ쇼셔 오야 오야 너 잘 닛거라 방자 밧짝 달여들
어 말을 가자 치질ㅎ니 비호갓치 가는 말이 쳥ᄉ녹슈 얼는얼는 ᄒ 모롱이
두 모롱 감돌고 풀도어 아득희 멀어지이 쳥강의 놀던 元央 짝을 이은 거
동이요 우후쳥강 져 빅구 년파외의 쩟ᄂ간 듯 산 아라 빗긴 길에 활기 한
번 툭 치ᄂ더 문득 간 곳 업셔지니 츈향이 거동보아라 리도령 가는 곳을
자사희 살펴보이 닌홀불건 속졀업다 힝단아 예 道令님이 어듸만치 가ᄂ
보아라 香丹이 엿자오다 一鞭殘照裏요 四圍山色中리오소이다 츈힝이 졍신
업시 그 잘이예 주져 안져 닌졔는 할일업시 영이별을 ㅎ단말가

〈26-앞〉

나와 두리 울던 임이 어듸 가고 안보인니 줄 잇거라 ㅎ던 쇼리 귀의 징징
안들이네 二八靑春 졀문 연이 낭궁 그려 웃지ᄉᄂ 춘향모 긔가 막혀 궁글
며 슬이 우니 춘향은 효여이라 수식을 감추오고 쳔연니 위로ㅎ니 춘향모
가 그 ᄯᆯ의 거동을 보고 우름을 진졍ㅎ고 더범 조흔 말노 ᄯᆯ을 도로 위로
ㅎ니 이러홈으로 남원 월미라 ㅎ던 거이엿ᄃ 잇 ᄯᅥ 도영임은 오수역의 숙
수홀 제 ᄉ쳐의 금침 페고 던지더시 혼져 누어 츈향 싱각 슬게 울 제 안
져 싱각 누어 싱각 싱각ᄉ로 보곱십고 보고십허 발광난니 이럭케 보곱십
허 너 웃지 슬겐ᄂ야 초픠왕의 옥즁비가와 당명황의 만이힝촉을 글노만
보아던니 너게 와 당홀 줄을

〈26-뒤〉

웃지 알니 기리 탄식 익가 타셔 아이요 날이 시니 조반을 잡순 후의 경셩
으로 가신이라 그 후 사도계옵셔 부인과 수족ᄒ시고 춘향 불너 보시랴듯
다시 싱각ᄒ니 도영임의 중습도 될 터이요 ᄒ인소시의 안이되여 은근히
방즈 불너 돈 三千兩 너여주며 이것 갓다 충향모을 주고 이거시 약소ᄒᄂ
가용의 보티 쓰고 도영임이 급제ᄒ면 중촛 달려갈 터이니 모여간 슬어 말
고 부디 줄 잇시리라 방즈가 에이 디부인이 이방 불너 빅미 빅셕 의촛 언
저 순금 숨족 누어 주며 이거 갓다 춘향 주고 나 촛던 노리기이 놀 본다
시 저 가지고 수히 다려갈 터인니 슬허 말고 안보ᄒ리라 이방이 영을 듯
고 방즈 시겨 즌곡 필목과 퓌물을 갓다주며

〈27-앞〉

使道 말숨 大夫人 말숨을 전ᄒ니 春香母 謝禮ᄒ며 次例로 밧아노으니 道
슈님 싱각 더옥 간절ᄒ더라 歲月에 如流ᄒ야 舊官은 올나가고 新官이 到
任ᄒ야 數朔을 지널 적에 이 ᄲ에 春香이ᄂ 失魂愁心 病이 나셔 문을 닷
고 홀노 누어 상ᄉ곡 단장셩 임을 그려 울더니라 玉ᄀ흔 임의 얼골 달갓
흔 님의 티도 지리 상ᄉ 보고지고 東風이 溫和ᄒ이 任의 회포 불어올가
반가올ᄉ 春風에 피는 곳은 웃는 듯 任에 얼골 더 곳 갓치 보고지고 憂愁
誰與소홀고 想思를 知者知라 老天이 불관인 쵸최ᄒ니 루쳠구곡황하일이오
흔압삼봉화악겨로다 父母ᄀ치 重흔 몸이 天地間 업건마는 랑군 그려 사는
몸은 춤아 잇지 못흘니라 오미즁 두 눈물이 밤낫

〈27-뒤〉

업시 흐르ᄂ디 一寸 간장 좁은 곳에 만곡수를 너어 두고 우리 님을 다시

보면 이 셜음이 기련마는 언의 써 다시 맛나 악수론졍 홀가보냐 그리워
못보는 任 업셔 무방ㅎ것만은 든 졍이 병이 되야 사로느니 창즈로다 아모
됴록 죽지 말고 命더로 保存타가 언의 년 언의 시 랑군을 맛나거든 세세
원졍 ㅎ오리라 此時에 新官이 到任ㅎ야 一年을 지니더이라 쥬목스 리비ㅎ
고 다시 신관이 낫시되 자하골 막바지 사는 卞學道라는 량반이 낫시되 얼
골이 잘나고 男女唱 牛鷄鳴을 것침업시 잘 부르고 風流속이 達通ㅎ야 돈
잘 쓰고 슐 잘 먹고 一代豪傑이로되 한 가지 허물이 잇던가 보더라 고집
잇고 미련ㅎ야 됴흔 말을 글이 알고 그른 말을 올케 알고 酒

〈28-앞〉

色이라 ㅎ면 火악을 질머지고 불조심 안니ㅎ니 이러흠으로 곤닭의 알 골
듯ㅎ고 지니다가 祖上이 밧드러 南原府使를 졔슈ㅎ시니 이 써에 南原 新
延이 올나와 次例로 見身ㅎ는더 新延吏房 見身이오 新延通引 見身이오 新
延首陪 見身이오 新延級唱 都使令 都軍奴 都房子 見身이오 使道 分付ㅎ되
오 너의 무사이 올나오며 네 골에 무슴 일이나 업나냐 에이 너 드르니 너
의 골이 色鄕이란 말이 올흔냐 에이 一色妓生이 만스옵나니다 너의 골에
一色 春香이가 잇다지 에이 万古一色이로소이다 使道가 一色이란 말을 듯
디니 두 억기가 ㅎ번 웃슴 ㅎ여지며 春香이 平安이 계시냐 에이 安寧이
계심이다 南原이 에셔 멋 리나 되느냐 에이 六百十里로소리다 됴흔 말 탓
스면 흔나잘에 갈ㅆ 에이 五六日을

〈28-뒤〉

나려가 도임ㅎ시고라도 ㅎ로라 ㅎ시면 ㅎ로옵고 열흘만에 나려가 도임ㅎ
시고라도 ㅎ로라 ㅎ옵시면 ㅎ로로소이다 吏房의 말을 드르니 속이 시원ㅎ
고나 將來 吏房 노릇 잘 ㅎ야 먹겟다 잇튼날 平明後 新官使道 發行홀 시

사은슉비ᄒ신 後 장안서경 잠간 들고 고ᄉ당 참비ᄒ고 全羅道로 나려간다
구룸갓흔 쌍교 벌련 목단식임 완ᄌ창 네 활기 쩍 버리고 一等馬夫 有랑달
마 덩덩그러케 실어노코 키 큰 使令 靑창옷 뒤치잡이 힘을 쓰며 別輦 뒤
ᄯᅡ랏ᄂ디 南大門 밧 썩 내다라 화란츈셩 만화방창 버들입 푸릇푸릇 白沙
銅雀 얼는 건너 南太령을 넘엇고나 수비 ᄒ 쌍 통인 ᄒ 쌍 리방 형리 공
방이며 지장식 취고슈 슌령슈 도房子 及唱이 左右로 옹위ᄒ야 권마셩이
진

<h2 align="center">〈29-앞〉</h2>

동ᄒ다 左右로 뫼신 라졸 일산구종 젼후비 각차비 마를 타고 十里에 連ᄒ
엿다 全州府中 드러다라 슌상게 연명ᄒ고 로고바위 임실 지나 오수역에
슉소ᄒ고 박셕틔 넘어드니 六房라졸 다 나왓다 人物 츳지 戶房이며 物品
츳지 工房이며 좌우벌감 통인들이 기럭이 雙雙으로 느러셧다 힝슈집ᄉ 치
레보라 통연ᄉ립 금퓌갓끈 보기 죠흔 靑一翼 馬上에 올나안져 등치를 어
식 집고 雙雙이 젼비ᄒ고 中軍 쳔총 파총 군관 슌금 甲옷 千里馬에 두려
시 안진 모양 진삼국지 밍장인 듯 집사 지휘 사단런ᄉ 교련관 着덜릴 금
안쥰마 션젼관의 티도로다 긔퓌관의 호령ᄒ야 淸道 도로 드러ᄀ 시 二十
八문 各色긔치 行伍차자 버러셰고 호미 금고 한 쌍 호총 ᄒ 쌍 라 ᄒ 쌍
젹

<h2 align="center">〈29-뒤〉</h2>

한 쌍 납팔 ᄒ 쌍 발ᄂ 흔 쌍 셰락 ᄒ 쌍 고 두 쌍 슌시 ᄒ 쌍 영긔 두
쌍 션여갓튼 기상더은 착젼입 안중마로 左右의 갈ᄂ 셧다 가진 취틱 힝낙
셩은 연풍을 자랑ᄒ고 권마셩 젼도ᄒᆯ 제 물식과 위염잇 가득ᄒ니 上下 男
女 老少 人民이 左右 구경ᄒᆯ 제 잇 더 ᄉ도년 남요예 우예 올너안져 고기

을 엇지 너여 둘너던지 추면흔 부치술의 코가 다 갈이여 피가 나도 모로
고 수로 불너라 예이 저기 구경흐넌 거시 모도 기싱인야 수토인 기가 막
혀 예이 모도 기싱이로소이다 스도 大喜흐여 인제야 니가 기싱베락 만넌
고느 긱사의 하례흐고 東軒 坐定흐야 추담상 바드시고 당장 제슘일 정고
을 홀 터니느 체면을 싱각흐고 이을 갈고 견디넌디 웃지 이을 갈

〈30-앞〉

고 춤머덧지 압이넌 다 빠질 지경이엿다 제슘일이 당흐야 육방 흐인 정고
을 잠갓 보고 호방 독촉하야 기싱 정고 어셔 흐여라 戶房이 슈을 듯고 기
싱 정고 흐던이라 안칙을 드려녹코 추례로 호명흐넌데 南浦月 기푼 밤에
돗디 치넌 저 스공아 문노라 니 탄 비 계도금범 난주 行首기싱이 드러오
넌디 나상을 거듬거듬 한 편으로 거더안고 요만흐고 안넌 거동 秋天明月
분명흐다 나오 나오 一代文章 소동파 赤壁강의 비을 씌고 거주속긱 흐올
적의 소연동산 월출이가 드러오넌디 홍상을 거더안고 함교함티 흐넌 거동
천번이느 요라흐고 만번이느 기리하여 스수(似垂)柳在吹風前이로다 나오
나오 사도 분부흐되 기싱 정고을 그럭케 느리게 흐면 멘날 갈 줄 모로게
구나 답답흐여 듯

〈30-뒤〉

기넌야 밧비 밧비 불너러 호방이 청영흐고 넉즈화두로 부루겟다 渭城朝雨
浥輕塵 客舍靑靑 柳色이 예 등디하엿소 紗窓의 비춰엿다 纖纖影了 秋(초)
月이 예 등디하엿소 喃喃枝上 봄바람 頡之頏之 飛鳶이 예 등디흐엿소 千
里江陵 느저간다 朝○白帝 彩雲이 에 등디흐엿소 太華峯頭 玉井蓮 花中君
子 玉蓮이 에 등디하엿소 月明林下美人來 慇懃흐다 梅香이 완넌야 에 등
디흐엿소 借問酒家何處在 牧童遙指 杏花가 완넌야 에 등디하엿소 玉露金

風蒲山江 一葉靑光 玉葉이 완넌야 에 등디ㅎ엿소 朱紅唐絲 벌믜듭 츠고나니 錦囊이 완넌야 에 등디ㅎ엿소 眞珠 明珠 자랑마라 第一寶貝 珊瑚珠 완넌야 에 등디ㅎ엿소 廣漢樓上明月夜 羣仙이 北玉 玉仙이 완넌야 에 등디ㅎ엿소 丹

〈31-앞〉

成梧桐 그늘 속에 雙去雙來 飛鳳이 왓ᄂ냐 에 等待ㅎ얏소 月中天香丹桂子 聞香十里 桂花 왓ᄂ냐 에 等待ㅎ얏소 思君不見 半月이 獨坐幽篁 琴仙이 漁舟逐水 紅桃 笑指蘆花 月仙이 重陽秋色 菊花 四時長靑 竹葉이 翠香 錦香이 蘭香이 月香이 使道가 香字만 드르면 궁둥이가 짱에 못붓게 들여디며 戶長 듯ᄂ냐 에이 너의 고을에 春香이 잇다더니 點考時에 업스니 웬일이냐 戶長이 엿자오디 春香은 妓生이 아이오라 退妓 月梅 쏠이은디 妓案着名흔 일 온고 려렴 싱장ㅎ옵더니 舊官 冊房 道令任이 머리를 언쳣ᄂ이다 舊官 冊房 道令任이 머리를 언쳐스면 春香을 디려ᄌᄂ냐 디려가지는 아니ㅎ고 제 집에 잇ᄂ이다 내 드르니 春香은 原妓의 子息이

〈31-뒤〉

오 쏘흔 人物이 一色이라 ㅎ니 기안에 着名ㅎ고 밧비 見身식이라 戶長이 슈을 듯고 게셔 업쳐 쳥령ㅎ야 春香을 불을 일이로디 体面을 싱각ㅎ고 밧게 나와 行首妓生을 불너 使道 分付 如此키로 春香을 妓案에 着名ㅎ엿스니 네가 春香집에 가 春香母께 말을 ㅎ고 至今 와 見身ㅎ라 ㅎ엿라 行首妓生 슈을 듯고 春香을 불으러 나간다 廣寒樓를 지나 오작교를 건너 春香집을 드러가며 비우셔 ㅎᄂ 말이 여보소 春香아씨 여보시오 셔울아씨 셔울마님 使道게셔 불으시이 밧비 드러가셰 春香이 변식디왈 使道게셔 불으시이 爲民之父母시나 불으시면 갈 터이나 내가 妓生인가 妓生이 안닌 바

에 불으다고 골 슈 잇나 病난 제 수삭이라 出入홀

〈32-앞〉

슈 업시이 行首兄이 드러가셔 春香은 病이 드러 거의 죽게 되얏다고 근료
ᄒ야 말을 ᄒ오 行首妓生 그 말 듯고 新官 使道 性情이 무셥고 엄슉ᄒ야
쐬를 쓸 수 바이 업스니 아모됴록 잘 고ᄒ야 불으지 안케 ᄒ야봄셰 春香
과 말을 ᄒ고 官家로 드러가 戶長을 디ᄒ더이 春香과 흔 말은 간 곳 업고
春香을 먹어졔치ᄂᆞᆫ디 대톱 이상이엿다 春香이 죽어도 못오겟다 ᄒ옵듸다
엇지ᄒ야 그리더냐 使道끠셔 불으시면 네가 엇지 나왓나냐 ᄒ기에 戶長任
이 젼ᄎᆞᆷ분부 불너오라 ᄒ시더라 ᄒ니 너는 平生 戶長밧게 모르ᄂᆞ냐 戶長
놈이 와셔 불은디도 나는 못가겟다 ᄒ옵듸다 戶長이 春香 凡節을 아는 고
로 그 게집 아히가 그럴 리가 잇나 속으로 침작ᄒ고 官家에 드러가 품

〈32-뒤〉

ᄒ되 小人이 밧그로 春香을 불넛더니 졔 랑군을 싱각ᄒ야 病이 드러잇다
ᄒ고 오지를 아이ᄒ니 使道 處分이 엇더ᄒᄂ지오 使道 드르시고 내가 져
를 부르ᄂᆞᆫ디 수졀 물결이 엇더ᄒ니 졔가 수졀흔단 말을 내아에셔 드르시
면 大夫人은 짝 긔졀ᄒ겟고나 至今 밧비 春香 불너 見身시키라 방울이 덜
넝 使令이 에이 春香 밧비 디령ᄒ라 에이 軍奴使令이 나간다 金番首야 웨
아 朴番首 웨 부르ᄂᆞ냐 걸니엿다 걸니엿네 게 누구 걸니엿소 成春香이가
걸니엿다 올타 그 亂杖 맛고 담양 갈 년 량반 셔방 ᄒ야다고 교만코 티가
락이 만트니라 그물 코 삼천이면 걸닐 눌이 잇ᄂᆞ니라 春香에게 사졍두는
놈도 기아들이오 나도 기아들이니라 그 안이꼽고 쥬져넘은 년 잘 되얏다
잘 걸이다 山슈

〈33-앞〉

털 병거지 람인공단 안을 바쳐 날닐 용즈 쩍 부치고 궁초군복 홍더씌 거
음을 조쳐 펄넝펄넝 광풍의 나뷔 날덧 슈림간 밍호쳐염 츙츙 거여 들어가
며 츈향아 불우 적의 잇 쩌 츈향이는 쳘이승스 님을 글여 도렴계셔 온 편
지을 츠예로 너여 웃고 보고 울고 울고 볼 졔 쳘이상씰 쥬여앙스 모친시
하 잘 잇눈야 니 몸은 무스득달ᄒ야 당상문안 알영 ᄒ졍의 부도다 내 ᄆ
음 너ᄀ 알고 너 ᄆ음 내가 안이 별 말리 웨 시이리 팔익이 업씨니 나라
가지 못ᄒ고 일각이 난감ᄒ나 스셰을 엇지ᄒ리 니 마음의 가짓 거는 貞女
의 미울 녈즈 우리 둘어 급혼 언약 직홀 슈짜 쑨리로다 엇지ᄒ야 쳔힝으
로 만늘 나리 잇슬 쯧

〈33-뒤〉

안심ᄒ야 긔다어라 만만셜화을 셔즁의 못다ᄒ고 눈압퍼 보이난 듯 답답ᄒ
야 더강 그리노라 년월일 삿터 힝단이도 줄 잇눈냐 편지는 오거만는 님는
어이 안이오고 나는 엇지 못 가는고 시문의 문견폐 긔가 컹컹 짓는 소리
문을 널고 너다보니 사영굴노가 드어셧다 츈향이 문을 널고 아즁아즁 나
오면셔 김변슈 오셧나 朴변슈 와게셧나 今番의 上京ᄒ야 路毒이나 아니난
나 니 집을 차자오긔 꿈밧게 이리오셰 손을 잡고 익글면셔 어 오셧소 어
셔 오소 더 使슈들이 生前 春香의게 그런 더졉 못밧다가 손을 잡고 말을
ᄒ이 몸의 두드럭긔가 이러눌 지경이로구나 어보소 동상 웨 나왓나 병즁
의

〈34-앞〉

쵹상홀이 어셔 드러가셰 방으로 드어 안진이 스령덜리 가슴이 두군두군

단박의는 눈이 어둡고나 春香母 건너오며 이 자식덜 오날 니 집의 오긔
발병이나 안이 낫느냐 늙근 어미을 흔변도 와셔 아이보아 힝단아 안쥬는
업다마는 슐이나 만회 가져오나라 슐상을 드려놋코 슐을 권흔니 스영들이
술을 보더이 말이야 바로 흐지 스도가 자네을 슈청거힝 안이흔다고 재쵹
이 디단흐나 우리들이 들어셔면 자네 흐나 뺏여니지 못홀 리가 잇나 글셰
철즁의 錚錚이라고 스람이 만흐되 옵바 두 분을 미드오 그 말이냐 두변
이를 말인가 재쵹使슈이 오나냐 가만 잇거라 오나냐 이 놈아 요란흐다 우
리가 아난 장단릴다 이리 와

〈34-뒤〉

슐이나 멱즈 셰 놈이 들어안즈 슐을 엇지 먹엇던지 하늘이 돈짝만흐고 셰
상이 노랏케 되얏구나 춘힝이가 돈 승 양을 니여노으며 이것이 略小흐나
들어가다가 약쥬나 흔 잔 먹고 가오 이게 될 말인가 쇠가 쇠을 먹고 술이
술을 먹는다고 자네계 이것 밧아 갈 슈 잇나 그리면셔도 돈는 꽁문이 차
며 입슈나 다 올흐가 몰나 자 자 우리 드러가네 春香을 作別흐고 門 밧게
나오던니 셔 놈니 손길을 마조 잡고 자 우리 노이 흐느 흐야보셰 그 말이
썩 죠콧나 白鷗냐 경졍 날지 말아 너 잡으러 니 온간다 승상이 바리시니
너를 좃차 여긔 왓나 玉樓紗窓花柳中의 白馬金鞭 少年들아 碧梧桐 七絃琴
을 알고 져

〈35-앞〉

리 즐긔나냐 모우고 져리 질긔나냐 지음을 모을진더 음률을 어리 알리 궁
상각치우 오음륙놀을 나다여 멋게데면 궁쳔지이을 디강만 이르리라 너 먼
져 더어가자 너 먼져 드러가자고나 이 이 우리 그리 말고 셋이시 서로 잡
고 거드어거려 드려가쟈 그것 썩 조흔 말이다 셰 놈이 상토을 잡고 셜넝

셜녕 드어가며 츈향사령 잡아드럿쇼 사도 어이웁셔 이 놈 춘향은 엇지ᄒ
고 춘향사령 잡아드럿다니 져는 쥭일 놈이 잇나 ᄒᆫ 놈 알외는디 春香이가
病이 드러 거의 쥭게 되야는디 간졀히 말을 ᄒ며 됴흔 술 됴흔 안쥬를 비
아지가 더지 먹이옵고 돈 삼 양 쥬긔로 셰 놈이 ᄒᆫ 량식 난오왓ᄉ온디 人
情間에 못잡아 왓사오니 다시 분부ᄒ옵시면 인졔난 春香을 못잡아오면 小
人에 어미

<h3 style="text-align:center">〈35-뒤〉</h3>

라도 디령ᄒ오리다 물라 그럿치 小人 엄미가 春香보다 一色이지오 使道가
一色이란 말을 듯더니 네 엄미가 一色이면 나이 몃 살이냐 올에 아흔아홉
이로소니다 밋친 놈이로고 이 길노 急히 가 春香을 불너오되 말일 더듸
거힝ᄒ다는 물고를 낼 터이니 至今 速히 불너오나라 뎌 使令 令을 듯고
千金一身 身外無物이라 ᄒ얏스니 春香의 私情보다 杖下之魂될 거이니 어
셔 밧비 불너오지 春香집을 急히 나가 門前에 드러셔며 여보 셔울덕 ᄒ닐
업니 드러가세 擧行 결못ᄒᆫ다 ᄒ고 行首집ᄉ 엄곤치고 도ᄉ령 도군로는
결박ᄒ야 달앗스니 사셰 엇지 홀 수 잇나 드러가세 春香이 홀일업셔 官家
에 드러갈 졔 헛트러진 머리털은 귀밋헤 느러지고 쓸니는 초마폭은 거듬
거듬 거더 안고 비마진 졔

<h3 style="text-align:center">〈36-앞〉</h3>

비처럼 아장아장 건는 티도 왕소군의 립시로다 관가의 드러가 사계 화초
넙푼 담안 양유쳥쳥 그를 속의 가만이 안져시니 츙영급장이 나셔며 츈양
현신이요 사도 보시고 참 만고일식이로구나 어셔 올느리라 츈양이 싱양타
못ᄒ야 상방의 올나가 고양이 니 마신 듯이 옷독 안져 발발 쓰니 사도 보
시고 연희 츕게다 어 어엿쑤다 어 어엽쑤다 沈魚落鴈이란 말을 과히 존가

ᄒ얏더니 폐월슈화ᄒ난 틱도 보던 중 처음이요 짝이 읍난 일식일다 셜도
문군 보랴 ᄒ고 익쥬자사 자원ᄒ야 삼도몽을 쓴다니 네 소문이 ᄒ 장ᄒ야
경향의 유명키로 밀양 셔홍 마다ᄒ고 간신히 셔드러 남원부사 ᄒ엿더니
오히려 늣덤병여 션착편이 되엿시나 녹엽성음자만지가 아직 안이 되엿
니 불힝중 다힝일다 구관 칙방 도령임이 네 머리을 언첫다니 도령임 가신
후의 독슉공방 홀 슈 잇나 응당 이부 잇실 터이니 관속이냐 건달이냐 어
려히 알지 말고 바른터로 말ᄒ여라 春香이 엿자오디 娼女의 子息이나 기
안의 着名 안코 閨閣生長ᄒ옵더니 구관딕 도령님이

<h3>〈36-뒤〉</h3>

年少ᄒ 風情으로 少女 집을 추자와셔 셔상가약 간쳥ᄒ니 老母가 許諾ᄒ고
李氏딕에 許身ᄒ야 百年期約 밧들기리 단단밍셔 ᄒ엿더니 호ᄉ가 다마ᄒ
야 道令任을 리별ᄒ고 獨宿空房 晝夜相思 추질 날만 기디리니 관속 건달
이부 말슴 小女게ᄂ 當치 안소 使道가 기 말 듯고 크게 웃고 칭찬ᄒ되 얼
골 보고 말 드르니 안팟으로 一色일다 옥안죵고多身累가 구양공의 글짝이
라 人物 됴흔 女人들이 節行이 업건만는 뎌 얼골 玉갓흔 그 마음이 어엽
부고 아람답다 네 마음은 그러ᄒ나 李道令 어린 兒孩 장가들고 及第ᄒ면
千里他鄕 暫時 作亂 네 싱각 홀 수 잇나 가련ᄒ 네 신셰가 꼿가지에 셔리
오 약ᄒ 풀에 씌끌이라 黃昏約 긴디업고

<h3>〈37-앞〉</h3>

白頭吟을 을프며는 그 아니 불상ᄒ냐 네가 유식ᄒ다 ᄒ니 史記로 이르리
라 녯랄 예량이ᄂ 지초부의 수졀이라 네가 나를 위히 守節ᄒ면 예량과 一
般이니 衣服단장 곱게 ᄒ고 오날브터 수청ᄒ라 春香 엿즈오디 春香 먹은
마음 使道任과 달으외다 올나가신 道令任이 무신ᄒ야 안 차즈면 반쳡여의

본을 밧아 옥창형영 직히다가 이 몸이 죽스오면 황릉묘를 차져가셔 이비
혼령 뫼시옵고 반죽지 졈은 비에 놀아불가 ᄒ옵ᄂᆞᆫ디 지초 수절ᄒᆞ란 말씀
小女게ᄂᆞᆫ 當치 안소 使道가 到任初에 春香 行實 모루고셔 경현이 불너셔
ᄒᆞᄂᆞᆫ 말이 이러ᄒᆞ니 奇特다 칭사ᄒᆞ고 고만 니야 보닛스면 官村無사 됴ᄒᆞᆯ
걸을 싱긴 거시 ᄒ 묘ᄒᆞ니 욕심 잔쑥 나셔

〈37-뒤〉

을너보면 될 줄 알고 졀ᄌᆞ를 가지고셔 ᄒᆞᆫ번 잔쑥 을으것다 허허 이런 時
節보소 기성 수졀ᄒᆞᆫ단 말을 뉘가 아니 요졀ᄒᆞᆯ가 분부 거졀키ᄂᆞᆫ 간부사졍
간졀ᄒᆞ야 벌충졀을 다 말ᄒᆞ니 네 罪가 졀졀가통 형쟝 아리 긔졀ᄒᆞ면 靑春
이 속졀업지 春香이 졀을 니여 不分死生 엇ᄌᆞ오디 使道ᄂᆞᆫ 兩班이라 禮節
을 아시려든 수졀 부녀 억탈ᄒᆞ면 爲民父母 道理節次 切當ᄒᆞ다 ᄒᆞ오릿가
훼졀ᄒᆞᄂᆞᆫ 不正男女 졀치부심ᄒᆞ옵이다 使道가 그 말 듯고 두 눈이 캄캄 코
궁기 쎅쎅 목이 칵 쉬며 망견편ᄌᆞ가 툭 쓴어지고 상토 웃고가 발씬 넘고
턱을 덜덜 썰더니 이리오너라 에이 이 년 잡아너라 에의 級唱이 春香 잡
아너라 에이 뎌 使令 거동보아라 우루루 달녀

〈38-앞〉

드러 春香의 머리치를 휘휘칭칭 금쳐 쥐고 동당이쳐 잡아드럿소 크나큰
형틀에다 덩그러케 올녀 미고 刑吏 거그 잇ᄂᆞ냐 에이 刑吏 待令ᄒᆞ얏소 져
년을 쩌려죽일 터이니 다짐쓰라 刑吏 다짐쓰셔 分付ᄒᆞ되 汝矣身이 娼家少
婦로 不從官長之엄령ᄒᆞ고 발악거역ᄒᆞ니 신위쳔기로 자쳥졍졀이 罪當万死
라 卽爲打殺ᄒᆞ야 以一懲百ᄒᆞ리니 죽기를 셜워 말나 형리 다짐쟝을 들고
너려가 春香 다짐두라 ᄒᆞ니 春香이 다짐ᄒᆞ되 죠곰도 굴치 안코 털장갓치
다짐둔다 한 一ᄌᆞ 드르르 그은 後 마음 심ᄌᆞ 그 아러 쓰고 붓디를 너더지

며 요만ᄒ고 안젓고나 집장ᄉ령 거동보라 팔쳑장신 키 큰 ᄉ령 젼통갓흔
큰 팔 쎄여 원억기에 둘너메고

〈38-뒤〉

刑杖 담박 안아다가 春香 압혜 졀컥 노으니 멸셕 간장 다 쩌러진다 刑杖
다발 좌르르 펼쳐노코 이 놈도 골나 능쳥 뎌 놈도 잡아 능쳥 其中에 좀먹
고 등심업ᄂ 놈 골나 쥐고 이만ᄒ고 셔잇시니 使道 分付ᄒ되 네 이 년을
쳣미에 두 다리가 툭 부러지게 치되 万一 혈장ᄒ면 집장使令놈이 죽으리
라 집장使令이 업듸면셔 뎌만ᄒ 년을 일호 사졍두으릿가 부러지게 치우리
다 미오 쩌려라 소리에 발맛초아 물너셧다 달녀드려 한 기를 딱 부치니
부러진 刑杖가지 空中에 푸루루 쩌나가고 五六月 急ᄒ 비에 벽역치ᄂ 소
리로다 고초갓치 독ᄒ 春香 사지륙톄를 빠르르 썰며 장즁에 글짓듯ᄒ야
챠례로 알외ᄂ디 一字로 알외리다 일편西去 우리 君子 一刻三

〈39-앞〉

秋 보고지고 一夫從事 굿은 마음 一時 형익 가소롭다 일만번 죽ᄉ온들 일
호 변긔ᄒ오리가 二字을 딱 부치니 二字로 알외리다 二君不事 忠臣이오
二夫不更 烈女로다 二月요도 미진 가약 이셩지합 분명ᄒ니 二千里 류찬ᄒ
들 二心를 두오릿가 二八靑春 春香情曲 二天明측 ᄒ옵소셔 三字을 딱 부
치니 三字로 알외리다 三生九死ᄒ더니도 슴강을 이즐잇가 三光갓치 빗ᄂ
마음 三從之義 품어스니 三生佳約 重ᄒ 몸을 三月 花柳 알지 마오 四字을
딱 부치니 四字로 알외리다 四五歲로 익힌 것이 四書三經 聖訓이라 四維
四端 어진 政事 四境安堵 바럿더니 四時長春 곳을 졀힝 사흉치죄 웬 일이
오 五字을 딱 부치니 五字로 알외리다 五馬로 오신 使道 五倫을 밝히시오
五品 不順ᄒᄂ 官長 五刑 엇지 모르잇가 五十三州 우리 道內 王敎不行 第

一이오 네 그 년 大典通編을 몰으는고나 春香이 엿즈오디 大典通編이 무엇인디 즈세히 알아지다 使

〈39-뒤〉

道 刑吏 불너 大典通編 니여놋코 春香에게 졔 罪狀을 일너라 刑吏 다사 업쳐 春香아 드러라 大典通編에 ᄒ얏시되 모반대역ᄒᄂ 罪는 릉지쳐참ᄒ라 ᄒ고 거역 長官ᄒᄂ 罪는 엄치졍비 의당이니 너 죽는다 셜워 말아 春香이 엿즈오디 大典通編에 法이 그러할진디 有夫女 强奸ᄒᄂ 罪는 엇지ᄒ라 ᄒ얏ᄂ뇨 使道가 한 번을 쮜더니 이 놈 져런 妖妄ᄒᆫ 년을 어셔 쎠려라 六字을 부치이 六字로 알위리다 六國遊說 蘇秦이 六王을 달니건만 六月飛霜 春香 寃情 六腑五臟 가득ᄒ니 六房官屬 다 보는디 六身을 찌져쥬오 七字을 딱 부치니 七字로 알위리다 七夕 銀河 牽牛 織女 年年相逢 이갓마는 七百里 가신 家長 어이 이리 못보느냐 七年 살아 무엇ᄒ리 七尺刀斧手 劫안나오 七寶紅粧 속졀업시 七分鬼 되엿셰라 八字을 딱 부치이 八字로 알외리다 八十西來 太公 맛나 八百諸候 歸順ᄒᆫ들 八字雙眉 春香 情

〈40-앞〉

曲 八分이나 굽히릿가 八不出 使道 政体中에 第一이요 압다 그런 찌져 죽일 년 어셔 쎠려라 九字을 딱 부치니 九字로 알외리다 九皐에 鶴이 되야 九万長空 놉히 나라 九曲肝腸 미친 恨을 구중심쳐 알외고져 九月霜風 搖落ᄒᆫ들 九月黃花 이우릿가 十字을 딱 부치리 十字로 알외리다 十生九死이니 마음 十二時로 恨心인디 十介친다 훼졀ᄒ리 十七歲 春香 情셔 十五夜 밝은 달이 구름 속에 드럿도다 열다섯을 넘겨 치니 二十度로 알외리다 二十 文章 子長갓치 道令任도 南遊ᄒ야 二十五絃 皇英古調 春香 怨恨 푸러쥬오 三十度 猛杖ᄒ니 白雪갓흔 두 다리에 살 ᄒᆫ 졈이 업셔지고 쀡수어

진 쎄 뿐이라 使道 탄왈 에 그 년 모결기로 일을진더 독사

〈40-뒤〉

이상이오 독ㅎ기로 일으면 고초 以上이로고 어린 년이 장니 크게 일 져즈
르겟고 그 년 큰 칼 씨워 項鎖 足鎖로 下獄ㅎ야라 스령이 에 ㅎ더이 春香
을 글너 동틀 아리 니려노으니 호흡을 不通ㅎ야 거진 죽는고나 使令이 울
며 큰 칼을 씨우며 스도를 욕도 ㅎ고 혹 쉬 ㅎ기도 ㅎ며 눈도 홀기고 탄
식도 ㅎ며 칼머리 인봉ㅎ고 얼등거려 고히 드러 삼문 밧 니치니 이 쎄에
春香母가 우루루 달녀들어 春香을 훌쳐 안고 이고 니 쓸 죽엇고나 목을
안고 둥굴둥굴 明察ㅎ신 하느님 니 쓸 春香 죽습니다 살녀쥬오 살녀쥬오
이고 丁寧 죽겟고나 닌들 살아 무엇ㅎ랴 여보 사도 니 쓸 엇지 쳐죽엿소
烈女 春香 몰나보고 위력겁탈ㅎ랴 흔들 언으 발겨 찌질 년이 이

〈41-앞〉

미 무셥다 굴복ㅎ며 죽기 셜워 훼결홀가 하느님도 무심ㅎ고 부쳐 미륵 령
험업네 香丹아 관약방 급히 가셔 쳥심환을 사오너라 童便를 밧어라 童便
을 못밧으면 니가 누마 크다흔 함지를 더고 와르르 오줌 누어 그 오줌에
다 약을 기여 春香 입에 드러부으니 春香이 暫時間에 씨여나는지라 춘향
모 통곡ㅎ고 향단이도 통곡ㅎ고 아젼 通引 官奴 使令 南原府中 老少男女
所聞듯고 드러와 보고 혀를 쓸쓸 발 구르며 울며불며 ㅎ는 거동 누가 보
고 아니 울냐 이 쎄에 春香이가 妓生 갓고 보게 되면 오입상이 기싱들이
와셔 人事를 ㅎ련만는 妓生이 안닌 故로 그런 일이 업더니라 춘향 셜이
울며 칼머리 들고 香丹이는 春香 업고 나오는더 南原府中 老人寡婦 울

<h2 align="center">〈41-뒤〉</h2>

며불며 달녀들러 음전ᄒ다 奇特ᄒ다 稱讚ᄒ며 눈물 흘녀 혀도 차며 春香
을 밧드어셔 獄으로 니러갈 졔 獄司丁이 압흘 셔고 감옥형리 뒤를 ᄯ라
獄門前 當到ᄒ나 長城ᄀ치 잠긴 문을 와당퉁탕 졀컥 열고 春香 넛코 문
치우니 春香母 氣絶ᄒ고 香丹이는 ᄯ짱을 치며 이고 앗씨 엇지ᄒ리 이고 앗
씨 엇지ᄒ리 뒤에 ᄯ라오던 夫人 쪠울음이 이러나니 獄司丁이 監獄刑吏
발 구르고 돌아셔며 앗가워라 불상ᄒ다 차고 찬 여 獄中에 뎌것 쥭지 살
수 잇나 歎息ᄒ고 드러가니 春香이 精神차려 어머니 셜워 말고 氣體安保
ᄒ옵시면 罪업난 春香몸이 셜마ᄒᆫ들 쥭사릿가 水火釖槍中이라도 아니 쥭
고 살 터이나 거졍말으시고 집으로 가옵소

<h2 align="center">〈42-앞〉</h2>

셔 만일의 안 가시고 뎌리 울고 계시오면 ᄌ孝ᄒᆫ 말슴이나 지금으로 쥭을
테니 나가소셔 울음 소리 긔가 막켜 경각의 쥭겟도다 춘향母 홀릴업셔 옥
즁의 ᄯ쏠을 두고 텬지가 아득ᄒ야 업더지며 잡바질 제 그 ᄯ 왓든 여러 부
인 춘힝모를 잇쯔러셔 집으로 나간 후의 춘힝이 셜이 울며 불숭ᄒ신 우리
모친 아비 업시 나를 길너 공도 들고 힘도 들어 고이고이 길너니여 됴흔
일은 못보시고 눈 압혜 모진 일만 切切 當ᄒ시니 불효막디 이 년 몸이 쥭
ᄌ히도 아니 되고 사ᄌ히니 부모 근심 쥭도 살도 못ᄒ겟네 드런 년의 八
字로다 힝단이 게 잇ᄂ냐 예 늬 걱졍은 아예 말고 집으로 건너가셔 이웃
집 부인네ᄶ 신신히 간쳥ᄒ야 어머니 우시거든 위로ᄒ야 달나 ᄒ고 미음
원미 자로 ᄊ쑤어 시

〈42-뒤〉

시로 권케 ᄒ고 비취칙장 문갑 안의 인슘 열 근 드럿스니 조셕으로 진케
디려 어머니끠 드리오고 나 업다 셜워 말나 어머님게 간권ᄒ면 안이 죽고
살아나셔 네 은혜를 갑흐리라 네 ᄆ음을 니가 아이 별 당부가 잇겟ᄂ냐
듯기 실은 우름 소리 니 간장 다 녹으니 울지 말고 나가거라 힝단이 도라
보니고 春香이 홀노 안져 옥즁의 형용 슯혀보니 압문의 살이 업고 쮜벽에
외만 남아 동지 셧달 찬 바람은 살 쏘듯이 드리불고 헌 즈리에 흙먼지는
발길이 쌔지도다 니 죄가 무슴 죄냐 국곡투식 ᄒ얏난가 살닌죄범 되얏는
가 엄형즁치 항쇄 족쇄 옥즁엄슈 웬 일니냐 어화 셰상 가소롭다 이 지경
되여시니 한탄ᄒ

〈43-앞〉

면 무엇ᄒ며 이통흔들 무엇ᄒ리 欲死欲死 분흔 마음 머리를 부듸치며 복
침통곡 슬피 운다 비몽사몽간에 장쥬가 호졉 되고 호졉이 장쥬 되야 실곳
치 남은 혼빅 바름인지 구름인지 한 곳을 當到ᄒ니 天空지활ᄒ고 山明수
려ᄒ듸 은은흔 죽엽속에 일층화각이 밤비에 잠겨더라 春香의 꿈魂魄이 枕
上片時에 万里 소상을 곳던 것이엿다 春香이 아모런 줄 모로고 四面으로
彷徨홀 졔 안으로 端正이 소복흔 추환이 春香 압을 當到ᄒ야 공손이 읍ᄒ
야 曰 우리 랑랑끠셔 랑즈를 쳥ᄒ시니 이리로 오옵소셔 雙燈을 도도 들어
압길을 이도케늘 春香이 뒤를 짜라 中계를 다다르니 현판에 黃金 大字로
샥얏스되 만고졍렬 황

〈43-뒤〉

릉묘라 두렷시 붓쳣거늘 心神이 산란ᄒ야 두루두루 슯혀보니 堂上에 白衣

입은 두 夫人이 옥픠를 느짓 들어 좌셕을 쳥흐거눌 春香이 무식지 안이흐
야 禮節을 아눈 스룸이라 사양흐야 엿즈오디 몸이 진셰 쳔인으로 존엄혼
좌셕에룰 엇지 감히 올으릿가 夫人이 그 말 듯고 긔특흐고 엄젼흐다 조션
이 즈고로 례의동방이라 箕子 遺風이 잇셔 쳥누출신 소싱으로 뎌런 졀힝
싱겻도다 니가 일젼 조회츠로 옥경에 올나가니 너의 칭찬이 자자키로 네
얼골 보고 십흔 마음 참올 길 바이 업셔 너룰 万里 소상강으로 쳥흐야 왓
스나 착흐고 어진 사람으로 수고룰 싀엿스니 심히 不安흐도다 즈고로 영
융달사 고초룰 겻근 후에 영화가

⟨44-앞⟩

싱기느니 男女는 달을망졍 소우는 굿흐니라 춘향이 계하에 국궁 지비흐고
엿즈오디 妾이 비록 무식흐오나 일즉 고셔룰 보오니 夫人의 놉흔 사젹 오
미불망 소원되야 엿지흐면 속히 죽어 夫人의 존안을 앙디흘고 쥬야 축원
브라더니 오늘날 황릉묘에 夫人을 디흐오니 졔가 이졔 죽스온들 무슴 恨
이 잇소릿가 夫人이 그 말 드르시고 네가 우리룰 안다 흐니 이리로 올나
오라 시女로 인도흐야 혼 편에 안친 후에 부인이 갈아사디 네가 우리룰
아다 흐니 니 말을 드어바라 우리 聖君 大舜氏 南巡狩 흐시다가 창오상에
붕흐시니 속졀업눈 이 두 몸니 소상강 디슐풀에 피눈물 뿌려니니 가지마
다 아롱아롱 입입히 원혼이라 蒼梧山崩湘守絶이

⟨44-뒤⟩

라야 竹上之淚乃可滅이라 千秋에 깁흔 恨을 호소홀 곳 업셧더니 너룰 보
고 말이로다 말이 마지 못흐야 夫人이 放聲大哭흐니 좌우에 안진 夫人 一
時에 긔동터라 夫人이 울음을 굿치고 손을 드러 갈아쳐 왈 春香아 네가
여러 夫人을 다 모로리라 이눈 太인이오 이눈 太似요 이눈 太姜이요 이눈

孟姜이로다 이 말이 맛지 못ᄒ야 南壁에셔 엇던 夫人 츄츄이 울고 나와 春香 등을 어로만자며 네가 春香이라 ᄒ나냐 자록ᄒ고 긔특ᄒ다 네가 나을 모르리라 나ᄂ 누구인고 ᄒ니 秦樓明月玉簫聲에 化仙ᄒ던 弄玉이라 소사의 안히로셔 泰華山 離別後에 승룡비거 한이 되야 玉소로 원을 풀니 극죵비거불지쳐에 山下碧桃春自來라 말

<h3 style="text-align:center">〈45-앞〉</h3>

이 맛지 못ᄒ야 東便에 엇던 美人 端正히 드러오며 츈향의 손을 잡고 에보게 츈향이 ᄌ네 나를 엇지 알니 나ᄂ 누구인고 ᄒ니 十斛明珠로 샤던 石崇의 少이 록쥬로다 불측ᄒ 趙王 倫은 나와 무슴 원수런가 樓前却似紛紜雪ᄒ니 正是花飛玉碎時라 落花猶似墮樓人은 나의 원혼 그 아닌가 그 말이 맛지 못ᄒ야 문득 湘君夫人이 春香을 불너 曰 이 곳이라 ᄒᄂ 디가 유명이 로슈ᄒ고 현회가 ᄌ발ᄒ니 오리 유치 못홀지라 너동 불너 하직식여 급히 가라 지촉ᄒ니 츈향 하직ᄒ고 일보 이보 나올 젹에 동방에 실솔셩니 스르르 이러ᄂ며 일쌍 호졉이 펄펄 쌈짝 놀나 씨다르니 원촌에 닭이 울고 죵각에 파루ᄂ 뎅뎅 流汗

<h3 style="text-align:center">〈45-뒤〉</h3>

이 沾背ᄒ며 정신이 쇄락커늘 문을 열고 너다보니 이 쩌ᄂ 五更이라 一片西傾月이오 數行南飛鴈이로다 青天에 쓴 기럭이 옹옹ᄒ 진 소리로 짝을 불너 울고 가니 오ᄂ냐 기럭이냐 獄中卽北海上에 편지 젼ᄒ 기럭이야 水碧沙明兩岸苔 清怨을 못이긔여 울고 가는 기럭이냐 너 ᄒ 말 드러다가 우리 님게 젼ᄒ여라 말을 맛고 바라보니 기럭이 간디업고 챵망ᄒ 구름 속에 별과 달이 밝아스니 무료ᄒ기 그지업셔 소니를 나직ᄒ야 통곡ᄒ여 셜니 울 제 그렁져렁 날이 시니 달은 지고 히 쩌온다 문간 ᄉ령 츙츙 라와 司

丁이 웨야 來日 아츰 조스 후에 춘향 올너 죽이랴고 刑杖 만히 싹가 올니
라 ㅎ옵시니 앗갑고 불상ㅎ다 春香이는 죽느니 여보소 츈향보고 셔울

〈46-앞〉

편지나 ㅎ라 ㅎ소 使道은 드러가고 司丁이 츈향보고 여보 셔울딕 편지 흔
장 ㅎ시오 셔울서 알고보면 그져 리실 리가 잇소 그 말도 당연ㅎ오 사름
ㅎ나 엇어주소 도령님 모시고 거힝ㅎ던 방즈 볼짝쇠를 불너노니 츈향니
반겨 ㅎ는 말니 돈 열 량 지금 줄 것이니 셔울 가 단여오면 동의 흔 벌
ㅎ어쥼셰 두말 말고 편지 쓰소 쥬야 비도 단여옴셰 츈향이 편지 쓰는딕
天然흔 눈물 옷깃셜 적시며 죠히 져져 글字가 수목진다 편지쇽니 식일진
딕 털셕간장 다 록는다 그 즁에 無名지 손가락 아드득 씨무러 혈셔을 쑥
쑥 찍어 봉ㅎ고 쏘 봉ㅎ야 쥬며 빅번 부탁ㅎ는 말니 밧부고 쏘 밧벼도 도
령님 답장 쓸 쩌 지촉을 부디 말고 수히 밧비 단여오

〈46-뒤〉

소 편지 쎠 보닌 후 장탄식 우는 말이 편지은 간다마는 나는 엇지 못가냐
냐 셔울이 얼마며 산은 몃 산 넘어가며 물은 몃 물 건너가나 나리 돗친
학이 되여 쩌 쑤루루 날아가셔 님에 얼골 반겨 보고 세세원졍 ㅎ야볼가
그이도 못ㅎ진딕 몸이 죽어져셔 空山에 두견 되야 리花月白 寂寞흔딕 귀
촉죠 슯히 울어 님의 귀에 들엿스면 나인 쥴를 알으실짜 길이 탄식 셜니
울 졔 이 쩨 道令님은 京城에 올나가 놀지 안코 工夫ㅎ야 科擧를 고딕터
니 알셩과를 보이거를 道令任의 거동보소 장즁을 드러간다 東人 私草 綱
目 玉篇 帳幕 舖帳 燈쎠 우산 포젼말 장독 갓초 목거 구죵지여 압셰우고
장즁에 드러가 현제판하 등쎠 꼿고 장

⟨47-앞⟩

전을 바라보니 빅셜갓흔 빅목 츠일 보게 우에 놉히 치고 셰빅목 셜포장은
구름갓치 둘넌눗디 어젼을 바라보니 위의가 엄숙ㅎ다 양산 일산 쳥홍흑기
긔번 보둑 봉미션과 룡긔 봉긔 호미창 자긔창 슘지창 언월도 항오를 졍졔
ㅎ고 시위를 볼작시면 병조판서 번병니오 도총판 별운검 승ᄉ각신 느럿셧
다 금판조복 졔졔ㅎ고 셔디 옥디 총총ㅎ디 ᄉ모픔디 쌍학흉비 호슈립식
쳥쳘릭에 착군복 픠동긔는 션젼관이 분면ㅎ다 션상에 훈련디장 즁앙에 금
군별쟝 후상에 어령디장 총관ᄉ 별군직과 좌우포장 느러셧다 위닉금군 칠
百名 젼명사알 별감이며 무예츠지 통장이라 가젼가후 별디

⟨47-뒤⟩

마병 좌우에 졍원사령 八十名 라쟝이며 근쟝군사 디답ㅎ고 어젼뢰ᄌ 버러
셧다 시위를 졍졔 후에 사알이 고셩ㅎ야 시관젼진 시관젼진 시관이 고복
흔 후 디독관이 밧다들고 현졔판에 걸어노니 글졔에 ㅎ엿스되 일즁광 월
즁륜 셩즁휘 희즁눈이라 두렷이 걸녀거늘 수만다사 션비들이 글졔가 넌츌
져셔 명의을 미졍ㅎ야 상고믹믹 ㅎ는고나 츠시에 리도령은 룡연에 먹을
갈라 호황모 무심필노 일필휘지ㅎ니 문불가졈이라 일텬에 션쟝ㅎ니 상시
관이 그를 보고 필법도 희졍ㅎ고 문톄도 로련ㅎ니 글자마다 비졈이오 구
구마다 관쥬로다 졍삼하의 등을 믹여 휘쟝ㅎ야 니쓰리니 장원급뎨 ㅎ얏고
나 상

⟨48-앞⟩

젼 탁봉흔 후에 봉니를 디독ㅎ니 유학신 리몽룡 十七 本 연안 거경 부 통
졍대부 승졍원 동부승지 참관 슈찬관 리쥰상 리몽룡 셩명 삼ᄌ 젹어 니여

쓰리니 정원사령 나온다 정원사령이 나온다 청철익 압헷치고 자세치 긴
소민를 보기듯케 활기치며 장원봉 련못가에 두럿이 나셔면셔 리쥰상 즈뎨
리몽룡 리몽룡 이슴호 불으는 소리 장중이 뒤집히며 츈장뎌가 쩌늣간다
션풍도골 리몽룡은 셰수를 다시 ᄒ고 도포를 곳쳐 입고 션거럼에 썩 나셔
니 정원사령 부익ᄒ야 실너 진퇴흔 연후에 신급뎨 리몽룡은 특히 사악ᄒ
시고 부수찬을 졔수ᄒ니 홍화문 밧 나올 젹에 머리에 어사화 몸에는 청삼
이라 은

<h3 style="text-align:center">〈48-뒤〉</h3>

픠 청기 전도ᄒ고 금의화동은 쌍쌍이 느러셔셔 옥져을 희롱ᄒ고 가진 풍
악 길넘불 여민락에 억기춤이 졀노 나셔 數万名 션비들이 서로 보기를 닷
토아 업더지고 잡바지며 뉘 아니 칭찬ᄒ며 뉘 아니 부러ᄒ리 리장원 마음
에는 한림뎌교 못지너고 졔슈옥당 셥셥ᄒ나 쳔은을 엇지ᄒ리 옥당에 번을
드러 소뎌을 치른 후에 직소에 안졋더니 下書 玉堂 入侍ᄒ라 司謁이 傳命
ᄒ니 李修撰 밧비 거러 承命 入侍 前進ᄒ니 순순 ᄒ교ᄒ시기를 궁궐이 집
고 집허 四海가 漠漠ᄒ니 불상홀사 빅셩이라 창싱에 질고스 일일히 숣히
려고 팔도 어스 보너는디 량수문신 가리나니 냐의 싱긴 모양 보고 너의
지은 글을 보니 사직에 다힝이오 百姓

<h3 style="text-align:center">〈49-앞〉</h3>

의 복니오라 나히는 비록 졀머스나 동휴쳑을 담임식여 호남어스 특차ᄒ니
빅셩을 사양ᄒ고 슈령목빅 치불치와 효즈졀부 누구누구 유루업시 장계흔
후에 조심ᄒ여 단여오라 마픠 유쳑 ᄒ스커눌 할님 황공ᄒ여 고두스은 엿
즈오되 나 어리고 지죠 읍시 병방의 남비증청 셜명ᄒ와도 왕존의 츙심을
본밧고즈 ᄒ옵나니 칙별실령 못ᄒ와도 츙심은 번밧고자 ᄒ옵나니 특별 장

부흐옵기을 탄셩도보흐오리다 흐직슉비 물너나와 군명을 봉승흐야 급급히
쩌날 적의 남디문 박 썩 니다러 청파역마 잡어타고 칠피 팔피 비다리 지
나 아야쏘기 너머쑤

〈49-뒤〉

나 동젹강 얼푼 건너 남틱령을 너머 과천 드러 즁화흐고 반막역마 골너
타고 닝천고기 인덕원 갈미 슐막 군포너 사근너 지지디 너머 미력당이 귀
구졍 지나여 영화역마 가러타고 슈원 북문 드러다러 남문 박의 슉소흐고
상흐유촌 시슐막 디황교 빗겨 노코 쩍젼거리 지니여 진기울 즁믜 넘어 오
미진을 지니여 진위 드러 즁화흐고 희계원 너머 칠원 지나 가양역마 가럿
타고 소시슐막 슉슈흐고 평연광야 너른 들을 순시간의 얼넌 지나 셩환역
마 가러타고 천안 드러 쥬화흐고 삼거리을 지나여 굴모렁이 다달너 디평
을 지니여 쎡나무졍이 즁화흐고 인지원 잠간 너머 광졍역마 가러

〈50-앞〉

타고 노셩읍니 엇푼 지느 평창역마 가라타고 은진읍을 지니여 황확졍 슉
소흐고 잇틀날 평명 후익 타신 역마 제페흐고 슘비도 변복흐고 역이 역졸
모드 불너 은밀리 단속흐어 가기 분발흐신네 너은 예셔 니달나셔 여산 익
산 금구 틱인 졍읍 고부 흥덕 고충 무장 장셩 광주 남평 능주 화순 동복
창평 옥과로 도라 금월 십오닐 오시의 남원 광한누로 디령흐라 에니 너은
에셔 니다러 임피 옥구 김제 만경 함열 부안 영광 함평 부안 나쥬 영임
히람 장흥 보셩 흥양 낙안 순천 광양 좌수영 구례 드러 곡셩 단여 금월
십오닐 오시의 남원 광한누로 다령흐라 에니 나은 에셔 전주 임실 무주
용담 금산 진안 즁수 순충 담양 드러 운봉 단여 남원

〈50-뒤〉

사십 팔면 소소히 염탐ᄒ고 부중안의 머물 거시니 너의더리 급급히 단여 오되 십문이 불여일견이라 남에 마을 밋지 말고 탐관학민 불범지사와 불충불효ᄒ넌 놈 남을 음희ᄒ넌 놈 술 먹고 우악ᄒ여 노인존장 모로넌 놈 살인ᄒ고 음치ᄒ넌 놈 국곡투식ᄒ넌 놈 유분여 통간ᄒ넌 놈 남에 분묘 ᄉ굴ᄒ넌 놈 어진 안히 모함ᄒ고 가중 두고 셔방ᄒ고 제 것 두고 비러먹고 주식잡기 판난 놈 남에 집 충화흔 놈 난난치 저거 쥐고 금월 십오일 오시의 광한누로 일일히 등더ᄒ라 에이 니럿틋 분부ᄒ여 각쳐로 보닌 후 여산 초읍 당도ᄒ여 가가호호 면면촌촌 동니마다 염탐홀 제 열읍 각이 수령덜리 으사 낫단 말을 듯고 환상의 일리 난난가 셰미의 축

〈51-앞〉

이 난난가 공ᄉ의 실수흔가 슨치ᄒ기 심을 쓴다 잇 ᄯᅥ의 으ᄉ쏘는 역마 역졸 書吏 中房 각쳐로 다 보니고 독힐으로 나려올 제 건너 비탈 좁은 길노 아히 ᄒ나 올나온다 초록단임 감기발 육승마포 윈골전더 허리 둘너 잘근 미고 흔 발 너문 뇪노리치 양 슷 잘나 쑥쑥 집고 셜넝셜넝 올나오며 제 슬은 신셰 노리을 자탄흔다 어이 가리 어이 가리 흔양 쳘이 어이 가리 도로난 멀고 먼더 흔양이 엇의야 엇던 ᄉ람 팔즈 조와 일더영화 부귀ᄒ고 이 놈 팔즈 어이ᄒ야 이더지도 곤궁ᄒ야 길품팔나 나섯난야 닌 신셰 팔즈는 춘향 신셰 가이업다 모지도다 독ᄒ도다 신관ᄉ도 모지도다 열여 춘양 몰나보고 위력겁탈ᄒ려 ᄒ되 송죽갓치

〈51-뒤〉

굿은 졀힝 게 뉘라셔 굽피리요 어이 가리 어이 가리 으ᄉ도 송하의 쉬며

그 아히 노려을 드르니 두 눈이 아득ᄒ고 가슴이 답답 간장이 사라지는 뜻 정신이 업셧 안졋다가 그 의히 당도커날 부르이 니 놈니 시골놈이라 장니 쌧쌧ᄒ쎗다 웨 불르오 보아ᄒ니 시팔난 졀문 양반이 나 만흔 총각보고 안아 이 이 이 이 너가 잠간 실수ᄒ엿다 노혀치 말라 그러나 너 어디 스난야 어에 스라 우리 골 술지 안이 이 이 너가 실수ᄒ여짜 ᄒ면 고만이지 왜 네가 쏘난야 어에 스라 남원읍의 스오 엇의 가난야 셜울 구관딕 편지 가지고 가오 이 이 그 편지 조금 보쟈 여보 남의 규즁 편지 사연 엇지 된 줄 알고 임의로 보존 말리요 네 말 올타마는 무식ᄒ 말이로다 넛글

〈52-앞〉

의 닐너시되 힝인임발우기봉이라 ᄒ얏스니 쩨여보면 관게잇ᄂ야 그 놈이 허허 웃고 차소위 베주먼이의 송드럿다던니 쏠볼나기라고 그리ᄒ오 편지 을 너여주이 으사도 편지 바다 비봉을 쩨여보니 춘양 글시 분명ᄒ고나 편지 사연 ᄒ여시되 이별후 광음이 우금숨지에 쳑셔가 단졀ᄒ야 약수 숨쳘 이의 쳥조가 ᄭ너지고 북히 말이에 홍안이 업스미 북쳔을 바라보니 망안이 욕쳔이오 운산이 원격ᄒ니 심장이 구열이라 이화의 두견 울고 오동의 밤비 올 졔 젹막히 홀노 안져 상스일염이 지황쳔노라도 차한은 난졀이라 무심ᄒ 호졉봉은 졀니 오락가락 졍부지억이오 비불ᄌ셩이라 오읍장탄으로 화

〈52-뒤〉

조월셕을 보니더니 신관스도 도임 후의 수쳥들나 ᄒ옵기의 져사모피 ᄒ옵 다가 춤옥ᄒ 형별을 당ᄒ야 모진 목숨이 ᄭ치든 아이ᄒ야슷나 장하지혼이 미구의 될 터이오니 바라건더 셔방임은 기리 만죵록을 누리시다 쳔추만세 후 후셩의나 다시 이별이 업시 살아지다 평스의 낙안처름 피 흔젹이 쑥쑥

찍찍헛거늘 어스도 편지을 들고 쌍의 업들러져 어이어이ㅎ이 아히놈 기가 막혀 여보 이 양반 편지 젓소 춘양의 편지 보고 삼디상 지닐 찌은 만일 춘향의 부고을 보왓듯면 머리풀기숏 그러나 여보 춘향이와 웃지 되오 이 이 웃지 되여 그리함미 안이라 편지 사연을 보니 스연도

〈53-앞〉

불숭ㅎ고 혈서를 ㅎ여시이 목석인들 보깃난야 잇 찌 그 아히 볼짝쇠늘 남원 칙방 붕즈로 춘향의게 청조되야 오리 그힝ㅎ여슷니 십연이 되얏기로 으스도을 몰나보리 이것는 광디의 농담이던 것이엿다 방즈가 으싸도을 노숭의서 뵈옵고 문안 후 전디의서 서간 니여 올인 후의 춘향의 전후 스연 낫낫치 고ㅎ거늘 으쓰도 이을 갈며 말슴을 방즈 듯난디 싱각지 안이ㅎ고 흠부루 ㅎ섯것짜 이 놈을 단박의 삼문 출도ㅎ야 봉고을 ㅎ것다 방즈놈이 수심연 관물을 먹어 눈치가 비상흔 놈인디 이 말슴을 들르이 마암이 조흔 김의 흠부루 말을 ㅎ되 소인이 삿도 보호 역졸리 되오면 남원

〈53-뒤〉

출도시의 방망이로 디강이을 찌트리지오 이 늠아 너가 으스만 ㅎ여시면 그리홀 터인디 그럴 수가 잇나냐 방즈가 빙끗 웃고 이런디도 아옵고 뎌런디도 아옵니다 소인을 속이시지 마옵소셔 어스도 그 놈의게 속들니는 말슴을 ㅎ엿스니 홀 수 업서 쌀짝쇠를 디리고 만복스를 드러가니 젼즈에 춘향모가 즈식를 보랴ㅎ고 두로두로 공드릴 졔 논 셥직이를 사셔 그 졀에 시쥬ㅎ고 지극히 졍셩드리 쟈년 찌가 맛노라고 츈향을 느앗는디 춘향이 즁장맛고 거의 죽게 되얏다고 로소졔승들이 범당을 소쇄ㅎ고 불공 츅원을 ㅎ겟다 엇더흔 즁은 편발을 쓰고 쏘 엇더 즁은 락관을 쓰고 엇

〈54-앞〉

던 즁은 가스를 메고 쏘 엇던 즁은 발라를 들고 엇더흔 즁은 광쇠를 들고
쏘 엇던 즁은 죽비 들고 엇더흔 즁은 목탁 들고 쏘 엇던 즁은 증쇠 들고
죠고만흔 즁은 상모단 북치 들고 량손에 갈나쥐고 법고는 두리둥둥 광쇠
은 쌍쌍 목탁은 쏘도락 죽비는 찰찰 증쇠는 쌍쌍 발라는 쳐르르 남무아미
타불 남무셔방졍토 극락셰게 이십륙만역 구쳔구빅 동명동호 디즈디비 남
무아미타불 셕가여릭 미륵불 관셰음보살 디장보살 오빅라한 팔부신장 지
셩 발원 희동 조션 젼라좌도 남원부 봉죽면 강션동 거 임즈싱 셩츈향은
신외이 불길흐야 옥즁에 갓치어 모진 형별에 잔명이 죽게 되오니 경셩 슘
청동 거 리몽

〈54-뒤〉

룡으로 졀라감스나 암힝의스나 졈지흐기 소원셩취 츅원흐면 발라은 쳐르
르 광쇠은 쌩쌩 법구은 두리둥둥 목탁은 쏘도락 팔폭 장슘 너른 소믹 장
단맛쳐 너울너울 법고치는 뎌 상좌는 광풍에 나비쳐럼 이리로 두격 져리
로 두격두격 흔흘거러 북을 친니 상계일시 분명흐다 으삿도 그 구경을 흐
시고 닉가 우리 션영 덕인 줄 아러던니 부쳔임의 덕이로구나 잇튿날 즁을
불너 돈 쳔 양 시쥬흐고 셔간 흔 장 얼넌 쎠 볼작쇠을 수시며 왈 늬 에셔
머물쩌인니 니 셔간을 운봉 관가의 드리면 주시 거 잇실테니 잘 가지고
명일 오젼으로 디령흐여라 예

〈55-앞〉

이 예 볼작쇠 셔간을 가지고 운봉을 급피 가 관가의 셔간 올닌니 운봉니
셔간 보고 나졸을 불너 니 놈 갓다 옥의 가두고 메기기넌 잘 메기고 다시

명을 긔다려라 예니 ㅎ던니 볼작쇠을 옥의 가두넌군나 으샷도 볼작쇠을
운봉으로 보넌 후의 즉시 쩌나 나려갈 졔 춘향니 흔 쑴을 으드시되 옥창
전 잉도화 어즈러히 쩌러지고 단장ㅎ던 튼거울니 흔복판니 씨여지고 무
우의 허수이비 달여보니고 옥담의 까마귀 안져 까옥까옥 우러보인니 흉몽
인지 길몽인지 마음니 살난ㅎ여 슬히 안져 싱각턴니 셔문 박 허봉사 셩중
의 독경왓다가 문수을 외인니 춘향니 반겨듯고 사졍니을 불너 봉사을 쳥
ㅎ니

<h3 align="center">〈55-뒤〉</h3>

봉사 드러와 안지며 진시 못와본니 디단니 미안ㅎ니 긔간 장쳐와 고상니
엇더흔가 엇의 상쳐을 좀 만져보세 니가 보던 못ㅎ여도 니 손니 약손이라
니 손으로 만지면 장독니 쳔병만마 진 풀이덧 활셕 풀니여 읍쎠지지 춘향
니가 미마진 달니을 니여 막곤니 봉사가 더듬더듬 만져 차차 손길히 드러
가넌구나 춘향니 손을 꽉 잡구 시부나 겸칠 일을 싱각ㅎ여 꾀로써 ㅎ난
말니 장임 드르시요 어먼임니 말삼키을 셔문 박 허봉신넌 누넌 안표ㅎ여
시되 근본니 양반이요 힝신이 증디ㅎ여 사람마도 층찬이요 네가 얼일 쩌
보면 덤셕 안고 흔읍시 사랑ㅎ여 니 쌀니야 니 쌀니야 임맛추며 등치더라
ㅎ시던니 졔가 차차 장승ㅎ여 자조 본니

<h3 align="center">〈56-앞〉</h3>

지 못ㅎ야도 어졘 듯 ㅎ느이다 봉스 듯고 손을 쎄여 그는 춤 그러ㅎ라 이
미질을 언으 놈이 ㅎ엿느 왕방울쇠가 ㅎ엿소 그 놈이 독ㅎ고 모진 놈이엿
다 이 놈 명초에 독경날을 밧으러 오면 화희일을 밧어쥬어 부른 비가 툭
터지게 ㅎ겟다 쑴은 엇지 꾸엇셔 춘향 쑴말을 다 이르니 봉사 덤을 치는
다 은마구리 디모산통 눈 우에 놉히 들고 축사를 이르는디 쳔하언지시며

디하언지시리오마는 고지즉응ᄒᆞᄂᆞ니 감이슌통ᄒᆞ소셔 부디인ᄌᆞᄂᆞ 여텬디
합기덕ᄒᆞ며 여일월 합기명ᄒᆞ며 여사시 합기셔ᄒᆞ며 여귀신 합기길흉ᄒᆞᄂᆞ니
태셰 을축 오월 갑ᄌᆞ삭 이십일 갑인 오시 희동 조션 졀라좌도 남원부 봉
쥭면 강션동 거 임ᄌᆞ

〈56-뒤〉

싱 셩츈향 옥즁에 갓치어 수월 신고ᄒᆞ오니 언의날 노이면 경셩 삼쳥동 리
몽롱을 언의날 맛ᄂᆞ며 사싱길흉이 엇더ᄒᆞ올는지 복걸 졔션싱은 물비소시
물비소시 졈괘 샹쥰ᄒᆞ더니 봉ᄉᆞ 대소ᄒᆞ며 어허 졈괘 잘낫다 관귀가 공을
마져스나 관귀공망은 송ᄉᆞ졍이라 금명 량일간 노일 것이오 경셩 리셔방으
로 ᄒᆞ야도 쳥룡관귀력마에 졍록을 씌엿스니 허허 대단 무셔운 벼슬이로고
호츌인왕산ᄒᆞ야 야도한강수를 건넛스니 내려오는 거동니로고나 내 졈은
신졈이라 헛도이 알지 말고 고름밋고 내기ᄒᆞ세 말슴만 드러도 반가오니
희몽이나 ᄒᆞ야쥬시오 그리ᄒᆞ지 화락ᄒᆞ니 능셩실이오 경파ᄒᆞ니 긔

〈57-앞〉

무셩가 문상에 현우인ᄒᆞ니 인인이 기앙시라 옥담에 가마귀 안져 가옥가옥
울엇스니 가ᄌᆞ는 아롬다울 가ᄌᆞ 옥ᄌᆞ는 집 옥ᄌᆞ 어허 경ᄉᆞ낫네 명일 밤
오경에 귀ᄒᆞᆫ 사롬을 맛나면 됴흔 일 무수ᄒᆞ고 오날 일진이 갑인이라 병진
일 유시에는 가마탈 일이 잇는디 가마를 못타면 집둥우리를 타도 탈 터이
니 걱졍말소 걱졍말아 뎡령히 그럴진더 수고를 갑소리다 어보소 근리 명
식업는 감투 만흐니 나를 감투나 ᄒᆞ나 씨여쥬소 죠곰도 넘녀말고 수일만
기더리소 작별ᄒᆞ고 도라가이라 이 ᄯᆡ에 어ᄉᆞ도는 츈향 싱각 답답 지쳬업
시 내려올 졔 그 ᄯᆡᄂᆞ 언에 ᄯᆡ나 四五月 리죵시라 억죠창싱 만민들이 모
조리 갈삭갓 도

〈57-뒤〉

롱이 엽헤 씨고 널은 들 리종홀 졔 리앙성이 랑자ᄒ고나 두리둥둥 쾌쾌쾌
어널널 상사뒤 어널널 샹사뒤요 상서학교 베푸루고 셩훈을 비호기ᄂᆞᆫ 도덕
군즈 홀 일이요 어널널 상사뒤요 쥬문도리 놉흔 집에 부귀를 누리기ᄂᆞᆫ 경
디부가 홀 일이라 어널널 상사뒤요 장부 셰상에 나 사업이 만ᄒ것만 우리
농부들은 일만 ᄒ고 밥만 먹고 슐만 먹고 잠만 자누냐 어널널 상ᄉ뒤냐
철리준총 치을 쳐셔 텬하명승 구경ᄒ고 흥희가 훨신 널너 만고문장된 연
후에 도쳐마다 웅사진필 징동일셰 ᄒᄂᆞᆫ 것도 대쟝부의 일이로다 어널널
상사뒤요 경국졔민 연구ᄒ여 쳔하리익 엇덧다가 금고에 막격ᄒ고 상업

〈58-앞〉

져앙 임의디로 경졔대가 되ᄂᆞᆫ 것도 대쟝부의 일이로다 어널널 상사뒤요
불셕쳔금 연조ᄒ야 각사회를 쥬지ᄒ고 쳔부호셩 ᄯᅳᆺ을 밧아 궁부잔민 광졔
후에 즈션활불 되ᄂᆞᆫ 것도 대장부의 일이로다 어널널 상사뒤요 장부가로
노리ᄒ니 ᄯᅳᆺ이 깁고 이가 타셔 가심 답답 목말으다 어널널 상사뒤요 모을
한참 심으고셔 밧게 나와 슐 먹을 졔 한 편을 브라보니 엇더흔 농부 홈의
메고 삿갓 쓰고 도롱이 엽헤 씨고 질화로 겻불피여 압헤 놋코 기가쥭 쌈
지 가로담비 톡톡 터러 왼손바닥에 움게 쥐고 가리침 탁 밧타 엄지장가락
힘을 올녀 부비젹 부비젹ᄒ야 상투에 질은 곱돌디 쏙 ᄶᅵ어 니여 가루담비
담쏙 담

〈58-뒤〉

어 겻불을 뒤지여 담비디를 칵 쳐박고 풀무담비로 쏙쏙 ᄲᅡ니 어ᄉ도 겻헤

셔 보고 어 그 농부 입심 됴코 농부 치어다 부며 어스 낫다 ㅎ면 뎌런 것
들 보기실터고 어스도 ㅎ는 말니 즈네 이 골 원님 공스가 엇더흔가 농부
허허 웃고 제가 어스인 듯이 공스 뭇고 공스 엇지ㅎ야 밥 잘 먹고 슐 잘
먹고 홈의질 잘ㅎ고 갈키질 잘ㅎ고 심지어 소시량질ᄭ지 잘ㅎ니 그 우에
명관 업고 렬녀 츈향을 명일 잔채 후 째려죽인다든가 이 년셕 츈향을 죽
이기만 죽여라 집둥우리 ㅎ나면 호강ㅎ리라 이 사롬 면습니 즈네 사발통
문 보앗나 보앗네 四十八面 머슴만 ㅎ야도 여러 千名일네 싀 막셜ㅎ소 어
스도 그 말은 모로눈 톄ㅎ고 여보 츈향이가 다른 셔방ㅎ노라고 본관 말을

〈59-앞〉

아니듯눈다지 뎌 농부 긔급ㅎ야 두 눈을 부릅쓰고 두 쥬먹을 불끈 쥐고
밍호갓치 달녀드러 어스도 ᄯ귀를 한 번 짝 이 환양 쌍간난 식기 졍렬흔
츈향이게 싱무함 잡아너여 불측흔 욕을 ㅎ니 보앗느냐 드럿느냐 보앗스면
눈을 쎄고 드럿스면 귀을 찟쟈 바른더로 말ㅎ여라 ᄯ 흔 쌤을 후닥닥 총
각대방 게 잇느냐 가리 리이 가져오느라 여기 파고 이 놈 뭇자 먹살을 엇
지 되게 쥐엿던지 어스도 위급ㅎ야 여보 살여쥬오 한번 실수는 병가상사
라고 모로고 죽을 말을 좀 ㅎ얏스니 살녀쥬오 늙은 농부 나오며 여보소
고만두소 어린 스롬이 쳘모로고 흔 말이니 니 쳥으로 고만 보니소 좌우
농부 더소ㅎ며 그런 말 ᄯ ㅎ다가는 목숨 살기 어려오니 다시는 그리 말
고 어셔

〈59-뒤〉

가소 어스도 엇지 흔이 낫든지 에 농부 여러분 다 안령히 게시오 작별ㅎ
고 도라오며 봉변는 ㅎ엿스되 이러케 즈미잇고 이러케 됴흘손가 오수력에
숙소ㅎ고 박셕틔를 넘어 한 모눙니 돌어오이 흔 롱부가 밧철 가는디 어스

도 그 곳즐 당ᄒ여 져 농부 말 좀 물어보아지고 거문 소을 가지고 눈이
어두어 엇지 가오 그 농부 ᄒᄂ 말이 글어케 볏철 달엇소 볏철 달어스면
씌거워 엇지 가오 글러케 셩의을 언젓소 셩의을 언젓스면 츄어 엇지 가오
글러케 양지멀이을 듀여소 어사도 ᄒᄂ 말이 어허 그 농부 말 잘ᄒ오 그
곳절 써나 또 ᄒᆫ 곳 나려가이 ᄒᆫ 쥬졈의 반빅 노인이 총올치노를 부비며
시됴을 부르넌디 반남아 넑거신니 일후 졈던 못ᄒ니

<h3 align="center">〈60-앞〉</h3>

라 니후넌 늑지 말고 미양 니만만 백발되니 짐작ᄒ여 더듸 늑게 으스또
듯다가 져 노인 말 좀 무러 보고지고 그 노인 디답ᄒ되 보완즉 인스은 알
만ᄒ듸 말도 그러케 ᄒ오 으스 ᄒ난 말리 니 은졔 반말 희엿다고 그더지
노여ᄒ오 그러허나 여보 말 좀 무러봅시다 디답ᄒ되 무슨 말리요 으스 ᄒ
난 말리 이 골 원님 졍스가 엇덧ᄒ며 민폐난 읍시며 공스가 웃덧ᄒ오 그
노인 ᄒ난 말리 민폐난 읍시 잘 ᄒ난지 모루건이와 소시랑질을 잘ᄒ니 웃
더타 ᄒ며 공스은 잘ᄒ는지 모르건이와 참나무 마주 휘인 다시 ᄒ니 웃더
타 ᄒ오 으스 ᄒ난 말리 그 공스 이럼니 무어시라요 그 노인 ᄒ난 말리
쇠코두릐 공스라 ᄒ오 그러나 본읍 기싱 월미 뚤 춘향이가 스또 수청드러
단 말리 올소

<h3 align="center">〈60-뒤〉</h3>

그 노인 ᄒ난 말리 수졀ᄒ고 인난 춘향의게 그런 누명 실지 마오 춘양이
수청 안니든다 ᄒ고 염형엄치 ᄒ옥ᄒ여신니 올너간 구관의 아들인지 소아
들인지 그런 기집을 바리고 올나간 후로 죵문소식ᄒ니 그런 기ᄌ식 어듸
잇시가오 으스 ᄒ난 말리 남의 일을 아지 못ᄒ거니와 욕은 과이 마시요
으스또 그 고졀 써나 또 ᄒᆫ 곳 나려가니 엇덧ᄒ 아이가 오거늘 으스 뭇되

이 골 춘향이가 스쏘 수쳥든단 말리 오르야 아히가 엽페 잇다가 말을 흐
난디 그집말은 괫 흐나부더라 어허 참 춘향이 모이 씨넌 데셔 쩍 만이 으
더먹엇소 으스쏘 흐난 말리 아 이 의 그게 참말리야 그집말리야 그 아히
말리 여보 져 근너 발티지 즈좌오향의 시로 씬 모니가 춘향이 모니올싯다
으스쏘 기가 막커 졍신읍시 그 곳졀 츠저가니 과연 시로 씬 모이가 잇것
널 으스 달여드러 통

<h3 align="center">〈61-앞〉</h3>

곡흐며 흐난 말리 이고 이고 슬이 울며 춘향아 춘향아 네가 날 바리고 죽
단 말리 웬 말이야 이고 이고 슬니 울 졔 잇 쩌 져 근너 마을의 엄상졔
슘형졔가 잇난디 쏫티 승졔가 어쳥인가 부더라 잇 쩌 쇠쏠을 비러 나가다
가 져 근너 즈 어먼이 손소을 바라보이 웃더흔 스람이 궁굴며 슬게 울거
을 집으로 도라오며 여보 형님 졔게 웬 이리요 그 스형 흐냐 말리 어어
왜왜 그리니 아 어먼이 손소의 웃던 스람 와셔 더고 운이 우리 어셔 가봅
씨다 슘형졔 올나가며 아마 외슘춘이 오소셔 우시나 부다 흐며셔 근너가
며 이고 이고 울고 갈 졔 쏫틔 승졔 힝콩힝콩 울며 가보니 보지도 못흐던
스람이라 여보 웃더흔 스람이간디 외 와 이더지 슬이 우시오 으스가 싱각
흐니 춘향니 니이 십칠셰

<h3 align="center">〈61-뒤〉</h3>

데 져런 아들을 두기은 만무로다 닉가 필경 그 아히흔티 속으도다 미 면
흘 쇠을 싱각흐고 흐난 말리 여보 승졔님 니 말 들러보오 닉가 이학을 삼
연을 알넌듸 남더리 흐난 말리 시로 씬 모니의 가셔 울다가 승졔들흔티
실컨 마지며 곳 난넌다 흐기예 와셔 우러쏘 날 좀 실컨 쩔려주오 쏫티 승
주 여보 형님 그 놈 털굿도 건디리 마오 흔 슘연 더 알케 두오 잇 쩌 으

스쏘 미을 피ᄒ여 쏘 흔 곳디 당도ᄒ미 큰 소나무 잇거날 그 소나무 이러
잠간 쉬다가 뇌곤함을 이기지 못여 암승의 비겨던이 비몽사몽간의 엇쩌흔
미인이 불 속의 몸이 ᄲᅡ져 일신의 불리 딩겨 궁굴궁굴 궁굴며셔 져기 안
진 이승공은 나을 어서 살여주오 으스쏘 급흔 마암 불 속의 ᄲᅱ여 드러 미
인을 품의

〈62-앞〉

안고 불 밧게 니다라셔 쌈작 놀나 ᄭᅵ다르니 남가일몽이라 마음이 번로ᄒ
야 거름을 자조 거러 남원읍을 드러오며 옥에 가친 춘향이가 살앗ᄂᆞ냐 죽
엇ᄂᆞ냐 날 싱각고 탄식ᄒᄂᆞ냐 오는 줄 알량이면 춤으로 영졉ᄒ고 우숨으
로 인사ᄒ야 알뜰 스랑ᄒ런만는 져 모르니 허스로다 에 보던 경 다시 보
니 山도 에 보던 山이오 물도 에 보던 물이로다 록수진경 너르 들이 단이
던 길이오 죠롱상셩 다시 보쟈 션은사야 무사ᄒ냐 광한누야 잘 잇더냐 오
작교야 반가워라 광한누 올나 셔셔 춘향의 집 망건ᄒ니 힝낭은 ᄯᅵ그러지
고 몸치는 기우러져 보잘것이 업다 내가 남원 쩌는 졔 불과 삼년이 못되
거든 뎌 디경이 웬 일

〈62-뒤〉

이냐 찬찬히 이리뎌리 두루두루 완보ᄒ야 춘향의 집 당도ᄒ니 에 보던 벽
오동은 수림 속에 홀노 셧고 면회흔 압뒤 남은 간간이 문어지고 황게의
거친 풀은 사름 잣최 희미ᄒ다 시비 압 주린 기는 구면목을 몰나보고 컹
컹 짓고 니닷는다 창외에 녯 졀기는 록죽청송 뿐이로다 이이오 일모ᄒ니
동산에 달 쩌오고 심회는 쳡쳡흔디 뎌 시 소리 슯푸도다 은은흔 우름소리
쳐랑히 들이거늘 울음 조차 차져가셔 들죽 동빅 얼크러진 그 스이에 은신
ᄒ고 숩혀보니 이 째에 춘향모가 후원에 칠셩단을 모고 등불을 ᄇᆰ히고셔

시 동에 시 소반에 정화수를 밧첫노코 분향지비 비는 말니 뎐디지신 일월
셩신

⟨63-앞⟩

관음계불 오빅라한 스회룡왕 팔부신장 셩조 조왕젼 비느이다 한양 거 리
몽룡을 졀나감사나 암힝어사를 졈지호야 주옵시면 옥중에 죽는 즈식 살녀
낼가 브라오니 뎐지신명은 감동호와 살녀지다 빌다가 긔졀호야 이고 니
쏠 츈향야 금지옥엽 니 즈식을 아비업시 길너 이 지경 웬 일이냐 뉘게 가
못티어느셔 차싱에 죄만흔 연 니게 와 티어나셔 어미 죄로 너 죽느냐 니
즈식아 니 즈식아 이고 이고 셜이 우니 어스도 긔가 막혀 한슘 쉬고 이러
셔셔 잣최업시 감안감안 문젼에 이르러셔 기침을 크게 호고 이리오너라
이리오너라 이삼츠 불으니 츈향모 울음을 진졍호고 향단아 문젼에 누가
찻나 나가 보

⟨63-뒤⟩

아라 향단이 나온다 향단이가 나온다 아장아장 나오며 초마자락으로 눈물
을 씩고 게 누구오 너일다 너이라니 뉘심닛가 나를 모로겟느냐 향단이가
즈셰히 보더니 이고 이게 누구삼닛가 어스도를 부여 안고 아이아이 동곡
호니 츈향모 쌈작 놀나 유루루 나오면셔 엇던 놈이 남의 즈식을 째리느냐
이고 마님 셔울 셔방님이 오셧느이다 츈향모가 물에 째진 놈 고함질으듯
어허어허 호너니 우무루 달녀드러 어스도 목올 안고 이게 누구인가 아이
아이 이 스름아 이 사름아 하느님이 감동흔가 부쳐님의 도슐인가 하늘에
셔 쩌러졋느 짜에셔 쏙 소삿나 광풍에 날너온가 녯 얼골 녯 모양이 그져
잇나 엇의 보셰 어셔 오소

〈64-앞〉

드러가세 드러가세 어스도 속을 끌어 방안에 안친 후 문 밧게 급히 나와
향단아 건넌방에 졈화 좀 ᄒ고 뒤송어미 불너 진지 지으라 ᄒ고 고두쇠
불너 관청에 가 고기 사오라 ᄒ고 너는 닭 잡아 찬수ᄒ여라 분별을 얼는
ᄒ고 방으로 드러와 어스도 손을 잡고 졍신업시 보ᄂᆞᆫ더 다 늙어 눈 어둡
고 등잔불 침침ᄒ야 자세히 보이지 아니ᄒ니 츈향모 니러나 벽장문 열쩌
니고 츅궤를 니러노코 상방츅 너덧병을 니여 한겁에 불을 켜 노으니 방안
이 찌여지는 듯ᄒ게 밝겟다 어스도와 마조 안져 물그럼이 ᄇᆞ라보니 얼골
은 玉이로더 의착이 남누ᄒ고 궁샹이 지르르 흘너 코만 흘젹흘젹ᄒ니 츈
향모 간담이 셔늘ᄒ고 두 눈이 캄캄

〈64-뒤〉

○○○○○○○○○○○○○○○○○○○○○○○○○○못ᄒ고 붓그러워 볼 슈 업네 츈향
모 그 말○○
○○○○○○○○○○러지며 죽엇○○○○○○○○○○○○○○○○○○○○○○○○○○○○○○
○○○
○○○○○○○○○○○○○○○○○○○수시요 오야 다 먹○○○○○○○○○○○○○○○
○○○○○○○○○○○○○○○○○○○○○○○○○

〈65-앞〉

밉게만 보니랴고 밥숭을 두 다리 시이예다 쏙 씻고 반찬 ᄒ나 안남기고
물 흔 더졉 다 먹으며 향단아 예이 누룬밥 잇거던 가져오나라 츙향모 기
가 막켜 잡거이 하나도 될 거는 읍고 밥만 잔득 너어 식충이가 되여고나
만이 비러먹게다 즉시 상을 물여너고 담비 흔 더 먹을 젹의 파루난 딍딍

치난디 향단이 니러나셔 등롱의 불을 케며 파루을 첫스오니 아기씨젼 가옵시다 향단이 등롱을 들고 춘향모는 압흘 시고 으스도 뒤을 짜라 옥으로 나려갈 제 차야 풍우 살난ᄒ여 바람은 울루울루 지동치덧 불고 구진비은 흔날니고 천동은 우루우루 번기불은 번쯧번쯧 옥중 귀곡성은 두런두런 형장마져 죽은 귀신 곤장맛고 죽은 귀신 주리틀여 죽은 귀신 팃장맛고 죽은 귀신 들쏀의 목을 미고 디롱디롱 죽은

<h2 style="text-align:center">〈65-뒤〉</h2>

귀신 둘식 셋식 짝을 지여 희희호호 아이아이 번기는 번쩍 뎐동은 우루루 달고비는 쥬룩쥬룩 바롬은 쩌려불어 풍지 더르더르 밤시는 붓붓 낫시는 비비 옥문은 덜컥 락수는 쭉쭉 원촌에 계셩은 은은 들니는디 춘향은 홀노 누어 랑군 싱각 우는 말이 야속한 우니 님은 한번 리별 도라간 후 니 싱각을 이졋는가 몽중에도 안이 온다 잠아 오너라 쑴아 오려모나 쑴속에나 만나보자 이팔시졀 졀믄 몸이 너가 무슴 죄가 만어 옥중고혼이 되단 말가 나 죽기는 셜지 안으나 빅발모친 뉘 밧들며 우리 랑군 언제 보리 복침통곡 셜니 울다 비몽사몽간에 리도령 겻헤 와셔 은연히 안졋는디 즈셰히 슓혀보니 두상에 금관

<h2 style="text-align:center">〈66-앞〉</h2>

이오 요간에 퓌월이라 션관의 거동이오 풍호의 위엄이라 츈향 마음 산란ᄒ야 리도령 손을 잡고 소소로쳐 잠을 끼니 도령님온 간티업고 뷔인 칼머리만 잡엇고나 원통타 유졍 랑군 쑴가온디 잠간 맛나 만단졍회 못흔 일이 졀통ᄒ야 셜니 울 제 이 쩌 춘향모 옥문젼 당도ᄒ야 아가 츈향아 츈향아 불으니 츈향이 깜짝 놀나 게 뉘라 날 촛나 원통코 셜운 원졍 옥황님이 알으시고 구ᄒ려고 날 촛나 긔산영수별건곤 소부 허유 날 촛나 상산사호 옛

노인 바둑 둑쟈 날 찻나 수양산 빅이 슉졔 치미ᄒ자 날 찻나 부츈산 엄즈
릉 간의대부 마다ᄒ고 칠이동강일사풍 함게 가자 날 찻나 진듸풍류 자랑
코져 죡림칠현 날 춧나 셔

〈66-뒤〉

역 원사 박망후 견우 직녀 챠지라고 한포로 지니면셔 함게 가자 날 춧나
심양츄야 빅락뎐이 비파 듯쟈 날 춧는가 풍풍우우 이 뎐듸에 날 차즈 리
업겟마는 게 뉘라셔 나를 춧나 아가 츈향아 이 스룸 조금 크게 불으게 요
란이 굴지 말소 만일 본관 알면 네가 그 솜시에 고도니쪄가 쏙 쌔지고 촉
듸쪄가 부러질나 어사도 소리을 크게 질너 츈향 불으니 츈향이 쌈짝 놀나
게 누오 내다 이고 어머니오 어머이 엇지 오셧소 왓다 무엇이 와요 셔울
셔 편지 왓소 나 다리러 사룸 왓소 오다니 누가 왓소 잘 되고 귀히 되고
고만 되고 가업시 되고 흉ᄂ게 되고 불상히 되고 더럽게 되고 됴흔 거지
되여 왓다 누가 그리 되여 왓소 너 평싱 상사ᄒ는 리셔방인지 셕희셔방인
지 왓다 츈

〈67-앞〉

향이 그 말 듯고 쑴에 좀간 본 님 싱시에도 보깃구ᄂ 흑운ᄀ치 흣튼머리
목에 휘휘 둘어미고 길넘은 젼목칼을 드르르 드르르 쓰을면셔 이고 허리
야 이고 허리야 칼머리 돌여 뎌만콤 노코 두 손으로 짜를 집고 뭉그젹 긔
여ᄂ오며 셔방님 엇의 왓소 셔방님 오셧거든 말소리ᄂ 드러보셰 츈향모
혀를 츠며 뎌 잘된 것 보고 단박 밋치논고ᄂ 츈향이 ᄒ는 말이 못되야도
니 랑군 잘 되야도 니 랑군 고관더작 니 다 실코 만증록도 니 다 실코 어
머니가 증흔 비필 됴코 글코 웬 말이오 나를 차지 오신 랑군 엇지 그리
괄시ᄒ오 츈향모 어이업셔 말 못ᄒ고 셔셔 볼 졔 어스도 드러시며 츈향아

고상이 엇더ㅎ뇨 네 죄가 안이라 만스가 모다 니 불찰이다 셔방

〈67-뒤〉

임 문틈으로 손을 느어 나를 좀 이리키요 으사도 급흔 마음 옥문으로 손
을 느어 츈향 손을 잡으라 ㅎ니 서로 손이 믈어시니 잡을 슈 잇나야 장모
여긔 업듸리소 잡거시라고 나을 왜 업듸리라 ㅎ나냐 자네 밥고 올나셔셔
츈향 손 잡을나네 속담의 미운 것이 우쥴거리며 쏭싼다더니 그 말리 꼭
올코나 익 너머 씨지 말고 진솔로 자 니거라 츈향이 운신ㅎ야 간신의 손
을 잡고 발발 썰고 이러나며 두 눈의 눈물이 밎거니 듯거니 어듸 갓다 인
저 온가 동유위슈 말근 물 여상 보러 갓셧던가 영슈의 귀을 씻던 소부 보
러 갓셧던가 원앙슈침 호졉몽 시 사랑의 잠겻던가 무졍ㅎ고 무졍홈도 야
슉ㅎ예 으사도 손을 잡고 우셔보고

〈68-앞〉

우러보며 ㅎ날님이 감동ㅎ야 안이 죽고 살엇다가 다시 볼 쥴 어이알니 셔
방님 장가드럿소 장가가 다 무엇이냐 의거리가도 못드럿다 나도 너 리별
ㅎ고 셔울 올나가 네 싱각 ㅎ노라고 글공부도 안이ㅎ고 아버지가 쏘치너
사 친구 스랑으로 도라단이며 밥슐이나 엇어먹다가 소식도 알 수 업고 네
싱각이 간졀ㅎ야 불원쳔리 나려오니 너는 나보다 더 참목ㅎ게 되얏스니
뎐디가 아득ㅎ고 가삼 답답 ㄴ 죽깃다 츈향이 그 말 듯고 어머니 듯됴시
오 날이 밝거던 우리 둘이 인연밎던 부용낭에 셤희ㅎ고 두리 딥딘 김침
펴고 사쳐를 졍ㅎ시고 건너방 삼층쟝에 필유 멋 필 골느니여 셔방님 上下
의복 여러 벌을 마르시

〈68-뒤〉

고 ᄀᆞᆺ 망건을 곱게 ᄒᆞ되 머리에 맛게 잘 맛츄고 단암 줌치 쌈지 엽낭 자ᄀᆡ함에 드럿스니 철을 맛쳐 ᄂᆡ여노코 옥식밧탕 쟈츄코 ᄐᆡ사헤 한 켜례 맛츠시고 힝교말 졍좌슈에게 돈 二千兩 맛겨스니 그 돈 즉시 차져다가 집안에 가용ᄒᆞ고 간일고음 양집ᄂᆡ여 시장치 안케 젼ᄒᆞ시며 어머니도 잡수시오 ᄂᆡ가 집에 업다 ᄒᆞ고 어머니가 화을 ᄂᆡ여 불평ᄒᆞ게 ᄒᆞ옵시면 千里에 오신 랑군 그 마ᄋᆞᆷ이 편ᄒᆞ릿가 셩품을 알거니와 만일 괄시ᄒᆞ면 불효녀식 말니오나 자결ᄒᆞ야 죽을테니 쳐분ᄒᆞ야 ᄒᆞ옵소셔 츈향모 그 말 듯고 츈향 듯지 안ᄒᆞ게 감안이 욕ᄒᆞ겟다 뎌런 빌어도 못먹을 년 질알ᄒᆞᆫ다

〈69-앞〉

향단이 게 잇ᄂᆞ냐 셔방님 침수범졀 알령이 ᄒᆞ시고 불평ᄒᆞ신 것은 젼혀 네 ᄒᆞ기에 잇스니 밤참 조반 젼후사를 지셩으로 공궤ᄒᆞ고 동문 박 리쥬부게 화졔ᄂᆡ여 약 지여다 하로 두 쳡식 네 다 알지 ᄂᆡ가 당부 안이한들 네 마ᄋᆞᆷ도 나와ᄀᆞᆺ지 ᄂᆡ 마ᄋᆞᆷ 네가 알고 네 마ᄋᆞᆷ ᄂᆡ가 아니 별말이 웨 잇스라 셔방님 웨야 드르니 明日 본관 싱신 잔치라 잔치 끗헤 나을 올녀 죽인다고 사졍에게 분부ᄒᆞ야 형장 만이 싹가 올니라 ᄒᆞ얏스니 아모ᄃᆡ도 가시지 말고 옥문 박게ᄂᆞ 삼문 박게ᄂᆞ 직혀셧다 츈향 올니라 령니 ᄂᆡ리거든 칼머리ᄂᆞ 드러주고 나를 쥭여 내치거던 다르 사ᄅᆞᆷ 손길 ᄃᆡ이지 말고 셔방님 달여드러 나의

〈69-뒤〉

시뎨를 두리쳐 엽고 내 집의 도라와 시상 밧쳐 뉘인 후에 나에 초혼 불너 쥬되 옥즁에셔 셔방님 그려 간장 셕은 역류수 짬내 뭇은 쇽젹삼 벗겨 내

여 허공중던 둥둥 니두루며 희동 조션 졀나좌도 남원읍 강션리 임즈싱 셩
춘향 복복복 세 번만 웨치고 집웅 우에 츷드리고 슈의도 하지 말고 나 입
으라든 의복 갓초갓초 다 잇스니 마음더로 골나 입혀 염포 입관ㅎ지 말고
셔방임 나를 안고 청결흔 곳 가려 차져 깁히 파고 뭇으실 씨 셔방님 속젹
숨 버셔 내 가슴을 덥허쥬고 묘젼에 표셕 셰고 표셕에 글를 쓰되 수결원
사츈향지묘라 디즈로 크게 써셔 묘 압헤 세워쥬면 쳡의 죽

〈70-앞〉

은 혼이라도 이모 한이 업겟ᄂ니다 불상ㅎ신 우리 모친 니 몸 일신 죽어
지면 뉘게 가 의지ㅎ며 빅골음토 뉘라 ㅎ리 슯푸다 우니 모친 나를 일코
이통타가 셜워도 죽을 테오 굴머도 죽을 테오 의지업시 도라가면 오연의
밥이 된들 뉘라 휘여 랄녀주리 아이아이 셜이 우니 구슬ᄀᆞᆺ흔 두 눈물이
옥면에 내가 되야 입은 오셜 다 젹신다 셔방님 웨야 도리ᄂ 아니오나 긴
이 말 부탁홀 일이 잇나이다 무슨 말이냐 셔방님 뫼셔읍고 희로百年 지니
오던 무슴 데면 츷즈릿가 랑군을 못 셩기고 불상히 죽는 년이 무슴 부탁
ㅎ오릿가 가련흔 어미 신셰 니 몸 ㅎ나 죽어지면 졍쳐업시 불상ㅎ니 ㅎ희

〈70-뒤〉

ᄀᆞᆺ흔 처분으로 로모를 밧드러셔 츈향ᄀᆞ치 싱각ㅎ면 죽어 황쳔 도라가셔
결초보은 ㅎ오니다 차생에 미진 한을 후싱에ᄂ 다시 맛나 리별업시 스올
ᄂ지 홀 말니 무궁쳡쳡ㅎᄂ 날이 밟아 희가 쓰니 디깅 부탁ㅎ옵너다 오자
곤ㅎ시릿가 어셔 나가 줌으스오 오냐 근심 넘무 말고 금일 희만 기대리면
싱사간에 알더이니 별마음을 먹지 말고 다시 보기 싱각ㅎ라 춘향을 작별
ㅎ고 옥문 밧게 나오는디 자네 어듸로 갈나나 엇의 가 쟈네 집으로 가지
니 집보다 크고 조흔 집으로 가소 엇의 긱사 동디쳥에 가 좌긔ㅎ소 자네

말이 거진말은 안일세 자네 엇지 ᄌ셰 아나 아모 골을 가도 널즉흔 긱사
동뎌쳥 ᄂᆡ 쳐소이니 어셔 가

〈71-앞〉

소 나ᄂᆞᆫ 긱사로 가네 향단이 달녀들어 어사도을 부여잡고 마나님 말슴 탄
치마 ᄋᆞᆸ시고 뒥으로 가ᄋᆞᆸ시다 오 볼 일이 급ᄒᆞ니 ᄂᆡ 밥이나 ᄒᆞ여두어라
춘향모 향단이ᄂᆞᆫ 집으로 건너가고 어ᄉᆞ도 광한누로 올나가 이리뎌리 건일
며 거스홀 일 싱각ᄶᅥ니 셔리 즁방 역졸들이 사시젼 등뎌ᄒᆞ야 챠례로 문안
커ᄂᆞᆯ 오날 본관 잔치시에 여차여차홀 뎌이니 은근히 등뎌ᄒᆞ고 눈치보아
거힝ᄒᆞ라 셔리등 에의 셔리 즁방 령을 듯고 각쳐로 허여지고 어ᄉᆞ도 삼문
간 당도ᄒᆞ니 각읍 수령 모아들 졔 당상당하 쳠만호가 차졔로 드러오ᄂᆞᆫ뎌
쉬 임실이오 곡셩이오 어허 권마셩에 담양부ᄉᆞ 드러오고 슌

〈71-뒤〉

창군슈 옥과 구례 연속ᄒᆞ야 드러올 졔 라팔 소리 ᄶᆞ짜 에이씨름 에이씨름
웅봉영장 드러온다 본관 쥬인으로 각 소임을 단속홀 졔 육직이 불너 큰
소 잡히고 관쳥식 불너 차담을 신칙 슈모를 불너 진지를 차리고 각 류방
두목은 진찬을 드려 각죵 봉들 노러셧다 집ᄉᆞ를 불너 공인을 뎌령 수로를
불너 기싱을 지휘할 졔 각읍 수령이 졔차로 좌졍ᄒᆞ고 일등명기들이 좌우
로 느러셔셔 옥수라삼을 툭툭 던지며 풍악 소리 요지 션악 완연ᄒᆞ다 넌넌
흔 큰북 소리 츈뇌가 들네ᄂᆞᆫ 듯 두리 부는 피리 소리 봉황이 노니ᄂᆞᆫ 듯
소상반쥭 졋뎌 소리 나의 셔름 자아니고 곡곡셩진 희금셩은 년풍을

〈72-앞〉

자랑흔다 오현금 검은고는 남훈전 노릭흐고 이십오현 비파셩은 불승쳥원 슯흘시고 남챵은 유아흐고 녀챵은 쳥묘흐다 고죠를 슈쟈이라 금인이 다불 탄은 빅아의 닐거후 셰무지음즈를 엇지 들을소냐 어스도 흥을 닉여 우줄 드러가며 알외여라 사령아 엿쥬어라 통인아 먼 딕 잇는 거러지가 대연 만 나 안쥬 흔 졈 슐 흔 잔 엇더먹고 가즈이다 소리를 버럭 지르니 본관이 화를 닉여 네 져 밋친놈 멀니멀니 좃차니라 어스도 상지동을 훔쳐 안고 나 좃차니라 흐는 놈은 닉 아달이오 나가는 놈은 인스불싱이라 흐며 스령 을 호령흐니 운봉이 슯혀본즉 폐포파립 즁에 인물이 비범흐거늘 운봉이 통인 불너 여보

〈72-뒤〉

아라 뎌 량반이 량반이 분명흐니 말셕에 안치고 음식이나 잘 딕졉흐라 에 의 통인이 충충 나가 쉬 사령 에의 그 량반 이리 올나오시리라 어스도 우 스시며 안다 안다 운봉이 안다 과만이 되얏는딕 가삼년을 식여보자 션듯 올나가 운봉 엽헤 가 안지며 장읍불비흐고 좌즁에 못본 인스 차례로 흔 연후에 운봉이 흐는 말니 좌즁에 통홀 말이 잇소 무슨 말이오 이 말셕에 안진 량반이 과긱이로더 동시 량반인 듯 흐오니 딕우흠이 엇더시오 본관 이 얼골을 찡그리며 그런 것들 즈가히 흐면 담비디나 부치느 도젹흐여 가 지 무엇을 딕우흐셔요 어필의 차듬상이 드러오는디 각각 상을 밧앗스되 어스도는 과즈 흔 졉시을 안니

〈73-앞〉

쥬니 운봉니 민망흐야 이리오나라 에의 네 이 량반 상추려다 드려라 에의

어스도 상을 차려오는디 모 써러진 기다히 소반에 글거먹던 갈비더 콩나물 디깅이 한 겹시 멸으치 쏘리 한 겹시 모쥬 한 사발 노아다 쥬니 어스도 상을 보고 부채쑥지를 걱구로 쥐고 운봉 갈비을 쑥 질으며 여보 운봉 운봉이 쌈짝 놀느 이고 웨 그리오 뎌 갈비 한 더 주오 이 량반 갈비를 달나면 그져 달나지 사람의 싱갈비을 먹으랴흔다 말이오 운봉이 통인 불너 이 갈비 니려다 뎌 량반 드리어라 안이오 엇더먹는 사롬이 남의 수고흘 것 잇소 니 손으로 갓다 먹지 이리뎌리 다리며 진미만 다 니려 기다리 소반에 갓다놋코 됴코 흐흐 진합틱산이라더니

<h3 align="center">〈73-뒤〉</h3>

흐흐 부치로 쏘 운봉을 쑥 찔으니 이 량반 춤 밋쳣소 니가 밋친 게 안이라 기싱 보니 슐을 그더로 먹을 수 잇소 뎌 기싱으로 흐야금 슐 흔 잔 짜르고 권쥬가 흐나 흐라시오 여보아라 네 이 량반씌 권쥬가 흐여라 녯날이나 지금이나 달을 리가 잇느냐 되지 못흔 것이라도 조만 쎼면 기싱인 줄노 아고 기싱노릇 흐랴닛가 우순 것을 다 보겟고 이 량반 웨 불넛소 운봉이 호령흐야 이 년 괴악흐지고 엇더흐신 량반이던지 내가 불너 식이거든 이 년 운봉으로 잡아다가 학치를 분지르리라 운봉이 짝 으르니 기싱이 한 풀이 쩍겻구나 이 익 내 무릅 우에 올나 안져라 여보 실소 흐나는디로 흐지 잔말이 무어신야 긔싱이

<h3 align="center">〈74-앞〉</h3>

무릅 우에 올나안지니 어스도가 갈비를 쓷든 아니흐고 압뒤로 침만 담북 뭇쳐 갈비에 침이 쑥쑥 흐르는다 이 익 이것 무러라 실소 드럽소 이 익 나는 네가 기싱이라 이러케 됴혼더 너는 나를 아이 됴화흐느냐 익구 이게 웬 일이야 망칙도 흐여라 이 년 망칙이라니 물나면 물 것이지 정귀치 안

코나 그졔야 그싱이 갈비를 무니 에라 고만 니려안져 슐 한 잔 부어 권쥬
가 ᄒ여라 나는 권쥬가는 못ᄒ요 기싱이 권쥬가를 못홀 리가 잇나 ᄒ여라
기싱이 권쥬가를 ᄒ는디 잡지그려 잡지그려 이 슐 한 잔 쳐잡으면 쳔만년
이나 이 모양 사오리라 네 권쥬가를 드르니 시로 는 권쥬가로고나 명기

<h3>〈74-뒤〉</h3>

로다 슐를 먹지 아니ᄒ고 자리의 부으며 어불사 됴흔 쟈리를 바리겟고나
도포 소미로 슐을 뭇쳐 좌우로 니뿌리니 좌즁리 발동ᄒ야 운봉은 우슌 것
을 다 쳥ᄒ야 좌셕이 요란ᄒ오 본관이 싱각ᄒ되 뎌 놈이 량반의 ᄌ식은
분명흔디 졀믄 아히가 져리 버릇이 업슬진디 졔 집안 난봉이오 필경 무식
홀 터이니 운ᄌ을 니여 쏫츠리라 ᄒ고 본관이 ᄒ는 말이 여보 우리 좌듕
ᄒ야 글 흔 귀 짓사이다 만일 글을 못 짓는 자는 큰 벌을 쓸 터이니 좌즁
이 그리 알으시오 본관이 운ᄌ을 니엿스되 놉홀 고 기름 고 두 ᄌ을 불으
거늘 어스도 나안지며 나도 부모님 덕으로 글ᄌ나 읽엇스니 글 흔 귀 지

<h3>〈75-앞〉</h3>

으면 엇뎌홀는지오 운봉이 반겨 듯고 필연을 니여쥬니 어스도 필연 밧아
얼는 지여 자리 밋히 넛코 본관을 향ᄒ야 먼 뎌 잇는 거라시가 쥬육을 포
식ᄒ니 은헤 란망이오 후일에 다시 보옵시다 작별ᄒ고 이러스니 본관이
시원ᄒ야 이 량반 평안히 가시오 언졔 쏘 맛나볼는지 조곰 잇스면 쏘 보
지오 어스도 가신 후 운봉이 사리 밋헤 글을 니여 읽는디 금쥰미쥬는 쳔
인혈이오 옥반가효는 만셩고라 촉루락시에 민루락이오 가셩고쳐에 원셩고
라 운봉이 별별 뜰며 본관은 잘 노르시오 나는 유고ᄒ야 먼뎌 가오 임실
이 갓치 쩔며 니러 가니 임실 웨 이러나시오 나도 큰일낫소 웨 그리오 대
부인이

〈75-뒤〉

락티을 ᄒ엿다고 곳 긔별이 왓소 로형 대부인이 츈츄가 얼마신디 락티을
ᄒ셔오 금년에 여든 아홉이오 여든 아홉에 아기을 비여 락티ᄒᆫ단 말이오
안이오 락티가 안니라 락상을 ᄒ엿다는 것을 겁결에 잘못ᄒᆫ 말이오 이 쩌
좌수와 칙방이 운봉 글읍는 것을 병풍 넘어로 보다가 즉시 드러와 분별을
ᄒ는디 삼공형 불너라 삼힝수 부르고 도서원 불너 젼례을 올니며 각창빗
불너 옥니을 단속 집사 불너 류곡이 올ᄒ냐 공방을 불너 포진을 단속 수
형리 불너 라졸 긔치 취타 공인을 단속ᄒ고 스정이 불너 형구을 단속 육
고즈 불너 등롱을 단속 도스령 불으고 도

〈76-앞〉

군로 불너라 형장질은 왕방울쇠로 셰우고 곤장로ᄌᆫ 허쳔쇠로 증ᄒ고 리
방 호방을 불너 관로 기싱 통인 스령을 등디ᄒ라 이리 가도 슈군슈군 져
리 가도 슈군슈군 이 놈들아 졍신차려라 몃 놈이 죽을 쥴 모로리라 이 쩌
어스도 오시을 기디리고 삼문 밧 썩 나셔니 셔리가 번듯 눈 한 번 끔젹
력졸이 얼는 손 한 번 씃쩍 셔리 력졸 눈치치고 력쇼로 니다르며 력장아
스도 분부 급급ᄒ다 쳥상젹 입고 홍건디 씌여라 스마치 들고 좌견을 달아
라 스도 타실 대마을 드려라 안장지여라 비쩌을 졸으고 덧굴네 씨우고 후
거리 니여라 폐양이 엇짓늬 방망이 드러라 사ᄌ갓흔 마두 력졸 류모방치
놉

〈76-뒤〉

히 들고 우루루 달녀드러 삼문을 쌍쌍 치며 암힝어스 츌도야 암힝어스 츌

도야 두세번 고함소리 부즁이 쓰르르 비호갓치 날닌 력졸 에 가 번뜻 졔
가 번뜻 삼공형 삼공형 에 후닥짝 후닥짝 어스도 분부ㅎ되 남원골 륙방
하인 대감끽 거힝ㅎ든 하인이니 아예 샹치 말고 수령들만 넉을 쎄라 력졸
이 쳥령ㅎ고 수령 모힌 잔채 좌셕 몽치로 바소는디 금병 수병 신수병과
수십좌 교즛상 양치 디야 토긔 징반 졉시 대합 술병 후닥직끈 윙그렁 윙
그렁 찌여지고 거문고 양금 싱황 단소 북 장고 희금 졋디 산산이 부셔질
졔 각읍 수령 도망ㅎ다 운봉영장 인귀 일코 수박 들고 도망ㅎ고 담양부스
갓을 일코 방셕 쓰고 다라나고 순

<h3 style="text-align:center">〈77-앞〉</h3>

창군수 창의 일코 몽도리 입고 다라나고 임실원님 탕건 일○○○○○○○○○○
○○○화관 쓰고 다라날 졔○○○○○○○○○○○○○○○○○○○○○○○업다 어
스○○○
○○ 명철
ㅎ신 ○○○○○○○○○○○○○○○○○○○○○○○○○○○○○○○○○○○○○○○
○○○○○○○련만 쳐분을 알 슈○○○○○○○○○○○○○○○○○○○○○○○○
○○○○○○○

<h3 style="text-align:center">〈77-뒤〉</h3>

긴 문을 와당퉁당 덜컥 열고 톱을 들고 드러가서 코칵코칵 칼을 벗게 옥
담에 걸쳐 록코 여보소 셔울딕 졍신을 수습ㅎ오 수의스도 분부니에 셔울
짝을 올니라니 쳐분을 모르오나 필경 방송홀 듯ㅎ니 졍신을 릴치 말고 말
슴을 잘 아외이오 송쥭갓치 굿은 졀힝 하느님도 아시거든 셜마 엇더ㅎ오
릿가 춘향이 졍신 아득 향단아 에 옥문 밧게 누가 잇느 보아라 아모도 업
셔오 쏘 보아라 아모도 업셔오 쳔디간 모진 량반 오셔슬 졔 신신 당부ㅎ

엿것만 오일이 넘엇스되 오시지 아이ᄒ고 소식도 돈졀ᄒ니 나 죽는 것 안
보랴고 엇의 잇고 아니오나 밤의 잠을 못 자셔 잠을 깁히 드럿셧나 무졍
ᄒ고 야속ᄒ 님 죽기 젼의 안와

〈78-앞〉

보고 엇지ᄒ야 아니 오나 쇼쇼로쳐 솟는 눈물 피가 되여 흘너니려 옷깃이
시모친다 춘향모 발구르며 가슴 쾅쾅 엇지홀고 엇지홀가 향단이도 통곡ᄒ
니 감옥 형리 옥ᄉ뎡이 눈물을 흘니면셔 울지 마소 울지 마소 쳔병만마
검극즁에 살아날 틈이 잇고 하ᄂ이 무어져도 소사날 궁기 싱기ᄂ니 지츅
ᄉ령 련이어셔 오나냐 오나냐 ᄒ는 소리 텬디가 뒤놉는 듯 춘향이 홀길업
셔 관가로 드러간다 향단이는 춘향이 업고 츈향모 뒤을 ᄯᆞ라 울고 울며
드러갈 졔 이 ᄶᅥ 남원읍 로소 과부 ᄶᅦ을 지여 모허드러 춘향을 살니냐고
어ᄉ도ᄭᅴ 등장을 드럿ᄂᆞᆫ디 인물도 어엽부고 ᄶᅵᆻ긋ᄒ게 늙으 부인 소복을
졍히 ᄒ고 수티 ᄭᅵᆫ인 졀믄 과부 긔부가 풍

〈78-뒤〉

고 ᄶᅦ손잇고 모질고 독ᄒ 부인 테머리 흔들흔들 눈셥이 꼿꼿 셔셔 량미간
을 찡그리고 이을 으드득 갈며 여보 어ᄉ도 이 쳐분이 웬 말이오 졔 셔방
슈졀ᄒ다고 잡아다다 수졀 말고 나와 살자 훼졀을 아이ᄒ고 제 말 듯지
안는다고 잡아니여 형장ᄒ는 ᄉ름은 죄가 업고 수졀 츈향 관졍발악 디단
큰 죄인가 어허 공ᄉ도 우숩고 어ᄉ도ᄂᆞᆫ 봉명사신이시이 이 곳에 안지시
고 력졸 보니여 셔울놈은 못 잡아오시오 리몽룡인가 어린 아ᄒ 도덕녀셕
보텀 잡아다가 릉장 쥬뢰을 트어쥬시오 력졸이 썩 나시며 쉬 쉬라니 엇의
비암니 지나가ᄂᆞᆫ냐 쉬가 도모지 무엇이냐 네가 력졸이냐 력졸 보니 쟝히
무셥다 죄업고 늙은 나을 어

〈79-앞〉

스도면 엇지홀고 어스도 속으로 은근히 됴화셔 궁둥이을 들셕들셕 디소ㅎ
시고 분부ㅎ시되 사필귀정홀 터이니 부인들은 넘녀 말고 각기 도라가라
부인들이 물너놀 졔 늙은 부닌 쏘 알왼다 여보 스도 아쓰ㄱ치 공스 말고
렬녀 춘향 노으시오 참 큰 봉변ㅎ오리다 삼문 밧게 물너나와 춘향 노이기
을 긔디릴 졔 춘향 잡아드리라 에의 춘향 잡아드렷소 춘향이 죽은드시 업
데스니 그 참혹훈 형룡은 목불인견이로디 한번 호령을 ㅎ시것다 분부드러
라 너는 하향지쳔창녀로쎠 불종관령ㅎ고 발악관정을 능작에스ㅎ니 죄당만
스라 본관 수쳥을 낫다 흔다니 어스 수쳥이 엇더홀고 알외라 호령 소리
산쳔이 쩌ㄴ간다 춘향

〈79-뒤〉

이 알외는디 초록은 동식이오 가지도 게편이라 량반님네 일반이오 창녀게
결힝이라이 춘향은 창녀 즈식이오나 창녀도 안이온즁 창녀 결힝 렬녀인
줄 사도 엇지 모르시오 녯젹에 의창이는 티학사을 셤겨잇고 유명훈 홍불
기는 리졍 짜라 갓스오니 창녀 결힝 업스릿가 룡쳔금 드는 칼노 춘향 목
을 덩그렁 베여 구곡쳥계 깁흔 물에 풍덩실 던지거나 홍로에 모진 불에
살나셔 주옵든지 쳐분디로 ㅎ려니와 훼졀 안이ㅎ는 뜻을 봉명어스 모로릿
가 죽이시면 죽사옵고 살이시면 살더이니 좌우건 ㅎ옵소셔 어스도 다시
뭅지 안이시고 리별시 밧은 옥지환을 니여 힝수기싱 불녀 이것 갓다 춘향
쥬라 힝수기싱이 지환

〈80-앞〉

을 가지고 니러와 춘향 압헤 갓다 노으니 춘향이 정신업서 지환인 줄은 알앗스나 랑군의게 표쥬 지환인 줄 몰낫것다 어스도가 얼골 들어 뎌상을 보라 二三次 分付ᄒ니 춘향이 얼골을 들어 뎌상을 슯혀보니 엇져녁 옥문 밧게 왓든 랑군이 분명ᄒ고나 춘향이가 뎌상의 쮜여 올나 어스도을 안고 울며 츔츄고 논다 ᄒ되 춘향이가 무슴 그럴 리가 잇ᄂ냐 스름이 긔막힐 일을 당ᄒ면 마음이 스사로 악ᄒ야 지고 됴코 반가온 일 잇스면 즈연 셔름이 나것다 뎌상을 물그름이 슯혀보며 구슐갓흔 눈물이 두 눈으로 쑥쑥 흘너 옷기을 젹시며 울음이 소스나ᄂ듸 이 울음은 오장륙○○○○○ 우름도 아니오 륙쳔 마듸 쎄속에서 나오ᄂ 우름도 아이

〈80-뒤〉

오 이ᄂ 쏙 쓸기에셔 나오ᄂ 우름이라 모지도다 모지도다 서울 량반 모지도다 엇져녁 옥에 오셔 니 형상을 보셧스니 나더러만 말슴ᄒ고 마음놋코 잇스라면 지ᄂ 밤 그 간장을 안녹이고 안심힛슬걸 뎌년 엇지 아니쥭나 쥭ᄂ 쏠을 보랴ᄂ 걸 뎌년 엇지 아이쥭나 쥭ᄂ 쏠을 보랴ᄂ 걸 어리셕은 춘향이ᄂ 이을 갈고 아이쥭고 향여나 살아나셔 랑군을 다시 만나 지닌 고성 다 바리고 빅년죵스ᄒ오리라 단단밋셔 지닌 년을 불상히ᄂ 아니 알고 쥭이기로 드신 마음 니 몰낫지 몰낫셔 그 마음 알앗드면 니가 발셔 업슬걸 아이아이 우니 어스도 즉시 사인교을 드려 춘향을 틱와 졔 집으로 건너 보니니라 이 ᄲ 춘향모ᄂ 혼금이 엄슉ᄒ니 드러오든 못ᄒ고 문 밧게셔 혼 즈 동동거리며 방졍을

〈81-앞〉

써다가 그 쏠이 나오니 됴코 질거워 밋치는디 쏠을 압혜 너보너고 츈향모
와 여려 부인들니 흔번 놀고 나가것다 얼시고나 지화자아 엇져녁에는 걸
인 사외 어스란 말 웬 일이냐 쑴이더냐 싱시더냐 쑴이거드 끼지 말고 싱
시거드 미양 잇자 지화자아 지화자 이 놈 도스령아 삼문 잡아라 어스 장
모 드러가신다 張飛야 비 닷칠나 이 궁둥이 두엇다가 논을 살까 밧을 살
까 이런 디나 흔들어라 지화자아 지화자 여보 남여로소 부인네들 아달 낫
키 원을 말고 쏠만 만히 나으시되 흔 티줄에 네다섯식 쏙쏙 너쓰리소 이
고 너가 밋친 년이지 엇져녁에 우리 스위을 욕도 만히 흐고 구박도 만히
흐얏더니 이 비러먹을 년이 그 무슴 밋친 짓이야 이 년 쥬둥이

〈81-뒤〉

을 칼노 찌일밧게 수가 업네 여보소 옷고름에 찬 칼 좀 주소 이 년의 입
베이일나네 베리면 아마 압흘걸 압흘데니 못베이겟네 아장아장 드러가며
션풍도골 뎌 모양이 엇져녁에는 걸인되야 나 속이기 기 웬 일이오 오날
아춤 진시 말에 발감기 발밉씨에 페양이을 지쳐 쓰고 너 집 문젼 끼웃끼
웃 나을 보고 도라가며 손가락질흐뎐 것이 인졔 싱긱흐니 럭졸일세 아장
아장 드러가며 스도 부디 로혀마오 스도 암만 노혀신들 장모 나를 엇졀데
오 스도 셔울 가신 후에 늙으 마루라가 후원의 단을 모고 북두칠셩즈야반
의 등불을 밝히고셔 우리 사외 귀히 됨을 밥낫 축원흐얏더니 하늘님이 감
동흐스 어스도가 되얏셰라 지화자아 지화자 그러

〈82-앞〉

느 스도젼의 엿쥴 말이 잇슙내다 부디 쳥 드릅소셔 달은 말슴 아니오라

우리 골 본관 ᄉ도 부디 괄시 마옵소셔 츈츄는 만으시나 마옵이 호협ᄒ야
호쥬탐화ᄒ시괴는 두목지의 씍이시라 츈향 一色 말을 듯고 불너보니 万古
一色 욕심이 잔득 나셔 달니여도 아니 듯고 을너보되 듯지 안으니 쳔가지
로 유인ᄒ고 만가지로 달니다가 종시 듯지 안니ᄒ니 위협ᄒ면 될 쥴 알고
잡아니야 호령ᄒ니 미물ᄒ 츈향이가 종다리시 나록씨 ᄭᆞ듯 ᄶᆞᆼᄶᆞᆼ 안져 치
밧치니 하인소시 난당ᄒ와 동틀 드러 올녀 미되 조곰도 두려안코 관졍 발
악ᄒ던 말을 엇지 다 엿주릿가 본관ᄉ도 나갓ᄒ면 단박 쩌려 죽여슬 걸
본

⟨82-뒤⟩

관ᄉ도 어진 쳐분 지금썻 살넛스니 그 은혜 쟝ᄒ오며 본관ᄉ도 안이시면
츈향 수졀 어셔 나리 지회자아 지화자 엇쏙어쏙 궁둥이춤이 졀노 나니 쟝
관이오 엇져녁 걸인 사외 어ᄉ 되니 쟝관이오 하맛트면 죽을 츈향 살어나
니 쟝관이오 남원업 월미씨가 어ᄉ 사외 쟝관이오 남원부즁 과수부인 등
쟝흠도 쟝관이오 남녀로소 춤을 추니 말고업는 쟝관이오 젼쟝관 후쟝관이
춤쟝관일다 지화자아 지화자 이 ᄯᅢ 츈향모와 부인들이 손목을 잡고 춘향
집으로 가 큰 소 잡아 업지르고 상하 로소남녀 업시 ᄎᆞ례로 디졉홀 졔 이
ᄯᅢ 운봉읍에 가둔 방ᄌᆞ놈이 어ᄉ도 남원 츌도ᄒ

⟨83-앞⟩

야 운봉영장이 보션발노 도망ᄒ야 왓단 말을 듯고 간다 온다 말도 업시
도쥬ᄒ야 와셔 어ᄉ도ᄭᅴ 문안ᄒ니 어ᄉ도 우스시며 이 놈 운봉에 가둔 놈
이 내 령 업시 왓단 말이냐 이 놈이 어ᄉ도게 드려디ᄂᆞᆫ디 소인을 무슴 죄
로 가두엇소 마마임 셔간에 소인 가두라는 부탁이 잇셔 가두윗소 수년 뫼
시고 거힝ᄒ던 놈을 그러케 무시ᄒ시오 어ᄉ도 우스시며 네가 죄가 잇셔

가둔 게 아니라 네가 방졍마진 놈이 되야 루셜이 될 터이기로 잠시 너을
가두엇다 즉시 방즈로 남원 괄로쳥 일과 소임을 식이시고 十年 한뎡ᄒ야
완문ᄭ지 ᄒ여주시니라 차시에 본관이 무식ᄒ야 인병부 쓸너 어스도ᄭᆡ 밧
치니 어스도 변관을

(중간 낙장)

〈83-뒤〉

미인 고싱업는 뉘 잇나냐 네가 우연이 나을 만나 나 위ᄒ야 고싱홈도 젼
혀 모다 니 죄로다 울지 만라 울지 마라 만단으로 위로ᄒ며 미음도 권ᄒ
시고 냑도 ᄶᅡ 권ᄒ시며 이졔는 울리 둘리 히로빅연 유자싱여 쇼원 픵싱
질길 덧니 속속히 소복ᄒ야 가산을 방매ᄒ고 너는 먼져 올냐가셔 나 오긔
을 긔더녀라 봉명사신 몸이 되야 지테홀 슈 바리 읍셔 나는 명일 가거니
와 간 곳마도 통신ᄒ야 소식 자조 알 터이며 부리던 이방에게 치힝 졀차
다 일으고 번덕 셔간ᄒ야신니 ᄒ닌 슈히 올 터이라○○○○○더로 신속히
올나가라 모녀에게 단○○○○○작별ᄒ고○○○○

(이하 낙장)

김동욱 소장 춘향전 (낙장 51장본)

아주 작은 글씨로 흘려쓴 행서체 필사본이다. 손이 잡히는 아랫 부분을 둥그렇게 공란으로 남겨둔 것을 보면 세책방 용으로 필사된 것으로 추정된다. 간기는 없다. 앞부분은 낙장되었고, 방자가 공부하시는 도련님이 경개 구경은 왜 할려고 하느냐고 하자 옛 문장들이 모두 산천 경개를 구경하고 글을 지었다고 하는 데서 시작된다. 방자가 춘향이를 부르러 가서 수작할 때, 춘향이 왜 도련님한테 나를 일렀느냐고 따지자, 방자가 "책방 통인이 하였지 나는 말한 일 없다"고 잡아뗀다. 그러자 춘향이, "그 녀석, 접때 골패할 때 돈 닷 냥 얻어 쓰자 하기에 아니 주었더니 그 혐의로다." 하는 대화가 우스꽝스럽다. 이도령이 책방으로 돌아와 책을 읽는데 마음이 산란하여 보던 글자가 획획 변한다고 되어 있다. "하늘 천자 큰 대 되고 따 지자 못 지 되고 날 일자 눈 목 되고 입 구자 가로 왈 되고 가슴 흉자 등 배 되고 허리 요자 다리 고 되고 이 시자 발 족 되고 그칠 지자 갈 지 되고 주머니 낭자 획 변하여 불알 낭자 되어 보인다." 이도령의 이름이 이춘득으로 나온다. 광한루에서 만나 소개할 때 이름이 춘향이라 하니 자기는 춘득이라 한다. 불망기를 써줄 때에도 이춘득이라 쓰고 있다. 첫날밤에 이도령이 빨리 자자 하니 춘향은 할 일이 많이 남았다고 한다. "나는 양누비에 남은 줄 누비고, 양금이나 조금 치고, 거문고 조금 타고, 동산에 올라 달구경 조금 하고, 내려와 무슨 음식이나 조금 먹고, 차 다려 먹고, 숙향전이나 조금 보고, 담배나 한 대 먹고 자겠소." 한다. 이도령이 "내일 낮잠이나 자지 오늘밤에는 못 자겠다." 하고 안달한다. 춘향이 형장을 맞고 옥에 갇히려 할 때 남원 읍내 한량들이 일시에 모여드는데, 그 이름이 자세하다. 여숙이, 왜숙이, 부숙이, 풍숙이, 문숙이, 무숙이, 평숙이, 진숙이, 조츔이, 틀부, 질보 등이다. 농부들이 관장의 정치에 대해 불만이 최고조에 이르러 있다. 춘향이 죽은 후에 어떻게 감장하고 어떻게 매장해달라고 하는 사설이 꽤 길게 되어 있다.

대상본 소재처 : 나손본 필사본고소설자료총서 73권, 보경문화사, 1994(원본은 나손문고)

김동욱 소장 춘향전 (낙장 51장본)

(앞부분 낙장)

〈1-앞〉

곤의 쇼부 허유 놀아 잇고 치셕강 명월야의 이터빅이 놀아 잇고 적벽강
츄칠월의 쇼즈첨 놀아 잇고 등왕각 경 죠흔 디 왕발 지스 놀아스니 손슈
경기 발린 후의 글지을 곳지 읍는이라 방즈 도령임 모시올 졔 나귀 솔질
쇨쇨ᄒ여 순금안중 고이 짓코 가진 안쥬 죠흔 술을 유리병의 가득 느어
밍호연의 본을 바더 나귀 등의 실어 두고 은슈복 부슨디에 별낙쥭 질계
마쳐 맛죠흔 슘동쵸을 디모셔랍 가득 느어 통인 들여 뒤셰우고 슘문 밧
썩 나셔셔 디로승의 몰아갈 졔 보ᄒ의 나는 씌썰 광풍 좃ᄎ 펄펄 나러 쇄
옥계변 두 발길의 거럼거럼 향니로다 방즈 나귀 졍마 들고 춘풍화류난만
즁의 부렁부렁 가는 그동 만승천즈슈부리라 광흔루을 다다러셔 누승의 을
는 올나 스방 경기 발아보니 적셩 아침날의 느진 안기 둘너 잇고 녹슈의
져믄 봄은 화류동풍 둘너는디 요흔긔구하쳐외는 임고디의 일느잇고 즈각
단루분죠요는 광흔루의 일음이라 광흔루 경 죠흔 디 오죽교 분명ᄒ니 견
우 즉여 읍스리오 견우셩은

〈1-뒤〉

나연마는 즉여셩은 뉘가 되리 오날 이 곳 화류즁의 슘싱연분 만나보라 방
즈야 술 디려라 각춘쥬인인취라 너도 먹고 나도 먹고 승ᄒ동낙 관계ᄒ라
가진 안쥬 죠흔 술을 유리준의 가득 부어 도령임게 올리오니 도령임 외입
속은 셰승의 드무도다 ᄒ인들을 죠케ᄒ야 네의덜 다 일리 올나오라 우리

술 먹을진디 연치디로 먹고 노즈 뉘가 니히 만흔요 통인 엿즈오디 후비스
령이 나이 만스이다 그러면 흔 즌 머져 부어 후비스령 쥬어라 그짓츠 흐
인 흐는 말리 이번 츠례는 쇼인리 될 듯 흐외이다 이도령 흐난 말리 너의
덜이 왓더면 니게 술 흔 즌 츠례 못흘 번 흐여다 도령임 술을 취토록 먹
은 후의 안셕의 빅기 안져 남방을 브라보니 흔 빅쏜 불글 홍쏜 숑이숑이
쏫치 피고 불글 단즈 풀울 쳥쏜 가지가지 단쳥이라 유막황잉환우셩은 니
의 춘흥 도도는 듯 화즁빅졉쌍쌍비난 비거비리 춘졍이오 두견 졉동 즈규
은 향기 춧는 그동이라 녹슈즁쳔 울울흔디 계변양유 남북가지 풀은 니을
디려잇고 반

〈2-앞〉

숭도리 쳔만숑은 불근 안기 머금은 듯 난쵸 지쵸 화류간의 흔 미인이 잇
스되 어엽부고 밉셰잇고 아리쌉고 단졍흐고 션묘흐고 그이흐고 이숭흐고
밍낭흐고 얄망궂고 남 홀여먹계 싱긴 여즈 춘흥을 못이기여 추쳔을 히롱
할 졔 즁즁치승 건의줄을 휘느러진 양유지예 휘휘친친 감어미여 콘 비 용
춍 느리웃듯 츄렁쳥 느리오고 셤셤옥슈 놉히 드러 츄쳔줄 갈너줍고 션듯
올나 발굴을 졔 흔 번 굴너 두 번 굴너 압히 졈졈 놉히 올나 춘일반공의
죵다리 쓰듯 셕양쳥쳔 졔비 쓰듯 둥덩실 놉히 쇼스 빅능보션 두 발길노
난만도화 놉흔 가지 쇼쇼리쳐 툭툭 츠니 숑이숑이 밋친 쏫시 휘드리쳐 쑥
쩌러져 펄펄 훗날일 졔 니외금숭 고은 의복 공즁의 풀넝풀넝 빅옥갓튼 고
은 얼골 쳥쳔 죠요흔디 귀예 걸인 월긔탄은 구름박긔 징징흐고 압히 차인
옥픠도와 뒤예 지른 금봉치는 힛빗 아리 번듯 쌔져 시리 흘은는 반셕승의
징글랑 징징 쇼리난다 홍숭즈락 펄넝펄넝 화류동풍의 흔

〈2-뒤〉

날리고 광원ㅅ 쇽져구리 쏫가지의 션듯 실쳐 빅옥갓튼 졋가슴은 빅운간의
힛쓱ㅎ여 오락가락 노는 그동 낙포션여 빅운 타고 옥경으로 향ㅎ는 듯 침
양젼 봄바람의 츄쳔 틱도 여긔 와 빗칠숀야 이도령 이윽히 보더니 졍신이
순란ㅎ여 눈의 동즈가 발동거리ㅎ고 가슴이 울넝울넝 방즈을 쩌러 부르다
방즈야 방즈쏘 쓸며 디답ㅎ니 도령 일은 말리 나는 쓸연이와 너는 웃지
쩌는다 그 돌양인가부오 너 져 건너 보와라 어디요 져 건너 죽임간의 빅
만교틱 츄쳔ㅎ며 오락가락 노는 거시 단봉궐 ㅎ즉ㅎ고 빅용틱ㅎ 슬피 가
던 왕쇼군이 져 안이며 마의역 져문 날의 당명황 이별ㅎ던 양구비가 그
안이야 궁쇼군 안일진디 만영츄월희ㅎ영의 퓌왕을 이별ㅎ던 우미인이 져
왓도다 방즈 엿즈오디 그것시 이 골 힝슈기싱 월미 쌀 춘향이라 ㅎ오되
졔 어미는 로리ㅎ고 춘향은 본심이 도고ㅎ여 교통졍ㅅ의 여공지질과 문중
을 준비ㅎ여 슴강힝실을 외이며 빅화춘임의 글귀도 싱업ㅎ며 빅운홍슈간
의 츄쳔도 히롱ㅎ고 신션공부 ㅎ너

〈3-앞〉

라고 ㅎ로 셰 번 가온식 노나이다 이도령 우어 왈 온야 그 이 싱긴 그동
션여 될만ㅎ다 만일 그 곳이 구름 잇쩌면 벌셔 승천할 것슬 그륵이 너 스
졍 알어보고 이 쩌가지 두어구나 네 가셔 늬 말 ㅎ고 불너오라 방즈 ㅎ는
말리 졔 비록 기싱이오나 즁강의 죽과 이비의 졍졀을 흉즁의 품어잇셔 금
쳔ㅎ 졀식이오 만고여즁 군즈오니 임으로 오라ㅎ면 안이오리다 미즁젼 도
령임이 그런 아히 부르시다 오면 죠커이와 만일 안이오면 망신이오 이 롬
다 쩌러진 신이 망신인야 준말 말고 밧비 부르라 방즈 할일읍셔 춘향 불
너 건너갈 졔 열쇠갓튼 져 방즈 화류간 죠분 길노 갈 지쯔 빗길 횡 허틀
순즈 거름으로 허늘거려 건너가셔 기집을 부르거던 은근이 불너 무슴 말

을 할지라도 종용이 ᄒ너 것시 올컨마는 뜻박긔 쇼리을 혼이 나계 질너
안아 야야 춘향아 쌈쪽 놀너여 이고 근 연셕 목쇼리 숭악도 ᄒ네 스람을
불너도 슈가 잇지 골미을 납계 부르는야 쥬리을 뜻뜻시 구어셔 발가락 단
중을 시길 여셕이로고 방즈 쇽으로 져

〈3-뒤〉

기집 말졔도가 못불여 가것고 안아 야야 듯거라 근의을 쒸거던 네 집 후
원의 미고 은근이 쒤 거시지 숭ᄒ 인물 귀경쳐의 졈졈 날코지 쑥 비여진
디 미고 춘풍의 나부 노듯 너울너울 노는 그동 십이간의 잇는 스람 오리
박긔 잇는 스람 너만 보고 질 안이가니 그런 도례 쏘 잇스며 스쏘 즈졔
도령임이 화유 귀경 와계셧다 너을 보고 디혹ᄒ야 밧비 가셔 불너오라 분
부가 지엄ᄒ니 지체말고 어셔 가자 춘향이 졍식 디왈 도령임 나을 은졔
보와노라 불너오라 ᄒ시던야 네 여셕이 밋터 안져 춘향인이 추향이니 기
싱이니 완싱이니 향교의 교싱이니 영이ᄒ고 쏙쏙ᄒ계 안질의 노랑수건 되
야 셰셰로 글강 외듯 다 외야 밧치라던야 방즈 허는 말리 칙방 통인이 ᄒ
여찌 나는 말흔 일 읍다 춘향이 ᄒ는 말리 곤 연셕 졉디 골픠할 디 돈 닷
양 으더 쓰즈 ᄒ기예 안으더 주어더니 그 혐의로다 죤귀ᄒ신 도령임이 불
은 뜻슨 감격ᄒ나 여즈 염치의 못가것다 탐화광졉 곳곳마다 ◯◯노는 져
나부슈만스딕고 인물리 쳥

〈4-앞〉

쳔의 쓴 기럭기을 짜러가랴 방즈 ◯◯◯◯◯◯ 도령임 불러오란 말인야
좀간 단여오기로 계관잇스랴 너머 교티말고 가즈 글런 셔방 으더쓰면 형
셰 웃고 귀이 되고 협창 오입ᄒ 리 읍스리라 두리 만나 스러보렴 도령임
일은 니 즈셔이 일으마 가문은 동쵼 이씨요 외가는 이쳥풍이라 나인즉 이

팔이오 얼골리 일식이오 글리 유여ᄒ고 밉시가 잘잘 흐르고 멋시 가득ᄒ
여 의긔잇고 활슈잇고 속이 틔인 법이 여러 노은 북충문이라 죠션 팔도
다 단여도 그런 도령임 읍스리라 당시 스쏘 즈제요 스랍기가 암펌이라 당
여혈 두루막이 별악감토 쓸나 좀간 건너가 도령임을 달니쓰면 남원 긔물
네 것 되고 나도 네 덕의 숀연슈로 ᄒ그드면 위조요 비위죠라 너도 죠코
나도 죠코 양쥬학이 될 거시니 단여오면 웃더ᄒ야 춘향이 싱각ᄒ니 안이
가든 못ᄒ여 좀간 건너가것다 방즈을 먼져 보니고 춘향이 가는 그동 홍승
즈락 거더 안고 은근이 가는 틔도 춘풍

〈4-뒤〉

셕교의 팔션여 긋던 거름으로 월셧씨 통셩순의셔 십육ᄒ던 거름으로 흐늘
거러 건너간다 무순낙포 노던 션여 쵸양왕을 여읜 후의 죠운모 둘 더 읍
셔 인간의 나려오듯 천승 즉여셩이 거우을 만나랴고 오죽교을 근너는 듯
방즈 밧비 근너 와셔 도령임젼의 엿즈오되 춘향이 근너 읍니다 도령임 반
기여겨 오는 춘향 ᄇ라보니 웃지 어여쑤던지 말리 다 뒤집펴 어셔 올나
오시리라 춘향이 아미을 숙이고 단졍이 안는 그동 셰승 인물 안이로다 시
기는 쵸병마기 지숭이오 목과숑편의 오미즈을 너어구나 어여쑤단 말을 씬
만 짜셔 쑤다 츄파을 홀기드러 가만이 슬펴보니 졍졍ᄒ 시별이요 팔즈갓
튼 고은 이미 원순 졍긔 씌여 잇고 귀미틱 훗튼 녹발 옥계예 난쵸갓고 방
긋시 웃는 양은 죠양쁠 희당화라 잉순을 반기ᄒ여 실갓치 ᄒ난 말은 춘습
월 옥난간의 남남ᄒ는 졔비 갓고 나슴을 못이긔여 교틱ᄒ여 근는 양은 셰
셰ᄒ 봄바람 의의 ᄒ 버들이라 히기는 눈갓트○○○○○

〈5-앞〉

신이가 말쇼리 쏫갓트니 양귀비 넉실는가 녀질리 이러ᄒ니 응당ᄒ 젹션여

라 천상 쇼식을 네계 무르이라 연연 칠월 칠셕이면 은하슈 오작교의 셔로 보든 날의 안이만난 정분 웃더ᄒᆞ며 글인 ᄉᆞ랑이 웃더런야 두목지 ᄌᆞ건이며 이젹션 쇼동파는 은의 곳시 놀아스며 평안이 기너던야 슴천련 벽도화을 네 말슴으로 드리더니 너 오던 그 날의 멋 나무나 퓌여던야 ᄉᆞ제젼 무슴 죄로 인간의 젹강ᄒᆞᆫ가 옥황이 씻치시면 후회을 두실계라 아동방 슈천리예 나 ᄒᆞ나가 ᄒᆞ여더니 남원갓튼 명승지예 나을 두고 너을 너니 응당ᄒᆞᆫ 유의로다 멧 술 먹어는야 십육세요 온야 나와 동갑일다 셩은 무엇신다 셩가라 ᄒᆞ나이다 이가이 글ᄶᆞ로는 틀리되 이셩지합이로다 ᄉᆡᆼ월은 은졔야 ᄉᆞ월 쵸파일니오 나는 ᄃᆡ목황 시졀이라 시는 은젠요 축시오 나는 ᄌᆞ시로다 ᄌᆞ축이 합이 된다 네 일홈은 무어신다 춘향이오 나는 춘득일다 봄의 향긔롬을 어더고나 이안이 춘향이 도령임 ᄉᆞᆼ을 좀간 보니 여ᄉᆞᆼ○○○○○

〈5-뒤〉

인 듯 부열인 듯 명만일국 직ᄉᆞᆼ되여 보국츙신 긔ᄉᆞᆼ이라 쳔졍이 고요ᄒᆞ니 쇼연부귀 가긔로다 지각이 광원ᄒᆞ니 만세영화 눌리것다 ᄉᆞ방을 다 보와도 천고의 긔남ᄌᆞ요 만셰예 호웅이라 안여ᄌᆞ의 쇼견으로 혹혹히 심헤ᄒᆞ니 은근ᄒᆞᆫ 일월각은 승군을 밧드러고 당당ᄒᆞᆫ 용호골은 이친경ᄌᆞᆼ 안일숀야 아미을 단졍ᄒᆞ고 모ᄌᆞ을 다시 보니 츄파의 계월이오 쳔손의 셔셩이라 호슈풍염의 빅슈가 시공ᄒᆞ니 츙효가 져러ᄒᆞ고 의긔가 이러ᄒᆞ니 ᄎᆞ세ᄉᆞᆼ 긔남ᄌᆞ는 이도령뿐이로다 춘향이 ᄒᆞ즉ᄒᆞ니 도령임 ᄒᆞ는 말리 예셔 오리 놀고푸나 이목이 번다ᄒᆞ니 네 집이 어딘요 츈향이 숀을 들어 ᄒᆞᆫ 곳 는짓 가라치되 져 건너 천변긔예 동편의 숑졍이오 셔편의 쥭임이라 후원의 도화 피고 뜰압히 오동 셔고 부용당 엿못 즁의 일층 이층 셕가손을 하운이 다긔봉 쪄으로 두려시 무언 것시 쇼여의 집이로쇼이다 도령임이 충춘ᄒᆞ되 ᄌᆞᆼ원이 은은ᄒᆞ니 여ᄌᆞ의 가긔지요 숑쥭이 울밀ᄒᆞ니 졀힝은 가지로다 너와 지금 갈테이나 나지는 못

〈6-앞〉

갈테니 오는 밤의 다시 보즈 부디 건너 줄 가거라 춘향이 ○○ 이러나셔
집으로 건너갈 졔 청임화유간으로 담중 도러드는 그동 습오야 발근 달이
쩨구름의 덥핀 거동 이예셔 더할손야 이도령 춘향 보고 후회 만수무심이
라 히 지기만 기다리고 칙방으로 드러와셔 심신이 순란ᄒ여 마암을 즈부
랴고 셔칙을 니여노코 홍읍시 일거갈 제 익던 글 물리읍고 보던 글쓰 획
변ᄒ여 하날 쳔쓰 컨 디 되고 짜 지쓰 못 지 되고 날 일쓰 눈 목 되고 입
구쓰 가로 왈 되고 가심 흉쓰 등 비 되고 허리 요쓰 다리 고 되고 이 시
쓰 발 쪽 되고 굿칠 쩌즈 갈 지 되고 쥬먼이 낭쓰 획 변ᄒ여 부알 낭쓰
되야 뵌다 시젼 익다 셔젼 가고 셔젼 익다 읜젼ᄒ여 짠젼으로 건너갈 제
관관져구 지하지쥬로다 요죠숙여 군즈호구로다 왈 낙계고계흔디 왈 방훈
이시니 흑명문수안안ᄒ시며 건은 원코 형코 이코 흔디 딘이 죠코 앗츠 짠
코으로 건너 갓고 디학지도는 지명명덕ᄒ며 지신민ᄒ며 지지어지션인이라
양졀망씨왈 남충고군이오 홍도는 신부로다 오쵸

〈6-뒤〉

뉴 동남탁이오 건곤은 일야부라 밍즈견 양혜왕 ᄒ신디 왕왈 쉬불원젼리이
니ᄒ시니 역중유이이오국호이가 아셔라 이 글도 못익거다 디즈로 쓴 젼즈
듸여오라 방즈 엿즈오디 아리는 강아지 품믄 듯흔 도령임이 쳔즈을 일그
랴 ᄒ시요 이도령 ᄒ는 말리 쳔즈라 ᄒ는 글리 읍양지도 다 잇스이 늬 일
그게 드러보라 방즈 엿즈오되 쇼인 일그게 드러보시요 쳐다보니 하날 쳔
니려보니 짜 지 휘휘친친 감물 현 황달 들여짜 누루 황 쓸하 드러왓다 이
도령 ᄒ는 말리 에라 이 놈 못듯것다 늬 익거던 드러보라 즈시에 싱쳔ᄒ
니 광디무스부 호호탕탕 하날 쳔 축시에 싱지ᄒ니 만물중싱 짜지 습월춘

풍 호시졀의 현죠남남 가물 현 금목수화토 오힝즁의 즁왕을 맛츠스니 토
지졍식 루루 황 금풍습우 셥씨ᄒᆞ니 옥우징영 집 우 안득광ᄒ 쳔만간의 슬
기 죠타 집 쥬 군연지슈 어이할리 하우쳔지 널불 홍 셰승만스 위틱ᄒᆞ다
밋들 마라 거칠 황 쇼간브스 슴빅쳑 번듯 쩟다 날 일 일낙셔션 황혼 되고
월출동영 달 월 츄야공슌 져문 날의 육화

<h2 align="center">〈7-앞〉</h2>

분분 츠 령 춘향 불너 술 부어라 늠쳐간다 기울 칙 하도낙셔 졈간 보니
일월셩진 별 진 원앙침 비취금을 활활 벗고 줄 슉 양각을 번듯 들고 시양
말어라 벌 열 등 쑥짝 입마츄니 만지졍담 베풀 즁 시양즈오 집히 드니 쇼
흔 디흔 찰 흔 어허 이 날 춤도 츠다 어셔 오쇼 올 리 동지납평 츠다 말
고 유월염쳔 더울 셔 셥거이 쩌나 임 ᄒ즉ᄒ고 갈 왕 언졔 올고 긔냐터니
엽낙오동 가을 츄 입입히 지은 농스 영낙읍시 거들 슈 황국단풍 다 보니
오고 빅셜 펄펄 졀 동 졍든 임 은졔 올고 왼갓 의복 감출 즁 셰월리 웬슈
로다 윤식죠츠 부루 윤 관슌원로 바라보니 쳔리만리 나무 려 이 몸 펄젹
날거디면 평싱 쇼원 일울 셩 춘하츄동 다 보니고 숑구영신 힛 셰 죠강지
쳐 불하당 안이 박디 못ᄒ나니 디젼통편 법즁 율 군즈호구 이 안이야 야
구승합 법즁 여 만반진슈 다 되여라 맛슬 보즈 고로 죠 이 몸 죽어 벳 양
되고 춘향 죽어 ○○○○○○ 비필 계 뉘 안이 일울 치 비우갓치 쑤린 스
랑 이슬로 ○○○○○○○○

<h2 align="center">〈7-뒤〉</h2>

의 비할진디 숑빅갓치 구든 졀기 졔 어이 변케 ᄒ리 이고 춘향아 날 슬여
라 보고지고 보고지고 춘향 얼골 보고지고 춘향 틱도 보고지고 광흔루 녹
임간의 빗고은 홍승즈락 빅운간의 놉피 쩌셔 오락가락 츄쳔ᄒ던 그 거동

을 보고지고 쇼리을 버럭 질너 노니 스쏘 지무시다 쌈쥭 놀너여 이러나셔
통인 불너 분부ᄒ되 칙방의셔 누가 싱침을 맛는야 주리을 틀리는야 즉시
알어오라 통인이 급피 나와 여보 도령임 어인 쇼리을 커게 질너 스쏘 지
무시다가 그 쇼리예 급피 이러나시다가 요강을 업질고 셜덕을 분질고 탕
건이 버셔지며 그런 변이 읍쇼 도령임이 싼젼이 일슈라 보고시분 글을 이
져 그 글을 보고지고 ᄒ여다 가셔 엿쥬어라 통인이 들어가 그디로 알리오
니 스쏘 속니 몰로고 죠와ᄒ여 칙방 이낭쳥을 불너 안치고 은근이 도령임
을 츄는 말리 울리도 어려셔 글을 일거보와건이와 ᄒ기 실으 것슨 글리엿
다 이낭쳥 디답을 종풍이시로 스쏘 말슴ᄒ는디로만 ᄒ여 그쳐름 ᄒ기실은
계 읍지오 엇던 씨는 두통○○○

<h2 align="center">〈8-앞〉</h2>

두통나기을 일으올이가 이 인는 즈죠도 익고 글욕심 과ᄒ거니와 글엇치요
즈니 뉘 말인지 아나 스쏘는 뉘 말슴이오 울리 아히 말일셰 나도 그 아히
말이오 말디답도 즈미읍시 ᄒ니 즈미읍다 ᄒ니 헐젹 츄어올여 쇼연경승
ᄒ오리다 스쏘 죠아라구 우슴을 은문의 하햐 줄노다 웃는다 하햐 허혀 호
효 후휴 흐히호 잇 씨 도영임은 희지기을 지다릴 졔 방즈 불너 각금 무러
아ᄂ 희가 언의 씨집 되여는야 방즈 엿즈오되 희 인졔야 동의셔 아귀 트
나보오 악가 셔으로 지는 희가 이졔야 아귀 튼단 말인야 네가 셔을 동으
로 보와다 져 희 아모리 질다ᄒᆫ들 하마 거의 다 지리라 다시 보아라 일도
즁쳔ᄒ여 져 희 하날 흔가온디 웃둑 셔셔 안이 가오 원득즁스졔빅일ᄒ니
그 뉘라셔 져 희 길을 일너주워 쉬이 가계 ᄒ리오 걱졍마오 희 졔 궁긔
들오 도영임 반겨 듯고 무슨낙포 지는 희예 졔경공은 울어쓰나 나는 져
희 지니 죠흔 마암 가시읍다 이윽고 페문 퇴령 니린 후의 방즈 불너 지쵹
ᄒ되 어셔 가즈 춘향 집을 가연금야숙충가라 날

〈8-뒤〉

노 두고 헌 말일다 도령임 치레 볼죽시면 신수 죠은 고은 얼골 분셰수 정이 ᄒ고 감티갓튼 치머리을 ᄒ남을 만이 발너 젼반갓치 너지 짜어 궁쵸당기 셔광 물여 밉셰잇게 잡어밉고 쳥ᄉ도복 뜰쳐 입고 쇄금별션 좌르륵 펼쳐 월광을 히롱ᄒ며 흐늘흐늘 완보ᄒ여 나가올 졔 명월고등ᄒ고 북두칠셩 이도러져 젹젹무인 다든 문의 밤시 쇼리 쳐량ᄒ다 남원부즁 집집마다 ᄉ람 보고 짓는 기야 도젹인가 쇼리마라 춘향 집 츠져가는 흔양셩즁 아히로다 혹션 혹후 츠져갈 졔 방ᄌ 불너 각금 물어 어딘짐 된요 아즉 멀어쇼어셔 가ᄌ 향방을 일너다고 밧비 가ᄌ 방ᄌ 골을 너여 즌말슘도 만쏘이다 만일 ᄉ또 알으시면 쇼인은 죽지오 나는 안이갈 거시니 예셔 일러듸일이다 어셔 밧비 츠져가오 쇼인은 모로고 들어가것쇼 방ᄌ 숀을 들어 춘향 집을 일너쥬되 심난ᄒ계 가리친다 이 길노 가옵다가 져 길로 곱드러셔 숨로 거리로 낙국집 압히로 로들다리 건너 비츠밧 지너여 즁방 모통이 돌아 반숑졍 밋티로 화계예 들어 져 담즁 너머 취

〈9-앞〉

병문 드러가 우물ᄭ 엽히로 기쳔 건너가 큰 길로 도로 나와 죽은 길로 들어 일리오 져리오 막달은 그 집인니 그리로 가시오 도령임 졍신이 엇질ᄒ여 업다 야야 이러난 너도 몰오것다 춘향의 집집 다다르니 동순은 울울ᄒ여 녹음은 욱어진디 젼후담즁 오양각을 입 구ᄶ로 지언는디 즁문 안의 바라보니 거울갓튼 져 연못슨 숙셕으로 면을 맛쳐 네 귀 번듯 쓰어는디 숨십여쥬 어린 연은 물 박긔 졔오 나와 오모록이 쩌잇는 양은 날을 보고 북글언 듯 더졉갓튼 금부어는 경경이 물을 먹다 풍덩풍덩 농쳐 놀고 모란죽낙 왜쳘죽은 줌이 오니 죠으는 듯 긔변승봉 셕ᄒ손은 밧뜰찟기 노피 셔고 노숑 방숑 치ᄌ 동빅 취벽 녹죽 푸른 곳이 벽오동 셕은 그늘 옥난간의

올나가니 월도천심 밤이 집허 은하슈 지울어지고 양경이 귀격이라 등촉이
휘황ᄒ여 슈충의 영농ᄒ니 그림지만 익히 볼 졔 이 씨 춘향이 방안의셔
칠월편 익는 쇼리 칠화여든 구월슈의ᄅ 일지일필발ᄒ고 이지일우열ᄒ난

〈9-뒤〉

니 무의무갈이면 ᄒ니졸셰리오 삼지일우ᄉ요 ᄉ지일거지여던 동으부즈ᄒ
여 엽히남모로거던 전준지희지히ᄒ난이라 칙 덥퍼 물리치고 거문고 니여
노코 디쇼줄을 골을 졔 디현은 동동ᄒ여 노롱의 우름이오 쇼현은 영영ᄒ
여 청학의 쇼리로다 어졔 니의 셰ᄉ는 금슴쳑 쑨이오 그 뉘라 지음ᄒ리
이 곡죠 즈셔이 듯고 진실로 지음ᄒ면 진실로 지음ᄒ면 니의 연분 되오리
라 둥덩둥덩 히롱ᄒ니 이도령 박긔 안져 금셩을 듯더니 마암이 쇄랑ᄒ여
그 쇼리 화답할 졔 봉혜여 구ᄉ히지황이라 싱이는 쥬일비라 오날밤의 오
기는 너 보랴구 니 왓노라 아마도 지음긱은 나쑨이가 ᄒ로라 춘향이 쌈즉
롤니 거문고을 물리치고 즈는 로모 급히 씨여 어만임 이러나오 박긔셔 무
슴 쇼리 ᄉ람인지 귀신인지 니 쇼리 화답ᄒ오 어만임 나가보쇼 춘향어멈
문을 열고 망영 푸여 ᄒ난 말리 엇던 도적놈이관더 이 안인 김푼 밤의 니
집의 드러왓나 화계ᄉ방 연못가을 이리 지웃 져리 지웃지웃 슬펴보니 모
란화쵸 그늘 속

〈10-앞〉

의 잠든 학 슙봉 쎡으로 웃쑥 안진 져 도령이 신동인가 션동인기 붕녀 쳔
티 웃다 두고 뉘을 보러 여긔 왓나 이도령 우어 왈 할미집의 미쥬 잇짜기
로 술바다 먹쓰 니 왓노라 져 할미 이르는 말리 낙양동쵼 술을 팔던 마고
할미 니 안일셰 이션의 고혼인가 슉낭즈 여긔 읍니 향화쵼이 져 곳시니
츠문쥬가하쳐지오 목동 츠져 무러가쇼 이도령 이른 말 피츠 셔로 아는 터

의 은휘ᄒ여 무엇ᄒ리 니 쳬면 틀여스나 심심ᄒ기로 춘향이와 노다 가라
기예 니 왓노라 춘향어멈도 ᄉ쏘 자젼 줄 아는 고로 달리 핑계할 슈 읍셔
드러가시오 춘향엄엄 드러가며 춘향아 도령임 나오셧다 춘향이 하릴읍셔
도령임 영졉할 졔 ᄉ호봉좀 느직ᄒ고 나슴금슝 가진 픽물 졋고름의 느직
츠고 ᄌ지비단 고은 운혜 쓱쓱 쓰러 화계승의 나으는 양 쏫비시 곱다 ᄒ
되 너을 보니 무식일다 춘향이 잉순을 반기ᄒ여 도령임 나지 평안이 가셔
스며 진지 줍고 나오셧쇼 도령임 춘향 보고 밋칠 듯 실셩할 듯 디답을 두
번식 ᄒ는디 온야 온야 너도 추쳔ᄒ고 드러와 곤치나 안이

<h3 align="center">〈10-뒤〉</h3>

ᄒ며 젼역이나 먹어난야 춘향이 도령임 모시올 졔 ○○현 양귀비가 당명
황을 모시는 듯 요지의 셔왕모가 쥬목왕을 모시는 듯 방으로 드러가니 방
안 치레 죠을시고 쇼라반ᄌ 각즁 중판 능화도벽 명필 글시 월출동영승ᄒ
니 만국의죽 일등을 풍송월죽 단계벽도 어냑연비 강손풍유 듬은듬셩 부쳐
는디 ᄌ기함농 화류중의 금침도 죠컨이와 보라요젼 모란ᄌ의 화문안셕 도
도 노코 교동산경 화문셕의 빅담요을 다시 펴고 교ᄌ칙승 지명종을 노코
경시을 아러보며 당필통 ᄉ호필은 오로봉 근격이오 유리어항 금부어는 동
총을 히롱ᄒ고 분당지 당화벽은 ᄉ호가 분명ᄒ다 낙양셩중 ᄉ디가을 낫낫
치 보와쓰되 보던 즁의 쳐음일다 춘향이 쵸인ᄉ로 담비 퓌여 드리야고 경
승도 시령쵸 경기 금광쵸 그런 담비 다 바리고 젼라도 승관쵸 불 줄 가고
향취 나는 죤 놈 츰 툭툭 밧더 이리져리 졉첨 졉어 무루 밋틱 진득 눌너
ᄉ유ᄌ 목침의 올여 노코 은쳘병 드는 칼

<h3 align="center">〈11-앞〉</h3>

로 아싴아싴 쓰러니여 디모셔랍의 가득 너코 쇼승죽 질계 맛 쳔은슈복 부

순디예 옥슈로 혼 디 는짓 담어 청동화로 빅탄화의 습박 질너 익키 부쳐 치마길의 쌔드득 싯쳐 니여 도령임계 올리오니 도령임 바더 물고 그림 경기 술펴보니 아동방 만물시여 싱지방이라 갑을 슴팔목을 숭웅ㅎ여 글여는 디 인물병풍 술펴보니 진쳐스 도연명은 핑퇵원 마다ㅎ고 츄강의 비을 타고 월넝출넝 흘리져어 심양으로 가는 경과 부춘산 엄즈룽의 간의퇴부 마다ㅎ고 빅구로 벗슬 슴어 동강 칠리탄의 낙시줄을 드리오고 한거이 안진 경과 흔죵실 유황숙은 와룡션싱 만라랴고 남양 쵸당 드러가니 빅운 영농 숑쥭 울울ㅎ디 좀든 와룡 지다리고 치셩ㅎ여 셧는 경과 승순의 노든 로인 바돌판을 벼여노코 엇던 노인 빅긔을 들고 요만ㅎ고 웃던 로인 흑긔을 들고 안져 혼슈을 술펴보며 안진 경과 그 졋히 청의동즈는 금반의 쳔일쥬을 밧쳐들고 두 무릅 졍이 쑬고 요만ㅎ고 드리올 졔 시즁쳔즈 이퇴빅

<h3 align="center">〈11-뒤〉</h3>

은 포두쥬을 취케 먹고 치셕강 지는 달을 스랑ㅎ여 즈부랴고 이만ㅎ고 안져는디 이도령 안져 보다 니심의 츙츤ㅎ되 곽부인의 힝낙도라도 이예셔 더할숀야 이 밤의 나오기는 쥬목왕의 요지연의 오든 이 안이 쳔졍인가 춘향이 엿즈오디 니 비록 기싱이나 열여는 불경이부졀을 본밧고즈 ㅎ옵난디 도령임 날 보기을 춘졀 나뷔 꼿 본 듯 아즉은 취ㅎ오나 낭즁은 바리시면 독슉공빙 인의 졀기 청춘의 늘글진디 이 안이 불숭ㅎ가 도령임은 죤귀ㅎ온 독즈로셔 스부딕 스랑 스회 요죠슉여 쩍이 되여 금실우지 질기올 졔 날 갓튼 ㅎ방쳔첩 다시 싱각 ㅎ올이가 슈졀인싱 나는 실쇼 그런 분부 마압쇼셔 셔방을 으더랴면 은왕셩탕 셤기시던 이윤갓튼 스람이나 영쳔슈 귀을 씻던 쇼부 허유갓튼 이나 슈량손의 아스ㅎ던 빅이 숙졔갓튼 이나 그럿치 못홀진딘 쵸군이라도 빅연죵스할 셔방 웃고즈 ㅎ나이다 이도령 디답의 더옥 긔특ㅎ○○○ 올은 스람 웃지 좀시나 이즐숀야 바일가 염여말고 어셔 ○○○

〈12-앞〉

여보즈 잇 씨 춘향엄엄 썩 나안지며 춘향과 살야거던 언불여문이라 ᄒ여
스니 슈긔을 ᄒ여 쥬오 도령임 첫마듸예 더답ᄒ고 당연의 먹을 갈어 빅능
간지 펼쳐 노코 일필휘지 니둘루니 그 ᄉ연의 ᄒ여스되 춘향을 밧쳐는디
졍묘 숨월 십오일의 셩춘향젼 슈긔라 우슈긔ᄉ싸는 아는 ᄒ양지호ᄉ오 여
는 호람지명기라 우연금야양승봉은 월로지연이오 쳔졍지분이라 단순지봉
황이오 녹슈지원앙이라 욕투향긔광졉으로 히봉춘지가졀이라 춘졍이 무흔
ᄒ고 향여유졀ᄒ고 방연증결ᄒ여 금일 슈긔 셩급ᄒ거온 아여양인이 ᄉ성
빅연을 긔여손이불붕ᄒ고 냑ᄉ슈이미졀이라 후일의 냑유쇼박지란이거던
지츠문긔고관변졍ᄉ라 표쥬필집은 이춘득이오 졍인은 춘향모라 춘향이 하
리읍셔 슈긔 바더 집피 너코 도령임 무어슬 듸리랴고 도령임계 엿즈온되
도령임 더답ᄒ되 술리나 잇거던 흔 즌 먹즈 춘향이 그동보쇼 더모반 은통
져의 유리즌쩌 밧쳐노코 귤병 민강 ᄉ탕이며 오화당 셜당 셕유 포

〈12-뒤〉

도 임실 건시 성율 숙율 쳥실리 황실리 졋듸리고 인슘증과 모즈졍과 화치
슘명 듸려노코 충졸이 안쥬 읍셔 웃지할고 다락문 열쎡리고 울슨 전복 더
문어을 쳐 은왜도 드는 칼노 밍승군의 문치례갓치 어식비식 오려노코 향
단아 침치나 흔 그릇 가져오라 맛죠은 감응누을 유리즌의 가득 부어 도령
임계 듸리오니 바더 마시고 술맛 긔리ᄒ다 이 술리 인연쥬니 너도 흔 즌
먹어보으라 마다ᄒ는 춘향을 억지로 죠금 먹이고 춘향엄엄 먹고 방즈까지
먹인 후의 방즈 너는 드러가거라 나는 긔동의 드러가것다 방즈 드러가며
도령임 더스나 평안이 지니시오 도령임 어린 속의 술리 더취ᄒ여 눈을 그
르수름 쓰고 셔가 곱계 말흔다 아나 고양아 익고 죽것다 춘향이 익고 이

게 무슴 쇼릭오 취즁의 춘향을 다리고 농일 젹의 와락 디립써 덤벅 안고
등툭 입맛츄며 만쳡쳥순 늘근 범이 술진 암킈 무러노코 홍홍거려 농이는
듯 북희 홍용이 여의쥬 물고 벽희츙낭 물결짜러 치운즁의 농이는 듯 단쳥
치식 집비들기 음양을 맛츄랴고 웅웅구구 이고 이계 원

<h2 style="text-align:center">〈13-앞〉</h2>

일이오 간질업쇼 노으시오 져드랑 밋 손을 쎄고 이고 능글능글ᄒ기도 ᄒ
니 당명황의 냥귀비덜 귀흔 졍이 이갓트며 죠낭즈 인졍인덜 알들흔 졍이
이갓트며 도령임 급피 즈라 ᄒ고 곤ᄒ다 어셔 누어 즈즈 나는 아즉 머럿
쇼 안이 즈고 무엇ᄒ랴 나는 양누비여 남문 줄 누비고 양금이나 죠금 치
고 거문고 죠금 타고 동순의 올나 달귀경 죠금 ᄒ고 너려와 무슨 음식이
나 죠금 먹고 츠다려 먹고 숙향젼이나 죠금 보고 담비나 흔티 먹고 즈것
쇼 이도령 ᄒ난 말리 니일 낫줌이나 즈지 오날밤의는 못 즈것다 춘향이
즈랴할 제 왜○○ 옥쵹디 셜합 타구 지썰리을 위목으로 모라노코 양금은
즁 위 언고 거문고 집어 셰우고 바돌판은 니여노코 요강은 디여의 밧쳐노
코 십경싱 그린 쪽즈 쌍쵹을 가리오고 만화방셕 홍담요의 비졉요을 졉쳐
노코 궁쵸이불 디단이불 무겁다구 밀쳐노코 유록슈쥬 뉘비이불 육양쥬을
안을 밧쳐 민 우의 언져다가 옥슈로 션듯 너려 세골 졉쳐 편 연후의 왜쥭
노은 즈기침을 머리맛터

<h2 style="text-align:center">〈13-뒤〉</h2>

미러노코 어셔 누어 김무시오 너 먼져 벗고 누어라 도령임 먼져 벗고 누
은 후의 춘향이 벗는 그동 금봉치 쎄여 칙승의 언고 옥지환 버셔 즁의 너
코 져고리 치마 바지까지 모다 버셔 위목의 밀쳐놀 제 쵸마끈의 거문고
줄 다쳐 셔르렁 둥덩 물명쥬 속것 입은 치 드러누니 도령임 춘향을 덤벅

안고 칩다 칩다 네 품의 들즈 벼기가 놉흐니 늬 팔을 벼허라 연적갓튼 졋
슬 쥐고 쥬홍갓튼 입을 맛츄며 우리 두리 스랑 연분 어의 곳의 비길손야
디순과 아황 여영 천슝비필 맛난 연분 이젼 숙향 마고가의 월로스로 미진
연분 김싱 여영 이싱 슝스동 만난 연분 우리 연분 당할손야 봉늬 방즁 영
쥬갓치 지지봉봉 놉흔 스랑 동졍강슝 츄월갓치 유졍ᄒ계 빗친 스랑 남충
북충 노젹갓치 담불담불 쏘인 스랑 쳥황용이 뒤틀어서 구비구비 얼킨 스
랑 풀즈여도 못풀 스랑 쩨즈여도 못쩔 스랑 두리 마암 박힌 스랑 두리 긔
운 다 쳔 스랑 너 죽어도 나 못술고 나 죽어도 너 못술지 나 술어야 너도
술고 너 스르야 나도 술지 우리 두리 이리 놀다

<h3 align="center">〈14-앞〉</h3>

술어도 빅연을 갓치 술고 죽어도 갓치 죽어 남긔라도 힝즈목 되야 음양으
로 마죠 셔고 도리라도 망주셕 되여 비합으로 마죠 셔고 손이라도 즈웅봉
되고 물리도 음양슈 되고 시가 되여도 원앙이 되여 두 날기을 펼쳐 들고
쌍거쌍늬 노러보즈 쇠가 되여도 종로 인경 되여 질마지 남슨 봉화 번듯
들어 쓰진 후의 젼역이면 이십팔슈 시벽이면 숨십숨쳔 다른 스람이 듯건
디난 쇠 쇼리만 알되 우리 두리 속으로난 늬 스랑 춘향 늬 셔방 도령임
뒹뎡뒹뎡 치난 쇼리 억만세계 지나간들 인경 쇼리 쓴칠손야 춘향이 ᄒ난
말리 아시시요 인경은 드럽쇼 망건중스 오짐누는 꼴 보기 실쇼 그러면 나
는 봉이 되고 너는 황이 되여 봉황투로 웅비즈젼 로라보즈 금야연분 너와
나와 만날 봉쓰 비졈이오 빅연을 긔냑ᄒ니 미질 결쓰 비졈이오 원앙 금칠
덥고 비니 누을 와쓰가 비졈이오 우리 두리 셔른 안어 품을 회쓰 비졈이
오 빅옥갓튼 네 비 우의 탈 슝쓰가 비졈이오 오목 요쓰 늬밀 쳘쓰 찔을
츙쓰 비졈이오 즈로

〈14-뒤〉

즈로 진퇴ᄒ니 죠을 호ᄶ 비졈이오 슬근슬근 간간ᄒ니 실 손ᄶ 관쥬로다
스랑도 그지읍고 연분도 즁할시고 밤시도록 논 연후의 칙방의 드러갈 제
춘향이 엿즈오되 입신양명ᄒ여 이현부모는 낭군이 헐이오 여모졍열ᄒ여
신스죵부는 쳡의 헐 일인니 금쇼승봉의 빅연을 부탁ᄒ니 타일후의 바리지
말으시고 즈쥬 즈쥬 단이시오 날 보기 염여 마라 노젹 밋티 시양쥐는 더
듸 단이는 심되리라 도령임 칙방의셔 그 날 희을 미안이지고 퇴영나면 춘
향의 집 나가올 졔 춘향을 등의 업고 업음질노 로라보즈 만고일식 니 스
랑 알뜰흔 니 스랑 금옥갓튼 니 스랑이지 춘향이 허는 말리 여슈곤강 안
이여던 금옥 어이 잇스리가 그러ᄒ면 희당화냐 십이명스 안이여던 희당화
가 잇스리가 그러ᄒ면 도화로다 무릉도원 안이여던 도화 어이 되오리가
그러ᄒ면 국화로다 구일용순 머러거던 국화 어이 되오리가 그러ᄒ면 미화
로다 동각충젼 안이여던 미화 어이 되오리까 그러ᄒ면 니 스랑단지야 품
아시로 날 업어라 춘향이 도령임을 업

〈15-앞〉

난디 되계난 안이 업고 궁둥이 흔티 다케 느지기 업퍼스나 춘향 도뇨난
말리 남즁일식 니 셔방은 문중을 겸ᄒ여스니 우리 승군 티병과의 즁원급
졔 놉히 ᄒ여 쵸즉으로 젼젹이며 청망으로 지평중 영당녹으로 디교 규중
각 도승지 당승ᄒ여 이죠춤의 디스셩의 부졔학 당품으로 좌쳔ᄒ여 츙쳥감
스 가션으로 션라삼스 물망으로 평안김스 과만ᄒ고 올니외서 병이판 흔
연후의 우의졍 좌의졍 영승ᄒ올 니 셔방임이지 온야 네 말리 당연ᄒ다 말
농질로 로라보세 영쳔은 쇼을 타고 밍호연은 나귀 타고 이젹션은 고리 타
고 노즈는 청독 타고 이도령은 춘향이 타고 광흔루 달여가즈 로양으로 거
러라 반부시로 거름ᄒ여라 이라 이라 티손갓치 놉푼 근원 충희갓치 집푼

정을 일시라도 잇지 말고 써나 스지 마즈 ᄒ고 구든 언냑 ᄆᆡ양 ᄆᆡ져더니
셰월리 여류ᄒ여 남원부스 과만ᄎ셔 죠정이 디론ᄒ여 당승 유지 ᄂᆞ리오니
망극ᄒ여 북향스비훈 연후의 즉시 올나가랴할 졔 ᄇᆡᆨ셩덜은 ○○ᄒ올 졔
스쏘 도령임 불너 졍

〈15-뒤〉

담으로 ᄒ난 말리 ᄂᆡ가 임의 쳬등되여스니 나는 즁긔 닥고 올너갈 거시ᄆᆡ
너는 어만임 모시고 어셔 ᄯᅥ나거라 도령임 이 말 듯고 춘향의 일을 싱각
ᄒ니 ᄂᆡ셜은 못ᄒ고 정신읍시 안져다가 눈물리 ᄒᆡ음읍시 나오니 스쏘계
안이 ᄇᆡ랴 ᄒ고 도러안지며 어허 박졀훈 일리러고 다려가면 죠커짜면 스
쏘 ᄒ난 말리 네 무어시라 ᄒ난야 ᄂᆞ리 ᄆᆡ우 슈승ᄒ니다 날은 광겨촌컷짜
그런디 즁가들 ᄂᆞ여 가망읍지 무어시 엇지ᄒ여 글셰 그럿탄 말슴이오 ᄂᆡ
요시 드르니 네 기싱 춘향의 집 나가 논단 말리 올은야 양반의 ᄌᆞ식이 ᄆᆡ
즁젼의 그런 망쪼가 어디 잇스리오 밧비 ᄯᅥ나 올너가거라 도령임 하릴읍
셔 안악으로 드러가셔 어만임계 시악을 버럭버럭 ᄶᅥ 어만임 아밧임 모로
계 춘향이 디려갑시다 안이 디려가면 나는 이 곳이셔 죽더리도 ᄎᆞ마 노코
못가것쑈 디부인 ᄶᆞᆷ죽 놀ᄂᆡ여 너 이계 원 말닌니 양반의 후례로 ᄆᆡ즁젼의
ᄒ방의 ᄂᆡ려와 기싱 다려갓다 ᄒ면 집안은 망가 되여 너는 바린 ᄌᆞ식 될
거시니 그런 말 다시 마라 도령임 ᄒ릴읍셔 춘향의 집 나올 젹의 정신이
암

〈16-앞〉

암ᄒ고 즁졍이 캌 믹커셔 즁문 안의 드러가며 이고 춘향아 우는 쑈리 춘
향이 ᄶᆞᆷ죽 놀ᄂᆡ여 보션발노 쮜여나며 도령임 이것시 원 일이오 젼일은 ᄂᆡ
집의 나오시면 ᄒᆡ식이 만안ᄒ여 날을 보고 반기더니 오날은 웃지ᄒ여 져

더지 셔러ᄒᅌᆸ시오 도령임 니 집의 단이시다 언의 연놈이 음히혀 스쏘
젼의 쑤즁이 나쇼 쑤즁 안이라 난즁이 낫신덜 너을 보고 울거는야 그러면
웃젼 일이오 니가 무슴 그른 일리 잇셔 안마암의 쾌심혀 치즈히 츠마
악갑고 안치즈히 분이 나셔 답답혀 우는이가 도령임 더옥 긔가 막켜
이 이 나 죽계다 노아두어라 답답ᄒᆞ다 너고 나고 이별리 되나 이 일을 웃
지할가 춘향이 ᄒᆞ난 말리 이별 말리 언 말이오 스쏘계셔 올너가시는디 날
더러 요예 모시고 어셔 쩌나라 ᄒᅌᆸ시니 너을 다려갈 슈 읍고 이별될 박
긔 슈 읍시니 웃지할가 웃지할가 여보 도령임 우지 마오 그리 셔러할 것
잇쇼 스쏘 올나가시기로 도령임 어셔 쩌나시면 나는 츄후의 가디젼단 미
미혀 어만임 모시고 시달짐 올나가 본

<h3 align="center">⟨16-뒤⟩</h3>

딕으로는 못드러가도 은근쳐의 드러안고 도령임계 긔별할 거시니 졍쇄ᄒᆞᆫ
집을 스셔 살리시면 이 안이 무슴 걱졍 잇쇼 이디지 셔러할 것 잇쇼 도령
임이 답답혀 야야 니 말을 드러보라 우리 두리 긔 ᄒᆞᆫ 일을 스쏘만 모로
시지 남원은 다 아는디 네가 만일 짜러오면 미즁젼 아히가 외방의 와 즉
쳡혀 다려갓단 말을 듯거드면 남의 의론이 괴악히 후일 긔냑이나 둘
박긔 하일읍다 춘향이 긔가 막혀 화류칙승 디모쾌승 화둥퉁탕 츠던지며
도령임을 덤벅 찌안지며 니리궁굴고 치궁굴며 도령임 날과 만나 일월로
본증 숨고 순쳔으로 밍셰혀 쩌나스지 마지더니 이별 말리 웬 말리며 후
긔냑이 원 말리오 언냑도 슈가 잇고 이별도 슈가 잇지 죽어 영이별은 남
디도 ᄒᆞ거이와 스러 싱젼 이별은 싱쵸목이 부리 붓쇼 니가 스즈혀쇼 도
령임이 못젼디계 부두둑 부두둑 스즈혀 스람을 낭기 올오라 ᄒᆞ고 밋슬
줍고 흔들흔들 흔든난 일은 원 일이오 그리 마오 그리 마오 이디지 박디
마오 춘향엄엄 이러나며 슈긔 가지고 스쏘계 드러 숑스ᄒᆞᆯ것다 도령임 일
은 말리

〈17-앞〉

춘향아 우지 마라 은근이 갈 슈 잇다 아모도 모로게 우리 신쥬는 니 쇼미 속의 감쵸고 너을 요예예 틔여갈 박긔 슈읍다 춘향이 우다가 어이읍셔 도령임 어이읍셔 오즉 갑갑ᄒ여 져런 말슴 ᄒ니가 이졔는 ᄒ릴읍쇼 어만임 도령임 너머 죠르지 마오 도령임 스졍을 싱각ᄒ니 후일 긔냑이나 ᄒ옵시다 도령임 은졔 볼가 길리 읍쇼 날리 읍쇼 슴슌이 이슈 되고 이슈가 슴슌 되면 날 보러 오랴난가 병풍의 그린 황계 두 날기을 탕탕 치며 스경일졈의 날시라고 꼬기요 울거던 오랴난가 옥발홍안 니의 얼골 쇠진토록 잇지 말고 일낙셔산 져문 날의 츌문망 북향ᄒ여 흔숨은 쳥풍 되고 우는 눈물 셰우 되여 불건이 쑤리건이 스젼은 시시 슝스일이오 숑후나감 독거시리오 막도음용평즁격ᄒ라 빅연이 환류몽즁긔라 춘풍도리화기야와 츄우오동엽낙시예 독숙공방 좌즌야의 임 긔러워 웃지 살고 도령임도 우는 말리 우지 마라 우지 마라 부슈쇼간쳡지외라 웃라라 졍부라도 각분동셔 임 긔러워 규즁심쳐 셜계 잇고 공문ᄒ강쳔리외예 관손의 졍긱이

〈17-뒤〉

며 노슈부용 치연이도 부부졍을 이별 후의 추월강산 졍막흔 디 연을 셔며 슝스ᄒ니 너와 나와 집흔 뜻슨 후일 슝봉할 거시요 츠질 쩌가 잇스리라 금낭을 쓰러더니 츄월갓튼 쇠경 션듯 드러 니여쥬며 아나 춘향 네 밧어라 즁부 졍심이 져 쇠경과 가틀진디 쳔만련이 지나간들 변할 비 잇스리오 춘향이 셕경 바더 즁의 집히 너흔 후의 옥지환을 버셔 니여 도령임계 듸리오며 여즈의 졍졀힝이 옥지환 빗과 갓틀진디 쎡썰 속의 바려둔덜 변할 쩌 잇스리오 온야 부디 변치 마라 숑죽갓튼 구든 졀기 풍우라도 변치 말고 쇠끗갓치 모친 무암 홍로라도 녹지 말고 날 오기만 기다려라 셥셥흔 말

다 못ᄒ여 방즈 쎡 드러셔며 여보 도령임 어셔 드러가오 니힝츠 쩌나시요
문 박긔 마부 디령ᄒ여쇼 도령임 ᄒ릴읍셔 춘향의 집 쩌나랴 할 졔 말은
가즈 굽을 치고 임은 줍고 안이 놋니 춘향이 도령임을 쩌어안고 얼골을
흔티 디고 방셩통곡 우는 말리 도령임 가신 후의 싱각 스ᄯ 답답ᄒ고 쳔
손만슈 아득ᄒ디 바알 망ᄯ 비쳑ᄒ고 공

<h3 align="center">〈18-앞〉</h3>

방젹젹 츄야즁의 근심 슈ᄯ 첩첩ᄒ고 슈다몽불셩의 탄식 탄ᄯ 흔숨이오
흔심즁탄 셕은 간즁 눈물 누ᄯ 가련ᄒ고 군불견 승스고의 병들 병ᄯ 스른
지고 병이 들면 못살 연이 죽을 스ᄯ 원통이오 혼빅 혼ᄯ 츠져가셔 도령
임을 보올이가 향단아 안쥬 츠려 술 가져오나라 츠마 셥셥ᄒ니 술리나 흔
즌 드려보즈 춘향이 술 부어 들고 눈물 지며 엿즈오되 엿쇼 엿쇼 즈부시
요 쳣지 즌은 인스쥬요 둘지 즌은 인연쥬요 셋지 즌은 이별쥬니 이별쥬는
즙슈시다 쇼여ᄒ고 분비ᄒ셰 이리 다고 이리 다고 먹지 말고 죽고지고 마
부가 지쵹ᄒ며 여보 도령임 니힝츠 쩌나셧쇼 무슴 이별을 ᄒ러라고 희을
진단 말리시오 동원의셔 요란ᄒ오 도령임의 얼을 입어 뭇죽엄이 나것너다
도령 민망ᄒ여 타며 이통할 졔 춘향아 나는 간다 잘 이거라 춘향이 할일
읍셔 도령임 손목 덥벅 줍고 망죵 ᄒ즉 우는 말리 도령임 가시는 길의 쳥
명시졀 쩌가 되여 세우분분 훗날일 졔 로승힝인욕단혼을 마ᄉ의 뇌곤ᄒ여
병이 날가 염여로고 강

<h3 align="center">〈18-뒤〉</h3>

수쳥쳥 풀운 곳이 원함졍을 잇지 말고 녹슈진경도의 부디 부디 평안이 가
오 혼미 즁의 이별할 졔 져 마부 심술 볼작시면 말치을 걱구루 쥐고 말
비을 국 쩌르며 이라 이라 모라가니 도령 긔막키여 이 놈 이계 원 일린야

읍다 이 놈아 헐리 찌것다 찌여도 나 모로오 어서 가옵시다 이 찌 춘향이
난 도령임 가시는디 보랴 ᄒ고 순담양 셰디쇽갓 아미 눌너 숙여 스고 옥
피는 징징 운혜는 쯕쯕 홍승은 펄넝 향너는 낭즈 길엄길노 밧비 나가 동
문 밧 숨풀 속의 은근이 셔셔 볼 졔 니힝츠 나오더니 그 두의 도령임이
요예 모시고 나오시면서 춘향의 집을 도라보고 도복쇼민 번젹 드러 눈물
을 시치시며 속으로 이통ᄒ다 은졔 볼고 우리 춘향 니 몸이 귀이 되여 청
운의 오른 후의 광치이게 보랴 ᄒ면 그 지간을 어이하리 춘향은 힝츠 지
나가나 즁인쇼시예 나셔지 못ᄒ여 바라보며 이통ᄒ다 길리 츠츠 머러져셔
이 벌덕이 지니여 져 모롱이 지니여 죤솔밧 지니여 망죵고기 너머갈 졔
정신이 암암ᄒ여 나뷔만치 뵈다가 그림즈도 터이 읍시 그져 쌈

〈19-앞〉

박 시러지며 청순은 즁쳡ᄒ고 녹슈는 곡곡ᄒ디 순후노젼불견군 각지동셔
되것구나 춘향이 퍽셕 쥐져안지며 머리길도 함부로 와드득 쥐여 쓰더 청
풍의 훗터지고 존듸 쑤리도 우두둑 쓰더 썩썩 부벼 닐찔리고 버들입도 주
룩주룩 훌터 청계슈의 헤쑤리며 무정셰월 낙유파을 날노 두고 한 말리다
두 발길을 뻣고 안져 옥갓튼 정깅이을 함부루 쌍쌍 두다리며 익고 익고
웃졀가나 잇 찌 춘향엄엄 나오더니 로망ᄒᆫ 말 요란ᄒ게 이 계집이 우지
마라 나도 푹 젹것다 신관ᄉ쏘 즈졔버덤 비 더 입부단다 숑구영신이라 할
일읍다 드러가즈 드러가즈 시쇽이 고이ᄒ다 우리도 쇼시예 셔방 이별할
젹의 남이 북그러 담즁 안의셔 멀리 바라보고 속으로만 늑기여 우러더니
지금은 시쇽이 아죠 변ᄒ여 이십안 어린 기집아히가 셔방 이별ᄒ여로라
숨로 네거리예 우는 ᄒ는 죽니 스니 이런 변이 어디 잇스리요 안이쏩고
우숩쏘다 이 발길 연 어셔 드러가즈 춘향이 할일읍셔 정신읍시 들러와 향
단이 불너 즁문 닷고 방으로

〈19-뒤〉

드러가니 인적이 고요ᄒ여 황혼이 깁퍼는디 임의 헐 수 읍셔 ○ 답답ᄒ여
웃지할가 도령임 계시올 제 니 집의 나오시면 즘시 그리던 정회을 누년이
나 되는 듹기 일히일비 질기는 모양 눈의 발펴 못살것다 정신읍시 안셕의
의지ᄒ여 야몽의나 만나볼가 지다려도 즘이 읍고 동충월황혼의 도령임 싱
각이오 비취금ᄒ의 슈여공고 유유슁ᄉ별정연을 혼빅도 정쳐읍다 이러 ᄒ
고 어이 살리 야우문외단중성과 고등도진미셩면을 날로 두고 한 말일다
쳔지간 못할 거시 이별 박기 쏘 잇는가 춘향엄엄 쏘 나와 인겨 어린 것시
셔방 이별ᄒ여로라 죠셕 굼고 드러누어 밤낫읍시 우는 모양 눈으로는 못
보것니 이 ᄶ예 이도령은 춘향 이별ᄒ고 올나갈 제 강산유슈 죠흔 경쳐
슈심을 ᄌ어니고 쵸목이 비회로다 시ᄒ의 잇는 몸이 디의을 싱각ᄒ고 맛
읍는 술방의 호련이 즘이 드니 춘향이가 졋히 오되 우중춘화 어린 모양
단순호치 반기ᄒ며 웃는 듯 씽기는 듯 이리져리 건이난디 와락 디립더 덤
벅 안고 쇼쇼리쳐 놀니여 ᄶ니 니의 팔만 마쥬 줍어구

〈20-앞〉

나 이런 허망이 어이 잇스리요 그리져리 올나간 후 셰월리 정읍시 지나가
더니 신관이 낫스되 지골 막바지 변학도라 ᄒ난 양반이 낫스되 호식ᄒ고
술 잘 먹고 고집잇고 미결되고 근본잇고 밍낭ᄒ여 츙신집 후예로되 여러
히 벼살을 못ᄒ고 골터니 젼ᄒ이 불승이 여기ᄉ 의외예 별쳔ᄒ여 남원부
ᄉ을 졔슈ᄒ시니 이 양반 안마암의 기부기 기지읍셔 혼ᄌ 궁이ᄒ난 말리
올타 올타 남원이 싱향이라 여러히 쥬린 쥬식 인졔야 못ᄒ여오랴 잇 ᄶ예
신연 ᄒ인 드러와 현신ᄒ니 다른 말은 뭇지 안코 디번 식부치로 뭇는 말
리 춘향이 일식이란 말은 경향의 유명ᄒ여 젼일의 드러더니 노망ᄒ여 일
홈 잇고 곳만 짜셔 뭇는 말리 리방 이리오라 네 골의 양이 잇지 이방이

외답ᄒ여 쇼인골의 염쇼는 잇스오나 양은 읍나이다 읍다 그 양 말고 스람 양 읍는다 이방이 알외되 못된 놈더리 일느기을 흐량이 못되오면 존양이라 ᄒ옵니다 어허 답답흔 스람이로고 업다 양이 읍단 말인야 통양트난 놈은 가 읍고 계량트난 놈 이습니다 업다 기싱이 양이라고 안이 잇느냐 예올스

<h2 style="text-align:center">〈20-뒤〉</h2>

이다 양이가 안이오라 봄 춘ᄶ 향긔 향ᄶ 춘향이로쇼이다 올타 올타 춘향 요시이 평안ᄒ신야 예 긔체 안영ᄒ시오다 남원이 예셔 몃인야 육빅스십이오 그러면 니일 흔것 못디일가 이방이 통인을 도라보며 비슈ᄒ되 우리 골은 항아리 니려간다 급급피 발힝길을 쩌나 디문 밧 썩 나셔셔 동젹강을 을풋 건너 남티령을 지나 탄탄디로슝의 쥬마로 니려갈 졔 나는 듯 벌연 독교 좌우 부축 슈비 나졸 압귀즁 뒤치잡이 쇼리쳐 권마할 졔 디마 마부야 네 말 죠타 말 놋치 말고 승즁은 눈 두고 ᄒ즁 손 두고 좌우 쳥즁 번듯ᄒ계 고루 가져 안쩌라 이 놈 나지 마라 과쳔 갈미 ᄌ진골 스그니 지지디 좌구졍 신슈원 지니여 승류촌 흐류촌 지기울 즁밋 오미 진위 칠원 쇼시 셩환 시슐막 쳔안 슴거리 금계 덥평 원터 광졍 활원 모루원 금강이 건너 공쥬감영 빅켜 노코 늘틔 너머 증쳔 지니여 노셩을 지니노코 풋기다리 은진음니 닥디리여 황이졍 예손 슴이 능지울 지니여 젼쥬감영 드러가서 스쏘의 연명ᄒ고 노구바외 오슈역의 다다러 남

<h2 style="text-align:center">〈21-앞〉</h2>

원 지경 드러갈 졔 남산의 망직이든 스쏘 드옵시요 부즁이 요란할 졔 슘 번관쇽 육방흐인 이호례병 형공방 통인 급즁 방ᄌ 기싱 군로스령 나열흔 디 더긔치 쳥도 금고 순시 영긔 졀부월 권마셩 병졔쇼리 육각이 쌍의 ᄌ

옥ᄒ다 나니나나 나이나노나 퉁쎙 찰 쮜짜 긱ᄉ의 ᄒ례ᄒ고 동원 너른 뜰
의 디례로 도임할 졔 미우 요란 분쥬ᄒ다 그 후 ᄉ일 좌긔ᄒ고 군례 현알
밧은 후의 호즁 불너 분부ᄒ되 다른 공ᄉ 다 버리고 기성졈고 영이 나되
만일 한나흔나 궐리 나셔는 호즁 슈로는 즁죄을 당하리라 이 ᄶ 기성덜리
쇼방으로 뫼야들 졔 오히월여딘인비ᄒ니 연당춘슈 부용이와 어쥬슉수익손
춘ᄒ니 무릉춘식 도화로다 쇼년금방괘명시ᄒ니 월즁단계 계화로다 옥경션
여 모든 곳의 어리여다 운향이 순임군 남훈젼의 놀기 죠타 금월 치운이
어린 곳이 날너가니 학션이 셕교춘풍 연화경의 아리짜은 경퓌로다 우후동
소 명월리 만당춘식 홍연이 금싱여슈 보금이 옥출곤강 명옥이 즘 잘

<h3 align="center">⟨21-뒤⟩</h3>

즈는 바금이 쏭 잘 쮜는 쎙덕이 일시의 드러갈 졔 머리예는 금봉치며 손
의는 옥지환 밀화불슈 손호까지 옥픠향지 옥즁도로 졋고름의 느짓 추고
치마길을 금쳐 즈버 흉즁의 부쳐 두고 바람 부는디로 구름 가는디로 흔늘
흔늘 드러가니 호즁이 추례로 부르는디 운우양디 구름 속의 무ᄉ션여 학
을 타고 오락가락 운션이 운션이 드러갈 졔 양식단 준누비 져고리 유문갑
ᄉ 준살치마 밉셰잇게 부여줍고 드러가셔 주춤 안져 나오 오쵸동남 칠빅
리의 아리짜온 농졍월리 나오 금ᄉ슈홍 지여셩의 쓰니니이 금홍이 나오
ᄉ쏘 보시다가 언의 계 준향닌니 힝슈기성 엇즈오디 춘향은 올나가신 구
관 즈졔 도령임과 빅연긔냑 미진 후로 슈졀만 유셰ᄒ고 디령치 안이ᄒ엿
쇼 ᄉ쏘 분을 니여 졔가 슈졀ᄒ면 우리 디부인 만임은 긔졀ᄒ고 실녀 만
임은 요졀ᄒ랴 발 진 나졸 급히 노와 춘향 밧비 부르라 방울 쩔넝 ᄉ령
예 춘향 밧비 부르라 ᄒ신다 쥬츙갓튼 군로ᄉ령 벌쎼갓치 나가면셔 김번
슈 이디반 드러보쇼

〈22-앞〉

춘향이란 기집이가 양반 서방 ᄒ여로코 눈을 널리 쓰고 티짜락ᄒ고 무슴 말 물러도 쳥이불문ᄒ고 스람 알기을 터진 꽈로만치도 못 알더니 쎠도 걸 일 쎠가 잇다 이번 가셔 거역ᄒ면 줄끈 졀박 안이ᄒ는 놈 어미 오금의 들 질음 칠ᄒ세 춘향아 부르는 쇼리 남원 순쳔 들쓸는다 잇 쎠 춘향이는 도 령임 이별 후의 우연이 병이 들어 회춘탕낙 다리면셔 실음승스 누어다가 불넘쇼리 요란ᄒ니 어만임 드러보오 불넘쇼리가 신관이 도임ᄒ고 현신츠 로 부르나보 분부 시힝 못할진더 난는 술지 못할린니 할일읍쇼 돈 닷 양 과 술은 약타 먹여스니 남은 과쥬 안쥬 츠려 마춤 언져 두옵쇼셔 피두네 디졉ᄒ세 스령 군로 드러오며 춘향아 나오나라 신관스쏘 분부닉예 너 부 르라 독쵹ᄒ다 춘향이 문을 열고 피두네 아지 군로네 오라반니 너 집 오 기 의외로세 이번 신연 원힝길의 노독읍시 단여온가 이리 오쇼 이리 오쇼 드러가셰 드러가셰 너 방으로 드러가셰 스령 군로 드러가며 춘향○○○○ ○ 승스병의

〈22-뒤〉

긔운이 쇠진ᄒ여 연지쌤의 구슬쌈이 참혹ᄒ게 흘너잇고 허튼 머리 모양읍 시 가들가들 트러졋다 스령더리 마암이 풀여 바람쐰다 드러가즈 방안의 들안치고 춘향이 향단이 불너 술 드려라 피두 아지 디졉ᄒ즈 옥슈로 술준 들고 츠례로 권하올 졔 이번 셔울셔 오난 길의 도령임 쇼식이나 알고 왓 나 도령임 이별ᄒ고 우연이 병이 드러 살 슈가 젼혜 읍닉 신관 도임 후의 언의 스람이 박음질ᄒ여 졈고시의 너 말리 난나 병드러다고 알리워쥬쇼 죽어간다고 아리워쥬쇼 온야 걱정 너머 마라 염여 말고 죠십이나 잘 ᄒ여 라 흔츰 이리 취달할 졔 스쏘는 혼즈 안져 춘향 부르러 갓던 놈이 웃지 잇 쎠지 안이오난고 밧비 부르라 영이 나니 오난야 드러간다 염여 마라

스령이 드러가 스쏘젼의 아뢰되 춘향 부르러 갓숩더니 병이 드러 죽계되여 못줍버 디령ᄒ엿쇼 스쏘 분을 니여 이 놈 웃지ᄒ여 쇼갓치 승닌 스쏘 뇌셩갓치 호령ᄒ니 스령이 겁을 니여 벌벌 쩔며 디답ᄒ되 쌈은 벌셔 낫습씌다 져 두 놈 올여미고 춘향 불너오드락 씌여라 스령이 알외되 죽은 춘향이라도 불너 디령ᄒ오리다 져 스령 나가면셔 염나치스 강임도령

<h3 align="center">〈23-앞〉</h3>

병인을 지쵹ᄒ는 듯 춘향아 드러가ᄌ 네 스졍을 보랴다가 우리 동간 다 죽것다 향슈기싱 마죠 나와 춘향인지 의기씬지 졍열부인 마로라임 ᄌ니 슈졀짜외는 니계도 잇니 어려울지라도 어셔 가세 춘향엄엄 겁을 니여 벌벌 쓸며 ᄒ난 말리 졔 고집은 너가 아니 니 쌸 춘향 미질리나 알어 ᄒ고 춤혹스졍 보와쥬쇼 춘향은 겁이 읍시 어만임 걱졍 마오 모진 베락 풍뇌라도 무죄ᄒ니 관겨할가 현신츠로 드러갈 졔 향단 입든 흔 의복을 되는디로 몸의 입고 도령임 계실 쩌 언겨던 머리 몸 지울은 치 함부루 언고 흔 보션 흔 집신을 되는디로 찔찔 쩔고 스쏘젼의 드러가셔 춘향 현신 알외오니 스쏘 니려다 보니 잘 싱기엿다 명불허덕이러고 이리로 오르거라 춘향이 올나가셔 함부루 퍽셕 쥐져안지니 스쏘 추어 말슴ᄒ시되 너의 안는 틱도 이미도 더 일쇠일다 스람이 슷디야 ᄒ니니라 너가 셔울셔벗튜 듯고 니려와 급히 다려다 보랴 ᄒ니 부르기 젼의 올 거시지 몸슐닌니 디슐닌니 곳불닌니 운감인니 츠탈피탈이 무슈ᄒ니 그디지 요망흔다 칙방을 불너 안치고 츈향의 뜻슬 달니는디 쩌더러 ᄒ난 말리

<h3 align="center">〈23-뒤〉</h3>

번낭쳥 예 져 아히 잘 싱겨찌 변랑쳥 디답ᄒ되 잘 싱겻쇼 어여쑤지 어여쑤오 스람 쏘흔 슷되지 미우 슷되오 졔 아모리 날을 속이랴고 병신인 쳬

뵈거이와 일편월리 흑운중의 뭇쳐신들 니 어이 몰나보며 모란이 잡쵸중의
셕겨신들 니 어이 몰나보며 형순 빅옥이 진토의 뭇쳐신덜 니 어리 몰나보
리 춘향의 빅티화용은 중부의 보비로다 오날벗틈 몸단중 졍이 ᄒ고 슈청
들미 웃더ᄒ요 춘향이 엿즈오디 쇼녀 비록 기성이나 졔안흔 졔 오리웁고
슴죵지힝 법을 알어 구관 즈졔 도령임과 빅연긔냑 미져스니 분부 시힝 못
ᄒ것쇼 스쏘 ᄒ난 말리 빅연긔냑 미져스면 슘빅연 긔냑ᄒ즈 변랑쳥 예 충
가지도는 숑구영신 허신지죠의 흔번 교틱는 슝스엿다 그럿치요 너머 ᄒ다
는 속으렷다 속지요 속으면 압푸렷다 아푸지요 아푸면 뉘웃치지 뉘우치지
요 네가 날을 친ᄒ여만 보아라 은 쓰랴면 은을 쓰고 돈 쓸랴면 돈을 쓰고
니가 셔울 부즈로셔 벼슬을 탐치 안코 명기쳡이 원이로다 부지릅슨 고집
말고 니 말더로 거힝ᄒ라 셰승을 헛쏘이 보너거듸면 너 안이 불숭

<h3 align="center">〈24-앞〉</h3>

흔야 구십춘광 옛 스람도 시러ᄒ여느니라 일신이 편ᄒ면 부귀함만 못하리
라 네가 날을 몰나보왓다 춘향이 엿즈오되 죽으면 죽스와도 분부 시힝 못
ᄒ것쇼 스쏘 골을 니여 인 련 듯거라 로류중화 인기가졀은 옛부텀 일너거
던 네가 졀힝이 웨 잇스며 네게 슈졀리 알윈것과 춘향이 결리 나셔 여보
스쏘 듯쥬시요 웃지ᄒ여 기성인들 쓸 디가 읍고 졀힝이 읍쓸리가 임진왜
난 분분시의 왜중 쳥졍 평슉일리 군스 슘죠 팔억을 거라리고 임진 슘월
십오일의 동리부의 침범ᄒ여 팔도가 어육될 쩌 진쥬기성 의암이난 촉션루
놉흔 집의 디연을 비셜ᄒ고 가진 풍유 셰별곡의 왜중과 디무ᄒ다 허리 질
근 부여안고 촉션루 놉흔 아러 그 중의 쑥 써러져 남강슈의 풍덩 쌔져 디
중츙졀을 젼ᄒ엿고 평양기성 월션이는 쇼셥이란 중슈 고이 달니여 감응누
독흔 술로 중진쥬로 디취식여 연광졍의 즘듸리고 짐응셔와 공역ᄒ여 쳥용
금을 품의 품고 은근이 드러가 쇼셥의 목을 뎅겅 찍어 디중츙졀 셰워스니
웃지 기성인들 쓸 디가 읍스오며 졀힝으로

〈24-뒤〉

일을진디 연왕의 홍불기는 이졍을 짜러갓스오니 졀힝인들 읍다 ㅎ올이가
즈고로 기싱이 큰 일은 다 ㅎ옵듸다 그런 분부 어이ㅎ오 스쏘 할 말 읍셔
요망ㅎ 충여로셔 관즁 분부 거역ㅎ니 살지무셕즁ㅎ죄라 인 연 즙어니리워
라 골방의 슈쳥퇴인 날믜갓치 달여드러 문 박긔로 밀드리며 급챵 인 연
즈버 니두루라 층영급즁 거둥보쇼 춘향의 손목 즈버 즁계 알이 니리치며
스령 형틀 급히 듸려노코 춘향 올여미라 쥬챵갓튼 날사령 펄젹 쮜여 달여
드러 춘향의 머리치을 당도리션 닷줄 감듯 스월 팔일 등디 감듯 졍월 보
름 연줄 감듯 홰홰친친 트러감어 이리져리 동당이쳐 형틀의 올여미고 벌
쩨갓튼 나졸덜은 쥬즁쎄을 둘너집고 좌우 층층 옹위ㅎ여 엄숙ㅎ계 셔잇는
디 스쏘 위엄 볼즉시면 좌편의 힝슈병방 우의 좌슈별감 사지 형방 인칠
통인 즁계 우의 층영급즁 그 아리 두 줄 나졸 듬셩 두루 셔잇는디 로망ㅎ
스쏘임이 쳬리 흔들며 네 근 연 슴모장으로 압졍깅이 분질너라 형방 불너
다짐 쓸 졔 형방이 귀가 웃지 먹어던지 뇌셩벽역이 위로 직

〈25-앞〉

근 흔즉 어듸셔 꽁 퇴는 쇼리로 아난지라 아모란 줄 모로고 말ㅎ되 스챵
의셔 셰미 밧을 말슴이오 쇼인의 집은 셔문 박긔요 그져 나가올이가 스쏘
디로ㅎ여 이 형방 니보니고 달은 형이 들나 이 쩌 다른 형이 드러와 다짐
쓸 졔 살등의 몸이 본이 흉가지쇼부로 부준관즁지임영ㅎ고 거상도흔시졍
ㅎ니 신위쳔기로 심무졍열은 의스ㅎ의오 충불스이군ㅎ고 열불경이부는 졍
부지졀인이 여하슈지며 동가식 셔가슉ㅎ고 즁낭부 이낭쳐는 창기지풍이라
여하피지호아 죄당만스라 하슈동형이리오 이시박살ㅎ여 이작즁ㅎ지혼ㅎ로
라 춘향이 다짐 츅명 두어 올이라 춘향이 형틀의 안져 벌벌 썰어 다짐ㅎ

며 우는 말리 살등의 신이 쇼원쓰는 니시쳔여라 쳔공이 만싱용모지티ᄒᆞᆺ
농부중부 부지간중ᄒᆞ오니 죄당만스오나 본무이심이라 고유빅이지졀ᄒᆞ고
금유춘향지졀이오니 스군스부지도난 즈고급금 무이례라 의신이 명슈기싱
이나 충가지쇼부오니 일불투심의 협스회는 니의 빙숭지졀이오니 수위중ᄒᆞ
지혼이오나 스하감연일이오 죄지경중ᄒᆞ와 싱지직싱지ᄒᆞ

<h2 style="text-align:center">〈25-뒤〉</h2>

시고 살지직살지ᄒᆞ와 이셜스쏘 무궁지회ᄒᆞ옵고 션정쳐분 바라나이다 다짐
착명 쑥 직어 올닌니 형방이 니려와 신획을 그려노코 형중 니려쥬라 집중
스령 그동보라 한 팔 쎄고 썩 드러셔 형중다발 안어 춘향 안진 형틀 압히
와르륵 니려노코 이 놈 고로고 져 놈 골나 그 중의 등심잇고 쌧쌧ᄒᆞᆫ 놈
골나 숀의 들고 표독ᄒᆞᆫ 중비갓치 고리눈을 부름쓰고 꼼작 말고 다리 틀지
마라 즈칫ᄒᆞ다 쎠부러질나 춘향이 우는 말리 니가 이계 무슴 죄오 미질이
나 알어 ᄒᆞ오 져 스령 젼립 숙여쓰고 온야 둘만 젼디려라 쌔다리오 미우
치라 삼모형중 번듯 드러 십이망큼 나셧다가 흔 거름의 달여들며 춘향의
간은 다리 왜직근 부듯치니 부러진 형중까지 두 도막의 갈너진다 춘향이
그동보쇼 이고 이고 울으면셔 일즈 잇쓰 운을 단다 일편단신 쇼녀 마암
일부종스 ᄒᆞ랴더니 일죠 낭군 이별 후의 일연이 치 못되여 일신형악 당ᄒᆞ
온덜 일분심스 변ᄒᆞ올잇가 어셔 급히 죽여주오 잇쓰 낫슬 짝 부치니 이부
불경 쇼녀 마암 이군불스 달솔잇가 이계 즉시 죽여쥬면 이셩지합 중ᄒᆞᆫ 근
원 이도령

<h2 style="text-align:center">〈26-앞〉</h2>

만 싱각ᄒᆞ오 어셔 밧비 죽여쥬오 삼쓰을 짝 부치니 삼강힝실 중ᄒᆞᆫ 법을
삼십삼쳔 ᄒᆞᆼᄒᆞ니 삼연증비 긔탄읍고 삼치형문 무슴준쇼 이고 이고 니

팔즈야 스즈을 짝 부치니 사더부 스쏘임은 스긔스도 모로시고 스지을 갈
너니여 스디문의 거러도 시기고 시긴 마암 훼졀ᄒ기 가망읍쇼 니 신셰을
싱각ᄒ니 사쥬불길 탓시로다 어셔 직금 죽여쥬오 오쓰을 부듯치니 오관츰
즁 관공임도 니 졀기을 알으시면 오방신즁 지위ᄒ여 오갑실언 이 미질을
오시 젼의 거두련먼 오미불망 우리 낭군 오만 졔가 몟 날인가 직금이랴도
죽여만 주오 육쓰을 부듯치니 육국 달닌 쇼진즁도 날을 돌나 못보오리 육
시ᄒ여 죽이온들 육예연분 이질이가 어셔 수이 죽여주쇼 칠쓰을 부듯치니
칠거지악 안인 날을 칠거칠즁 원 일이오 칠셩금 드난 칼로 둥경 비여 죽
이거나 칠리쳥탄 말근 물의 풍덩○○ 죽이시면 칠빅혼이 날너가셔 우리
임 보것너다 이고 어만임 물 좀 쥬계 팔쓰을 부듯치니 팔도인민 숭ᄒ간의
마암이나 달을숀야 팔진도 그려니던 공명션싱 계옵시면 팔

<h3 style="text-align:center">〈26-뒤〉</h3>

즈 스난 이니 몸을 이졔 즉시 구ᄒ련먼 팔결틀인 고스 말오 이고 이것시
원 일인가 구쓰을 부듯치니 구곡간즁 셕은 눈물 구리숀 스면으로 구비구
비 흘너가니 구연지슈 되리도다 구쳔의 스모츠며 구할 묘칙 잇스면 구ᄒ
디 못살것니 원통ᄒ고 셜운지고 십쓰을 부듯치니 십왕젼 미인 목심 졀로
죽기 발아더니 십싱구스 나 죽것니 십벌지목 ᄒ랴 ᄒ되 우리 임 가실 젹
의 십연긔야 ᄒ여스니 십분 통쵹 ᄒ옵쇼셔 열 치고 스물 넝겨 삼십도의
밍즁ᄒ니 옥갓튼 두 다리에 쏘아나니 유혈이오 도화갓튼 두 귀 밋티 흐르
나니 눈물리라 이고 이고 우는 쇼리 강슈공유 져문 날의 쪽 일은 져 즌나
비 슬푼 쇼리 씌우는 듯 이십오현 탄야월의 불승쳥원 져 기러기 너의 쇼
식 가져다가 우리 임계 젼ᄒ여 쥬렴 춘향이 반싱반스ᄒ여 하날리 씽씽 돌
고 쌍이 와락 쓰지는 듯 긔졀ᄒ여 우는 그동 충쳔이 씽기는 듯 일월리 무
광ᄒ고 유수도 목이 멘 듯 날너가는 비죠덜도 쓸며 무류ᄒ여는 듯 춘향엄
엄 문 박긔셔 가슴 탕탕 두다리며 발굴너 우는 말리 이고 니 쌀 못살것다

조냑흔 져 몸의다 져 미 맛고 웃지 살리 남원

〈27-앞〉

골의 니려오기는 니 쌀 죽리려 니려왔쇼 발광ᄒ여 이통할 졔 ᄉ또 분흔
즁의 인연 죵시 슈쳥을 안이들가 춘향이 졍신이 읍는 즁리라도 비슈ᄒ여
디답ᄒ되 슈쳥 죠치요 허쳥도 못들것쇼 어서 급히 죽여쥬오 죽은 두의 아
르리다 ᄉ또 증이 나 여보쇼 번랑쳥 젼연의 죽은 후의 보젼 말은 지부왕
쎄 드러가 이 연유을 알리고 날을 ᄌ버간단 말리지 번랑쳥 그디로 디답ᄒ
여 그러치오 역낙읍지오 ᄉ또 디로ᄒ여 그런 버럿시 괴냑ᄒ니 죽이도 말
고 슈옥ᄒ여 두고 간간 형추만 ᄒ리라 큰칼 씨여노코 칼못 쌍쌍 인봉ᄒ여
삼문 밧 나가올 졔 남원읍니 환량더리 일시의 모야든다 씨여 ᄒ옥ᄒ라 옥
ᄉ즁이 드러와셔 큰악흔 젼오칼을 춘향의 가는 목을 흠쎅 여숙이 왜숙이
부숙이 풍숙이 문숙이 무숙이 평숙이 진숙이 죠츰이 틀보 질보 다 모아드
러 춘향아 이계 원 일인야 부치질리나 ᄒ여주즈 활활 부치올 졔 틀보란
놈이 드러오더니 부치질ᄒ난 놈 쌤 흔번을 짝 부치며 ○○ 졔 어미할 놈
이 부치질을 그리도 부치기 급피 ᄒ난야 춘향이 숨막켜 죽것다 부치질ᄒ
여도 중단

〈27-뒤〉

이 잇난이라 인쳥풍어 유슈격 쵸미인 황혼격 너울너울 부쳐쥬면 그계 또
흔 중단이라 아셔라 이 중단 중단만 치다는 바람 흔 졈을 못보것다 문숙
이 드러가면셔 춘향 숀목 덤벅 쥐고 삼지을 누루면셔 집믹ᄒ여 이른 말리
간담목피 위토목극토ᄒ야 중쵸가 즌쪽 막켜스니 쳥심환 뉘게 잇는냐 흔
놈이 니다라며 쥬먼지 쓰르고 엿다 쳥심환 그계 무엇신야 이 놈 글낭은
네 아비 승흔병의나 쎠라 그 ᄌ식 톡기똥을 쳥심환으로 아난구나 흔 놈이

니다르며 야 나는 우리 을신니 곽난이 나셔 청심환을 스가지고 가는 터의
춘향의계 먼져 썰박긔 할일읍다 엿다 어셔 가려 먹여라 이 즈식 효즈로다
이리 흔참 분운할 졔 압푸로 로인이 지가며 스쏘 염문의 들거듸면 강쓰의
쏘 속것다 이 쩌 죠방쳐쇼 넉너 동관 기싱더리 셔루 붓들고 나와 보고 이
고 이계 원 일인야 춘향아 너 죽것다 춘향엄엄 달여드러 향 안고 울음울
졔 무남독녀 너 흔아을 금지옥엽갓치 사랑터니 일죠 이별 임 보니고 이
악형이 웬 일인야 옥스즁이 드러오며 스쏘 염문 위테흐니 옥슈 죄인 춘향
이을 그져 두지 못흐리

<h2 align="center">〈28-앞〉</h2>

라 연쟝을 갓쵸어 집흔 옥의 구지 너코 옥문 썰썩 치워노니 구름바다의
달 썰러지고 금방의 터진 옥이 돌함의 들거구나 춘향이 옥 안의 드러안져
캄캄 셰월 보니올 졔 셔룬 스셜 우는 말리 이고 이고 너의 팔즈 산화런가
가운인가 익운인가 쇠운인가 젼승의 지은 죄로 이싱의 와 이러흔가 능화
도벽 즁판방의 화문셕은 어듸 두고 흔 누덕이 덕셕즈리 던진듯시 홀노 안
져 이 고싱이 원 일인고 유덕흐신 탕임군도 흐듸옥의 갓쳐다가 도로 니려
승군되고 인졍흐신 쥬문왕도 유리옥의 갓쳐다가 다시 뇌여 승황되니 나도
힝여 뇌여갈가 명윤도덕 공부즈도 샹슈의 음악으로 광짜의 갓쳐다가 도로
뇌여 듸승되고 이미흔 숙낭즈는 낙양옥의 갓쳐다가 쳥죠시계 편지부쳐 이
션낭군 다시 만나 죽을 목숨 살어시니 비나이다 하눈임젼 비나이다 쳥죠
시는 읍스오나 기럭기나 빌리시면 안쪽의 글을 미여 임 계신 듸 젼흐고즈
꿈의나 보즈 흐되 수심이 쳡쳡흐여 몽불셩의 안이 뵈니 나는 안이 이져건
면

〈28-뒤〉

도령임은 이젓는가 히 다 져 황혼되면 디린란이 멧 번이며 만정화락 월명시의 출문망이 멋 번인고 침침칠야 홀노 안져 지다런들 임 오며 누은들 잠이 오랴 어이ᄒ여 못오신가 쟝디화류 썩거들고 쥬마투계 잠칙ᄒ여 첩의 박명 이젓던가 동방화쵹 운우정의 사랑을 다시 만나 영이별리 되여는가 공순의 두견되여 부려귀라 우름우러 임 오라고 권히보즈 양유지상 황잉되여 쇠고리 쇼리쳐셔 임의 든 잠 씨이고즈 젹막혼 옥챵전의 춘향일화 다 져 가니 임 단이는 쟝안도즁 모춘쇼식 부치고져 추월단풍 지는 입의 춘향의 일엽셔라 샹스고 옥즁고 니의 슈필 표나 쎠셔 금풍의 푸루룩 날여 낭군젼의 뵈이고즈 홀로 안져 탄식할 졔 삼경 칠야 집푼 밤의 흑운이 만천흔디 구진 비는 주루룩 주루룩 번기불은 번듯번듯 우룽우룽 ᄒ난 밤의 옥이라 게 흠지로다 형추ᄒ여 죽은 귀신 몽동미 탕탕 마져 악형으로 죽은 귀신 아히 죽어 동즈 귀신 영감 죽어 망영 귀신 남귀 여귀 잡신덜리 유혈리 낭

〈29-앞〉

자ᄒ여 전모칼 쎄메고 부러진 다리 졋축거려 슷읍시 춘향을 부른다 춘향이 긔가 막혀 엄엄급급여율영사파쉬 진언 치고 안져더니 우후동산 발근 달의 옥챵 압피 비치오니 춘향 마암 쇄락ᄒ여 달다려 경셜ᄒ되 져 달아 보넌야 임 계신 디 명긔을 빌여라 나도 보즈 신벽달 찬 바람의 울고가는 져 기러기 옥챵 박긔로 써나가며 씨루룩 쑤루룩 울고 가니 춘향이 반겨 듯고 져긔 가는 져 기러기 북히샹 쇼즁낭도 네 발의 편지 미고 한국의 부쳐시니 너도 니의 편지 한 즁 우리 임계 전ᄒ여다고 그 기러기 모로는 쳬하고 챵망혼 구름 박긔 부인 쇼식 쑨이로다 하로밤 꿈을 꾸니 옥챵의 잉도화 어지러이 써러지고 두고간 임의 정표 셕경도 씨여뵈고 보름달리 써

러져 강물의 잠겨뵈고 바다물도 말너지고 문 우의 허신이 완연이 달여뵈
니 남가일몽이라 고이ᄒ다 꿈을 ᄭ여 이러 안져 싱각ᄒ되 뉘게 무러 히몽
할고 싱각ᄒ고 안져더니 명복ᄒ단 셔울판슈 낙향ᄒ여 남원 와셔 살더니
옥거리로 지나면셔 쇼리 무슈 웨고

<h3 align="center">〈29-뒤〉</h3>

가니 춘향이 반겨 듯고 졔의 모친 불너 져 판슈을 불너주오면 문복 히몽
ᄒ여보계 춘향엄엄 나가면셔 봉스임 이리 오셔시요 봉스 목쇼리 사납계
계 넌고 니 춘향모요 봉스 ᄒ난 말삼 말은 들어씨나 보들 못ᄒ니 답답ᄒ
오 춘향이가 형문맛고 옥즁 고싱ᄒ다 ᄒ되 나는 빈즉다사라 ᄒ순도 못가
보와거니 춘향엄엄 일은 말리 춘향이가 문복ᄒ랴 쳥ᄒ여스니 드러갑시다
드러가지 춘향엄엄 압히 스고 판슈는 뒤의 셔셔 옥문거리 드러갈 졔 기쳔
잇스니 잘 건너오 봉스가 ᄲᅱ다가 믹그러져 기똥의 숀을 집허 구린니가 코
을 ᄶ일으니 숀을 활활 ᄲ우리다가 옥담돌의 탁 다치니 압푸라고 숀을 입으로
쓰러느니 구린니가 오즉ᄒ리 봉스이 탄식ᄒ되 명쳔이 사람닐 졔 별로 후
박 읍건마는 이니 팔ᄌ 무삼 죄로 압못보는 쇼경되여 거문 거시 히다 ᄒ
고 자르 거시 길다 ᄒ되 흑빅즁단 니 모로고 원통ᄒ고 분ᄒ도다 한참 일
리 탄식할 졔 츈향모 믈을 어더 숀을 ᄭ친 후의 옥안으로 드러가니 잇 ᄯ
예 춘향이 반겨 역여 봉스

<h3 align="center">〈30-앞〉</h3>

임 이만치 와 안지시요 음흉ᄒ 져 봉스가 춘향이 어엽ᄲ단 말을 드른지라
숀으로 춘향을 더덤으며 울리가 졈도 잘 ᄒ건이와 믹으로도 길흉을 잘 알
거니 형문 다리벗틈 죠곰 만쳐보셰 ᄒ고 숀 드러오너계 즁지로만 졈졈 각
가 드러오니 고졀ᄒ 져 춘향이 봉스의 ᄲᅣᆷ을 치고 십푸나 말로 은근이 일

은 말리 우리 아밧임 살어슬 졔 봉스임과 흔날 흔시의 낫다고 네 아들 니
아들 지나올 졔 나는 그 찌 얼여쓸 졔 봉스임이 날을 안고 니 딸이라 얼
우시더니 우리 아밧임은 도라가시고 봉스임은 안밍ᄒ고 나는 이 지경을
당흔 즁의 봉스임을 오날 보니 아밧임 뵈온 듯 ᄒ와 일희일비ᄒ온 마암
아밧임이나 달을쇼잇가 봉스 무안ᄒ여 숀 씨고 물너나며 말도 박졀리 ᄒ
난고 무물이면 불셩이미 복치나 만이 놋쇼 춘향이 복치 흔 양 니여노니
져 판슈 그동보쇼 녹각막이 디모슈통 눈 우의 번듯 들어 가기티세 유승일
길 쳔지기쳥 신명곰응 지셩분향 빅비봉쳥 우쳔지신명 쳔하언직 시하언즈
고지즉응 응지즉신 신기영의라 감이순통 부디

<h3 align="center">〈30-뒤〉</h3>

인즈는 건곤도합표라 만승 여스시 합기명 여귀신 합기길흉 션쳔이 쳔불위
후쳔이 봉쳔시 쳔츠불위니 황어인호며 황귀신호아 영쳔무스ᄒ고 영광무감
물비쇼시 언ᄒ쇼셔 유셰츠 졍묘삭 쵸육일 임신 희동 죠션국 젼라좌도 남
원부 거ᄒ난 셩씨 곤명 임즈성 춘향은 근복문ᄒ거온니 낭군은 지경즁ᄒ고
춘향은 지옥즁ᄒ여 지어스경의 거야몽스 길흉여부을 미릉승지ᄒ와 즈이복
문ᄒ오니 복걸 신명은 명빅쇼시ᄒ쇼셔 왈칵 쏘다 셰여보니 흔아엿다 외괘
는 일건쳔이오 니괘을 신명승시ᄒ쇼셔 쓸쩍 쏘다 셰니 쏘 흔아여늘 즁건
쳔괘로고나 졈괘 조타 육용어쳐ᄒ니 광디포용지승이라 쳥용을 씨고 역마
을 씨여스니 이도령이 당당코 급졔는 ᄒ여고 호출삼각ᄒ여 남도흔강슈라
수집성살권이라 범이 삼각산의 나 남으로 흔강슈을 건네고 등의 슈의을
지고 숀의 셩살권셰을 쥐여스니 남원이 오리지 안이ᄒ여 야단이 나것다
춘향 왈 몽스가 웃더ᄒ요 몽스난 화락ᄒ니 능셩실이오 강쳥ᄒ니 월근인

〈31-앞〉

을 쏫시 썰어지면 열믹 일을 거시니 마암먹은더로 단단 션스할 거시오 강
물리 말그면 달리 사람의게 빗쳐시니 달빗슨 임의 각가이 오고 파경ᄒ니
청음이오 희갈허니 견용이라 거울을 씌치면 말글 쇼리 잇스니 임의 형용
볼 거시오 바다물리 말느면 용의 얼골 볼지라 문 우의 허신이 달여 뵈니
사람마다 울을너 볼리로다 졈쾌 조코 몽사도 길ᄒ니 지금 고싱 흔치 마쇼
중리 영화 무궁ᄒ리 고름밋구 너기ᄒ셰 듯박긔 공중으로 가마귀 쩌드러와
옥담 우의 올나안져 가옥가옥 고기악 가르록 꽉꽉 우니 춘향이 일는 말리
가마귀 들쏫울면 시졀여염 불안ᄒ여 살암 만이 숭흔다 ᄒ니 날을 죽으리
라 ᄒ는 가마귀기에 옥담의 안져 우나보오 판슈 우여 왈 가마귀 지음은
니가 알지 뉘가 알고 가옥이란 말은 알음다올 가쯧오며 옥이란 옥쯧 옥벗
틈은 계집이라 자니 몸이 아름답다 치스ᄒ난 쇼리요 고기악 ᄒ난 쇼리는
괴로올 고쯧 긔운 긔쯧 웃지 하쯧 괴로온 긔운이 웃더ᄒ야 인스요 가르록
ᄒ난 쇼리는 무죄간의 형별ᄒ여

〈31-뒤〉

아모리 압퍼도 헐 말은 꽉꽉 하란 말이로셰 판슈 도라가더니 잇 써 이도
령은 춘향이을 이별ᄒ고 경셩의 올나가서 글공부 심을 써 춘쥬 역디 토스
긔며 사셔삼경 빅가어을 날믹도 일고 쓰니 동중셔의 문견이오 빅낙천이
졔술이라 만고흥망을 흉중의 담어두고 풍운 월로을 붓쏫스로 히롱ᄒ더니
국가이 틱평ᄒ여 진풍연 진치 쏫터 알셩과을 뵈이시니 이도령의 그동보쇼
서칙을 품의 품고 춘당디 드러가니 글졔을 거러스되 춘당춘식고금동이라
두려시 글어거늘 시지을 펼쳐 노코 용연의 먹을 갈어 외이거니 쓰거니 일
쳔의 션중ᄒ니 승시관이 글을 보고 즈즈 비졈 귀귀 관쥬 승지승의 등을
니여 휘중ᄒ여 너틀르니 도중원을 ᄒ여구나 금방의 일홈 불너 스은숙비ᄒ

연 후의 머리예 어스화오 몸의는 청숨이라 좌슈의 옥홀이오 우슈의 홍퓌로다 마두의 청기을 씌고 금의화동은 쌍져을 빗겨 불어 단순명월야의 치봉이 넘느는 듯 영친도문흔 연후의 할임으로 입번흐더니 일일은 입

〈32-앞〉

시드니 쳔안이 히식흐스 시관으로 말심흐스 츙신집 즈숀이오 리슐리 엿츠흐니 죠졍의 귀흔 벼슬 쇼원디로 식히리라 이흔임 비스쥬왈 구쥬이 집고 집허 사회가 망망하니 가련흐 계 빅셩이라 쵸야의 집흔 원을 뉘가 잇셔 스힉할가 강호묘당진퇴유는 범중어미 일너잇고 안득광하쳔만간은 두쵸당의 비회로다 이러험으로 공디승도 지진치 흐여잇고 추국의 밍부즈도 유양유졔 흐여스니 쇼신갓튼 쳔견박식도 츙찰관민흔 후의 빅셩을 건질 테오니 어스위을 흐여지이다 젼흐 층춘흐시되 고관디작 만흔 중의 어스 원흔 쯧슨 민졍을 염탐흐여 국가을 안보흐계 흐니 츙신은 가지로다 이난 옛날 셩탕지이윤이오 셩왕지쥬공이라 국스을 가이 미들지라 쏘흔 안져 드르미 호람이 왕화불중흐여 탐관이 허다흔다 민원이 낭즈흐니 호람을 너려가셔 민졍을 살핀 후의 슈령의 션불션과 빅셩의 원악흐믈 각별 탐문흐여 관지 출쳑과 민지싱살을 임으로 흐라 흐시고 젼라어스을 니이시니 어스 스은숙비흐고 물너나와 질거흐되 이계는 춘향 보것다 밍즈도 은곡흐여 힝이지지 위승흐고 강남의

〈32-뒤〉

이티빅도 관순 십연 글을 일거 시지쳔즈 되여 잇고 이 몸도 독십흐여 웃그계 급졔흐고 오날날 어스나니 그 안이 죠흘손야 기중유여 춘향이을 광치잇계 가셔 보즈 셔리 중방 거나리고 쳥퓌 역마 자버타고 남디문 밧 썩 니다러 밥젼거리 요긔흐고 동젹강 얼는 건너 남티령을 너머 과쳔읍니 중

화ᄒ고 인덕원 지나 갈미 지나 ᄌ진골 스그니 지나 미력당이 숙쇼ᄒ고 죠
긔정 죠반ᄒ고 영화역을 얼픗 지나 수원 북문 드러다러 남문 밧 쎡 나와
승유촌 ᄒ류촌 디황교의 즁화ᄒ고 진기울 즁밋 지나 오미 즁터 숙쇼ᄒ고
진위읍니 죠반ᄒ고 쇼골 지나 칠원 너머 쇼시 와셔 즁화ᄒ고 이고다리 건
너 셩환역의 숙쇼ᄒ고 시술막 지나 쳔안읍니 월참ᄒ여 삼거리 와 계육 스
먹고 도리틔 얼픗 지나 덕평 와셔 묵 스먹고 원터 와셔 숙쇼ᄒ고 고기을
너머 광졍역을 지니 노코 활원 월참ᄒ고 모루원 지나 금강이 건너 공쥬슨
셩 잠간 올나 공북누 구경ᄒ고 나로가의 숙쇼ᄒ고 널틔 너머 부쳐당이 니
려와 졍쳔의셔 숙쇼ᄒ고 노셩읍니 바라보고 픗기다리 죠반ᄒ고 스다리 지
나 은진읍니 월참ᄒ

〈33-앞〉

여 덕다리 지나 황이졍이 너머 여순읍니 숙슈ᄒ고 그 잇틀날 죠식ᄒ고 어
스 셔리 불너 분부ᄒ되 너는 우도로 도라오고 너는 좌도로 도라 아모디로
디령ᄒ라 각분동셔 훗터져셔 호람 염탐 구지 할 졔 열읍 각관 슈령더리
어스 나신 연유 알고 시 졍신을 가다드머 시 공스을 의심ᄒ고 지닌 공스
염여할 졔 환승의 일리 날가 셰미의 무스할가 이갓치 ᄌ렬할 졔 빅셩인들
오작할가 이방은 실혼ᄒ고 호즁은 졍신읍고 관쳥식 도셔원은 탄로난이 가
슴이라 면의 갓던 져 권롱은 시근쌈 비 씨쳐며 감관 셔원 니 말 듯쇼 암
힝어스 니계신디 삼쳔동 이씨라 감관은 디겁ᄒ고 셔원은 붓슬 놋니 어스
쏘 그동보쇼 오십삼쥬 슈령 염탐 각읍싱이 관속 염탐 부모불효 동싱불화
음힝지도 남의 모함 혹셰무민 난신젹ᄌ 술을 먹고 후쥬즙기ᄒ난 놈과 슈
졀과부 위협겁탈 유부여 통간ᄌ와 억미홍셩 인물최인 잘ᄒ는 놈을 낫낫치
염문ᄒ여 향우지탄이 잇슬숀야 잇 찌예 어스쏘난 젼쥬감영 들어가셔 은근
슈문ᄒ고 임실 우슈 지니노코 남원 지경 들어갈 졔 이 찌는 방농시라 쳐
쳐의 농스가로

〈33-뒤〉

다 여긔셔는 씨을 쎄고 져긔셔는 밧철 간다 밧가는 져 농부 거문 쇼계 쟝
기 메고 밧갈며 하난 말리 이라 져 쇼 오날도 이 히 젼의 닷말낙 못갈것
다 셔쥬의 몸이 되니 우즁일경십묘지라 용쳔지도ᄒ고 인지지이ᄒ야 근신
졀용ᄒ여 이양부모 ᄒᄉ이다 이라 져라 쇼을 모니 어ᄉ 쇼 모는 말을 듯
고 어 그 쇼 모양은 거머도 쇼 모는 말은 드르니 밍물은 안이오 시양통이
쳘지러고 어ᄉ쏘 뭇는 말리 경젼야슈미춘식을 밧가는 져 농부야 나도 셔
울 양반으로 셔출양관무고인의 심심ᄒᄃ 말을 뭇셰 농부 군말ᄒ되 역순이
안이여던 ᄃ순이라 말 뭇는가 신야춘일 안이여던 이윤이라 말 뭇는가 셜
억이 니 안니 뉘 진하리 뉘 이쓰며 음능의 질을 일코 피왕 도러가온 후의
밧가는 져 농부더려 말 뭇나 니 게 뉘시요 어ᄉ쏘 반말로 이리 죠곰 나오
시면 할 말 잇지 져 농부 나오며 담비 먹으랴 할 졔 샹토의 쏩은 공방ᄃ
을 흔 손으로 을는 쎄여 괴침을 더듬어 긔기쥭 쌈지예 순쓰지을 한 주먹
웅켜 니여 가리춤 탁 밧터 손가락 ᄉ이 쑥쑥 질너 꼭꼭 눌너 담은 후의
단지화로

〈34-앞〉

무든 져 불 압흐로 쓰러 노코 왼손길 쑥 박어 수북ᄒ계 모더노코 함박함
박 터려물고 썩 나와 안지면셔 무슨 말삼 ᄒ랴시오 어ᄉ쏘 뭇난 말리 즈
니가 거문 쇼 가지고 밧슬 가니 압픠 어둡지 그 말 ᄒ랴 불너쇼 어둡기
볏 달지오 볏 달면 쓰겁지 쓰게기예 셩에 언찌오 셩에 언져시면 미우 츠
지오 츠기예 양지머리을 즈버지오 ᄃ답 잘ᄒ는고 이게 남원쌍인가 남원쌍
이오 본관 졍치 웃더흔가 져 농부 의몽ᄒ여 본관을 힉치 안코 순례로 ᄃ
답ᄒ되 당우쩍 순졔쩍도 입아싱민이 불식부지라 쵸야우밍이 히히호호ᄒ여

승군 덕틱을 모로거던 원임 정치 아오리가 어스 속으로 민심이 무던ᄒ고
ᄯᅩ 흔 농부 니다러며 입은 삣쑤러져도 쑤레는 발오 불나 ᄒ여스니 니 올
은 말 ᄒ오리다 우리 원임 정치 용ᄒ지오 구분 공ᄉ 바로 ᄒ고 바룬 공ᄉ
굽계 ᄒ고 남우 휘여 슷시 짱의 다케 ᄒ지요 그 공ᄉ가 쇼 코쑤레 공ᄉ요
풍유기싱과 찻는 바 술은 마고선여 계당쥬여 호숭춘츄 감웅누와 안쥬는
동힉의 디젼북과 셔강의 싱이어와 운봉심슨 슨치와 당귀 순

<h2>〈34-뒤〉</h2>

이런 등쇽만 츠지며 스흘드리로 즌치흔다 ᄒ고 읍쵸유관의 화긔등물을 낫
낫치 거두어 즌치 슷틔는 니아로 드려가고 달나ᄒ면 미로 디용ᄒ고 스십
팔면 미호의 계란 두 기 도로고 십일 만의 큰 닥 흔 즈웅식 바더드리고
관쳥식이 독형의 젼디지 못ᄒ여 불원쳔리 다러나고 이방은 병탈ᄒ고 집의
나와 잇스오니 우리 원임 명치ᄒ시지오 어스 힝식 낫치 날가ᄒ여 그 말
다시 탄치 안코 니 드르니 본관이 호식ᄒ여 춘향이라 ᄒ는 기싱을 작쳡ᄒ
랴 주야로 호강흔다 ᄒ니 그 말리 정영흔가 져 편의 골갈던 졀문 농부 이
말 듯고 갈어가던 중기날을 쎄쎵이예 쑥 쳐박고 노승의 쒸여나며 어디 잇
는 걸인닌지 귀 눈이 읍셔던가 춘향의 졍흔 몸의 누명을 찌치오니 무함ᄒ
는 져 주동이 아주 푹셕 찌어노와 반벙어리 되계 ᄒ세 주먹 쥐고 달여드
니 어스 쌈죽 놀니여 뒤로 물너 쥐져안지며 니가 무엇시라 ᄒ여관디 너머
과케 욕셜ᄒ며 달여드니 늘근 농부 말유ᄒ되 아셔라 네 쥬먹의 흔 번 치
면 뒤여질나 마라 마라 말유ᄒ니 어스이 고마이 알고 이는 노로 쓴다 ᄒ
니 그 말리 밋슨 읍스나

<h2>〈35-앞〉</h2>

급흔 환을 면ᄒ니 고마옵고 이 양반 드르시오 춘향이란 기싱이 남원 졔일

명기로셔 구관 주제 이도령과 빅연긔냑 미진 후의 흠악흔 신관 만나 수청
안이드는 죄로 형문맛고 옥의 가쳐 죽을 지경 되여스되 죵시 훼졀ᄒ지 안
코 졀힝으로 말할진디 피눈물 디예 뿌려 쇼상반죽 되계 ᄒ던 아황 여영이
며 글지여 쳐량ᄒ던 호씬들 이만할야 춘향이 고졀힝은 삼남의 알어거던
어디 잇는 걸인인지 귀 눈이 읍셔던가 춘향의 고흔 몸의 누셜을 입피오니
져 걸인 팔십젼의 걸인을 못 면ᄒ리 이도령은 죽어는가 살아는가 춘향갓
튼 열여 첩을 아죠 잇고 바려두니 인스짜는 허풍긱의 쇠도젹놈일네 어스
왈 이도령도 경즁 스디부미 노변의셔 함부루 말을 말나 계셔 쩌나 흔 고
디 다다르니 스오십명 농부더리 졈심참의 술을 먹고 북 중고 증 쨍과리
가진 풍물 드러메고 신명잇게 두달리며 춤을 츄며 로리ᄒ되 셜리건곤 틱
평시의 도덕 놉흔 우리 승군 강구미복 동요덜은 요임군의 덕틱이라 얼얼
너 승ᄉ듸요 유쇼씨는 어이ᄒ여 식독실 ᄒ옵시고 슈인씨는 츤수ᄒ여 교

〈35-뒤〉

인화식ᄒ시도다 어럴너 샹ᄉ듸요 신롱씨 어진 임군 시교경ᄒ옵시니 후성
이 본을 바더 날리 나면 농스 직코 날리 들면 편이 쉬고 우물 파셔 물 마
시고 밧가러 먹어스면 우리 승군 덕틱이라 얼얼너 승ᄉ듸요 이 농스을 어
셔 지여 추슈동쟝 노젹ᄒ고 셔리 쌀밥 돔부 노와 져리짐치 단간즁을 흔
슝의다 마죠 노코 우리 양쥬 실케 먹고 셔산의 일모밤 들거던 어이여라
승ᄉ듸요 멍셕 마러 버기ᄒ고 덕셕이불 칙켜 덥고 우리 양쥬 함박 품고
얼얼너 승ᄉ듸요 멱스리갓튼 입맛추고 신죽갓튼 셔을 물고 물통갓튼 비을
안고 함박갓튼 궁둥이을 쇼실앙갓튼 숀으로 찌거 당겨 양각을 듸려쳐 메
고 가죽방망이 드러니여 궁둥이을 눌너스면 주숀만당 ᄒ리로다 에이여라
승ᄉ듸요 어스 보고 ᄒ난 말리 계는 잣칫 잘못ᄒ면 보리타기 쉬웁것다 쏘
흔 곳슬 브라보니 웃더흔 총각아히 쇼실앙질 드믓 ᄒ며 놀리을 질너ᄒ되
나오라니 나오라니 손골 쳐주 나오라니 오라는 디 밤의 가고 술집의는 나

지 가세 어이여라 슝스듸요 손을 치니 손을 치니 이웃집 쳐즈 손을 치니
손 치는 디 안이가

〈36-앞〉

고 흔 번 가면 연분이오 안이가면 슝스로다 어이여라 슝스듸요 어스 보고
이 놈은 즁가 못드러 이쓰느 놈이로다 어스 쥬졈의 드러가 술즌이나 먹고
힝역의 곤흐여 잠간 누어더니 비몽스몽 쑴을 쑤니 담안 집의 부리 나셔
화광이 충쳔흔디 웃더흔 일기 여즈 나삼을 부여잡고 이원흔 슬푼 쇼리로
슝공은 쳡을 구흐쇼셔 어스 불을 너머 드러가 여즈을 품의 품고 쒸여나와
뵈니 춘향이로다 어스 쑴을 씨니 남가일몽이라 급급히 너려가니 져 근너
빗탈 구분 길로 흔 아히 올나오되 연즁은 이팔 아히 포단진임 감발흐고
육승마포 왼골젼디 허리 눌너 질끈 미고 졔고든 윤로리을 양쯧 톱파 잘너
집고 엇거러 올나오며 로러불너 탄식흐되 도로는 망망흔디 흔양셩 어디미
요 멀기도 그지 읍다 오날은 어디 즈며 니일은 어디 잘고 죠즈용의 월강
흐던 쳥총마 가져스면 이졔 흔양 가련마는 죠고마흔 니 다리로 몟 밤이나
자고 갈가 니 팔즈도 긔박흐나 춘향 신셰 가궁흐다 이도령만 싱각흐고 월
삼동츄 즁흔 미에 거의 죽계 되여스미 죵시 훼졀 안이흐니 츙가지몸으로
셔 그런 졀기

〈36-뒤〉

쏘 잇느가 어셔 밧비 올나가셔 삼쳔동을 츠져가셔 이도령 뵈온 후의 춘향
의 셰셰원졍 낫낫치 알월이라 어스 아히 불너 뭇난 말리 어디 잇느니 남
원읍니 잇쇼 어디 가는야 남원 기싱 춘향이가 옥즁의 죽계 되여 편지 일
쟝 싹파리로 삼쳔동을 츠져가오 그 편지 죠곰 보즈 남의 셔즁 스련을 노
승의셔 함부로 본단 말리오 어스 왈 옛글의 일으기을 힝인이 임발우기봉

이란 말리 잇스니 죠곰 보기로 관겨ᄒ랴 그러면 잠간 보오 편지을 바더보
니 비봉의 ᄒ여스되 낙양 삼쳔동 이남원딕 입납인듸 남원부 옥중 춘향은
샹셔라 ᄒ여거늘 ᄉ연을 쎄여보니 ᄌᄌ이 눈물 져져 수묵손슈 빗치로다
기셔의 ᄒ여스되 노원 편히 ᄒ와 문문이 격죠라 ᄎ시의 셔방임 시봉 긔체
후낙하오 일쟝 셔신이나 보오면 면목을 승디ᄒ온 듯 주야 고디ᄒ오되 죵
무일ᄌ오니 바라옵던 마암 셔위ᄒ온 말삼 일필로 난긔오며 임의 삼춘이
진ᄒ온되 유승황잉이 환우셩을 지쵹ᄒ니 다시 긔체 안영ᄒ옵심 모로와 복
모만만이오며 쳡은 디모ᄒ 병은 읍ᄉ오나 일승 그리고 그리워 젹젹공방의
지난이 흔숨이오 흘으난이 눈물이니

<h2 align="center">〈37-앞〉</h2>

식불감 침불안의 상ᄉ일편으로 셰월을 보니오니 구회간쥰이 쵼춘셜이옵고
보고푼 싱각은 무졍춘긔예 우물 숨듯 쇼셔 나고 그리는 마암은 탄졍셜능
이라 안역이 진ᄒ도록 한양만 브라보니 망망충쳔의 운무만 왕니ᄒ고 춘슈
을 승디ᄒ니 방불ᄒ ᄌ경초라 동영의 월출ᄒ니 쳔리승ᄉ는 쉬웁거니와 셔
졍의 유록ᄒ니 만단심회쑌이로다 탐화봉졉은 쎄을 츠져 오건마는 웃지타
춘풍중원의 부인 꼿만 나만는고 흔양이 어디미요 멀기도 그지 읍다 낙슈
가 묘연ᄒ고 삼순이 젹젹이라 쳡은 신ᄉ쏘 도임 쵸의 슈쳥불쳥지죄로 형
문중치ᄒ고 가수옥중ᄒ와 원혼이 되것ᄉ오니 성젼 승봉 급히 ᄒ와 날 죽
난디 보옵쇼셔 낭군 보고 나 죽으면 흔이 읍시 죽계니다 손가락을 씨무러
혈졈을 툭툭 찍어시니 어ᄉ 긔막키여 잉고 잉고 통곡ᄒ니 아히 보다가 ᄒ
난 말리 그 양반 남의 셔간 보고 울기는 어이 우오 어ᄉ 디답ᄒ되 그 편
지 보니 마암이 언즌ᄒ여 할 쑌 안이라 그 양반이 날과 이웃ᄒ여 살 쑌더
러 날과 외편으로 남안인시이요 졍의가 지별ᄒ더니 형셰가 치픠ᄒ여 나와
동모걸식으로 공쥬감영까지

〈37-뒤〉

왓다 발병 나셔 쩌러졋다 슈이 남원읍니 드러올 거시니 헛거름 말고 도로
드러가거라 진실 말슴이요 그럿치야 아히 드러간 연후의 어스쏘 술집의
중단읍시 기름 흔마듸 흔다 이고 춘향아 너가 너을 보랴 셔울 길 써날 제
남문 열고 바라는 쩡쩡 첫마듸예 쩌나 빅셩을 쇽이랴고 흔 집신 쓸며 모
답 쳔쳔흐여 쇼미동양 무삼 일고 농인우밍 날을 보고 비수흔다 여슨 즈고
젼쥬 잘 졔 여관흔등독불면도 널노흐여 잠이 읍고 긱심하사젼쳐연도 널로
흐여 슬푸도다 너 티도 네 얼골 멧히나 글여던야 셕양쵼 바라보니 예 노
던 벗임니는 갓 버셔 들어메고 허위 빗틀빗쳑 엄금엄금 니려온다 세류영
꾀고리는 환우성을 심쓰고 밥셕틔 너머스니 안관순쳔 반갑도다 순도 예
보던 순이오 물도 예 보던 물이라 녹슈진경 널운 길도 나 단이던 옛 길이
오 쳥운낙슈 말근 물은 목욕흐고 노던 듸요 긱스쳥쳥유식신은 니 말곱비
미던 듸라 쳐량흐다 광흔루야 오죽교야 잘 잇던야 누숭을 브라보니 글 두
귀 부쳐시되 즉파빙쵸독독숭누흐니 슈졍염의졔황추라 우랑그후의 무쇼식
흐니 오죽교변의 야야수라니

〈38-앞〉

싱각흐니 춘향이 날 그리워 지은 글일다 이리져리 노라느러 춘향의 집 다
다르니 젼과 팔결이라 힝낭은 허러지고 봄치는 우거진듸 연당의 쳥틱 쩌
고 못 가온듸 셕흐손은 홍읍시 마죠 셔고 녹슈의 잠긴 연은 아참 늣벼 지
난 니슬 츄향 뉴물 머금언 듯 창젼 흔미화는 시 쇼시 젼흐는 듯 후원의
풀운 듸는 춘향졀기 졀우는 듯 웃둑 셧는 져 반숑은 불기쳥음더아귀라 날
오기만 지다린다 그늘 속의 안져 보니 화계 속의 학두림이 즈웅 지여 노
으더니 다만 흔아 남은 즁의 흔 날기 쩻빠지고 흔 다리 기계 물여 제가
비록 미물이나 날을 보고 반기는 듯 졋축거러 니다르며 씰눅 쑤루룩 울고

오며 디문의 부친 중슈 외눈만 히미ᄒ고 니 손으로 써붓쳐던 입춘셔는 풍
우의 다 쩌러져 펄넝펄넝 흔날이고 문젼의 누은 기는 옛 주인 몰나보고
그져 썽썽 짓는구나 이 기야 짓지 말아 쥬인갓튼 나그너라 젹막흔 빈 방
안의 쳐량흔 우룸 나니 춘향모친 목셩이라 어스또 감안이 드러보니 춘향
이 질너니던 말과 이도령임 이별ᄒ고 옥즁고셩ᄒ난 말로 우되 불숭흔 니
쌀 춘향 언졔 옥의 뇌야나셔 그리던 도령임을 반가이 다시 만나 후일 영
화

<h2 align="center">〈38-뒤〉</h2>

귀이 되여 나는 졔 압히 죽거되면 졔 손으로 비단 수의 육진중포 미즁ᄒ
여 구손으로 영중ᄒ면 남이 날을 팔ᄌ죠타 하련마는 인졔 니가 졔 죽엄을
걱정할 줄 웃지 알고 남원 슌쳔 졍긔 비러 춘향 비여 죠심할 졔 좌불변ᄒ
고 입불필ᄒ며 불식사미ᄒ고 할부졍이면 불식ᄒ며 셕부졍이면 부좌ᄒ고
목불시악식ᄒ고 이불쳥음셩ᄒ며 야즉엄ᄒ고 쥬즉염ᄒ여 너을 나아노니 형
용이 단졍ᄒ고 지죠 과인ᄒ여 삼연을 품의 품고 졋슬 먹여 말 비올 졔 삼
ᄉ셰예 거름ᄒ니 보보싱연화요 칠셰예 글 비오니 ᄌᄌ이 총명이라 십셰예
침ᄌᄒ여 옥난의 솜씨갓고 십오셰 당춘ᄒ여 션연흔 화용월터 이도령과 비
필 미져 영화호ᄉ 보랴더니 일죠 낭군 이별 후의 옥즁고셩 네 가련타 마
암이 답답ᄒ여 뒤문 츠고 나가더니 후원을 졍이 쓸고 졍흔슈 밧쳐 노코
치셩ᄒ여 비난 말리 쳔지지신 일월셩신 ᄉ희용왕 졔불졔쳔 화위동심 ᄒᆞ옵
시고 도와쥬옵셔 셔울 계신 이셔방임 급졔 급히 ᄒ여 젼라감ᄉ ᄒ시거나
암힝어ᄒ ᄒ시거나 광치잇게 니려와셔 본관 셜치흔 연후의 무죄ᄒ온 니
쌀 춘향○○

〈39-앞〉

싱을 식여니여 세승을 보게 호오 어스 박긔서 듯짜 우리 손쇼 음덕으로
벼슬흔 줄 알어더니 춘향어미 정셩으로 흔 벼살일다 어스 뜻박긔 춘향어
만이 흔 번 부르니 계 누구락계 이셔방이로고 이셔방일안니 동문 밧 이셔
방이 나무갑 밧드러 왓는기요 안이 셔울 잇지 잇 쩌예 향단이 나와보더니
읻고 셔방임이로고나 웃지 이계야 오신이가 문안호며 슬피 우니 어스또
낙누호고 향단이 드러가며 만누란임 셔울 셔방임 오셧쇼 춘향어미 쌈작
놀니여 검비검비 나오더니 에후리쳐 질끈 안고 어디 갓다 이제 오나 웃지
그리 무졍호며 웃지 쇼식 돈졀턴가 드러가셰 드러가셰 이리 오쇼 이리 오
쇼 쇼미 잡고 익글을 제 손가락이 옷씩 거려 그물코 글 듯호니 춘향어미
고이 여겨 방안의 안친 후의 불켜 노코 바라보니 흔 파입의 실 두돈 오푼
치을 거러 미여 쓰고 짓만 남은 흔 도복의 목만 남은 흔 질목의 뒤칙읍난
흔 집신을 모양읍시 질질 끌고 그리 춥지 안이혼디 화로 당긔여 불 쬐이
며 코만 훌젹훌젹 호니 춘향어미 긔가 막켜 손벽 쌍쌍 두다리며 읻고 이
고 잘 되엿다 춘향셔방 잘 되엿다 걸인 중의 승걸인이오 도독놈 중의 샹

〈39-뒤〉

도독놈일셰 져런 것슬 바라고셔 불승흔 늬 쌀 춘향 옥중 고싱이 볏 힐런
가 졍열흔 늬 쌀 춘향 져 몰골 보거듸면 즈슈호여 죽을테니 늬 쌀 죽기
젼의 날을 먼졈 죽여라 와락 달여드러 걸인 스회 넙덕다리 스졍읍시 무러
노니 어스또 이이읍셔 읻고 이 쪠긴 것도 부죠로셰 어스 슝쓰는 말리 쳔
지로 중막 삼고 일월로 등쵹 삼고 풍운걸긱으로 망문투식호니 더옥 긔갈
우심호여 비곱파 못 살건니 밥이나 잇거던 죠금 쥬쇼 춘향어미 포악호되
밥 읍슴니 향단이 부억의셔 나오더니 만로란임 만로란임 옥중의 익기씨가
셔방임 괄셰호엿단 말을 듯거듸면 칼머리을 목을 찌어 결항치스할 거시오

니 제발 덕분 마옵시오 든 정이 못나난디 그런 말삼 어이ᄒ오 부억으로
드러가더니 먹던 밥 져리짐치 단간중의 풋곳추 잘너 너어 얼풋 찰여 갓다
노며 촌밥인이 졔ᄒ리다 물을 데여 잡슈시오 어스쏘 일은 말리 지젼의 항
다츠 귤병츠 쓸긔운 죠곰ᄒ여 청심환을 타 먹어도 트름이 나더니 지금은
이 꼴되니 쇠 옹도리쎄을 통치 식여먹어도 것침읍시 쑥

〈40-앞〉

너머가더라 휘짝 ᄒ더니 얼풋 먹고 나안지니 춘향엄엄 보다가 밥먹는 거
동 보고 만이 비러먹어짜 어스 못드른 체ᄒ고 춘향은 어디 간나 죠금 보
면 죠컷니 흔 누덕이 속의 쌍동이 셨다구 쥬졔의 춘향이 찻지 비가 쩌들
셕ᄒ니기 춘향 싱각 나나볘 춘향이 보랴거던 옥으로 가옵셰 그렁져렁 밤
이 집퍼 칠야삼경 되여는디 어스쏘 지쵹ᄒ여 춘향 보러 어셔 가세 춘향엄
엄 쵸롱 들고 걸인 스회 뒤셰우고 옥으로 닐여갈 졔 감안감안 주죠 거러
옥문 박긔 다다르니 젹젹심야 옥문페라 지쳑쳔리 임이로다 잇 쩌 춘향엄
엄 옥문을 두다리며 춘향을 불너닐 졔 춘향아 스중이 짐퍼두 승즉군이 다
잠들엇다 춘향 죠으다가 꿈을 쑤니 몽중의 이도령이 졋히 와셔 흔연이 안
져거늘 황연이 살펴보니 두승의 금관이오 요간의 퓌월이라 쳔관의 거동이
오 풍호의 위염이라 춘향 마암 식식ᄒ여 반가온 임의 손목 듸립쩌 덤벅
잡고 그린 회포 ᄒ랴더니 심야삼경 옥문 박긔 춘향아 부르는 쇼리 계 뉘
와셔 날 찌우나 타긔황잉 안인 밤의 경첩몽이 고

〈40-뒤〉

이토다 원통흔 너의 흔을 옥황이 알으시고 즉여셩쎄 분부ᄒ여 구ᄒ즈고
날을 찌나 노젼의 화을 만나 죽계되온 숙낭즈을 살여니던 화덕진군이 날
을 츠져 구ᄒ랴고 급히 와셔 너의 잠을 찌오는가 춘향엄엄 쏘 불너 춘향

아 춘향이 그졔야 졔의 모친 온 줄 알고 어만임 와계쇼 온야 나 왓다 어
만임 다시 단이지 마오 웨 단이지 말난야 니가 옥중의 뇌여나셔 어만임
승스을 만나오면 니 숀으로 비단수의 육진중포 미중ㅎ여 구순으로 모실언
이와 니가 옥중의 못뇌옵고 어만임 열어날 밤나지로 이쓰고 단이다가 병
이 날가 염여옵고 나 죽은 후에라도 어만임 말연의 가순을 탕진ㅎ고 의퇵
할 곳 전히 읍셔 동쵼 셔쵼 여긔져긔 걸식ㅎ고 단이다가 엄동셜한 치운
날의 걸리예 홀노 안져 날 싱각 이통ㅎ다 즈진ㅎ여 잠이 드러 쌧쌧 얼어
죽거듸면 알이역 갈가마귀 윈역 쪠가마귀 가옥가옥 쫙쫙 마죠 펄펄 날너
드러 이목귀비 쎄골 신체 아죠 콱콱 파먹은덜 웃던 힝인 지나가다 숀벽
툭 쳐 날여줄가 졔발 딕분 단이지 마오 춘향엄엄 이 말 듯고 씃만 짜셔
ㅎ는 말리 왓다 왓다 오단이 뉘가 왓쇼 눈꼴 ㅎ고 큰 놈 다 되엿다

<h3 style="text-align:center">〈41-앞〉</h3>

웬 말슴이오 날 츠져오 리는 셔울 셔방박긔 읍쇼 셔방임이 못 오시면 편
지을 ㅎ마더니 편지 일중이 왓쇼 가마을 보니마더니 가마가 왓쇼 인연 죵
시 간는 크다 편지 가마을 바라는야 그러면 뉘가 왓쇼 어스 듯다가 답답
ㅎ여 업다 나 왓다 ㅎ쇼 나 왓다면 죽은 혼이라도 썩 나오리 춘향엄엄 허
는 말리 네 일승 안져도 셔방임 누어도 셔방임 즈다가도 셔방임 밤먹다도
셔방임 셔방임 셔방임 ㅎ더니 네의 셔방임 잘 되엿다 귀이 되고 짝이 읍
시 잘 되엿다 춘향 이 말을 듯고 익고 이계 웬 말인가 악가 잠간 꿈의 본
임 싱시의 보기 의외로세 반가온 마암 쮜여날 듯 급피 나가랴 실난할 계
무거온 칼 동인 다리 쵼보을 어이 가리 만슈비봉 홋튼 머리 가들가들 느
리오고 억지로 나오즈 할 계 옥문중방 칼머리 다쳐 익고 목이야 중피ㅎ여
동인 달리 즈옥을 옴길숀야 익고 압퍼 못가건니 문중방을 두다리며 셔방
임 오셔거던 어셔 보세 급히 보세 무월동방 침침ㅎ더 불 쓴 득기 어셔 보
세 칠연디흔 가뭄 씃터 비오듯시 어셔 보세 어사 옥문 틈으로 춘향을 보

더니 울음이 보물

〈41-뒤〉

터짓 ᄒ여 이고 춘향아 져 모양이 웬 일인야 춘향이 졔의 낭군 보더니 긔가 막혀 우는 말리 셔방임 어이ᄒ여 이졔야 오신잇가 양풍취불휴ᄒ니 발암길의 니련온가 모운이 쳐이식ᄒ니 구름 속의 ᄊ여온가 셔방임 가신 후로 쇼식이 ᄭᆫ어지고 편지 일중 읍셔스니 웃지 그리 무졍ᄒᆫ가 쳥풍명월 화류츈의 쥬마투계 잠칙ᄒ여 쳡의 박명 이졋던가 동방화쵹 운우즁의 시 ᄉ랑을 다시 만나 쳡의 졍을 이져던가 언의 ᄉ람 말을 듯고 영이별 ᄒ랴던가 니 고싱이 뉘 고싱이며 니 슈졀리 뉘 슈졀인가 디부인 문안 웃더ᄒ시고 나리 문안 웃더ᄒ신요 어ᄉᄶᅩ 일은는 말리 예셔 올나가셔 ᄉᄶᅩ 벼살 ᄭᆫ어지고 가손이 치픠ᄒ여 변승도 만이 나고 나는 어만임 모시고 용인의가 딕의 잇다가 너려와 너을 ᄎ져 셔룬 말이나 ᄒᄌ고 왓더니 져 몰골리 되여스니 인졔는 네나 너나 죽는이만 못ᄒ다 춘향이 긔가 막혀 나는 셔방임 이별 후의 범갓튼 본관의계 이 지경 되옵기에 쳡의 즁심 원ᄒ옵기는

〈42-앞〉

셔방임이 귀이 되여 광치잇게 니려와 셜치나 ᄒ여줄가 앙쳔츅슈 발아더니 져럿틋 글읏되여 걸인으로 와셔스니 이졔는 못살것쇼 셔방임 의복 치중 져 지경이 원 일이오 비단의복 어딕 두고 현슈빅결이 되여스며 관딕 각딕 어딕 두고 흔 파립 흔 망건의 유딕군의 봉죡인가 집신감발 무삼 일고 어만임 니 싱젼의 집으로 도러가셔 니 방안의 뇌인 슝츙즁 열씰리고 나 입던 ᄉ쳘의복 픠물 머리 금봉치 모다 파러다가 셔방임 갓 망건 시로 ᄒ여 드리시고 젼쥬봉승 왜임목과 임흔손 빅져포로 바지져고리 보션 힝젼 숏충 옷 즁치막 남문 밧 윤과부쩍이 날과 갓튼 바르질닌닌 니 말슴 ᄒ고 막겨

셔방임 입피시고 집으로 어셔 나가 나 즈던 방의 졈화ᄒ고 나 덥던 금침
니려 듸리ᄋᆞᆸ고 손다락 열고 보면 나 먹던 담비 연로 잇스니 빅탄화 피여
노코 걸긱 되여 쥬린 간중 가진 음식 죽만ᄒ여 비부루계 권ᄒ시고 나 죽
은 후의라도 쌀 읍는 스회라고 부듸 박듸 말으시고 셔방임

<h2 style="text-align:center">〈42-뒤〉</h2>

날 온다시 후이 싱각ᄒ옵쇼셔 춘향엄엄 말 듯더니 발길 연 육시할 연 져
나은 졔 어미는 옥바라지 ᄒ라라고 흔 져고리 힝쥬치마 함부루 둘너 입고
밤나지로 단이여도 무엇 먹엇나 의복 흔가지 입른 말 안터니 셔방은 보더
니 다 파러 ᄒ여주라는구나 윗졀가나 윗졀가나 춘향모 홰날만ᄒ여 어만임
집이라도 파러 옥형방 열 양 주고 스즁이 열 양만 주면 니 잠간 은근이
집으로 나가 그리던 셔방임 ᄒ로밤만 함긔 즈고 죽어도 원이 읍것니 춘향
어미 긔가 막켜 오 너더러 ᄒ로밤 잠간 쓷좃쩔이 듯ᄒ라고 나는 집 읍는
달펑이 되랴는냐 이고 영감 날 줍어가쇼 어스쏘 부러 춘향어미 쇽터질 말
만ᄒ여 이 집이 무슴 집인가 동굴게지엿다 춘향엄엄 핀즌ᄒ여 옥도 몰오
는가 옥이란이 흰 구슬로 믄드러 파는가 스람 가두는 옥이오 턱밋터 션반
미고 스는가 이고 쇼견머리도 답답흔지고 춘향이 우는 말리 어만임 그 말
마오 잘 되여도 니 셔방임 못 되여도

<h2 style="text-align:center">〈43-앞〉</h2>

니 서방임 글웃 되엿셔도 니 눈의는 옥당으로 뵈오 춘향엄엄 비수ᄒ되 네
눈의는 옥당이로되 니 눈의는 불쌍이라 셔방임이 페의파관의 옥문즁방의
안젓셔도 니 눈의는 쵸원 탄 잠판으로 뵈오 니 눈의는 들것 탄 늘판으로
뵌다 춘향이 셔방임계 흔난 말리 명일은 본관이 싱일이라 디연을 비셜ᄒ
고 즌치 곳터 날을 올여 즁피ᄒ여 죽인단이 셔방임 쩌나지 말고 셔방임이

달여들어 닉의 신체 두리쳐 업고 집으로 도라와셔 달은 방의 뉘지 말고 우리 두리 쳐음 만나 빅연히로 동포ᄒᆞ던 부용당 적막ᄒᆞᆫ딕 반듯ᄒᆞ게 뉘인 후의 닉의 죵 향단이을 ᄌᆞ식 겸 죵 겸ᄒᆞ여 멀리 풀여 곽 시기고 와셕죵신 못히쓰니 ᄉᆞ지ᄉᆞᆼ도 ᄎᆞ리지 말고 혼빅ᄉᆞᆼ두 ᄒᆞ여스니 혼빅도 부르지 말고 ᄌᆞᆼ피ᄒᆞ여 ᄉᆞᆼᄒᆞᆫ 다리 향슈로 고이 싯쳐 셔방임 ᄎᆞᆫ 망죵 딕여 이닉 신체 얼음안지며 셜치도 못ᄒᆞ면셔 울음만 우지 말고 셔를 셔룬 세 번만 ᄎᆞ신 후의 비단슈의 다 버리고 셔방임 입고 고싱ᄒᆞ던 흔

〈43-뒤〉

의복을 쳡의 일신 두로 감어 허리씌 진포딕로 존존 동여 믹ᄌᆞᆼᄒᆞ여 시셩판의 올여노코 동문 밧 션은ᄉᆞ는 우리 ᄉᆞ촌 오라반이 죵이오니 계 가 부탁ᄒᆞ여 지ᄉᆞᆼ여을 잘 쒸미되 젼나모 ᄌᆞᆼ강틀 가식목 연추딕 지앗ᄌᆞᆼ을 쉼이되 마듸진 왕딕을 졀고리 씌려닉여 도침ᄒᆞᆫ 별죵지로 안팍 졍이 발은 후의 시물여돌 발 홍당ᄉᆞ로 나뷔믹답 도리믹답 관암믹답 층층 믹져 풍경 다러 느리오고 홍ᄉᆞ우통 청ᄉᆞ쵸롱 금치 올인 홍쵸 ᄶᅡ져 젼후용두 거러두고 방ᄌᆞ일을 헐지라도 젼쥬봉ᄉᆞᆼ 극세목을 빅셜갓치 마젼ᄒᆞ여 지리는 숨척 오촌 세폭의 반골부쳐 남방ᄉᆞ쥬 션을 둘너 네 귀 번듯 쩌고이고 유딕군을 살지라도 키도 갓고 션쇼릐 잘 먹여 홍치잇고 맛잇는 놈 열둘만 골너 세고 닉의 신체 닉여올 졔 셔방임 낙질의 심이 믹우 지울지라도 셔방임 두 활기로 닉의 신체 덤벅 안고 천금ᄉᆞ랑 억만근원 알뜰ᄒᆞ던 믹친 졍을 부딕 잇지 말으

〈44-앞〉

시고 고이 심써 안어다가 ᄉᆞᆼ여 우의 올여노코 발인졔 축문 ᄉᆞᆺ터 반줄짐 유딕군이 좌우로 골나 셔셔 숙마줄을 골나 잡고 젼후 연추 골나 메올 졔

일시예 즈 쇼리ᄒ며 문박긔로 션듯 나가 가던 승부 도로 둘너 두 번 윈절
ᄒ고 세 번 반절 어만임계 ᄒ즉ᄒ고 쇼리 놉피 나는 요량 윙글엉 쎙글엉
흔들면셔 불승ᄒ다 일즈싱신 측은ᄒ니 혼빅이 낙양성즁 어이갈리 남문 열
고 바라 치고 셔쳔명월이 다 져 간다 웨네어허오 이별흔 후 그리던 임을
꿈갓치 잠간 만나 만단정회 다 못 풀고 슈후 싱젼 짜러가니 넉시라도 안
슬우며 혼이라도 어이 가며 빅발편친 어이ᄒ리 웨네어허오 구손의도 뭇지
말고 신손의도 뭇지 말고 셔방임 즈로 왕니ᄒ난 디로변의 무더쥬고 그 압
히 비 셰우고 그 비예 글을 쓰되 슈졀원소춘향지묘라 여들 쓰만 삭여쥬고
그 압히로 왕니ᄒ난 디쇼힝인이 그 비 보고 심역부릉위기이요 누역부릉위
지

〈44-뒤〉

터라 타루비라고 쏘 삭여주오 셔방임 아는 바의 니가 무슴 즈식이 잇쇼
동성이 잇쇼 일연 일됴의 니왕간 흔번식만 니 죵 향단이계 쥬과포혜 추려
들여 압셰우고 셔방임 첩의 무덤 봉분 압히 돌어단이며 술 흔 즌 부어노
코 일즈싱신 춘향아 쳥손은 울울ᄒ고 방쵸는 우지진디 누어는야 안져는야
홍안틱도 어디 가고 빅골만 나머 잇셔 니가 와도 몰은는냐 슴회월낙 집푼
디와 쳔음우슙 구진 밤의 무셥긴들 안이ᄒ며 혼이라도 안셜우랴 넉시라도
너 와거던 날인 줄이나 알고 가거라 이럿틋 안정ᄒ면 셔방임은 날을 몰나
도 나는 셔방임을 알을이다 어스쏘 듯다가 글언 말 말고 온을밤만 스러라
승부을 탈지 독교을 탈지 셰승 일을 웃지 알리 예셔 네 말 듯고 네 경승
을 보면 속이 타셔 나 죽것다 얼골 보와스니 니일 일즉 다시 보즈 셔방임
힝역의 곤ᄒ신디 집으로 도라가셔 평안이 수이시오 온야 잘 즈거라 골목
박긔 나오

〈45-앞〉

더니 춘향엄엄 어스을 짜는디 짠정으로 말ㅎ는디 셔방임 어디로 가시랴오
집으로 가지 그계 뉘 집이라고 가오 너 집은 팔고 남의 집 되엿쇼 언의
쥬막의나 가 즈고 너일 다시 보거나 말거나 ㅎ옵시다 어스쏘 긔가 막혀
여막의 숙쇼ㅎ고 그 잇튼날 슈탐ㅎ고 일리져리 단이더니 본관이 디연을
비셜할 졔 오활흔 디쓸 우의 포진쟝막 갓쵸ㅎ고 디즁의 화문셕 숀슈병풍
모란병풍 좌우로 둘너치고 광 나쥬 운봉 임실 구례 곡셩 오슈찰방 당승당
ㅎ 일품이라 남원부스 쥬인 되여 ㅎ인 불너 신칙ㅎ되 예리 예 디풍유 올
여라 수로 예 기성을 등디ㅎ라 육직이 예 졍육을 올여라 공고즈 예 양초
올고 스쵸롱마치 등디ㅎ라 원두흔이 예 치수 올여라 관쳥식 예 다담 지촉
ㅎ라 츠모 예 츠 맛참 등디ㅎ여라 금난즁교 예 잡인 드리지 말나 통인 예
담비 부쳐라 방즈 예 연노 올여라 훨젹 널운 광흔루의 디풍유 가진 삼연
녹의홍승 명기들은 빅슈흔숨 헛

〈45-뒤〉

날리며 지아즈 놉푼 쇼리 반공의 쩌드럿다 어스쏘 귀경ㅎ랴 짓웃짓웃 드
러가며 금일 호강 미우 흔다만은 너일을낭 금부로 올나가거라 알외여라
나쥴덜아 예방아 엿쥬어라 먼 디 잇는 걸인을로 디연을 만나스니 죠흔 술
가진 안쥬 젹덕ㅎ여 별이라고 네의 원임계 엿쥬어라 쇼리 질으며 들어가
니 문즉스령 니다르며 쇼리 마오 이 걸인아 물너나오 젼 양반아 우리 원
임 분부니예 원근 죱인 드려셔는 문즉스령 잡어디려 각별 엄치ㅎ랴오니
드러가지 못ㅎ오리 갓 죱거니 쇼민 죱고 쓸여닐다 실난할 계 흔 도복 미
여지고 흔 갓 버리줄 쩔어지니 강호영을 들어너여 이 놈덜 양반 의관 셜
ㅎ고 후환이 읍슬가 디승을 치어다 보며 계셔들은 팔즈 죠아 국녹지신 되
여잇고 나는 팔즈가 긔박ㅎ여 희노걸식 단이오나 양반 잇쓰는 피츠 동품

이라 스람 디졉을 일리도 흐노 모든 안관 즁의 운봉영중 본관덜어 흐난
말리 그 걸인도 양반인가 시

〈46-앞〉

부오니 말셕의 안치고 술준이나 디졉흐오 울리난 질거흐면 존치라 할 것
잇쇼 어스 쇽으로 흐난 말리 안다 안다 운봉이 안다 져 손이 졍치 죠금
부죡흐되 스졍을 알어보니 가일연이나 식일 손이로다 본관이 허락흐니 어
스쏘 더 밋계 보계 다른 걸인 더 쳥흐여 다리고 들어갈 계 항우의 입신쎡
피공이 입관쎡 봉졉이 심화쎡 빅로규어쎡으로 은근이 싱풍흐여 뒤쏭뒤쏭
셥쌋셥쌋 디승의 얼는 올나 즁읍불비흐여 좌즁의 계예흐오 이윽키 살펴보
니 슈령더른 다담승을 쇼담이 밧고 안져 기싱을 틈틈이 안치고 술도 붓고
숄리도 식이며 잡고 권코 취포할 계 말셕의 걸인 양반은 모로는 치 던져
두니 어스쏘 민망흐여 문즈로 흐난 말리 군포식 아불식흐니 경술목 을흐
구라 운봉이 안져 듯고 기 어이 가긍흐니 무슴 음식이나 죠금 갓다 쥬라
모 쩌러진 기발승의 먹짜 남은 갈비 두 디 수여발인 콩나물과 명틱 디갈
리 무슈 잡탕 시금흔 탁쥬 일빅 져립 져붐

〈46-뒤〉

쑥쑥 썩거 도셔원의 손 버리듯 모양읍시 갓다 노며 어셔 먹고 쇽거쳔리
쎄에 줍귀 음식 주듯 흐니 어스쏘 긔가 막혀 흔 좌셕의 갓치 안져 음식
증흐 쾌심흐여 나른 숭 보면 쇼딤흐여라고 웃고 보며 잘 촬엿다 입현 숭
보면 홰을 니여 음식 음식 걸탐 단이는디 남원부스 엽히로 가셔 부쳐을
들어니여 썩구루 단단이 잡고 엽구례을 쑥 지르며 여보 그 싱치다리 죠금
쥬오 익고 흉흔지고 인물을 안쳐다가 못젼디거고 싱치다리 니던지니 지버
가지고 쏘 운봉영중 압히로 가니 운봉이 미리 알고 통인 불너 부어쥬니

입현 승의 갓다 노코 쏘 운봉 엽히로 다시 오니 운봉이 뭇는 말리 쏘 웃
지 왓쇼 져 기싱 흐아 불너 권쥬가 죠곰 듯계 흐여쥬오 운봉이 괴로와 흔
벌 기싱 흐나 불너 분단아 네 일리 와 권쥬가 흐마듸 흐여 인 양반계 올
리라 익고 흉흔 것시 싱겨나셔 꿈잘리 스납더니 흉흔 꼴도 보거고 하일읍
시 나가더니 술준은 동의다 두고 낫슨 셔의로 두고 안져 흉

〈47-앞〉

흔 말노 권쥬가 흐되 든지르시오 든지르시오 이 술 흔 준 든질르시오 이
술 흔 준 든질으시면 쌜쌜 빌어먹다 어덕 밋터 가셔 쩍즈로 비고 밥즈로
안고 부셔 터져 뒤여질이다 어스쏘 어이읍셔 술승치 모러다가 탁 츠 업실
으니 시금흔 탁쥬 두부졈 명티 디구리 무슈국을 흔 도복 쇼민예 이리져리
두루 무쳐 디승으로 활활 쑤리니 슈령더리 치안지며 어 이계 원 일이오
죠금 참으시요 본관 안식 쓩그리며 진츤한 것슬 쳥흐엿지 임실 원임 안져
보다 풍월이나 흐옵시다 놉풀 고쯔 길음 고쯔 운을 니여 노니 걸인이 안
져다가 나도 흔 귀 흐오리다 좌즁이 가쇼흐고 층이불문흐니 운봉이 흐난
말리 빈쳔은 스지히요 문즁은 출어곤궁이라 꼴노 볼 것 안이엿다 통인 불
너 지필을 니여쥬니 을푸는 뭣 외이는 듯 을풋 지여 올여던니 그 글의 흐
여스되 촉루낙시에 민루낙이오 가셩고쳐의 원셩고라 금준미쥬는 쳔인혈이
오 옥반가효는

〈47-뒤〉

만승고라 부지즈는 잠잠흐고 지지즈는 긔슈 알어 뒤로 쓸며 쩨랴 할 계
눈치잇는 운봉영즁 이러나며 흐는 말리 나는 쩌나오 어이 급히 쩌나랴 흐
오 니 골은 살연이 당흐여 말리 못되엿쇼 어셔 가 빅셩덜 금인 먹이것쇼
임실원임 이러나 흐난 말리 알어츠리라 흔참 일리 분요할 계 남원부스는

쥬망으로 아마란 줄 모로고 춘향을 죽이랴고 옥슈 죄인 춘향이 올여라 옥
스즁이 거동보쇼 옥문 쇠을 숀의 들고 쩔녕쩔녕 거러나가 옥문을 쩔썩 열
고 춘향아 흥일읍다 네 목숨이 금일이다 본관스쏘 분부니예 널을 올리라
흥옵신다 어셔 밧비 올나가즈 춘향이 우는 말리 문쌘의나 걸의예나 웃더
흔 걸인 양반 못보왓쇼 본 일 읍니 어졔 당부는 쳔만번이나 흐여더니 신
셰가 그룻되면 언냑도 허스로셰 걸식흐던 벌읏스로 즁의 나가 음식젼의
여긔져긔 살피는가 쇼부 허유 일거후의 긔순영슈 뉘 맛트며 두

〈48-앞〉

즈미 일거 후의 화계촌 뉘 맛트며 밍호연 일거 후의 픠교강순 뉘 맛트며
이젹션 일거후의 강남풍월 뉘 맛트며 도연명 쳔츄 후의 오류촌 뉘 맛트며
이 몸 츈향 일거 후의 걸인 셔방 뉘 맛트며 빅발노친 뉘 맛틀고 춘향엄엄
싸러가며 불숭흔 니 쌀 춘향 꼿쌋튼 네의 얼골이 불탄 고목 빗치 되고 칼
쓴 목이 썩어 고잘리가 나니 이러흐고 어이 살가 아곡을 여곡할 듸 여곡
을 아곡흐니 아곡은 슈곡흐며 아즁을 여즁할 듸 여즁을 아즁흐니 아즁은
슈즁흐리 탄식흐고 드러갈 졔 본관 안젼 분부흐되 오날은 춘향이을 죽일
테니 긔운쓰는 스령 들나 어스쏘 이 그동 보고 분긔가 츙쳔흐여 삼문간을
살피더니 셔리 흐나 셔잇거늘 부치로 꼿덱흐니 쳔불별악이 니리는 듯 엿
즁아 나거라 디마을 드려라 안즁을 지여라 좌견을 다러라 도듬을 노코 스
마치 거러라 도복을 니여라 쳥충옷 입어라 홍젼디 씌여라 마픠을 쓸너라

〈48-뒤〉

문셔을 가지고 쳥즉이 옷슬 찌고 셔리는 고함흐며 역쥴은 쮜여들 졔 쵸흔
풍진홍문연의 옹슌 번쾌 쮜여드 듯 졉졉손양만진즁의 월진 즈용 쮜여드
듯 달갓튼 마픠 희갓치 드러메고 삼문 탕탕 두다리며 풍즁 밍호 출임쎡으

로 엄금 펄쩍 쮜여들며 암힝어스 출도야 쳥쳔이 진동ᄒ니 슈령 나졸 죄다
놀니여 인도 노코 슈박 들며 병부 노코 과쥴 쥐고 탕건 일코 화로 쓰며
갓 쓰다가 쇼반 쓰고 거문고 씨칠 파 풍유 악 졍황읍니 노러가 울 곡 되
고 춤출 무 읍슬 무라 진치 연 포할 포의 궁구ᄂ니 술병이오 발피난이 음
식이라 만화별기 유리진쎠 범증의 옥결갓치 쪼각쪼각 부셔질 졔 업더질
젼 좁비질 피 쎅쎅굴 쎅쎅굴 궁글어 갈 졔 본관은 혼이 읍셔 안악으로 도
망ᄒ며 언어슈작 둘너할 졔 바람 다더라 문 도른다 겁을 보니 어스 난다
쥐군역의 승토 박고 이 문이 웃지 일리 죠분야 곡셩원임 갓슬 일코 승토
씨고 달어나고 운봉영

<h3 align="center">〈49-앞〉</h3>

즁 언겁져리 북통을 쓰고 나는 운봉이 둔갑ᄒ나라고 고목투고 썼쇼 겁졀
의 말을 걱구로 타고 이라 이라 치쳐 몬들 긱스의로 드러가니 말도 어스
와 흔통이라 흔 편으로만 드러간다 육방이 쇼동ᄒ고 일읍이 뒤쓸을 졔 어
스쏘 거동보세 긱구졍 널은 뜰의 밍호갓치 좌졍ᄒ고 삼향쇼 들거라 삼공
형 츠쪄라 도셔원 불너라 결총이 올은야 디동식 불너라 셰미가 올은야 각
총식 불너라 유곡이 올은야 군긔식 불너라 화살 화냑 쳘환 화승총디 슴지
츙 일지츙 다 올은야 공방을 불너라 즁계지 드리라 관쳥식 불너라 다담
츠리고 육직이 불너 큰 쇼을 잡히고 방통인 불너라 슈통인 올너라 에 다
올스이다 공논이 분운할 졔 어스쏘 분부ᄒ되 옥슈의 춘향이 올이되 기싱
으로 메여 올이라 기싱 등이 영을 듯고 일시예 뫼여들어 춘향을 터여다가
스쏘 압히 니려노니 춘향을 희가 후의 어스쏘 일히일비ᄒ여 마암을 좀간
진졍ᄒ고

〈49-뒤〉

춘향의 졀힝을 쓰보랴ᄒ고 디로ᄒ는 듯 분부ᄒ되 인 연아 드러라 네가 충
가몸으로서 슈졀리 요당ᄒ며 관졍발악ᄒ고 살가 니 말을 듯거듸면 네 흔
을 풀어줄연이와 니 말도 거역ᄒ면 이졔 즉시 죽일이라 송빅갓튼 춘향 마
암 머리숙여 엿즈오듸 스쏘임 드러시요 어스쏘라 ᄒ옵난 게 봉명도신으로
글은 일과 올은 일을 낫낫치 엄탐ᄒ여 승 줄 스람 승을 쥬고 죄 줄 놈은
죄을 쥬어 션악 구별 ᄒ옵는 게 쩟쩟흔 일리옵지 동시 양반으로 기집의
셜치는 못시기고 은근흔 쯧슬 두옵시니 어스가 안이라 거스로셰 쏘다시
듯쥬시오 옛일로 일을진듸 흔나라 쇼즁낭도 흉노국 스신 갓다 북희승 쥬
린 츙졀 십구연의 환국ᄒ여 그린각의 올나 잇고 졘나라의 오빅인은 젼횡
짜러 입희도즁ᄒ옵다가 젼횡이 죽다 ᄒ니 오빅인 동스ᄒ여 젼횡스후 죠츠
시니 스쏘임도 불힝ᄒ여 국녹을 잡슈시다 시졀리 분운ᄒ면 역유의

〈50-앞〉

게 물읍 꿀어 두 임군 셤기라오 어셔 밧비 죽○○○○○젼역 옥문 박긔
걸인으로 왓던 우리 낭군 스후 승죵 ᄒ랴오니 어셔 급히 죽이시오 이럿타
시 알리올 졔 문 박긔셔 말리 나되 어스쏘가 춘향이을 죽인다구 파즈ᄒ니
남원읍니 슈졀 과부 앗쎄니가 춘향이 불승흔 줄을 알고 춘향 졀기 자록ᄒ
니 어스쏘계 등즁ᄒ세 여러 과부 뫼여 일시예 들어갈 졔 웃던 과부는 즁
옷 쓰고 웃던 과부는 치마 쓰고 압히 셧는 늘근 과부는 이팔청춘 과부되
여 근 칠십 되여스되 귀 안이 먹고 졍셩ᄒ고 춘바람이 나고 말리 일슈로
셰 스쏘젼의 엿쑤오되 슈의스쏘계셔는 찰슈령지근본ᄒ고 염민간지쳔션할
졔 무슴 일을 몰올잇가 만고졍졀 아황 여영 듸순을 이별 후의 쇼승강 죽
임 속의 충오손만 바라보고 비눈물 쑤려올 졔 쳥원을 못이기여 기러기 날
여습고 반죽도 울어스니 글언 졍졀 쏘 잇스며 긔록할 숀 하씨부인 가왕을

피하랴고 목

〈50-뒤〉

을 미여 결스ᄒᆞ니 그런 열여 읍건마는 ᄎᆞ세승 춘향이는 일죠 낭군 이별
후의 쇼식이 돈졀ᄒᆞ옵고 범갓튼 본관의게 밍즁형츄 즁ᄒᆞᆫ 미을 갓갓 올여
형츄ᄒᆞ되 죽기로만 결단ᄒᆞ니 그 안이 불숭ᄒᆞ오 이러ᄒᆞᆫ 연유을 날아의 즁
계ᄒᆞ여 졍문이나 셰여주오 그 말박긔 헐 말 읍쇼 익그러 다 나오니 어ᄉᆞ
쏘 춘향 보고 져거시 날노ᄒᆞ여 일웃듯 고싱ᄒᆞ니 긔특ᄒᆞᆫ 졔의 심ᄉᆞ 웃지
다 긔록ᄒᆞ리 어셔 이리 올으거라 춘향이 슈숭ᄒᆞ여 잠간 살펴 바라보니 쳥
운고각 놉푼 집의 두렷시 안진 그동 젼의 보던 낭군이라 춘향이 깜즉 놀
니여 춤을 츄고 죠흘시고 살것구나 춘향의 외로온 꼿시 남원 옥즁 츄졀
만나 쩔어지계 되여더니 동원의 봄이 드러 이화츈풍의 나 살것다 당우쎡
슌임군도 역손긔경 ᄒᆞ올 쎄예 쳔즈 될 줄 계 뉘 알며 회음의 혼신이도 표
모이 걸식 단이다가 더즁 될 줄 계 뉘 알며 위슈의 강티공도 고기낙기 일
○○○○○○

〈51-앞〉

줄 계 뉘 알며 어졔 젼역 옥문 박○○○○로 왓던 낭군 어ᄉᆞ 될 줄 계 뉘
알리 죠흘시고 죠흘시고 어ᄉᆞ 셔방 죠흘시고 손의 슈쇄 쓸너시니 손춤이
나 추어보셰 얼시고 죠타 지아즈 죠흘시고 어ᄉᆞ쏘 죠아라고 ᄒᆞ인쇼시예
더무는 못ᄒᆞ나 즁단만 치고 안져 죠타 죠커던 실컷 놀아라 포즁 안의 더
병 치고 춘향을 불너듸려 휘리쳐 덤벅 안고 일히일비 지니올 졔 죠타 죠
타 죠흘시고 니 스랑이야 이별 이쓴 그리더니 만날 봉쓴 스랑일다 셜우
숭쓴 다시 보니 짓불 히쓴 스랑일다 니 몸 신쓴 귀할 귀쓴 네 귀할 귀쓴
스랑일다 니 마암 심쓴 죠을 호쓴 네 알 지쓴 스랑일다 졀기 졀쓴 고들

졍쯔 미울 열쯔 스랑일다 수미 슈쯔 펄펄 나니 춤출 무쯔 스랑일다 승놈
의 춤을낭 그만 추고 양반의 쥬먹춤이나 추어보즈 강도의 범이 나니 진나
라비 훨훨 춘향엄엄 이 말 듯고 간밤의 괄셰혼 일은 잇고 무안ㅎ되 죠흔
일만 싱각

〈51-뒤〉

ㅎ고 춤을 츄며 들어갈 졔 얼시고나 죠타 어졔 젼역 옥문 박긔 걸인으로
오셧실 졔 어스된 줄 알어시면 쳔긔누셜 안이ㅎ지 멋퉁이을 ㅎ여더니 죤
즁ㅎ온 울리 스외 늘근 즁모 탄치 말고 부디부디 노여 마쇼 니 안이면 춘
향 나셔 연분 미질숀가 남원부스 어디 가나 인졔도 니 쌀 칠가 인졔도 ㅎ
여볼가 져긔 셧는 져 스령 울리 춘향 형문칠 졔 감안감안 쳐달나고 아모
리 익걸ㅎ되 본관의계 잘 보랴고 스졍읍시 ○리더니 너도 죠곰 ○○○의
○○○○○○○○○○○들어보쇼 동문안의○○○○○○○○○○○○○○옥즁의셔 고
싱할　졔○○○○○○○○○○○○○○○○○○○○○○○○○○○○○○○○○○○○○○
○○○○○○○○○○○○○○

(이하 낙장)

책표지 뒷면의 어지러운 낙서 속에 명치(明治) 44년 3월 15일이라는 간기가 보이는데, 이를 필사년대로 본다면 1911년이 된다. 한글을 위주로 하되 가끔 한자를 섞어쓴 필사본으로 해서체로 깨끗하게 썼다. "사은숙배 하직하고 ……"로 시작되고 있는데 여기에서의 주체는 이도령의 아버지인 이부사이다. 이부사에 대한 소개와 부임 사실에 대한 언급이 누락된 채 시작하고 있다. 방자가 춘향을 부르러 가서 '춘향아!' 부르니 춘향이 "야 이녀러 자식, 네 어미 아비가 버릇을 그렇게 가르치더냐. 새끼손가락으로 눈깔을 찌를라." 한다. 춘향이는 방자에게 도련님에게 잘 말해주면 후에 답례하겠다고 약속한다. 이도령이 광한루에 건너온 춘향이에게 집을 묻자 집이 없다고 대답한다. 그러자 이도령은 달팽이나 집이 없지 사람이 어떻게 집이 없냐고 따진다. 재담이 풍부하다. "이 때에 춘향모는 놀음방에 불전떠는 놈 본으로 앉았거늘 춘향이 민망하여 저의 모에게 눈을 주니 춘향모 눈치채고 건넌방으로 간 연후에 도련님과 춘향이는 숙(宿)하더라. 시속 광대들은 첫날 저녁에 만나 사랑가도 하고 어쩌고 어쩌고 하였다 하되 다 거짓말이었다." 이도령이 자자고 하자, 춘향은 할 일이 많아 못자겠다고 한다. "달 떠오르면 뒷동산에 올라가 화류 구경하옵고, 어미 저고리 누비던 것 열댓 줄 남았으니 그것이나 다 누비고, 보던 이야기책 스물 다섯 줄이 남았으니 그것이나 다 보고 자겠소."라고 대답한다. 월매가 이도령의 허벅지를 무는 경우는 있으나 여기에서는 이노령이 데려갈 수 없다고 하자 춘항이 이도령의 허벅시를 문다. 글자 타령은 사랑가 속에 들어있는 경우가 대부분인데 이 본에서는 이별시에 절자 타령과 연자 타령이 나온다. 춘향 잡으러 간 군로사령들이 술먹고 돌아와서 헛소리를 하는 장면이 장관이다. 한 사람은 춘향한테 다섯 냥 받아 쓰고 두 냥 남았으니 그것이나 받고 그만두라고 변사또에게 말하면서 사실 춘향은 소문만 났지 자기 딸보다 못하다고 한다.

변학도가 호색한이라 잠시 솔깃하여 몇 살 먹었느냐 묻자, 큰 딸은 일곱 살이고 작은 딸은 두 살이라고 한다. 목낭청이라는 명칭에 대한 사연이 나온다. "목낭청이 들어오는데 성이 목(木)가라서 목낭청이 아니라 근본 송(宋)가로서 제 문호에서 우세를 당하고 갓을 벗겨 내쫓겼기로 목낭청으로 행세하던 것이었다." 춘향의 편지를 가지고 한양 올라가던 총각을 만난 어사는 편지를 보여달라고 하자 방자가 남의 내간을 함부로 보여줄 수 없다고 한다. 어사는 편지 보고 덜한 말 있으면 더 써주마고 하자 총각이 편지를 순순히 내준다고 되어 있다. 신관사또의 생신연 장면이 시작되는 곳에서 낙장되었다.

대상본 소재처 : 단국대 나손문고 (단국대 분류번호 : 고853.5 춘1497)

김동욱 소장 춘향전 (낙장 75장본)

〈1-앞〉

사은肅拜 下則ᄒ고 治行차려 南原府의 都任ᄒ여 先治民政ᄒ니 四方의 닐
이 업고 方谷의 百姓더은 더듸 옴을 致頌흔다 江口年月聞童요라 歲和年豊
ᄒ고 百姓 孝도ᄒ니 堯舜時節이라 잇 ᄲ은 어느 ᄲ요 놀기 조흔 三春이라
호런 비조 뭇시들은 농초화답 ᄶ을 지어 双去双來 나러드러 온갓 春情 닷
토ᄂ듸 南山花發北山紅과 쳔사만사 슈양지의 黃金鳥은 벗 부은다 나무나
무 성임ᄒ고 두견 졉도 다 지ᄂ니 일연지간절이라 잇 ᄲ 使道 子졔 李道
슈이 年光은 二八이○○○○○○○○○○○○○○○○○○○○○○○

〈1-뒤〉

고 文章은 李太白이요 筆法은 王羲智라 일일은 方子 불너 말삼ᄒ되 이 골
景處 어디민냐 時興 春興 도도하니 졀승경쳐 말ᄒ여라 方子놈 엿자오되
글工夫하신는 道슈任이 경쳐 차져 부질업쇼 이도령 이른 말니 너 無息한
마리로다 自古로 文章才士도 졀승 江山 귀경키는 風月長文 근본이라 神仙
도 두로 도라 방납ᄒ니 어이하야 부당하랴 사마쟝경이 南으로 江湖의 ᄯ
다 大江을 거살일 졔 광낭셩파으 陰風이 노호ᄒ야 예로부터 가르치니 天
地間 萬物지변이 놀납고 질겁고도 고흔 거시 글 안인 계 업ᄂ이라 시중天
子 李太白은

〈2-앞〉

치셕강의 노라잇고 赤壁江 秋夜月의 소동파 노라잇고 심양강 明月夜의 白

樂天 노라잇고 보은 송이 운장딕의 世祖딕왕 노셔스니 안이노든 못ᄒ리라 잇 ᄶ 방자 도령임 뜻슬 바다 四方 景기 말삼ᄒ되 셔울노 이를진딕 자문 밧 닉다라 칠성암 쳥연암 셰금정과 平陽 슝光정 딕동누 모란봉 령양 낙션 딕 보은 송이 운장딕 안으 슈셩딕 진쥬 촉셕누 밀양 영남누가 엇더ᄒ지 몰나와도 全羅道로 일을진딕 틱인 핑양졍 무쥬 한풍누 全州 한벽누 조싸 오나 南原 景處 듯조시요 동문 밧 나가오면 장임○ 션은사 조쌉고 셔문 밧 나가오면 과황뫼는 天古절을

(중간부분 낙장)

〈2-뒤〉

다 물너나와 房子야 나구 안장 지어라 房子 분부 듯고 나구 안장 짓는다 나구 안장 지을 졔 홍연자기 산호편 옥안금편 黃金늑 쳥홍사 고흔 굴네 쥬먹상모 덥벅 다라 쳥쳥다리 은입등자 호피도듬의 젼후거리 줄방울을 염불법사 염쥬 메듯 나구 등딕ᄒ엿소 도령임 거동보소 玉顔 仙風 고흔 얼골 젼반갓탄 치머리 곱계 비셔 밀기름의 잠지와 궁초당기 셕황 물여 밉시잇게 잡바 짯코 셩쳔유쥬 접동비 셰빅져 상침바지 극상셕목 접보션의 남갑사 단임 치고 육사단 접비자 밀화단초 다라 입고 통힝건을 무릅 아러 는짓 미고 영초단 허

〈3-앞〉

리씌 모초단 도리낭을 唐八絲 가진 미답 고를 너여 는짓 미고 쌍문초 진동쳥 즁츄막의 도포 바쳐 흑사씌를 흉즁의 눌너 미고 육분당혜 쓰으면셔 나구를 붓드러라 등자 딋고 션듯 올나 뒤를 싸고 나오실 졔 통인 하나 뒤을 싸라 삼문 밧 나올 젹그 쇄금부치 호당션으로 日光을 가리우고 관도셩

남 너룬 길의 싱기잇게 나갈 졔 취퇴양유ᄒ던 두목지의 풍칠넌가 시시요
부하던 주관의 고음이라 상가자믹춘셩니요 만션겐자슈불이라 廣寒樓 셥젹
올나 四面을 살펴보니 압푸로는 영주각 뒤여로는 武陵道源 흰 白 불글 紅
字은 숭이숭이

<h2 style="text-align:center">〈3-뒤〉</h2>

쏫시 되고 불글 단 푸를 쳥 丹靑 곰물곰물 단쳥이라 柳幕黃鶯喚友鮮은 니
의 春興을 도두난 듯 두견 졉동 자귀셩은 飛去飛來 春情이요 花草白蝶雙
雙舞은 香기찬은 거동이라 房丈 蓬萊 영주 三山 眼下 각가오니 물은 본시
銀河水요 경은 잠간 玉景이라 玉京이 분明ᄒ면 月宮姮娥 업실손가 溪邊楊
柳 남북 가지 간은 烟氣 쓰여잇고 岸上桃李千萬絲의 黃鶯蜂蝶 질들엿다
綠陰芳草勝花時여 안이 놀고 무엇ᄒ리 世俗 光大덜은 三月이라 五月 端午
日이던가 보더라 잇 쩌여 春香이라 ᄒ는 계집아희가 나지면

<h2 style="text-align:center">〈4-앞〉</h2>

秋千ᄒ고 밤이면 風月工夫ᄒ야 도귀ᄒ기 一邑의 浪자ᄒ던이라 春興을 못
이기여 츄쳔을 ᄒ랴 홀 졔 꼭 이리ᄒ것다 밉시잇고 어여뿌고 가간ᄒ고 구
셩지게 생긴 아히 츄쳔을 하야고 나온난듸 난초갓치 고흔 머리 얼리셜셜
흘여쌋고 老妓 紅裳 가진 퓌物 好사단장 밉셔잇다 빅쳑유사 근드줄을 휘
여진 벽도지여 휘휘친친 감어믹고 빅농버셔 두 발질노 션듯 올나 발구을
져 한 번 쑥 차 압피 놉고 누 변 쑥 차 뒤가 놉파 압뒤 졈졈 놉파갈 졔
는만桃花 버들가지 소소리쳐 툭툭 차니 가지가지 믹친 쏫시 쑥 쩔어져 落
花로다 細柳갓치 가는 헐리 뒹인

〈4-뒤〉

슈건 南風이 건뜬 불미 쏫가지여 거드치고 진 옥장도 옥퓌셩은 힝풍이 진
동한다 단슌호치 반만 열어 버들입도 물어보며 春風吹花落紅雪이요 楊柳
음농졔빅혈이라 머리 띌은 금봉치은 花陰中의 변듯 쌔져 石上의 징그량
징징 쇼리는니 낙포仙女 鶴을 타고 瑤池淵의 니려는 듯 巫山仙女 굴름 타
고 양뎌상 올의는 듯 上單아 예 근듸바람이 독호야 골멀이 쩡 못 견듸것
다 근듸쥴 잠간 자벼라 상단이가 나오던니 근듸쥴을 자부랴고 혹션혹후
하는 양은 흡사 비여仙女로다 츄쳔하다 물이치고 이상호게 노는듸 桃花숭
이도 쑥쑥 쯰여 숀으 들고 히롱호며 杜鵑花도

〈5-앞〉

직근 썩거 멀리여도 쏫자보며 海棠花 느러진 가지 흔들흔들 흔들면셔 연
겨수양 빅사장의 죄악돌도 덥벅 쥐여 양유 안진 쇠꼴리도 툭 쳐 휴여쳐
날여보며 뒤틀러진 미花까지 종종거럼 들러가셔 흔들흔들 놀일 젹그 잇
쯰여 도령임이 이 거동을 한번 보던니 눈을 벼텅기 지른 득기 반하계 듯
고 슘을 五六月 장망 쑥계비 슘쉬듯 호며 房子을 부르되 썰어 부르든 거
시엿다 여바라 方子 디답호되 동갑이나 더 썰이여 여바라 나는 소관이 잇
셔 썰건이와 너는 엇지 쩌나냐 예 小人은 所關은 업싸오나 상탕下不淸으
로 쩌난이다 져 거네 花林中의

〈5-뒤〉

알는알는호는 계 무어시야 房子 진직 알면셔 으뭉을 음피듯 호여 거그 무
엇 잇소 호니 이 놈아 자셰이 보아라 자시는 말고 축시여 보와도 아무것
도 업쏘 업다 이 놈아 쏙쏙이 보아라 쏙쏙이는 말고 막디 두 변 부질으고
보아도 아무것도 업소 이 놈아 눈도 반목 상목이 다르단 말인야 네 눈은

눈이 안이라 양반의 발쌋틔 틔눈만도 못 ᄒ다 무듸기도 무듸다 도령임은
쌋밧치 도리송것갓치 뚤코 본는잇가 이 놈아 져거실 몰은단 말인야 房子
다시 엿쏘오디 웃양반을 과이 속이는계 경계 안이길노 바로 아루것다 인
지 보온걱 이 골 妓生 月梅 딸 春香이로소이다 도령임이 妓生이란 말

〈6-앞〉

을 듯던이 불너 보기 쉬울 싱각ᄒ고 우심을 우시되 권마우심으로 우셔 혀
혀 졔 기싱 갓트면 훈번 귀경 못할쇼야 잔말 말고 불너오라 房子 엿즈오
디 春香 니력을 일웃게 드러보오 春香의 셜부화용 南방의 有名커로 병감
사며 목부사며 郡守 현감 유슈 부윤 縣令 萬戶 僉使더리 無數이 보랴 ᄒ
되 春香이 졀기 잇셔 장강의 졀기와 이비의 셩졍 節行을 胸中의 품어잇쎠
今天下之絶色이요 萬古女中君子온이 임으로 불너보지 못ᄒ나이다 道令任
분부ᄒ되 荊山 白玉가 灑水 黃金이 임지가 각각이라 잔말 말고 불너오라
房子 할 일

〈6-뒤〉

업셔 春香 불르러 건너갈 졔 밉시인는 져 방즈 잉무갓튼 져 房子 연엽병
치 공단각근 외올망건 디모관즈 쥐꼴이 팔스 당슐 날러 어시려지계 잡어
미고 靑裳 쳑의 초록 당듸 胸中 들어 질근 미고 부어行纏 八날신의 굽紙
로 들어미고 남무도 허쳠허쳠 물도 허쳠허쳠 셔부렁 셥젹 건너갈 졔 한
보은 여그 놋코 두 보은 져그 놋코 셔분너분 건네간 졔 長松가지 툭툭 썩
거 竹杖삼아 둘너집고 셰너가의 노듸뜻듯 뒤염뒤염 허쳠허쳠 와락 씌여
달여들어 여바라 春香아 한번 불너노니 春香이 깜짝 놀늬여 ᄒ는 말니 야
인여러 子息 너 어미 너 아비가 벌웃실 글엇커 갈으치던야

〈7-앞〉

싱씨손까락으로 눈쌀을 안이 찔너 房子 기가 믹커 여바라 春香아 너와 니
와 오리만의 만나 반가온 쉰사는 안이ㅎ고 이 이 辱으로 흔단 말리이야
글어나 일이 낫다 책방 도련인이 너 논는 거실 보시고 불너오라 ㅎ여씬이
쫘판일다 건네 가자 인연으 子息 안질의 노랑수건 쓴으로 兩班으 턱밋터
셔 春香인지 난힝인지 金生인지 싱괴으 괴싱인지 근본을 종조리시 열씨까
듯 종종 외야 밧칠랴던야 여바라 春香아 네 몸으셔 는 허물을 남을 어이
원망ㅎ야 네 글은 니력을 일읏쎄 들어보아라 게집아히 힝실노셔 추쳔을
하략이면 네그

〈7-뒤〉

집 後園의셔 근듸 미고 남이 알가 몰일가 하야 은근이 듸여씨면 남으 이
목의 번거할야 여바라 이 곳실 논지컨딘 광할누 머잔흔듸 노금은 우거저
방초은 슈거져 암녀 버들은 초록장 둘너잇고 뒤닉 버들은 유록장 둘느며
한 가지 휘쳐져 흔 가지 찌여져 春興을 못 이기여 우질우질 츔을 츌 졔
네가 더옥 근듸 미고 한 변 쑥 츳 밀어갈 졔 紅裳 쌀악이 펄닝 빅능 버션
이 힛득 우리 道令任이 너을 보시고 오랏졔 니가 네 말을 하연야 잔말 말
고 건너가자 春香 ㅎ는 말이 言則是也로다 업들아 고하여 쥬면 일후의 답
예ㅎ마 일후 담예할 일 내가 안다 양식단

〈8-앞〉

쥬명이나 쌈지나 ㅎ여쥬면 말졔 이 익 미력임 쌀찌고 아이 쌀찌기은 셕슈
손의 달여논이라 네 덕으로 少年守奴 한등이나 ㅎ여보자 여바라 房子야
上下은 달을망졍 男女間 有別ㅎ듸 初面의 갈 슈도 업고 도령임도 士夫宅
子孫으로셔 意氣通達ㅎ니 늬 말삼을 자셰이 엿쥬어라 房子 할말업셔 총총

밥비 건네와셔 그디로 알왼니 道令任 분부 여바라 니가 春香의 美色을 耽
ᄒᆞ야 오란는 겨 안이라 졔가 글자나 한다 한이 古今歷代나 왕논ᄒᆞ고 風月
句나 으논코자 ᄒᆞ미라 다시 가 불너오라 房子 다시 건네간니 春香이 발셔
들러가거날 房子 春香

〈8-뒤〉

의 집 건너가직 긋 쩌여 맛참 져으 모와 맛쌍ᄒᆞ야 졈심먹다가 春香母 ᄒᆞ
는 말이 房子은 워 완는야 房子 ᄒᆞ는 말이 칙방 道令任이 廣寒樓 九景 왓
다가 春香의 秋千ᄒᆞ는 틱도을 보시고 불너오라 ᄒᆞ시기여 분부 묘야 완는
이다 春香의 母 이 말 듯고 손벽치며 하는 말이 이상ᄒᆞ고 밍낭ᄒᆞ다 니가
간밤의 ᄭᅮᆷ을 ᄭᅬ니 斜窓庭碧桃枝여 靑龍 黃龍이 뒤틀어 올나 뵈이기여 문
신 경사 잇실졸 알어썬니 들은직 도령임 함짜가 夢龍이라졔 ᄭᅮᆷ 夢짜 용
용자 반가온 일도 보것다 양반이 불의신니 어셔 가 뵈이라 잇 쩌여 春香
이 老母의 슈을 거역지 못 ᄒᆞ야 秋千ᄒᆞ던 그

〈9-앞〉

틱도로 房子 ᄯᅡ러 건네올 졔 거름거러 가는 거동 월셔시 퇴셩산의 십보ᄒᆞ
던 거름이며 三月 三吉의 빅능파가 셕괴슈변 힝ᄒᆞ는 듯 七月七夕 織女星
이 銀河水邊 向ᄒᆞ는 듯 夕陽山路 물찬 졔비 영셩宅 ᄲᅡᆯ니줄의 안져 살금
삽작 짓다 음난 형용이라 삼거름 보 물가의 쓸 졍 자로 아장아장 거러갈
졔 잇 ᄯᅵ의 房了기 충충 밥비 건네온니 도령임 반기 역어 이 익 春香 온
은야 예 무안이 방식ᄒᆞ옵는듸 小人이 간신이 돌나 왓는이다 이만ᄒᆞ고 안
져씰 졔 春香이가 當到ᄒᆞ니 도령임니 ᄒᆞ도 반가언 겁졀의 망발ᄒᆞ되 이 익
春香 올으시리라 春香 올나와 붓글엄을 머음고 익미

〈9-뒤〉

을 쉬기고 안져짜가 염눈 쥬어 도령으 상을 살펴본이 삼정이 평등ᄒ니 오
악이 구비로다 범으 멀리 졔비 텍 용으 코 봉으 눈이라 이빅과면ᄒ니 쳥
빅지상이요 東海月出ᄒ니 만군이 광명이라 화월희구ᄒ니 셩녹이 쳔종이요
虎嘯風臨ᄒ니 빅슈진경이라 으기 져러ᄒ고 형기 쳥양ᄒ니 塵世間 貴男子
라 안마음으 흡죡ᄒ야 놀너 붓글엄만 잔득 머금고 요만ᄒ고 안져실 졔 도
련님이 春香을 보더니 가삼이 두근두근ᄒ지라 春香을 자셔이 살펴본니 면
상이 단아ᄒ고 형기가 쳥양ᄒ니 연함봉졉은 장부美酒로다 一心士夫一從臣
은 쳥누화의 쎄여난이 쳔싱지여질이요

〈10-앞〉

今世之졍졀이라 영웅은 니련니와 一色 하나 너로고나 영웅 一色 만난 곳
지 廣寒樓 노파씬니 一張談話 은근ᄒ다 이화은 기박ᄒ고 春節은 拾香이라
몃살 며거는야 十六歲로소이다 날과 동갑이로다 生月 生時은 四月 初八日
子時요 나는 初七日 亥時로다 亥子時은 눈분ᄒ니 누 무셥기는 쌔졋다 옛
글의 불취同姓이라 ᄒ엿씬니 네 셩이 무어신야 닉 셩은 成가요 닉 셩은
李가라 成가 李가 글의 인는이라만은 國家 디휘가 걸이기로 말은 안컨이
와 너 姓字은 좃타 侍下야 예 편모시하요 네 집이 어듸야 집 업소 이 이
달펑이나 집 업졔 사

〈10-뒤〉

람이야 집 업씨야 졔 집 져그요 져그란이 이거 나 몰으거소 房子 불너 물
읍씨요 房子야 예 春香 집 갈으쳐라 房子 거동보쇼 春香 집 갈으친다 져
그 져 건네 鳳凰坮 밋터 압푸로는 디 심으고 뒤뜰으난 솔을 심어 靑松綠
竹君子節은 陰陽 비합 마주 셔고 자달 박달 우거진듸 草堂 압푸 연못 파

고 연못 안으 셕가산 무어 楊柳千萬絲은 우질우질 츔을 츄고 芳草난 우거
지고 綠陰은 슉어진듸 남양 草堂 臥龍先生 집 쓴으로 져그 져 건네 져겻
시 春香의 집이요 도련임 반기 역여 네 집 장이 쏫타 장원이 지졀흔이 예
으지졀이요 松竹이 울

〈11-앞〉

밀흐니 君子 烈女 놀○듸로다 今日 黃昏의 네 집의 차져갈계 괄셰나 안컨
는야 익겨 나 몰으것쇼 이 이 春香아 건네가거라 春香은 졔 집으로 건네
가고 도령임은 칙방으로 도라와셔 만단 싱각이 春香이라 졈심 진지 밧고
안져 짐치국을 마셔본니 발셔 목궁기가 칵 막히고 어간이 먹먹흐야 간졀
상사가 날 졔 房子야 예 칙이나 들려라 글이나 일거 잠칙흐자 房子 萬卷
書冊을 딜여논니 도련임 글을 익거다 孟子라 孟子見梁혀왕 흐신듸 王曰
쉬不遠千里而來흐신니 亦將유이吾國乎잇가 나도 不遠千里흐고 어셔 春香
보고지겨 大學이라 大學

〈11-뒤〉

之道은 在明明德흐며 在新民흐며 在至於至善이이라 아셔라 그 글도 못 익
깃다 太古라 天皇氏은 이슉德으로 王흐샤 房子 엿즈오듸 太古 天皇氏은
가이 木德으로 王이제 以쑥德으로 王이란 말은 今時初聞이요 無息흔 놈이
로고 太古 天皇氏가 一萬 八千歲을 살어셔 이가 묘도 빠져셔 木德은 단단
흐야 잡슐 슈가 잇건는야 물신물신흔 쑥덕을 디졉고자 흐는 말이로다 남
창은 고군이요 홍도난 신부로다 春香이가 新婦계 紅桃가 신부될ㄱ 千字을
들여라 하날 天 짜 地 감물 玄 눌으 黃 여보 도련임 인ᄌ 세 살 먹은 득
기 千字는 워 익쇼 無息흔 상놈일오고 千字라 한

〈12-앞〉

글이 陰陽으로 지여논이라 쥬지봉 쥬홍스가 하로밤으 그 글 짓고 멀이 히
엇씨로 千字가 안이라 白首文일다 긔 옹도리쎄 식이듯 흐면 팔진미가 이
여서 당할쇼냐 千字 뒤풀니을 잘 망글어 朝鮮 明창 광더덜계 흐는 뒤풀니
가 인난이라 小人도 千字 뒤풀니 암네다 네가 엇지 안단 말인냐 小人이
일웃계 들어보시요 놉고 놉고 하날 天 집고 집고 짜 地 휘휘친친 감물 현
불타져다 눌으 黃 살기조타 집 우 여바라 이 놈아 가셜이픠 장흐는 놈이
로곤나 네 양반으 千字 뒤푸리을 들러보아라 건도셩남 원이불방 셔북이
하날 天 곤도셩여 방이불원 불만동남의 짜 地 유현미무 黑赤色의 北方 현
무 가무 현

〈12-뒤〉

宮商角치 東西南北의 中央 土色의 누루 黃 天地四方이면 万里야 하우廣澗
집 宇 연디국도 興亡셩衰 쥬임니금의 집 宙 人有人쥬흐야 天下이 廣흐니
十二諸國의 너불 洪 三王五帝 崩흐신 후의 亂臣敵子 것칠 荒 東方이 긔明
一時로 生흐니 쇼관扶桑의 나 日 西山落照日暮宮흐니 月出東嶺의 달 月
五車詩書 百家語을 격案硯床의 찰 盈 房子야 히 보아라 일즁직칙의 기울
昃 하도낙셔 벌은 볍의 일월셩신의 별 진 무월동方 원낭침의 春香과 날과
잘 죽 일싱으 조흔 풍유 밤나지로 벌을 열 졍든 春香 어셔 만나 일장담화
벼풀 장 月中의 인는 집을 남원의 와셔 다시 본니 광한

〈13-앞〉

누의 찰 한 秋千흐든 우리 春香 방자 식커 올 來 옥얼골 구실쌈미 송실송
실 더울 셔 오날 젼역 期約을 두고 春香 면져 갈 往 어셔 급피 보거지겨
일각이 如三秋의 무어시로 우흘할了 萬卷書칙 거들 收 오날 흐로 工夫 三

冬 속의 져으 冬 디문 디문 다 보와도 春香이 갈물 藏 오날 희가 별노 진
이 윤시가 들어서 불윤 潤 뭇고 뭇고 쏘 물어도 희가 그져 남물 여 李成
之合 조흘씨고 春香 姓字 일울 成 黃昏 다졍 春香을 偕老百年의 힛 歲 金
瑟鐘鼓 질길 젹의 五音六律의 법즁 律 君子호구 이 안인가 오날 져역의
건네 가셔 細柳갓치 간은 헐리 에후리쳐 덥셕 안고 朱紅갓튼 셔를

〈13-뒤〉

물고 셔로 쑥쑥 쌜거든면 법즁 여字가 이 안인야 소리 쎅 질너논니 使道
晝寢ᄒ시다가 깜짝 놀너여 일온이라 예 通人이 들러가이 네 칙방의셔 전
갑니종을 알은야 싱친을 만은야 급피 下問ᄒ라 예 通人이 나와 여보 도련
님이 엇텃게 솔이을 질너간듸 使道 晝寢ᄒ시다가 놀너여 급피 下問ᄒ라
ᄒ겨씨요 과이 놀너셧야 과이 솔니셧씨요 도련님 핑계홀 말 업셔 일을 곳
싱각ᄒ다가 여바라 使道 前의 글이 엿주어라 도련님게셔 쟝자라 ᄒᄂ 글
을 보옵짜가 곤여가 붕조되야 두 날기을 쭝탕 치며 남희을 가는 양을 보
아지라 ᄒ엿다 글이 엿쥬어라 通人이 글이 가 엿쥬

〈14-앞〉

온니 使道 ᄒ신난 말삼이 聖經賢傳도 만한듸 長子만 글이란 말인야 上房
초 두 잘이 너여 도련임 쥬어 밤시도록 글이ᄂ 익고 짐무실이라 通人이
쵸 갓다 도련임계 들린이 도련임 쵸 바다 눗코 이고 이게 무신 망영인고
방ᄌ 엿ᄌ오디 도련임 興也라 賦也라 글이나 익다가 使道 짐으시거든 가
옵시다 히 엇지 되엿눈야 히 안직 멀어소 오날 히는 中路의셔 발병이 난
나부다 히 어듸로 가던야 예 東으셔 신발한르라고 쌔실악 쌔실악 ᄒ오 이
놈아 東으셔 쩌셔 西으로 가는 히가 인ᄌ 동으셔 신발ᄒ단 말닌야 글렁져
렁 일모黃昏되니 기문셩이 나는고나 如狂如醉 도련임 耿耿不

〈14-뒤〉

寐 어이ᄒ고 房子야 예 上房의셔 불컨나 보아라 아직 안쩟소 늘글면 잠흔
지 업던고 ᄯᅩ 가 보아라 불 안쩟소 이 골 ᄯᅩ 죽직이판 나것다 ᄯᅩ 가 보아
라 예 단여왓소 글히셔 눌과 눈져름할 쓱기 ᄲᅡᆫᄒ겨 쓰고 안져십듸다 ᄯᅩ
가 보아라 예 단여왓소 엇져던야 使道겨셔 늘근 물방이쳬로 엉그지침ᄒ고
업져 겨십ᄯᅳ다 그 밋틱 무엇 잇던야 파랑 초미 뵈입ᄯᅳ다 오슈청과 그 일
시작ᄒ곤나 老境이라 진직 작사은 못할쩐이 우리 단여오기는 여반장일다
房子야 春香 집 건네가자 양각등으 불 발켜셔 房子 들여 엽푸 ᄶᅵ라 上房
으 불 빗칠니 도련님 거동

〈15-앞〉

보소 이쳡도포 당太쓰여 만셕운혀 ᄯᅴᆯ면셔 가만가만 걸○갈 졔 졉노진간
가는 걸음 운간月色 히롱ᄒ고 花間 풀은 버들 몃 변이나 썩ᄶᅥ시며 大道上
으 발자초난 몃 변이나 치마흔가 투겨쥬마 少年덜은 야입쳥누ᄒ엿씨니 어
셔 가즈 밥비 가즈 可憐今夜 寥寂흔듸 가기물식니 여그로다 月下 徘徊ᄒ
야 春香門前 當到ᄒ니 前後 눈간 초양각은 입 口字로 지어ᄂᆫ듸 楊柳桐栢
들총남무 梧桐취병 四面의 둘어잇고 목단 芍藥 映山紅과 자달 박달 葡萄
넌출 담장 밧기 졔우 소사 오모록커 피여 잇고 일ᄂᆫ파창 봉미장의 杷草난
송입이

〈15-뒤〉

ᄂᆞ셔 우줄우줄 춤을 츄고 ᄯᅩ 져 편을 바리본니 반뫼방당일감기의 거울갓
튼 져 연모션 積石으로 면을 바쳐 너모 번듯 짜어ᄂᆞᆫ듸 荷葉出水小如錢이
라 三十餘株 얼인 연입 물 박그 졔우 소사 동실납작 ᄯᅥ셔 잇고 딕졉갓튼

금붕어은 쩌쩌정정 물을 찰 제 둥덩둥덩 떠셔 논다 사창의 노든 학은 쏘
속쏘속 조흐다가 도련임 오는 자최 깜짝 놀니여 목을 찌여 쑤룩 씰눅씰눅
잠감잠감 가은구나 柴門의 聞犬吠라 네 눈이 삽살니 반동깅이 마조 캉캉
짓고눈이 風雪夜歸가 이 안인가 南原 亦是 永南 졉게라 ○쏘로 上單이 나
오던니 너 이기 게 븟고 닐다 니라이 닐다

⟨16-앞⟩

방즈다 방즈은 웨 완냐 도련임 와겟다 네의 아기씨○○○ 針房의 짐으신
다 上單이 들어가던니 이고 이기씨 칙방 도련임 와겟씨요 春香이 깜작 놀
니여 이겨 난은 나지 오시마 흐기여 우심말노 알어쩐니 참으로 와겟구나
별덕 이러 느오난듸 난초갓치 고흔 멀이 가닥가닥 허틀러져 두 귀을 덥퍼
잇고 분듸밋션 노록쏘름 연지밥이 쏠고소름 春困을 몬이기여 셤셤옥슈 간
은 손의로 紅裳을 거더 잡고 萬石雲鞋 쓰으면셔 花階上으로 나오는 몬양
江陵原 봄바람의 당명왕을 모시랴고 양구비 터도 갓고 셔왕모 요지연의
쥬목王을 모실얀 듯 萬古絶色 春香

⟨16-뒤⟩

터도 色奪 西侍 이 안이야 도련임 압푸 當致흐야 도련임 왓겟씨요 오 너
은 진직 들어와 밥니나 잘 먹고 곤치느 안니흔야 도련임 어셔 들읍씨요
아셔라 네 먼자 들어가즈 도련임 먼여 들읍시요 아셔라 너 먼자 드러가자
왕심의 먼나리ㄱ 면경으로 흐나라도 船主ㄱ 업시년 못 씨느니라 네ㄱ 몬
져 들어ㄱ즈 春香니 도련임의 도포 쇼믹을 왈싹 줍고 니 방으로 가웁시다
도련임 春香 방으로 드러가 쥐듯 괴야놋틔기 안져씰 제 春香니 경게 아는
계집아라 待客 初人事의 南草 붓쳐 쵸미쓰락으로 빡드득 씨셔 옛소 덤비
줍슈 도련임 담비 바더 닙의 물고 四面을 둘너보니 名筆

〈17-앞〉

글시 間間니 붓쳐는되 이광사 송봉시며 중방골 신참판 즈흐션 글시 경신
듸려 붓쳐닛고 一等名書을 시이 시이 붓쳐씨되 무신 길음 붓쳐는고 부츈
산 엄자용이 諫議大夫을 마다ᄒ고 秋雨동강 七里탄의 羊裘을 썰쳐 닙고
萬事無心 일금한의 괴기 낙은 져 거동을 역역키 그려 놋코 쏘 졔 便 바라
본니 상산사호 네 노인이 바돌한을 압폐 놋코 엇썬 老人은 빅기을 들고
쏘 흔 老人은 흑기을 들고 여기 노면 픠가 되고 져기 노면 집니 난너 쏘
엇던 老人은 九節竹杖 호로병의 太極圖을 압푸 녹코 天地道數 씨랴ᄒ고
구즁쥬을 들어잇고 쏘 흔 老人은 휸슈ᄒ다가 무렴을

〈17-뒤〉

보고 바돌판을 안보라고 外面ᄒ고 도라안져 쏘속쏘속 조은 경을 歷歷히
글여잇고 쏘 져 편을 바라본딘 육한딘사 성진이가 셕교상 봄바람의 八仙
女 히롱할 졔 桃花一枝片片水요 징도ᄒ던 길임이며 쏘 한편을 바리본니
漢宗室 劉王肅이 臥龍先生 보랴 ᄒ고 南陽草堂 風雪中의 關公 張飛을 거
나이고 거름조흔 赤吐馬을 우둑썹벽 오는 경은 歷歷커 길엇더라 春香이
너 房 미우 잘 쮐엿다 숀 것친 놈 보와시면 말나 병 되것다 金玉斜窓 집
푼 밤의 人跡 야심ᄒ엿싯니 그만 놀고 잠을 자자 한참 이리할 졔 견네방
春香母 잠을 씨여 일어안져 공연이 달 발근 것 보고

〈18-앞〉

히을 너여 압문 열고 나오면셔 달도 박다 달도 박다 원슌여려 달도 박다
졔가 무엇 아은 체라고 無端이 발것구나 후유 이게 나도 엇그졔그 슈쳥들
어 都內 江山 名山 大川 안이본 곳 업시 구경ᄒ고 도라와 뉘던지 셔방 삼

어 종사一夫 발이쩐니 靑春니 여졔로다 울이집 큰 아긴가 누구도 글어찬
턴이 올보텀 자고 일어나면 얼골이 부신 듯하고 복송화꼿 벌러진 듯하고
잔듸잔듸 송입나면 먼 山 보고 흐품하고 졋통이 소복흐고 연지쎔이 보쇽
보쇽흐던니 엇던 놈을 유인흐야 두리 안져 엇져고 엇져고 흐여 게 눤야
방즈 졋틔 셧다가 쉬 이 놈 늬가 배암인야 쉬흐게 예 사쓰 子弟 도련임이
와겨쇼 春香어모

<h2 style="text-align:center">〈18-뒤〉</h2>

여러 히 기싱으로 늘거셔 눈치만 나머것다 이거 느난 뉘기라고 小女가 눈
이 어두워 上下을 分別치 못 흐여싸온니 죽어싸온니다 무신 글어할 이가
인난가 늘근이 들러오겨 春香어모 들어온니 도련임 흐는 말이 늬가 오날
즈늬집의 나오기난 체모난 틀여씨나 잔늬 쌀 극션키로 百年期約 밋자 흐
고 왓씨니 늘근이 마암이 엇더흔가 春香어모 이 말 듯고 발연 변식 홰을
늬여 여보 도련임 小女 말삼 들어보시요 낙동양반 셩씨 南原府使 지졍흐
샤 슈쳥들나 분부난니 관장의 영을 거역지 못흐야 슈쳥든 三朔만의 그 양
반 도로 갈녀갈 졔 싱각 밧기 슈티흐여 나어논니 져것시라 셔울로 고목흐
엿던니

<h2 style="text-align:center">〈19-앞〉</h2>

썃쓸 쩔어지면 다려가마 누누 기별잇쌉기로 쳔심만고 발리쩐니 그 양반
불힝하야 世上을 발인 후의 헐헐단신 小女 몸이 십맹일장 져짓 밋고 근근
이 키여늬여 칠셰으 入學시계 內則片 열려便과 인의禮智 三崗五倫 言忠臣
行德경을 제가 모도 通達흔니 늬가 늬 쌀이라고 흐올잇가 져것 나히 十六
歲의 혼인은 지늬가나 여염의도 不當흐고 士大夫宅의도 不可흔니 도련임
흐신는 말삼 가망업고 무가늬하요 글언 말삼 마르시고 놀으시다가나 가옵

시요 好事다민라 도련임이 기가 막켜 안이 여보소 들어보소 나도 未長前
이요 春香이도 未혼젼이라 피차 언약이 지즁ᄒ고

〈19-뒤〉

양반의 子息이 一口二言할 이가 잇나 春香어모 ᄒᄂ는 말이 진졍 그어ᄒ면
手期 一張 ᄒ여주오 도련임 반기 여계 글리ᄒ쇼 디모쾌상 용연젹으 호황
모 無心筆을 덥벅 풀어 디도련지 펼쳬 놋코 수기을 ᄒ여씨되 右手期事짜
은 天緣이 之重ᄒ와 츄쳔지지 相逢之之情은 短山之鳳凰이요 綠水之원왕이
라 天地로 위징ᄒ고 相逢으로 作배ᄒ야 이걸동상지가연ᄒ거온 日後 若有
他說則 以此文記로 告官斥庭事라 手記士의 李夢龍이라 着名ᄒ 연후의 도
련임 금낭을 여어만져 石鏡 니여 春香을 쥬며 大長夫 情節行이 石鏡 갓틀
씬딘 千萬年이 진

〈20-앞〉

니간들 변할 씨 잇씰쇼야 春香이 져 쪗쓴 옥지환을 右手로 변듯 쎄여 도
련임계 듸리면셔 아여ᄌ 진졀힝이 옥지환 갓틀씬더 塵退中의 뭇쳐씬들 할
비 잇씰쇼가 彼此 간슈ᄒ고 春香어모 바더 비단보여 지피 쌋며 이거시 혼
셔지보단 至重ᄒ다 상단야 예 도련임 잡슈실 飮食을 들여라 時俗 廣大덜
은 飮食을 치예씨되 엇져고 엇져고 ᄒ엿다되 다 거진말이엿다 잡슐 飮食
을 치여씨되 엥계 수징기로 살머놋코 셜합 쎄다 열달니고 위산 졈복 니여
외려놋코 짐치 한 글읏 시율 디쵸 호도 능금 과실 한 졉시 괴야놋코 쥭역
고 죠흔 슐 화쳥ᄒ야 잉무잔의 가득 부어 엿쇼 도련임 약쥬 잡슈시요 도
련임 슐

〈20-뒤〉

잔 바더들고 여바라 이 슐이 가위 合盃酒라 그져 먹지 못ㅎ것다 닉 시죠
혼나 들어보아라 슐 안이 먹자고 밍셰 진밍ㅎ엿던니 슐 보고 안쥬 본니
밍셰 진밍 허스로다 春香아 잔 슐 잡버라 밍셰 넘겨 울리 둘리 분비하자
一盃一盃復一盃라 醉興니 도도할 졔 술상 물여 방즈 쥬며 어셔 들어가셔
안동정이나 잘 살피여라 예 도련임 뎌사나 平安이 지니시요 잇 쩌여 春香
母은 노름방의 불젼쩌는 놈 쏜으로 안져쩌날 春香이 민망ㅎ야 져의 母계
눈을 준이 春香母 눈치치고 건네방으로 간 연후의 도련임과 春香이은 슉
ㅎ더라 시쇽 광디덜은 쳔날 져역의 만나 스량가도 ㅎ고 엇쪄고 엇쪄고 ㅎ
엿다 ㅎ되 다 거진말이엿다

〈21-앞〉

春香과 李도령은 쳔날 져역의 만ㄴ 붓글엄만 잔득 두고 스량은 몰나쩐니
ㅎ로 잇틀 혼 달 두 달 진니간이 붓글엄은 어듸로 가고 스량만 담복 들어
글이 사랑가가 되야던니라 사랑 사랑 닉 사랑아 어허둥둥 닉 스랑이졔 져
리 가거라 뒤틱도을 보자 이리 온으라 압틱로을 보즈 쌩긋 우셔 입속을
보자 여바라 春香아 닉 말을 들러라 동졍七百月下秋의 巫山갓치 놉푼 사
랑 落木無邊水如天 장희갓치 집푼 사랑 네와 나와 만난 스량 허물업논 夫
婦 사랑 生前 사랑 이리할 져 死後期約 업실손야 너은 죽어 글자 되되 짜
지짜 그을 음짜 안이 쳐짜 겨집 여짜 변이 되고 난은 죽어 하날 쳔 하날

〈21-뒤〉

건 사나 남 아달 자짜 몸이 되야 계집 여 변의 짜 부치면 졸을 호짜로 만
나보자 사랑 사랑 닉 스랑이졔 알들간간 닉 스랑이야 너은 죽어 물리 되
되 天一水 黃河水 銀水 瀑布水 万頃滄海水은 되지 말고 七年太旱 감품이

라도 말으잔코 일성 진진 져져 인난 음양水란은 물리 되고 나는 죽어 시
가 되되 청조 영조 호반시 鶴 두름이 잉무 공작은 되지 말고 원앙鳥란 시
가 되야 淸江綠水間의 白鷺橫江格으로 둥덩둥덩 써셔 놀거드면 날인 졸
알염무나 스랑 스랑 니 스랑이졔 알뜰 간간 니 스랑이졔 너은 죽어 종노
인경 되고 느는 죽어 인경 맛치 되야 져역이면 二十八數 시벽이면 三十三

〈22-앞〉

千 그져 쩡쩡 울이면 달은 스람 듯기난 닌경 맛친 소리로 들이여도 우리
두리 듯기여는 니 스랑 春香하면 눌닌 졸을 알염무나 니 스랑 스랑 니 스
랑이졔 느난 죽어 납부되되 범느부란 느부가 되야 네 셩이난 니가 물고
니 쉬염은 네가 물고 春風이 건듯 불면 너울너울 춤을 출 졔 눌닌 줄을
알염무느 스랑 스랑 니 스랑이야 알들간간 니 스랑이졔 너은 죽어 방이학
이 되고 느은 죽어 방이고가 되야 庚申年 庚申月 庚申日 庚申時 姜太公으
造作 방이고가 쩔구쩡 쩔구쩡 찌여갈 졔 눌닌 줄을 알염무느 春香이 하는
말리 느는 그 방이획이 안이 되것소 그 방이고 다 달으면 달은 방이고

〈22-뒤〉

을 맛츄난니 나은 방이학이 못 되것쇼 글ᄒ고 나는 일성 밋틔로만 간이
골나 죽것쇼 글어면 너 우로 될나너야 네 우로 될 것 졈지하마 너은 죽어
동미 웃짝 되고 느는 죽어 밋짝 되야 삼람의 손이 얼은 하면 天圓地方으
로 갈어가면 휘휘 둘너 갈러갈 졔 날인 줄을 알염무나 사랑 사랑 니 사랑
이졔 아무리 하여도 니 사랑이졔 한참 일이할 졔 도련임이 春香을 업고
논난듸 장관이엿다 익고 익고 나 죽것다 너을 업고 빌어먹어도 안이 비러
먹을 놈 업것다 니 사랑 사랑 니 사랑이야 어허둥둥 니 사랑이졔 네 무어
실 먹으랴은야 네가 무어실 먹고십퍼 둥글둥글 슈박덩이 웃봉지 쑥 쩌고

江陵 白쳥을

〈23-앞〉

두루룩 부셔 불근 졈을 먹을야넌야 南陽水柿 불은 놈을 손으로 죠몰죠몰
씨는 다 쎄발이고 네 입으로 쌜을는은야 五味湯水을 먹을는으냐 石榴 유
자을 먹으야는야 萬첩靑山 늘근 범이 살진 앙캐을 물어다 놋코 이난 쌔져
먹지는 못ᄒ고 흐르릉 흐르릉거리며 얼우는 듯 니 사랑 사랑 니 사랑이졔
아무리 ᄒ여도 니 사랑이졔 여바라 春香아 날 좀 어벼라 도련임도 잡셩실
언 말삼도 ᄒ시요 니가 엇지 도련임을 업고 논단 말이요 나도 너을 어버
씬이 너도 날 좀 어벼라 도련임은 기운 잇셔 어벗썬이와 나은 기운이 업
셔 못 업썻쇼 이 이 느는 발질이 쌍으 쓰시계 어부면 별슈가 인는이

〈23-뒤〉

라 잇 쩌의 春香이가 도련임을 업고 노는듸 미우 잘 노는 거시엿다 둥둥
니 스랑 얼씨구ᄂ 니 스랑 스랑 니 스랑이졔 니 스랑 부열리을 업분 듯
여싱이을 업분 듯 퇴겨 스겨을 모신 듯 우암 동춘을 모신 듯 충무공을 업
은 듯 항상 디감을 업은 듯 몀망일국 니 셔방아 보국忠臣 니 셔방아 淸白
宰相 니 셔방아 알들ᄒ신 니 셔방아 니 스랑이졔 니 스랑이졔 압푸로 보
아도 니 셔방 뒤여로 보아도 니 셔방 아물이 보아도 니 셔방 니 간간이졔
도련임 조아랴고 된쏭 누난 놈 디답ᄒ득기 온야 온야 네 셔방이다 여바라
春香아 네 졍즈 타령을 들러보아라 情字 노래을 너와 나와 有情ᄒ니 엇시

〈24-앞〉

안이 多情ᄒ랴 流流淡淡長江 悠悠遠客 送君不勝情 河橋의 不相送한이 江
樹遠含情 下鄕太守喜雨情 飮食 투情 복업셔 방졍 일졍 시졍 논지컨디 니

마음은 元亨利情 네 마음은 一片丹情 兩人心情이 托情타가 만일 破情이
되면 복통絶情 썩情되야 情神업시 될 거신이 眞情으로 元情ᄒ잔은 情字로
다 여바라 宮字 노리을 들어보아라 쏘 날달여 옥할나고 말도 엇지 글니
죠와요 네 宮字 타령을 맛잇게 드러라 이겨 권싱원 쪄엿다 궁짜 노리을
들어라 죠분 天地 開坼後의 雷聲벽역風雨中 瑞爭霜降 얼여씬니 엄장ᄒ다
長樂宮 秦始皇의 阿房宮 唐明

〈24-뒤〉

王의 未史宮 양구비이 蓬萊宮 月宮 속의 광한궁 龍宮 속의 水滄宮 이 宮
져 宮 다 발이고 네와 나와 合宮할 졔 이니 가죽 방밍이로 쑹쑹 을녀씨면
이 안이 別宮인가 여바라 春香아 우리 말농질 하여보자 이고 잡셩실언 말
삼도 ᄒ시요 말농질이 무어시요 가만이 잇거라 春香을 할씬 벽겨 황시목
手巾으로 목을 거러 말꾀쎄 쏜으로 넌진 잡고 올나안져 싱짜 노리을 하엿
다 乘字 노리을 들러라 헌원씨 십용관과 능작더무 치을 탁녹안의 시로 자
벼 지남거을 놉피 타고 월승시게 삼역의 중원으로 들어올 졔 도라갈 질이
히미ᄒ야 周公의 셩덕으로 박게 五

〈25-앞〉

乘 급피 타고 ᄒ우씨 쳔ᄒ 엇든 勞心肖思가 면 희는고 금일을 통혼 후의
六行乘車 놉피 타고 여동빈은 白鷺鳥 타고 이젹은 고리 타고 日暮滄江 漁
翁덜은 一葉舟을 흘여 져어 둥덩둥덩 쩌셔 잇고 今夜三更 집푼 밤으 이도
령 탈 것 업셔 春香으 비을 놉피 타고 구졍걸음으로 걸어라 화장으로 걸
어라 반부슈로만 거어라 기추 쮜듯 쮜여라 이라 이라 春香은 도련님 조켜
ᄒ노아고 오용 오용 오용 일언 장관이 업셔 여바라 春香아 비합 탈령을
들어라 우리 두리 동갑이요 亥子時가 生身이요 만는 날은 酉日이 짝 비짜

합헐 합짜 配合 탈영 업실쇼야 高明在

〈25-뒤〉

上 ㅎ날 되니 日月星辰 配合이요 薄厚在下 쌍이 되이 山川草木이 配合이
요 堯舜聖君 나겨씨이 고요 직셜리 配合이요 三綱五倫리 발거씨니 孔孟顔
曾이 配合이요 黃河水가 집퍼 집퍼 집퍼씨니 타魚별리 配合이요 곤강山이
놉파씨니 飛禽走슈가 配合이요 君長 나겨씨니 城郭宮室리 配合이요 春香
이가 싱겨씨니 李道슈이 配合이라 그만 겨만 잠을 자자 잇고 나은 아직
못 자것소 엇지 못 잔단 말이야 달 쩌올으면 뒤쭝손으 올가 花柳 귀경ㅎ
옵고 어미 져골리 뉘비던 것 열디 줄 나머씨니 그거시나 다 뉘비고 보던
이악이칙 시물 다섯 쥴리 ㄴ머씨니 그겨ㄴ 다

〈26-앞〉

다 보고 자것쇼 이 이 그것 져것 다ㅎ고 잘니셔은 과천 술막으 조반상 놋
썻다 일엇케 놀을 젹으 好事多每라 千万 뜻쌕기 남원 사쏘 힝차홀야 內職
으로 올나가것다 도련임은 종도 몰의고 上房으 들어가니 使道 ㅎ신는 말
삼이 네는 요시으 어듸 出入을 글리ㅎ는야 니가 內職인지 外職인지 불너
씬니 오날 중기을 닥고 슈일間 올나각계 너는 來日 일직 너으 어만이을
모시고 올나가거라 예 ㅎ고 對答은 ㅎ여신ㄴ 春香 두고 갈 일을 싱각ㅎ니
눈으셔 눈물리 글엉글렁ㅎ야 눈을 쌈잭이여 셔은 눈물리 ㄴ올 뜻ㅎ

〈26-뒤〉

야 눈을 총소리 들은 톡기 눈쓰듯 쌘ㅎ겨 쓰고 셧다가 안악으로 우루룩
들어가 니훌 만누리계 어린 양쪼로 어먼니 어먼니 달이고 갈나오 달이고
갈나오 업다 이 이 누기 말인야 어먼이는 모르시요 엇다 春香이란 말이요

이 익 네 父親이 알으시면 七쭈궁이 날 거신이 그게가 원 말인야 도련임
이 기가 믹겨 익고 이 일을 엇지잔 말인야 날 못 보면 졔가 죽고 져 못
보면 니가 죽난디 만일 져을 못 달여가면 그 春香도 독험의 지결이 가연
훈이 엇지하야 올탄 말인야 달여갈가 못 달여갈가 이리 싱각 져리 싱각
春香 집 견네갈 졔 如狂如醉 헛걸의며 春香 門前 當到훈이 젼으 짓던 청
삽살이

<h2 style="text-align:center">〈27-앞〉</h2>

은 도련임과 함기 셔셔 꾜리 치고 반가는다 잇 쩌여 상단이가 花階上의
물을 쥬다가 도련임 얼은 보고 우루룩 달여 도련임 와 겻시요 오날은 왜
느졋쏘 젼으난 오실 쩌으 달밋틔 예장성과 지침 소리 와연턴이 오날은 나
을 놀너랴고 가만가만 오신잇가 도련임 더답업시 방문 열고 들어간니 잇
쩌 春香이은 촉불밋티 홀노 안져 도련임 될으나고 양낭의 슈놋타가 도련
임을 얼은 보던니 春香이 거동바라 針床을 물이치고 쌍긋 웃고 이러셔셔
玉手 잡고 하는 말이 오날은 칙방으셔 무신 소일 하노랴고 편지 한 변 안
이 한이 어데셔 기상 왓소 방즈가 병이 들엇소 날 곳 보면 반기던이 오

<h2 style="text-align:center">〈27-뒤〉</h2>

날 일이 슈심키는 뉘 희담을 들어겻쑈 니 집의 단인다고 사쏘게셔 쑤즁낫
쑈 각갑호여 못 살것쑈 말 죽금 호여쥬쑈 약쥬을 과음호야 精神이 혼미한
가 입의다가 코을 대고 씽긋씽긋 맛터보되 슐니도 안이 는네 져역 이실
시벽 바람 실셥을 과이 하셧시요 골머리여다가 손을 디고 쏜득쏜득 눌너
보되 머리도 안이 더움데 어졔 져역의 하 곤하야 소첩을 不請턴이 그 농
음이 안이 풀어겻소 장부지힝실덜은 宿夜之怨이 업다던이 속이 글이 조부
시요 七十當年 우리 母親 망영된 말삼하야 도련임게 실슈한가 얼골도 훈

틱 디고 졋가심의 손도 너어 간질암도 쏙쏙 틱되 쏨

〈28-앞〉

작도 안이ᄒ고 무장 더 식골음ᄒ고 우두건이 안져실 졔 春香이 희을 너여
잡은 손쩔 션듯 놋코 뒤로 물너 나안지며 니 몰나소 니 몰나소 도련임 속
니 몰나소 도련임은 양반이요 春香은 쳔인이라 장부 혹한 마음 일시 풍졍
못 이기여 잠간 탁졍ᄒ야씨나 부모임이 ᄭ우중ᄒ고 외인이 是非하야 ᄶ여는
거시 올타 ᄒ고 ᄒ직차로 와 겨신듸 쇽업논 이 졔집은 손을 줍너 나실 대
너 편지 업너 넛겨 온너 짝사랑의 질거음 오지기는 보기 실어것소 쇽마음
졀리할 졔 니 누쵸혼 쳡의 집으 오시기는 원 일이요 使道 子弟 조흔 기구
칙방의 안지시고 방ᄌ 시겨 이별혼다 편지나 하여씨면 졀문 연 기

〈28-뒤〉

상으로 사자 사자 ᄒ올잇가 자식업난 老母 두고 자결은 못 할터나 獨宿空
房 누엇ᄶ가 에미 싱각 바리시면 쵸상장ᄉ 三年喪을 正誠으로 지닌 후의
소상강 반쥭지여 피눈물 훗ᄲ려서 千秋有傳턴지 白雲靑山 幽僻岩ᄌ 삭발
爲僧ᄒ던지 쇼건듸로 할 테인듸 쳡의 마음 몰으고서 말ᄒ고 우셔난 쩔치
기가 쉽잔타고 昔불이요 金불이요 녹째는 학자시요 쳔호반난 니답입고 몸
을 다 만져도 쏨쌱도 안이ᄒ니 졔집으 디졉이요 男子으 道례시요 나을 일
싱 노류장와 갓치 알여것쇼 ᄲᅩ쑥 일어서 나가라 홀 졔 도련님이 기가 막
커 紅裳ᄶ락을 부이집

〈29-앞〉

고 이 이 거그 안져 말 듯거라 잡바졋다 뉘가 잡바져요 使道쩌서 잡바져
단다 어듸 힝차ᄒ시다가 낙상ᄒ겨씨오 찰아리 낙상ᄒ여 고도리쪄가 불어

졋신들 이디지 원통혼단 말이야 남원 사쏘 善治혼다고 나라으셔 니직으로
불너씬니 아미도 우리 期約 후기둘박기 슈가 업다 春香이 쌈짝 놀니여 존
말삼이요 난은 큰일낫다고 사쏘 올나가신단듸 우잘겨 무엇시요 官長님이
外職쏘 호고 內職쏘 호실 졔 도련임은 使道겨셔 南原으셔 늘글 졸 알어겻
쇼 도련님 먼져 올나가시면 나은 七月 금몸이ㄴ 八月 初上이ㄴ 家庄之物
放賣호야 셔울

〈29-뒤〉

로 올나가셔 도련임겨 기별홀겨 作諒호야 싸로 살이던지 合産을 시기던지
글엉져렁 지니다가 도련임 及帝호야 外房의로 나러갈 졔 감이 호나 어더
타고 안으셔도 못 다려간단 말이요 大丈夫도 졀어켜 운단 말이요 여보 아
갈이 보기 실쇼 그만 근치요 셜음 졔워 우난 사람 말유호면 더 우난 법이
엿다 식글업소 그만 울으시요 도련임이 기가 믹켜 여바라 엇던 놈이 네
말을 호엿는지 니 희담을 호엿는지 만일 너을 다려가는 날이면 족보의 들
어니고 사당 참예을 말나혼이 엇지 안이 운단 말이야 春香이 이 말 듯던
이 몸이 뿅 찰난 미 짜고 안듯 호던니 고닥의 야단날 졔 얼골

〈30-앞〉

니 풀으락 눈썹이 쏘곳호며 쏘가 벌심벌심호던이 웃쑥 일어셔 나가라 할
졔 거드치는 초미짤락도 짝짝 머리가닥도 와드득 와드득 面鏡 체경도 들
어니여 文房士友 다 와질근 자룩 부드치며 여보 도련임 그 말 짜우 을미
나 쏘 잇쇼 혀혀 미우 들음직호거던 사람 죽는 구경을 호라시요 와락 쒸
여 달여들어 도련임의 허벅달이 안쏙살 무릅혼 듸을 덥벅 물고 일언 원슈
가 쏘 잇실가 남무 身勢을 이디지 맛친단 말이요 양반도 一口二言호난 볍
이 잇쇼 못 가난이 못 가난이 날 죽이고 가면 가졔 살여두고난 못 가넌이

달여가오 달여가오 아무리 賤人이라고 이터지 괄시한

〈30-뒤〉

단 말이요 이고 이고 니 일이야 去年 五月 端午日의 도령임 니 집의 쳐음
와셰 도련임은 져그 안고 春香 나은 여그 안져 날다려 하는 말삼 新盟不
如古盟이요 古盟不如新盟리라고 니 손질 부여잡고 우룩 날어가 장즁의 웃
쑥 셔셔 경경한 말근 ᄒ날 쳔 변이나 갈으치며 만 변이나 갈으치며 잇지
마자 百年期約 죽지 마자 如山盟世 歷슈이 밋더쩐이 이 지경 원 일이요
도련임은 올나가면 洛陽城中 널운 고디 香花春風 거리마닥 醉ᄒ눈이 장진
酒요 靑樓酒色 집집마닥 뵈이는 계 美色이라 好色ᄒ신 도련임이 눌갓튼
花房賤妾이야 손톱만치느 싱각

〈31-앞〉

할가 못 가년이 못 가년이 날 살여두고난 못 가년이 ○○○○ 슈가 잇고
後期도 수가 이졔 만는 졔가 몟 놀이며 무어시라고 밍쎄ᄒ엿쇼 이고 이고
니 八字야 二八靑春 졀문 연이 獨宿空房ᄒ잔 말가 도련임 기가 막켜 우지
마라 우지 마라 졔발 덕분 우지 마라 니가 간들 아조 가며 아조 간들 잇
질손야 今年 八月 大曾廣의 壯元及第 놉피 하야 桂花靑衫 니려와셔 영화
로 달여가마 네 옛 글을 못 보안야 부슈소관혼호오라 옷날라 졍부라도 咎
分東西 任 길우워 귀즁심쳐 늘거잇고 공문寒江千里밧여 관山의 征客이어
약야거으 쳐련여도 秋月寒江 景조흔 디

〈31-뒤〉

임 못 보와 相思로다 죠편이별 셥셥하느 셜마 과이 오닐손야 우지 말고
잘 잇거라 부용당 연못가으 풀의겨 디을 심어쩐이 날 본다시 셔름 풀나

나은 실쇼 디가 무신 신물이요 살디은 가고 져쎠는 울고 길이는 이 붓쎠
로다 이고 이고 니 일이야 도련임은 올나가고 나은 南原땅으 쑥 쩔어져
晝夜相思 엇지 살가 여보 도련임 이별 말이 원 말이요 방낭사중 씨던 철
퇴 天下壯士 項羽 쥬어 씨치고져 이별 잇짜 셩우一分手은 난울 分字 원슈
로다 여보 도련임 이니 정 쓴코 간이 쓴을 絶字 어이할고 벽도홍안一年春
은 當時 榮華 셰쑨이요 靑松綠竹 君子

<h3 align="center">〈32-앞〉</h3>

節은 본바들 슈 업싸온니 도련임 올나가면 언으 졀에 오랴시요 世上 四節
生覺한이 春節 가고 夏節 가고 秋節 冬節 슈이 가이 歲月이 無情 四時節
靑松綠竹 天高졀 빅이 슉졔 만고졀 蒼梧山朋相守節 임풍양부졀 千山鳥飛
絶 花臺人聲絶 臥病의 人事絶 松栢竹絶 方長不絶 싸워 이絶 노리 가졀 즈
졀 져졀 이별 영졀 그른 잡졀 다 바리고 도련임 날 바리고 반千里 올나가
면 쇽졀업난 이니 졍졀 晝夜 生覺할 졔 부디 쇼식 돈졀마요 도련임 연짜
로 운을 달어 春香 졀字 화답한다 네 말 당연한이 니 들으미 쳬연하다 旅
館寒燈獨不眠

<h3 align="center">〈32-뒤〉</h3>

客心何事로 젼쳬연은 古鄕今夜思千里요 相빈明朝 有一年 風起암여 문왕친
의 위슈여상 팔심연 숀빈 복병 말은 도의 디퓌하던 위빅연 彩石騎京 李靑
蓮 江南風月閒多年 寂寞江山近百年 貴中妻子 靑年 過年 前年 今年 空年
好年 又年 이니 너와 네 일홈이 발연하야 네을 본니 한연ᄒ고 네 틱도 와
연키로 丈夫 사랑 인연미져 偕老百年 ᄒ자던이 今年의 離別ᄒ고 昨年의
쩌는 후의 네 슈졀이 天年하야 至年 날을 싱각ᄒ고 갈연이 지달으면 後年
의 니여와셔 欣然 相逢할 거신이 不遠百年 우리 期約 千里 망연ᄒ오

〈33-앞〉

리라 우지 말아 우지 말아 한참 일이할 계 잇 쩌의 春香어모 건네방으셔
가만이 듯던이 이고 요것덜 오날 져역의 쏘 사랑 싸홈 낫구나 울음이 졈
졈 집펴간이 春香어모 기슈치고 나오는듸 하던 일 져쳐놋코 春香어모가
나온다 싱초 멀이 희즈 초미 종종거름 밥비 나와 으간말우 셥젹 올나 가
만이 들어본이 離別이 젹실흐거날 두 손벽을 짝닥 치며 혀혀 망흐연네 여
보소 洞內 스람덜 오날 져역의 우리 집의셔 사람 두어 명 초상납네 春香
房 영창문을 쥬먹쥐여 달여들어 쌀 젼우면 네 이 연 썩 죽어라 썩 죽어라
네 죽은 神體라도 져 양반이 지고가

〈33-뒤〉

게 져 양반 올나가면 뉘 간장을 녹길는야 니 일싱 말하기을 후회되기 쉽
이라 넘어 틔과한 마음 먹지 말고 열염의 擇取흐야 셩셰도 有餘흐고 짓체
도 너와 갓치 봉황의 짝을 어더 니 마음이 맛당흐면 느도 좃코 너도 좃체
마음이 도구하야 남과 별노 달으던니 잘 되고 잘 되얏다 우루룩 달여들어
도련임 압푸 웃둑 셔셔 여보 도련임 악가 무어시 엇져고 엇져고 하엿소
날과 말삼 좀 하여봅시다 니 쌀 春香 어인 거시 도련임과 만난 지가 쥰
일 연이 되야씨되 行實라 기리던가 얼골이 부족던가 밤졍이 흘리던가 침
션이 부족턴가 言語가 불순턴가 무

〈34-앞〉

어시 부족키로 이 봉변을 당흐시요 君子 슉여 발리는 법 七去之惡 안 범
하면 바리지 못 하는 졸을 도련임도 몰으시요 니 쌀 春香 어린 거실을 밤
나지로 사랑할 제 안고 지고 눕고 자고 百年 三万 六千日을 쩌나 사지 마

자 ㅎ고 晝夜로 사랑턴니 말경 가실 졔는 쑥 쩨여 발이고져 하이 楊柳千
萬絲 가난 春風 자바미며 綠葉이 落花되면 언의 나부가 다시 올가 二八靑
春 내 쌀 春香 月態花容 고흔 얼골 不得長春 늘거져셔 紅顔이 白髮 되면
時乎時乎不再來라 다시 졈지 못 하난이 늬 쌀 춘향 어인 거시 娘君 싱각
이 간졀ㅎ야 月將明夜 三更의 窓前

〈34-뒤〉

의 돗은 달이 왼 天下의 빗쳐올 졔 첩첩 愁心 어린 거시 郎君 싱각이 未
反ㅎ야 草堂前 花階上 담비 부쳐 입의 물고 일리져리 걸의면셔 손들러 눈
물 씻고 북역만 갈의치며 漢陽 게신 書房任이 날도 일이 싱각한가 이늬
사랑 옴게다가 달은 임을 셤기는가 불꼿갓치 급한 셩졍 후유 한슘 落淚ㅎ
며 우루룩 들어와셔 담비디 쌍쌍 썰러 울묵의다 밀쳐놋코 입은 옷도 안이
벗고 외로운 비기 우의 벽만 지고 들어누어 밤나지로 하는 근심 병 안이
고 무엇시요 늘근 어미 졋틔 안져 조흔 말노 달니여도 실음 相思 지피 든
병 늬 곳치지 못하

〈35-앞〉

고 怨痛이 죽사오면 白首 七十 늘근 거시 쌀 죽이고 슈우 일코 太白山 갈
가마구 게발 물어다 덴진 다시 웃탁할 곳 젼이 업셔 路中 客死 죽어지면
언으 뉘가 상십ㅎ면 오작의 밥이 된들 언의 뉘가 지늬감셔 후여 ㅎ고 날
여 줄가 네 이 연아 쌀어가그라 쌀어가그라 女必從夫 네가 알고 出嫁外人
늬 몰은다 상단아 졍틔 안의 手記 늬여온으라 南原이 空官되면 임실이 졈
官인이 일엄으로 빅활하네 使道前의 등장가자 위여논니 이도령이 싹 질엿
다 春香어모 무셔셔 질인게 안이라 使道게셔 들으시면 죽도 밥도 못될 일
을 싱각하고 여보소 자늬 쌀 春香 달

〈35-뒤〉

여가시면 졸 거실 글허는가 존 슈가 인네 인졔 너힝이 ㄴ오실 졔 요예가
나오실 거신이 요예 속의 신쥬은 니 소민 속의 모시고 春香은 요예 속의
달여가면 언의 귀신의 아들놈이 알것는가 염여말소 春香이 이 말 듯고 이
고 어먼이 도련임 너머 글리 졸으지 마소 도련임 오작ㅎ야 망발ㅎ것는가
잇 쩌여 東方이 흐명할 졔 기문셩이 들이거날 도련임이 칙방으 도라오이
너힝이 쩌나시라고 各廳이 쇼動한다 잇 쩌여 春香이 상단을 불너 졍別酒
갓추어 상단의게 들이여 압셰우고 셰더식갓 차면ㅎ고 北門 밧 지음질로
오리졍의 당도ㅎ야 도련임 나

〈36-앞〉

오시기을 지달닐 졔 우음 니여 우난듸 이고 이고 니 일이야 二八靑春 졀
문 연이 書房 이별이 원 일인고 하행낙일수운기은 쇼통국의 母子 이별 편
삽수유소일인은 九日山東의 兄弟 離別 西出兩關無故人은 渭城春風 朋友
離別 征客關山路中幾의 吳姬越女 夫婦 離別 하소박명이원셩은 漢宮女의
昭君 離別 離別마다 셔럿것마은 니 離別 갓틀손야 兩眉의 씽기난 것신 임
보니은 愁心이요 가삼의 타은 것신 임 본너은 화열이라 洛陽千里 郞君 갈
쩌여 보닐 송자 어이하야 相思不見相懷愁 싱각 思字 무삼 일고 쳡

〈36-뒤〉

쳡愁多夢不成의 愁心 愁字 원슈로셰 獨宿空房 누어 운이 눈물 누字 어이
하며 一朝臥病無相識의 病들 病字 한이 되고 不知何處客逢君의 만날 봉字
언졔 되고 긱파나삼문후기 期約 期字 씰더업다 한참 일이할 졔 잇 쩌여
도련임 너힝을 쩌나오던이 五里庭의 當到ㅎ야 春香을 붓들고 울음이 터져

셔 울던이라 春香이 기가 막켜 상당아 졍別酒 가져온너라 春香이 슐부어
들고 엿쇼 도련임 니 슐 망죵 바드시요 쳐치 잔은 人事酒요 두치 잔은 正
杯酒요 셰치 잔은 離別酒이 잡슈시기 실커든 날과 두리 分盃ㅎ시

〈37-앞〉

도련임이 기가 맥켜 이 슐 먹지 말고 죽고지거 白馬欲去長嘶ㅎ고 쳥오은
셕별건이로다 이 일을 엇지할고 여보 도련임 나을 잇고 가라시요 못 잇것
다 못 잇것다 간간한 네 티도 燭불 알러 네가 안져 침상을 니려놋코 上針
질 고두뉘비 즈근즈근 뉘벼가다가 반을 허리 질근 불어지면 이미 살 쩡길
며 셧차고 안는 모양 눈의 삼삼 어리업고 어둠침침 夜三更의 니 말소리
얼는 듯고 우루룩 밧비 나와 손질 잡고 들어가며 셤셤玉手 네 손으로 등
도 치고 달리도 치며 一빙일笑 ㄱ진 티도 차마 엇지 이질손야 春香 하는
말이 나도 엇지 이질잇가 니 집의 나오실 졔 斜窓日落黃昏

〈37-뒤〉

되면 가만가만 들어와 게셔 나을 잠깐 놀니러고 밀창도 들윽 그셔보며 담
비 烟氣도 문틈으로 가만이 품어보고 斜窓前의 달 빗치면 니 손쩔 부여잡
고 네가 무신 반달이야 春香이가 반달이계 이러치로 사랑한 일 구비구비
싱각ㅎ면 싱각 근칠 날이 업고 이질 가망이 젼이 업소 익고 익고 니 일이
야 한참 일이할 졔 방자 엿즈오디 여보 도련임 니힝이 별셔 멸이 갓쇼 만
일 사쏘 알으시면 큰 꾸즁이 나겻쇼 도련임 급한 셩졍 나구 등으 셥젹 올
나 호홍거려 치쳐 갈 졔 春香이 우루룩 좃차가셔 나구 밀치 잡고 마상의
안진 달이 물읍으다 얼골 더고 浮雲갓

〈38-앞〉

치 가신 후으 언으 쩌느 올야시오 올 날이나 일너주오 烏頭白ᄒ고 馬上角
ᄒ면 오라시요 錦江山 上上峯이 平地되면 오실랴오 죠고만한 죠약돌이 넙
단한 강셕되야 졍이 맛거던 오랴시요 屛風의 글은 黃鷄 四更 一点으 날시
랴고 쏙기요 울면 올랴시요 도련임은 올나가고 나은 南原쌍의 쑥 썰러져
獨宿空房 곱슝그려 시웅기 잠을 잘 졔 언으 郞君 졋틔 와셔 짜쑥짜쑥 잠
둘이겨 ᄒ야줄까 야숙ᄒ오 야숙ᄒ오 도련임도 야숙ᄒ오 우리 두리 밍쎄홀
졔 玉指환을 들여던이 指環 두 자을 罷字ᄒ니 더둘 遲字 도라올 還字 幾
日還

〈38-뒤〉

相見고 언으 날이느 도라올고 淸明時節 쩌가 되야 細雨 紛紛할 졔 路上行
人欲斷魂을 도련임 貴中한 몸 일부일 가느 질 馬上路困ᄒ야 病이 날까 염
여온이 부듸 平安이 行次ᄒ오 온야 春香아 잘 잇거라 나구을 치쳐 몰아갈
졔 한 모롱이 돌라든이 나부만콤 뵈이던이 두 모롱이 도라들 졔 별만치
뵈이다가 박石퇴을 넘어간니 사람은 안이 뵈이고 紅扇만 넙푼넙푼 가믓업
시 올나간니 春香이 할일업셔 셧든 잘이 퍽 주져안져 돌노 가삼을 쌍쌍
치며 익고 이 일을 엇지할거나 楊柳片片 져 쇠골이 喚友聲도 씰듸업다 淸
江의 원앙鳥야 너은 엇지 근

〈39-앞〉

원 잇셔 雙去雙來 놀이난듸 난은 엇지 날기 업셔 飛去中天 놉피 쩌셔 임
가는 듸 못 가난고 익고 익고 니 일이야 한참 일이 실피 울 졔 春香어모
썩 나셔며 아가 아가 아가 아가 우지 마라 슈이 와셔 달여간단다 야 이
겨집아야 식글업다 그만 울고 들어가자 익고 시장실어라 朝鮮으 셔방이

李道令 ᄒᆞ나 쑨이야 나도 너만 쩌여 이휴로 離別한 것실 시알으면 손까락
이 졀이더라 디강 말을 들어보아라 올나가신 구관 사쏘 ᄂᆞ려오신 신관 사
쏘 포도부장 슐네퓌 장동ᄂᆡ 울산 앙경장사 기셩 부여 客主人 ᄒᆞ동 뒤질
明太장사 난등짐의 믹기장사오 八雜計 作亂軍과 남무집

〈39-뒤〉

담사리와 괴용산쳥 삼보죵을 다 붓터 먹어씨되 月梅 月梅 有名터라 인ᄌ
열디 살 먹은 제집아히 연이 三道 늬걸이 나와셔 셔방 이別 ᄒᆞ느랴고 두
발 쑥 ᄲᅧ고 안져 뭇기 어덕 파듯한이 남도 안이 북글업야 그만 울고 들어
가ᄌ 春香 孝誠 잇셔 老母을 爲ᄒᆞ야 집으로 돌아올 졔 海棠花 근늘 속의
비마진 졔비쳬로 실멍업시 들어온니 斜窓日落졈黃昏의 외로온 져 자리얼
눌가 쌀고 잠을 자며 비취금 한슈여공고 졉쳐노흔 져 이불을 눌가 덥고
동품할가 도련임 보시든 셔칙을 ᄂᆡ여놋코 칙도 폐여보며 우름도 우난듸
사나 男字 게집 여짜 갈으치며 우난 말

〈40-앞〉

이 한참 일이 글자 질 졔 사나 남짜 게집 여자 무삼 일로 ᄂᆡ여시며 秦始
皇 분셔할 졔 孔子임은 무삼 일로 七書을 갈며짜가 쩌날 이자 이별 별자
이내 몸의 쩻쳐두어 이 셜름을 뵈이ᄂᆞᆫ고 익고 익고 닌 일이야 울다가 광
기가 나셔 뒤동산의 올나가셔 海棠花 한 가지 썩겨들고 여바라 ᄒᆡ당화야
이우노라 셔려 말나 明年 三月의 도라오면 네은 다시 필연이와 우리 도련
임 셔울 갓다 一年이 될 쥴 이틱가 될 쥴 三年이 될 쥴 니가 아는야 자은
침실노 도라와셔 발 것고 문 닷더라 春夢이나 들어짜가 夢中의나 만나보
자 아히야 문 압푸 楊柳가지 져 쇠골이 흐

〈40-뒤〉

날여라 洛陽城中 못 다 가셔 꿈이 씰가 염예로다 金玉 斜窓 집푼 밤의 멀
이 싸고 두러누어 밤나지로 청신이 되야 우던이라 잇 쩌여 新官이 낫시되
남산골 변학도라은 양반이엇다 이 양반 음탕흐야 酒色 보면 한사하고 식
자 부죡흐나 言足이 飾非하야 남 모르난 일도 다 안은 쳬하고 平生 한이
남원골 春香을 한 변 보고 그 자리여 죽어도 한이 업실 졸노 자나 씨나
싱각턴 것시엇다 잇 쩌 신연 하인 션신할 졔 이방이요 쥬비 토인이요 급
장 방자 사령이요 션신한니 사쏘이 뭇것드면 네 골의 민펴나 업시며 큰
일이나 업나야 일이 뭇난 게 안이라 너

〈41-앞〉

으 올나올 졸은 알어건이와 春香氏 平安흐며 이시 니 말 종종 안이 하던
야 예 無故이 인는이다 예셔 南原이 면 이야 六百 三十里로소이다 오날
쩌나셔 來日 앗침을 南原 ㄱ 못 먹을가 예 히 곳 안이지면 오날 힉젼 가
옵지요 下人덜이 共論흐되 우리 南原 쏘 똥바리 실어간다 불일內여 힝차
흐야 금마하숑 니려올 졔 신연질이 찰는하다 구름갓튼 별연독괴 左右 청
장 번듯 들고 익산 우산 눕피 들어 日光을 기리엿다 南大門 밧 썩 나셔셔
七佩 팔픠 비다리 청픠 아야고기을 얼는 지니여 동젹江을 지니쑤나 자른
구즁 진경마 건마聲이 졉노한

〈41-뒤〉

다 신연 下人 호사보쇼 이방 슈비 감상 공방 한산모시 쳥징염의 거름단쵸
은 말게 ㄱ진 안장 지여 타고 通人 한 雙 好士 보쇼 셩쳔 분쥬 바지 돌치
젹가락 줄슈 너셔 쳬도잇게 지어 입고 有文갑사 헐리듸여 이쳥우단 도리
낭 당팔사 ㄱ진 미답 밉시잇게 뛰여 차고 甲紗켸즈 남젼디 칙졀입의 티가

잇다 신연급창 호事 보소 몽고삼성 고으젹삼 몸의 맛게 지여 입고 동더즈 허리쮜여 상단 도리쥰치 더구八絲 ㄱ진 민담 셰간노리 올케 접어 즁동 쩍거 쮜여 츠고 남모초단 귀쌈지을 옷쏘름으 넌짓 츠 방퍼쳘육 접은 쮜옷 ㄱ삼을 훨신 허쳐 보기조켜 접어〇〇

〈42-앞〉

셕즈 되는 쥬거요사 슈건 목으 거러 쌈을 쎳고 외올망권 더모관자 특결업 난 금파風簪어 멀리여 셔기ㄱ 즁즁 쥴슈 마진 통양갓 쌈쳘더여 지름이 쑥쑥 청장쥴 골나 잡고 급창 예이 압뒤여셔 반난 소리 바람졀으 졍이난이 쎄길어기 소리로다 도굴노 호사 보쇼 산슈젼 털벙거지여 남일광단으로 안을 밧쳐 날닐 용字 치상모으 甲紗 갓근 넙게 접어 貴纓字 다러 씨고 은식 슈지 뉘비돌치 양식단 등거리며 은믹이 검무등치 삼식슈巾 올켜 다러 억기 우으 팔낭팔낭 빅슈쥬 진四才으 쥴한삼을 쩔덜리고 소리 조흔 玉방울은 거름 짜러 월능졀

〈42-뒤〉

능 쏙두의 붓치질은 바람졀의 언듯언듯 호기잇게 니려올 졔 도스령 거동 보소 청쳘육 홍관더으 분납쯰을 눌너 쯰고 치갓튼 공장미을 요동찬켜 마구 질너 진놀리을 다러 쎠 익싼 밋티 갈너 셔셔 거이 쓔륙쓔륙 호기잇게 오난 거동 져싱사즈 강임인들 이여셔 더할손야 졀나감영 當到ㅎ야 순사도 뵈온 후의 玉手 들어 宿所ㅎ고 도임차로 니려올 졔 五里庭 大軍門의 육방 관쇽 다 뫼왓다 청영 죠관 집스 左右로 늘어셔고 東西 밧 아젼덜은 뒤을 쏫차 시위ㅎ고 五十名 通人덜은 한 쥴노 늘어셔고 괴인 六角 청쳘육은 요예 압푸 비힝ㅎ

〈43-앞〉

고 四十名 妓生덜은 처이단장 최절입의 雙雙이 馬을 타고 雙轎 압푸 비힝
한다 그 남은 스면으 진 쇼리은 半空의 놉퍼 썻다 난이나노 청도로 벌연
난듸 靑도 한 雙 紅門 호 雙 朱帳 남能閣 빅호 黑子 紅子 남子 白子 포미
琴鼓 한 雙 紅草 한 雙 남발 한 雙 슌시 한 雙 영기 한 雙 징 한 雙 브리
한 雙 시납 한 雙 鼓鈁 한 雙 四面 紫각이며 右今前 執事 한 쌍 굴노 한
雙 명금이호 취더호라 난이나노 난이나노 오혜오혜 네 말 좃타 잘앙마라
니 말 죠타 잘앙말고 압뒤 조근 발맛츄라 즈갈 죵죵한다 디최슈 여이 방
포 一聲호리 텡 使道난 넘여

〈43-뒤〉

우의 우질우질 들여가셔 客舍의 연명호고 동헌의 물어가 도임쌍 잡슌 후
의 三日즁도 大즈기여 三번 下人 正口할 졔 三長守門長호고 黃鬚郡官 左
右 執事 山셩별長 各面 風元 가픤官 즈졔로 션신 후의 戶長 들나 예이 妓
生 正口호라 戶長이 妓生 안칙 숀의 들고 妓生 졈고을 할 졔 다 긱기 일
홈이 잇던이라 七百平湖 말근 물의 아름다온 洞庭月이 洞庭月리가 들어온
난 티도ㄱ 잇던이라 紅裳자락 거덥거덥 胸當의 싹 부치고 아장걸으며 洞
庭月이 나오 松下의 져 童子야 문노라 先生 消息 不知靑山의 雲深이 雲深
이가

〈44-앞〉

들어오난듸 綠衣紅裳 가진 픠물 운빈활안 금보○○ 흔을글의며 들어와셔
예 雲深이 나오 使道 홰을 너여 히가 半日이 넘도록 기싱 둘을 졈고한단
말인야 글어켜 하다가은 六年이 다 지니가야 春香이 나오것다 졈고을 밥
비 하라 예이 잇 쩌여 南原 戶長이 멋기가 잇셔 넉자 화두로 기싱을 불의

난듸 일리ᄒ것다 졍上梧桐 근늘 속으 날어듣난 치봉이 완은야 예 등디ᄒ
여쇼 鳴環曳履出長廊의 장기라운 明玉이 완은야 예 등디ᄒ엿쇼 千門万戶
送春城의 文彩 조흔 鶯셤이 완는야 예 등디ᄒ엿쇼 八月芙蓉君子節의 滿堂
春色 紅

〈44-뒤〉

蓮이 완년야 예 등디ᄒ엿쇼 重秋八月 十五夜의 光彩조은 明月이 완년야
예 등디ᄒ얏쇼 九月九日 龍山음의 쇼逐 新菊이 완년야 예 등디ᄒ엿쇼 東
君天下太平春의 花中富貴 牧丹이 완년야 예 등디ᄒ엿쇼 별닉기미환家의
玉窓五見 잉도가 완년야 예 등디ᄒ엿쇼 長松絕僻靑山頭의 난만雨中 折竹
이 완년야 예 등디ᄒ엿쇼 落花芳草無心處으 半白半紅 봉仙이 완년야 예
등디ᄒ엿쇼 朱紅唐絲 벌민답으 차고 난니 錦囊이 완난야 예 등디ᄒ엿쇼
아들 날가 바니쩐이 딸을 나씬이 셥셥이 완년야 예 등ᄒ엿쇼 非時春光 옥
슈발의 漢水濱 雪中梅 완년야 예 등디ᄒ

〈45-앞〉

엿쇼 分僻紗窓 靑樓 우으 놀기 조흔 春月리 완년야 예 등디ᄒ엿쇼 雲淡風
輕近午天의 楊柳片金 鶯鶯이 완년야 예 등디ᄒ엿쇼 조리요분 단春이 완년
야 오짐 질금 시금이 완년야 똥 잘 쒸난 풍덕이 완년야 千里草店新驛頭으
古柳暗生 春心이 완년야 예 등디ᄒ엿쇼 使道 春字 듯고 시눈 쓰고 이만ᄒ
고 안져씰 제 春心이ㄱ 들어오는듸 나이 三十 넘도록 셩방 ᄒ나도 못 어
더셔 궁상을 못 면ᄒ야 달은 妓生의 여벌 衣服 어뎌입고 짜박짜박 거러
드러오는듸 使道 보다가 홰을 닉여 졈고 아셔라 닉 셔울셔봇텀 이갈고 닉
려왓는듸 春香이 업단 말이

〈45-뒤〉

야 슈로 들어 엿짜오디 春香이 잇쌉는듸 올나가신 旧官 使道 子弟 도련임
과 百年 언약 집피 미졔 同死心盟 집푼 밍셰 金石갓치 구지 밋고 獨宿空
房 守節ᄒ야 杜門不出 ᄒ난이다 使道 허허 웃고 졔ㄱ 守節ᄒ면 울이 만누
리은 싹 기졀ᄒ것다 李道슈이 져을 밋고 장긔 안이 든단 말닌야 잔말 말
고 불너오라 급장이 여이 츈힝이 밥비 불으신다 使슈 여이 春香 급피 불
으실 졔 방올리 덜넝 使슈 예이 여바라 김번슈야 워야 여바라 픠두야 워
야 걸이엿다 걸이엿다 뉘가 뉘가 걸리여요 욘 연 욘 연 기심한 연 양반
셔방 ᄒ엿노라고 괴팀가 과ᄒ던고 우리을 보

〈46-앞〉

들이도 눈츨리로 보던이라 네나 너나 스졍두난 놈 엄미 붓고 발길는다 모
도 별이고 나오는듸 春香이 부리난 소리 벅天이 振動ᄒ다 잇 써여 春香이
난 官家의셔 부리는 졸 몰이고 金玉斜窓 집푼 房의 食不敢 밤 못 먹고 침
不安席의 잠 못 자이 自然 氣盡ᄒ야 진양조라은 우름이 되야 우던이라 무
상코 야속하다 올나가신 졔가 몃 날이관디 편지 一張 업단 말가 익고 익
고 너 八字야 天涯日落浮雲閣 희가 져도 임의 싱각 明月花落又黃昏의 달
이 도더도 임의 싱각 夜雨無鈴斷腸聲의 밤만 집고 잠 업실 졔 비소리 임
의 싱각 枕上

〈46-뒤〉

片時春夢中의 꿈 속의도 임의 싱각 春風桃李花開夜의 임은 가고 봄은 온
니 꼿시 피여도 임의 싱각 秋雨梧桐葉落時여 락염만 져도 임의 싱각 相思
白骨化爲土의 힉이 되야 임 싱각 풍두여기면여활의 바람만 쳐도 임의 싱
각 원변고총와기린의 무덤 속의도 임의 싱각 不勝淸怨却飛來의 길여기도

임의 싱각 싱각 싱각 근칠 날이 업고 이질 가망 젼이 업네 한참 일이 실
피 울 제 독씨고 가든 使令덜니 春香 斷腸哭 哀聲을 듯던이 洛水春氷 어
름 녹든 푸러져셔 여 익 자바갈 마음 잇시면 슈언 기아덜놈이다 잇 씨여
상단이가 나와 보던이 이고 이기씨 長

<h3 align="center">〈47-앞〉</h3>

房廳 어륜이 모도 나와겻소 春香이 깜짝 놀니여 앗차 앗차 이젓고나 오날
이 再三日 졈고라던니 무신 야단이 난나부다 너가 前日 長老房의 人心을
과이 일어쩐이라 홈촐이 발을 밧기져 희여 걸인 手巾 멀이을 아드득 졸나
미고 白苧布 반물초미 되넌더로 넌짓 입고 밥문 열고 나오면셔 변슈임네
와겨씨요 朴변슈네 오라번이 金변슈네 오라변이 이변 신연의 가게짜ㄱ 노
독이나 업셔는ㄱ 이리 오소 이리 오소 니 房의로 들어가시 한 손의로 金
변슈의 손을 잡고 쏘 혼 손으로 朴변슈의 손을 잡고 들어가시 들어가시
방으로 들어가시 변슈네 오

<h3 align="center">〈47-뒤〉</h3>

라반이 날다려 도구하다 호엿씨되 양반을 모시노라고 自然 글이 되얏네
金변슈네 先親쩌셔 不食自飽 千餘兩의 捧名호겨 되야던이 긋 씨 어먼이가
受請으로 使道轉의 잘 엿쑤어 無事 白放혼 연후의 山東主人 年年의 시겨
數萬財을 퇴니신 일 오라반이 모르시요 勢交을 싱각호면 날도 좀 탈호여
쥬소 벽장문 여달이고 슈을 니여 하니의 十餘 잔식 디졉호여논이 이 놈덜
이 돈 들 것 업시 공슐노 싱긴 짐의 헌 갓 벼셔놋코 양더로 먹어놋턴이
슐이 담북 醉호야논직 萬事가 泰平한지라 졔미할 것 우리은 죽어도 秋享
달여가쟌 말은 못

〈48-앞〉

하것다 우리 들어간다 조셥이나 잘 ᄒ여라 春香이 문갑 열고 돈 단 양 니
여 엿소 변슈임네 이것시 역소하나 한 찌 쥬치나 ᄒ시요 여바라 春香아
우리가 네한되 와셔 돈 먹어단 말은 불가사문어타인이로다 여보겨 우리
나올 졔 옥담 밋틔 全州집의 ᄀ 슐먹은 거시 셕 양 八分이라졔 오난 질의
쥬마 하여졔야 春香아 염여말고 잘 잇거라 지촉使令 나온다 온은야 간다
졔미붓틀 것 곤장의 다갈 박어 치며 셩장의 반을 박어 치야 가만이 잇거
라 온는야 간다 글엉졀엉 들어가 春香 자부려 갓던 使令 션신이요 아루라
예이 春香 자부려 갓던니

〈48-뒤〉

春香 죽어십듸다 어져 죽어셔 그져기 出喪ᄒ엿난듸 악가 비슈 하난 갑듸
다 참 紙喪예 잘 만들어쓴고 네 져 놈 자벼 물이치라 예이 졔가 졔 상통
을 잡고 자벼 물엿소 쏘 한 놈 알우라 져 놈이 물너셧다 참 슐씨던고 자
시 알우라 예이 그져 春香이 잇솜는듸 업다 슐이량 안쥬량 만이 갓다쥬기
여 잘 먹고 오난 질의 돈 단 양을 니여쥬면셔 져만 쎼여달나고 하옵씌다
남은 돈이 兩 두 돈이요 이게나 차지ᄒ시고 小人 턱의로 그만 두시요 말
이 나신기 말니졔 春香이은 所聞만 낫졔 實常은 小人의 쌀만 못 하옵너다
使道 本是 好色하는지라 글희셔 몃 살 먹언난야 진졍으로

〈49-앞〉

알옵졔 참 어여쑤지요 글시 몃 살 먹언는야 예 큰 쌀은 일곱 살 먹사옵고
자근 쌀은 두 살 먹언는이다 네 져 놈 착하 하옥하라 春香 밥비 디령ᄒ라
힝슈기싱니 나온다 여바라 春香 앗씨야 正節夫人 앗씨야 여바라 셔울집네
네라은 正節이 워 잇시며 네라은 守節이 워 잇씰야 네 옛글을 못 들어는

야 皇后妾 魏美人도 힝혼이 불축금강비라 죽어지면 씰더업고 漢宮女의 王昭君도 황가萬里百草고의 獨有靑塚向黃昏이라 한변 쥭기면 다시 올가 月態花容 네의 티도 二八靑春 虛送 말라 花盡ᄒ면 蝶無情을 네 안져

〈49-뒤〉

양탈한들 使道쩌셔 염문되야 六房官屬이 所動ᄒ고 各廳 두목이 다 쥭것다 어셔 가자 밥비 가자 春香이가 나오면셔 황슈네 兄任 나오신가 아물이 官슈 至重키로 그디지 구박이 자심한가 우리 어먼이 受請時여 굿 쩌 兄任이 童妓로셔 쌀갓치 사랑ᄒ여셔 官家 罪責이 나겨드면 어먼이가 말 잘ᄒ야 無事得頉 ᄒ여씨니 글언 人情 싱각ᄒ고 날을 불으라면 그져 불으졔 정졀 夫人 셔울 집인이 한단 말이 원 말인가 사쏘 불으는디 가기을 일으건나 春香이 할일업셔 들어가는디 다 헛튼 멀이 비비여셔 외로 틀○○

〈50-앞〉

로 연고 곤쎠 무든 헌 져고리며 헌 초미 몬양업시 넌짓 입고 쇠쩌 쓸너 계으 母 쥬며 어먼이 너가 만일 일직 나오면 몰으되 만일 더듸 나오거든 상단이나 들여보니여 消息이나 알게 하소 들어갈 졔 이게가 원 일인가 아조 가난 질일넌가 회사졍 어둔 밤의 四夫人의 셔름이라 글엉졀엉 當到ᄒ야 갓업는 널운 뜰의 예 春香 불너 디령ᄒ엿소 使道 春香이란 말을 듯고 엇지 반갑던지 반우심을 우시되 언문 하야쥴노 우셔 하햐허혀호효후휴흐히 ᄒ남동원 상방 문턱이 좀 놉던 거시엿다 낙슈짝 지듸놀 듯 한변 푹 소사 보던니 이 익 春香 올으시리

〈50-뒤〉

라 春香이 올나가 顔面의 愁心을 찌고 익미을 탁 슈기고 안져씰 졔 사도

박셕으 디혹ᄒᆞ야 미우 어엽쑤다 요리할 졔 쏭무든 듯ᄒᆞ야 탈쇽한 기운니
잘 싱겻다 몃 살 먹언난야 열일곱 살 먹언난이다 오 나은 야든일곱 살 먹
어다 千里長逕人來ᄒᆞ야 此邑 太守 되얏씨나 旧面은 稀九ᄒᆞ고 新面은 下人
이라 寂寂無人 빈 방안의 비취금한 슈여공고 닐과 同寝하잔 말가 네 亦是
靑春이라 그 안이 可憐ᄒᆞ야 万端 愁心 후리치고 卽時 거힝ᄒᆞ라 春香이 顔
色을 不變ᄒᆞ고 天然이 엿자오디 三剛五倫 ○○○○ 上中下가 잇솔잇ㄱ 졔
아물이 賤人

<h3 style="text-align:center">〈51-앞〉</h3>

이ᄂ 一夫從事 쯧시 잇쎠 올나가신 旧官 子弟 도련임과 百年言約 밋삽기
로 진직 디령치 못 ᄒᆞ엿씨ᄂ 시 土道 坐正後의 기특ᄒᆞ다 칭찬ᄒᆞ야 花房의
賤한 일홈 紅花門의 빈니올가 밤나지로 바리옵던니 칭찬 고사ᄒᆞ고 受請들
나 분부한이 열불여음이요 生不如死옵ᄂ이다 사도 쇽골이 반이ᄂ 나셔 여바
라 범간 守節이 다 곡졀이 인난이라 ㄱ마구 학이 되며 唱女가 烈女될ㄱ
놀遊長花은 人皆佳節리라 山鷄野鷺은 ㄱ家不捿라 네게 守節이 當ᄒᆞ며 졍
졀이 當하야 잠말 말고 受請들나 네가 닉 受請들면 官廳이 네 官廳이요
三十八万

<h3 style="text-align:center">〈51-뒤〉</h3>

共事가 다 네게셔 ᄂ고 닉 음식이 다 네게 잇씬이 그만ᄒᆞ면 족하졔 쏘흔
날을 늑다 ᄒᆞ고 쵸라이ᄂ 아지 마라 풍치와 밉시 틱도 今世의 짝이 업고
文筆노 論한디도 李太白 王羲智가 닉 압푸 압두할 거시요 양반으로 論한
디도 兩相 玉堂 貴長閣과 孝子 烈女 忠臣門이 딕집 門으셔 다 나고 老少
한 通일다 朝鮮을 뒤쩔어노와도 뉘만 못할 양반인야 네 옛말을 들엇야 湯
文君의 美色으로 사마상여 쫏차 잇고 농옥이 셧여로디 소사랑을 ᄯᆞᆯ어씨니

네도 날을 쌀어시면 그 안이 正節인야 春香이 여짜오디 使道 말삼 듯사온
직 官廳이 나라 집이졔

〈52-앞〉

小女의 집이오며 四十八方 共事가 나라 일이졔 小女의 共事오며 湯文君이
美色인나 거문고의 지음키로 봉구황곡 한 소리로 마음이 음탕흐야 司馬相
如을 쌀어가고 농옥이 仙女로셔 진쥬야 발근 달의 玉簫聲이 걸언 되야 蘇
土郎 쫏차신나 千秋의 累名을 못 면흐고 烈女라고 칭찬하 리 世上의 뉘
일실잇가 분부 시힝은 못 흐것소 使道이 春香을 돌이야고 여바라 칙방 木
郎廳 들어오리라 木郎쳥이 들어오는디 姓이 木가라셔 木郎쳥이 안이라 근
本 宋가로셔 졔 門戶의셔 우셰을 당흐고 갓실 벗겨 니쫏차기로 木郎쳥으

〈52-뒤〉

로 行世하던 거시엿다 아무 물식도 몰으고 使道 하잔은디로 하면 존 졸노
알고 썩 들어오난디 양널운 가시 송것모자 박어씨고 쌧쌧한 벼도포을 쥴
의 걸친 득기 썰쳐입고 걸음걸은 몬양은 쎗쎗 말은 논의 되시 걸음으로
쌍똥쌍똥 걸어와 使道 압푸 쩍 안지며 불너겟소 져 이 얌전흐졔 예 얌전
흐지요 잘 싱것졔 예 잘 싱것짜 쑨이요 어여쑤졔 예 어여쑤다 쑨이요 쏙
쏙하졔 예 쏙쏙하다 쑨이요 자니 뉘 말노 아나 나도 뉘 말인 졸 몰의것소
여바라 春香아 니 등이나 극고 달이나 치면 니 아물이 늘것쎠도 한 달의
十餘次식 네 졀운 일은 안이 식

〈53-앞〉

일 쩌신니 잔말 말고 슈청들나 여보소 本郎廳 자네 알건딘 平陽 셔운 갓
실 쩌여 紅蓮이라 하난 기싱 슈쳥식게 니의 응식 數萬財을 다 쥬고 난은

할 슈 업서 올나온 졸 잔니도 알것제 예 굿 쩌여 집신 컬이나 사쥬엇쩌요
使道 未安ᄒ야 이 사름 식글업네 여바라 春香아 슈청만 들을쩐디 生前의
好衣好食 네 마음디로 할 거신이 급피 슈청 거힝ᄒ라 창여의게 츙회열힝
이 當한야 春香이 업용디曰 옛글을 못 들어겟쇼 게집의 독한 마음 변하기
쉬릿가 공강이라 하ᄂᆞᆫ 夫人 졀힝 잇서 빅쥬시을 지여 잇고 밍강이라 하난
夫人은 郎君을 離別

<h3 style="text-align:center">〈53-뒤〉</h3>

한 휴의 울음 소리 쳘쳔ᄒ야 졔셩이 문어진이 일언 烈女 쏘 잇시며 기성
의게난 忠孝烈行이 업ᄂᆞᆫ잇가 壬辰倭亂時여 진쥬 기상 의암미난 倭將 靑將
목을 안고 大舞하다가 진쥬 浪江 집푼 물의 목을 안고 쌔져 絶死하니 으
암夫人 직첩으로 니여 春秋兩等의 祭祀한이 일언 忠孝은 엇더하며 平陽
기성 月先인난 金將軍과 同心하야 범갓튼 曹俠 칼노 목을 벼여 한을 마근
후의 平陽監令 老房廳의 月先이을 爲하야 春秋兩等 졔힝한이 요런 忠孝가
쏘 잇시며 海州 妓生 弄玉이난 동셜영의 쥭언씬이 일어한 忠女덜은

<h3 style="text-align:center">〈54-앞〉</h3>

원우聲회ㄱ 잇건이와 글이난 못할망졍 少婦 졀힝 못하올잇ㄱ 사도겨서 날
의의 亂臣을 當ᄒ면 무릅乙 젹유의 쑤러 두 인군 셤길잇ㄱ 사도 이 말을
듯던니 엇지 골이 나던지 여보소 木郎廳 젼 연이 날다려 역젹이라 하졔
大逆부도라 홈네다 이 연 잡어니립씨란ᄃ 使令이 예이 인 연 ᄌ바니라 별
쩨갓튼 굴노使令 左右로 달여들어 春香으 멀이치을 新年時節 連실 감듯
中船놈 다쥴 감듯 휘휘친친 감어잡고 질너문 쯸 아리 동뎅이쳐 쓰러니려
동틀 우여 올야 미고 형이 들나 예 형이 실실 기여들어가 업진이 妓生은
다짐이 업난야

⟨54-뒤⟩

예이 矢射ᄒ난 기싱은 다짐이 업쌉고 퇴기난 다짐이 잇쌈니다 다짐 씨라
예이 살등여의신이 不聽官長之令ᄒ고 노상겨힝之節이 忠不事二君이요 烈
不更二夫節은 일어한이 守節요요 의당持高節ᄒ야 부순엄분부한이 罪當萬
死라 이시博殺ᄒ야 이작장ᄒ시혼ᄒ라 ᄒ옵신다 부실 쥬어 着名ᄒ라 春香
이 붓더 들고 한 一자 맘 心字 一心이라 着名한 然後의 형吏 너려가 한
그실을 그어논니 執長使令 거동보소 형장 다발을 左右로 펼쳐놋코 형장
골은다 형장을 골으난듸 이 놈도 잡고 능청능쳥 져 놈도 잡고 질근질근
등심 실ᄒ고 손집 존 놈

⟨55-앞⟩

그 중의 골나 잡고 執長使令 거동보아라 각별이 미우 짜여 예이 한 기 낫
칠 짝 붓치니 불어진 형장쪽은 空中의 피으륵 소사 上房 디뜰 아리 내려
지고 연약한 春香이난 四肢을 별별 썰며 분한 마음을 못 이기여 고기만
빙빙 두류면셔 악졍으로 엿자오더 여보 使道임 一字로 알외리다 一片丹心
구든 마음 일부從事 하올연이 一年이 못 다 가셔 一介 형장이 원 일이요
두 치 낫실 짜 붓치니 二夫不更 무삼 죄요 二君不事 달으잇가 이시박살이
장하의 이 미 맛고 죽사와도 이도령 못 잇것소 세 치 기을 짝 붓친이 三
從之禮 重한 인연 三十三千이 감동하오

⟨55-뒤⟩

三治형문 죽여쎠려 三年 正拜을 보니여도 三川洞 울리 郎君 엇지 이질잇
가 네 치 낫실 짝 붓친니 四大夫 使道임이 四記四을 몰의시고 爲力公事
하옵시요 四支을 各各 쩌져 四大門의 回示한들 四丹之心을 곳치릿가 다엿

치 낫실 짝 붓친니 五行으로 탄은 몸이 五倫을 알어것은 五미不忘 우리
郞君 오마하고 後期둔이 올 날 엇지 이질잇가 여섯 치 낫실 짝 붓친이 六
國和親 蘇秦이도 날 돌의기 가망업소 六尸을 하야 죽사와도 蹴月飛霜 怨
魂이요 일곱 치 낫실 짝 붓친이 七去之惡이요 七去之악 重한 罪도 七度엄
형 죽인디도 칠정 모신

<h3 align="center">〈56-앞〉</h3>

使道임이 七사을 몰의시요 여달 치 낫실 짝 붓친이 八道 方伯 守令임네
治民할여 날여왓졔 八字 기박한 春香 몸을 장하治魂 원 일이요 八十年 渭
水 영상 文王 만나 반기던니 나도 우리 郞君을 만나 이 셜치 하여볼가 아
홉치 낫실 짝 붓친니 九曲肝腸 셕난 물이 九泉의 사못차셔 九中宮闕 우리
聖君 구벼살펴 쥬옵소셔 열 치 낫실 짝 붓친니 十生九死 春香 몸이 烈女
되기 怨이온니 열 변 만 변 죽여쥬오 深盟一張 우리 老母 뉘을 밋고 사잔
말가 열 치고 짐작할가 시물 치고 짐작할가 시물 다셧 짝 붓친이 二十五
絃彈夜月의 不勝淸

<h3 align="center">〈56-뒤〉</h3>

怨 져 길역이 네 어디로 날라가난야 西北으로 놉피 날어 漢陽城中 밧비
가셔 불상한 春香이가 장하魂이 되들아고 그 말 잠간 傳하여라 三十度의
밍장한이 익고 소리 한 미듸여 별별 쩔고 잠물 쎤이 셜각갓튼 졍깅이여
살쏘난이 流血이요 玉갓튼 두구 밋터 흘의난이 눈문이라 미질 使令덜도
落淚하고 도라셔며 업져던 刑吏도 붓쩌을 쌍의 쩔어치고 셔을 쓸쓸 차고
도라셔셔 차마 그 꼴은 못 보것다 靑山도 含淚하고 白日도 無光하다 나러
가던 져 귀쵹도 나러가지 못하고 空中의 빙빙 도라들며 三門 박그 귀경하
던 활양덜도 落淚하며 익겨 져것

⟨57-앞⟩

죽것구나 미질하던 使令놈 눈 익켜 두엇짜ㄱ 三門 박그 나오거던 우박을
쥬어라 글언 놈의 미질이 어디 잇짠 말이야 한참 이리할 졔 반만 죽은 春
香이가 악졍으로 엿즈오디 스도이 少女을 창女라고 멸시ㅎ고 위역겁탈ㅎ
랴 한들 小女의 분연심스 칼불을 져어ㅎ것쇼 용쳔금 드난 칼노 벼히거든
벼이시요 紅爐上으 모진 불노 살우거던 살우시요 不常한 春香 魂이 집부
王게 들어가셔 이 怨定한 然後의 스도을 즈버다가 道山지獄 칼山地獄 영
불出世 ㄱ두고셔 寂寞空山 杜鵑되야 梨花月白 집푼 밤의 우리 郞君 窓門
박그 罷夢ㅎ랴 한

⟨57-뒤⟩

이 늣츄한 분부 말고 어셔 급피 죽여쥬시요 나라의 셩덕으로 남원부사 졔
슈ㅎ사 治民하려 본너셧졔 나무 졍졀 금단ㅎ라 ㅎ괴이 너려겻쇼 네 그 연
큰 칼 씨여 下獄ㅎ라 使令이 달여들어 큰낙현 젼목칼을 연약한 春香 목으
에후리쳐 무름씨고 칼멀이여 인봉ㅎ야 手시 足시 三門 박그 쓰어너니 南
原 활良덜이 엇져고 엇져고 한단 말린 다 그진말이엿다 잇 씨여 春香이가
손 볼 날이 업씬이 舌良 친구가 잇셧난야 잇 씨 妓生덜이 모도 나와 이거
足下네 이거 兄任 이거 죽것구나 이거 무신 罪가 至重ㅎ야 져리 몹시 마
젼난가 한창 일이할 졔 妓生 하나 나

⟨58-앞⟩

온다 얼시구나 조을시고 너 同生 春香이 잘 죽어구나 여러 妓生덜 하난
말이 엇다 이 연아 밋친 연아 그게가 원 말이야 여바라 이 연덜라 말 듯
거라 羣山萬壑赴荊門한이 王昭君이 싱게 너고 峨嵋山이 놉파 잇고 錦江

물이 집펴씬이 卓文君이 싱게니고 遼川水 물이 집고 釣龍山이 놉파시니
烈女 春香이 싱게낫다 얼시구나 조을시구 니 同生 春香이 烈行으로 우리
校房청의 生色일다 춤을 추며 나올 젹의 잇 찌여 春香어母 三門 박게 달
여들어 여보시요 使道任 져거시 무신 罪로 져리 몹시 찌여겟소 愛子之情
은 上中下가 잇소릿가 져거시 셔령 글너

〈58-뒤〉

시면 져 난 졔 어미을 잡어다가 난장 졀곤흐옵시졔 未居한 져거시 엄刑重
罪가 무삼 일고 이고 니 식기 죽어구나 罪가 잇셔 이러난가 罪가 업고 이
러난가 영감졉 아달졉 부지흐야 사잣던니 요런 몰골이 쏘 인난가 상단이
난 春香을 업고 春香母난 칼머리 들고 獄中으로 니려간이 黑雲이 참담흐
고 白雲도 침침하다 春香母난 미음 쑤러 가고 春香이난 옥中의 홀노 잇셔
밤나지로 苦相한니 요런 情성이 쏘 인난가 이고 이고 니 八字야 罪가 무
삼 罪가 國곡偸食흐엿던가 엄刑重罪 무삼 일고 殺人罪人 안이여던 황신
슈시 원 일이며 강上罪人

〈59-앞〉

안이어던 다짐하기 원 일인가 楊柳靑風 진진 희은 어이 그리 더드 가며
冬至長夜 진진 밤의 잠이 업셔 어이 잘가 하루로 열두 시와 한 달노 열두
달의 싱각 쓸칠 날이 업고 이질 가망 젼이 업네 落木寒天 찬 바람의 홀노
션난 져 菊花야 오상孤졀이 거록흐나 푸린 솔은 날과 갓고 찬 梅花은 郎
君 갓치 뵈인 것도 愁心이요 든난 것도 相思로다 무러니이 눈물이로다 눈
물 뫼야 細田되고 한슘 뫼야 淸風되야 淸風은 부러다가 任의 燭불 부러
쓰고 細雨은 바더다가 任의 衾枕 쑤리고져 불건이 쑬이건이 집피 든 잠
찌고지거 견우와 직여셩

<h3 align="center">〈59-뒤〉</h3>

은 七夕相逢ㅎ올 젹의 銀河水 막켜씨되 失期할 일 업건만은 우리 郎君 게
신 고디 무신 물이 믹켜관디 消息좃차 못 든넌가 니 가삼의 셕은 피로 任
의 화상 그려다가 잔은 방문 우의 족자삼어 걸어두고 들며 날며 보거지거
차라리 어셔 죽어 春山의 杜鵑되야 聲聲啼血染花枝의 不如歸 실피 울어
郎君 귀의 들이고 淸江의 元史되야 짝 부르고 단이면셔 有情코 多情홈을
郎君의 눈 뵈이고져 愁懷을 못 이기여 玉窓을 半만 여니 滿庭月色이 무심
이 발거덜라 달다려 하난 말이 뵈넌야 明氣 빌여다가 任게신듸 나도 보겨
칼머리을 도도 비고 호련이 잠

<h3 align="center">〈60-앞〉</h3>

을 든니 上園 蝴蝶이 枕上의 날어들어 비몽사몽이 밍낭ㅎ다 바람닌 듯 구
름닌 듯 두 사롬이 인도ㅎ야 한 곳실 當到한이 으으한 디슙풀은 밤쎄여
져졋난 듯 一層畵閣이 영농니 놉파거날 졔명을 바리본이 黃金 大字로 万
古正烈黃陵之墓라 두러시 시겨걸날 노안을 바리본이 금곡의 셕슌 이쳡 녹
쥬夫人는 쵸롱 들고 平陽 妓生 月先이난 인도ㅎ야 들어갈 제 젼상을 바리
본이 白衣한 두 夫人이 손을 마조 잡고 피눈물 홋쑤리며 春香을 불의며
울음을 운다 여바라 春香아 네 날을 몰으리라 우리난 娥㛂 女形의 堯女
舜妻로다 우리 인군

<h3 align="center">〈60-뒤〉</h3>

大舜이라 남슌슈ㅎ시다가 蒼梧山 들어가셔 崩ㅎ신이 다만 우리 두 兄弟
쇼샹江의 날어ㄱ셔 竹上의 눈물쑤려 디마닥 아웅지고 입입이 풀여신이 蒼
梧山이 문어지고 湘水가 쓴어져야 竹上之루가 니가멸이라 그 글 뜻실 알

이라 쏘 져 편의 안진 夫人 春香을 부르면셔 우름을 운다 여바라 春香아 넌은 나를 모르리라 치즁낭의 쌀 문히로다 위즁도의 안녀되야 자헌왕게 잡펴갈 졔 아무리 이졍혼들 옛 은혜을 이질손야 원통코 집푼 한을 글노 써 和答하자 好人落淚添번秋요 汗事斷腸大求客이라 그 글 뜻실 알러라 쏘 져 편의 안진 夫人 春香을 부르며 울음을

<h2 style="text-align:center">〈61-앞〉</h2>

운다 여바라 春香아 네 나을 모로이라 한궁여 소군이○라 好至吾家한이 一婦청총 쑤이로다 마상피파 한 곡죠의 分明한 원한지여난 이화도셩식春 月이요 환픠공귀월야흔이라 이 글 쓰실 알리라 쏘 져편 안진 夫人 春香 부르며 우름을 운다 네 나를 모로이라 나는 식夫人으로 우헌王게 잡펴가 셔 아무리 졍을 한들 옛일을 이질손야 원통코 집푼 한을 글로써 和答흐리 라 셰요궁이 노도신이한이 믹믹무어도기츙이라 이 글 쓰실 알이라 쏘 져 편의 안진 夫人 春香을 불으며 울음을 운다 나은 익창공쥬로셔 덕언의 안 이되야 풍진의 나눈 거울 셩도

<h2 style="text-align:center">〈61-뒤〉</h2>

시 십오야으 장두을 다시 본니 옛 셔름이 시로 온다 春香 너도 李도령과 이별시에 表흔 거울 十五夜 남원부의 不遠相逢홀 쩌신니 셔어 말고 잘 잇 거라 잇 째예 娥黃 女영 月션이 불너 분부흐되 春香 너도 万世 後으 우리 곳치 同居흐자 春香이 흐직흐고 나올 젹으 창 압푸의 잉도쏫시 어실어이 쩔어지고 문 우의 虛身이 썩굴노 달여 보이고 도련임 쥬고 간 거울리 흔 복판이 찌여져 뵈이거늘 쌈쌕 놀너 찌달은니 남家一夢이라 精神이 황홀흐 야 진正키 어렵던니 잇 쩌여 一片셔경至月이요 隨陽南飛之鴈이라 밤은 집 퍼 三更이요 구진 비난 죽죽 온난듸 東方 蟋蟀聲은 실으응

〈62-앞〉

우름을 울고 도차비덜은 쎅쎅 밤시 소리 옵쎄미 부엉이 붓부엉부엉 졍上
梧桐입은 金풍월 못 이기여 우둑툭 볏셕 쑥 쩌어지고 문풍지난 펄넝펄넝
업다 鬼神이 모도다 우난듸 난장 마져 죽은 鬼神 곤장 마져 죽은 鬼神 결
항터사 디롱디롱 목 미달어 죽은 鬼神 四方으셔 우신두신 이고 방쑤셕 네
구셕과 져런 마루 밋틔셔도 鬼神 우름쇼리 쎅쎅 이고 노將山流 화졔로 우
난 鬼神 어으어으 우름을 울 졔 春香 신셰 싱각ᄒ며 절통ᄒ고 가련ᄒ다
엇다 이 몹실 귀신덜아 날 잡어가거라 엄엄급급열울영사파하 후유 ᄒ숨
낙누ᄒᆯ 졔 글엉져렁 동영이 히명

〈62-뒤〉

ᄒ며 날리 장차 발ᄀ온이 잇 쩌여 장임 한 분이 문복ᄒ라고 워난듸 무슈
이 워고 가거날 春香이 간신이 이러나 여보시요 장임 이리 좀 오시요 허
허 게 누근ᄀ 거 누기 春香각신가 업다 이 사름아 잔늬 슈금 중의 잇짠
말을 듯고 진직 한변이나 나와보자쩐이 잔늬가 먼져 간청ᄒ야 슈人事한니
人事가 볌연하네 무신 글할 니가 잇쇼 니가 언져나 닐가 졈도 ᄒ여쥬련이
와 夢事가 如此如此ᄒ온니 히몽도 ᄒ여쥬시요 그리하쇼 디모산통을 너여
눈 우에 놉피 들고 졈을 치난듸 天下焉哉시며 地下焉哉시릴요만은 고지지
음ᄒ나이 신지영으로 감이슌통ᄒ옵소셔 부듸인자은

〈63-앞〉

如天地로 合其德하며 如日月로 合其소장ᄒ며 如四時로 合其變化ᄒ며 如鬼
神으로 合其吉凶하난이 봉선쳔이 天不爲神ᄒ고 봉후쳔이 天不爲神ᄒ샤 今
日 졈쾌 至誠卜靑ᄒ거온 南向쳥부즈 곽박先生 이順風 소광졀 公明先生은

上通天門　下察地理　八八　六十四쾌之中의　쾌불방통ᄒ옵씨고　호不는상ᄒ옵
소셔　解東　朝鮮國　全羅右道　南原府　쳔별이　居ᄒ난　壬子生　身成春香이　身
在囚禁中　ᄒ옵난듸　生死吉凶　여부을　末通生至故로　伏걸　天地地神　실명소
소　물비　쾌회쾌회　쾌회을　탈탈　떨어　세난듸　하나　둘　셋　넷　다셧　여셧　六
龍이　如天

〈63-뒤〉

地쾌ᄊ엿다　호츌삼각봉ᄒ야　夜到漢江水라　비夫人君子ᄒ고　手執生死之權이
라　범이　三角峰의　ᄂ셔　밤으로　漢江물을　건네쏘다　동의　仁君子지고　손의
生死之權을　잡어신이　고쵸갓튼　벼실이네　염예ᄆ쇼　쏘　꿈　解夢을　한다　花
落한이　能成實이요　鏡罷한이　豈無聲가　꼿시　쩌러져씬니　能히　열미　열　쩌
시요　거울리　끼여져신니　엇지　소리　업실숀가　門上의　현우人하이　人皆仰視
로다　門　우의　虛身이　달여　뵈인이　사람　사람이　우러어　볼　꿈이로쇠　쌍가
미　탈　꿈이네　걱졍　마쇼　잇　쩌에　ᄀ마구　玉담의　안져셔　가옥가옥　울고　간
이　여보시요　奉土任　져　가마구　날　자

〈64-앞〉

바갈　가마구요　안이　가만이　잇쇼　가마구　울음을　破字할겨　들어보소　가마
구　佳屋佳屋한이　佳字은　알음달　佳字요　屋字난　집　屋字라　잔녀　집의　조흔
慶事　잇거네　걱졍　마소　春香각시겨　부탁할　말　잇네　무신　말삼이요　너ᄀ
볼이　환상이　넉　셤이네　죤녀　잘　되거든　그겨나　탈ᄒ여　슈소　글낭은　그리
ᄒ시요　나　나가네　조셥이나　착실이　하쇼　春香은　奉土을　보닉고　밤나지로
우던이라　잇　쩌여　春香은　이도령을　이별ᄒ고　京城으로　올나가셔　文筆工夫
심쎠　할　졔　春秋　젼국　통사기며　四書三經　여기　春秋　날마닥　익고　씬이　文
章은　李太白이요　筆

〈64-뒤〉

法은 王羲之라 年光 이十歲의 國家太平한나 大往試을 뵈이더라 春당뎌여
정좌ᄒᆞ시고 文武 才士 공도할 졔 과겨날이 當到한이 李도령 거동보쇼 힝
장을 지쵹ᄒᆞ야 장즁의 들어간이 글졔을 거러씨되 古今春色이 春當더라 두
러시 걸어거날 시지을 펼쳐들고 용연의 먹을 갈어 一筆휘指 얼은 지여 이
쳔의 션장한이 上詩官 그 글을 보시고 칭찬ᄒᆞ야 일은 말이 李太白 杜子美
와 한퇴지 蘇東坡가 이어셔 더할숀야 字字句句 비点ᄒᆞ야 만장 中의 回視
한이 安撗의 놉푼 일홈 龍門의 빈늬쏘다 사恩宿拜한 然後의 어酒三盃 쥬
옵씬이 쳔은

〈65-앞〉

망극 즁하시고 어사花을 슉여 쏩고 청홍긔을 놉피 들어 一日看辰長安歌라
甲第畵堂 놉푼 집의 닷투난이 신월이요 紫陌紅粧 너류 질의 불으난이 실
니로다 三日遊至한 然後의 先山下의 消焚ᄒᆞ고 영친도문 화올 젹의 世上의
조흔 거시 급졔박그 쏘 인난ᄀ 一日은 殿下계셔 입신 슈이 나거날 들어가
황공이 복지한직 봉書을 친이 니쥬거날 上書원으로 나와 鳳書을 쪠여본이
馬佩 한나 유쳑 한나 명쥬젼디 들어거날 호람이라 올타 우리 春香 보것다
鳳書의 ᄒᆞ여씨되 호람 左右道의 凶年이 들어 民精이 황겁하기로 너을 니
려보니이

〈65-뒤〉

守令之不治와 民精之吉苦을 낫낫치 염문ᄒᆞ라 엄슉히 ᄒᆞ여거늘 슈衣을 쇽
의 입고 본딕의 下직ᄒᆞ고 靑佩驛馬 자바타고 洞格江을 엇풋 건네여 남타
령을 너머군나 과쳔 들어 슉쇼ᄒᆞ고 上流川 下流川 大黃괴 얼풋 지너여 七

原 와 宿所ᄒ고 진기 올으며 장터 진우 宿所ᄒ고 칠원 쇼시 얼은 지니여
城門驛馬 자바타고 天安 三걸이 되평 원터 廣庭 모란 얼은 건니 일신驛馬
ᄀ러타고 公州 錦江 놉푼 문엄이 졈쳔 뇌셩 풋기 스다리 황화졍의 當到ᄒ
야 셔리 즁방 훗터놀 졔 역卒 등 너의덜은 左道로 들어 진금산 무쥬 용담
지니

<h3 align="center">〈66-앞〉</h3>

여 장셩 구례 곡셩 운봉의로 두루 도라 南原邑의로 디령ᄒ고 셔리 등 너
으덜은 右道로 둘너 여산 익산 용안 힘밀 임피 옥구 万頃 金堤 扶安 古阜
興德 古昌 슌昌 永光 디명으로 두루 도라 南原邑으로 디령ᄒ되 孝子 烈女
착한 힝실 零落업시 길록ᄒ고 父母不孝ᄒ난 놈과 兄弟不睦ᄒ난 놈과 기인
취물하난 놈과 姦夫相通하난 연을 낫낫치 염間ᄒ야 驛門으로 밀지ᄒ고 쥰
민고틱ᄒ난 놈 官長 위역供事ᄒ난 守令 실슈업시 치탐ᄒ라 若有違令者면
軍法으로 참할이라 난은 예셔 고산 삼이 가리니 슙졍이로 감영 드러 염問
ᄒ고

<h3 align="center">〈66-뒤〉</h3>

金구 太仁 任實 오슈驛으로 합聚ᄒ리라 일엇탓 슈을 놋코 잇 찌여 어사도
난 헌 갓시 버레쥴 얼거 씨고 살만 나문 헌 붓치 솔방울노 仙草달어 日光
을 쩍 기리고 아장걸어 내려올 졔 여산 드러 宿所ᄒ고 양자역의 군이ᄒ고
馬山邑 얼풋 단여 삼이 들어 슝화ᄒ고 ᄀ리니 슙졍이 얼년 지니여 공북누
놉피 올나 감영도을 귀경한이 쳔야졍 君子節과 오목디 견계봉 쇼강남이
여그로다 數三日 留한 後의 南原邑으로 ○○○○ 졔 노구바우 즁화ᄒ고
오원 님실 잠간 ○○○○○○○ 쉬여 오슈역의 宿所ᄒ고 닛튼날 ○○○○
○○ 南原邑 들어갈 졔 ○

〈67-앞〉

괴 압푸 當到한이 ○○○○ 方農時節이라 數十名 農羣덜이 農夫歌하며 ○
○○○○○ 어여로 상사뒤요 두리둥 두리둥 쌍○○○○○○ 乾坤 푸린 하
날 道德 놉푼 우리 인군 강구미봉의 동요듯덧 욘임군의 聖德일세 어여여
로 어여여로 相思뒤요 빅초을 세알은이 유신한 게 빅초로다 기창젼의 한
梅花은 小春色 바더 잇다 어여로 相思뒤요 이 農事을 어서 지여 養親父母
도 하련이와 하륙妻子 흐여보시 어여로 相思뒤요 일츅이작흐고 일음이식
한이 爲平聖디가 이 안인가 이 안인가 희가 거이 夕陽 되이 자조 부르것
다 어여로 相思뒤요 오리밤이

〈67-뒤〉

셔말낙이 반달만치 남어쑤나 어여로 相思뒤요 네가 무신 반달인야 初生片
月이 반달이졔 初生片月이 반달이졔 忠淸道 中伏상의 쥬졀쥬졀이 열이연
네 어여로 相思뒤요 이 農事을 어셔 지여 보리밥 쌀밥을 만이 지여 함포
고복의 먹은 후의 쩌젹 이불 덕셕 자리여 마누리 궁둥이여 춤을 춘다 어
여로 相思뒤요 한물지게 모심울 졔 어사 笠頭의 셔셔 어 져 농부 졔 밥글
웃 쏭누엇졔 셕만한 져 농부 모폭 잡어 펑미치며 어사도 멕살을 잔득 자
분이 어사의 눈쌀이 꼿꼿한며 어 놋자 곳 죽어도 반말흐며 其中의 늘근
農夫 마라 마라 글이 마라 여산의 밧 간다고 大舜인 쥴 게 뉘 알며 신

〈68-앞〉

野의 논 간다고 이윤인 쥴 게 뉘가 알니 글니 어사 낫짜면서 져런 자 만
턴고 여보 어셔 가난 질이나 ㄱ오 겨셔 쩌느 한 곳실 當到한이 耕田野水
埋春色의 한 農夫 밧미다 쉬여 안져 가죽쌈지 順草 담비 가라침 턱턱 밧

터 엉지가락 눌너가면 죠터통의 단단이 담어 뫼졔불 불근뒤여 兩볼이 옴
족옴족ㅎ여 쥐식기 쇼리 나게 빨고 안져거날 어사도 ㅎ난 말이 져 農夫
말 좀 뭇고지거 무신 말 니 정장할 일 잇씬이 원임 젼체 엇더한고 明官이
졔 明官 인슈ㄱ 젼역 士官 맛고 나지쩌 기침ㅎ고 공事ㅎ다가 코 잘 골기
권치 쇼지 무뤼 변쇼 怨定素韋 事實推尋 환상 밧고 지

<h3 align="center">〈68-뒤〉</h3>

징ㅎ기 忠君ㅎ고 쳠역ㅎ기 守節하난 게집아히 受請 안이든다 ㅎ고 독한
미로 쌍쌍 쩌려 큰 칼 씨여 下獄ㅎ기 古今 天下 官長 中의 우리 원임 明
官이졔 守節ㅎ난 겨집아난 뉘 집 게집아라던고 모르졔 드른기 春香이란가
부던고 李도령닌가 三도령인가 슈언 되야지던고 올나간 졔 멋 ㅎㅣ라고 편
지 一丈 업다던고 어스도 숑징ㅎ야 져 農夫 잇다 보거지거 겨셔 쩌나 박
셕퇴을 넘어간이 한 춍각 아히 身勢 自歎ㅎ며 나올 졔 육식포 외골젼디
허리 아리 질근 미고 밋밋한 윤유리을 양숫 잘너 쑥쑥 집고 노릭ㅎ며 올
나온다 道路難만ㅎ듸 漢陽城中 어이 갈고 오날 져역은 여그 자

<h3 align="center">〈69-앞〉</h3>

고 니일 젼역은 어듸 잘고 자룡의 越江하던 千里龍籠을 타서느먼 이 닐 일
시로 가련만은 조고만 이너 발노 멋칠 거러 한양을 갈고 익고 익고 익고
니 일이야 니 身勢도 셔럽건이와 春香 身勢을 生覺ㅎ면 命在경각 ㅎ常ㅎ다
한창 일히할 졔 어스노을 만나논이 어스도 뭇난 말이 이 이 너 어듸 인야
南原邑 사오 어듸을 가난야 셔울 가오 무엇 허러 가난야 구官宅의 가오 舊
官宅의 멋하러 가난야 편지 가지고 가오 그겨 뉘 편지야 그 분 자상이도
뭇난고 우리골 春香이가 져의 郎君 李도령게 相思 편지을 ㅎ야 가지고 가
오 이 이 그 편지 날 좀 보자 여보 不窺人私書란이 남의 편지을 한부

〈69-뒤〉

로 본단 말이요 이 인 그 편지 쪠여보고 들한 말 더 써쥬마 어 그 자 꼴 보단 말이 방갑쇼 엿쇼 보시요 어스도 편지 바더 쪠여본이 하엿시되 薄命한 妾 春香은 근再拜上章 書房임 座下ㅎ노이다 某年 某月 秋千할 졔 貴重하신 書房임을 부질업시 相逢ㅎ야 芳年을 집피 밋져 偕老百年하자썬이 書房임 離別 後의 新官 使道 너려와 受請 안이든다고 毒한 미을 짱짱 쩌려 험옥중의 가두온들 혈혈單身 妾의 몸이 怨精할 곳 젼이 업셔 殘命을 保存한이 望夫山에 달이 놉파 구름 쇽의 히미커던 날 우난 졸 아르시고 相思樹으 秋節들어 一枝名

〈70-앞〉

花이 울거든 元命더로 못 다 살고 나 죽난 졸 알으시요 차상의 미진한 정 後生의나 다시 만나 欣然 相逢ㅎ산이다 할 말이 無窮ㅎ나 가삼이 답답ㅎ고 눈물이 소사나셔 산슈목 졀노 피네 손까락을 아드득 찌여 물너 血書로 올이난이다 어스도 편지 보고 悲懷을 못 이기여 여바라 이 인 너 말 듯거라 그 듹과 날과 격인ㅎ야 살던이 그 듹이 치敗ㅎ야 할 슈 업시 되야난이라 李書房은 날과 同行ㅎ야 過客질노 너려오다가 감영으 와 갈이엿다 부질업시 虛行말고 도로 가자 잇 쩌여 어스도은 南原邑으로 도라온니 山도 예 보든 山이요 물도 예 보든 물이로다 요쳔水 홀의난 물

〈70-뒤〉

은 슌지江의 상동ㅎ고 仙隱寺 쇠북 연사 暮鐘이 져기로다 廣寒樓야 잘 잇던야 烏鵲橋도 無事한야 客舍青青柳色新은 나구 미든 버들이요 綠樹秦徑 너룬 질은 님 딩기던 질이오다 日暮蒼山 졈문 날의 春香의 집 차져간이

장원의 것친 풀은 왼집을 덥퍼 잇다 밧大門의 붓친 글음 위지경던 진슉셔
을 보기 죠켜 붓쳐던니 風雨의 모도 업셔지고 진즈젼 입만 나머 바람의
펄넝펄넝 안中門의 붓친 글시 仁義禮智 孝子忠臣 두러시 붓쳐더니 츙셩
忠字 가운디 中字 어디 가고 맘 心字만 남어쑤나 敬憲前의 노든 鶴은 다
만 흐나 나문 거시 한 달이 기 물

〈71-앞〉

이고 한 날기 짓쌔진 치 두루룩 길녹 징검징검 가난구나 부용당 연못가의
풀리게 디을 심어쩐이 不改淸陰 디야귀아 우리 春香 본을 바더 옛빗시 如
前흐다 쓸 아리 누은 기은 旧面客을 몰나보고 氣운 업시 누어쌰ㄱ 쾡쾡
짓고 니단난다 後院을 둘너본이 잇 쪄 春香어母 거동보쇼 一尺단 正어 뭇
고 淸河水 올야놋고 北向四拜흐야 흐날님겨 祝怨흐되 天地之神 日月星辰
후토실영 문슈 낙산 관음졔불 셕아여리 흐우同心흐옵소셔 無男獨女 니 쌀
春香 특위급숑흐옵기을 千萬 祝水 바리옵닌다 비난다 비난다 하날임계 비
난이다 도으소셔 도으소셔

〈71-뒤〉

한참 이리할 제 어스도 말하되 니 몸 貴이 되기가 션영으 은덕인 줄 아러
던이 우리 丈母 德이로다 여보계 丈母 이겨 뉘긴ㄱ 李書房일셰 오 옥담
밋틔 마위흐난 李쳠지 두치 아덜인가 안이네 글흐면 뉘긴ㄱ 오 山東 李風
원인가 오날 夢졈의 들어왓던가 이 사람 李書房을 몰나 오 인자 본지 東
門 안의셔 逮擊돈 밧들어온 李書房이졔 안이네 셔울 三川洞 사는 몽용이
李書房일셰 春香어母 쌈쪽 놀니여 우루룩 달여들어 어스도 손을 잡고 어
디 갓다 인자 온ㄱ 엇지 글이 無情흐고 엇지 글이 야쏙한ㄱ 드러가시 드
러가시 上單아 불

⟨72-앞⟩

발켜라 書房任 와겻다 上單이 밥비 나와 書房임 와겻시요 어셔 아기씨 살
여쥬오 불 발키고 다시 본이 乞人 中의는 지싱이라 春香어母 기가 믹켜
이거 져겨 무신 골닌ㄱ 험옥 즁의 니 딸 春香 뉘라셔 살여닐ㄱ 어스도 하
난 말이 우션 시장ᄒ네 밥 좀 쥬쇼 밥 업네 상단이ㄱ 부억키로 나가던니
먹던 밤 한 글읏시 단간장의 풋고쵸 씨 노아다 딜이이 어스도 春香어母
쇽을 보랴고 여山 호랑이 질이山 넘듯 횟닥 ᄒ던니 마파람의 겨눈 감츄듯
밥 한 글읏시 업셔진이 이고 밥먹난 쏘가 싹슈인네 여보쇼 春香어母 니
의관은 쵸쵸

⟨72-뒤⟩

ᄒ야 지젼풍치 업실망졍 너머 그리 괄셰 마소 여러 희만의 니려왓신이 春
香 좀 보계 하쇼 夫婦間 人情이야 업것난ㄱ 아이고 무신 쏠이 우리 春香
잔네 보면 기졀ᄒ야 죽견네 한창 일이할 졔 바리을 쩡쩡 치난듸 상당이난
잠을 안이 자다ㄱ 여보 마누리 바리쳣쇼 아기씨한틔 가십시다 상단이난
밈상 등고 春香어母 초롱 들고 어사도 뒤을 쌀어 옥문젼의 當到ᄒ야 아가
春香아 왓다 왓다 왓다 일러나그라 春香이 깜짝 놀닉 ᄒ난 말이 악가 잠
간 잠을 든이 셔울 계신 書房임이 머리여난 어사花 쏩고 몸으난 슈이을
입고 니 손질을 부여잡고 萬

⟨73-앞⟩

端情懷을 못 다 하야 게 뉘가 날 찻던가 오신 게 뉘기신가 나다 어먼이
와계신가 셔울셔 무신 쇼식이 왓넌ㄱ 네의 書房인가 南方인ㄱ 거라진ㄱ
왓단다 春香이 이 말을 듯고 한 손으로 칼머리을 들고 쏘 한 손으로 쌍을

집고 간신이 이러ᄂ셔 옥문 틈으로 니다보며 이게 書房任 왓게시요 正逢
好陽江上風의 바람졀의 싸여온가 偶치西亭江上月 달갓치 소사온ᄀ 이리
오쇼 이리 오쇼 書방임 가신 후의 新官 使道 니려와서 受請 안이든다 하
고 셩문삼치 쌍쌍 쩌려 험옥 즁의 가두온이 怨情할 곳 젼이 업셔 셔방임
급졔ᄒ야 외방으로 오시거나 全羅어ᄉ 니려

<h3 style="text-align:center">〈73-뒤〉</h3>

와서 이니 몸을 특위방츌ᄒ신 후의 世上귀경 다시 할가 밤나지로 바리쩌
니 조물이 시기ᄒ고 鬼神이 작희한가 익운이 미진ᄒ야 書房任 몬양 본니
가련한 이니 신셰 옥즁故魂이 되것신이 니일은 本官 使道 生身 잔치한단
이 긔 잔치 굿티 酒狂나면 날을 올여 칠 거신이 한 변만 더 마지면 하릴
업시 죽을 거신니 書房임 암듸도 가지 말고 三門 박그 직켜셧다 니 신체
나오거던 싹군인 쳬ᄒ고 달여들어 품안의 담속 안어다가 우리 두리 쳐음
만나 노든 芙蓉塘 졍한 방을 다 치우고 시상 우여 뉘여놋코 옥즁의셔 눈
물 씻든 속격삼 벅게니여 招魂ᄒ야 쩻쳐 두고

<h3 style="text-align:center">〈74-앞〉</h3>

死者밥도 ᄒ여 놋코 尙丹이 멀이풀어 子息졈 哭시기고 不常한 이니 신쳬
아무 손도 디지 말고 書房임 손으로 달여드러 소디염을 한 然後의 육진장
포로 질근 묵거 곽 속의 고이 담어 소방산 ᄒ지 말고 슌창디 명왕디 치여
지싱예 곱계 꿈여 유데군 녓만 사셔 半空眀月 시벽달의 징기랑 징기랑 윈
너 윈너 윈너 어이 갈이 넘차 윈너 윈너　넉시야 넉시로다 綠楊深山 넉시
로다 洛陽千里 올나가셔 션디감 분뫼하의 집피 파셔 영장하고 무덤 압푸
春香원사 타루비라 ᄒ고 비 하나만 세워 쥬오 正朝 寒食 端午 秋夕 四眀
日이 지니갈 졔 先大監 잡슌 후의 書房임 손조

〈74-뒤〉

나셔 박적의 물 쩌들고 듸초 하나도 들으치고 밤 하나도 들이치고 약과
정과 가진 치슈 갓츄 갓츄 갓츄 담어들고 니 무덤의 올나셔셔 海東 朝鮮
國 全羅右道 南原府 천별니 거하난 壬子生身 成春香아 넉시라도 너 온야
魂이라도 너 왓는야 만이 먹고 물너가거라 이러쳐로 ᄒᆞ여쥬면셔 書房任
어진 恩德 九天의 오시는 날 하올니다 할 말삼 무궁하나 去頭絶尾 근치난
이다 어먼이 나 쩌든 玉指環과 銀쑥졀 金蜂치 겡더 안의 들어씨이 그것
니여 팔어다가 書房임 冠 망권 衣服ᄒᆞ여 듸리고 미틔 장농 쎄다지 속의
돈 열 양 들어씨이 그 돈 열 양 니여다가 반찬 범졀 장만ᄒᆞ야 朝夕

〈75-앞〉

공듸하여 듸리소 春香어母 홰을 니여 네 이 몹실 연아 슈금 中의 너을 넛
코 밤나지로 옥즁슈발 자진ᄒᆞ되 一分 요기하란 말은 잇 쩌까지 못 들어쩐
이 졔 書房인지 南房인지 오신긔 이것 져것 다 하여주란이 이고 쌀 나턴
낫짝이야 이고 어먼이 글어면 칼멀이여 부드쳐 죽을나내 온야 우지 마라
네 말듸로 ᄒᆞ여쥬마 잇 쩌여 春香母가 어스도을 달이고 우리집의난 양식
도 업고 남무도 업셔 엇지할게 어스도 못 들은 쳬ᄒᆞ고 客舍로 도라와 셔
리 즁방 역졸 등의게 단단이 約束ᄒᆞ고 잇튼날 관문거리 방황할 졔 잇 쩌
여 本官의 生日 잔치한다 한이 近邑 守令덜이 치려로 들어

(이하 낙장)

김동욱 소장 춘향전 (낙장 30장본)

책표지면에 신사(辛巳)라는 글씨가 어렴풋하게 보이는데 이를 필사연대로 본다면 이 본의 필사년은 1881년 신사년이 아닌가 추정된다. 앞부분이 낙장되었고 광한루 봄경치를 구경하러 가는 이도령의 치레를 묘사하는 곳에서부터 시작된다. 방자가 사또 자제 분부를 어찌 거역할 수 있느냐고 하자 춘향은 순순히 광한루로 건너오는 것으로 되어 있다. 이도령은 광한루에서 춘향이와 방자와 더불어 술을 먹고 즐긴다. 이도령이 춘향의 집을 물으면 춘향이는 방자가 안다고 슬쩍 물러나는 것이 보통인데 여기서는 춘향이 직접 자기집을 가리키면서 설명한다. 이도령이 춘향집에 당도하여 초당 주변과 집안을 구경하고, 춘향방에 들어가 바로 석경과 옥지환을 교환하면서 사랑을 맹세한다. 월매의 역할이 축소되어 있는 본이다. 사랑가 장면이 매우 짧게 되어 있다. 변학도가 춘향의 이름을 깜박 잊고 양이 있느냐 묻는다는 ‘양이 사설’ 화소가 있다. 암행어사 출도 후에 본관사또가 담 쥐구멍에다 상투를 박고 엎드려 있는데, 통인 하나가 문안하니 “너 어디 사냐? 돌아오는 장에 엿 사주고 떡을 사줄 것이니 날 여기 있다고 부디 말하지 말라고 하니 그 통인놈이 하는 말이 안전님이 놀래셔서 정신을 잃었소이다 제 등에 업피시오 하고 소인의 집이 굴턱지다 하니 본관이 통인의 등에 업펴기는구나.” 라고 되어 있다. 끝머리가 “어사또가 청배 역졸 부르더니 변힉도는 잡이다가 영문으로 상사하라 하고 춘향만 만가지로 위오하더라.”고 되어 있다. 춘향전이 끝나고 뒤에 ‘까투리전’이 합철되어 있다.

김동욱 소장 춘향전 (낙장 30장본)

(앞부분 낙장)

〈1-앞〉

치멸이 희남을 만 발나 반단가튼 용혈이로 열이 살살 빗셔 닐여 궁초댕기
셔광물여 넌지시 자바미고 일광단 접비자 홋단초 달라 입고 별초단 돌이
줌치 디고팔사 별미답 느지시 꿰여 차고 경포단 혈이끈 넌지시 자바미고
삼셩보신 통힝젼 물읍 밋틔 졸나미고 혼산 셰모시 쳥도포의 셰초쎨을 흉
즁의 나지시 눌너 쮜고 평안도 삼동초 쑬물 만이 췩게 죄이미 착착 쳐셔
천은셜압의 가득 너셔 방자놈게 치우고셔 부산빅통 은슈벽의 벨낙쥭 길게
맛촤 ○○○○○○○○쎡씀쎡씀 틔여 물고 나구 등의 셥푼 올나 호호달낭
호호달낭 느짓느짓 셧듯 걸여 올나가며 혼 곳실 넌짓 발이본이 ○○○○
○○○은 가은

〈1-뒤〉

츈풍을 몬이기여셔 오졸오졸 춤을 추머 오식도화 만발혼듸 황즁뒤건이 우
난 솔이 곳곳마닥 봄솔이라 산혼 쳡쳡 명싱지요 골은 집펴 만학이리 빅홍
소 쳔만간이 계변화난 ○○○○낙낙장송 울미혼 녹음방초 싱화시라 별건
곤이 여긔로다 오작교 올나가다가 혼 곳실 넌짓 발이본이 엇더혼 미인이
춘홍을 못이기여 셰니물의 손도 싯고 발도 싯고 흐던이만은 물○○여 양
슈도 하며셔 벼들입도 죽죽 홀텨 셰니물에 흘여 보며 죄약돌도 범벅 위여
양유가지여셔 실피 우는 꾈쏘이을 희옹홍 져 꾐꾐이 거동보소 셩춘야이
몬이기여 멸이 곡게 빗고 슐울욱 건네간다 츈항이 ○○○라 함박곳도 덥

셕 위여 입에 담속 물어보며 ○○○○○도

〈2-앞〉

질긘 썩거 멀이에도 쏘자보며 추천을 탈야ᄒ고 볼익디단 웃○○일광단 홋
단초미 쳑쳑 벼셔셔 숑졍의 걸어 녹코 덩이보신 버셔셔 암상의 데져두고
추쳔을 탈야ᄒ되 장장치숑 노푼 가지 두 쥴을 잡고 얼넌 셥푼 올나셔셔
발골일게 ᄒ 번 굴너 심을 어더 두 번 굴너셔 발골일게 이 가지도 져 가
지도 늑근늑근 홀 졔 삼단갓튼 치멸이넌 홍용이 여쥬을 물고 운즁 올이난
듯 박속갓튼 흰 살걸이는 빅운간 횟득횟득ᄒ난 양은 실앙의 자식은 못보
것다 여발라 방자야 져 건네 ○○○○의 올악갈악 ᄒ난 거시 무엇신지 알
건는야 방자놈이 우뭉○옴 피던○고 눈구역을 씨시면셔 쇼인의 눈의난 안
이 뵈요 ᄒ이 이도령이 ᄒ난 말이

〈2-뒤〉

여바라 이 자식 눈도 반상이 닛단 말이야 자시 보알아 ᄒ이 방자놈 엿자
오디 즈시여 축시 가장 보아도 안이 뵈요 이돌령이 난 말이 긔게 신션이
야 귀신이야 금이야 옥이야 그거시 무엇시안 말이야 방자놈이 그졔야 양
반의 비우을 거실이면 죄가 나가히셔 말심을 엿쥬것다 여보시요 귀신지
살암인지 분간도 ᄒ고 말을 ᄒ단 말이요 쇼인이 다 주셔 셩기 거시 좀 들
어보시요 영쥬 봉니 안이여든 신션 놀기 쓷박기요 쳔우운심 안이여든 귀
신이 어이 놀익가 금생여슈 안이여든 금이란 말도 당찬ᄒ오 옥츌곤광 안
이여든 옥이란 말도 엄인 말이요 쇼인이 발온디로 랄우옵졔 이 골 지싱
월민 쌀 춘항이라 하난 계집아희 밤의로난 풍월 공부 나지로난 추쳔 공부
ᄒ

〈3-앞〉

놀라고 펭생의 춘ᄒ추동 사시절을 져 일이지 아우○○○이 니돌령이 춘항
니란 말을 듯던이만는 야야 방자야 네가 뱁비 건너가자 좀 불네오늬라 ᄒ
이 방자놈이 영을 듯고 두 할기을 늬둘이며 두 쥬먹을 불근 쥐고 ᄒ 걸음
의 쒸여가 두워 걸음 훌쩍 쒸여이 가셔 여발라 게집랄아 ᄒ난 거시 추천
을 탈야 ᄒ면 너 집 슝졍의나 후원이나 미고 쩰 거시 원 졔집 아희가 삼
노 네걸이여 ᄒ귀잇게 추천ᄒ이 울이 딕 돌련임이 네 노난 거동을 보고
불의시이 어셔 가자 하이 춘항니 추천ᄒ다가 깜작 놀내여 ᄒ난 말이 여발
라 이 자식아 늬가 귀며근 살암인듸 글니 욜란ᄒ게 불닌단 말이야 ᄒ마
낙티홀 번 ᄒ여다 ᄒ이 방자놈 골을 늬며 ᄒ는 말이 일언 제○홀 일이 니

〈3-뒤〉

나 셰생 벤희셔 글어혼가 가시늬도 낙티혼단네 ᄒ고 고흠ᄒ이 춘항이가
말 한마듸 잘못ᄒ고 기가 줄것다 늬가 입발이 빠져셔 말이 혓낫다 ᄒ고
글혀ᄂ 너들어 춘향인이 안항이니 종졸이시 열씨짜든 조롱조롱 홀야든야
엇다 이 졔집아야 늬 말 즈시 들어바라 울이딕 돌련임니 양반도 졸분 안
이라 얼골이 만긔의 억고의 졀식이요 네가 가셔 일역만 되기만 되야시면
그 흥졍 좃ᄐ만은 졔일 못될가 위텨웁다 어셔 가자 뱁비 가자 삿쏘 자졔
분부여든 네 어이 거역홀야 ᄒ이 춘향이 고 아몰이 싱각ᄒ여본들 홀 슈가
전이 업늬 추천하든 긔 티도로 양진 마당의 씨암탁 걸음의로 빅몰 밧틔
금잘이

〈4-앞〉

걸음의로 션화당 마당의 슐옹슈 걸음의로 가만가만 걸어가셔 이돌령 좌젼
의 당도ᄒ이 니돌령이 흠변 보믜 정신이 혼미ᄒ야 볼 슈가 전이 업구나

이돌령이 춘항의 옥슈을 답박 위여 잡고 네 셩명이 무어시야 흐이 춘항이
거동보쇼 팔자청산 찡글이며 단순호치 반기흐야 시옥셩로 지울여 엿자오
디 손여의 셩은 셩가옵고 일홈은 춘항이로소이다 흔이 이돌령이 혀혀 웃
고 이상흔 일이오다 이셩지합이로고나 늬 셩은 이가고 일홈은 춘덕이로다
네 싱일은 언의 쪄야 흐이 四月 初파일날 희시로쇼이다 이돌령이 흐는 말
이 나년 四月 初九日 즈시로다 글혀나 희즈시을 ○○○ 너의 어만이가 죡
금 참거나 울이 어마임이 죡금 일직 나거나 흐여드면 네와 느와

〈4-뒤〉

흔날 흔시여 날벼 흐여쑤나 글혀나 희즈시을 갈여 보이 그도 역시 연분이
이 네가 날 셩김이 엇더흐야 흐이 춘항이 흐난 말이 돌연임은 귀공즈요
쇼여난 쳔쳐쇼생이요 홈 번 탁정 후의 이 연 발이시면 긔 안이 원통흐이
요 글언 분뷰 마옵시고 예결칠이옵쇼셔 이돌령 말삼보쇼 네 말이 글할진
던 엇지 안이 기특흐야 울 둘이 니연을 믹질 져긔 금실을 믹질이라 쳔지
로 믹프 삼고 일월로 진 삼마 춘항의 가는 혈이 발근 찌고 혈악 홈 변 탁
정 후의 방자야 약슈니나 들여라 슐이나 먹고 노자 이돌령이 거동보쇼 삼
스비여 반취흐여 취홍을 못이기여 방자야 슐 흔 잔 며걸라 흐이 방자놈
엿자오디 황숑흐이다 황숑이나 눌엉숑이나 어서 며거라 방자놈이 슐 흔
잔 먹고 나올 져긔 돌연임 보고 병구 흔마듸 흐든 거시엿다

〈5-앞〉

돌연임 눈구먹이 가마구가 흔슙 쉬계쇼 흐이 이돌영이 혀혀 웃고 그 놈
고이한 놈이오다 흔창 일이 노다가셔 이돌영이 춘항이 보고 문난 말이 너
의 집이 어듸미요 흐이 춘항이 옥슈로 흔 곳실 갈이치며 흐난 말이 됭편
난 송졍이요 셔편의난 죽임인듸 압들이난 믹화 피고 뒤뜰이난 게화 피고

초당 압폐 연못 파고 연못 우의 셕짜산 무어노은 거시 소여의 것체로소이
다 ᄒ이 이돌영이 ᄒ난 말이 너 말을 들어보이 남방의 제일이로다 ᄒ고
노다가셔 춘항이가 ᄒ난 말이 여즈가 갈로상의 올의 놀기 부가ᄒ오이 소
여난 집의로 가사이다 ᄒ이 이돌영이 혈악ᄒ고 ᄒ난 말이 나도 셕양의 갈

〈5-뒤〉

거시이 어셔 가셔 지달여 ᄒ고 춘항은 져그 집의로 돌아가고 이돌영은 칙
실노 돌라와셔 생각ᄒ이 담은 싱각이 춘항이라 히 가기을 지달일 졔 방자
야 오날 히가 언의 쩌나 되야는야 ᄒ이 방자놈이 무장 어겨셔 디답ᄒ되
인지 동셔 아구텻소 ᄒ고 손갈악의로 셔쪽을 갈의치넌구나 야 방자야 셔
칙이나 들여라 소학을 들여라 원언이정은 쳔도지졩이요 인의예지난 인셩
지강인이라 아셜라 그 글도 못익것다 밍즈을 들여라 밍즈 겐양이왕ᄒ신디
왕왈 슈불온철이이니ᄒ시이라 아셜라 그 글도 못익것다 쥐역을 들여라 원
은 헝코 니 코 쏙 디고 자시면 족켜구나 아셜라 쳔즈을 들여라 ᄒ이 방즈
놈이 엿즈오디 졈잔ᄒ신 돌연임이

〈6-앞〉

○○○○○○○○○○○○○○○○○○○○○○○○○○○○○○○○○○○○○
○○○○○○○○○○○○○○○○○○○○○○○○○○○○○○○○○○○○○
○○오유졍영지부안득○○○○○○○○○○○○○○○○스 밋지 말라 황ᄒ다
거칠 황 소간부상 슘○○○○○○○○○○○○○○○○슨 져문 날의 월출동영
의 달 월○○○○○○○○○○○○○○○의 찰 영 미삭 불너 슐 부월라○○
○○○○○○져슬이 다 발이고 히가 일모○○○○○○○○○○○○○○○○
○○○○○○

〈6-뒤〉

발켜 압을 셜라 춘양의 집을 차자가쟈 거들걸이고 실명잇게 걸어가며 압
쓸을 발라보이 동원돌이 편시춘은 미화가 만발이요 뒤쓸의난 게화가 만발
이요 동편 숑정 셔편 쥭임 한티 모도 읭을하여신이 별건곤이 여그로다 문
젼의 당도하이 청삽살이 쌍쌍 짓고 나셔며 날을 보고 반기난 듯 단장의
빅귀 한 상은 제 흥의 계워셔 흐늘어지고 풍경도 거옥ᄒ고 경개도 걸옥ᄒ
다 별우천지비인간이로다 춘향의 것체을 자시 보이 초당 압폐 연못 파고
연못 안의 셕짜산이 춘향의 거체가 방불하다 그 안의 들어가이 왼갓 화초
다 피엿다 무신 화초 피여는고 예쥬출유익산춘은 양한도화 복셩곳시며 위
셩조위억경진하며 객사청청 벼들곳시며 산중숑빅월삼경의 두겐제혈이 뒤
건화며 뒤겐셩이 실피 울 졔 뒤건숄이 들어보오 귀쵹도 불

〈7-앞〉

여귀며 불여귀며 화쵸 귀경 다 한 후의 화초 귀경 다 볼야ᄒ면 별맛시 잇
셔야 보것다 이돌영이 ᄒ난 말이 니가 시셔가 미우 문장쩨 위간인가 그
귀경을 맛시 잇게 다 하졔 글치 안하면 쌋싹ᄒ다가 낭픠ᄒ것짜 글음 귀경
을 볼작시면 불출산 엄자릉은 간의티후 마다ᄒ고 빅귀로 볏실 삼고 원낭
의로 이웃 삼아 양굴음 썰쳐 입고 추동강 칠언탄을 지셩의로 가은 양을
역역키 글여잇고 삼국풍진 욜안홀 쎄 환종실 유황슉니 공맹션상 만나아고
걸음 조흔 젹토말을 뱁비 몰아 남양초당 가은 양을 역역 길여잇꼬 치셕강
명월야의 시중쳔자 이틱빅 포도쥬을 취켜 먹고 낙슈비에 오나 안자 강미
티 둘을 살앙ᄒ야 자불야고 은은이 슛든 양을 역역키 길여잇고 빅이 슉졔
○○○○○산중○○○경

〈7-뒤〉

창이 밍호연의 경여경을 칭칭이 글여잇고 만고성현 공부자도 글음 능현강
의 글여잇고 오강 황우 글음이며 왕상은 잉의 녹고 믹종은 쥭신썩은 현용
을 글여잇고 글음 귀경 다 흔 후의 이돌영이 춘항이 보고 문난 말이 나도
티휴집 자제로셔 경성의 상장ᄒ야시되 청누미식 지긔로다 귀경을 다 하여
시되 보던 즁의 쳠이로다 네을 보미 근원이 잇셔 글어흔가 연분 이셔 글
어흔가 네가 일식인가 니가 밋쳐 글어흔가 네을 녹코갈 쓴시 젼이 업다
니 곳 안이던들 네의 비야필 뉘가 되며 네 곳 안이던들 니의 가인 뉘가
돌고 니가 쥬거도 네 못 살고 네가 쥬거도 니 못 살고 네 살어야 느도 살
고 니 살어야 네도 살제 모도 반갑긔도 칭양업다 긔도 쏘흔 쳔졍

〈8-앞〉

이라 울이 둘이 안잇자 밍셰질 쎄긔 공도 디단ᄒ이 즘치 쥬홍당사 별미답
을 칠예로 쓸너 녹코 면경 쇽경 춘항을 쥬며 일의는 말이 디장뷰 졍열힝
이 쇽경빗과 갓튼지라 진희즁의 빅켜셔도 쳔말연 지니간들 변홀 디 이실
숀가 춘항이가 쇽경 바다 품의 넉코 제도 쏘흔 신을 쥴 제 져도 쏘흔 신
올 졔 불이더단 웃저골이 계식 골음 얼오만자 옥지환을 쓸너니여 옥슈의
걸고 안자 ᄒ는 말이 여자의 졍열힝이 옥지환과 갓튼지라 진희즁의 빅켜
셔도 쳔말연이 지니간들 변홀 디 잇실숀가 이돌령이 옥지환을 바다 금낭
의 넉코 춘항이 보고 일의는 말이 밤이 너무 깁펴시이 잔말 말고 잠을 자
자 ᄒ이 춘항이 거동보쇼 쥬회을 칠일 져긔 기명등불 볼삭시면 와화긔 디
화긔 밀화양판의 제육초며 쇼양판 갈비짐과 풀풀 씌난 슝에회며 쏘도독
쏘도독 미츨

〈8-뒤〉

이 젹과꽂이 흔들흔들 잉에회며 혈이 늘졍 상에 산젹이며 쏙기요 흥이 엥
게탕의 옴방쏨방 올이탕이며 염통 갈비 양복기며 길길흥이 쟁씨탕의 밍상
군의 두 눈셥츌음 엇식빗식 올야 녹코 율어병 칠에을 볼작시며 벽히쥬상
의 산호병과 굴원녹쑥 졀볜과 시금병 쳔연병과 목 잘옵다 잘이병 목 질엇
다 황시벙과 율이병 당황병을 치예로 노와시이 슐칠에을 볼작시면 돌연병
의 국화쥬며 뒤초당의 쥐엽쥬며 이젹션의 포도쥬며 안기샹의 쟝화쥬며 산
즁쳐사 슝엽쥬와 용왕의 잡슈던 연엽쥬을 찰예로 노와넌듸 힝기로 연졉할
졔 그 즁의 골니녀여 쥬젼자의 가득 부워 쳥동화리 쇠젹시 우의 연겨 녹
불 함변 불어니여 디양뮤○○ 잔을 쮜여논이 옥경연화가 만발흐고 티을지
은

〈9-앞〉

○신이 웃은 양도 방불흐다 가급슐영의 익산디 씌운 뜻 덩글억케 씌워 녹
코 노돌십진의 기치도 씌운 듯 볼만흐게 씌워쑤느 춘항이가 권쥬기 흔 곡
조로 일비일비부일비하야 이돌령이 반츄하게 머근 휘의 춘항의 뒤을 안고
마조 안자 살앙 살앙 니 살앙 어화둥둥 니 살앙아 구부구부 미친 살앙 보
도 넌출갓치 휘휘친친 갱긴 살앙 영히바더 금물코갓치 길이졀이 얼킨 살
앙 말우쳥산 칙넌츌갓치 글이졀이 얼킨 살앙 녹슈갓치 집푼 살앙 티산가
치 노푼 살앙 넘창북창의 노젹갓치 다물다물이 쌔인 살앙 삼산기약 이니
살앙 빅연동거 이니 살앙 아침 이실의 며금문 듯 몰환화 쏘시 곱다 흔들
이 우여 더 골손가 니의 간장 다 녹넌다 보도넌출 갬근 듯 글이결이 얼킨
살앙 아거라 보자 셔거라

〈9-뒤〉

셔걸라 보자 아몰이 보와도 보고십푼이 엇지혼단 말이야 당명화 시졀의
양귀비가 갱상한들 이 우여 더 에여쑤단 말이야 니가 주거도 네 못 살고
네가 쥬거도 니 못 산이 니 눈의도 가득혼 이니 살앙 너는 쥬거 당돌션이
되고 느난 쥬거 돗더가 되야 느지나 밤이나 둥덩실 놀라보자 너난 쥬거
방이학이 되고 나는 쥬거 방이고가 되야 춘호츄동 사시졀의 썰쑤덩 썰쑤
덩 찌여보자 네난 쥬거 꼬시 되고 느난 쥬거 느부가 되야 삼춘이 진톨옥
쩌느지 말고 씨노자쩐이 조물이 시기호야 쯧박게 이별슈가 나쑤느 이등
사쏘 션졍투고 니직의로 올느갈 시 어화 이별이야 이돌령이 춘항 보고 일
은 말이 부모의 명영이 일어일어호니 엇지호여야 올튼 말이야 여발라 춘
항아 니가 너얼 녹코갈 듯시 업다마은 부모의 명영업시 네을 상관이 되야
시이 네을 달이고 갈 슈

〈10-앞〉

가 젼이 닛야 가득호고 니 눈의 가득 졍을 싱각호면 네을 녹코 갈 쯧시
숀쑵만치도 업다만은 부모의 셩졍을 알건이와 네을 달이고 가면 네와 니
와 호시여 죽길야 호실 테인니 니 일 어이호여야 올탄 말이야 호이 춘항
이가 호난 말이 이게가 무삼 말인가 참말이가 현말이가 이게 원 슐이가
가실나면 호양 가제 눌을 발이고 간다 말이 원 말이요 졀이라도 니가 가
고 말이라도 니가 갈톄인이 슈징이도 쉬여 넘고 눌징이도 쉬여넘고 희동
창 볼익미도 쉬여넘넌다 호듸만은 니가 둘련임 슈어 쏨작업시 넹거쑤느
여보 돌연임 눌을 안이 볼야호면 눌 쥑여 숀조의 쫙쫙 묵쒀다가 북만산쳔
의 초상 장사가지 호시고 가시면 갓졔 살여

〈10-뒤〉

두고난 못가난이 이돌영이 ᄒ난 말이 쳥강의 노든 원앙 어 잇고 잇고 쩌
날 씌시 광풍의 놀닌 봉졉갓다 ᄒ고 셕양은 지을 넘고 졍미기는 실피 울
졔 춘항이 홀일업셔 임의 팔을 위여 잡고 한슘짓코 눈물지고셔 ᄒ난 말이
길이던 임 훈틱 만닉 이별 마자 빅연기약 쥭지 마자 훈틱 잇셔 잇마자 쳥
밍셰 이별홀 줄 어이 알이요 훈한들 어이ᄒ며 원망훈들 어이홀이요 춘항
이 거동보쇼 익미을 나짓케 ᄒ고 옥가튼 두 귀 밋틱 진쥬갓튼 눈물 흘이
면셔 이별잔을 부워 들고 안자 이돌령게 들이면셔 팔자쳥산 두 눈셥의 텰
씃마닥 미친 슈심 살앙을 못이기여셔 이돌령게 일의는 말이 인제 가면 언
제 올고 춘항이 몸이 늑기 져의 부딕부딕 쉬이 오쇼 쳠음 언약 잇지 말고
빅연 밍셰 비반마오 금셕

〈11-앞〉

갓치 언약을 ᄒ고 이별이란 말이 웬 말이요 경의 올나가거셔 ○○익필 어
듸시고 쇼연급졔ᄒ신 후의 부딕부딕 차지쇼셔 부모임게 영화 뵈이시고 베
실질노 날여올 제 고졍을 잇지 마쇼 ᄒ이 이돌령이 낙누ᄒ고 이별잔을 바
다 들안자 딕답ᄒ며 일의난 말이 홍진빌익난 예로보톰 일의난 말이오다
미친 살앙이 무숀의 부쳐두고 실푼 놀익 ᄒ슘의로 돌아가셔 원숙의 싱각
ᄒ면 일신의 병이 되야 즈진강탄 못살 테인이 목슘인들 보존할가 셔창을
구지 닷고 심거의 누워시이 침상 스창 우의 잠들엇다가 이별누을 뿔연난
듯 공산야월의 실피 우난 져 뒤겐이넌 날과 갓치 불여귀라 삼경의 못든
잠을 사경의 졔우 들어 상사ᄒ던 울이 낭군 굼 가운디 졔우 만셜원 원졍
○○○ 계명셔이 나기 쥐여 쌈작 놀

〈11-뒤〉

니여 일장호접 깨달의이 남가은 일몽이라 더덥시도 싸워쑤나 어화도 황홀
ㅎ다 꿈을 싱시 삼고 알음다운 옥빈홍안 졋터 얼풋 안젼난 듯 쌈작 놀니
일어느이 운산은 침침ㅎ야 쳘이목을 개와잇고 호월은 창하야 양행이비여
비춰엿다 어화 니 일이야 임무 타시 안이로다 약슈 삼쳘이 머단 말이 날
노 두고 일은 말이오다 ㅎ고 세월이 열유ㅎ야 여긔젹게 미진 쏘시 안젼ㅎ
의 불건는 듯 긔터지도 훌훌가 넉이춘졍이라 시벡달에 우는 저 길어기난
놀과 갓치 불여귀라 반가운 임무 쇼식 힝여 올가 발이고 발이쩐이 창망ㅎ
굴움 속의 비슬이 쌜이온다 글허나 율안혀다 여보 울임은 어디가고 일언
원졍 엇다 ㅎ고 동영에 쯰은 달은 임 낫치 비칠연만은 나도 언졔나 ㅎ양
가셔 임무 물임을 베고 일언 원졍을 ㅎ여볼고 쳔지간 오행 중의 삼상졍기

〈12-앞〉

을 타고나셔 셔방임 간장을 이디돌옥 티우난가 김일명일 ○○이별 어제
볼고 ㅎ날이 징ㅎ 비야필 이별홀 쥴 어이 알이요 살앙지펴 못시 되야 문
어질 졸 몰나거던 실어질　졸 어이 알이 어화도 니 일이야 장부공을 일노
쏫차 일은 말이로다 춘항이 이돌령을 보니고 긔 날붓톰 이복단장 젼폐ㅎ
고 졍막ㅎ 빈 방안 독심을 먹고 누월실 제 이벨곡이ᄂ 지여보자 그 놀이
여 ㅎ여씨되 낭군의 군신이별 호지여 모지이별 역노의 헝제이별 운슈에
붕우이별 이별마닥 셥건만은 임무 이별 갓틀숀가 예자의 몸 생거나셔 •이
별을 미지시면 주거셔 영별은 남디셔도 홀연이와 살어셔 싱이별 초목 불
이 분네 어화 이별이야 이별 이자 니던 살암 날과 빅연 원슈로다 분벽사
창 구지 닷고 무졍 가을 보니덜라 각셜 잇 쓰여 구관 삿쏘 올나가고 신관
사쏘 나시되 좌학골 막바지 변학도라 ㅎ난 양반이 나시되 셩졍이 괴악ㅎ
고 식이라 ㅎ면 조와ㅎ던

〈12-뒤〉

이만은 남원뷰 셩춘항이 쇼문을 노피 듯고 안마흠의 더히ㅎ야 발로 궐너
여 들어가 전ㅎ게 사은 슉비ㅎ고 날여올 졔 집의로 돌라와 신연 이방 션
신 밧고 남안골 연유을 다 물은 지후 이방 불너 분뷰ㅎ되 춘항의 일홈을
잇고 흔참 싱각ㅎ다가 네 골의 혹 양이가 잇난야 물은더 이방이 알우되
쇼인의 골의 양이가 업삽고 염쇼년 만이 인난이다 ㅎ이 신관이 ㅎ난 말이
엇짜 이 놈아 염쇼란게 무워시야 술암 양이 업는야 이방이 그제야 랄아듯
고 엿자오더 소인의 골의 괴양이난 거연 봄의 식기을 만이 느혼 골오 쎄
괴양이가 만이 인난 인난이다 ㅎ이 신관 사쏘 홰을 너여 네가 이 놈 밀언
희기가 돈겐과 갓튼 놈이로고ㄴ ㅎ고 혹영이 츄산갓튼이 그제야 자싱이
알우되 쇼인의 골의 춘항이라 ㅎ는 게집 아히가 잇시되 기싱 틱몡흔 일
업스옵고 구관 스쏘 자제 이돌령과 빅연어약을 밎고 슈졀ㅎ고 쇼

〈13-앞〉

소이다 ㅎ이 사쏘 이 말 듯고 쌈작 놀너여 영창을 다긔셔 안고 ○○듯지
못흔 말이오다 셔울 자식이 작첩일안 말 웬 말인고 ㅎ고 신관이 ㅎ난 ○
○ 웬 말인고 이방을 불의던이 치힝을 뱁비 칠여라 ㅎ고 명일 닐르 득달
을 못흘가 ㅎ이 이방이 알우되 상산 죠ㅈ룡이 타고 단이던 말이나 잇시면
은 명일 니로 득달흘가 차시여 쳘이마 업스온이 명일언 득달 못흐것쑈이
다 ㅎ이 글어ㅎ면 숨일을 말모ㅎ야 뱁비 치힝흘라 ㅎ이 신연 관숔이 영을
듯고 치힝을 빕비 챌일 져긔 남문 박긔 쎠 나셔며 쩍젼걸이 희장ㅎ고 동
젹강을 얼넌 지너여 칠픠 팔패 쳥픠을 얼넌 지너여 남탈영을 급픠 넘며셔
셔 과쳔의 슉슈ㅎ고 사그니 참느무졩이얼 얼넌 지너여 슈원의 슉쇼ㅎ고
밤을 지너여 잇튼날 쳔한 삼걸이 얼일 지너여 되펑광졍 팔풍졩이 얼난 지

니여 할안 몰안 얼넌 지니여 근강을 얼넌 건네여 공쥬의 슉슈ㅎ고 노푼
힝지 문엄이 정쳔을 지니여 뇌셩 풋기 은진 스달이 얼넌 지니여

〈13-뒤〉

황희정이 슉슈ㅎ고 여산의 희장ㅎ고 쑥고기을 얼넌 지니여 삼이 와셔 졈
심 먹고 졀ㄴ 지경의 와셔 희장ㅎ고 노구바우 얼넌 지ㄴ여 임실읍의 슉슈
쇼ㅎ고 늠안 오슈역을 얼넌 지니여 훈 몰룡이 너며션이 일음 관쇽이 위예
을 챌예로 연졉ㅎ되 청도 훈 쌍 호문 훈 쌍 ㄴ발 훈 쌍 희적 졋더 장구
북똥 발이 시늡 훈티 모도 싸잡펴셔 시위할 졔 새면의젼 집사 훈 쌍 굴노
훈 쌍 젼우좌우로 갈ㄴ 셰우고 복각 훈 쌍 별여ㄴ듸 이히 지상 녹의홍싱
얼인 지싱 착졀입ㅎ여 씨고 모든 관쇽이 젼의좌우로 연졉홀 써 장관일네
라 신관이 춘향이만 오미불망ㅎ덜라 도임ㅎ신 삼만의 달은 공사 다 발이
고 호장 불너 분뷰ㅎ되 기싱졍구 면져 홀라 ㅎ이 호장이 기상 안칙 아폐
녹코 칠예로 호명ㅎ되 졍막강산의 호연이 완는야 여긔 등디ㅎ엿쇼 우휴동
산의 명월이 와는야 여긔 등디ㅎ여쇼

〈14-앞〉

백운공산의 강션이 완는야 여긔 등디ㅎ엿쇼 영산홍산 진 장단의 춤 잘 쥬
난 무션이 완는야 여긔 등디ㅎ엿쇼 참은쥬거ㅎ쳐자요 목동이 요지 힝화
완는야 여 등디ㅎ엿쇼 비거빌이 치봉이 완는야 여긔 등디ㅎ엿쇼 멀월춘장
질장단의 징길압다 영옥이 완은야 여긔 등디ㅎ엿쇼 삿쏘 분뷰ㅎ되 기싱
졍구을 다 ㅎ여도 춘향이는 어이 업단 말이야 ㅎ이 호장이 엿자오더 구관
사쏘 즈제 이돌령과 빅연언약 미즈기로 슈졀ㅎ고 인는이다 사쏘 더로ㅎ야
제가 수졀ㅎ면은 울이 만의이 기졀ㅎ것쑤ㄴ 어셔 빕비 부뷰니로 불널라
ㅎ이 이방이 살령을 불너 왈 사쏘 셩이 밍호출임지셩인이 셩경을 니면 악

호갓퇴여 할 슈가 업시이 춘항모 보고 그 사연 말을 ᄒ고 춘항을 보니라
ᄒ여셔 춘항을 자바가주고 빕비 거양ᄒ라 ᄒ이 살령 등이 영을 듯고 삼문
박긔 썩 ᄂ셔 ᄒ난 말이 걸여쑤나아 춘항이 걸여쑤ᄂ 양반 셔방

〈14-뒤〉

ᄒ엿짜고 죽통도 쎄쌋턴이 죽통이 슉 쎄젓다 쏘한 일이 잇지야 제만ᄒ 거
시 젼셰만 밋고 돌햄홀 밍낭턴이 ○요지통의 정셰통이 다 빠젓다 ᄒ고 춘
항문젼의 당도ᄒ이 춘항이 발세 지 자불어 오난 줄 알고 문젼의 썩 ᄂ셔
며 쳔셩을 씨넌구ᄂ 짐변슈임 이번슈임 숀을 잡고 어쇼시요 어쇼시요 이
변 신연질에 노독ᄂ 안이 닉여시요 ᄒ고 셔울 이도령임 셔간도 안이 오던
걸 아우ᄒ며 가십시다 가십시다 니 방의로 가십시다 ᄒ이 살령 등이 ᄒᄂ
말이 진자의 춘항의 인심이 과이 풀여쑨ᄂ ᄒ고 방안의 들어가셔 춘항모
보고 ᄒ난 말이 삿쏘 부뷰가 엄는ᄒ와 호장 엄젼의셔 춘항의 안셰을 볼니
야 홀 슈가 업시이 무거니ᄒ라 ᄒ고 셥이셥이 싱각을 말고 춘항을 집펴
보니라 ᄒ여신이 어셔 가자 ᄒ이 춘항모난 안저셔 통곡을 ᄒ고 춘항이는
쏘을 니여 조흔 안쥬 조흔 약쥬 쇠쥬을 다 니다가 녹코 ᄒᄂ 말이 니 집
의 오시닐라고 목말실 테인이

〈15-앞〉

권권이 밥슈시요 ᄒ이 살령덜이 슐을 쏭되게 머근 휴의 돈 닷 양을 니여
쥬면셔 ᄒᄂ 말이 가시다가 목말의시거던 슐이ᄂ 잡슈시고 가시요 ᄒ이
살령 등이 돈바다 혈이 차고 ᄒᄂ 말이 그만두월라 졔길할 것 곤장의 닥
알 박어 치며 티장의 바늘 빅어 칠라 ᄒ고 네 죄ᄂ 울가 당ᄒ마 ᄒ고 살
령덜이 빗틀빗틀 오다가셔 슐 두 양 앗치 먹고 ᄂ문 돈 셩 양을 혈여 차
고 져 놈덜 거동발라 비틀비틀 걸어갈 졔 두 놈이 게겔이며 동원마당의

들어오면셔 세치을 니갈이며 들어오되 흐난 말이 춘항을 자불어 갓던 살
령 왓심예다 흐고 말을 알우는듸 긔 연을 자불어 가썬이만은 오던 안이흐
고 슐이앙 괴기앙 줘면셔 멱긔라고 흐도 혜기여 쏭이 쓸셰 먹근 지휴의
돈 단 양을 줍듸다 글희기여 셕 양 야달 돈치 멱고 느문 돈이 양 두 돈이
눔며시이 삿쏘임 이 돈이느 씨시고 그만져만 두옵쇼셔 흐이 삿쏘가 홰을
니여 흐는 말이 져 놈 두 놈을 차칼 흐옥흐라 흐고 춘항을 뱁비 달영흐라
흐이 쳥영 살령 거동보쇼 와당탕탕 느달의여 춘항

〈15-뒤〉

아 어셔 가자 뱁비 가자 흐이 춘항이 홀일업셔 슈졀흐던 긔 티도로 관젼
의 들어가셔 쳥영흔이 삿쏘가 춘항을 보고 반식흐야 뵙비 올의라 흐이 춘
항이 할일업셔 쳥흐이 사쏘가 칙방 목낭쳥을 보고 흐난 말이 자니도 알거
이와 평양긔명 가실 격긔 졀현 아희을 보고 흔 손의 돈을 두셔 푼도 쥬워
보며 안놀라 보와넌가 흐며 져 아희 미우 에여쑤졔 흐이 눙쳥이 디답흐되
예 긔 아희 에여쑤요 긔 아희 일색이졔 흐이 낭쳥이 디답하되 예 긔 아희
일식이요 흐이 사쏘가 흐난 말이 자니 워 느 흐난듸로 흐난가 흐이 예 흐
난듸로 흐난이다 사쏘가 셩을 니 흐난 말이 어혀 긔 놈 고이흔 놈일오고
이거시 무엇시이 올나갈라 흐고 춘항달여 분뷰흐되 오날봇톰 슈쳥들나 흔
이 춘항이 엿자오되 구관 사쏘 지졔 이돌령과 빅연 어약 미자기로 슈졀흐
고 잇난이다 흐고 분뷰 시힝을 못하겻쇼 사쏘가 다시 분뷰흐되 너갓튼 창
의게가 슈졀이 부당흔이 잔말 말고 분뷰 시힝 밥비

〈16-앞〉

흐열라 춘항이 엿자오디 충불사이군이요 열불경이부로다 흐이 사쏘난 세
싱이 변흐시면 무볍을 씨시고 두 임군을 셍길여 흐난이가 흐이 신관 사쏘

썽을 니여 뇌셩갓치 호여ㅎ되 분뷰 시힝 못ㅎ건야 춘항이 ㅎ난 말이 장ㅎ
의 죽사와도 분뷰 시힝은 못ㅎ것쇼 사쏘가 낭쳥보고 ㅎ난 말이 져 연이
날달여 옥하엿졔 ㅎ이 낭쳥이 디답하되 발오 역이라 함예다 ㅎ이 사쏘 기
가 믹켜 살령을 불의던이 네 져 연을 졀박할라 ㅎ이 좌우나졸 거동보쇼
별쩨갓치 달여들어 춘항 현튼 멀이 횡경도 명티비 닷쥴 감듯 휘휘친친 가
며 쥐고 동당여쳐 니친이 급장 살령 달여들어 셩틀 우의 올야미고 집장살
령 거동보쇼 셩장이며 티장이며 동심잇게 쌧쌧ㅎ 놈 골나 니여 들쳐미고
나는다시 달여들어 티상 우의 금장숄이난 셩즁안 뒤넘난 듯 춘항이난 아
푼 미을 암졸옥이나 져들야고 고개만 쎙쎙 니둘이는듸 셩장기비난 공즁의
빙빙 돌아셔 샹방 디쁠 알이 쩔어지고 춘항이난 통곡ㅎ며 우난 말이 빅변
이ㄴ ○○셔도

<h2 style="text-align:center">〈16-뒤〉</h2>

분뷰 시힝은 못ㅎ것쇼 사쏘 분뷰ㅎ되 흔 미여 졀골ㅎ게 긱별이 미우 치라
만일 혓장ㅎ엿다가은 너의 등을 죽일 거신이 긱별이 미우칠라 ㅎ이 춘항
이 약한 몸이 쇽졀업시 죽거쑤나 일젼낙을 짝 붓친이 뇌셩벽역ㅎ난 숄이
셩즁안이 뒤넙넌 듯 두몌놈 장작퓌듯 긱별이 미우 칠라 ㅎ이 춘항의 약흔
달이 산골흔이 빅옥갓튼 두 귀 밋티 진쥬갓튼 눈물 흘이면셔 ㅎ난 말이
글이 마오 민싱살이 글이 마오 글이 마오 글이 마오 글이 마오 늠무져긱
글이 마오 일엇탓시 쥬거갈 졔 셩틀 미티 흘의는 유혈은 졀노 셜셜 흘너
가고 춘항이 악을 씨면셔 눈물 직코 ㅎ난 말이 여보시요 사쏘임 쇼여 말
삼 들어보시요 일편단심 며근 마흠 일뷰종사 다시 업쇼 일일이자흔 마흠
일여이 못 다 가셔 일현 일이 쏘 당흔이 엇지 살기을 발일이요 인졔 죽어
무쥬고혼 되들이도 분뷰 시힝 못ㅎ것쇼 이윽 짝 두쪈 낙을 짝 부친 익고
익고 셜원지거 ㅎ양졔신 울이 능군 니 죽는 졸 물이는가 이윽

〈17-앞〉

싹 셰치 낙을 싹 붓친이 삼종지예 중현 근원 삼십삼쳔 감동시○○○치여
정문졍비을 가들이도 분뷰 시힝은 못ᄒ것쇼 네치 늑을 싹 부친이 사디삭
신 셕어지고 육신을 갈너다가 사디문의 걸어녹코 팔도힝이 가고오며 마실
보자 ᄒ들이도 분뷰 시힝 못ᄒ것쇼 다섯친 낙을 이윽 싹 부친이 춘항이
기운 업시 ᄒ난 말이 오미불망 울이 낭군 오날이나 쇼식 올가 너일이ᄂ
편지 올가 五十 변 죽어갈 졔 눌오면 죽인 날을 살이연마은 어이 글이 못
오는고 분뷰 시힝 못ᄒ것쇼 여섯치 늑을 이윽 싹 부친이 춘항이가 ᄒ는
말이 여보 사쏘임 숀여의 말삼을 ᄌ셩이 들어보시고 통쵹을 ᄒ여쥬오 춍
불사이군이요 열불경이뷰로다 ᄒ여신이 삼강올윤 인의예지 가는 일 몰의
시고 일타시 별죄ᄒ이 훈일얼 어이ᄒ실야우 六十 변이ᄂ 쥬거져도 분뷰
시힝은 못ᄒ것쇼 일곱치 낙을 늑 부친이 이난 七거지악이요 七종七경 제
갈양의 조화말노 아몰이 쇼여을 둘니여도 분뷰 시힝은 못ᄒ것쇼 야달치
늑을 싹 부친이 팔연풍진 초픽왕의 옹밍의오 숀여

〈17-뒤〉

올 팔쳑 장금익오 베여 달들이도 분뷰 시힝은 못ᄒ것쇼 아홉친 낙을 싹
붓친이 여보 사쏘임 졍신을 칭기시오 구곡골 관장션넌 물이 九年지水가
될을 몰의시고 일어타시 범죄하오 九百 변이ᄂ 쥬거져도 분뷰 시힝은 못
ᄒ것쇼 열치 늑을 싹 부친이 십상구사 되야쑤나 열 넘고 시물 네며 이십
오현탄야월텬이 불싱청원긱빌이라 삼십도의 디상ᄒ야 자킬 ᄒ옥ᄒ이 이
쎠여 춘항 몸이 갈연ᄒ게 되쑤ᄂ 약ᄒ 목의 큰학ᄒ 전무칼을 씨고 숀의ᄂ
슈쇠ᄒ고 발이ᄂ 죡시로다 잇 디여 삼 박긔 쳐 니친이 잇 디여 늠원뷰 할
양덜이 인넌디로 모와덜라 여숙이 진숙이 펭숙이 무숙이 인넌디로 다 뫼
완넌듸 청쇼반을 니라 쇼익반을 니라 할 지음의 기싱덜이 나오난듸 열어

기싱이 ᄂ오것다 각각이 ᄂ올 져긔 불상ᄒ다 ᄒᄂ 기싱도 잇고 셔울집 ᄒ
ᄂ 기싱도 잇고 심덕도 족코 빅집사가 점잔턴이 무신 죄로 져 지경이 되
야ᄂ가 셔을 쓸쓸 차며 익고 불상ᄒ여 엇지ᄒ단 말이야 할 지음예 한 지
싱이 ᄂ오난디

〈18-앞〉

츔을 추며셔 ᄂ오ᄂ듸 놀이을 불고 ᄂ오면셔 지야ᄌ 지야ᄌ가 조흘시고
ᄒ○셔 ᄂ오거날 열어 기싱덜이 지쳔을 ᄒ면셔 ᄒᄂ 말이 웬슈라도 죽거
시면 불상타 ᄒᄂ듸 자네언 춘항이 ᄒ고 뮤신 원슈잇셔셔 츔을 추고 ᄂ오
ᄂ가 ᄒ이 츔추ᄂ 기싱이 말을 ᄒ것다 자니덜이 몰난네 자니덜이 몰난네
니 말을 들어보오 진쥬 지싱 이임미은 조셥이 목을 안고 촉셜 ᄂ간의 쩔
어져셔 쥬거신이 촉셜누의 션판각을 ᄒ야 춘츄양등의 제양을 바다 잡슈시
고 쳔츄만디의 충기로 일홈을 젼츄ᄒ여시이 글언 충기 어디 잇쇼 펭양 기
싱 월미시ᄂ 왜장을 베여 짐장군을 쥬워신이 글언 츙기 어디 잇쇼 울니
남안골 노방쳥의 열여 춘항이가 ᄂ게셔 션판객이 될 말이면 울이도 흠기
동유가 되야셔 쳔츄의 만디ᄒ고 울이 기싱들 일홈이 명견젼츄홀 테인이
일현 조흔 일이 어디 잇실이요 ᄒ고 츔을 추며 지아자자가 조흘시고 ᄒ며
츔을 추이 열어 기싱덜이 그 말을 듯던이만은 모든 기싱이 모다 츔을 별
이ᄂ구나 일이

〈18-뒤〉

할 지음의 옥형뱅이 지쵹한이 춘항인 게우 졍신을 칭기고 춘항모난 디셩
통곡하며 우ᄂ구나 할양덜은 춘항을 업고 기싱덜은 부츅을 ᄒ고 날여오난
듸 상단이난 칼멸이 들고 옥방의다가 뉘여녹코 할양 기싱이 다 졔졔금 갈
여 가고 춘항 신세 자탄ᄒᄂ 말이 니 죄가 무삼 죄가 역적도모하야던가

황시 족시 무삼 일고 국곡투식ᄒ야던가 전모칼이 웡 일인가 이닉 팔자 아
물이 경박혼들 추회닉 변혼손가 옥방형상 볼작시면 썰어진 벽 현 죽창의
동지서달 찬 발암은 살쏜 다시 들어오고 다 썰어진 현 잘이에 벨욱 빈더
는 썸벽썸벽 물어니고 현튼멀 줄인 이는 여그져긔 헛터지고 문치 조혼 힝
산초가 혐옥 쇽의 무턴난 듯 오동 쇽의 울난 봉황 현극 쇽의 뭇쳐는 듯
어둠침침 야산경의 던진 다시 누은 거동 일월고즁북희상의 쇼즁능의 고상
이요 자골로 쥬거지면 은왕셩탕 어진 임군 걸쥬 포악의로 하더옥의 갓텨
다가 돌로 뇌야 선군이 되고 명덕치민 쥬무왕도 상쥬 음약의로 울이옥의
갓

〈19-앞〉

쳐다가 돌오 뇌야 션군되고 덕관쳔ᄒ 고부자도 양호의 옥을 보와 광야 갓
치여다가 돌로 뇌야 셩현이 되고 쳔춘더젼 즁낭장 쇼모가튼 절긔로도 흥
노구의 옥을 보와 근구옥의 갓텃다가 돌로 뇌야 살아온이 일현 일노 볼작
시면 무죄한 닉의 몸이 옥즁의 벼느셔 셰상 귀경 다시 홀가 실푸다 죄업
는 이닉 몸이 사지여 들다가 엇지ᄒ야 살아놀고 울이 능군 이돌영은 쳐음
언약 미질 져긔 놀 쥬던 쇽경빗션 직금가지 번토 안코 젼과 갓치 알건만
은 이돌령임 이별혼 졔 사오 연이 되야시되 소식이 돈졀혼가 글이도 무졍
혼가 쥬글 박기 홀일업네 쥰슈는 만사덕ᄒ이 물이 집펴 못오는가 ᄒ운은
다기봉혼이 산이 놉파 못오는기 일모창산원은 날이 져물어 못오는가 노즁
의 노무궁혼이 질이 멸어 못오는가 골윤산 상상봉이 평지되거던 올야던
터벽산 갈가마구 멸이 검거든 올야던가 평풍의 길인 학이 두 놀기을 치고
쏙기요 ᄒ거던 올든가 어이 글이 못오는가 오늘이느 쇼식 올가 닉일이나
편지 올가 일혓닷시 쥬거갈 졔 베실질노 눌여오면 죽넌 눌을 살여볼연만
은 어이

〈19-뒤〉

글이 못오난고 울니 임은 언제 왜게 이 셜치을 ᄒ여볼고 사오 연이 되시
되 쇼식이 돈졀ᄒ고 종젹이 ᄯᅳ어진이 주글박기 홀일업네 각셜 잇 ᄯᅵ여 이
돌령이 춘향을 이별ᄒ고 경성의 올ᄂᆞ가 글공부 심써ᄒ야 잇 ᄯᅥ 시졀이 틴
평ᄒ야 국틴민안ᄒ고 틴평과을 쥬시건날 셔칙을 품의 품고 장중의 들어가
글졔을 발이본이 강구의 문동요라 ᄒ야거늘 글졔을 싱각ᄒ이 평싱의 쇽작
이라 지을 펴여 들고 요지언의 먹을 갈라 당황모 무심필 반중등 덤벽 플
어 왕희지의 필법의로 조밍덕의 쳬을 바다 일필휘지ᄒ야 쳔고지호 초쳔의
로 올야간이 젼ᄒ 그 글을 보시고 왈 이 살암의 지조는 만고의 듸문지라
ᄒ시고 문불가졈이요 귀귀마닥 관쥬로다 장원급졔을 계슈ᄒ샤 실녀을 불
이시고 사오품 진진퇴휘의 사은슉비 ᄒ직ᄒ고 예쥬 삼비 며근 후의 국은
을 축사ᄒ신디 젼ᄒ 더히사 홀임학사을 ᄒ야넌야 졀ᄂᆞ어사을 ᄒ야넌야 이
돌령이 엿자오디 국은이 집고 집펴 사히 널우워시미

〈20-앞〉

빅셩의 민졍을 ᄂᆞ낫치 살펴여 올이다 젼ᄒ 직거ᄒ샤 직시 졀ᄂᆞ어샤을 체
슈ᄒ시이 평상의 쇼원이라 슈의을 쇽의 입고 집의로 돌아와 부모의게 ᄒ
직ᄒ고 셜이와 쳥배역졸을 불너 지위ᄒ여 분별ᄒ시고 남문 박긔 썩 ᄂᆞ셔
셔 ᄯᅥ젼걸이 편 사먹고 칠픽 팔픽 얼넌 지니여 동젹강을 얼넌 진네셔셔
다 썰어진 헌 집셕이 들미신고 셕시도포 썰쳐 입고 철디업난 헌 팔입을
뼬에쥴 달시고 편자업난 헌 망근을 물네당쥴 달아 씨고 과쳔의 슐 사먹고
슈원 와셔 슉쇼ᄒ고 쳔한 삼걸이 얼넌 지니여 근강을 건네셔셔 공쥬의 슉
쇼ᄒ고 노푼 힝지 문넘이 졍쳔 뇌셩을 얼넌 지니여 풋기 은진 시둘이 얼
넌 지니여 여산의 슉쇼ᄒ고 슉고기 와 조반 먹고 황희졍이 얼넌 지니여
삼이 와셔 슉쇼ᄒ고 젼쥬의 들어와셔 짐양을 ᄒᆞᆫ 연후의 셜이 중방 불너

지위하되 쳥비들은 금기 부안의로 희셔 사진 쥴포로 흥덕 알미 고창의로
장셩의로 희셔 모일의난 남안읍의로 달령ᄒ고 역졸은 너의 등은 고뷰

〈20-뒤〉

로 단여셔 퇴인 졍읍 순창의로 희셔 남원읍의로 달령ᄒ되 모일의난 광할
누로 만나기을 장을 두고 즁방이나 영남의로 넘여셔셔 힘양의로 안의 거
쳥의로 짐회 진쥬로 은봉의로 글이희셔 남원읍의로 달령을 ᄒ고 모일의난
광할누로 만나기을 장을 두고 각각이 분별ᄒ시고 각셜 슈이사쏘 질을 지
촉하난구나 남문 박긔 썩 나셔셔 노구바우 얼넌 지니여 임실읍의 슉쇼ᄒ
고 남원 오슈을 당도ᄒ여 역졸을 단속하고 박셕틔을 당도ᄒ이 잇 디난 농
방시졀이라 농부덜이 슐을 취켜 먹고 농부가을 불을 져긔 여열오 상사뒤
요 이 논비미 다 심무고은 장구밤이로 가시 여열로 상사뒤요 네 달이 쎌
라 니 달이 박자 여열로 상사뒤요 여보시요 아지만네들 니 말을 장관 들
어보오 이 논밤미 어셔 다 심무고 셕양판의 법비 가셔 니외간의 휠젹 볏
고 미짝갓튼 궁둥이을 숀바닥의로 툭툭이 쑤들이며 살앙 살앙 니 살앙라
열여오 상샤뒤요 쥬거갓던 춘항이 살여을 볼가

(중간부분 낙장)

〈21-앞〉

이던걸 아우 ᄒ너 옹싱인 삼형제가 달여들어 상성마니로 무슈이 치머 긔
게 울이 즈친의 빈쇼라 ᄒ이 어사쏘가 상졍 막디로 무슈이 맛고 그겨 돌
아올 져 어더ᄒ 아희 지니가면셔 우슙 반튼 놀이 반튼 울며 가건을 어사
문왈 여발라 야야 웬 애희가 실피 통곡ᄒ며 가넌야 ᄒ이 여보시요 길이나
가실 거시계 남무 셜엄 물어 무엇ᄒ실야오 ᄒ이 여발아 나도 실푼 살암이

라 ᄒ고 장관 좀 알고 가자 ᄒ이 나언 달음이 안이라 울이 미씨 ᄒ나 두
워던이 구관 사쏘 자제 이돌영과 빅연 언약을 밎고 슈절ᄒ고 잇난 거설
신관 사쏘가 슈청을 안이든다 ᄒ고 성장 티장을 죽쌀여 차칼 ᄒ옥하여 거
우 명자 경객이 되게 싱거서 편지을 가쥬고 셔울 가넌 질이요 ᄒ이 어사
쏘가 야야 그 편지 좀 보자 잠관 보고 쥬마 ᄒ이 아희 디답ᄒ되 글어ᄒ면
잠관 보고 쥬시요 ᄒ고 쥬이 어사가 편지을 보고 쥬면셔 ᄒ난 말이 야야
가지 말라 가지 말라 셔울을 가지 말라 니가 셔울 암디 골목의 이돌령ᄒ
고 ᄂᄒ고 이웃 접장의 살던이만은 중간 괴질통의 다 죽고 이돌령 ᄒ나만
나머셔 ᄂᄒ고 한힝

<h2 style="text-align:center">〈21-뒤〉</h2>

날여오다가 절나기명 들어와셔 이돌령은 영남의로 가고 나언 남원짱의 가
셔 볼 일이 잇셔 일이 온다 ᄒ이 아희 문난 말이 글어ᄒ면 가야 씰듸가
업것쇼 글이여 ᄒ이 어사가 ᄒ난 말이 씰듸업다 씰듸업다 가지 말라 가지
말라 혀망ᄒ되 가지 말라 상단이난 통고하며 져긔 집의로 돌라오고 어사
쏘난 글억졀억 져문 날에 남원골노 날여가며 좌우을 둘너본이 골 안기은
성중 안을 에워쌌쏘 실푼 마흠 둘디업다 이젼 보던 산쳔이며 이젼 보던
은ᄒ슈며 오작교야 잘 잇더야 광할누야 무고ᄒ야 광할누의 올나가셔 난가
을 베고 잠관 우은 것시 잠이 들어쑤나 꿈 가운디 엇더한 예쟈가 불 속의
셔 디셩똥공ᄒ며 우난 말이 불꺼쥬쇼 불꺼쥬쇼 ᄒ며셔 ᄒ양 게신 울이 낭
군은 어듸 가고 이 불을 쓸졸 몰이난가 어셔 오쇼 어셔 오쇼 밥비 와셔
이 불을 쓰쇼 ᄒ며 우난 솔이여 깜작 놀니여 씨달의이 남가은 일몽이라
일어나셔 사면을 살펴본이 초경 이경나 되야구나 삼경의 셜이 중방 쳥비
역졸 가가이 풀여

〈22-앞〉

다가 셔셔이 들어와셔 사쏘젼의 션신ᄒ고 ᄒ당의 업져신이 사쏘가 ᄒ영ᄒ
되 너의 등은 각각이 몸을 쉼게셔 너의 뒤을 살피라 ᄒ고 예 와셔 들어본
이 아모날이 남안 원임의 싱신이단다 ᄒ이 너의 등은 쌀여다가 잔치 파셕
의 각골 관장 풀이기 젼의 출도을 깁피 붓찰라 홀영ᄒ고 가셜 이돌령이
거동보쇼 더방 걸인의로 춘항의 집을 차자간이 몸치은 툍약ᄒ고 힝낭치은
솟볏고 ᄒ여넌듸 가만이 구벼본이 춘항모 거동보쇼 후원의다가 칠셩단을
무워녹코 져화슈 졍이 질어다가 녹코 추젼을 ᄒ되 ᄒ양 게신 울이 이돌령
임 장원급졔ᄒ신 휴의 졀나어사로 날여왜겨 니 쌀 춘항이 살여 쥬옵쇼셔
ᄒ고 무슈이 익걸ᄒ이 긔 경셩을 칭양치 못홀너라 약탄관의 죽을 쑤면셔
신셰ᄌ탄ᄒ난 거동 차마 보지 못홀너라 ᄒ고 이돌령이 속마흠의 셔을 쓸
차며 졍셩이 불상타 ᄒ고 니가 벼살해기을 울이 션산 발암인가 ᄒ여던니
울이 쳡장모 졍셩의로

〈22-뒤〉

볘살을 하쑤나 이돌령이 여보시요 이 듸의 구치ᄒ 살람 밥 ᄒ 슐 어더먹
고 갑시다 ᄒ이 춘항모 약탄관의 죽을 쑤다가 홰을 니여 여보 밥비ᄂ 죽
이ᄂ 어더 먹넌 이는 듯지도 보지도 못ᄒ단 말이요 졍왕업셔 밥졍신도 업
쇼 ᄒ이 이돌령이 문ᄂ 말이 여보시요 긔게가 무신 일인지 좀 압시다글여
아ᄂ 몃현아 긔만져만 두고 갈안잉긔 졀현 걸어지는 고양이ᄂ 비야지가
쑥 터지게 티우고셔 질쳥 부억켜 ᄂ가셔 놋삼이ᄂ 쏭구먹의다가 쉬 뽈이
가고 잘이 실털악 잠이ᄂ 자이나 잘 거시졔 ᄂ무 셜엄 알어셔 무엇홀야오
이돌영이 ᄒᄂ 말이 여보 니 줌치여 의심 들고 초믹의 셩ᄂ더라 혹간의
일어ᄒ 살암이 무신 일역홀을 엇지안다 말이요 춘항모 ᄒᄂ 말이 당신이
알고자 ᄒ인가 말이졔 구관 사쏘 자졔 이돌영인가 박돌령이가 ᄒ고 니 쌀

춘항이 ㅎ고 빅연 언약을 밎고 흠 변 가듸만은 당초 오들 안이 ㅎ인기 신
관 사쏘가 늬 쌀 보고 슈청을 아이 든다 ㅎ고 밤늣지로 쩔여셔 큰칼 씨여
옥중 가두와 노와시이

〈23-앞〉

엇지 살기을 발일이요 오 글엇쇼 늬가 이돌영이오 그제는 춘항모가 찬칭
이 보던이만은 이돌령이 졀억켜 생게시면 늬 쌀은 영영 주겻다 ㅎ고 가심
을 쑤둘이며 통곡을 ㅎ고 후원의로 가던이만은 칠셩단을 탕탕이 찌여 뷰
슈멘 심 연 공부가 일조의 허사로다 ㅎ고 축슈도 실듸업고 졍셩도 실듸
업다 ㅎ거널 이돌영이 쏘차 가셔 춘항모을 말유ㅎ여 위로ㅎ고 글이 마오
글이 마오 지셩이면 감쳔이요 적션제가여 필유예경이요 울이라 무신 팔로
고진감늬 업실숀가 그만 두고 들어가 들어가 늬가 시장ㅎ여 못젼듸건네
밥 좀 쥬쇼 ㅎ이 춘항모가 불상ㅎ 마흠이 잇셔셔 상단늬 보고 밥을 치여
오늘라 ㅎ이 상단이가 인넌 반찬 업넌 반찬을 다 칭거셔 만만진슈로 졍이
칠여 가다들이며 시장ㅎ신듸 만이 만이 잡슈요 ㅎ고 가다들인이 이돌령이
밥을 먹넌다 줌먹밥의로 작고 파슈기이 춘항모난 가만이 아자 관상만 ㅎ
언구나 싱젼의 밥맛 못보와넌가부다 ㅎ고 코가 총뱁고 노쓴ㅎ여

〈23-뒤〉

셔 싱체은 간듸업다 ㅎ고 셔을 쓸쓸 차며 귀명의로 ㅎ난 말이 늬 쌀 신셰
넌 홀 슈 업시 맛쳐쑤느 ㅎ고 한슘을 슌이 글억졀억 밤이 이무 되야넌듸
이돌령이 ㅎ난 말이 늬가 여가지 왓다가 늬가 져을 아이보고 가면은 노와
ㅎ고 기가 믹키게 알 참이이 장모ㅎ고 느ㅎ고 흔양 가셔 좀 보고 갈난다
ㅎ이 춘항모 지미업시 디답ㅎ고 느셔면서 실푼 마흠을 이기지 못ㅎ야 통
곡ㅎ며 옥 박긔 가 춘항아 춘항아 아몰이 불너도 문답비 업구느 일어탓시

불일 져긔 춘항이난 옥 안의셔 게 뉘기가 눌을 찬년가 날 차질 이가 업건
만언 게 뉘귀가 날을 찬년가 최션 찻든 왕양장은 날 볼 일이 업건만은 게
뉘귀가 날 찬년가 아항 여형이 날을 찬년기 날 차질 이가 업건만은 게 뉘
귀가 날을 찬년가 춘항이가 디셩통곡ᄒ며 날 자벼갈야ᄒ고 사방의셔 잡귀
잡신이 실피 우는구나 실피 울 제 춘항모가 ᄒ난 말이 너가 왓다 너가 왓
다 너의 어미 너가 왓다 반갑기여 너가 왓다 ᄒ이 반갑기는 무엇시

<h2 style="text-align:center">〈24-앞〉</h2>

바가와요 새지 못홀 쌀자식을 바무할나 멋ᄒ자고 단이시요 ᄒ이 너의 낭
군 왜거단다 낭군이 안이 이게가 원 말이요 셔방임이 왜거시면 어듸 게시
요 옥가튼 두 숀질노 칼멀이 위여잡고 기운업시 걸음 걸어 한 번 걸코 휘
유 흐숨 두 번 걸코 휘유 흐슘짓코 세 번 걸어 제우 걸어 옥문의다가 등
을 디고 셔방임 어듸 왜거시요 얼골이나 좀 봅시다 어사쏘을 문틈의로 가
만이 본이 디방 걸인이 되야쑤나 익고 익고 저게가 무신 체요 문틈의로
두 숀질을 마조 잡고 어이하야 인자 왓쇼 산이 놉파 인자 왓쇼 물이 집펴
인자 왓쇼 여보 셔방임 니 가심을 만져보오 살 흔 점이 바이 업쇼 셩문삼
치 마진 달이 장뵉이 나신이 목널움할 질이 젼이 업네 셰월이 열유ᄒ야
무셩셰월이 되아구나 져티지도 장셩할가 어듸 갓다 인자 왓쇼 니 속의 든
셰셰원정 난낫치 주달ᄒ이 이늬 원졍 편지 적거 지자편의 붓쳐던이 보들
못하엿쇼 어사쏘 디답ᄒ되 주제꼴이 욜억켜 생겨셔 남북글여셔 디로오난
못오고 숄로질ㄴ. 오늬라고 보들 못하엿쇼 춘항이 쏘 우난 말이 익고 익고
니 일이야 여보쇼 셔방임 엇글이 오던가 어사쏘 디답ᄒ씌

<h2 style="text-align:center">〈24-뒤〉</h2>

내 일이 분총하여셔 오들 못ᄒ엿네 볌슈옷실 입벼신이 쇼진이 쳐 안일넌

가 잘 되야도 니 낭군 못 되야도 니 낭군 얼을 디고본이 인졔 쥬거도 한
이 업니 긔 시의 못보기는 동방화총 정실 만느 금실종회 한노라고 날을
아조 져던가 오날 져역 차져오기 엇지 글이 신기혼가 청산 홍산 만홍산의
굴음을 타고 왜거신가 군왕쇼상 아황진의 벗임을 짤어서 와겨신가 호탕강
산 상풍월의 발음을 타고 와게신가 침상편시 춘몽중의 꿈가운디 왜겨신가
한울노 올나 와겨신가 쌍의로 쇼사 왜겨신가 셔방임 가신 후로 귀이 되야
날여와겨 날을 살여주기만 발이고 주야불쳔 축슈ᄒ여던이 져 몬양니 되야
와겨신이 인졔은 홀일업시 쥬글 빅기 슈가 업네 글혀나 잘 되던지 못 되
던지 하날 정한 연분 슈원슈귀 홀것엄네 여보 어마임 날 씰이던 근봉치와
날 찌던 옥지환과 다 팔어다가 셔방임 이복 창이 도복가지 족켜 ᄒ여들이
고 갓 망근 진신가지 족켜 족켜 ᄒ여들이요 ᄒ이 춘향모가 이 말을 듯던
니만은 남나도 나언 날 거시 안이로다 홰을 너며 나도

<h3 align="center">〈25-앞〉</h3>

졀며셔 셔방 못하여가 일 졀통ᄒ디 둘웁다 늘근 졔 어미난 찬디 단인다고
슐 한 단도 바다 먹고 단이안 말을 못들어던이 졔 셔방인가 디방 걸인놈
오인기은 셰간을 다 팔어다가 이복 호사 족켜 ᄒ여쥬라 ᄒ이 나은 살아
실디 업다 ᄒ고 디셩통곡한이 상단이가 이돌령을 붓들고 노와 말의시요
어만이 말삼 노와 말의시요 일니할 졔 춘향이가 셔방임 손질 잡고 위로ᄒ
여 왈 노와 말의시고 니일은 신관 사쏘 싱신 잔치가 걸 테인이 니 집의로
돌라가겨 현 오시 이무는 훨훨 벗고 화초석 쌀라녹코 나 덥던 이불 더고
다습게 잘 자시고 느일은 일직 자치여 외겨서 조흔 음식을 만 어더 잡슈
고 놀의시다가 픠셕의 날을 쥑기겨던 셔방임 손조의 신체 감장 착실이 ᄒ
야 북만산쳔 쌋쌋한 디 장사나 착실이 ᄒ여 쥬옵쇼셔 ᄒ고 옥중의 작별ᄒ
고 어사쏘가 춘향모 달이고 집의로 나와 잠을 자고 춘향이난 옥중의 심외
쳐로 아져던이 변학도가 자치을 비셜ᄒ고 열어 골 관장덜 모와들 졔 공셩

현감 들어오고 궐에현감 들어오고 임실혈영 들어오고 은봉영장이 엘치여
라 ᄒ며 들어오고 열어 골 관장들이 묘

〈25-뒤〉

와셔 멋지게 노는듸 열어 기싱덜이 시가을 불이난듸 장관일네라 잇 쎠여
어사쏘가 디방 걸인의로 잔치셕의 쎡 들어셔 여보 관장임네 좌셕의 일어
ᄒ 걸지 슐 ᄒ 잔 어더먹고 갑시다 ᄒ이 학도난 들은 셩도 안이ᄒ고 은봉
이 보다가 민망ᄒ야 네 져 손임 슐 ᄒ 잔 갓다들이라 ᄒ이 살영 등이 슘
악ᄒ 벽벽쥬을 가다가 쥬거놀 어사쏘가 ᄒ난 말이 싱기기난 일혁켜 싱겨
셔도 기싱의 권쥬기 안이ᄒ면 슐을 안이 먹넌다 ᄒ이 학도난 홀영이 츄산
갓틔되 은봉이 기싱을 불의던이 너의 ᄒ난 나가셔 져 손임 아푸 가 권쥬
기을 ᄒ여들이라 ᄒ이 긔즁의 늘근 기싱이 못 쎨어진 기상판의 살 업는
쎅싸구 한 졉시 녹코 쎡쎡쥬 ᄒ 글읏셜 가쥬고 와셔 권쥬기을 ᄒ난듸 바
로 보기 덜업다고 고기을 외여로 틀안자 자불앙기 자불앙기 권할 젹긔 자
불안기가 무셥자네 무셥자네 무셥잔쿄 무셥잔네 쎡쎡쥬 씽게탕의 과긱의
게 그도 괏톄 싱겨 며근 몬양을 본이 궁뒹이여 조뎌 빅기 쎨 것 엄네 쎄
지 말고 어셔 먹쇼 어사쏘가 슈잔을 바들고 아자 시가을 마초와 반말노
너답을 하든 기시엿다 슐맛시사 엇더턴지 콤직ᄒ 버

〈26-앞〉

들엉 사발의다가 펄펄 넘게 쳐달낭기 ᄒ참 일이 희룡홀 제 퇴인과 기생덜
이 우슘을 몬이기여 입을 막고 욜안현다 어사쏘 안마흠의 남원골 관쇽비
덜니 날을 보면 알만홀 터인이 죡금ᄒ면 숄이가 터질가 염예ᄒ야 쳥목사
션의로 얼골을 반만 치면ᄒ넌구나 차담상을 물이친 후의 어사쏘가 츌도
예비을 칠일 져긔 오날 일모젼의 츌도홀 졔 본관이 좌즁의로 ᄒ난 말이

울이가 이만치 묘와신이 운 한 슈 ᄒ고 노자 ᄒ이 좌중이 올타 ᄒ고 운을
지라야홀 졔 본관이 지툭을 돌일 젹의 운짜을 니여시되 질음 곳자 노풀
고짜라 기싱이 쥬지축을 들고 좌중의로 돌일 젹의 은봉 아푸의로 오이 어
사쏘가 지축을 쑥 쎼시며 은봉달여 ᄒ난 말이 여보시요 나도 아희져긔 추
구장이나 비와시이 일어훈 좌셕의 훈 슈 ᄒ여봅시다 ᄒ고 필먹을 쳥ᄒ이
은봉이 퇴인 불너 져 숀임 필먹을 갓다들이라 ᄒ이 어사가 ᄒ난 말이 일
현 좌셕의 면은 안이요만은 불쳥객이 잘이기되야쇼만은 쳥치 안이현 과긱
의로 면져 씨기넌 쳬묘가 안이오되 과긱의 글은 기졋글이라 안지면 나온
이 엇지ᄒ이요 ᄒ이 은봉이 디답하되 무신

<h2 align="center">〈26-뒤〉</h2>

글어ᄒ올익가 검사 말고 어셔 씨시요 ᄒ이 어사쏘가 칠원졀귀로 쎠 노은
이 만좌가 일거보며 풍월을 셜로 보고 한나도 말이 업고 면면상고 쑨일네
라 본관이 은봉 보고 챙ᄒ여 왈 은봉은 괴연이 걸어지을 각가이 혜기쥬여
져겻한틔 팔경의 치퓌을 보게 싱겨넌듸 일어홀 졔 셜이 중방 귀경군의 시
이 시이 늘어셔셔 본관의 괘심훈 거동을 보고 눈을 쑈고 보며 네 이 놈
멋조굼 못갈일라 ᄒ다 본관이 취즁의 겁비 업셔 풍월을 일거본이 ᄒ여시
되 금쥬미쥬난 쳔인혈이요 옥반가회는 만셩고라 촉누낙지의 민누낙이요
가셩고쳐의 원셩고라 본관이 다 본 휴의 니가 져을 박되하여다고 졔가 날
을 졸룡하여구나 이 자식 아직 아희것시 얼언의게 말을 잘못하여도 싱젼
빌어멱제 잇 찌여 남원음너가 여셔 슈권 저긔셔 슈근 슈근슈근할 졔 본관
의 괴약한 거동을 보고 쳥비 역즐 거동보쇼 질쳥의로 가던만은 출도 예비
을 찰일 져긔 공방 불너 사쳬을 단쇽 단쇽ᄒ고 슐오 불너 기싱을 단쇽ᄒ
고 도살령 불너 나졸을 다쇽ᄒ고 쇄망 불너 형장을 싹기라 ᄒ고 슈쟁교
불너 금난을 단쇽ᄒ고 관쳥빗 불너 쓸물을 쥰비할라 ᄒ고 육직이 불너 큰
쇼을 잡피고

〈27-앞〉

도감식을 불너 차담상을 단속ᄒ고 지소빗 불너 육쵸을 다속ᄒ고 도참식을
불너 사쵸룡을 등더ᄒ라 ᄒ고 슈영방방을 불너 옥안을 살피라 ᄒ고 퇴인
불너 퇴방쳥을 살피라 ᄒ고 급장이 불너 쳥여을 신칙ᄒ라 은봉영장 눈치
치고 하관은 오날이 학질 찰이온이 하관은 감여다 ᄒ고 떠나고 순쳔현감
눈치치고 하관은 오날 환자을 다가왓사오이 감예다 ᄒ고 떠나고 곡셩현감
누치치고 하인 불너 인말을 광할 밋티 마참 등더하여다가 출도 숄러 막
나거던 날 말 우의 안치고 쥰마ᄒ야 가다가 셔혹 낙마ᄒ거던 상도라도 훔
쳐쥬고 달어나거라 그 판의 무신 체묘가 잇실야 ᄒ이 혼참 일이 분할 졔
어사쏘 일어나셔 말이 우의 셕 나셔며 붓치 펴여 눈을 친이 셜이 즁방 귀
겡군의 셕겨다가 겡각간의 달령ᄒ야 쳥비 역졸 달령현다 변기갓치 달여들
이 어사쏘 거동발라 희가튼 마픠을 달가치 쵹겨들며 광할누 三門짝 몽치
로 쑤딜이며 입양어사 出도야 ᄒ난 숄이 병역가치 원이 가급 슈영이 山지
사방 희터질 져 下人 거동 장관일네라 슈배난 갓실 일교 상토만 쥐고 셕
고슈 퇴인놈 거동발라 인궤을 일교 슈박덩이만 안고 셧다 슈졔쥼치 일은
져

〈27-뒤〉

고인 놈 필이 졋디 니별이고 칼집만 쎄여들고 셔쑤나 더을 일은 ○○놈은
세슈통만 메고 션네 보신 일은 져 살렁놈은 공석만 말어 들어메고 셔쏘
유삼 일은 져 하인놈은 양금통만 메고 셧네 삼지 일은 져 살령놈 쳘비을
메고 셧다 기야고 일은 고군딜은 빈 쥴만 메고 셧너 육방ᄒ인 거동보쇼
원임 원임 ᄒ난구나 고군놈 ᄒ난 말이 이 판의 졔관잇쇼 이돌령이 거동보
쇼 어사 몬양의로 누워쑤나 본관이 슐짐의 보신발노 졍신업시 달엠박질할

져 니동원 담 쥐구먹의다가 상토을 븍고 업져셔 ᄒᆞᄂᆞᆫ 말이 날 노와라 날
노와라 엇다 이 놈라 날 노왈라 퇴인 어듸 간야 문 들온다 발암 더펼라
애고 치워 ᄂᆞ 죽건너 쩌젹 갓다가 날 더벌라 잇 듸여 퇴인 ᄒᆞᆫ나가 쳐긔
안젼을 차자가셔 퇴인 아무거시 문안홈예다 하이 본관이 한참 보다가 너
어듸 사야 돌아온 장의 엿사쥬고 쩍을 사쥬 거신이 날 여긔 잇다고 부듸
말라와 ᄒᆞ이 긔 퇴인놈이 ᄒᆞ난 말이 안젼님이 놀늬게셔 졍신을 일어소이
다 제의 등의 에피시요 ᄒᆞ고 쇼의 집이 굴턱지다 ᄒᆞ이 본관이 퇴인 등의
업펴가넌구나

〈28-앞〉

진안현감 거동보쇼 ○○○○○○○○○○○○○○○○○○○○○○○ 아몰이 치을
친들 토담이 되야신이 어듸을 가올익가 이 판의 진잉사령이 도망ᄒᆞ여다가
안젼을 차자온이 담을 타고 안자거눌 살령 등 문안ᄒᆞ옵예다 ᄒᆞ이 진안영
감이 눈을 변이 씌고 보던이만은 아 노형 어듸 게시오 진안사령 디답ᄒᆞ되
안젼이 졍신을 이져쇼이다 쇼인 등이 진안살령이올쇼이다 ᄒᆞ이 진안영감
긔계야 랄아듯고 오 이시 평안ᄒᆞᆫ가 사령이 말을 쥰비ᄒᆞ야 제의 안젼 모시
고 진안의로 가덜라 잇 듸여 각셜 슈이사쏘 동원의 좌졍ᄒᆞ고 슐오 불너
분ᄒᆞ되 네 골의 옥죄인이 몌시ᄂᆞ 인눈고 ᄒᆞ신듸 슐오가 엿자오듸 죄인이
십여인이 인눈이다 ᄒᆞ온이 사쏘 분뷰ᄒᆞ되 사장이 불너셔 옥죄인을 다 불
너들이라 ᄒᆞ이 사장이 영을 듯고 옥문을 열고 열어 죄인보고 희기을 네긔
가 다 슈이 분뷰에 지폐신이 어셔 가자 ᄒᆞ고 사장이 알우되 열어 죄인을
다 자벼와십예다 ᄒᆞ이

〈28-뒤〉

슈이가 죄인을 다 불의신다 어사가 쏘 분뷰ᄒᆞ되 너의가 다 죄목니 엇더턴

지 부지겡즁ᄒ여 다 방숑ᄒ난 거신이 너의 뷰모쳐ᄌ을 다 각각이 가셔 상
봉ᄒ옵고 잘 살의라 ᄒ고 다 방숑 휘의 춘향을 불너들이던이 분뷰ᄒ되 네
가 기상의 몸이 되야거던 관의 슈쳥을 안이듯고 능욕관장ᄒ여신이 긔 죄
상이 지즁ᄒ다 ᄒ이 춘향이 엿자오되 쇼여의 몸이 기상이 안이오믜 슈쳥
안이든다 ᄒ옵고 충불사이군이요 열불겡이불오다 ᄒ온이 두 제애비 셈기
기가 두 임군 셤기기 갓다 ᄒ온이 어진 사쏘 통쵹ᄒ와 불상ᄒ 인상을 살
여쥬오 ᄒ고 무슈이 사졍ᄒ이 어사쏘 안마음의 칭찬ᄒ고 네 말을 들은직
불상ᄒ 말일

〈29-앞〉

로다 ᄒ고 네가 눈을 들어 날 보왈라 ᄒ이 춘향 엿ᄌ오디 언의 눈의로 보
올이가 ᄒ이 잔말 말고 눌을 보와라 춘향이 눈을 들어 좌상의 안진 어사
쏘을 발이본이 니돌령이 분명혀다 춘향 거동보쇼 왈악 씌여 올ᄂ가셔 숀
벽치고 씌놀이면셔 ᄒ난 말이 얼시고ᄂ 절시고 지야자자가 조을시고 어제
전역의 걸인의로 옥즁의셔 상봉을 ᄒ여던이 온을날 어사될 쥴을 어이 알
이요 이닌 몸이 억긔젹게 옥즁고혼이 되게 생겨썬이 쳔의신조ᄒ와 ᄒ날이
날을 살여닉제 주야축슈ᄒ여던이 오널날 어사 셔방임 만날 졸을 어이 알
이요 얼시고 절시고 지야ᄌᄌ가 조흘시고 황시 젹시 ᄒ여던 몸이 목놀음
ᄒ기가 장이 죳쇼 이고 엇지 조흔지 밋칠 셩

〈29-뒤〉

이 나불이구나 여보쇼 울 어만이 좀 들어오실라쇼 ᄒ도 조와 꿈일넌가 싱
실넌가 ᄒ참 일이 분쥬홀 제 춘향어모 이 말 듯고 쌈작 놀니여 반갈라고
이고 이게가 참말인가 현말인가 혀망인가 웬망인가 왈악 씌여 달여들어
밉시잇게 겨들걸여셔 실명잇게 겨들걸여 동원의 들갈 졔 여보시요 닉 쌀

춘항이 신셰가 흔의어젹구나 셔울 양반이 안년게 이뭉희기가 노젼디사 안
인개 슈이 셔방임 노이 싱각마시요 니가 노망들어셔 어젹게 옥훈 일이 졀
통ㅎ고 이될와 못젼듸것쇼 길혀나 졀혀나 일헐 졸 알시면 긔도 잡고 돗도
잡고 할 거셜 니가 쥬길느고 길희던가 살월느고 길희던가 니가 황숑훈 마
음이 열변이느 잇쇼 부듸 노이 싱각마시요 쏘훈 한 말이 잇쇼 춘항

⟨30-앞⟩

이 옥즁의 갓쳐실 졔 짐호장임이 錢 五十兩 白末 五石 쥬면셔 춘항이 죽
지 아이희겨 구완할라고 열 변이느 부탁하십듸다 사쏘임 부듸 니 말디로
ㅎ시요 글현 양바은 예을 못갑퍼셔은 못시것쇼 인궤라도 델식 큰 놈 흔느
쥬시요 ㅎ고 느년 호도 조와 못젼듸것쇼 궁둥이춤이느 좀 추워볼나우 남
원 셩즁안 살암덜 다 들어봅쇼 아들낙키 심시지 말고 쌀나키만 심을 쥬쇼
어사 사우가 니 사우네 니 궁둥이 두워다가 논을 사가 밧 사가 금을 쥰들
박굴숀가 놋실 쥰들 박굴숀가 아무것도 북단ㅎ네 일할 지음의 어사쏘난
춘항이을 좌편의 안치고셔 노이 마쇼 노이 마쇼 울이

⟨30-뒤⟩

○○ 무신 팔자 고진감니 업실숀가 니 곳 안이듸면 ○○을 뉘가 사여시며
네 굿 안이던들 니의 가인 뉘가 될고 원언이정은 쳔도지셩이요 인의예지
ᄂᆞᆫ 인셩지강이라 ㅎ여신이 자골오 젹션졔가여 필유예겡이요 져악긔가여
필유여악이라 울이도 흠지 사지 우의 출싱이 되야신이 티평가을 의고 살
라보새 어사쏘 쳥비 역졸 불의던이 번학도은 자바다가 영문의로 상사홀라
ㅎ고 춘항만 만가지 위오나 ㅎ덜라

김동욱 소장 54장본 옥중화

이해조가 산정한 〈옥중화 춘향가연정〉를 베낀 이본인 듯하다. 아주 작은 활자와 가는 세필로 쓴 필사본으로 1914년 갑인년(甲寅年)에 등서되었다. 책주(冊主)는 진명석(陳命錫)이라는 사람으로 되어 있다. 춘향이 인식상으로도 자신을 양반이라고 생각하고 있다는 점이 다른 본과 다른 점이다. 방자가 그네뛰는 춘향을 찾아가 양반이 부른다고 하자 춘향은 "이 녀석, 도령님만 양반이냐, 나는 양반이 아니냐"면서 따진다. 춘향은 이도령의 부름에 가지 않고 방자를 통해 '안수해 접수화 해수혈'이라는 말을 전한다. 실컷 헛소리를 하고나서 "이는 다 광대의 망발이라"고 부정하고 다시 사실대로 진술한다. 또한 "이것은 모두 광대의 농담이던 것이었다"고 하면서 전체를 부정하기도 한다. "근래 사랑가에 정자 노래 풍자 노래가 있으되 너무 난하여 풍속에 관계도 되고 춘향 열절에 욕이 되겠으나 너무 무미하니까 대강 대강 하던 것이었다"는 식의 서술자의 편집자적 논평이 개입되어 있다. 사랑 놀음이 짧게 되어 있다. "춘향모가 그 딸의 거동을 보고 울음을 진정하고 대범한 좋은 말로 딸을 도로 위로하니 이러함으로 남원 월매라 하던 것이었다"는 식의 월매를 근엄한 첩장모로 형상화하는 경향이 있다. 다른 이본들과는 달리 서울로 간 이도령으로부터 편지들이 온 것으로 되어 있다. 군로사령이 춘향을 붙들러 왔을 때 춘향이는 이도령에게서 온 편지들을 내놓고 읽고 있던 중이었다. 어사도가 남원을 내려오면서 만복사를 들르니 그곳에서 춘향을 위해 불공 축원을 드리는 것을 보고 선영덕이 아니라 부처님 덕인 줄을 안다는 대목이 있다. 농부가가 '장부사업가'로 대체되어 있다. 개량풍속이나 인재양성 광제자선 등을 말하고 있는 것으로 보아 구한말 개화기 시대의 역사인식의 일단을 보여준다. "춘향이가 대상에 뛰어 올라 어사또를 안고 울고 춤추고 논다 하되 춘향이가 무슨 그럴 리가 있느냐"고 하면서 춘향가의 전통을 교정하려는 대목도 있어 특이하다.

마지막에 다음과 같이 책주의 후기가 적혀 있다. "전일에 춘향가를 많이 들었으되 어음이 무식하고 상담이 허다하여 남자는 들을망정 여인은 듣기가 난중하더니 근일 경성에서 사설을 연정하여 무식도 아니하고 잡담도 없어 가히 볼만하기로 내가 해소로 골몰하여 두문불출하는 중에 이 책을 얻어다가 불일등서하였으니 오서낙자 많을지라."

대상본 소재처 : 나손본 필사본고소설자료총서 74권, 보경문화사, 1994
(원본은 나손문고)

김동욱 소장 54장본 옥중화

〈1-앞〉

옥중화   츈향가연경
졀디가인 삼겨날 졔 강산졍긔 타셔난다 져라산하 약야게에 셔씨가 종츌ᄒ
고 군산만학부형문의 왕소군이 싱장ᄒ고 쌍각산이 슈려ᄒ야 록쥬가 삼겨
스며 금강활이아미슈의 셜도문군 환츌이라 호남좌도 남원부는 동으로 지
리산 셔으로 젹셩강 산슈졍신 어리어셔 春香이가 삼겨 잇다 츈향모 퇴기
로셔 삼십이 넘은 후의 츈향을 쳐음 빌 졔 꿈 가운디 엇던 션여 니화 도
화 두 가지을 양손의 갈나 쥬고 ᄒ날노 너려와셔 도화를 너여쥬며 이 곳
을 잘 갓구어 리화졉을 부쳣스면 오난 힝낙 조흘이라 리화 갓다 젼할 곳
이 시각이 급ᄒ기로 총총이 쩌나노라 꿈씬 후의 잉튀ᄒ야 십삭만의 쌀 ᄒ
나를 나앗스니 도화는 봄향긔라 일홈을 츈향이라 ᄒ엿더라 기싱의 즈식이
나 근본이 잇난 고로 칠세붓텀 글 가라쳐 일취월장 ᄒ는 지조 칭양할 슈
업고 여공에 침션이며 심지어 풍류 속을 모를 거시 업셧스니 외인상통 안
이하고 금옥갓치 자라날 졔 잇

〈1-뒤〉

써 삼쳔동 리한림이 계시되 명문거족이요 누디츙효디가로 상이 낙졈ᄒ사
남원부스 졔슈ᄒ시니 도임흔 졔 일식만의 빅셩의게 션치ᄒ니 거리거리 셩
졍비라 츠시 스쪼 즈졔 도령임이 계시되 일홈은 몽용이오 년광은 십육세
라 풍치은 두목지요 얼골은 관옥이라 위인이 조달ᄒ야 시률풍유와 이쥬탐
화ᄒ야 밤이면 동졍명월을 완상ᄒ고 낫이면 화류풍국에 놀기을 조화ᄒ니

가위 호협흔 긔남즈라 일일은 도령임이 츈흥을 못익이여 방즈 불너 무르
시되 네의 골에 조흔 승지강산이 어듸가 제일인야 방즈 엿즈오되 공부흐
시는 도령임이 승지 츠져 무엇흐시랴오 도령임 흐시는 말삼 쳔흐 졔일 명
승지지 도쳐마다 글귀로다 늬 이를게 들어보라 긔산영슈별건곤에 소부 허
유 노라잇고 쳑벽강 츄야월의 소자쳠이 노라잇고 황학누 고소듸 등왕각
봉황듸에 문장 명필 즈최로다 늬 쏘흔 호협스라 동원도리편시츈을 늬 어
이 허송하랴 잔말 말고 아뢰여라 방즈 다시 엿즈오되 소인의 골에 별반
승지 업스오나 낫낫치 아뢰이다 북문 밧 나가오면 조룡산셩 좃사옵고 셔
문 밧 나가오면 관왕묘도

〈2-앞〉

경쳐 조코 남문 밧 나가오면 광한누 좃사온듸 오작교 영쥬각은 삼남 졔일
승지로소이다 그러면 광한누 구경갈 터이니 나귀 안장 지여라 방즈 분부
듯고 예의 흐고 나오더니 셔산나구 솔질흐야 가진 안장 짓는다 홍영 자공
산호편 옥안 금쳔 황금륵 쳥홍스 고흔 굴네 상모둘여 덤벅 달아 압 뒤 걸
쳐 잡아 미고 층층다리 은입등즈 호피도듬 밉시난다 어라 툭 쳐 나귀 듸
령흐엿소 도령임 거동보소 슈슈흐게 잘 츠리고 나귀 등의 올나안져 거드
려거려 나갈 젹의 긔보하의 느는 씌썰 광풍을 쏘츠 펄펄 도화졈졈 불근
곳은 보보향풍 써러져셔 즈최마다 싱향이라 셔부렁섭적 광한누 당도흐야
도령임 말게 니려 광한누 올나가 이리져리 바라볼 졔 남쳔을 살펴보니 젹
셩의 아츰날에 느진 안기 씌여잇고 녹슈의 졈은 봄은 화류동풍 둘넛는듸
요헌긔구하최외는 임고듸 일넛도다 광한누 경치 조컨이와 오작교 분명하
면 견우 직여 업슬소냐 견우셩은 늬련이와 직여셩 뉘라 될고 오날 이 곳
화림즁의 심싱연분 맛나스면 방즈야 술 올여라 이 좌즁의 나이 누가 만으
냐 방즈 엿즈오듸 져 후비스령이 키는 조고만하고

〈2-뒤〉

얼골은 노리도 나이 사십여셰로소니다 도령임게 존장이 바로 훨석 넘고나
후비사령 상좌에 안치고 방즈 너도 올나오나라 방즈 황송ᄒ오이다 (도령)
누른송이 엇더ᄒ야 어셔 올나 안져라 슐상을 드려놋코 스령이 슈비ᄒ고
방즈도 먹고 도령임도 잡슌 후에 도령임 방즈 불너 (도령) 이 익 파탈하고
놀 ᄯᅢᄂᆞᆫ 상ᄒ을 넘어 츠리면 졍도 업고 록록하고 ᄯᅥ가 뭇어 못쓰ᄂᆞ니라
향당은 막여치로 년치츠려 슐을 먹어스니 담비덜도 먹어라 도령임이 취흥
을 못익이여 안졋다 니러나며 두로두로 건일면셔 남방을 바라보니 쥬렴취
각은 반공에 어리여 슈호문창 뎡실 소ᄉ 압ᄒ로 영쥬 뒤으로 무릉도원 흔
빅즈 불글 홍즈 슝이슝이 꼿이 피고 불근 단 푸를 쳥은 고물고물 단쳥이
라 유막의 잉계셩은 너의 취흥 도도ᄂᆞᆫ 듯 황봉빅졉쌍쌍비ᄒ야 향긔 찻ᄂᆞᆫ
거동이라 빅빅홍홍난만중의 션여 미식이 노ᄂᆞᆫ구나 츈향의 거동보아라 츄
쳔을 하랴 ᄒ고 장장치승 근의쥴을 두 손의 갈너 쥐고 션뜻 올나 발구르
니 흔 번 굴너 뒤가 솟코 두 번 굴너 압희 놉파 연비여쳔 솔이기 ᄯᅳ듯 난
만

〈3-앞〉

도화 놉흔 가지 소소리쳐 툭툭 ᄎ니 슝이슝이 밋친 꼿 휘느려져 ᄯᅥ러져셔
풍무셩이 낙화로다 오락가락 논일 젹의 리도령이 졍신업시 한참 셔셔 망
견더니 뜻박긔 몸이 웃실 소름이 쑥 지치니 졍신이 암암 일신을 벌벌 썰
며 이 익 방즈야 아~아 부르니 방즈놈은 십비나 더 ᄯᅥ러 예~예~ (도령)
져 건너 오락가락 언뜻번뜻ᄒᆞᆫ 져계 무엇신야 방즈 엿즈오디 소인 눈의
ᄂᆞᆫ 아모것도 안이 뵈여요 (도령) 니 붓치 바로 보아라 (방즈) 부쳐 말고
미륵임 바로 보와도 안이 뵈여요 (도령) 이 놈아 눈도 상목 반목이 달으단
말인야 상한의 눈은 양반의 틱눈만도 못하고나 너가 탐심이 업심으로 금

이 화하야 뵈이나부다 방즈 엿즈오디 금의 니력 알외리다 금은 옛날 초한
시에 육츌긔게 진평이가 범아부을 잡으랴고 황금 스만량을 초병즁의 홋터
스니 금이 엇지 여긔 와요 (도령임) 그러흐면 옥이로다 (방즈) 옥의 니력
를 드르시요 옥은 홍문연 찬치시예 범증의 끼친 옥이 빅셜이 된 연후 화
렴곤강의 옥셕구분이라 옥과 돌이 다 탓스니 옥이 엇지 예 오릿가 (도령
임) 그러하면 귀신일디 (방즈) 빅쥬

<h3 style="text-align:center">〈3-뒤〉</h3>

정명 발근 날의 귀신이 엇지 잇실잇가 (도령임) 그러면 금도 옥도 안일진
디 무엇시란 말인야 갑갑하다 일너다고 방즈놈이 그졔야 오 져것시요 나
는 무엇스라구 이졔 즈셰이 보니 본읍 기싱 월미 쌀 츈향이로소이다 도령
임이 츈향이란 말을 듯고 우심을 권마셩 우심으로 웃더니 이 이 졍영 츈
향이냐 젼불날지를 견요만천이로디 져반가회랑은 한즁견이라 아안화료란
구난언이라 혼령이 비거반천이로다 눈의 슈은 올인 듯시 뵈이는구나 잔말
말고 어셔 오란다고 직시 불너 오너라 방즈 엿즈오디 츈향의 셜부화용 남
방의 유명하야 감스 병스 목부스 군슈 현감 관장더리 무슈히 보랴 하되
녹쥬의 식과 셜도의 문장과 목난의 예졀을 흉즁의 픔어스니 만고여즁군즈
옵고 엄이는 기싱이나 근본이 잇는 고로 임으로 호리치 못흐나이다 도령
임 허허 웃고 네 말이 무식하다 형산빅옥과 려슈황금이 물각유쥬라 임즈
가 각각 잇나니라 잔말 말고 불너오너라 방즈 하일업셔 츈향 부르러 건너
간다 광풍의 나부 날 듯 츙츙거려 건너가며 언덕 아리 숨풀 시으로 뵈이
지 안케 감안

<h3 style="text-align:center">〈4-앞〉</h3>

감안 웃둑 쎡 드러셔셔 소리을 크게 질너 츈향아 부르니 츈향이 깜짝 놀

니여 근의 아리 니려셔며 이고 고 녀셕 조금ㅎ더면 낙성할 번 하엿지 방
ㅈ 썰썰 우시며 세상이 엇지되야 열디여섯 살 먹은 계집아히가 낙티란 말
이 웬 말인야 (츈향이) 밋친 여셕이로구나 니 언졔 낙티라 ㅎ던야 낙성할
번 하엿다 하얏지 (방ㅈ) 그는 우슴의 말이로더 슈신하는 계집아히가 삼남
디로변의 츄쳔이 당하며 오는 스름 가는 스름 너만 보고 졍신업시 가지
안코 안져 보니 네 힝실이 온젼ㅎ야 사도 ㅈ졔 도령임이 광한누 구경왓다
너를 보고 부르라니 이삼츠 엿쥬어도 종시 듯지 안이시고 블너오라 하시
기로 할 슈 업셔 건너왓스니 어셔 밧비 갓치 가ㅈ (츈향이) 못가것다 (방
ㅈ) 엇지하야 못가것난야 양반이 부르시는더 쳔연히 못간다 하야 (츈향이)
이 년셕 도령임만 양반인야 나는 양반이 안인야 (방ㅈ) 너도 양반이로더
너는 졀놈발이 양반이라 썰쩌업는 말이니 어셔 밧비 건너가ㅈ (츈향이) 못
가야 (방ㅈ) 못갈 니력을 말ㅎ여라 (츈향이) 못갈 니력을 드러보아라 양반
의 딕 도련임이 글공부 안이하고 유산하기 진치 안코 유산을 할지라도 남
의 집 여ㅈ 보고 젼갈하기 당치 안코 젼갈은 할지라도 여ㅈ의 도리로 남
ㅈ

〈4-뒤〉

의 젼갈 듯고 싸러가기 괴이하다 히당화 그늘 속으로 본 쳬 안코 돌아셔
니 방ㅈ 허허 웃고 스도 ㅈ졔 도령임은 얼골이 일식이요 풍치는 두목지요
문장은 니빅이요 필법은 왕희지라 셰디츙효디가로셔 가셰가 갑부 지벌은
연안이요 외기는 쳥풍이라 남편을 엇으랑이면 일어한 남편을 엇지 시골
무지령이를 엇는단 말이야 (츈향이) 이 자식 남편도 셔울 시골 남편이 달
으냐 (방자) 그러치야 산셰로 두고 이를진더 셔울 산셰 달으고 시골 산셰
가 달으니 니 이를게 드러보라 경상도는 산이 쥰함미 스름이 나면 쑥쑥하
고 젼라도는 산이 순함미 스름이 나면 간하고 츙쳥도는 산이 촉하니 스름
이 나면 지조잇고 경긔도로 치달나 슈락산 쩌러져 도봉이 삼겨잇고 도봉

이 써러져 종남산 삼겨잇고 왕심이 청용이오 만리지 빅호라 한강이 조슈
되고 동작이 슈구막여 천부금탕 되얏스니 만호장안 이 안이냐 스름이 나
면 션할 즈는 션하고 악한 즈면 무셔워라 부원군이 외삼촌이오 니조판셔
동성 조부요 남원부스 당신 어루신네니 만일 안이가면 너일 아침 조스 후
의 너의 모친 잡어다가 칙방 단장 안의 마쥬거리 흐거드면 네인들 마

〈5-앞〉

암 엇더하며 닌들 마음 조흘손야 가랴거든 가고 말야거든 말염으나 나는
간다 나는 간다 츈향이 잠간 어리셕어 방즈놈 얼넝얼넝 하는 말에 속은
듯이 하는 말이 글셰 방즈야 드러보와라 꼿꼿마다 안져 노는 나뷔을 꼿이
어이 짜라가리 존즁하신 도령임이 비루한 상한 몸을 오라시니 감격하나
녀즈 염치 못가것다 도령임 전에 안슈히 졉슈화 희슈헐이라 엿쥬워라 방
즈 하일업셔 건너가고 츈향은 집으로 도라가는지라 도령임이 뒤짐 질머지
고 두로 건일며 츈향 오는 거슬 살펴더니 츈향은 도라가고 방즈 혼즈 건
너올 졔 도령임이 츈향 보며 글 흔 귀을 읍는디 신션이 귀동쳔흐니 공여
양류련이오 시문조작헌이로다 당도커늘 도령임이 화을 니여 이 놈아 츈향
불너 오라 하엿지 츈향 쏫고 오라던야 방즈 엿즈오디 소인은 욕만 잔득
어더먹고 왓삽니다 (도령임) 욕은 무엇시라 흐던야 안슈히 졉슈화 희슈헐
이라 하엿스니 그런 욕이 잇소잇가 도령임 그 말 듯고 잠잠하고 안졋더니
올타 올타 네 몰낫다 니 일으게 드러보라 안슈히라 흐는 거슨 기러기 안
쏘 짜를 슈쏘 바다 희쏘 분명하고

〈5-뒤〉

졉슈화라 흐는 거슨 나부 졉쏘 짜를 슈쏘 꼿 화쏘 분명하고 희슈헐이라
하는 거슨 긔 희쏘 짜를 슈쏘 구명 헐쏘 분명하니 오날밤 삼경시예 날노

햐아금 제 집으로 오럿스니 걱정이 무엇인야 허락이 정영하다 나귀을 지
촉하야 칙방으로 도라오니 만스의 뜻이 업고 눈 압히 뵈이는 게 모다 춘
향이라 일언 환장한 눈이 잇난야 춘향을 보고지고를 찬는듸 보고지고 보
고지고 춘향이 집을 가고지고 가고지고 춘향 얼골 보고지고 소리을 크게
질너더니 스도는 공스에 뇌곤하여 상방의 취침타가 이 소리에 깜짝 놀나
스도 일이오너라 통인이 예의 스도 칙방의 언의 놈이 싱침을 맛나냐 외마
듸 소리가 웬 일이냐 스실ᄒ여 올이라 ᄒ니 통인이 급피 칙방의 나와 쉬
도령임은 무신 소리를 질너 게신지 스도께옵셔 놀너시고 스실ᄒ여 올니라
오 도령임 허허 웃고 놀너시면 니 타시냐 빅셩의 호원 소리은 몰나도 그
런 소리은 일슈 드르신다던야 이난 다 광더의 망발이라 그럴 이가 잇ᄂ냐
아부지가 놀나셧다 ᄒ니 하졍의 황송코나 도령임이 글을 익다 글즈을 잇
고 싱각노라 그

<h2 style="text-align:center">〈6-앞〉</h2>

리ᄒ엿다 엿쥬어라 통인이 도라와 스도 젼의 거리하니 스도 드르시고 더
소하시며 룡싱룡 봉싱봉이라 하는 슈 업눈이라 <u>ᄒᄒᄒᄒ</u> 우스시고 통인
불너 상방촉 두 자루 니여 도령임게 올이고 오날밤 이 초 달토록 독셔셩
이 동헌갓지 들이게 일고 자라 ᄒ여라 통인이 쵸 갓다 올이며 그디로 알
외니 도령임 초 바더 니던지며 심슐을 니나가 다시 싱각하고 방즈야 온갓
칙을 드려라 스셔삼경 니여놋코 소리만 크게 니여 노로글노 함부루 쮜여
가며 익난늬 밍즈견양혜왕ᄒ신더 왕왈 쉬불워쳘이이니하시니 더학지도는
지명명덕하며 지신민하며 지지어지신이니라 관관져구 지하지쥬로다 요조
슉여는 군자호구로다 남창은 고군이오 홍도은 신부로다 셩분익진이오 지
졉형여로다 아셔라 이 글 다 즈미업다 쥬역을 드려라 쥬역을 드려놋코 코
을 부루는디 난듸업는 코가 다 나오것다 건은 원코 형코 니코 졍코 춘향
이 코 니 코 한틔 더고 그리고 져리고 하면 시 코가 죠코 어불사 긱 코

드러왓고 방즈 젓히 셧다 도령임 엇진 코가 그리 만소 니 코 조금 너으시
요 니 놈 네 코은 상한의 코라 못넛컷다 천즈을 드려

〈6-뒤〉

라 하날 천 짜 지 여보 도령임 세 살 자신 듯이 천즈 일고 안져 게시요
이 놈 네가 천즈 속을 알이오 뜻설 삿삿이 식여 일그면 쏭을 졀노 쌀이라
그러면 천즈 뒤푸리 말이오 천즈 뒤푸리을 네가 엇지 아나냐 소인이 할게
드르시오 옥황임게셔 하눌 천 인간 츠지 짜 지 휘휘친친 감을 현 쑥 눌넛
다 누루 황 초가삼간 집 우 이 놈아 그러키 일거 못쓴다 니 일글게 드러
보라 자시예 싱쳔 불언힝스시 유유피창 하날 천 츅시예 싱지하야 오힝을
맛터스니 양싱만물 짜 지 유현미묘흑증식 북방현무 감을 현 궁상각치우
동셔남북 중앙토식 누루 황 천지스방 몃 만리냐 하루광활 집 우 년더국조
흥망셩쇠 왕고니금 집 쥬 우치홍슈 기즈츄연 홍범구쥬 넙울 홍 제계군싱
슈역 중의 화급팔황 것칠 황 요순셩덕 장할시고 췩지여일 날 일 억조창싱
격양가 강구연월 달 월 오거시셔 빅가어 젹안영상 찰 영 야 히 엇지 되얏
난야 일중직칙 기울 칙 이십팔슉 하도낙셔 중셩공지 별 진 가련금냐슉창
가 원앙금침 잘 슉 졀더가인 조흔 풍유 만반진슈 벌 열 스창월식

〈7-앞〉

삼경야 경경졍회 볘풀 장 부귀공명 쑴밧기라 포의한사 찰 한 인싱이 유슈
갓트여 셰월이 장츠 올 니 남방쳘이 불모지지 츈거하리 더울 셔 공부즈의
착한 도덕 슈쳔말연 갈 왕 금풍이 소실하니 엽낙오동 가을 츄 빅발이 장
츠 오게 되면 소년풍유 거둘 슈 낙목한쳔 찬바롬 빅셜강산 겨울 동 오미
불망 우리 사랑 규중심쳐 감츌 장 부용 자약 셰우중 허졍셕긔 부루 윤 이
러한 쳔ᄒ미식 일싱 보와도 남을 여 이 몸이 훨훨 나러가셔 쳔스만스 일

을 성 우리가 이러져리 논일다가 부지세월 힛 세 안희 박더 못ᄒᄂ니 디
전통편 법중 율 춘향의 입 니 입 한틔 디니 법중 엿쭈 이 안인야 야 동현
의 가보아라 아직 퇴등 멀엇소 쏘 보아라 아직 멀엇소 고만두워라 니 집
늘근이나 남의 집 늘근이나 눈의 흔자위가 만으면 심슐이 조치 못하것다
퇴령 소리 질게 나니 조아라고 방즈야 불발커라 청ᄉ초롱 불을 발켜 방즈
들여 압셰우고 춘향의 집 츠져간다 공슉문 니다러 종노를 지니여 남문 밧
셕 나셔니 월츌경산 조시명춘간 져 소리은 니의 흥을 도도는 듯 협노진간
가는 구름 운간월식 희롱하고 화간의 푸른 버

<h2 align="center">〈7-뒤〉</h2>

들 멋 번나나 셔거시며 디도상 발즈최는 멋 번나나 침범하야 투계소년 아
희더를 야입쳥누 하엿스니 지체을 어이하리 춘향집 당도하니 월식은 방농
하고 송쥭은 은은한듸 취병튼 난간하의 빅두룸이 당거위요 거울갓튼 연못
속의 디졉갓튼 금부어와 들축 칙빅 잣나무요 포도 다리 어름 넝츌 휘휘친
친 얼크러져 청풍이 불 쩌마닥 흔들흔들 츔을 춘다 화계상 올나 보니 동
빅 츈빅 영산홍 목단 쟈약 월계화 난초 지초 파초 치즈 동미 츈미 홍국
빅국 유자 감즈 능금 복숑아 ᄉ과 황실 잉도 왼갓 화초 가진 과목 층층이
심어난듸 셕탑의 잠든 기은 ᄉ톰 ᄉ최 놀너 찌야 컹컹 짓고 니닷는듸 니
도령 흥이 계워 방즈 불너 하는 말이 이 익 방즈야 에 이 이를 엇지ᄒ여
야 올흐냐 엇지할 슈 잇소 도령임이 와락 쮜여드러가 춘향를 꼭 붓잡고
실커 마음더로 지조더로 히보시구려 아무리 상한인들 말조츠 무지한야 지
녀는 막여모라니 춘향모을 보아야 홍셩이 될 쯧하다 언필의 춘향모가 나
오난듸 부산 빅통더예 셔초을 피여 물고 사창을 드르륵 여니 빈 마루의
달 쑨이로다 져 기야 지짓마라 공산의 잠긴 달

〈8-앞〉

네가 보고 웨 짓나냐 속담의 일으기를 달 보고 짓난 기라더니 너를 두고
한 말일다 아장아장 나오며 후원 초당 드러가니 잇 씨의 춘향이는 글을
일고 안젓거늘 춘향모 하는 말이 밤이 미우 집퍼난디 지금것 안이 자고
글만 일고 안젓나냐 춘향이 급희 나와 모친을 마즈니 춘향모 한슘 쉬며
허허 꿈도 이상하다 춘향이 무삼 꿈을 꾸신잇가 초불이 명낭하야 발기가
낫갓기로 안셕의 의지하야 셔상긔을 보다가 홀연이 잠이 드니 비몽스몽간
의 네 즈는 침상의셔 치운이 일어나며 청용이 너을 물고 흐날노 올으기로
용의 허리을 나도 안고 이리 궁굴 져리 궁굴 궁굴궁굴타가 소소리쳐 잠을
씨니 한츌첨비되고 가삼이 두근두근 마음이 경상하야 잠 못즈고 누엇더니
글소리 들이기로 너를 보라 나왓스니 경사 잇슬 디몽이나 네가 아덜이 되
얏스면 경영 디과할 꿈이로다 모녀가 슈작할 졔 화계상의셔 두런두런 춘
향모 놀니셔 감안이 살펴보니 엇더한 총각이 은근이 안젓거늘 춘향모 하
는 말이 션동이냐 인동이냐 봉니 쳔티 치약동가 엇더한 아희가 안인 밤즁
의 남의 집을 드러와 은근이 안젓난야 필연 도젹놈이로구나

〈8-뒤〉

방즈 민망하야 화계예 니려셔 쉬-스도 자졔 도령임이오 춘향모 놀니는 체
하며 이 자식 너 방즈 안이냐 그러면 진직 말을 하지 디단 죄송흐구나 춘
향모 화게의 올나가 도령임 손을 잡고 도령임 이 늘근 거시 눈이 어두여
즈셰 보지 못하고 함부루 말한 바를 노여 마옵소셔 이런 씨는 그런 말이
더 조흐니 염염 말소 도령임이 허허 우스니 춘향모 흐는 말이 도령임이
니 집의 오시기 천만 의외로소이다 니 방의 드러가 놀으시다 가옵소셔
(도령임) 안이 날 갓튼 쥬인이나 잇스면 놀다갈가 로여할 터이나 늘근이
실여 춘향모 우스며 늘으면 죽어야지 춘향 방도 슬혀요 (도령임) 허허 니

가 그 말 듯잔 말이로세 츈향모 압흘 셔 도령임을 인도할 졔 왼손을 느짓
들어 스창을 반만 열며 아가 츈향아 스도 즈졔 도령임이 네의 문장 말을
듯고 너 보랴고 와 계스니 문 밧긔 나오너라 츈향이 문에 나셔니 슈연한
고흔 틔도 조양뜰 희당화요 이실 마진 부용이라 도령임을 영졉ᄒ여 졔 방
의 좌증 후에 츈향모 하는 말이 아가 츈향아 도령임이 오시기는 너 보랴
고 오셧스니 인사을 엿쥬어라 츈향이 졔의 모친 말드듸여 도령임 안령ᄒ
시오 도령임 안령

〈9-앞〉

ᄒ셔오 츈향모 담비 붓쳐 도령임게 올이니 도령임 입의 물고 방안을 잠간
보니 별노 사치 업슬망졍 명화 두어장 붓쳐는듸 이상하던가 보더라 탕인
군 희싱되야 젼조단발 신영빅모 륙스로 비를 빌어 듸우방슈 쳔리에 곤용
포을 격셰 입고 연궁으로 가는 경을 력력히 그려잇고 남벽을 살펴보니 상
산스호 네 노인이 바독판을 압히 놋코 일졈 이졈 쌍쌍 둘 졔 엇던 노인은
학창의에 륜건 쓰고 빅긔을 손의 쥐고 요만하고 안져잇고 엇던 노인은 갈
건도복 쩌러 입고 흑긔을 손의 쥐고 하도낙셔 법을 차져 이만하고 안져잇
고 엇던 노인은 쳥여장 반만 집고 바독 훈슈 하노라고 억긔 넘어로 너머
보며 이만하고 안진 경을 력력히 그려잇고 엇던 한 노인은 건을 버셔 송
지에 걸고 쥭관을 지쳐 쓰고 오현금 검은고을 실상의 올여놋코 셰무지음
우의곡을 시르렁 타고 놀 졔 빅학이 츔을 춘다 북벽을 바라보니 쳔년반도
요지봄 셔왕모의 쳥조로다 그림 ᄒ의 안진 츈향 달도 갓고 꼿도 갓고 월
셔시 틔도갓고 슉낭자의 체격이라 방안 셰간 살펴보니 문치 조흔 디모칙
상 화류문갑 비취연상 산

〈9-뒤〉

호필통 만호연적 용지연 봉황필 시셔을 싸앗는디 도령임이 호걸 긔남자로
디 일언 일은 쳐음 당흐는 일이라 가삼이 두군두군 말 못하고 안젓더니
츈향모 하는 말이 도령임이 니 집에를 오실 비 업거날 이쳐름 루지에 왕
임하시니 디단 불안흐오이다 도령임이 츈향모 말 흔 마듸에 말구멍이 열
엿것다 무삼 그럴 이가 잇나 금야의 나온 뜻슨 월식도 됴컨이와 자니 쌀
츈향을 보러왓는디 니 늘근이의게 할 말이 잇시나 드를난지 즈니 쌀과 나
와 빅연 긔약함이 엇더한가 츈향모 그 말 듯고 안식을 불변하고 쳔연이
하는 말이 너의 쌀 츈향이가 상스룸이 안이라 회동 셩참판 영감이 보외로
남원의 좌증하야 일식 명긔 다 바리고 늘은 나를 슈청케 흐시니 모신 졔
슈삭만의 니조참판 승차하야 니즉으로 드러갈 졔 날을 가즈 흐옵시나 노
부가 계신 고로 싸라가지 못하옵고 이별한 그 달붓텀 져것 빈 줄 짐작하
고 연류로 고목하니 젓줄 쎌만하게 되면 다려간다 하시더니 그 딕 운슈
불길하야 영감이 별세하니 츈향을 못보니고 져만치 길너닐 졔 칠셰에 소
학 일키여 수신졔가 화순심을 낫

〈10-앞〉

낫치 가라치니 근본이 잇난 고로 만사가 달통이라 삼강힝실 인의예지 누
가 니 쌀이라 하올잇가 니 지별 부족하니 지상가 부당하고 상쳔비는 부족
하여 상하블급 혼인 느져 쥬야 걱졍이나 도령임은 양반으로 츈졀 나뷔 꼿
본 듯이 아직 사랑 취커니와 니종에 바리시면 독슉공방 소년졍졀 속졀업
시 늘글진디 져인들 안이 불상하오 젼후사를 싱각하면 안키만 못하오니
그런 말삼 마르시고 놀으시다 도라가오 도령임하는 말이 츈향도 미혼젼이
오 나도 미장가젼이라 밋친 듯 경심되야 즈니 집을 나왓는디 진퇴유곡이
라 장황이 조롱말고 한 말을 결단하면 육예는 못이루나 양반의 자식으로

일구이언 엇지 하며 양반의 평싱밍을 셰불 아니 할 슈 잇나 불츙불효하기
전의 져를 엇지 이지이오 늬 이지면 쇠아들이지 허락하여 쥬오 살여쥬시
요 츈향모 몽ᄉᆞ를 싱각하니 도령임 일홈이 쑴 몽쯘 용 용쯔라 마음에 가
득하야 과히 조롱 안이하고 희식으로 허락하며 육예는 못이루나 혼셔예장
사쥬단ᄌᆞ 겸하야 증셔 한 장 ᄒᆞ여쥬오 (도령임) 그것 그리하소 연쌍을 닥
어놋코 만호연젹 믈을 짜라 슈양명월 진케 갈아 쳥황모 무심

<h3 style="text-align:center">〈10-뒤〉</h3>

필 반즁둥 흠셕 풀어 빅능운화 간지상의 두워 쥴 쎠쎠 츈향모 쥬니 그 셔
에 하엿시되 쳔장지구에 희고셕란이라 쳔지신명이 공중차밍이라 하여거늘
고히 졉어 간슈하고 시체 슈단으로 슐쌍을 차렷는듸 나쥬칠반의 침치 한
보아 표육 젼복쌈 한 졉시 실과 겻드려 노앗것다 춘향모 하는 말이 도령
임 안쥬가 업사오나 이는 장모의 허물이니 용셔하시고 슐이나 만이 잡슈
시오 아가 츈향아 붓그러 아지 말고 슐 부어라 춘향이 잔 들어 슐 부어
도령임게 드리니 도령임 잔 바드며 춘향 보고 하는 말이 의희ᄉᆞ슈가 환비
슈요 방불문향이 불시향이로구나 여보 장모 너가 디과 급졔을 한들 즐겁
기 오날 갓흘가 이 슐이 웬 슐니냐 슐먹기 덕이로다 첫ᄎᆞ 잔은 아버지 덕
둘ᄎᆞ 잔은 어머니 덕 두 덕을 합하야 딕즈로 운을 달자 쳔황씨 목덕 지황
씨 화덕 하우씨 슈덕 쥬문왕의 슈덕 우리 양인 서로 맛나 빅연을 긔약하
니 장모의 은덕이라 늬 덕 네 덕 합하야 장모젼의 권하리라 츈향이 슐을
부어 져의 모친끠 올이니 츈향모 슐 바드며 한슘쉬고 눈물지며 목이 메여
하는

<h3 style="text-align:center">〈11-앞〉</h3>

말이 즐겁고 조흔 날이 오날 우에 더 읍시나 아비 업시 셜이 자라 하나님

이 감동하스 명문디가 도령임과 빅연을 긔약하니 층양업난 경사로디 영감 싱각이 간절하야 쳔지 아득하스이다 츈향도 슈식씌여 두 눈의 눈물이 어리니 목단화 아침 이실을 먹음은 듯 하더라 도령임이 츈향모을 위로하되 오날날 조흔 날에 왕스는 물논하고 슐이나 잡슈시요 일이삼 비 오육 비가 되야 담소 량량할 졔 슐쌍 물여 방지 쥬니 방즈 잔득 먹고 도령임 디스나 평안이 지니시요 온야 너는 안목니나 단단이 살펴보아라 방즈 간 연후의 도령임 구만 쟈라 할 터인듸 츈향모는 슐잔이나 취한 줌의 도령과 츈향을 사랑하야 건너가지 안이하고 쓸쩌업는 잔소리로 날을 싀기로 드니 도령임이 민망하야 쾨비도 알코 헛쥬졍도 한다 하되 알심잇난 츈향모가 글얼 니가 잇나 방자 간 후의 츈향모 금침 니려 싸라쥬고 밤이 미우 집혀시니 일즉 쥬무시요 하직하고 건너갓것다 츈향과 도령임이 단 둘이 안젓스니 그 엇지 될 거이냐 도령임 씌 쓸느니 츈향이 이러나 도포 바더 의장에 걸 졔 벽상의 걸인 거문고 도포자락에 씻치며 스르렁 하는 소리 도령임 조화라고 조타 조타

<h2 style="text-align:center">〈11-뒤〉</h2>

황학누 취적셩이 이예셔 더하며 한산스 야반종셩이 이예셔 더할손야 네가 먼졔 버셔라 (츈향) 도령임 먼졔 벗시시오 네가 먼졔 벗셔라 도령임 먼졔 벗시시오 미사는 관쥬인이라니 네가 먼졔 벗셔라 미스는 관쥬인이라니 쥬인 식이난듸로 흐오 네가 먼져 벗셔라 도령임 먼졔 벗시시오 도령임 달여드러 츈향의 가는 허리을 후리쳐 잘근 안쏘 옷슬 츠츠로 고히 볏겨 금침 속의 졉어넛코 도령임도 훨신 볏고 화월삼경 집푼 밤의 즈미잇게 잘 놀앗더라 하로 잇틀 슈일 되야 십여일이 지니가니 인졍도 가득하고 붓그럼도 업셔지니 그 가운디 사랑홈을 엇지 다 말소냐 일일은 도령임이 츈향과 희롱을 하는디 이거시 사랑가 되얏것다 만첩청산 늘근 범이 살진 암키 물어다 놋코 이는 쌔져 먹지 못하고 으르렁 으르렁 놀이난 듯 북히 흑용이 여

의쥬을 물고 치운간의 넘노난 듯 단산 봉황이 죽실을 물고 오동 우의 넘
노난 듯 츈풍 황잉이 벗슬 부르며 세류 중의 넘노는 듯 이도령이 흥을 거
위라고 노즈 노즈 영쳑은 소를 타고 이티빅은 고리 타고 젹송즈는 학을
타고 일디장강 져 어부는 조고만한 일엽션 타고 둥둥 져어갈 졔

<h2 style="text-align:center">〈12-앞〉</h2>

이도령은 탈 것 업셔 둥둥 니 사랑 어허둥둥 니 사랑아 너 죽어도 나 못
살고 나 죽어도 너 못스는이라 어허둥둥 니 사랑아 우리 둘 사랑타가 한
번 앗츠 죽거드면 후싱 긔약 셔로 하자 너는 죽어 무엇 되며 나는 죽어
무엇 되리 너는 죽어 물이 되되 쳔상의 은하슈 지상의 장강디히 다 바리
고 칠연디한 마르지 안넌 음양슈라는 물이 되고 나는 죽어 시가 되되 쳥
조 황조 잉무 공작 다 바리고 원앙조란 시가 되야 연파녹슈간에 빅노횡강
격으로 쥬야 사랑 놀거드면 날인 줄을 네 알어라 둥둥 니 사랑이야 너는
죽어 꼿시 되되 어쥬축슈이산춘 양안도화 복승화 위성조우읍경진 긱사쳥
쳥 버들꼿 연화 작약 영산홍 황국 빅국 다 바리고 목단화가 되고 나는 죽
어 나부 되야 이삼월 춘풍시에 네 꼿슝이 니가 안져 바람부러 꼿슝이 노
난디로 나리을 쩍 버리고 너울너울 놀거드면 나인 줄을 알염으나 어허둥
둥 니 사랑이지 근리 스랑가에 졍쩌 노리 풍쩌 노리가 잇시되 넘어 난하
야 풍속의 관게도 되고 춘향 렬졀에 욕이 되깃스니 넘어 무미ᄒ엿가 디강
디강 하던 것이엇다 둥둥 니 사랑 이리 보아도 니 스랑 져리 보아도 니
사랑 장니 부인을 디한 듯 졍졀부인을 디한 듯 슉졀부인을

<h2 style="text-align:center">〈12-뒤〉</h2>

디흔 듯 월셔씨을 디한 듯 양티진을 디한 듯 슉낭즈을 디한 듯 둥둥 니
사랑 어허둥둥 니 사랑 네 무엇슬 먹으려나냐 네 무엇 쓰고 십푸냐 쓰기

조흔 상평통보 네가 만이 쓰랴나냐 (춘향이) 안이 그것 너가 실소 (도령임)
그러면 네 무엇 먹으랴나냐 둥굴둥굴 슈박 웃쏙지 쎄여던지고 강능 빅쳥
쥬루루 부어 은스시로 쑥쑥 찍어 씨랑을 바리고 불은 졈을 먹으나냐 춘향
이 디답하되 안이 그것도 니 실소 도령임이 그러면 네 무엇 먹으랴나냐
시금털털 기살구 아기셔는듸 먹으랴나냐 금젼을 쥬랴 은젼을 쥬랴 둥둥
니 스랑 도령임이 춘향다려 스랑가를 하라 보치니 춘향이 마지못하야 사
랑가로 노난듸 둥둥 니 사랑 이리 보아도 니 사랑 져리 보아도 니 사랑
장니 진사을 모신 듯 장니 급졔을 모신 듯 둥둥 니 사랑 동졍츄월 달 발
근 디 무산갓치 놉흔 사랑 목낙무변슈여쳔에 창희갓치 집흔 사랑 삼오신
졍 말근 밤에 무산쳔봉 완월 사랑 증경 학무하올 젹에 츠문취소하던 사랑
쥬루낙일권렴간의 도리화기 오던 사랑 둥둥 니 스랑 니 스랑이지 니 스랑
한참 이리 논일 젹의 일일은 창 박긔 황게 슛닥이 두 나리을 툭툭 치며
꼭괴요 우는 소리에 도령임 거동보아라

<h2 style="text-align:center">〈13-앞〉</h2>

부모 명을 싱각하야 관가로 드러갈 졔 춘향이 하는 말이 미불유초라 션극
유종이라 우리 둘의 빅연가약 중도기로 마옵소셔 도령임 그 말 듯고 들며
나며 스랑ㅎ며 이별마즈 밍셰터니 흐로난 남원 표졔가 왓는듸 상등을 마
져 스도 승차하스 동부승지 당상하야 니즉으로 드러갈 졔 올나가실 치힝
을 ㅎ시는듸 마두병방 불너 말 단속하고 공고즈 불너 쌍가마 쑤미고 도사
령 불너 교군 단속하고 육방두목 불너 공유을 졍하고 니방 불너 문서 하
기을 닥근 후의 통인 불너 도령임 엿쥬어라 잇 쩌 도령임이 드러오시니
스도 보시고 이 즈식 너 엇의 갓더니 광한누 갓다 왓셔요 광한누는 왜 갓
던고 (도령임) 용한 문필이 붓터다 하기예 구경하엿셔요 스도 니 드르니
밧긔 괴약한 말이 간간 잇스니 양반의 집 즈식이 나이 이십이 불원하얏는
듸 집안의 경스가 잇시되 모로고 그 모양으로 단인단 말인야 (도령임) 경

스는 무삼 경스요 나는 동부승지하야 니직으로 드러간다 나는 즁긔닥고
올나갈 터이니 너는 너의 어마니 비힝하야 명일 일즉 써나게 하야라 도령
임 그 말 듯고 정신이 아득하고 두 눈의 눈믈이 어리여 눈만 쌈짝하면 눈
물이 비오듯 하것스니 눈을 먼동튼 듯이 쓰고 아부지 먼졔 힝츠하시면 소
자가 즁긔닥고 가올이다 스도 무엇이 엇더하야 썩 나가고지고 도령임 도
라셔며 잇다금 져럭케 망

<h2 align="center">〈13-뒤〉</h2>

령이더군 도령이 하일업셔 비마진 용디긔격으로 후쥴군흐게 나오면서 츈
향의 집을 향할 젹의 천지는 명낭흔듸 안광은 불명하며 싱각스로 묘칙 업
셔 탄식하며 나갈 젹의 두구갈가 디려갈가 디려가도 못할 터이요 두구가
도 못할 테니 가삼 답답 익가 타니 우셔볼가 우러볼가 져를 디려 가즈하
나 부명이 엄슉하니 디려갈 슈 가망업고 져를 두고 가즈하니 그 마음 그
힝실에 응당 즈결할 터이니 이 스세를 엇지흐나 가만가만 완보하야 츈향
집 당도하니 잇 써예 츈향이는 도령임 드리랴고 금낭의 슈를 놋타가 도령
임이 드러오니 방긋 웃고 일어셔며 오날은 웨 느졋소 오날이 몃칠인가 하
로 보름 안이온디 스도게옵셔 긱스 힝츠 웨 흐셧소 칙방의 손임 왓소 미
간의 슈식이오 면상의 눈물 흔젹 몸이 압하 이리시오 쑤죵을 드르셧소 말
삼하오 웬 일이오 도령임이 니 집의 단이신다고 스도쎄 야단을 드르셧소
쑤죵 말고 곤장을 마졋기로 이더지 스러우랴 셜운 일이오 본듸의셔 서간
이 왓더니 언의 일가 양반이 도라갓다고 부고가 왓소 (도령임) 그까진
일가 양반 만명 죽어도 니 눈이나 쌈

<h2 align="center">〈14-앞〉</h2>

짝하랴 (츈향이) 그러면 웬 일이오 각갑하오 말심하시요 (도령임) 스도가

잡바지셧단다 츈향이 쌈짝 놀나 스도게옵셔 상방의셔 건일다가 낙셩하셧
소 (도령임) 이 이 남의 말을 일상 뒤집어 듯더라 차라리 넘어져셔 엇의를
즁상하셧시면 약을 쓰면 고만이지마는 동부승지 당상하야 너직으로 드러
가신단다 엇지한단 말이냐 명일 올나간다 츈향이 그 말 듯고 너 평싱 원
일너니 이졔 한양 가것구나 참말이오 진졍이오 나를 속이지 안이하지 즁
말이요 도령임 긔가 막혀 듯기 실타 나 쥭것다 츈향이 다시 놀나 웬 일요
말삼하시요 사도게셔 승차하니 경사되며 넘어 조아 우는잇가 도령임 올나
가면 나 안 갈가 일이 하오 예필종부라니 쳔리라도 짜라갈 터인더 우시는
속 모로것소 도령임 하는 말이 츈향아 드러보아라 너가 너를 다려갈 터이
면 나도 조코 너도 조코 양인이 조흐련마는 스도 분부니예 양반의 자식이
미장젼의 외방에 쳔첩하엿단 말이 나면 족보의 쎄고 사당졔 참예를 못한
다 하니 그 안이 난쳐하냐 츈향이가 그 말 듯고 어엽분 얼골이 불그락 푸
르락 하고 눈셥이 꼿꼿하더니 안졋다 일어셔는듸 발길에 발퓐 초미자락이
쌱 찌져지며 면경 쳬경 둘너치며 문방사우

<h2 style="text-align:center">〈14-뒤〉</h2>

를 와즐근 와르낭 탕탕 씨트리며 셔방 업슬 츈향이가 셰간하여 무엇하며
단장하여 쓸찌잇나 도령임 압에 밧삭 나안즈며 무엇이 엇지하여오 무엇시
릿소 말 좀 하오 엇지하야 쳔첩 무엇 쳔첩 이짜위 말이 몃 가지나 되시오
도령임은 여긔 안고 츈향은 져긔 안져 날다려 하신 말삼 무엇이라 하시엿
소 벽희가 상젼 되고 상젼이 벽희 되여도 이별 말즈 하신 말삼 밍셰 안이
신잇가 도령임은 올나가면 귀가문에 장가드러 꼿갓흔 안히 웃고 초당의
공부하야 디소과 하신 후의 명기명창 풍유 속의 쥬야랑유 노실 젹의 나갓
튼 이야 꿈에나 싱각하리 죽어도 갓치 죽고 살어도 갓치 살셰 가망업고
무가니하지 나를 안이 다려가고 도령임이 가실진더 오날밤 오경시를 살아
잇지 안일테니 죽일테면 죽여쥬고 살이테면 다려가오 나도 가셰 나도 가

셰 도령임과 나도 가셰 도령임 긔가 막혀 울지 마라 울지 마라 너가 가면
아쥬 가며 아쥬 간들 이즐손냐 쇠삿갓치 모진 마음 홍노라도 녹지 말고
다시 보기 기다려라 잇 써 춘향모는 졀고양이 모양으로 짯쯧한 아린목에
착 겹치고 누엇다가 건네방의셔 무엇시 화당탕 와르르 ᄒ며 울음소리가
은은이 들이거늘 춘향모 이러나며 우시며 하는 말이 져것들 (결락)

〈15-앞〉

불근 쥐고 벌벌 썰더니 춘향보고 하는 말이 이 년아 죽어라 이 년아 죽어
라 언으놈이 살인을 당할 터이니 석 죽어라 도령임 올나가면 뉘 간장을
녹이라ᄂ냐 요 년 석 죽거라 도령임 압히 밧싹 안지며 네 이 놈의 ᄌ식
나허고 말 좀 ᄒ여보ᄌ 너의 쌀 춘향이가 힝실이 그르던야 인믈이 밉던야
언어가 불숩던야 잡시럽고 누하던야 언으 뭇엇 그르던야 군ᄌ 숙여 바리
ᄂ 법 칠거지악 업시며는 바리ᄂ 법 업난 쥴을 너는 엇지 모로나냐 니 쌀
춘향 사랑하야 쎔도리로 차져와셔 춘종하류야젼야 쥬야 논일다가 말경의
갈 써에는 쑥 쎼여 바리라니 양유쳔만ᄉ 가는 춘풍 잡어미며 낙화가 낙엽
되면 언의 나부 도라오리 니 쌀의 고흔 화용 일싱부득장춘졀노 늘거 홍안
이 빅슈 되면 시호시호부지니라 다시 졉지 못하는 쥴 너는 어이 모루넌야
와락 쮜여들이 도령임 업덕다리을 힘부루 무리쓴닌디 춘향모가 소년낙치
하야 압니가 싸셔스니 아무리 무러씌너라도 간질업기만 하지 압푸지는 안
이하다 도령임 혼이 나셔 여보 장모 두말 마소 디려감셰 조흔 슈

〈15-뒤〉

가 닌네 니힝 압회 신쥬 요여가 나갈 테이니 신쥬는 모셔너여 소민 속의
늣코 춘향은 요여 속의 안져 가거드면 남더리 보기를 신쥬 든 쥴 알지 춘
향 든 쥴 알 슈 잇나 그 박긔는 도리 업닉 춘향이 그 말 듯고 어만이 근

너가오 양반의 체면의 오작 답답하고 오직 민망하야 져른 말삼 하시것소
건너가오 건너가오 져의 모친 보닌 후의 기리 탄식하는 말이 천리원정 임
바리고 가난 싱각 그 간장이 엇더하며 셰우분분 낙화시에 마상의 피곤하
야 병이 날가 염예오니 너의 싱각 하지 말고 안영이 가시요 도령임은 올
나가면 힝화츈풍 집집마닥 졀디가인 조흔 풍유 낙니망반 하실 젹의 날갓
튼 츈향이냐 싱각 엇지 잇스잇가 쏘한 니 팔즈나 죽어볼가 살어볼가 엇지
하리 엇지하리 니 신셰을 엇지하리 일억키 안져 슬피 우니 도령임 각갑하
야 우지 마라 우지 마라 너가 간들 아쥬 가며 아쥬 간들 잇질소냐 옛 일
을 모로난야 부슈소관쳡지오라 소관 슈직들과 온나라 정부라도 각분동셔
님 그리워 규즁심쳐 늘거잇고 졍직관산노긔즁에 관산 졍긱이며 녹슈부용
치련여는 츄월강상 젹막한듸 연을 캐며 상사하니 나 올나간 후라도 벽사
창 월명한

<h2 style="text-align:center">〈16-앞〉</h2>

듸 천리상사 부디 마라 타향천리 먼먼 길의 님을 두고 너가 간 후 한양셩
즁 너룬 곳의 옥여가인 만컨만은 너 하나를 잇것난야 일일평명 십이시예
너가 엇지 편할소냐 우지 마라 우지 마라 치힝 독촉 즈심하니 안의 잠간
단여오마 도령임 관가로 드러가 스도을 뵈인 후의 니아의 얼풋 단여 칙방
으로 나와 방자 식여 나귀 안장 지여타고 오리정의 나와 육방하인 하즉밧
고 나귀을 치쳐 모라 츈향집 당도하야 안으로 드러가며 우난 츈향 바라보
니 누슈아는 사로젹화초하고 곡셩아는 사잉젼교림이라 도령임 달여드러
츈향의 허리 안고 우지 마라 우지 마라 니 사랑아 우지 마라 츈향이 피셕
하야 날을 노흐시고 져망콤 안지시요 각갑호오 노흐시요 도령임 하일업셔
츈향 허리을 슬머시 놋고 츈향은 여긔 안고 도령임은 져만치 안져 보고
울며 울고 보며 니별을 하난구나 함누안간함누안이요 단장인송단장인을
무정피상쳔스류로 미게낭군칠쳑신을 삼월즁당삼십일하니 츈광이 날을 니

별터니 님도 나를 니별하니 니별니여 전송춘의 낙화 니별 강슈원함정하니
말이예 츳군니별 연화삼월하양쥬하니 황학

〈16-뒤〉

누상 고인 니별 가사면만형월하니 초픠왕의 미인 니별 우우풍풍 마외역의
당명황의 양구비 니별 엄누사단봉의 왕소군의 한궁 니별 한ㅅ단쟝더귀긱
은 치문희의 고국 니별 일장풍운 홋터지니 남북의 군신 니별 삼츈의 안북
비하니 역노의 형졔 니별 모도다 습다 하되 임의 니별 더욱 습다 죽자 하
니 청춘이요 스자 하니 님 그리워 엇지하나 니 신세을 엇지하리 (도령임)
우지 마라 우지 마라 너가 지금 올나가면 금방의 급졔하고 너을 다려갈
터이니 슬어 말고 잘 잇거라 금낭을 어로만져 거울 니여 춘향 쥬며 장부
의 말근 마음 거울빗과 갓틀진던 천말년이 지니간들 변할 니가 잇건난야
춘향이 거울 밧고 손의 쩐 지환을 쎄셔 쥬며 하난 말이 옥환 일기은 유시
의 소롱이라 기츙군즈 하례지틱하로라 옥취기식결불유하고 환취기종시부
졀을 원군자은 여옥지졍하고 여환불히하소셔 (도령임) 온야 온야 슬워 말
고 병나지 말게 안보하면 명년 봄의 다려가마 잇 쩌에 춘향모은 니별할
일 싱각하니 쳔지가 아득하야 음식을 젼폐하고 술만 먹고 드러누워 우황
든

〈17-앞〉

암소 알틋 하나가 아모리 싱각하되 니별이 쪽 되여구나 춘향모 히일업서
춘향 방으로 건너와셔 조흔 말노 하는 말이 여보시요 도령임 니 나희 오
십이라 늘게야 져것 나어 금옥갓치 질너닐 졔 하나님게 츅슈하기 칠셩임
게 기도하고 나한불공 삼신불공 용왕졔 산신졔을 오날갓지 셩심함은 인물
도 져와 갓고 지벌도 져와 갓튼 봉황의 짝을 지여 금실우지 노난 거슬 니

눈 압희 보랴더니 쑴밧긔 도령임이 니 집을 추져와서 셔상가약 간청하니
마음이 환장되고 두 눈이 뒤집페 션션이 허락하야 금옥갓치 사랑타가 니
봉변을 당케 하니 눈을 쎄고 셰을 쎄여 기을 쥬워 합당하지 업지러진 물
이 되고 쏘와 노혼 화살 되니 통분한들 슬더업고 한탄한들 별일잇나 천ㅎ
잡년 지하 잡년 드럽게 늘근 잡년 니별 몃 천번의 안이 죽고 사러나 사위
꼿츠 니별하니 드런 년의 팔즈로다 디하장강 흐르난 물을 보난 그 마음이
쌍젼키 어려울손 한양천리 면면 길의 병이 날가 염여오니 우리 모녀 싱각
말고 안영이 올나가오 그러나 도령임게 당부할 말 잇난이다 니 나이 반빅
이라 오날나나 명일나나 다 셕고 나문 간장 싱ㅅ

<h2 style="text-align:center">〈17-뒤〉</h2>

을 미판이라 춘향 잇지 말고 빅연긔약 싱각하면 죽어 황천 도라가셔 결초
보은 하올니다 퍼버리고 슬이 우니 도령임 춘향모을 위로할 제 슐상을 드
려놋코 슐은 먹지 안이하고 춘향모은 디범한 거동을 뵈이노라 억지로 우
룸을 참난디 승닌 둑겁이 숨쉬듯 비만 불눅불눅하고 도령임은 당나구 울
음우듯 울음보가 터지난디 열두마듸을 쑥 꺽거 울고 춘향은 모친이 안젓
스니 울음을 크게 울지 못하고 눈물만 비오듯하야 옷깃슬 젹시며 향단이
는 도라셔셔 초미즈락으로 얼골을 가리고 통곡하야 울 젹의 방즈 숨이 헐
덕헐덕 여보시요 도령임 야단낫소 야단나요 무신 니별을 일이 쓴질게 하
시요 잘 가거라 잘 잇거라 부지일소 할 일이지 무삼 니별을 쎠가 녹도록
한단 말이요 디부인 힝츠 발셔 오슈역의 나가것소 도령임 쌈짝 놀나 춘향
모를 부쳐 잡고 여보 장모 나는 가니 셜워 말고 잘 지니오 춘향이 너는
울지 말고 뫼시고 잘 잇거라 향단이도 잘 잇거라 도령임 하일업셔 마상에
올나안지며 춘향아 잘 잇거라 춘향이 한 손으로 즁문을 부여잡고 쏘 한
손은 도령임 손 잡으며 (춘향) 도령임 도령임 황촌우토에 면의

〈18-앞〉

조하고 야졈풍상에 긔요지하소셔 (도령임) 온야 온야 잘 잇거라 방즈 밧짝 달여드러 말을 가즈 치질하니 비호갓치 가는 말이 쳥산녹슈 얼는얼는 한 모롱이 두 모롱이 감돌고 풀돌아 아득히 멀어지니 쳥강의 놀던 원앙 짝을 일은 거동이오 우후쳥강 져 빅구 연파외에 쩌나가듯 산아릭 빗긴 길에 활 긔 한 번 툭 치는더 문득 간 곳 업셔지니 츈향이 거동보와라 니도령 가는 곳을 즈셰히 살펴보니 인홀불견 속졀업다 (츈향이) 향단아 예- 도령임이 엇의만큼 가셧나 보아라 향단이 엿자오더 일편잔조리요 슈위산식즁이로소 이다 츈향이 졍신업시 그 즈리에 쥬져안져 인제는 할일업시 영니별을 하 단 말가 나와 둘이 울던 임이 엇의 가고 안뵈이나 잘 잇거라 하던 소릭 귀에 징징 안듯기니 이팔시졀 졀문 년이 낭군 그려 엇지 스나 츈향모 긔 가 막혀 궁굴며 셜이 우니 츈향은 효여이라 슈식을 감츄오고 쳔연이 위로 하니 츈향모가 그 짤의 거동을 보고 울음을 진졍하고 디범한 조흔 말노 짤을 도로 위로하니 일어함으로 남원 월믹라 하던 거시엿다 잇 찍에 도령 임은 오슈역의 슉소할 졔 스쳐의 금침 펴고 더진 듯이 홀노 누워 츈향 싱 각 셜이 울 졔 안져 싱각 누어 싱각 싱각

〈18-뒤〉

스로 보고십고 보고십허 발광나니 이러키 보고십허 니가 엇지 살겻난야 항우의 옥장비가와 명황의 만리힝촉을 글쓰로만 보아더니 니게 와 당할 즄을 엇지 뜻을 흐엿스리 길이 탄식 익가 탈 졔 아이오 날이 시니 조반을 잡슌 후의 경셩으로 올나가시이라 그 후 스도게옵셔 부인과 슈작하시고 츈향 불너 보시랴다가 다시 싱각하니 도령임의 장심도 될 터이오 하인소 시에 안이되여 은근이 방즈 불너 돈 삼쳔양 너여 쥬며 이것 갓다 츈향모 를 쥬고 이거시 약소하나 가용의 보틱씨고 도령임이 급졔흐면 달여간다

ㅎ여라 방즈가 예-이 디부인이 이방 불너 빅미 빅셕 의츄 언져 슌금 삼작 너허쥬며 이것 갓다 츈향 쥬고 나 츠던 노리기니 나 본다시 져 가지고 슈히 다려갈 터이니 셜워 말고 안보하리라 이방이 영을 듯고 방즈 식여 즉시 젼곡필목과 픠물을 갓다 쥬며 스도 말삼 더부인 말삼을 젼하니 츈향모 스례하며 츄례로 바더 노흐니 도령임 싱각 더욱 간졀ㅎ더라 세월이 여류하야 구관은 올나가고 신관은 도임하야 슈삭을 지닐 젹의 잇 ㅆ에 츈향이는 실혼슈심 병이 나셔 문을 닷고 홀노 누워 상사장셩 님을 그려 울더니라 옥갓튼 임의 얼골 달갓튼 임의

<h2 align="center">〈19-앞〉</h2>

티도 지리 상스 보고지고 동풍이 온화하니 님의 회표 불어온가 반가올스 츈풍이여 츈풍의 피는 쏫은 웃난 듯 님의 얼골 져 쏫갓치 보고지고 우슈을 소여슈할고 상스를 지자지라 로쳔이 불판인초최하니 루쳡구곡황하일이오 혼압삼봉화악져로다 부모갓치 즁한 몸이 쳔지간 업건마는 낭군 그려 스는 몸은 츔아 잇지 못할너라 오미 즁두 눈물이 밤낫업시 흐르난더 일쳔간장 좁은 곳에 만곡슈을 너어두고 우리 님을 다시 보면 이 셜음이 기련마은 언의 ㅆ 다시 만나 악슈론졍 할가본야 그리워 못보는 임 업셔 무방하것만는 든 졍이 병이 되야 스로나니 창즈로다 아마도 죽지 말고 명더로 보존타가 언의 년 언의 시 낭군을 맛나거든 세세원졍 하올이라 추시에 신관이 도임ㅎ야 일연을 지니더니 나쥬목사 니비하고 다시 ○ 신관이 낫시 되 즈하골 막바지 스는 변학도라는 양반이 낫시되 얼골이 잘 나고 남녀창 우계면을 것침읍시 잘 부르고 풍유속이 달통하야 돈 잘 쓰고 슐 잘 먹고 일디호걸이로더 한가지 허물이 잇던가 보더라 고집잇고 미련하야 조흔 말을 글이 알고 그른 말을 올케 알고 쥬식이라 하면 화약을 질머지고 불조심 안이하니

〈19-뒤〉

일어함으로 곤 닥의 알 골 툿하고 지닉가다 조상이 밧드러 남원부스을 졔
슈하시니 잇 써 남원 신연이 올나와 츠려로 현신하ᄂ디 신연 이방 현신
알이오 신연 통인 현신 알이오 신연 슈비 현신이오 신연 급장 도사령 도
굴노 도방지 현신이오 ᄉ도 분부하되 ᄉ도 오- 너희 무사이 올나오며 네
고을에 무삼 일이나 업난야 (이방) 예-이 ᄉ도 닉 드르니 너의 고을이 식
향이란 말이 올흐냐 일식 기성이 만사옵너다 ᄉ도 너의 고을 일식 츈향이
가 잇다지 예-이 만고일식이로소이다 ᄉ도가 일식이란 말을 듯고 두 억기
가 혼 번 웃슥하여지며 ᄉ도 츈향이 평안이 계시냐 (이방) 예-이 안령이
게심이다 ᄉ도 남원이 예셔 멋이나 되ᄂ냐 (이방) 예-이 육빅 십이로소이
다 ᄉ도 조혼 말 탓시면 한나잘에 갈가 (이방) 예-이 오육일을 나려가 도
임하시고라도 ᄒ로라 ᄒ시면 ᄒ로옵고 열흘만의 나려가 도임하시고라도
ᄒ로라 하면 ᄒ로로소이다 ᄉ도 이방의 말을 드르니 속이 시원하고나 장
닉 이방 노릇 잘하야 먹것다 잇튼날 평명 후 신관사도 발ᄒᆡᆼ할 시 ᄉ은슉
비하신 후 장안 셔경 잠간 돌고 사당 쳠비하고 젼라도로 나려간다 구름갓
튼 쌍교 별연 목단식임 완ᄌ창 네 활

〈20-앞〉

기 쩍 별이고 일등마부 유량달마 덩덩그러케 실어놋코 키 큰 ᄉ령 쳥창옷
뒤치잡이 힘을 씨며 별연 뒤짜랏ᄂ디 남더문 밧 쩍 니다러 화란츈성 만화
방창 버들입 푸릇푸릇 빅사동작 얼는 건너 남틱링을 넘어고나 슈비 혼 쌍
통인 혼 쌍 이방 형이 공방이며 지장식 취고슈 순령슈 도방ᄌ 급장이 좌
우로 옹위하야 권마성이 진동한다 좌우로 뫼신 나졸 일산구종 젼후비 각
추비가 말을 타고 십이예 연하엿다 마부야 네 말 좃타 말고 일시 마음 놋
치 말고 두 팔의 힘을 올여 양렵 기울지 안케 마상을 우러러 고로 져어라

굽은 돌이야 지방이야 흐늘거려 니려갈 졔 신영 이방 치레 보아라 고양나이 져고리 바지 반쥬동옷 모시직령 조촐하게 잘 츠리고 가진 부담 올나안져 벌연 뒤짜라 잇고 신영 통인 치례보아라 남방슈쥬 누비바지 삼팔동옷 갑사쾌즈 발향한츙 학실안경 알쑷 모를쑷 넌짓 차고 가진 부담 착결입 마상터도 밉시난다 신영 급장 치례보라 키 크고 길 잘 것고 어엽부고 말 잘하고 영니한 져 급장이 외올망건 디모관즈 진스당줄 달아쓰고 은월상투 산호동곳 호박풍잠 광치난다 이빅쥴 평표입을 한일지게 반듯 쓰고 빅슈쥬 누

<h3 align="center">〈20-뒤〉</h3>

비바지 한산모시 방터 철릭 즈락을 각기 졉어 흑져스 슈건으로 뒤로 졋쳐 잡어미고 슉슈반비 고단비자 은장도을 비슥 츠고 쳔쳥모초 허리쯰을 좌견 갓치 널게 졉어 무릅 아리 쩌러쓰리고 도류불슈 금낭에다 디구팔스 쑤여 츠고 엽낭쌈지 술상끈 오식으로 얼는얼는 사날집신 엽총 짜셔 낙고지로 들메신고 결빅한 장유지로 초롱단임 잡어미고 쳥장줄 검쳐잡고 활기 훨훨 치며 디마 구종아 너 갈 듸 보지 말고 말 갈 듸 보아라 쥬먹갓튼 니민 돌이 셔실이 퍼럿코나 팔터심을 더 고로게 져러라 예-이 슘은 돌이야 신영 굴노 치례보라 산슈털 벙거지 남일광단 안을 밧쳐 날니 용쑤 짝 붓치고 궁초군복 홍광단비즈 토슈 은장도 오식슈건 남젼디 금낭을 여럿 다라 뒤로 슉여 둘너미고 불양한 눈방울을 이리져리 궁글이며 에라 에라 나지 마라 신영 스령 치례보라 통영갓의 큰 짓 꼿고 파향 한 쌍 달어는디 완즈더 그레 갓치창옷 유목곤장 방울 다러 일산 압희 갈나 셔셔 에라 이 놈 나지 마라 젼쥬부즁 드러다라 순상게 연명하고 노구바위 임실 지니 오슈역의 슉소하고 박셕틔 넘어드니 육방나

〈21-앞〉

졸 다 나왓다 인물 츠지 호장이며 물폼 츠지 공방이며 좌슈 별감 통인더리 기럭이 쌍쌍으로 좌우로 느러셧다 힝슈집ᄉ 치례보라 통영스립 금파갓 쓴 보기 조흔 쳥쳔익 마상의 올나안져 등치을 어싹 집고 쌍쌍이 젼비하고 즁군 쳔총 파총 군관 슌금갑옷 쳘이마에 두려시 안진 모양 진삼국지 밍장 인 듯 집사 지휘ᄉ 다련ᄉ 교렴관 착젼립 금안쥰마 션젼관의 티도로다 긔 피관이 호령하야 쳥도도로 드러갈 졔 이십팔문 각식 긔치 힝오 츠져 버려 시고 호미 금고 한 쌍 나 흔 쌍 호젹 흔 쌍 나발 한 쌍 바리 한 쌍 셰악 두 쌍 고 두 쌍 슌시 한 쌍 영긔 두 쌍 션여갓튼 기싱들은 착졀입 안장마 로 좌우의 갈너셧다 괘 통 치르르 나발은 쏘쏘- 고동은 쑤쑤 가진 취티 힝낙셩은 년풍을 ᄌ랑하고 권마셩 젼도할 졔 물식과 위엄이 일읍에 가득 하니 상ᄒ 남녀노소 인민이 좌우 구경할 졔 잇 ᄯᅥ에 ᄉ도는 남예 우의 올 나 안져 고기을 엇지 니여 둘넛던지 츠면한 붓치살에 코가 다 갈이여 피 가 나도 모로고 ᄉ도 슈로 부르라 (슈로) 예-이 져긔 구경하는 거시 모도 기싱이냐 긔가 막혀 예-이 모도 긔싱이로소이다 ᄉ도 더희하야 인졔야 니 가 기싱 베락 맛는

〈21-뒤〉

고나 긱ᄉ의 하례하고 동현의 좌증하야 차담상 잡으시고 당장 졔 삼일 졈 고을 할 터이나 체면을 싱각하고 이를 갈고 견듸난더 엇지 이를 갈고 참 어던지 압이는 다 ᄲᅡ질 지경이엇다 졔 삼일이 당하야 육빙 하인 졈고을 잠간 보고 호장을 독촉하야 기싱 졈고 어셔 하여라 호장이 영을 듯고 기 싱 졈고 ᄒ던이라 안칙을 드려놋코 츠례로 호명하는더 남포월 깁흔 밤에 돗디 치는 져 사공아 뭇노라 너 탄 비 계도검범 난쥬 힝슈기싱이 드러오 는더 나상을 거듬거듬 흔 편으로 것어안고 요만하고 안난 거동 츄쳔명월

분명하다 나오 일디문장 소동파 젹벽강에 비을 씌고 거쥬속긱 하올 젹의
소언동산 월츌이 월츌이가 드러오난디 홍상을 거더안고 함교함티하난 거
름 쳔반이나 요라ᄒ고 만반이나 긔이하야 사슈류지만풍젼이로다 나오 슈
도 분부하되 기싱 졈고을 그럭키 느리게 하면 몃날 갈 쥴 모로것구나 각
갑하여 듯것난야 밧비밧비 불너라 호장이 쳥영하고 넉즈 화두로 불으것다
위셩조우읍경진 긱사쳥쳥 유식이 예 등디하엿소 사창에 빗치엿다 셤셤영
즈 초월이 예 등디ᄒ엿소 남남지상 봄바람 힐지항지 비연이 예 등디하엿
소 쳔리강릉 느져간다 조사빅졔

⟨22-앞⟩

치운이 예 등디하엿소 티화봉두옥쳥연 화즁군즈 옥연이 예 등디하엿소 월
명임ᄒ미인리 은근하다 미션이 왓난야 예 등디하엿소 옥노금풍만산홍 일
엽쳥광 옥엽이 왓난야 예 등디하엿소 쥬홍당사 벌미답 츠고나니 금낭이
왓난야 예 등디하엿소 진쥬 명쥬 자랑마라 졔일 보픠 산호쥬 왓난야 예
등디하엿소 광한누상 명월야의 군션이 여옥 옥션이 왓난야 예 등디하엿소
단산오동 그늘 속의 쌍거쌍니 비봉이 왓난야 예 등디ᄒ엿소 월즁쳔향단계
즈 향문십이 계화 왓난야 예 등디하엿소 슈군불견 반월이 독좌유황 금션
이 어쥬축슈 홍도 소지노화 월션이 즁양춘식 국화 슈시장쳥 쥭엽이 취향
이 금향이 난향이 월향이 슈도가 향쓰만 드르면 궁둥이가 쌍에 못붓게 들
먹이며 슈도 호장 듯나냐 (호장이) 예-이 슈도 너의 고을에 츈향이 잇다더
니 졈고시에 업스니 웬 일이다 호장이 엿자오디 츈향은 기싱이 안이오라
퇴기 월미 쌀이온디 기안 착명한 일 업고 여럼 싱장하옵더니 구관 칙방
도령임이 머리을 언쳣느니다 슈도 구관 칙방 도령임이 머리을 엇쳣스면
츈향을 디려갓는야 (호장이) 다려가지는 안이하고 졔 집의 잇나이다 슈도
니 드르니 츈향은 원긔의 자식이요 쏘한 인물이 일식이라 하니 기안의 착
명하고

〈22-뒤〉

밧비 현신 식이라 호장이 영을 듯고 게셔 업쳐 청영하야 춘향을 불을 일
이로되 쳬면을 싱각하고 밧긔 나와 힝슈기싱을 불너 스도 분부 여츠키로
춘향을 기안의 착명하엿스니 네가 춘향의 집에 가 춘향모끠 말을 하고 지
금 와 현신ᄒ라 ᄒ여라 힝슈기싱 영을 듯고 춘향을 불으러 나간다 광한누
을 지니 오작교 건너 춘향의 집을 드러가며 비우셔 하난 말이 여보소 춘
향 아씨 여보시요 셔울 아씨 셔울 마님 셔울 부인 스도게셔 불으스니 밧
비 드러가셰 춘향이 변식 디왈 스도게셔 부르시니 위민지부모시라 불으시
면 갈 터이나 니가 기싱인가 기싱이 안인 바에 불은다고 갈 슈 잇나 병
난지 슈식이라 츌입할 슈 업셔스니 힝슈형이 드러가셔 춘향은 병이 드러
거의 죽게 되얏다고 근로하야 말을 ᄒ오 힝슈기싱 그 말 듯고 신관 스도
셩졍이 무셥고 엄슉하야 꾀을 쓸 슈 바이 업시나 아모조록 잘 고하야 불
으지 안케 ᄒ여봄셰 춘향과 말을 하고 관가로 드러와 호장을 디하더니 춘
향과 한 말은 간 곳 업고 춘향을 먹어 졔치는디 디톱 이상이엿다 춘향이
죽어도 못오것다 ᄒ옵듸다 호장이 엇지하야 그랴던야 스도게셔 불으시면
네가 엇지 나왓나냐

〈23-앞〉

하기에 호장임이 젼츠 분부 불너오라 ᄒ시더라 하니 너난 평싱 호장밧긔
모로나냐 호장놈이 와셔 불은디도 나는 못가것다 하옵듸다 호장이 츈향
범졀을 아난 고로 그 계집아히가 그럴 이가 잇나 속으로 짐작하고 관가의
드러가 품하되 소인이 밧그로 춘향을 불넛더니 졔 낭군을 싱각하야 병이
드러 잇다 하고 오지를 안이하니 스도 쳐분이 엇더실는지요 스도 드르시
고 니가 져을 부르난디 슈졀불졀이 엇더하니 제가 슈졀한단 말을 니아의

셔 드르시면 디부인은 짝 긔졀하것고나 지금 밧비 츈향 불너 현신 시기라
방울이 덜넝 스령이 예-의 츈향 밧비 디령하라 예-의 군로스령이 나간다
스령군로가 나간다 김변슈야 웨야 박변슈 웨 부르나냐 걸이엿다 걸이엿네
게 누구가 걸이엿노 셩춘향이가 걸이엿다 올타 그 낭장맛고 담양갈 년 양
반 셔방 하엿다고 교만이 너무 만코 티가락이 만터이라 그물코가 삼천이
면 걸일 날이 잇난이라 츈향의게 수졍 두난 놈 너도 긔아들이요 나도 긔
아들이라 그 안이쏩고 쥬졔넘은 년 잘 되얏다 잘 걸엿다 산슈털 벙거지
남일광단 안을 밧쳐 날닐 용쓰 짝 붓치고 궁초갓슨 홍관더 걸음을 좃차
펄넝펄넝

〈23-뒤〉

광풍의 나부 날 듯 슈림간의 밍호쳐름 츙츙거려 들어가며 춘향아 불을 젹
의 잇 디 츈향이는 천리상사 님을 그려 도령임게 온 편지을 츠례로 니여
놋코 보고 울고 울고 볼 졔 천리상별 쥬야상사 로친시하 잘 잇난야 이 몸
은 무스 득달하야 당상 문안 안령 하졍의 깁부도다 니 마음 네가 알고 네
마음 니가 안이 별말이 웨 잇실야 팔익이 업스니 날너가지 못하고 일각이
난감하나 스세을 엇지하리 니 마음에 가진 것은 졍녀의 미울 럴쓰 우리
둘의 깁푼 언약 직힐 슈쓰 뿐이로다 엇지하야 천힝으로 맛날 날이 잇슬
쯧 안심하야 긔달여라 삼만셜화을 셔즁의 못다 하고 눈 압히 뵈이난 듯
답답하야 디강 그리노라 년월일 싯혜 향단이도 잘 잇나냐 편지는 오것마
는 님은 어이 안이오고 나는 엇지 못가는고 시문에 문견폐 기가 컹컹 짓
난 소리 문을 열고 니다보니 스령군로가 느러셧다 춘향이 문을 열고 아장
아장 나오면서 김변슈 오셧나 박변슈 와겟난가 금번의 상경하야 노독이나
안이 낫나 니 집을 츠져오기 쭘밧긔 일이로셰 손을 잡고 잇글면서 어셔
오소 어셔 오소 졔 사령더리 싱젼 춘향의게 그런 디졉 못밧어 보다가 손
을 잡고 말을 하니

〈24-앞〉

몸에 두드럭이가 이러날 지경이로고나 여보소 동성 웨 나왓나 병중에 촉
상하리 어셔 드러가세 방으로 드러 안지니 스령들이 가심이 두군두군 단
박에 낫눈이 어둡고나 춘향모 건너오며 이 자식들 오날 니 집에 오기 발
병이나 안이낫나냐 늘근 엄이을 한 번도 와셔 안이보아 향단아 안쥬는 업
다마는 슐이나 만이 가져오너라 슐상을 드러놋코 슐을 권하니 스령들이
슐맛슬 보더니 (스령) 말이야 바로 하지 스도가 즈니을 슈청거힝 식인다고
지촉이 디단하나 우리들이 들엇시면 즈니 한아 쎄여너지 못할 이가 니나
(춘향이) 글세 철즁에 징징이라고 사롬이 만흐되 옵바 두 분을 밋으오 (스
령) 그 말이야 두 번 일을 말인가 지촉사령이 오나냐 가만히 잇거라 오나
냐 이 놈아 요란하다 우리가 아는 장단일다 일이 와 슐이나 먹즈 세 놈이
늘어안져 슐을 엇지 먹엇던지 하날이 돈짝 만하고 셰상이 노랏케 되얏구
나 춘향이가 돈 승 양을 니여 노으며 이거시 약소하나 드러가다가 약쥬나
한 잔 먹고 가소 이게 될 말인가 쇠가 쇠을 먹고 살이 살을 먹넌다고 자
니게 이것 밧어갈 슈 잇나 그리면셔도 돈을 쏭문에 츠며 입슈나 다 올흔
가 몰나 자 우리 드러가네 춘향을 작별하고 문 밧긔

〈24-뒤〉

나오더니 셰 놈이 손길을 마조 잡고 자 우리 노리 하나 하야보세 그 말이
썩 조코나 빅구야 썽졍 날지 말아 너 잡으러 니 안산나 성상이 바리스니
너을 좃추 여긔 왓다 옥루사창 화류즁에 빅마금편 소년멸아 벽오동 칠현
금을 알고 져리 즐기나냐 모로고 져리 질기나냐 지음을 모를진디 음률을
어이 알이 궁상각치우 오음육율을 날다려 뭇거드면 궁쳔지리을 디강만 이
르리라 너 먼져 드러가즈 너 먼져 드러가잣고나 이 익 우리 그리 말고 셋

시 셔로 잡고 거드려거려 드러가자 그것 썩 조흔 말이다 세 놈이 상토을
셔로 잡고 셜넝셜넝 드러가며 춘향 스령 잡아드럿소 스도 어이업셔 이 놈
춘향은 엇지하고 츈향 스령 잡아드럿다니 져런 죽일 놈이 잇나 한 놈이
알외는듸 춘향이가 병이 드러 거의 죽게 되얏는듸 간절이 말을 하며 조흔
슐 조흔 안쥬을 비아지가 터지게 먹이옵고 돈 승 양 쥬기로 세 놈이 한
양식 난오왓스온듸 인정간의 못잡아 왓스오니 다시 분부하옵시면 인졔는
춘향을 못잡아 오면 소인의 엄이라도 디령하올이다 몰나 그럿치 소인 엄
이가 춘향보다 일식이지오 스도가 일식이란 말을 듯더니 네 엄이가 일식
이면 나히 멋 살인야 (스령) 예- 올에 아흔 아홉이로소이다 밋친놈이로고

<h2 align="center">〈25-앞〉</h2>

이 길노 급히 가 춘향을 불너오되 만일 더듸 거힝하다는 물고을 닐 터이
니 지금 속히 불너오나라 져 사령들 령을 듯고 천금일신 신외무물이라 ᄒ
엿스니 춘향의 스졍 보다 장하지혼이 될 것스니 어셔 밧비 불너오지 춘향
집을 급히 나가 문젼의 드러셔며 여보소 셔울딕 하일업니 드러가세 거힝
잘못한다 하고 힝슈집스 업곤치고 도사령 도군로는 결박하야 달앗스니 사
세 엇지할 슈 잇나 드러가세 드러가세 춘향이 하일업셔 관가에 드러갈 졔
헛트러진 머리털은 귀밋틱 느러지고 쓸이는 초마폭은 거듬거듬 거더 안고
비마진 졔비쳐름 아장아장 것는 틴도 왕소군의 뮙시로다 관가에 드러가
사계화초 놉흔 담 안 양류청청 그늘 속의 가만이 안즈니 청령급창이 나셔
며 춘향 현신이요 사도 보시고 만고일식이로구나 어셔 올으리라 춘향이
사양타 못하야 상방에 올나가 고양이 닉 마신 듯이 웃독 안져 발발 쓰니
사도 보시고 연희 츄것다 어- 어엽부다 어- 어엽부다 침어락언이란 말을
과히 츈가 하엿더니 폐월슈화 하난 틴도 보던 즁 쳐음이요 짝이 업는 일
식일다 셜도 문군 보랴 하고 익쥬자사 즈원하야 삼도몽을 쑨다더니 네 소
문이 하 장하야 경향의 유명키로 밀양 셔홍 마다하고 간신히 심드려셔 남

〈25-뒤〉

원부사 하엿더니 오히려 느져셔 병여션칙편이 되얏스나 녹엽셩음자만지가
아직 안이되얏스니 불힝중 다힝일다 구관 칙방 도령임이 네 머이를 언쳣
다니 도령임 가신 후의 독슉공방 할 슈 잇나 응당 이부 잇슬 테니 관속이
나 건달이냐 얼여워 알지 말고 바른디로 말하여라 츈향이 엿자오디 창여
의 즈식이나 기안에 착명안코 여렴싱장 하옵더니 구관딕 도령임이 년소한
풍졍으로 소녀 집을 츠져와셔 셔상가약 간쳥하니 노모가 허락하고 이씨덕
의 허신하야 빅연긔약 밧들기로 단단 밍셔 하엿더니 호사가 다미하야 도
령임을 니벌하고 독슉공방 쥬야상사 츠질 날만 기달이니 관속 건달 이부
말삼 소녀게는 당치 안소 스도가 그 말 듯고 크게 웃고 칭찬하되 얼골 보
고 말 드르니 안팟스로 일식일다 옥종고단신루구 양공의 글짝이라 인물
조흔 녀인들이 졀힝이 업건만은 져 얼골 옥갓혼 그 마음 어엽부고 아름답
다 네 마음은 그러하나 이도령 어린 아희 장가들고 급졔하면 쳔리타향 잠
시 작난 네 싱각 할 슈 잇나 가련한 네 신셰가 꼿가지예 셔리오고 약한
풀에 씌끌이라 황혼약 간디업고 빅두음을 을푸며는 그 안이 불상하냐 네
가 유식하다 하니 사긔로 이르이라 옛날 예양이

〈26-앞〉

는 지초부의 슈졀이라 네가 날을 위히 슈졀하면 예양과 일반이니 의복 단
장 곱게 하고 오날부터 슈쳥하라 츈향이 엿자오디 츈향은 먹은 마음 사노
임과 달으외다 올나가신 도령임이 무신하야 안 츠지면 반쳡여의 본을 바
더 옥창형영 직히다가 이 몸이 죽사오면 황능묘을 츠져가셔 이비 혼령 모
시옵고 반죽지 졈문 비에 노라볼가 하옵난디 지초 슈졀하란 말삼 소녀게
는 당치 안소 사도가 도임 초의 츈향 힝실 모로구셔 경션이 불너셔 하는

말이 이러하니 긔특타 칭스ᄒ고 고만 너여 보닛스면 관촌무사 조흘 것을
싱긴 거시 하 묘하니 욕심이 잔득 나셔 을너보면 될 줄 알고 졀즈 가지고
셔 흔 번 잔쑥 을으것다 허허 이런 시졀보소 기싱 슈졀흔단 말을 뉘가 안
이 요졀할가 분부 거졀키는 간부 스졍 간졀하야 별칭졀을 다 말하니 죄가
졀졀가통 형장 아리 긔졀하면 네 쳥춘이 속졀업지 춘향이 결을 너여 불분
사싱 엿즈오디 스도는 양반이라 예졀을 아시려든 슈졀 부녀 억탈하면 위
민부모 도리 졀츠 젹당하다 하올잇가 회졀하난 부졍 남녀 졀치부심하옵니
다 스도가 그 말 듯고 두 눈이 캄캄 코궁기 쎅쎅 목이 곽 쉬며 망건 편즈
가 툭 쓴어지고 상투

<h3 align="center">〈26-뒤〉</h3>

웃고가 발끈 넘고 턱을 덜덜 쩔더니 스도 일이오너라 (통인이) 예-의 (사
도) 이 년 잡아너라 예-의 급창 예-의 춘향 잡아너라 예-의 스령 춘향 잡
아너라 져 사령 거동보아라 우루루 달여드러 춘향의 머리치을 휘휘친친
검쳐 쥐고 동당이쳐 잡아드럿소 크닥한 형틀에다 덩그럭케 올여 미고 형
니 거긔 잇나냐 예-의 형니 디령ᄒ엿소 스도 져 년을 쩌려쥭일 터이니 다
짐쓰라 형니 다짐 쎠셔 분부하되 너의 신이 창가소부로 부종관장지엄령하
고 발악 거역하니 신위쳔기로 자칭 졍졀이 죄당만스라 즉위타살하야 이일
증빅하리니 쥭기을 셜워 마라 형니 다짐장을 들고 너려가 춘향다려 다짐
두라 하니 춘향이 다짐ᄒ되 조금도 굴치 안코 철장갓치 다짐둔다 한 일쓰
드르르 그은 후의 마암 심쓰 그 아리 쓰고 붓쎠을 너더지며 요만하고 안
졋고나 집장스령 거동보라 팔쳑 장신 키 큰 사령 젼동갓튼 큰 팔 쎄여 왼
억긔에 둘너메고 형장 다발 안어다가 춘향 압희 졀걱 노으니 철셕간장 다
쩌러진다 형장 다발 좌르르 펄쳐놋코 이 놈 골나 능청능청 져 놈도 잡아
능청능청 그 중에 좀먹고 등심업난 놈 골나 쥐고 이만하고 셔잇스니 스도
분부하되 네 이 년을 쳔 미에 두 다리가 툭

〈27-앞〉

부러지게 치되 만일 헛장하면 집장사령놈이 죽을이라 집장사령이 업듸면
서 져만한 년을 일호 사정 두오릿가 부러지게 치올이다 미오 쩌려라 소리
에 발갓 초아 물너섯다 달여드러 한 기을 짝 부치니 부러진 형장가지 공
중의 푸루루 쩌나가고 오유월 급한 비에 베락치난 소리로다 고초갓치 독
한 춘향 사지육체을 발르르 쩔며 쟝중에 글 짓듯하야 츠례로 알외난듸 일
쓰로 알외이다 일편셔거 우리 군즈 일각삼츄 보고지고 일부종스 구든 마
음 일시 형익 가소롭다 일만번 죽스온들 일호 변기 하올잇가 이쓰 낫슬
짝 부치니 이쓰로 알외이다 이군불스 츙신이요 이부불경 열여로다 이월요
도 미진 가약 이셩지합 분명하니 이쳔리 유찬한들 이심을 두올잇가 이팔
쳥춘 춘향 졍곡 이쳔명촉 하옵소셔 삼쓰 낫슬 짝 부치니 삼쓰로 알외이다
삼싱구사 하더라도 삼강을 이질잇가 삼광갓치 빗난 마음 삼종지의 품어스
니 삼싱가약 즁한 몸을 삼월화류 알지 마오 스쓰 낫슬 짝 부치니 스쓰로
알외이다 사오셰로 익힌 거시 사셔삼경 셩훈이라 사유사단 어진 졍사 사
경안도 바릿더니 사시쟝쳥 곳은 졀힝 사흉치죄 웬 일이오 옷쓰 낫슬 짝
부치니 오쓰로 알외이다 오마로 오신 사도 오류을

〈27-뒤〉

발키시오 오품불슌하는 관장 오형을 엇지 모로릿가 오십삼쥬 우리 도늬
오교불힝 졔일이요 스도 네 그 년이 늬젼통편을 몰으논구니 춘향이 엿즈
오되 디젼통편이 무엇신듸 자셰히 알아지다 스도 형이 불너 디젼통편 늬
여놋코 춘향의게 졔 죄상을 일너라 형늬 다시 업쳐 춘향이 드르라 디젼통
편의 하얏스되 모반디역 하난 죄는 능지쳐참하라 하고 거역관장하는 죄는
엄치증비의당이라 너 죽넌다 셜워 마라 춘향이 엿자오디 大典통편의 법이

그러할진디 유부여 강간하는 죄는 엇지하라 하얏난요 스도가 한 번을 쎠
더니 이 놈 조런 요망한 년을 어셔 쩌려라 육쓰낫슬 쫘 부치니 육쓰로 알
외이다 육국유셜 소진이 육왕을 달니것만 유월비상 춘향 원정 육부오장
가득하니 육방관속 다 보난디 육신을 쩌져쥬오 칠쓰 낫슬 쫘 부치니 칠쓰
로 알외이다 칠셕은하 견우직여 열연 상봉하것마은 칠빅니 가신 가장 어
이 이리 못보나냐 칠년 살어 뭇엇하리 칠척 도부슈 겁안나오 칠보홍장 속
졀업시 칠분귀 되야셔라 팔쓰 낫슬 쫘 부치니 팔쓰로 알외이다 팔십 셔리
티공 만나 팔빅 졔후 귀슌한들 팔

<h2 style="text-align:center">〈28-앞〉</h2>

즈 쌍미 츈향 졍곡 팔분이나 굽히릿짜 팔불츌 스도 졍체 즁에 졔일이오
스도 업더 그 년 쩌져 죽일 년 어셔 쩌려라 구쓰 낫슬 쫘 부치니 구쓰로
알외이다 구고에 학이 되야 구만장공 놉히 나라 구곡간장 미친 한을 구즁
심쳐 알외고져 구월상풍 요락한들 구월황화 이우릿가 열 기을 쫘 열이요
십쓰로 알외이다 십싱구스 이니 마음 십이시로 한심인디 십기 친다 회졀
하리 십칠세 츈향 졍세 십오야 발근 달이 구름 속에 드럿도다 열다셧을
넘겨 치니 이십도로 알외이다 이십문장 자장갓치 도령임도 남유하야 이십
오현 황영고조 춘향 원정 풀어쥬고 삼십도을 밍장하니 빅셜갓튼 두 다리
에 살 한 졈 업셔지고 부셔진 쎄 쑨이라 사도 탄왈 그 년 모질기로 일을
진디 독사 이상이요 독하기로 일으면 고초 이상이로고 어린 년이 장니 크
게 일 져즈르것고 그 년 큰 칼 씨워 향쇄 족쇄로 하옥하여라 사령이 예의
하더니 춘향 쓸너 동틀 아리 니려 노흐니 호흡을 불통하야 거진 죽난고나
사령이 울며 큰 칼을 씨우며 스도을 욕도 하고 혹 쉬 하기도 하며 눈도
흘기고 탄식도 하며 칼머리 인봉하고

〈28-뒤〉

얼둥거려 고히 드러 삼문 밧 니치니 잇 쩌에 츈향모가 우루루 달여드러 츈향을 훌쳐 안고 이고 니 딸 죽어고나 목을 안고 둥굴둥굴 명찰하신 하나님 니 딸 츈향 죽심니다 살여쥬오 살여쥬오 이고 정영 죽어고나 닌들 살아 무엇하랴 썻다 공즁 써러져셔 목졉이질 덜컥 여산폭포 물 굴 듯이 더굴더굴 궁굴면셔 여보 사도 니 딸 엇지 쳐쥭엿소 열여 츈향 몰나보고 위력 겁탈하랴 한들 언의 발겨 찌질 년이 이 미 무섭다 굴복하며 쥭기 셜워 회졀할가 하나님도 무심하고 부쳐 미력 영험업네 향단아 관약방 급히 가셔 쳥심환을 사오너라 동변을 밧더라 동변을 못 밧드면 너가 누마 크다 한 함지을 디고 와르르 오즘 누워 그 오즘에다 약을 기여 츈향 입의 드러 부으니 츈향이 잠시간에 씨여나는지라 츈향모 통곡하고 향단이도 통곡하고 아젼 통인 관로 사령 남원부즁으로셔 노소남녀 소문듯고 드러와셔 혀를 쓸쓸 발구르며 울며불며 하난 거동 누가 보고 안이 울야 잇 쩌에 츈향이가 기셩갓고 보거드면 오입장이 기셩더리 와셔

〈29-앞〉

인사을 하련마는 기셩이 안인 고로 그런 일이 업더니라 츈향 셜이 울며 칼머리 들고 향단이는 츈향 업고 나오난디 남원부즁 노인과부 울며불며 달려드러 음젼하다 긔특하다 칭찬하며 눈물 흘여 혀도 차며 츈향을 밧드러셔 옥으로 니려갈 제 옥사졍이 압흘 셰고 감옥 형리 뒤을 싸라 옥문젼 당도하니 장셩갓치 잠긴 분을 와당퉁탕 졀컥 열고 츈향 넛코 문 치우니 츈향모 긔졀하고 향단이는 쌍을 치며 이고 앗씨 엇지하리 이고 앗씨 엇지하리 뒤에 싸라오던 부인 쩨우름이 일어나니 옥사졍이 감옥 형리 발구르고 도라셔며 악가워라 불상하다 차고찬 옥즁의 져것 죽지 살 슈 잇나 탄식하고 드러가니 츈향이 정신차려 어머니 셜워 말고 긔체 안보하옵시면

죄업는 춘향 몸이 셜마한들 죽사릿가 슈화검창 중이라도 안이 죽고 살 터
이니 걱정을 마르시고 집으로 가압소셔 만일의 안가시고 져리 울고 게시
오면 불효한 말삼이나 지금으로 죽을 테니 나가소셔 나가소셔 울음 소리
긔가 막켜 경각에 죽것니다 츈향모 할일업셔 옥중의 짤을 두고

〈29-뒤〉

천지가 아득하야 업더지며 잡바질 졔 그 쩌 왓든 여러 부인 춘향모을 잇
쓰러셔 집으로 나간 후에 츈향이 셜이 울며 불상하신 우리 모친 아비업시
나를 질너 공도 들고 힘도 드려 고이고이 질너니여 조흔 일은 못보시고
눈압히 모진 일만 졀졀이 당하시니 불효막디 이 년 몸이 죽자 희도 안이
되고 스자 하니 부모 근심 죽도 살도 못하것네 드런 년의 팔자로다 향단
이 게 잇나냐 예- 니 걱정은 아여 말고 집으로 건너가셔 이웃집 부인네께
신신이 간쳥하야 어머니 우시거든 위로하야 달나 하고 미음 원미 즈로 쑤
어 시시로 권케 하고 비취 칙상 문갑 안에 인삼 열 근 드러스니 조셕으로
진케 달여 어머니게 드리오고 나 업다 셜워 말나 어머님게 강권하면 안이
죽고 살어나셔 네 은혜을 갑흐리라 네 마음을 니가 안이 별당부 잇건나냐
듯기 실은 울름 소리 니 간장 다 녹으니 울지 말고 나가거라 향단이 도라
보니고 춘향이 홀노 안져 옥중 형용 살펴보니 압문에 살이 업고 뒤벽의
외만 남아 동지셧달 찬 바람은 살 쏫듯이 드리불고 흔 자리에 흑몸지는
발길이 쩌지도다 니 죄가 무삼 죄냐 국곡투식하여난가 살인죄범 되얏난가
엄형중

〈30-앞〉

치 향쇄 족쇄 옥중엄슈 웬 일이냐 어화 세상 가소롭다 이 지경 되얏스니
한탄하면 무엇하며 익통한들 무엇하리 욕사욕사 분한 마음 머리을 부드치

며 복침통곡 실피 운다 비몽스몽간에 장쥬가 호졉되고 호졉이 장쥬되야
실갓치 남은 혼빅 바람인지 구름인지 한 곳을 당도하니 천공지활하고 산
명슈려한듸 은은한 죽임 속에 일층 화각이 밤비에 잠겨셔라 더져 귀신 단
이난 법이 비풍어긔하고 승천입지하나니 츈향의 꿈 혼빅이 침상편시에 만
리 소상강을 갓던 거시엿다 츈향이 아모란 줄 모로고 스면으로 방황할 제
안으로 단정이 소복한 치환이 츈향 안을 당도하야 공손이 읍하여 왈 우리
낭낭게셔 낭즈을 쳥하시니 이리로 오옵소셔 쌍등을 도도 들어 압길을 인
도커늘 츈향이 뒤을 따라 즁계을 다다르니 검은 현판에 황금 더즈로 삭엿
시되 만고졍렬 황능묘라 두렷시 붓쳐거늘 심신이 살난하야 두루두루 살펴
보니 당상의 빅의 입은 두 부인이 옥픠을 느짓 들어 좌석을 쳥하거늘 츈
향은 무식지 안이하야 예졀을 아는 사름이라 사양하야 엿즈

〈30-뒤〉

오디 몸이 진세 쳔인으로 존엄한 좌석의을 엇지 감이 올으릿가 긔특하고
얌젼하다 조션이 즈고로 예의동방이라 긔즈유풍이 잇셔 쳥누 츌신 소성으
로 져런 졀힝 싱겻도다 니가 일젼 조회츠로 옥경의 올나가니 네의 칭찬이
즈즈키로 네 얼골 보고십흔 마음 참을 길 바이 업셔 너을 만리 소상강으
로 쳥하야 왓스나 착하고 어진 스름으로 슈고을 식여스니 심이 불안하도
다 자고로 영웅달스 고초을 격근 후의 영화가 싱기나니 남녀는 달을망졍
소우는 갓흐니라 츈향이 계하에 국궁사비하고 엿즈오디 쳡이 비록 무식하
오나 일즉 고셔을 보오니 부인의 놉푼 사격 오미불망 소원되야 엇지하면
속히 죽어 부인의 존안을 앙디할고 쥬야 츅원 바리더니 오날날 황능묘에
부인을 더하오니 졔가 이졔 죽사온들 무삼 한이 잇소릿가 부인이 그 말
드르시고 네가 우리을 안다 하니 일이로 올나오라 신여로 인도하야 한 편
의 안친 후에 부인이 갈아사디 네가 나를 안다 하니 니의 말을 드러보라
우리 셩군 디슌씨 남슌슈하시다가 창오산에 붕하시니 속졀업난 이 두 몸

이 소상강 디수풀에 피눈물 쑤려니니 가지마다 아롱아롱 입입

〈31-앞〉

히 원혼이라 창오산붕상슈절이라야 쥭상지루가멸이라 쳔츄의 깁흔 한을
하소할 곳 업셧더니 너을 보고 말이로다 말이 맛지 못하야 부인이 방셩디
곡하니 좌우의 안진 부인 일시에 긔동터라 부인이 울음을 긋치고 손을 드
러 갈아쳐 왈 츈향아 네가 여러 부인을 다 모로이라 이는 티님이요 이는
티사요 이는 티강이요 이는 밍강이로다 이 말이 맛지 못하야 남벽의 셔잇
던 부인 츄츄이 울고 나와 춘향 등을 어로만지며 네가 춘향이라 하나냐
자록하고 긔특하다 네가 나를 모로이라 나는 누구인고 하니 젼루명월옥소
셩에 화션하던 농옥이라 소씨에 안희로셔 쥬화산 이별 후의 승용비거 한
이 되야 옥소로 원을 푼이 곡종비거부지쳐의 산하벽도츈자리라 말이 맛지
못하야 동편의 엇던 미인 단졍이 드러오며 츈향의 손을 잡고 여보게 춘향
이 즈니 나를 엇지 알이 나는 누구인고 하니 십긔명쥬로 사던 셕슝의 소
이 록쥬로다 불칙한 조왕 윤은 나와 무삼 원슈런가 루젼각사분은셜하니
졍시화비옥쇄시라 낙화유사타루인은 니의 원혼 그 안인가 말을 치 그칠야
말야 할 졔 음풍이 일어나고 찬 긔운이 소삽하며 음운이 자

〈31-뒤〉

옥하고 촉불이 벌넝벌넝 휘휘쳣 툭 쩌지며 무엇시 쩌그르르 압혜 와 덜컥
당하는디 이것슨 사람도 안이오 귀신도 안이오 의회 은은한 가운디 귀곡
셩이 낭자하며 여보아라 춘향이 네가 나를 모로이라 나는 넌고 하니 한고
종 안희 쳑부인이로라 우리 황졔 룡비 후의 독한 솜씨 됴왕여를 짐살하고
니의 슈족 쓴은 후의 두 눈 쎄고 암약 먹여 인쳬라 일홈지여 칙간 속에
잡아너으니 쳔츄의 깁흔 한을 호소할 곳 업셔더니 너를 보고 이 말이라

그 말이 맛지 못하야 문득 상군부인이 츈향을 불너 왈 이 곳이라 하는 디
가 유명이 노슈하고 현회가 즈별하니 오리 유치 못할지라 녀동 불너 하직
식여 급히 가라 지촉하니 츈향이 하직하고 일보 이보 나올 젹에 동방의
실솔셩이 스르르 이러나며 일쌍 호졉이 펼펼 쌈쭉 놀너 끼다르니 원촌에
달기 울고 종각에 바루는 뎅-뎅 유한이 쳠비하며 졍신이 쇄락커늘 문을
열고 니다보니 잇 찌은 오경 천긔라 일편셔경월이요 슈힝남비안이로다 쳥
쳔에 쓴 기럭이 옹옹한 진 소리로 짝을 불너 울고 가니 오나냐 기럭이야
소즁낭 북희상에 편지 젼한 기럭이냐 슈벽ㅅ명양안틱 쳥원을

<h2>〈32-앞〉</h2>

못이긔여 울고가는 기럭이냐 니 한 말 드러다가 우리님게 젼하여라 말을
맛치고 바라보니 기럭이 간 디 업고 창망한 구름 속에 별과 달이 발거스
니 무료하기 그지업셔 소리을 나직하야 통곡하야 셜이 울 제 그렁져렁 날
이 시니 달은 지고 히 써온다 문짠 스령 츙츙 나와 스졍이 웨야 너일 아
침 조사 후의 츈향 올여 쥭이랴고 형장 만히 짝가 올이라 흐옵시니 악갑
고 불상하다 츈향이는 쥭나니 여보소 츈향 보고 셔울 편지나 하라 하소
스령은 드러가고 스졍이 츈향 보고 여보 셔울딕 편지나 한 장 흐오 셔울
셔 알고보면 그져 잇슬 이가 잇소 (츈향이) 그 말도 당연하오 사름 하나
어더쥬소 노련임 모시고 거힝하던 방즈 볼짝쇠을 불너오니 츈향이 반겨
하난 말이 돈 열 냥 지금 쥴 거시니 셔울 가 단여오면 동의 한 별 하여줌
셰 (방즈) 두말 말고 편지 쓰소 쥬야비도 단여옴셰 츈향이 편지 쓰난디
쳐연누슈 옷깃슬 젹시며 죠희 져져 글즈가 슈묵진다 편지 속니 식일진디
철셕간장 다 녹난다 그 즁의 무명지 손가락 아드득 끼무러 혈셔을 쑥둑
찍어 봉하고 쏘 봉하야 쥬며 빅번 부탁하난 말이 밧부고 쏘 밧버도 도령
님 답장쓸 찍 지촉을 부디 말고

〈32-뒤〉

수히 밧비 단여오소 편지 써 보닌 후 장탄식 우난 말이 편지는 간다만은 나는 엇지 못가나냐 셔울이 얼마 멀며 산은 몃 산 넘어가며 물은 몃 물 건너가나 나리 돗친 학이 되야 훨훨 슈루루 날어가셔 님의 얼골 반겨 보고 셰셰원졍 하여볼가 그리도 못할진디 이 몸이 죽어져셔 공산에 두견되야 이화월빅 젹막한듸 귀쵹도 실피 울어 님의 귀예 들엿스면 나인 줄를 알으실까 길이 탄식 셜이 운다 ○ 잇 쩌 도령님은 경셩에 올나가 놀지 안코 공부하야 과거을 고디터니 알셩과을 보이거늘 이도령의 거동보소 장중을 드러간다 동인 스초 강목 옥편 장막 포장 등써 우산 포젼 말장목 갓초 묵거 구종지워 압셰우고 장중을 드러가 현졔판하 등써 곳고 장젼을 바라보니 빅셜갓튼 빅목 차일 보계 우의 놉히 치고 셰빅목 셜포장을 구름갓치 둘너난듸 어젼을 바라보니 위의가 엄슉하다 양산 일산 청홍기 긔번 보둑 봉미션과 용긔 봉긔 호미창 자긔창 삼지창 인월도 힝오을 졍계하고 시위을 볼작시면 병조판셔 반병이오 도총관 별운금 승사각신 느러셧다 금관조복 졔졔하고 셔더 옥더 총총한듸 스모품더 쌍학흉비 호슈립 청철익에 착군복

〈33-앞〉

픠동긔는 션젼관이 분명하다 젼상에 훈련디장 중앙에 금군별장 후상에 어영디장 총영사 별군직과 좌우포장 느러셧다 위니금군 칠빅명 젼명사알 별감이며 무예츠지 통장이라 가젼가후 별디마병 좌우에 졍원사령 팔십명 나장이며 근장군사 디답하고 어젼뇌자 버려셧다 시위을 졍계 후에 사알이 고셩하야 (시관) 젼지 젼지 시관이 고두한 후 디독관이 바더들고 현졔판의 거러노니 글졔 하엿시되 일중광 월중륜 셩중휘 희중눈이라 두럿시 거럿거늘 슈만다사 션비더리 글졔가 넌츌져셔 명의을 미졍하야 상고믹믹 하는고

나 츠시에 이도령은 용연의 먹을 갈아 호황모 무심필노 일필휘지하니 문
불가졈이라 일천에 선장하니 상시관이 글을 보고 필법도 희경하고 문체도
노련하니 글즈마다 비졈이오 귀귀마다 관쥬로다 증삼하의 등을 믹여 휘장
하야 니틀이니 장원급졔 하얏고나 상젼 틱봉한 연후에 봉니 디독하니 유
학신 이몽용 년십칠 본연안 거경부 통졍디부 승젼원 동부승지 참찬관 이
쥰상 이몽용 셩명 삼즈 젹어 니틀이니 졍원사령 나온다 쳥쳘익 압희 치고
자 셰치 긴 소미을 보기조케 활기치며 장원봉 연

<h2 align="center">〈33-뒤〉</h2>

못가에 두렷시 나셔면셔 이쥰상 자졔 이몽용 이몽용 이삼호 불으난 소리
장즁이 뒤집히며 츈당디가 써나간다 션풍도골 이몽용은 셰슈을 다시 하고
도포을 곳쳐 입고 션거럽게 썩 나셔니 졍원사령 부익하야 실니진퇴한 연
후에 신급졔 이몽용은 특이사악하시고 부슈찬을 졔슈하니 홍화문 밧 나올
젹에 머리에 어사화 몸에는 쳥삼이라 은픽 쳥기 전도하고 금의화동은 쌍
쌍이 느러셔셔 옥져을 희롱하고 가진 풍악 긴 염불 예밀낙에 억기츔이 졀
노 난다 슈만명 션비더리 셔로 보기를 닷토와 업더지고 잡바지며 뉘 안이
칭찬하며 뉘 안이 부러하리 이장원 마음에는 할인디교 못지너고 졔슈옥당
셥셥하나 쳔은을 엇지하리 옥당의 번을 드러 소디을 치른 후에 직소의 안
졋더니 하번옥당 입시하라 사알이 젼명하니 이슈찬 밧비 거러 승명 입시
하니 슌슌하교 하시기를 궁궐이 깁고 깁허 스히가 막막하니 불상할스 빅
셩이라 창싱의 질고스을 일일히 살피려고 팔도어사 보너난듸 양사문신 가
리나니 네의 싱긴 모양 보고 네의 지은 글을 보니 사즉에 다힝이요 빅셩
에 복이로다 나는 비록 졀머스나 동휴쳑을 담임식여 호람어사 특차하니
빅셩을 사랑

〈34-앞〉

하고 슈령목빅 치불치와 효즈졀부 누구누구 유루업시 장게한 후에 조심하
야 단여오라 마픠 유쳑 하사커늘 할임이 황공하야 고두사은 엿자오되 나
어리고 지조업시 범방의 남비징쳥 셜영 못하와도 왕쥰의 츙심을 본밧고져
하옵나니 쳑별장부 하옵기를 탄셩도보 하올이다 하직슉비 물너나와 군명
을 봉승하야 급급히 쩌날 젹에 남딕문 밧 썩 니다러 쳥파역마 잡어타고
칠픠 팔픠 비다리 지너 아야고기 넘어고나 동작강 얼풋 건너 남티령을 넘
어 과쳔 드러 즁화하고 밧막 역마 가라타고 닝쳔고기 인덕원 갈미 슐막
사근니 지지딕 너머 미력당이 괴목졍 지너여 영회 역마 가라타고 슈원 북
문 드러다라 남문 밧긔 슉소하고 상하유쳔 시슐막과 딕황교 비케 노코 썩
젼거리 지너여 진기울 즁메 넘어 진위 드러 즁화하고 칠원 지너여 가양
역마 가라타고 스산 슐막 슉소하고 평원광야 너른 드를 순식간에 얼는 지
나 셩환 역마 가라타고 쳔안 드러 즁화하고 삼거리을 지너여 굴모롱 다다
라 딕평을 지너여 핑나무졍이 즁화하고 인지원 잠간 넘어 광졍 역마 가라
타고 노셩읍니 얼풋 지너 평창 역마 가라타고 은진읍을 지너여 황화졍이
슉

〈34-뒤〉

소하고 잇튼날 평명후에 타신 역마 졔폐하고 삼베 도포 변복하고 역니 역
졸 모다 불너 은밀이 단속하야 각기 분발ᄒ시난딕 너는 예셔 니다라셔 여
산 익산 금구 틱인 졍읍 고부 흥덕 고창 무장 장셩 광쥬 남평 화슌 동복
능쥬 창평 옥과로 도라 금월 십오일 오시에 남원 광한누로 딕령하라 예-
이 너는 예셔 니다라 임피 옥구 금졔 만경 함열 부안 영광 함평 무안 나
쥬 영암 힌남 장흥 보셩 흥양 락안 순쳔 광양 좌슈영 구례 둘너 곡셩 단
여 금월 십오일 오시에 남원 광한누로 딕령하라 예-이 나는 예셔 젼쥬 임

실 무쥬 용담 금산 진안 장슈 슌창 담양 둘너 운봉 단여 남원 사십팔면 소소히 염탐하고 부즁 안의 머물 거시니 너의들은 급히 단여오되 십문이 불여일견이니 남의 말을 밋지 말고 탐관학민 불법지사와 불츙불효하는 놈 남을 음히하는 놈 슐먹고 우악하야 노인존장 모로난 놈 살인하고 엄치한 놈 국곡투식하는 놈 유부여 통간한 놈 남의 분묘 사굴한 놈 어진 안히 모함하고 가장

〈35-앞〉

두고 셔방하고 졔 것 두고 비러먹고 쥬식잡기로 판나넌 놈 남의 집 츙화한 놈 낫낫치 젹어 쥐고 금월 십오일 오시에 광한누로 일일히 등디하라 예-이 이러틋 분부하야 각쳐로 보닌 후 여산 초읍 당도하야 가가호호 면면촌촌 동니마다 염탐할 졔 열읍 각관 슈령들이 어사 낫단 말을 듯고 환상에 일이 날가 셰미에 츅이 날가 공사에 실슈할가 션치하기 심을 씬다 잇 쩌에 어스도는 역마 역졸 셔리 즁방 각쳐로 다 보니고 독힝으로 니려올 졔 건너 비탈 좁은 길노 아희 하나 올나온다 초롱단임 감발하고 육승마포 외골젼디 허리 둘너 잘근 미고 한 발 넘은 육노리치 양끗 잘나 쑥쑥 집고 셜넝셜넝 올나오며 졔 셜은 신셰 즈탄 노리을 한다 어이 가리네 어이 가리네 한양 쳔리 어이 가랴 도로는 멀고 먼디 한영셩이 어듸민뇨 엇던 사름 팔즈 조와 일더영화 부귀하고 이 놈 팔즈 어이하야 이디지도 곤궁하야 길품팔너 나섯나냐 니 신셰는 팔즈이나 츈향 신셰 가이 업다 모지도다 독하도다 신관사도 모지도다 열여 츈향 몰나보고 위력 겁탈흐려 한들 숑쥭갓치 구는 졀힝 게 뉘라셔 굽피리요 어이 가리네 어이 가리네 어사도 송하에 쉬며 그 아희 노리을 드르니 두 눈이 아득하고 가

〈35-뒤〉

삼이 답답 간장이 사라지난 듯 정신업시 안졋다가 그 아희가 당도커늘 아
아 이 이야 불으니 이 놈이 시골놈이라 장이 쎗쎗하것다 (아희) 웨 불으오
보아하니 시팔안 졀문 양반이 나 만흔 총각 어룬을 보고 아나 이 이 스도
니가 잠간 실슈하엿다 노여하지 마라 그러나 너 엇의 살어 우리 골 살지
안이 이 이 니가 실슈하엿다 하면 고만이지 웨 네가 쏘느냐 엇의 살어 남
원의 사오 엇의 가나냐 셔울 구관딕 편지 가지고 가오 이 이 그 편지 조
금 보자 여보 남의 규즁 편지 사연이 엇지된 줄 알고 임으로 보잔 말이오
네 말이 올타마는 무식한 말이로다 옛글의 일너씨되 힝인임발위기봉이라
하엿스니 쩌여보면 관게잇냐 그 놈이 허허 웃고 차소위 베쥬멈이에 의송
드럿다더니 쏠불견이로고 그리하오 편지을 니여쥬니 (어스도) 편지 바더
비봉을 쩨고 보니 춘향 글시 분명하고나 편지 사연 하엿시되 별후광음이
우금삼지에 쳑셔가 단절하야 약슈삼천리에 쳥조가 쓴어지고 북희만리에
홍안이 업시민 남쳔을 바라보니 망안이 욕쳔이오 운산이 원격하니 심장이
구렬이라 이화에 두견 울고 오동에 밤비 올 졔 젹막히 홀노 안져 상사일
염이 지황쳘노라도 차한은 난졀이라 무심한 호졉몽은 쳔리에

〈36-앞〉

오락가락 졍부지억이오 비불자셩이라 오읍장탄으로 화조월셕을 보니더니
신관 사도 도임 후의 슈쳥들나 하읍기에 져사모피 하읍다가 참혹한 악형
을 당하야 모진 목심이 쓴치던 안이하엿스나 장하지혼이 미구에 될 터오
니 바리옵건더 셔방님은 기리 만종녹을 누루시다 쳔츄만셰후 후싱의나 다
시 맛나 이별 업시 사라지다 평사에 낙안쳐름 피 흔젹이 쑥쑥 찍커거늘
어스도 편지 들고 쌍의 가 업더지며 어이 어이 하니 아히놈 긔가 막켜 여
보 이 양반 눈물의 편지 졋소 춘향 편지을 보고 삼디상 지닐 쩌난 만일
춘향 부고 보와덧면 머리 풀것소 그러나 여보 춘향이와 엇지 되오 이 이
엇지 되야 그러함이 안이라 편지 보니 스연도 불상하고 혈셔을 흐엿스니

목셕인들 보것난야 잇 쩌 그 아희 쌀짝쇠난 남원 칙방 방즈로 츈향의게
쳥조되야 오리 거힝하엿스니 십연이 되얏기로 어스도을 몰나볼 이가 잇것
나냐 이것슨 모다 광딘의 농담이던 거시엿다 방즈가 어스도을 노상의셔
뵈옵고 문안한 후 젼딘에 셔간 니여 올인 후의 츈향의 젼후사을 낫낫치
고하거늘 어스도 이를 갈며 말삼을 방즈 듯난디 싱각지 안이하고 함부루
하엿것다

<h3 style="text-align:center">〈36-뒤〉</h3>

이 놈을 단박의 삼문 츌도을 하야 봉고을 하것다 방즈놈이 슈십연 관물을
먹은 눈치가 비상한 놈인디 이 말삼을 드러노으니 마음이 조흔 김의 져도
함부루 말을 하되 소인이 사쏘 보호 역졸이 되오면 남원 츌도시에 방망이
로 딕강이을 끼트리지요 이 놈아 니가 어스만 하엿시면 그리할 터인디 그
럴 슈가 잇나냐 방즈 빙긋 웃고 이런디도 아옵고 져런디도 아옵니다 소인
을 소기시지 마옵소셔 어스도가 그 놈의게 속들니난 말삼을 하얏스니 할
슈 업셔 쌀짝쇠을 다리고 만북스을 드러가니 젼즈의 츈향모가 즈식을 보
랴 하고 두루두루 공드릴 졔 논셤지기을 사셔 그 졀의 시쥬하고 지극히
졍셩드려 자연 쩌가 만노라고 츈향을 낫엇난디 츈향이 즁장맛고 거의 죽
게 되얏다고 노소 졔승더리 법당을 쇄소하고 불공 츅원을 하것다 엇더한
즁은 편발 쓰고 쏘 엇던 즁은 낙관을 쓰고 쏘 엇던 즁은 가스을 메고 쏘
엇던 즁은 바리을 들고 쏘 엇던 즁은 광쇠을 들고 쏘 엇던 즁은 쥭비을
들고 엇던 즁은 목탁을 들고 쏘 엇던한 즁은 경쇠을 들고 조고만한 상지
~~즁놈~~ 싱모단 북치 들고 양손의 갈나 쉬고 법고난 누리능능 광쇠은 쌍쌍
목탁은 쏘도락 쥭비는 찰찰 경쇠는 쌍쌍 바리는 쳐르르 남무아미타불 남
무셔방졍토

〈37-앞〉

극낙세게 이십육만억 구천구빅 동명동호 디즈디비 남무아미타불 셔가여러 미력불 관셰음보살 지장보살 오빅나한 팔부신장 지셩발원 히동 조션 졀나 쫴도 남원부 봉죽면 강션동 거 님자싱 셩츈향은 신운이 불길하야 옥즁의 갓치여 모진 형별에 잔명이 죽게 되니 경셩 삼쳔동 이몽용이로 졀나감사 나 암힝어스 졈지하야 쥬옵기을 소원셩취 축원하며 바리는 쳐르르 광쇠 쌍쌍 법고는 두리둥둥 목탁은 쏘도락 팔폭장삼 너룬 소미 장단맛쳐 너울 너울 법고치난 져 상지는 광풍의 나부쳐름 이리로 뒤젹 져리로 뒤젹 흔늘 거려 북을 치니 상게일시 분명하다 어스도 그 구경을 하시고 니가 우리 션영덕인 줄 알어더니 부쳐님의 덕이로구나 잇튼날 즁을 불너 돈 쳔 양 시쥬하고 셔간 한 장 얼는 쎠 쏠짝쇠을 쥬시며 왈 늬 예셔 머물 것스니 이 셔간을 운봉 관가의 드리고 쥬시난 게 잇슬 터이니 잘 가지고 명일 오 젼의 디령하여라 예-이 쏠짝쇠 셔간을 가지고 운봉을 급히 가 관가의 셔 간 올이니 운봉이 셔간 보고 나졸을 불너 이 놈 갓다 옥의 단단이 가두고 먹기기는 잘 먹이고 다시 영을 기다려라 예-이 하더니 쏠짝쇠을 옥의 가 두난고나 어사도 쏠짝쇠을 운봉으로 보닌 후의 직시 써나 니려갈 졔 잇 씨에 츈향이 한 꿈을 어더씨

〈37-뒤〉

되 옥창젼 잉도화 어즈러히 써러지고 단장하던 쓴 거울이 한복판이 씨여 지고 문우의 허슈아비 달여 뵈이고 옥담에 가마구 안져 까옥까옥 울어 뵈 인니 흉몽인지 길몽인지 마음이 살난하야 실피 안져 싱각터니 셔문 밧 허 봉사 셩즁의 독경 왓다 가넌듸 문슈을 외이니 츈향이 반겨 듯고 사졍이을 불너 봉사을 쳥하니 봉사 드러와 안즈며 젼시 못본 일 디단이 미안하니 기간 장쳐와 고싱이 엇더한가 엇의 장쳐을 좀 만쳐보세 니가 보던 못하야

도 니 손이 약이라 니 손으로 만지면 천병만마 진풀이듯 훨쎡 풀여 업셔
지지 어듸 응응 츈향이가 미마진 다리을 니여 밋기니 봉사가 더듬더듬 만
져 차차 속 깁히 드러가난구나 츈향이 손을 꽉 잡고 쎔을 치고 시푸나 졈
칠 일을 싱각하야 씌로쎠 하는 말이 장임 드르시요 어만님이 말삼키을 셔
문 밧긔 허봉스는 눈는 안폐하여시되 근본이 양반이요 힝신이 증더하여
사롬마다 칭찬이요 네가 치 어러실 쩌 미양 보면 덤셕 안고 한읍시 사랑
하며 니 쌀이야 니 쌀이야 입맛츄고 등치더라 하시더니 제가 추추 장성하
야 즈조 뵈옵지 못하여도 어젠 듯 하난이다 봉사 듯고 손을 쎄며 그난 참
그러하나 이 미질을 언의 놈이 하엿나 왕방울쇠가 하얏소 그 놈이 독하고
모진 놈이엿다 이 놈 정초의 독경날을 바드러

〈38-앞〉

오면 화희일을 바더쥬어 부룬 비가 툭 터지게 하것다 꿈은 엇지 쑤엇쎠
츈향이 꿈말을 다 이르니 봉스 졈을 치난듸 은마구리 디모산통 눈 우의
놉피 들고 츅스을 외난듸 천하언지시며 지하언지시리요만은 고지즉응하느
니 감이슌통하옵소셔 부듸인즈는 여천지로 합기덕하며 여일월노 합기명하
며 여사시로 합기셔하며 여귀신으로 합기길흉하나니 세차 을츅 갑자삭 이
십일 갑인 오시의 힝동 조션 졀나좌도 남원부 봉쥭면 강션동 거 임즈싱
셩츈향 옥중의 갓치여 슈월 시고하오니 언의 날 뇌이며 경셩 삼천동 이몽
용을 언의 날 만나며 사싱길흉이 엇더하올난지 복걸 졔션셩은 불비소시
불비소시 졈괘 상쥰하더니 봉사 디소하며 어허 졈괘 잘 낫다 관귀가 공을
마즈신니 광귀공망은 송사정이라 금명간 뇌일 거시요 경셩 이셔방으로 하
여도 청용관귀 역마의 정녹을 씌여신니 어허 디단 무션 벼살이로고 호츌
인왕산하야 야도한강슈을 건너스니 니려오난 거동이로고나 니 졈은 심졈
이라 헛도이 알지 말고 고름밋고 니기하셰 말삼만 드러도 반가오나 힝몽
이나 하여 쥬시요 그리하지 화락하니 능셩실이오 경파하니 기무셩가 문상

에 현우인하니 인인이 기앙시라 옥담의 가마구 안즈 가옥가옥 울어

〈38-뒤〉

스니 가쓰는 아름다울 가요 옥쓰는 집 옥쓰라 어허 경사난네 명일밤 오경 시에 귀한 스람을 만나면 조흔 일 무슈하고 오날 일진이 갑인이라 갑진일 유시의난 가마탈 일이 잇난듸 가마을 못타면 집둥우리을 타도 탈 터이니 걱정 마소 걱정 마라 정영이 그럴진더 슈고을 갑소리다 여보소 글니 명식 업난 감투 만흐니 하나 씨여쥬소 조금도 염여 말고 슈일만 기다려라 작별 하고 도라간이라 ◇ 잇 쩌에 어스도은 츈향 싱각 가삼 답답 지체읍시 너 려올 제 그 쩌는 언의 쩌냐 사오월 이종시라 억조창싱 만민더리 모조리 갈삭갓 도롱이 엽희 씨고 너룬 들에 이종할 제 이종성이 낭자하구나 두리 둥둥 쌩쌩 여널널 상사뒤 어여어널 상사뒤요 상셔학교 베푸루고 승훈을 비우기는 도덕군즈 할 일너라 어-여-여루 상사뒤요 쥬문드러 놉푼 집의 부 귀을 누리기는 경더부가 할 일이라 어-여-여루 상사뒤요 장부 세상의 나 스업이 만하건만 우리 농부덜은 일만 하고 밥만 먹고 슐만 먹고 잠만 자 나 어-여-여루 상사뒤요 한 농부 썩 나셔셔 자진농부가을 먹이난듸 장부스 업가로 압소리을 쥬것다 어여-로 상사뒤요 더장부 세상의 나 쥬식의 누을 벗고 고상한 쯧즐 가져 더인졉물하올 적에 일호사곡 읍슴으

〈39-앞〉

로 평싱의 소위스을 더하다 말함니 더장부의 일이로다 얼널널 상사뒤요 천리쥰총 치을 쳐셔 천하명승 구경하고 흥희가 훨신 널너 만고문장 된 연 후에 도쳐마다 웅사건필 경동일셰하는 것도 大丈夫의 일이로다 (얼널널 상스뒤요) 사회에 령슈되야 법률을 위월 말고 일동일경 지피지긔 인기셰 이 도지하야 기량 풍속하는 것도 더장부의 일이로다 (얼널널 상스뒤요) 국

니 청년 모라다가 교육계에 집어넛코 각종 학문 교슈하야 인지 양셩한 연
후에 학계 쥬인 되난 것도 디장부의 일이로다 (얼널널 상스뒤요) 불셕천금
연조하야 각사회을 유지하고 쳔부호싱 뜻을 밧아 궁부잔민 광졔 후에 자
션활불 되난 것도 디장부의 일이로다 (얼널널 상스뒤요) 경국졔민 연구하
야 쳔하이익 앗셔다가 금고의 만젹하고 상업져앙 임의디로 경졔티가 되난
것도 디장부의 일이로다 (얼널널 상스뒤요) 쳔하사을 경영할 졔 지진두가
될지라도 퇴보 말고 젼진하면 사필경셩 할 터이니 임난 인늬하는 것도 디
장부의 일이로다 (얼널널 상스뒤요) 장부가로 노릭하니 뜻이 집고 의가 타
셔 가심 답답 목말으다 (얼널널 상스뒤요) 빙혈닝쳔 기러다가 시원하게 마
신 후의 쳔하디본 힘을 쓰자 (얼널널 상스뒤요) 모을 한참 심으고셔 밧긔
나와 슐먹을 졔 한 편을 바라보니 엇

〈39-뒤〉

더한 농부 홈의 메고 삭갓 쓰고 도롱이 엽히 찌고 질화로 겻불 퓌여 압히
놋코 긔가죽 쌈지 가로 담비 툭툭 쩌러 왼손바닥에 움켸 쥐고 가리침 탁
밧터 엄지장가락 힘을 올여 비비젹 비비젹하야 상투의 질은 곱돌조디 쑥
쎄여늬야 가로 담비 담복 담어 겻불을 뒤집어 담비쩌을 꽉 쳐박고 불무
담비로 쑥쑥 쌔니 어사도 겻혜서 보고 어어 그 농부 입심 조코 농부 치여
다 보며 어사낫다 하면 져런 겻덜 보기실터고 어스도 짐짓 자늬 이 골 원
임 공사가 엇더한가 농부 허허 웃고 졔가 어스도인 듯이 공사 묻고 공사
엇지하야 밥 잘 먹고 슐 잘 먹고 홈무질 잘하고 갈키질 잘하고 심지여 소
시랑질갓지 잘하니 그 우에 명관업고 열여 츈향을 명일 잔치 후 쩌러 죽
인다던가 이 년셕 츈향 죽이기만 죽여라 집둥우리 하나면 호강하리라 이
사람 명삼이 자늬 스발통문 보앗나 보앗네 사십 팔면 머심만 ᄒ여도 여러
쳔명일네 쉬 막셜하소 어스도 그 말을 모로난 체하고 여보 츈향이가 다른
셔방하노라고 본관 말을 안이 듯난다지 져 농부 긔급하야 두 눈을 부름쓰

고 두 쥬먹을 불근 쥐고 밍호갓치 달여드러 어스도 싸귀을 한 번 싹 치고
이 환양 쌍간나싁기 정렬흔 츈

〈40-앞〉

향이게 싱무함 잡아니여 불칙한 욕을 하니 보앗나냐 드럿나냐 보앗시면
눈을 쎄고 드럿시면 귀을 쩌자 바른디로 말하여라 쏘 한 쌤을 후닥닥 총
각 디방 게 잇난야 가릐 이리 가져오너라 여긔 팟고 이 놈 뭇자 멱살을
엇지 되게 쥐엿던지 어스도 위급하야 여보 살여쥬오 한 번 실슈는 병가상
사라고 모로고 쥭을 말을 좀 하엿스니 살여쥬오 늘근 농부 나오며 여보소
구만두소 어린 사름이 쳘모로고 한 말이니 니 쳥으로 구만 보닉소 좌우
농부 더소하며 그런 말 쏘 하다는 목심 살기 어려오니 다시난 그리 말고
어서 가소 어스도 엇지 혼이 낫든지 예 농부 여러분 다 안녕히 게시요 작
별하고 도라오며 봉변은 하엿시되 이러키 자미잇고 이러키 조흘손가 오슈
역에 슉소하고 박셕틔을 넘어오다 크단한 반송하에 뇌곤을 못이긔여 암상
의 빗겟더니 비몽사몽간 엇더한 미인 하나 불 속에 몸이 쌔져 일신에 불
이 덩겨 둥굴둥굴하면셔 져긔 안진 이상공은 나를 어셔 살여쥬오 어스도
급한 마음 불 속에 쮜여드러 미인을 품에 안고 불 밧긔 니다러셔 쌈싹 놀
나 씨다르니 남가일몽이라 마음이 번로하야 거름을 자조 거러 남원읍을
드러오며 옥의 갓친 츈향이가 살앗나냐 쥭엇나냐 날 싱각고 탄식나냐 오
는 쥴 알 양이면 츔으로 영졉

〈40-뒤〉

하고 우심으로 인사하야 알뜰 사랑 하련마는 져 모루니 허사로다 예 보던
경 다시 보니 산도 예 보던 산이오 물도 예 보던 물이라 녹슈진경 너른
들이 단이던 길이오 조룡산셩 다시 보자 션은스야 무사하냐 광한누야 잘

잇더냐 오작교 반가워라 광한누 올나셔셔 츈향집 망견하니 힝낭은 찌그러
지고 몸치는 기우러져 보잘거시 업다 너가 남원 써난 지 불과 삼연이 못
되거든 져 지경이 웬 일이냐 이리져리 두루두루 완보하야 츈향의 집 당도
하니 예 보던 벽오동은 슈림 속에 홀노 셧고 면회한 압뒤 담은 간간이 문
어지고 황계에 거친 풀은 사람 즈최 히미하다 시비 압 즐인 기는 구면목
을 몰나보고 컹컹 짓고 니닷난듸 창외에 옛 절기는 녹죽 청송 쑨이로다
이이요 일모하니 동산에 달 써오고 십니늬 첨첩한듸 들츅 동빅 얼크러진
그 시이예 은신하고 살펴보니 잇 써에 츈향모가 후원의 칠셩단을 뭇고 등
불을 발키고셔 시 동의 시 소반의 졍화슈을 밧쳐놋코 분향지비 비는 말이
쳔지지신 일월셩신 관음졔불 오빅나한 슈희용왕 팔부신장 조왕견의 비난
이다 한양거 이몽용 졀나감사 암힝어스을 겸지하야 쥬옵시면 옥즁의 죽난
자식 살녀닐가 바리오니 쳔지신명은 감동하와

<h2 style="text-align:center">〈41-앞〉</h2>

살여지다 살여지다 빌다가 긔졀하야 이고 니 달 츈향이 금지옥엽 니 자식
을 아비업시 길너 이 지경 웬 일이냐 뉘게 가 못티워나셔 차싱의 죄 만흔
년 니게 와 티여나셔 엄이 죄로 너 죽나냐 니 자식아 니 자식아 이고 이
고 셜이 우니 어스도 긔가 막켜 한숨쉬고 일어셔셔 자최업시 감안감안 문
젼의 이르러셔 기침을 크게 하고 이리오나라 이리오나라 이삼츠 블으니
츈향모 우름을 진졍하고 향단아 문젼의 누가 츠나 가보아라 향단이 나온
다 아장아장 나오며 초미자락으로 눈물을 씩고 게 누구요 니이다 향단이
니이라니 뉘신잇가 나를 모루것나냐 향단이 자셰히 보더니 향단이 이고
이게 누구심잇가 어스도를 부여안고 아이아이 통곡하니 츈향모 깜짝 놀나
우루 나오면셔 엇던 놈이 남의 자식을 쩌리나냐 향단아 이고 만임 셔울
셔방임이 오셧나이다 츈향모가 물에 빠진 놈 고함질으듯 어허어허 하더니
우루루 달여드러 어스도 목을 안고 이고 이게 누구잇가 아이아이 이 스람

아 이 스람아 하나님 감동한가 부체님의 도슐인가 하날의셔 써러젓나 쌍의셔 소스난가 광풍에 날너온가 옛 얼골 옛 모양이 그져 잇나 엇의 보세 어셔 오소 어셔 오소 드러가세 드러가 어스도 손을 끌어 방안에

〈41-뒤〉

안친 후의 문밧긔 급히 나와 향단아 건넌방의 졈화 좀 하고 뒤슝엄이 불너 진지 지으라 하고 고두쇠 불너 관청에 가 고기 스오라 하고 너넌 닥 잡아 찬슈하여라 분별을 얼는 하고 방으로 드러와 어스도 손을 잡고 졍신 업시 보난더 다 늘거 눈 어둡고 등잔불 침침하야 자셰히 보이지 안이하니 츈향모 이러나 벽장문 열써리고 촉궤을 너여놋코 상방촉 너덧 병을 너여 한겁의 불을 켜 노으니 방안이 새여지는 듯하게 발겟다 어스도와 마조 안져 물그림이 바라보니 얼골은 옥이로더 의착이 남누하고 궁상이 지르르 흘너 코만 훌젹훌젹하니 츈향모 간담이 셔늘하고 두 눈이 캄캄하야 무엇시 가삼에 콱 미쳐지며 이고 한마듸을 하더니 츈향모 여보 이셔방 엇지 이 모양이며 웨 져리 되얏나 어스도 장모 니 말 드러보소 독셔쳔권무셩가라 하니 과거도 못하고 좌더쳥운미유긔하니 벼살길 끈어지고 인싱귀쳔니 슈하오 이럿틋 쳔케 되고 동셔긔걸촌견폐하니 문젼마다 긔짓기고 활난필 스친쳑구하니 장모 싱각이 오직할가 신셰가 일이 되니 붓그럼은 멀이 가고 고졍을 싱각하니 시시마다 보고십흐나 의복업고 힝즈업셔 멧 히 멧 달 쎄물으다가

〈42-앞〉

사랑마다 과긱질노 보고자 너려오니 셜상의 가상으로 츈향조차 죽게 되니 니 신세가 웨 일언지 목이 메여 말 못하고 붓그러워 볼 슈 업니 츈향모 그 말 듯고 쩟다 공즁 써러지며 죽어고나 죽어고나 우리 모녀 다 죽엇네

이고 하나님 이더지도 야속하오 하나님도 무심하고 일월성신 제불미력 오
빅나한 쓸디업다 향단아 예-이 후원의 드러가 단 헐고 다 치워라 영험업
는 단을 뭇고 손발 달케 비럿고나 불상하다 너 자식아 악가워라 너 자식
아 이팔 시절 조흔 쩨에 만종녹을 못누리고 어미을 잘못 맛나 원통이도
쥭겟고나 너 쥭는 것 엇지 보랴 너가 먼졔 쥭으리라 목졉이질 절컥절컥
가삼 쾅쾅 쑤다리며 디굴디굴 둥굴면서 죽기로 단정하니 어스도 민망하야
츈향모 허리 안고 여보 장모 나를 보아 진정하소 츈향모 에라 노아라 보
기슬타 이 도적놈 썩 가거라 져 조격을 츠리고서 너 집에 웨 왓나냐 이
셔울 싹장아 너 싱긴 쳬격 보니 포교 눈에 들이면은 영낙업시 치이것다
어스도 여보 장모 그 말 말소 힝식이 초초하야 풍치 업슬망졍 엇지될 쥴
장모 아나 하날이 문어져도 소사날 궁긔 잇고 상젼이 벽히되여도 빗켜설
길이 잇나이 울지 말고 진졍

〈42-뒤〉

하소 졔라 별 슈 잇난 쥴노 어스될가 감스될가 싱긴 쏠이 긱사하것다 어
스도 무신 사가 되던지 사만 되면 안이 조흔가 시장하니 밥이나 한 슐 쥬
소 츈향모 밥 업다 향단이 울며 엿즈오되 마너님 마옵소서 옥중 아씨 알
으시고 보면 즈쳐를 하실 테이니 한탄하면 무엇하며 이통한들 쓸쩌잇소
귀체 보즁 하압시고 밤이 아즉 깁지 안으니 조금 안져 계시다가 아기씨젼
가사이다 향단이 동통 나가 진지을 얼는 지여 어스도게 올이고 상머리에
쑬어안져셔 슐 한 잔 권흔 후에 (향단이) 셔방님 진지 만히 잡슈시요 어스
도 온야 다 먹것다 어스도가 츈향모꾀 몃번 욕도 보고 시장도 하신 즁에
밉게만 뵈리랴고 밥상을 두 다리 시예다 꼭 짓고 반찬 하나 안남기고 혹
닥 하더니 다 먹고 물 한 디졉 다 먹으며 향단아 예 누룬밥 잇거든 더 가
져오나라 (츈향모) 긔가 막커 잡거시 하나도 될 것은 업고 밥만 잔득 너어
식츙이가 되얏고나 만이 비러먹것다 즉시 상을 물여니고 담비 한 디 먹을

적에 파루난 쌍쌍 치는디 향단이 이러나서 등농의 불을 켜며 파루을 첫사
오니 아기씨젼 가옵시다 향단이 등농 들고 츈향모는 압흘 셔고 어스도 뒤
을 짜라 옥으로 니려갈 제 차야 풍우 산란하야

〈43-앞〉

바람은 우루우루 지동치듯 불고 구진 비는 헛날이고 천동은 우루루 우루
루 번기불은 번쯧번쯧 옥중 귀곡셩은 두런두런 형장 마져 죽은 귀신 곤장
맛고 죽은 귀신 쥬뢰 틀여 죽은 귀신 티장 맛고 죽은 귀신 들쐬에 목을
미고 디룽디룽 죽은 귀신 둘식 셋식 짝을 지여 희희호호 아이아이 번기는
번쩍 천동은 우루루 달고비는 쥬룩쥬룩 바람은 씨려 불어 문풍지 더르더
르 밤시는 붓붓 비시는 비비 옥문은 덜컥 낙슈은 쑥쑥 원촌에 계셩은 은
은히 들이난디 츈향은 홀노 누워 낭군 싱각 우는 말이 야속한 우리 님은
한 번 이별 도라간 후 니 싱각을 이졋난가 몽중에도 안이 온다 잠아 오너
라 꿈아 오려무나 꿈 속에나 만나보자 이팔시졀 졀문 몸이 너가 무삼 죄
가 만하 옥중 고혼이 되단 말가 나 죽기는 셜지 안하나 빅발 모친 뉘 밧
들며 우리 낭군 언졔 보리 복침통곡 셜이 운다 비몽사몽간에 이도령 겻헤
와서 은연히 안졋난디 자셰이 살펴보니 두상에 금관이요 요간에 픠월이라
션관에 거동이요 풍호에 위엄이라 츈향 마음 산란하야 이도령 손을 잡고
소소리쳣 잠을 찌니 도령님은 간디업고 뷔인 칼머리만 잡어고나 원

〈43-뒤〉

통코 유졍 낭군 꿈가온디 잠간 맛나 만단졍회 못한 일이 졀통하야 셜이
울 졔 잇 찌 츈향모 옥문젼 당도하야 아가 츈향아 츈향아 불으니 츈향이
깜쌱 놀나 게 뉘라 찻나 원통코 셜운 원졍 옥황님이 알으시고 구하려고
날 찻나 긔산영슈별건곤 소부 허유 날 찻나 상산사호 네 노인 바독 두자

날 찻나 슈양산 빅이 슉졔 치미하자 날 찻나 부츈산 엄자릉 간의디부 마
다 하고 칠이동강일사풍 함기 가자 날 찻나 셜즁긔려 밍호연이 방미하즈
날 찻나 진디풍유 자랑코져 죽임칠현 날 찻나 셔역원사 방망후 견우 직여
차지라고 한포로 지나면셔 함기 가자 날 찻나 심양츄야 빅낙쳔이 비파 듯
자 날 찻난가 풍풍우우 이 쳔지에 날 차즈 리 업것마는 게 뉘라셔 나를
찻나 아가 츈향아 어스도 이 사람 조금 크게 불으게 (츈향모) 요란이 구지
말소 만일 본관이 알면 네가 그 솜시에 고도리쎡가 쑥 밧지고 촉디쎼가
불어질나 어스도 소리을 크게 질너 츈향아 불으니 츈향이 쌈짝 놀나 계
뉘요 어스도 니다 (츈향이) 이고 어머니오 어머니 엇지 오셧소 츈향모 왓
다 (츈향이) 무엇이 와요 셔울셔 편지 왓소 나 다리러 사람 왓소 오다니
누가 왓소 츈향모 잘 되고 고히 되고 고만 되고 갓

<h3 style="text-align:center">〈44-앞〉</h3>

업시 되고 흥나게 되고 불상히 되고 더럽게 되고 조흔 거시 되여 왓다
(츈향이) 누가 그리 되야 왓소 너 평싱 상사하난 이셔방인지 셕희셔방 왓
다 츈향이 그 말 듯고 쑴에 잠간 본 님 싱시에도 보것구나 흑운갓치 헛튼
머리 목에 휘휘 둘너미고 길넘은 젼목칼을 드르르 드르르 쓰르면셔 이고
허리야 이고 허리야 칼머리 돌여 져만콤 놋코 두 손으로 쌍을 집고 뭉그
젹 긔여나오며 셔방님 엇의 왓소 셔방님 오셧거든 말소리나 드러보셰 츈
향모 헤를 차며 져 잘된 것 보고 단박 밋치난고나 (츈향이) 하난 말이 못
되야도 니 낭군 잘되야도 니 낭군 고관 디작 니 다 실코 만종녹도 니 다
실코 어머니가 졍한 비벌 조코 글코 웬 말이요 나를 차자 오신 낭군 엇지
그리 괄시하오 츈향모 어이업셔 말못하고 셔셔 볼 졔 어스도 드러셔며 츈
향아 고상이 엇더하뇨 네 죄가 안이라 만사가 모다 니 불찰이다 (츈향이)
셔방님 문틈으로 손을 너어 나를 좀 이리키오 어스도 급한 마음 옥문으로
손을 너어 츈향 손을 잡으랴하니 셔로 손이 멀엇스니 잡을 슈 잇나냐 어

스도 여긔 업듸소 춘향모 잡것이로다 나를 웨 업듸라 하느야 어스도 자니
발고 올나셔셔 춘향 손 잡을나네 춘향모 속담에 미운 것이 우쥴거리며 쏭
산다더니 그 말이 꼭 올코나 이 넘

〈44-뒤〉

어 쓰지 말고 진솔노 잇거라 춘향이 운신하야 간신이 손을 잡고 발발 썰
고 이러나며 두 눈에 눈물이 밎거니 듯거니 엇의 갓다 인졔 온가 동유위
슈 말근 물에 여상 보러 가셧던가 영슈에 귀을 씻던 소부 보러 가셧던가
원앙슈침 호졉몽 시 사랑에 잠겻던가 무정하고 무정함도 야속하네 어스도
손을 잡고 우셔보고 울어보며 하나님이 감동하야 안이 죽고 살어닷가 다
시 볼 줄 어이 알이 셔방님 장긔 드럿소 장긔가 다 무엇시냐 의거리 가도
못드럿다 나도 너 이별하고 셔울 올나가 네 싱각 하너라고 글공부도 안이
하고 아부지가 조차니사 친구 사랑으로 도라단이며 밥술이나 어더먹다가
소식도 알 슈 업고 네 싱각이 간졀하야 블원쳔리 니려오니 너는 나보다
더 참혹하게 되얏스니 쳔지가 아득하고 가삼 답답 나 죽깃다 춘향이 그
말 듯고 어머니 듯조시요 날이 발거든 우리 두리 인년밋던 부용당의 졈화
하고 두리 덥던 금침 폐고 사쳐을 증하시고 건네방 삼층장에 필육 멧 필
골나니여 셔방님 상하의복 여려 별을 마르시고 갓 망건을 곱게 하되 머리
에 맛게 잘 맛츄고 단임 쥼치 쌈지 염낭 자기함의 드럿스니 쳘을 맛쳐 니
여 놋코 옥식밧탕 자쥬코 티사혜 한 커리 맛츠시고 향교말 졍좌슈게 돈
이쳔냥 맛계

〈45-앞〉

스니 그 돈 직시 차져다가 집안의 가용하고 간일하야 고음양집니여 시장
안케 권하시며 어머니도 잡슈시요 니가 집의 업다 하고 어머니가 화을 니

여 불평하게 하옵시면 쳔리에 오신 낭군 그 마음이 편하릿가 셩품을 알건
이와 만일 괄셰하면 불효여식 말이오나 즈결하야 죽을 테니 쳐분하야 하
옵소셔 춘향모 그 말 듯고 춘향 듯지 안이하게 가만이 욕하것다 져런 빌
어도 못먹을 년 질알한다 향단이 게 잇나냐 예- 셔방님 침슈범졀 알영하
고 불평하신 것은 전혜 너 하기예 잇스니 밤참 조반 전후사을 지셩으로
공궤하고 동문 밧 이쥬부게 화졔너여 약 지여다 로 두 쳡식 네 다 알지
니가 당부 안이한들 네 마음도 나와 갓치 니 마음 네가 알고 네 마음 니
가 아니 별말이 웨 잇스랴 셔방님 웨야 드르니 명일이 본관 싱신 잔치라
잔치 긋헤 나를 올여 죽인다고 사졍의게 분부하야 형장 만이 싹가 올이라
하엿스니 아모더도 가시지 말고 옥문 밧긔나 삼문 밧긔나 직혀 셧다 츈향
올이라 영이 니리거든 칼머리나 드러쥬고 나를 죽여 니치거든 다른 사람
손질 디이지 말고 셔방님이 달여드러 니의 신체을 두리쳐 업고 니 집의
도라와 시상 밧쳐 뉘인 후의 니의 초혼 불너쥬되 옥즁의셔 셔방님 그려
간장 셕은 역유슈 쌈니 뭇은 속격삼 벗겨니여 허공즁쳔 둥둥 니두

<h3 align="center">〈45-뒤〉</h3>

루며 히동 조션 졀나좌도 남원읍 강션리 님자싱 셩춘향 복복복 셰 번만
웨치고 집웅우에 츳드리고 슈의두 하지 말고 니 입으라 지은 의복 갓초갓
초 다 잇스니 마음디로 골나너여 입허 염포 입관하지 말고 서방님 나를
안고 정결한 곳 가려 차져 집희 팟고 무들 쩌에 셔방님 속격삼 버셔 니
가삼을 덥혀 쥬고 묘젼의 표셕 셰고 표셕의 글을 씨되 슈졀원사춘향지묘
라 디자로 크게 써셔 묘 압헤 셰워 쥬면 쳡의 죽은 혼이라도 아모 한이
업것나니다 불상하신 우리 모친 니 몸 일신 죽어지면 뉘게 가 의지하며
빅골엄토 뉘라 하리 슬푸다 우리 모친 나를 일코 이통타가 슬워도 죽을
터요 굴머도 죽을 터요 의지업시 도라가면 오련의 밥이 된들 뉘라 휘여
날여 쥬리 아이아이 셜이 우니 구실갓튼 두 눈물이 옥면의 니가 되야 입

은 옷슬 다 젹신다 셔방님 웨야 도리난 안이오나 긴이 말 부탁할 일이 잇
나이다 무신 말이냐 셔방님 뫼시압고 희로빅년 지니오면 무삼 쳬면 차즈
릿가 낭군을 못셤기고 불상이 죽난간 년이 무삼 부탁하올잇가 가련한 엄
이 신셰 니 몸 하나 죽어지면 증쳐업시 불상하니 하희갓튼 쳐분으로 노모
을 밧드러셔 춘향갓치 싱각하면 죽어 황쳔 도라가서 결초보은하오리다 차
싱에 미진한을 후싱에나 다시 맛나 이별업시 사올난지 할 말이 무궁하나
날이

<h3 align="center">〈46-앞〉</h3>

발가 희가 쓰니 딘강 부탁하옵닌다 오작 곤하시릿가 어셔 나가 쥼으시요
오냐 근심 넘어 말고 금일 희만 지다리면 싱사간의 알 터이니 별마음을
먹지 말고 다시 보기 싱각히라 춘향을 하직하고 옥문 밧긔 나오난듸 자니
어듸로 갈나나 엇의 가 자네 집으로 가지 니 집보다 크고 조혼 집으로 가
소 엇의 긱사 동디쳥의 가 좌긔하소 자니 말이 거진말은 안일세 자니 엇
지 자셰 아나 아무 골을 가도 널즉한 긱사 동디쳥이 니 쳐소이니 어셔 가
소 나는 긱스로 가네 향단이 달여드러 어스도를 부여잡고 마나님 말삼 탄
치 마옵시고 딕으로 가옵시다 오- 볼 일이 급하니 니 밥이나하여 두어라
춘향모 향단이는 집으로 건너가고 어스도는 광한누 올나가셔 이리져리 건
일며 거사할 일 싱각터니 셔리 중방 역졸더리 사시젼 등디하야 차례로 문
안커늘 오날 본관 잔치시예 여차여차 할 터이니 은근이 등디하고 눈치보
아 거힝하라 셔리등 예-의 셔리 중방 영을 듯고 각쳐로 훗터지고 어스도
삼문간 당도하니 각읍 슈령 모다들 졔 당상당하 쳠만호가 차졔로 드러오
눈듸 쉬~ 임실이요 곡셩이요 어허- 권마셩에 담양부사 드러오고 순창군
슈 옥과 구레 연속하야 드러올 졔 나팔 소리 짜짜 에이씨름 에이씨름 운
봉영장 드러온다 본관이 쥬인으로 각 소임을 단속할 졔 육직이 불너 큰
소 잡히고 관청식 불너 차

〈46-뒤〉

담을 신칙 슈모을 불너 진지을 차리고 각 육방 두목은 진찬을 드러 각종
봉물 느럿셧다 집스을 불너 공인을 디령 슈로을 불너 기싱을 지휘할 제
각읍 슈령이 제츠로 좌증하고 일등명기더리 좌우로 느러셔셔 옥슈 나삼을
툭툭 더지며 쎵퉁 나지나 풍악 소러 요지 션악 완연하다 연연한 큰북 소
리 츈뇌가 들네난 듯 두리 부난 피리 소러 봉황이 노니난 듯 소상반쥭 졋
디 소러 나의 셔름 자어니고 곡곡셩진 희금셩은 연풍을 자랑한다 오현금
검은고는 남훈젼 노리하고 이십오현 비파셩은 불승쳥원 실피 타고 남창은
유아하고 여창은 쳥묘하다 고조을 슈자이나 금인이 다불탄을 빅아의 일거
후 셰무지음자을 니 엇지 몰을소냐 어스도홍을 니여 우쥴우쥴 드러가며
아뢰여라 사령아 엿쥬어라 통인아 먼 디 잇난 거러지가 디연 만나 안쥬
한 졈 슐 한 잔 엇어먹고 가자니다 소리을 버럭 지르니 본관이 화을 니여
네 져 밋친 놈 멀니 멀니 좃차니라 어스도 상지동을 훔쳐 안고 나 좃차니
라 하넌 놈은 니 아들이요 나가는 놈은 인사불상이라 하며 스령을 호령하
니 운봉이 살펴본직 폐포파립즁의 인물이 비범하거늘 운봉이 통인 불너
여보아라 져 양반이 양반이 분명하니 말셕의 안치고 음식니나 잘 디졉하
라 예-익 통인이 츙츙 나가 쉬- 사

〈47-앞〉

령 예-의 그 양반 이리 올나 오시리라 어스도 우스시며 안다 안다 운봉이
안다 운봉이 과만이 되얏는디 가삼연을 식여보자 션뜻 올나가 운봉 엽희
가 안지며 장읍불비하고 좌즁의 못 본 인스 차례로 한 연후의 운봉이 하
는 말이 좌즁에 통할 말이 잇소 무신 말이요 이 말셕의 안진 양반이 과긱
이로디 동시 양반인 듯 하오니 디우함이 엇더시요 본관이 얼골을 찡그리

며 그런 것덜 갓가히 하면 담비쩌나 부치나 도적하야 가지 무엇슬 디우하
셔뇨 언필의 차담쌍이 드러오눈디 각각 상을 바더시되 어스도는 과자 한
접시를 안이쥬니 운봉이 민망하야 이리오나라 예-의 네 이 양반 상차려다
드러라 예-의 어사도 상을 츠려 오난듸 모 쩌러진 기다리 소반의 글거먹
던 갈비더 콩나물 더깅이 한 접시 멸으치 쏘리 한 접시 모쥬 한 사발 노
아다 쥬니 어스도 상을 보고 부치 쪽지를 걱구로 쥐고 운봉 갈비을 쑥 지
르며 여보 운봉 운봉이 쌈짝 놀나 이고 웨 그리오 져 갈비 한 디 쥬오 이
양반 갈비를 달나면 그져 달나지 사람의 싱갈비을 먹으랴 한단 말이요 운
봉이 통인 불너 너 이 갈비 니려다 져 양반 드리여라 안이뇨 엇더먹는 사
람이 남의 슈고할 것 잇소 니 손으로 갓다 먹지 이리져리 단이며 진미만
다 니려 기다리 소반에 갓다 놋코 조코조코 진합티산이라더니 흐흐 부치
로

〈47-뒤〉

쏘 운봉을 쑥 질으니 이 양반 참 밋쳐소 너가 밋친게 안이라 기싱 보니
슐을 그디로 먹을 슈 잇소 져 기싱으로 하야금 슐 한 잔 짜르고 권쥬가
하나 하라시요 여보아라 네 이 양반씌 권쥬가 하여라 옛날이나 지금이나
달을 이가 잇난냐 되지 못한 것이라도 조만 쎄면 기싱인 쥴노 이고 기싱
노릇 하랴잇가 우슌 것슬 다 보것고 이 양반 웨 불너소 운봉이 호령하야
이 년 고약한지고 엇더하신 양반이던지 너가 불너 시기거든 운봉으로 잡
어다가 이 년 학실을 부지르리라 운봉이 짝 으르니 기싱이 한풀이 썩것구
나 이 이 니 무릅 우에 올나 안져라 여보 실소 하라난디로 하지 기싱이
무릅 우에 올나안지니 어스도가 갈비을 쯧던 안이하고 압뒤로 침만 담복
뭇쳐 갈비에 침이 쑥쑥 흐르난디 이 이 이것 무러라 실소 드럽소 이 이
나는 네가 기싱이라 이러키 조흔디 너는 나을 어이 조화 안나냐 이고 이
게 웬 일이야 망칙도 하여라 이 년 망칙이라니 물나면 물 거시지 그계야

기싱이 갈비을 무니 에라 구만 니려안져 슐 한 잔 부어 권쥬가 하여라 나
는 권쥬가는 못하오 기싱이 권쥬가을 못할 이가 잇나 하여라 기싱이 전쥬
가을 하난듸 잡지그려 잡지그려 이 슐 한 잔 쳐잡으면 쳔만련이나 이 모
양 스울이다 네 권쥬가을 드르니 시로 난 권쥬가로구나 명기로다 슐

〈48-앞〉

을 먹지 안이하고 자리예 부으며 어불사 조흔 자리을 바리것구나 도포 소
미로 슐을 뭇쳐 좌우로 니쑤리니 좌즁이 발동하야 운봉은 우슌 것도 다
쳥하야 좌셕이 요란하오 본관이 싱각하되 져놈이 양반의 자식은 분명한듸
결문 아히가 져리 버릇시 업실진더 제 집안의 난봉이오 필경 무식할 터이
니 운쯔을 니여 쫏치리라 하고 본관이 하는 말이 여보 우리 좌즁하야 글
한 슈 짓스이다 만일 글을 못짓난 자는 큰 벌을 실 터이니 좌즁이 그리
아르시오 본관이 운쯔을 니엿시되 놉흘 고 기름 고 두즈을 불으거늘 어스
도 나안지며 나도 부모님 덕으로 글쯔나 일거스니 글 한 귀 지으면 엇더
할는지요 운봉이 반겨 듯고 필연을 니여쥬니 어스도 필연 바더 얼는 지여
즈리밋터 넛코 본관을 향하야 먼 듸 잇난 거러지가 쥬육을 표식하니 은혜
난망이오 후일의 다시 뵈옵시다 작별하고 이러시니 본관이 시원하야 이
양반 평안이 가시오 언제 쏘 맛나볼난지 조금 잇시며 쏘 보지요 어스도
기신 후 운봉이 자리밋터 글을 니여 이난듸 금쥰미쥬는 쳔인혈이요 옥반
가효는 만셩고라 촉누낙시예 민누낙이오 가셩고쳐원셩고라 운봉이 벌벌
쓸며 본관은 잘 노르시오 나는 유고하야 먼졔 가오 임실이 갓치 썰며 니
러나니 (임실) 웨 이러나시오 나도 큰일낫소 웨 그리요 디분인이 낙타을
하엿다고 곳 긔별이 왓소 본관이 딕 디부인이 춘츄가 얼마신더

〈48-뒤〉

낙티을 하셔요 금연에 여든 아홉이오 본관 여든 아홉에 아기을 비여 낙티 한단 말이요 임실이 안이요 낙티가 아니라 낙셩을 하엿다는 것을 겁결에 잘못한 말이오 잇 ᄯᅢ에 좌슈와 칙방이 운봉 글읍난 것을 병풍 넘어로 보다가 즉시 드러와 분별을 하는디 삼공형 불너라 삼힝슈 부르고 도셔원 불너 젼세을 발키며 각창빗 불너 유곡이 올흐냐 공방을 불너 포진을 단속 슈형니 불너 옥니을 단속 집ᄉᆞ을 불너 나졸 긔치 취티 공인을 단속하고 ᄉᆞ졍이 불너 형구을 단속 육고즈 불너 등농을 단속 도ᄉᆞ령 부르고 도군로 불너라 형장질은 왕방울쇠로 셰우고 곤장 뇌즈는 헛쳔쇠로 증하고 니방 호장을 불너 관로 기셩 통인 사령을 등디하라 이리 가도 슈군슈군 져리 가도 슈군슈군 이 놈더라 정신차려라 몃 놈이 죽을 줄 모로리라 ◇ 잇 ᄯᅢ 어ᄉᆞ도 오시을 기다리고 삼문 밧 쎡 나셔니 셔리가 번듯 눈 한 번 끔젹 역졸이 얼는 손 한 번 ᄭᅳᆺ쎡 셔리 역졸 눈치치고 역소로 니다르며 역장아 ᄉᆞ도 분부 급급하다 쳥창옷 입고 홍견디 씌여라 ᄉᆞ마치 두루고 좌견을 달아라 ᄉᆞ도 타실 디마을 드려라 안장을 짓고 비ᄯᅥ를 졸으고 덕굴네 씨고 후거리 니여라 폐량이 엇짓늬 방망이 드려라 ᄉᆞ자갓튼 마두역졸 육모방치 놉히 들고 우루루 달여드러 삼문간을 ᄶᅡ ᄶᅡ 치며 암힝어ᄉᆞ 츌도야 암힝어ᄉᆞ 츌도야

〈49-앞〉

두 세번 고함 소리 부즁이 쓰르르 비호갓치 날닌 역졸 예 가 번듯 제 가 번듯 삼공형 삼공형 예- 후닥짝 후닥짝 어ᄉᆞ도 분부하되 남원골 육방하인은 디감끠 거힝하던 한인이니 아여 상치말로 슈령들만 넉을 ᄶᅵ라 역졸이 쳥영하고 슈령 모흔 잔치 좌셕 몽치로 바슈난디 금병 슈병 산슈병과 슈십좌 교자상 양치 디야 토구 징반 졉시 디졉 술병 후닥직근 월그렁 징그렁

씨야지고 거문고 가야금 양금 싱황 단소 북 장고 히금 졋디 산산이 부셔
질 제 각읍 슈령 도망한다 운봉영장 인귀 일코 슈박 들고 도망하고 담양
부사 갓슬 일코 방석 씨고 다러나고 슌창군슈 창의 일코 몽도리 입고 다
러나고 임실원임 탕건 일코 화관 씨고 다리날 제 본관은 겁을 니여 안약
으로 드러가며 어 무셥다 어스 보아라 문 드러온다 바람 닷아라 요강 마
렵다 오짐 드려라 운봉영장 말을 걱구로 타고 업더 이 이 말보아라 압흐
로난 안이가고 뒤로 어스도 계신 디로만 가는고나 어스도가 축지법도 하
는구나 말을 걱구로 타게시니 바로 타옵소셔 언졔 둘너타고 잇것나냐 말
목아지을 이리 갓다 박어라 즈리공방 넉을 일코 관청식은 통곡한다 눈치
잇고 날닌 통인 디상에 쑤여올나 집사 예-의 좌우 현화 금하랍신다 예-의
젼비 드리라 예-의 젼비을 드리고 명금이하 디취티 가진 풍악 부즁이 뒤
눌 격에 짓던 기도 목이 쉬고 나는 시

〈49-뒤〉

도 안이날 제 산쳔초목이 스사로 덜덜 쩌니 무셥고도 두렵도다 어스도 동
현의 좌즁하고 차담쌍을 잡슌 후에 옥즁의 갓친 죄인 여러 빅셩 원굴터니
일시예 불너드려 슌슌이 일으시고 빅방으로 노흐시니 슈빅명 옥슈더리 츔
을 츄며 송더한다 어스도 슈형니 불너 춘향 젼후사을 무르시니 슈형니 져
져이 고하거늘 스도 분부하되 춘향을 칼 벗겨 잡아드리라 감옥형니 분부
듯고 옥사졍을 압세우고 옥으로 니려갈 제 육방관속 모다 셔셔 셔로 보고
하난 말이 명찰하신 슈의스도 열여 춘향 방송하면 쳔추 유명 하시련만 쳐
분을 알 슈 잇나 옥문젼 당도하야 장셩갓치 잠긴 문을 와당퉁탕 덜걱 럴
고 톱을 들고 드러셔셔 코각코각 칼을 볏겨 옥담에 걸쳐 셰고 여보소 셔
울덕 졍신을 슈십하오 슈의스도 분부니의 셔울덕을 올이라니 쳐분을 모로
오나 필경 방송할 듯하니 졍신을 일치 말고 말삼을 잘 알이요 송죽갓치
굿은 졀힝 하나님도 아시거든 셜마 엇더하올잇가 춘향이 졍신 아득하야

향단아 예 옥문 밧긔 누가 잇나 보아라 아무도 업셔오 쏘 보아라 아무도
업셔오 천지간 모진 양반 오셧슬 제 신신 당부 하엿것만 오일이 넘어시되
오시지 안이하고 소식도 돈절하니 나 죽난 것 안보랴고 엇의 잇고 안이오
나 밤의 잠을 못자겨셔 잠을 집히 드럿셧나 무정하고 야속한 님 죽기 전
의 안와보고 엇지하야 안이

<h3 align="center">〈50-앞〉</h3>

오나 소소리쳐 솟난 눈물 피가 되여 흘너너려 옷깃이 사뭇친다 츈향모 발
구르며 가삼 쌍쌍 엇지할고 향단이도 통곡하니 감옥형니 옥사장이 눈물을
흘이면셔 울지 말소 울지 말소 천병만마 금극중에 살아날 틈이 잇코 하날
이 무어져도 소사날 궁긔 싱기나니 지촉사령 렬이여셔 오나냐 하난 소리
천지가 뒤눕난 듯 츈향이 할 길 업셔 관가로 드러간다 향단이난 츈향이
업고 츈향모 뒤을 짜라 울고 울며 드러갈 제 잇 쩌 남원읍 노소과부 쎄를
지여 모혀드러 츈향을 살이랴고 어스도쯰 등장을 드럿난디 인물도 어엽부
고 씨긋하게 늘근 부인 소복을 정이 하고 슈티쯰인 절문 과부 비부가 풍
령하고 장옷 쓴 져 부인 얼골도 동탁하고 킷골도 장디하야 말 잘 하난 부
인이며 청상과부 팔자되야 궁터로 싱긴 부인 빅묘양전 밧미다 홈무 들고
오난 부인 작반등산 쏭짜다가 모양업시 오난 부인 슈빅명 쎄과부 동헌 쓸
에 가득 차니 어스도 분부하되 엇더한 부인들이 이더지 만희 왓노 무삼
연고을 알외라 그중에 부인 하나 츌반하야 알외난디 과부 등 발괄함은 지
원한 일 잇삽기로 명찰한 스도젼의 등장차로 왓나이다 어스도 분부하되
무삼 소회 잇난디로 져져히 알외여라 과부 등이 엿자오디 열여불경이부난
천지간 웃듬인디 봉명하신 방빅 슈령 열여를 모로릿가 월미 쌀 츈향이는
어미난 기싱니나 아비는 지상이라 구관 자졔 이도령과 빅연 비필 믹진 후
의 호사다마되야 도령님을 이별하고

〈50-뒤〉

슈절하고 잇난 춘향 본관 셩쥬 도님 후의 춘향을 잡아다가 기안에 칙명하고 슈청들나 달니여도 종시 회졀 안이하니 춘향을 잡어너여 장하의 모진 형별 거의 죽게 되야슨직 하나님이 닉신 열여 미 친다고 변하릿가 실갓치 남은 목심 명지경각 죽겟스니 명치하신 스도 쳐분 열여 춘향을 특이방송 하압심을 하날갓치 바릐오니 어진 스도 쳐분이오 어스도 분부하되 춘향은 창여로셔 관졍발악 하엿스니 용딕치 못하리라 그 중의 늘근 과부 좌우을 헛치며 썩 나셔난디 나은 일빅 일곱 살이오 피부가 윤틱하고 이목이 명요하고 긔운이 졍졍하며 심슐 만코 욕 잘하고 꼿꼿하고 쎄손잇고 모질고 독한 부인 테머리 흔들흔들 눈섭이 꼿꼿 셔셔 양미간을 찡그리고 이를 으드득 갈며 여보 어스도 이 쳐분이 웬 말이오 졔 셔방 슈절한다고 잡어다가 슈졀 말고 나와 살자 회졀을 안이하고 졔 말 듯지 안넌다고 잡아너려 형별하난 사람은 죄가 업고 슈졀 춘향 관졍발악 딕단 큰 죄잇가 어허 공사도 우슙고 어스도는 봉명사신이시니 이곳에 안지시고 역졸 보너여 셔울 놈을 못잡아 오시요 이몽용인가 어린 아희 도젹년셕부텀 잡아다가 능장 쥬릐을 틀어쥬시오 역졸이 썩 나셔며 쉬- 쉬라니 엇의 비암이 지니가나냐 쉬가 도모지 무엇시냐 네가 역졸이냐 역졸 보니 장히 무셥다 죄업고 늘근 나를 어스도면 엇지할고 어스도 속으로 은근이 조화셔 궁둥이을 들셕들셕 디소하시고 분부하시되 시필귀졍할 터이니 부인들은 염여 말고 다 각기 도라가라 부인들이 물너날 졔 늘근 부인 쏘 알왼다

〈51-앞〉

여보 스도 악가갓치 공사 마르시고 열여 춘향 노으시요 참 큰 봉변하오리다 삼문 밧긔 물너나와 춘향 뇌이기를 지달일 졔 어스도 춘향 잡아드려라 스령 예-의 춘향 잡아드렷소 춘향이 죽은 드시 업쳐시니 그 참혹한 형상

은 목불인견이로디 한번 호령을 하시것다 어스도 분부 드러라 너는 하향
지천창여로서 부종괄령하고 발악관정을 능작예사하니 죄당만사라 본관슈
청을 낫다 한다니 어스 슈청이 엇더할고 어 알외라 호령 소리 산천이 써
나간다 춘향이 알외난디 초록은 동식이요 가지도 게편이라 양반님네 일반
이오 어스 창여게 절힝이라니 츈향은 창여의 자식이오나 창여도 안이온
중 창여 절힝 열여한 쥴 스도 엇지 모로시오 옛적에 의창이는 틱학스을
셤겨잇고 유명한 홍불기는 이정 짜라 갓사오니 창여 절힝 업스릿가 용천
금 드난 칼노 춘향 목을 덩그렁 베여 구곡쳥계 집혼 물에 풍덩실 더지거
나 홍로의 모진 불에 살나서 쥬옵던지 쳐분디로 하련이와 회졀 안이 하는
뜻을 봉명사도 모로릿가 죽이시면 죽사옵고 살이시면 살 터이니 좌우간
하옵소셔 어스도 다시 뭇기을 맛치시고 이별시에 밧은 옥지환을 너여 힝
슈기싱을 불너 이것 갓다 츈향 쥬라 힝슈기싱이 지환을 가지고

〈51-뒤〉

니려와 춘향 압희 갓다 노으니 춘향이 정신업셔 지환인 쥴은 알어스나 낭
군의게 표〇〇〇인 쥴은 치 몰낫것다 어스도가 얼골 드러 디상을 보라 이
삼차 분부하니 춘향이 얼골 드러 디상을 살펴보니 엇젼역 옥문 밧긔 왓든
낭군이 분명하고나 춘향이가 디상에 쒸여올나 어스도를 안고 울고 츔츄고
논다 하되 츈향이가 무삼 그럴 이가 잇나나 사람이 긔믹힐 일을 당하면
마음이 스사로 악하얏지고 조코 반가온 일이 잇시면 자연 셔름이 나것다
디상을 물그름이 살펴보며 구실갓튼 눈물이 두 눈으로 소사 흘너 옷깃슬
젹시며 울음이 소사나난디 이 울음은 오장육부의셔 나는 울름도 안이오
육천마듸 쎄 속에셔 나오난 울음도 안이오 이난 쏙 쓸기에셔 나오난 우름
이라 아이아이 으으 우름 울며 모지도다 모지도다 셔울 양반 모지도다 엇
젼역 옥에 와셔 니 형상을 보셧스니 나더러만 말삼하고 마음놋코 잇시라
면 지닌 밤 그 간장을 안녹이고 안심하야슬 걸 져 년 엇지 안이 죽나 죽

난 쓸을 보랴난 걸 어리셕은 츈향이는 이을 갈고 안이 죽고 힝여나 살어
나셔 낭군을 다시 만나 지닌 고싱 다 바리고 빅연종사 하올이라 단단밍셰
지닌 연을 불상이난 안이 알고 죽이기로 드신 마음

〈52-앞〉

니 몰낫지 니 몰낫셔 그 마음 알어듯면 니가 발셔 업슬걸 아이아이 셜이
우니 어스도 직시 사인교을 드려 츈향을 틴와 졔 집으로 건너 보니니라
◇ 잇 찌에 츈향모은 혼금이 지엄하야 동현에 드러오던 못하고 문 밧긔셔
혼자 동동거리며 방정을 쩌다가 그 짤이 나오니 조코 질거워 밋치난디 짤
을 압히 니보니고 츈향모와 여러 부인들이 한 번 놀고 나가것다 얼시고나
지화자야 어졔 전역에ᄂ 걸인 사위 어스란 말 웬 일이냐 꿈이던야 싱시던
야 꿈이거든 찌지 말고 싱시거든 미양 잇자 지화자 지화자 이 놈 도사령
아 삼문 잡어라 어사 장모 드러가신다 장비야 비 닷칠나 이 궁둥이 두엇
다가 논을 살가 밧슬 살가 일언 쩌나 흔들어라 지화자 지화자 여보 남녀
노소 부인네들 아달 낫키 원을 말고 짤만 만이 나으시되 한 틴줄의 넷다
셧식 쏙쏙 뽑아 니쓰리소 익고 니가 밋친 년이지 엇전역에 우리 스위을
욕도 만이 하고 구박도 만이 하엿더니 이 비러먹을 년이 그 무신 밋친 지
시나 이 년 쥬둥이올 칼노 찌일 밧긔 슈가 업너 어보소 옷고롬의 찬 칼
좀 쥬소 이 년의 입 찌일나네 찌면 아마 압흘걸 참아 못 찌것네 지화자
지화자 아장아장 드러가○○○도골 져 모양이 어졔 전역에 걸인되야 나
속이기 웬 일이오 오날 아침 진시말에 발○○○○

〈52-뒤〉

에 폐량이을 져쳣씨고 니 집 문젼 찌웃찌웃 나를 보고 도라가며 손가락질
하던 거시 인졔 싱각 역졸일세 아장아장 드러가며 스도 부디 노여마오 스

도 암만 노허신들 장모 나를 엇잘테요 스도 셔울 가신 후의 늘근 마루아
가 후원의 단을 뭇고 북두칠성 자야반의 등불을 발키구셔 우리 사위 귀희
됨을 밤낫 축원 하엿더니 하나님이 감동하사 어스도가 되야셔라 지화자
지화자 그러나 사도 전의 엿줄 말삼 잇삽너다 부터 청 드릅소셔 다른 말
삼 안이오라 우리 골 본관 사도 부터 괄세 마옵소셔 츈츄난 만하시나 마
음이 호협하야 호쥬탐화 하시기로 두목지의 짝이시나 츈향 일식 말을 듯
고 불너보니 만고일식 욕심이 잔득 나셔 달니여도 안이 듯고 을너보되 듯
지 안하니 천가지로 유인하고 만가지로 달니다가 종시 듯지 안이하니 위
협하면 될 줄 알고 잡어니야 호령하니 미몰한 츈향이가 종다리시 나락씨
까듯 쏭쏭 안져 치밧치니 하인소시 난당하야 동틀 드려 올여민되 조금도
두려안코 관정발악하던 말을 엇지 다 엿쥬릿가 나갓흐면 단박 씨려 죽여
슬 걸 본관사도 어진 쳐분 지금갓지 살여스니 그 은혜 장하오며 본관 사
도 안이시면 춘향 슈절 어셔 나리 지화자 지화자 엇쓱엇쓱 궁둥이 츔이
절노 나니 장관이오 엇견역 걸인 사위 어사되니 장관이오 하마트면 죽을

<h3 style="text-align:center">〈53-앞〉</h3>

춘향 살여니니 장관이오 남원읍 월민씨가 어사 사위 장관이오 남원부즁
과슈 부인 등장함도 장관이오 남여노소 츔을 추니 만고 업난 장관이오 전
장관 후장관이 참 장관일다 지화자 지화자 잇 씨 춘향모와 부인더리 손목
을 잡고 춘향 집으로 가셔 큰 소 잡아 업지르고 남여노소 업시 차례로 디
접할 졔 잇 디 운봉읍에 가둔 방자놈이 어스도 남원 츌도흐야 운봉영장이
보션발노 도망하야 왓단 말을 듯고 간다 온다 말도 업시 도쥬하야 와셔
스도쎄 문안하니 어스도 우시스며 이 놈 운봉의 가둔 놈이 니 영 업시 왓
단 말이냐 이 놈이 어스도쎄 드러디난듸 소인을 무신 죄로 가두엇소 마마
님 셔간의 소인 가두라는 부탁 잇셔 가두윗소 슈연 모시고 거힝하던 놈을
그러키 괄세하셔요 어스도 우시스며 네가 죄가 잇셔 가둔 게 안이라 네가

방경마진 놈이 되야 누셜이 될 테기로 잠시 너를 가두엇다 직시 방자로 남원 관로쳥 일과 슈님을 식이시고 십연 한증하야 완문갓지 하야 쥬시니라 ᄎ시에 본관이 무식하야 인병부 쓸너 어ᄉ도께 밧치니 어ᄉ도 본관을 청하야 조흔 말노 슈작하되 일셩즁 동거하야 놉흔 셩화는 만이 듯고 맛나기는 쳐음이오나 나를 뉘인 쥴 아신잇가 본관 몸을 굽허 모를 이가 잇소릿가 어ᄉ도 우시스며 남아의 탐화함은 영웅열사 일반이라 그러나 거현천릉 안이하면 현릉을 뉘가 알며 본관이 안이면 츈향 졀힝 엇지 아올릿가 본관의 슈고함이 얼마즘 감사

〈53-뒤〉

하오 본관이 슈참하야 유유부답 안졋스니 연니나 남원이 디읍이라 경셰민졍오오하야 ○○○○시니 아모조록 션치하와 만인산을 밧으시고 환향상봉하옵시다 인직 작별하시니 본관○○○○하고 관곡한 쳐분을 못닉 사례하더라 ◇ 잇 써에 어ᄉ도은 반야삼경 퇴령후의 인셩이 요○한듸 역졸의게 등 들이고 츈향 집 나실 졔 슈영은 참치하고 월식은 영농한듸 욕향청산문두견 ᄌ조 운다 져 식 소리 옛 듯던 불여귀요 알연장명 져 두름이 구경을 짐작난지 두 나릭 썩 펼치고 징검징검 ᄉ벽ᄉ벽 나을 보고 반기난 듯 연당의 금부이는 달을 쏘치 써여 놀고 회간에 잠든 계우 사람 자최 놀너 씬다 역졸이 드러서며 쉬- 츈향모 깜짝 놀나 익고 ᄉ도 나오시네 뜰의 너려 영졉하야 츈향 방 드러가니 잇 써에 츈향이는 누엇다 게우 일어 어ᄉ도 손을 잡고 셔름이 사모차셔 늑기며 셜이 우니 어ᄉ도 슈건으로 눈물을 씨셔쥬며 울지 마라 울지 마라 자고로 영웅 미인 고싱 업난 뉘 잇나냐 네가 우연 나를 맛나 나 위하야 고싱함도 젼혜 모다 닉 죄로다 울지 마라 울지 마라 만단으로 위로하며 미음도 권하시고 약도 짜 권하시며 이제는 우리 둘이 히로빅연 유자싱여 소원평싱 질길 터니 속속히 소복하야 가산을 방미하고 너는 먼졔 올나가셔 나 가기을 지다려라 봉명사신 몸이 되야 지체

할 슈 바이 업셔 나는 명일 가건이와 간 곳마다 통신하야 소식 ᄌ조 알
터이며 젼일 부리던 이방의게 치힝 졀차 다 일으고 본덕 셔간 하엿스니
하인 슈히 올 터이라 소복이 되난디로 신속히 올

〈54-앞〉

○○○○녀의게 당부하고 작별하고 이러시니 ᄶᅩ 이별○○○○ 발기 젼의
드러가셔 힝장을 지촉하야 졀나도 오십 삼관 힝운갓치 단이시며 져져히
슌찰하야 문부을 닥근 후에 셔울노 올나오사 동부승지 당상하야 디사셩을
지니시고 차차 니직 도도와셔 보국갓지 하셧것다 춘향의 장한 졀힝 ᄌ상
으로 통쵹하고 츙렬부인 봉하시니 츙렬부인 영귀함이 일셰에 진동터라
  젼일에 츈향가를 만이 드러시되 어음이 무식하고 상담이 허다하야 남자
는 드를망졍 여인은 듯기가 난즁하더니 근일 경셩으로셔 사셜을 연졍ᄒᆞ야
무식도 안이하고 잡담도 업셔 가이 볼만하기로 니가 희소로 골몰하야 두
문불츌하난 즁의 이 칙을 어더다가 불일등셔 하얏스니 오셔낙ᄶᅳ 만할지라
그러나 그디로 보시압
  甲寅 八月 初九日 始書하야 八月 十九日 畢謄 冊主 陳命錫

김동욱 소장 89장본 옥중화

1912년(명치 45년)에 중곡동(中谷洞)에 사는 금파(錦波) 이용철(李容澈)이라
는 사람이 해관자(解觀子)가 산정(刪正)한 〈옥중화 춘향가 강연〉를 베껴 쓴 것
으로 되어 있다. 그런데 책표지 앞장에는 주인이 장희경(張熙慶)이라는 사람으
로 되어 있다. 옥중화 책의 체제를 그대로 따라 대화의 주체를 표시해주기도
하고, 한칸 들여쓰기도 하였다. 붓글씨가 아니라 펜글씨로 보인다. 내용은 앞의
54장본 옥중화와 대동소이하다. 이도령이 광한루에서 방자와 후배사령과 함께
술과 담배를 먹으면서 "파탈하고 놀 때에는 상하를 너무 차리면 정도 없고 녹녹
하고 때가 묻어 못쓴다"고 한다.

대상본 소재처 : 나손본 필사본고소설자료총서 74권, 보경문화사, 1994
　　　　　　　(원본은 나손문고)

김동욱 소장 89장본 옥중화

〈1-앞〉

獄中花(春香歌講演)

名唱 朴起弘 調

解觀子 刪正

絶代佳人 삼겨날 졔 江山精氣 타고 난다 苧羅山下 若耶溪에 西施가 鐘出
ᄒ고 群山萬壑赴荊門에 王照君이 生長ᄒ고 双角山이 秀麗ᄒ야 綠珠가 삼
겻스며 錦江滑膩娥媚秀에 薛濤 幻出ᄒ얏스니 湖南左道 南原府ᄂᆞᆫ 東으로
智異山 西으로 赤城江 山水精神 어리어리 春香이가 숨겨 잇다 春香母 退
妓로셔 三十이 넘은 後에 春香을 쳠 빌 졔 꿈 가온듸 엇던 仙女 李花 桃
花 두 가지를 兩손에 갈나쥐고 하날로 나려와셔 桃花를 니여쥬며 이 곳을
잘 갓구워 李花接을 붓쳣스면 오는 行樂 조흐리라 李花 갓다 傳ᄒᆯ 곳이
時刻이 急ᄒ기로 匆匆 쩌나노라 꿈낀 後에 孕胎ᄒ야 十朔 後에 쌀 ᄒ나을
나앗

〈1-뒤〉

스니 桃花ᄂᆞᆫ 봄향긔라 일홈을 春香이라 ᄒ얏더라 妓生의 子息이나 根本이
잇ᄂᆞᆫ 고로 七才부터 글 갈앗쳐 日就月將ᄒᆞᄂᆞᆫ 才操 測量ᄒᆯ 슈 업고 女工에
針線이며 甚之於 風流속을 모르ᄂᆞᆫ 것이 업셧스니 外人相通 아니ᄒ고 金玉
갓치 잘아날 졔 이 ᄶᆞ 셔울 三淸洞 李翰林이 게시되 命門巨族이오 累代
忠孝大家라 上이 落点ᄒᆞ샤 南原府使 除授ᄒ시니 到任ᄒᆞᆫ 지 一朔만에 百姓
의게 善治ᄒ니 巨里巨里 善政碑라 此時 使道 子弟 道令任이 게시되 일홈
은 夢龍이오 年光은 十六才라 風彩ᄂᆞᆫ 杜牧之오 얼골은 冠玉이라 爲人이

早達ᄒ야 詩律風流와 好酒耽花ᄒ야 밤이면 東嶺明月을 玩賞ᄒ고 낫이면 花柳楓菊에 놀기을 조화ᄒ니 一謂 豪俠ᄒ 奇男子라 一日은 道令님이 春興을 못익의여 旁子 불너 무르시되

  너의 곳 됴흔 勝地江山이 어디가 第一인가

〈2-앞〉

(傍) 工夫ᄒ시ᄂ 道令任이 勝地차져 무엇ᄒ시랴오
(道) 天下 第一名勝地 到處마다 글귀로다 니 이를께 들어보라 箕山潁水別乾坤에 巢夫 許由 놀아잇고 赤壁江 秋夜月에 蘇子瞻이 놀아잇고 黃鶴樓 枯蘇臺 藤王閣 鳳凰臺에 文章名筆 자최로다 니 ᄯ흔 豪俠士라 東園桃李片時春을 니 어이 虛送ᄒ랴 잔말 말고 이리여라
(傍) 小人의 고을에 別般 勝地 업스오나 낫낫치 알외리다 北門 밧 나가오면 朝宗山도 둇삽고 西門 밧 나가오면 關王廟도 景致 됴코 南門 밧 나가오면 廣寒樓도 됴쏫온더 烏鵲橋 瀛洲閣은 三南 第一 勝地로쇼이다
(道) 그런면 廣寒樓 구경갈 터이니 나귀 鞍藏 지어라
(傍) 예-의

〈2-뒤〉

ᄒ고 나오더니 西産나귀 솔질ᄒ와 가진 鞍藏을 진는다
  홍영ᄌ각 珊瑚鞭 오강금치 黃金勒 靑紅絲 고흔 굴네 象毛 물녀 덤쎅 달아 압뒤 걸처 잡아미고 層層다리 銀葉鐙子 虎皮도듬 밉시 난다 이라 툭쳐 나귀 待令ᄒ엿소
  道令님 擧動보쇼 슈슈ᄒ게 줄 ᄎ리고 나귀 등에 올나 안져 거들어걸여 나갈 젹에 奇峰下에 나난 씌ᄭᆯ 光風을 둇차 펄펄 桃花 點點 불근 꼿 步步 香風 ᄯ러저서 ᄌ최마다 生香이라 셔부령섭적 廣寒樓 當到ᄒ야 道令任 말

게 나려 廣寒樓 올나가 이리져리 바라보며 南天을 살펴보니 赤城의 아춤
날에 느진 안기 씌여잇고 綠水의 졈은 봄은 花柳東風 둘엿는듸 瑤軒琪皇
何崔嵬는 臨高臺 일넛도다 廣寒樓 景致 둧커니와 烏鵲橋 分明ᄒ다 烏鵲橋
分明ᄒ면 牽牛 織女 업슬쇼냐

〈3-앞〉

牽牛星 니려니와 織女星 뉘가 될가 오날 이 곳 花林中에 三生緣分 맛나스
면 旁子야 슐을 니라 이 座中에 누가 나이 만으냐
(旁) 녀 後陪使令이 키는 됴고만ᄒ고 얼골은 글의도 올에 나이 四十餘歲
로쇼이드
(道) 이의 尊長이 바로 헐셕 넘고나 後陪使令 上座로 안치고 旁子 너도
올나오너라
(旁) 惶悚ᄒ오이다
(道) 누른 송이 엇더ᄒ냐 어셔 올너 안져라
슐상을 드려노코 使令이 首盃ᄒ고 旁子도 먹고 道令님도 잡슨 後에 道令
님이 旁子 불너
  이 이 擺脫ᄒ고 놀 ᄯ에는 上下를 넘오 츠리면 情도 업고 碌碌ᄒ고 ᄯ
가 뭇어 못 쓰나이다 鄕黨이 莫如齒로 年齒츠져 슐을

〈3-뒤〉

  먹엇스니 담비들도 먹어라
道令님이 醉興을 못익의여 안졋다ㄱ 이러나셔 두로두로 건일다ㄱ 南方을
바라보니 珠簾翠閣은 碧空에 얼이여 繡戶紋窓 ᄶ영실 숫ㅅ 압으로 瀛洲閣
뒤으로 武陵桃源 흰 白字 불근 紅字 송이송이 곳이 퓌고 불근 丹 푸를 靑
고물고물 丹靑이라 柳幕에 鸚啼聲은 나의 醉興 도도는 둥 花枝白蝶双双飛

香氣찻는 擧動이라 白白紅紅爛漫中의 仙女 美色이 노난구나 春香의 擧動을 보아라 秋千을 흐랴 흐고 長長彩繩 그네줄을 兩손에 갈나쥐고 션듯 올나 발구르니 한 변 굴너 뒤가 솟고 두 번 굴너 압히 놉하 鳶飛戾天 솔기 쓰듯 爛熳桃花 놉흔 가지 소소롯쳐 툭툭 츠니 송이송이 밋친 꼿 휘느러져셔 쩔러져셔 風無聲이 落華로다 오락가락 근일 젹에 李道令이 精神업시 한춤 셔셔

<h3 style="text-align:center">〈4-앞〉</h3>

望見터니 뜻밧게 몸이 웃슬 소름이 쑥 끼치니 精神 黯黯 一身을 벌벌 쓸면셔
　이 이 旁子야 부르니 旁子놈은 十倍나 더 쩌러
(旁) 예에 예에 예에
(道) 져 건너 오락가락 언듯번듯흐는 져게 무엇이냐
(旁) 小人 눈에는 아모것도 아니뵈여오
(道) 니 붓치 바로 보아라
(旁) 붓쳐 말고 彌勒님 바로 보아도 아니뵈여요
(道) 이 놈아 눈도 常目班目이 다르단 말이냐 니가 貪心이 업슴으로 金이 化흐야 뵈이나보다
(旁) 金의 來歷을 알외리다 金은 넷날 楚漢時에 六出奇計 陳平이フ 范亞父를 줍으랴고 黃金 四萬兩을 楚軍中에 훗텃스니 金이

<h3 style="text-align:center">〈4-뒤〉</h3>

　엇지 여긔 와요
(道) 그러면 玉이로다
(旁) 玉의 來歷을 드르시오 玉은 鴻門宴 잔치時에 范增이 끼친 玉이 白

雪이 된 然後 火災崑岡에 玉石具焚이라 玉과 돌이 다 탓스니 玉이 엇지
예 오릿가
(道) 그려면 鬼神일다
(旁) 白晝淸明 말근 날에 鬼神이 엇지 잇쇼리ㅅ
(道) 그려면 金도 玉도 안일진디 무엇이냐 갑갑ᄒ다 일너다오
(旁) 오- 뎌것이오 나는 무엇이라고 이졔 仔細이 보니 本邑 妓生 月梅의
쌀 春香이로쇼이다
道令님이 春香이란 말을 듯고 우슴을 勸馬聲 우슴을 웃더니
　이 이 丁寧 春香이냐 顚不刺的을 見了千萬이로디 底般

〈5-앞〉

可喜娘은 罕曾見이라 我 眼花撩亂口難言이라 魂靈兒飛去半天이로다 눈
에 水銀 을닌 듯이 뵈이는구나 존말 말고 니셔 오란다고 즉시 불너오너라
(旁) 春香의 雪膚花容 南方의 有名ᄒ야 監使 兵使 牧使 府使 郡守 縣監長
들이 無數히 보랴 ᄒ되 綠珠의 色과 李杜의 文章과 木蘭의 禮節을 胸中에
품엇스니 萬古女中君子입고 어미는 妓生이나 根本이 잇는 故로 任意로 呼
來치 못ᄒ나이다 道令님이 허허 웃고
(道) 네 말이 無識ᄒ다 荊山 白玉과 麗水 黃金이 物各有主라 任者기 各各
잇나니라 존말 말고 불너오너라
旁子 헐일업셔 春香 부르러 넌너간다 光風의 나뷔 날 듯 츙츙 널어 건너
가며 언덕 아리 스풀 시로 보이지 안케 가만가만 둑셕 들어셔 쇼리를

〈5-뒤〉

크게 질너 春香아 부르니 春香이 쌈죽 놀나 근네 아리 니려셔셔
　잇고 고 녀셕 조금ᄒ더면 落傷ᄒᆯ 번ᄒ엿지

旁子 썰썰 웃스며

世上이 웃지 되여 열더여섯 쏠 먹은 겨집 아희가 落胎란 말이 원 말이나

(春) 밋친 여셕이로구나 은제 落胎라 ᄒ더냐 落腸이라 ᄒ엿지

(旁) 그는 우슴의 말이로되 修身ᄒᄂᆞᆫ 게집 ᄋᆞ희ᄀᆞ 三南 大邊에 秋千이 當ᄒ며 오ᄂᆞᆫ 스람 가ᄂᆞᆫ 行人 너만 보고 精神업시 ᄀᆞ지 안코 안져 보니 네 行實이 穩全ᄒᆞ냐 使道子弟 道令님이 廣寒樓 구경왓다 너롤 보고 부르시니 二三次 엿쥬어도 죵시 듯지 안니ᄒ시고 불너오라 ᄒ시기로 헐 슈 업시 건너왓스니 어셔 밧비 건너가즈

<h3 align="center">〈6-앞〉</h3>

(春) 못가겟다

(旁) 엇지ᄒᆞ야 못가겟나냐 兩班이 부르시ᄂᆞᆫ디 天然히 못간다고 ᄒᆞ야

(春) 이 녀셕 道令님만 兩班이고 나ᄂᆞᆫ 兩班이 안니냐

(旁) 너도 兩班이로더 너ᄂᆞᆫ 졀눔발이 兩班이라 쓸디업ᄂᆞᆫ 兩班이라 어셔 밧비 건너가자

(春) 못가야

(旁) 못갈 來歷을 말ᄒᆞ여라

(春) 못갈 來歷을 드러보아라 兩班의 宅 道令님이 글工夫ᄂᆞᆫ 아니ᄒᆞ고 遊山ᄒᆞ기 緊치 안코 遊山은 헐지라도 남의 女子보고 傳喝ᄒᆞ기 當치 안코 傳喝은 할지라도 女子의 道理로 男子의 傳喝 듯고 싸라가기 乖異ᄒᆞ다 海棠花 그늘 속으로 본 체 안코 돌아셔 旁子 허허 웃고

<h3 align="center">〈6-뒤〉</h3>

(旁) 使道 子弟 道令님은 얼골이 一色이오 風彩ᄂᆞᆫ 杜牧之오 文章은 李太

白 筆法은 王羲之라 世大忠孝大家로셔 家勢가 長安 甲富 地閥은 延安이오
外家는 淸風이라 男便을 어드량이면 이러혼 男便을 엇지 싀골 무지렁이룰
엇눈단 말이냐
(春) 이 즈식 男便도 서울 男便 싀골 男便이 다르단 말이냐
(旁)   그러치야 山勢로 이를진디 셔울 山勢 다르고 싀골 山勢 다르니 니
이르쎄 드러보아라 慶尙道는 山이 峻홈의 스람이 나면 쏙쏙ᄒ고 全羅道는
山이 順홈이 스람이 나면 奸ᄒ고 忠淸道는 山이 矗ᄒ니 스람이 나면 才操
잇고 京畿道로 치다러 水落山이 쩌러저 道峰 숨겨잇고 道峰이 쩌러져 終
南山 싱겨잇고 旺尋里 靑龍이오 萬里지 白虎라 漢江이 潮水되고 銅雀이
水口 막여 天府金湯 되엿

<h3 align="center">〈7-앞〉</h3>

스니 萬戶長安 이 안니냐 스람이 나면 善혼 者는 善ᄒ고 惡혼 者는 무
서워라 府院君이 外三寸이오 吏曹判書 同姓 祖父오 南原府使 當身 어로신
늬니 萬一 안이가 來日 아춤 調査 후에 너의 母親 자바다가 冊房 短墻 안
에 마쥬거리 ᄒ게 되면 너인들 마음 엇더ᄒ며 나인들 마음 조흘쇼냐 가랴
거든 가고 말냐거든 말려무나 나는 간다 나는 간다
春香 잠시 어리석어 房子놈 얼렁얼렁ᄒ는 말이 속은 듯이 ᄒ는 말이
  그세 房子아 들어보아라 곳곳마다 안저 노는 나븨 곳이 어이 쩌르더냐
尊重ᄒ신 道令님이 卑陋혼 常漢놈을 오라시니 感激ᄒ나 女子 廉恥 못가겟
다 건너가 道令님께 雁隨海 蝶隨花 蟹隨穴이라 道令님께 엿쥬어라

<h3 align="center">〈7-뒤〉</h3>

旁子 헐릴업셔 건너오고 春香은 집으로 도라가는지라 道令任이 뒤짐지고
두루 건릴며 春香 오난 것을 쌀펴보고 잇더니 春香은 도라가고 旁子 혼즈

건너올 제 道令님이 春香을 보고 글 한 귀를 읍눈더
　神仙歸洞天ᄒ니 空餘楊柳煙이오 只聞鳥雀喧이로다
　旁子 當到커눌 道令님이 火를 니여
　이 놈아 春香 불너오라 ᄒ얏지 누가 春香 쫏고 오라더냐
(旁) 小人은 辱만 잔쓱 어더먹고 왓슴니다
(道) 辱은 무엇이라 ᄒ더냐
(旁) 雁隨海 蝶隨花 蟹隨穴이라 ᄒ엿스니 그런 辱이 잇소릿가
(道) 그 말 듯고 한참 이짜가 올타 올타 네 물낫다 니 이를께 드러보아
라 雁隨海라눈 것은 기럭이 雁字 짜를 隨字 바다 海字 分

<h3 align="center">〈8-앞〉</h3>

　明ᄒ고 蝶隨花라눈 것은 나뷔 蝶 짜룻 隨字 꼿 花字 分明ᄒ고 蟹隨穴이
라눈 것은 게 蟹字 짜룻 隨字 구멍 穴字 分明ᄒ니 今夜 三更時에 나로 ᄒ
야금 제 집으로 오릿스니 걱정이 무엇이냐 許諾이 分明ᄒ다
나뷔를 지촉ᄒ여 冊房으로 도라오니 萬事에 뜻이 업서 눈압에 뵈이나니
젼혀 春香이오 東軒에를 가도 다 春香 갓고 內衙에롤 드러오니 뵈이눈 이
모도 다 春香이라 이런 換腸ᄒ 눈이 잇스리오 春香을 보고 십어 보고지고
롤 찬눈더 보고지고 가고지고 春香의 집 가고지고 보고지고 보고지고 春
香 얼골 보고지고 쇼리를 크게 질넛더니 使道눈 公事에 勞困ᄒ야 上旁에
就寢타가 이 소리에 쌈작 놀나
(使) 이리오나라
(通引) 예-

<h3 align="center">〈8-뒤〉</h3>

(使) 冊房에 언의 놈이 生針롤 만나냐 위마듸 소리가 웬 일이냐 査實ᄒ야

올나라
ᄒ니 通引 急히 冊房에 나와
(通)   道令님은 무슴 소릭를 질너 게신지 使道께ᄋᆞᆸ셔 놀나시고 査實ᄒ야
올나라오
道令님 허허 웃고
   놀나시면 니 탓이냐 百姓의 呼冤 쇼릭는 몰나도 그런 쇼릭는 一手 드르
신다더냐
이는 다 광딕의 망발이라 그럴 理가 잇나냐
   阿父只가 놀나셧다 ᄒ니 下情에 惶悚코나 니가 글룰 익다가 글字룰 잇
고 生覺노라 그리ᄒ엿다 엿쥬어라
   通引이 도라오 使道前에 그리ᄒ니 使道 들으시고 大笑ᄒ시며

〈9-앞〉

   龍生龍 鳳生鳳이라 ᄒᄂᆞᆫ 슈 업나니라 허허
우스시고 通引 불너 上旁燭 두 ᄌᆞ루 너여 道令님께 올니고 오날 밤 이 燭
달토록 讀書聲이 東軒ᄭ지 들니게 넑고 ᄌᆞ라 희릭 通引이 초 갓다 올니며
그딕로 알외니 道令님이 초 밧아 니던지며 心術룰 니다가 다시 生覺ᄒ고
   旁了·야 온갓 冊을 들여라
四書三經 너여 노코 소릭만 크게 너여 노로글로 함브로 쒸여가며 넑ᄂᆞᆫ딕
   孟子·見梁惠王ᄒ신딕 王曰 叟- 不遠千里而來ᄒ시니 大學之道는 在明明德
在新民ᄒ며 止於至善이니라 關關雎鳩 在河之洲로다 窈窕淑女는 君子好逑
로다 南昌은 古郡이오 洪都는 新府로다 星分翼軫이오 地接橫衡蠡

〈9-뒤〉

로다 아셔라 이 글 다 滋味업다 周易을 드려라 周易을 드러노코 코룰

부르난디 난디 업난 코가 다 나오것다

　乾은 元코 亨코 利코 貞코 春香 코 니 코 한디 디고 그리고 저리고 ㅎ면 시 코 나면 됴코코 어불ㅅ 긱코가 드러왓다

旁子 겻헤 섯다

　道슈님 엇진 코 그리 만소 니 코도 조금 느으시오

(道)　이 놈 네 코난 常漢놈 코라 못넛켓다

千字을 드려노코 하날 天 짜 地

　여보 道슈님 세살 자신 듯이 千字 낡고 안져 게시오

(道)　이 놈아 네가 千字 속을 알니오 뜻을 싹싹히 쇠여 낡으면 쑹을 결로 쌀니라

(旁)　그러면 千字 뒤푸리 말이오

<h3 align="center">〈10-앞〉</h3>

(道)　千字 뒤푸리를 네가 웃지 아나냐

(旁)　소인이 홋게 드르시오 玉皇님 게신 ㅎ날 天 人間差持 짜 地 휘휘친친 가물 玄 쑥 눌넛다 누루 黃 草家三間 집 宇

(道)　이 놈아 그러쎄 낡어 못쓴다 니 낡을 톄이니 들어보아라 子時에 生天 不言行四時 悠悠彼蒼 하날 天 丑時에 生地ㅎ야 五行을 맛하스니 養生萬物 짜 地 幽玄微妙 黑正 色 北方 玄武 감을 玄 宮商角徵羽 東西南北 中央土色 누루 黃 天地四方 몃 萬里냐 廈樓廣濶 집 宇 年代國朝 興亡盛衰 往古來今 집 宙 禹治洪水 箕子推衍 洪範九疇 너불 洪 濟濟郡生壽域中에 化及八荒 것칠 荒 堯舜聖德 壯할시고 就之如日 날 日 億兆蒼生 擊壤歌 康衢烟月 달 月 五車詩書 百家語 積案盈箱 찰 盈 旁子야 히 엇지 되엿나냐 日中則昃

〈10-뒤〉

기울 昃 二十八宿 河圖洛書 衆星拱之 별 辰 可憐今夜宿娼家 鴛鴦衾枕 잘 宿 絶代佳人 죠흔 風流 滿盤珍羞 별 列 紗牕月色 三更夜 耽耽情懷 베풀 張 富貴功名 꿈밧기라 布衣寒士 찰 寒 人生이 流水 갓하야 歲月 將次 올 來 南方千里 不毛之地 春去夏來 더울 暑 孔夫子의 착한 道德 雖千萬人 갈 往 金風이 蕭瑟ㅎ니 葉落梧桐 가을 秋 白髮이 將次 오게 되면 少年風度 것을 收 落葉寒天 찬 바람 白雪江山 겨울 冬 寤寐不忘 우리 스랑 閨中深處 감출 藏 芙蓉 芍藥 細雨中 虛庭石氣 부를 潤 이러호 천하 美色 一生 보아도 나물 餘 이 몸이 훨훨 날나가 千事萬事 이를 成 우리가 이리뎌리 놀닐다가 不知歲月 희 歲 안히 薄待 못ㅎ나니라 大法通編 범즁 律 春香 입 니 입 흔디 셔로 더니 범즁

〈11-앞〉

呂字 이 아니냐 旁子야 東軒에 나아가 보아라
(旁) 아직 退燈 멀엇소
(道) 쏘 보아라
(旁) 아직 멀엇소
(道) 쏘 보아라
(旁) 姑遠셔오
(道) 고만두어라 니 집 늘그니나 남의 집 늘그니나 눈의 흰즈위가 만으면 心術이 돗치 못ㅎ것다
退鈴 소리 길게 나니 道令님 됴화라고
旁子야 불 밝혀라
靑紗燭籠 불을 밝혀 旁子 들려 압세우고 春香의 집 차즈간다 拱宿門 니다라 鐘路를 지나 南大門 밧 셕 나셔니 月出驚山

〈11-뒤〉

鳥特鴻春澗 뎌 소리는 나의 興을 도도는 듯 狹路塵間 가난 거름 雲間月色
戲弄ㅎ고 花間에 프른 버들 몃 변이나 걱엇시며 大道上 발즈치는 몃 변이
나 浸淹ㅎ야 鬪鷄少年 兒孩들은 夜入靑樓 ㅎ얏스니 遲滯를 어이ㅎ리 春香
의 집 當到ㅎ니 月色은 方濃ㅎ고 松竹은 隱隱ㅎ디 翠屛튼 欄干下에 白두
루미 唐거위오 거울갓흔 蓮못 속에 大接갓흔 金鮒魚 들쥭 則栢 잣나무오
葡萄 다리 어름 덩굴 휘휘친친 엉코러져 淸風이 불 쩌마다 흔들흔들 츔을
츈다 花堦上 올나보니 冬栢 春栢 映山紅 牧丹 芍藥 月桂花 蘭草 芝草 芭
蕉 梔子 冬梅 春梅 紅萄 白萄 柚子 柑子 林擒 봉송화 絲果 黃寶 靑實 櫻
花 온갓 花草 가진 果木 層層이 심엇는디 石榻 잠든 기는 스람 즈최 놀나
쪠여 컹컹 짓고 니닷는다 李道令 興이 겨워 旁子 불너 ㅎ는 말이

〈12-앞〉

　이 익 旁子야 이를 엇지야 올으냐
(旁)　엇지홀 슈 잇쇼 道令님 왈악 쮜여들어가 春香이를 꼭 붓잡고 실컨
마음디로 才操디로 희보시구려
(道)　아모리 常漢놈인들 말둣치 無知ㅎ냐 知女는 莫如母라 春香母를 보
아야 興成이 될 듯ㅎ다
言畢에 春香母 나오는디 釜山 白銅디에 西草를 쮜여 물고 紗囱을 드르룩
여니 뷘 마루에 달뿐이로다 뎌 기야 짓지 말아 空山 잠긴 달 네가 보고
웨 짓나냐 俗談 이르기를 달 보고 짓는 기라더니 너를 두고 흔 말일다 아
중아중 나오며 後園 草堂 들어가니 이 디에 春香이는 글을 닐고 안졋거늘
春香母 ㅎ는 말이
　밤이 미오 깁헛난디 무슨쓰지 안니 즈고 글만 닑고 안졋나냐

〈12-뒤〉

春香이 急히 나와 져의 母親을 마지니 春香母 흔숨지며

　허허 꿈도 異常ㅎ다

(春)　무숨 꿈을 꾸신잇가

(母)　燭불이 明朗ㅎ야 발기 낫갓기로 案席에 依支ㅎ야 西箱記를 보다가 忽然 잠이 드니 非夢似夢間에 너 즈는 枕上에셔 彩雲이 이러나며 靑龍이 너를 물고 하늘로 올나가기로 龍의 허리를 나도 안고 이리 둥골 져리 둥굴 ㅎ다가 쇼쇼러쳐 씨니 汗出沾背 되고 가슴이 두군두군 마음이 驚散ㅎ야 좀 못즈고 누엇더니 글쇼리 들니기로 너를 보랴 나왓스니 慶事잇슬 大夢이나 네가 아들 갓흐면 丁寧 大科홀 꿈이로다

　母女間 酬酌할 졔 花階上에셔 두런두런 春香 놀나 가만니 살펴보니 엇더흔 總角 둘이 慇懃이 안졋거날 春香母 하는 말이

〈13-앞〉

　仙童이냐 人童이냐 蓬萊 天台 採藥童인ㄱ 엇더흔 兒孩들이 남의 집 안닌 밤즁에 들어와 慇懃이 안졋스니 必然 盜賊놈이로구나

旁子 憫悧ㅎ야 花階에 니려셔

　쉬- 使道 子弟 道令님이오

春香母 놀나는 쳬ㅎ며

　이 子息 너 旁子 안니냐 그려면 진작 말을 ㅎ지야 大端 罪悚ㅎ고나

春香母 花階 올나가 道令님 손을 잡고

　道令님 늙은 것이 눈이 어두어 즈셰 보지 못ㅎ고 함부로 말흔 것이니 怒혀 마옵쇼셔

(道)　이런 쩌는 그런 말이 더 됴ㅎ니 念慮 말쇼

(母) 아이고 져리 쉬- 풀으실 쥴 알앗더면 辱을 됴곰만 더할걸
道슈님 허허 우시니 春香母 ㅎ는 말이

〈13-뒤〉

(母) 道슈님이 니 집에 오시기 千萬 意外로쇼이다 니 房에 들어가 놀르
시다가 가시옵쇼셔
(道) 아니 날갓흔 主人이나 잇스면 놀다 갈ㅅ 怒혀할 터이나 늙으니는
싹 실여
(母) 허허 웃스며 늙으면 죽어야지 春香 房에도 실여오
(道) 허허 니가 그 말 듯잔 말이로셰
春香母 압흘 셔 道슈님을 引導할 졔 웬 손을 느짓 들어 紗窓을 半만 열고
  아가 春香아 使道 子弟 道슈님이 너의 文章 말을 듯고 너 부랴 와 게시
니 門外에 나오너라
春香이 門에 나와 粹然혼 고흔 態度 朝陽쯤 海棠花오 이슬 밧은 芙蓉이라
道슈님을 迎接ㅎ야 졔 房 안에 坐定 後에 春香母 ㅎ난 말이

〈14-앞〉

  아가 春香아 도슈님 오시기는 너 보랴고 오셧스니 人事를 엿쥬어라
春香이 져의 母親 말을 듸더여
(春) 道슈님 安寧ㅎ시오
(道) 에 安寧ㅎ시오
春香母 답비 붓쳐 道슈님께 올니니 道슈님 밧아들고 旁 안을 暫間 보니
別로 奢侈 업슬망정 名畵 두어 張을 붓쳣는디 異常ㅎ던가 보더라
  湯人君 犧牲되야 剪斷髮 嬰白茅 大雨로 비를 빌어 大雨方 數千里를 袞
龍袍를 젹셰 입고 譾宮으로 가는 景을 歷歷히 그러잇고 南壁을 살펴보니

常山四皓 네 老人이 바둑판을 압헤 노코 一點 二點 쌍쌍 둘 졔 엇던 老人
鶴氅衣에 綸巾 쓰고 白碁를 손에 쥐고 요만ᄒ고 안져 두고 엇던 老人은
葛道服 써러 입고 黑碁를 숀에 쥐고 河圖洛書 法을

〈14-뒤〉

   차ᄌ 이만ᄒ고 안져 두고 엇던 老人은 靑藜杖 半만 집고 바둑 훈슈 ᄒ
너라고 억기 넘어로 넘어 보며 이만ᄒ고 안진 景을 歷歷히 글려잇고 엇더
혼 老人은 中을 버셔 松枝에 걸고 竹冠을 졧쳐쓰고 五絃琴 검은고를 膝上
에 올여노코 世無知音 羽衣曲을 시르렁 타고 놀 졔 白鶴이 츔을 츈다 北
壁을 바라보니 千年蟠桃 瑤池 봄 西王母의 靑鳥로다 그림下에 안진 春香
달도 ᄀ고 꼿도 갓고 越西施 態度도 ᄀ고 淑娘子의 体格이라 房안 세간
살펴보니 紋彩 됴흔 玳瑁冊床 樺榴文匣 翡翠硯床 珊瑚筆 箭筒 璊瑚硯滴 龍
池硯 鳳凰筆 詩書를 싸앗ᄂ디 道令任이 豪傑 奇男子로디 이런 일은 쳐음
當ᄒᄂ 일이라 가슴이 두군두군 말 못ᄒ고 앗졋더니 春香 ᄒ난 말이
   道令님이 니 집에를 오실 비 업거날 이처럼 陋地에 枉臨ᄒ시니

〈15-앞〉

大端 不安ᄒ니다
道令님이 春香母 말 혼마듸에 말궁기 열엿것다
   무슴 그럴 理가 잇나 今夜에 나온 뜻은 月色도 됴커니와 ᄌ니 쌀 春香
이를 보려 왓ᄂ디 늙으니의게 헐 말이 잇스니 드를ᄂ지 ᄌ니 쌀과 나와
百年期約홈이 엇더혼가
春香母 그 말 듯고 顔色을 不變ᄒ고 天然이 ᄒᄂ 말이
   나의 쌀 츈향이 常스람이 아니오라 會洞 徐參判 슈監이 補外로 南原에
坐定ᄒ야 一色 名妓 다 바리고 늙은 나를 守廳케 ᄒ시니 뫼신 지 數朔만

에 吏曹參判書 升差ᄒ야 內職으로 드러갈 졔 나를 가즈 ᄒ시나 老父가 게
신 고로 ᄯᅡ라가지 못ᄒ옵고 離別흔 그 달붓터 뎌것 빈 줄 알고 緣由로 告
目ᄒ니 졋줄 씰만 ᄒ건 다러간다 ᄒ시더니 그 宅 運數 不吉ᄒ야 令監이
別世ᄒ니 春香을 못 보

〈15-뒤〉

니고 져만치 길너닐 졔 七歲에 小學 읽켜 修身齊家 和順心을 낫낫치 가
라치니 根本이 잇는 故로 萬事가 達通이라 三綱行實 仁義禮智 누가 니 ᄯᆯ
이라 ᄒ오릿가 니 地閥 不足ᄒ니 宰相家 不當ᄒ고 常賤輩는 不足ᄒ야 上
下不及 婚姻이 느져 晝夜로 걱정이 나 道令님은 兩班으로 春節 나뷔 꼿
본 듯이라 아직 ᄉ랑 ᄎᆔ커니와 나종에 버리시면 獨宿空房 少年 貞節 쇽졀
업시 늘글진디 져인들 아니 불숭ᄒ오 前後事를 生覺ᄒ여 안커만 못ᄒ오니
그런 말숨 말으시고 놀으시다 돌아가오
(道) 春香도 未婚前이오 나도 未중가 前이라 밋친 듯 傾心되여 즈니 집
을 나왓는디 進退維谷이 張皇이 嘲弄 말고 흔 말을 決斷ᄒ면 六禮는 못
이루나 兩班의 子息으로 一口二言 엇지ᄒ며 兩人班平生事를 盟誓 안이 헐
슈 잇나 不忠不孝ᄒ기 前에 져를 이즈리오

〈16-앞〉

니 이즈면 쇠야들이지 許諾ᄒ야 쥬시오 살여쥬시오
春香母 夢事를 生覺ᄒ니 道令님 일홈이 꿈 夢字 룡 龍字라 마음에 가득ᄒ
야 過히 嘲弄 안니ᄒ고 喜色으로 許諾ᄒ며
六禮는 못 이루나 婚書禮狀 四柱單子 兼ᄒ야 證書 흔 張 쥬오
(道) 그것은 그리ᄒ오
硯床을 ᄯᆨ가노코 璃瑚硯滴 물을 ᄯᆯ아 首陽明月 眞케 갈아 靑黃毛 無心筆

半즁등 흠썩 풀어 白綾雲花 間紙上에 두어 쥴 써 春香母를 쥬니 其書曰
　天長地久에 海沽石爛이라 天地神明이 公證此盟이라
ᄒ얏거날 고이 졉어 간슈ᄒ고 時體 手段으로 슐상을 차렷ᄂ디 羅州漆盤에
沈菜 한 보 藥脯肉 全鰒쌈 흔 楪匕 實果 겻드려 노앗것다 春香母 ᄒᄂ 말
이

〈16-뒤〉

　道令님 按酒가 업ᄉ오나 이ᄂ 丈母의 헐물이 容恕ᄒ시오 슐이나 만이
졉스시오 아ᄀ 붓그러이 알지 말고 슐 부어라
春香이 슐 부어 道令님쎄 올이니 道令님 盞을 밧으며 ᄒ난 말이
　依稀似睡가 還非睡오 彷彿聞香이 不是香이로구나 여보 丈母 니가 大科
를 헌들 즐겁기 오날 갓흘ᄭ 이 슐이 웬 슐이냐 이 슐 먹기 德이로다 쳐
졔 존은 아부지 德 둘지 존은 어머님 德 두 德을 合ᄒ야 德字로 韻을 달
즈 天皇氏 木 地皇氏 火德 夏禹氏 水德 周文王의 純德 우리 兩人 셔로 만
나 百年을 期約ᄒ니 丈母의 恩德이라 니 德 네 德을 合ᄒ야 丈母前에 勸
ᄒ여라
春香이 슐을 부어 져의 母親쎄 올니니 春香母 슐 밧으며 흔슘 쉬고 눈물
시녀 목이 메여 ᄒᄂ 말이

〈17-앞〉

　즐겁고 조흔 날이 오날 우에 더 업스나 아비업시 서리 즈라 ᄒ나님이
感動ᄒᄉ 名門大家 道令님과 百年을 期約ᄒ니 測量업ᄂ 慶事로더 令監 生
覺이 懇切ᄒ야 天地 아득ᄒ나이다
春香母 愁色ᄯ여 두 눈에 눈물이 그렁 牧丹花 아춤 이슬을 먹음은 듯ᄒ더
라 道令님이 春香母을 慰勞ᄒ되

　오날날 됴흔 날에 往事는 勿論ᄒ고 슐이나 즙슈시오
一二三盃 五六盃가 되니 談笑 瑯瑯헐 졔 슐ᄉ 물녀 旁子 쥬니 旁子 존득
먹고
　大事나 平安이 지니시오
(道)　오 너는 眼目이나 단단이 슯혀보아라
旁子 간 후 고만 자즈 헐 터인디 春香母 슐존이나 醉中에 道슈님과 春香
을 ᄉ랑ᄒ야 건나가지 안니ᄒ고 쓸디업는 존쇼리로

〈17-뒤〉

날을 시기로 드니 道슈님 憫憫ᄒ야 쬐비도 알코 헷 酒醒도 흔다 ᄒ되 알
심잇는 春香母가 그럴 이가 잇나 旁子 간 후 이러나 衾枕너려 ᄭ라쥬고
　밤이 미우 깁헛스니 일즉 쥬무시오
下直ᄒ고 건너갓것다 春與道 안졋스니 엇지 될 것이냐 道슈님 씌 ᄯᆯ으니
春香이 이러나 道袍 밧아 衣藏에 걸 졔 壁上에 걸닌 검은고 도포ᄌ락의
싯치며 스르렁 ᄒ는 쇼리 道슈님 됴와라고
　됫타 됫타 黃鶴樓 吹笛聲이 이에셔 더ᄒ며 寒山寺 夜半鐘이 이에셔 더
ᄒ랴 네가 먼져 버서라
(春)　道슈님 먼져 버스시오
(道)　汝先脫
(春)　道先脫

〈18-앞〉

(道)　每事는 看主人이라니 네가 먼져 버셔라
(春)　每事는 看主人이라니 主人 식이는디로 ᄒ오
道슈님 달려들어 春香에 가는 허리 후리쳐 잘끈 안고 옷을 고이 츠츠 벗

겨 衾枕 속에 줍어넛코 道令任도 훨신 벗고 花月 三更 깁흔 밤에 滋味잇
게 잘 놀앗더니라

하로 잇틀 數日 되야 十餘日이 지나가니 愛情도 가득ᄒ고 붓그럼도 업서
지니 그 가온더 ᄉ랑흠을 엇지 다 말ᄒ쇼냐 一日은 道令님이 春香과 戲弄
을 ᄒᄂ더 이것이 ᄉ랑歌가 되엿것다

萬疊 靑山 늙은 범이 살진 암킈를 물어다 노코 이는 쌔져 먹지는 못ᄒ고
으르렁 거러 노니는 듯 北海 黑龍이 如意珠를 물고 彩雲間에 넘노는 듯
丹山 鳳凰이 竹實을 물고 梧桐 우에 넘노는 듯 春風 黃鸚이 벗 부르며 細
雨中에 넘노는 듯 李道令 興을 겨

〈18-뒤〉

워라고 노즈 노즈 寧戚은 쇼를 타고 孟浩는 나귀 타고 李太白은 고리 타
고 赤松子 鶴을 타고 一帶長江 녀 漁夫 됴고만흔 一葉船을 타고 찍걱찍걱
져어갈 졔 李道令은 탈 것 업셔 둥둥 니 ᄉ랑 어허 둥둥 니 ᄉ랑아 너 죽
어도 나 못 쏠고 나 죽어도 너 못 쏠니라 어어 둥둥 니 ᄉ랑 우리 두리
ᄉ룽타가 흔번 앗치 죽게 되면 後生 期約을 셔로 ᄒ즈 너는 죽어 무엇 되
며 나는 죽어 무엇 되리 너는 죽어 물이 되되 天上에 銀河水 地上에 東西
洋 長江大海 다 비리고 七年大旱 말으지 안는 陰陽水라는 물이 되고 나는
죽어 시가 되되 靑鳥 黃鳥 鸚鵡 孔雀 다 바리고 鴛鴦鳥라는 시가 되야 烟
波綠水間에 白鷺橫江格으로 晝夜 ᄉ랑 놀게 되면 나인 쥴을 네 알어라 둥
둥 ᄉ랑이야 너는 죽어 쏫이 되되 漁舟逐水愛山春 兩岸桃花 복숭아 渭城
朝雨浥輕塵 客舍靑靑 버들꼿 蓮花 芍藥 暎山紅 黃菊

〈19-앞〉

白菊 다 바리고 牧丹꼿이 되고 나는 죽어 나뷔 되여 二三月 春風時에 네

쏫숑이 니가 안져 바름부러 쏫숑이 노는디로 나리를 젹 버리고 너울너울
놀게 되면 나인 쥴을 알넘우나 어허 둥둥 니 스랑이지 近來 사랑歌에 情
字 노리 風字 노리가 잇스되 넘어 紊亂ᄒ야 風俗에 關係도 되고 春香 烈
節에 辱이 되겟스나 아됴 쎄면 넘오 무미ᄒ니ᄭ 大綱 大綱 ᄒ런 것이엇다
둥둥 니 스랑 將來 夫人을 對흔 듯 貞節夫人을 對흔 듯 淑節夫人을 對흔
듯 越西施를 對흔 듯 둥둥 니 스랑 너 무엇을 먹으랴나냐 너 무엇 쓰고
십으냐 쓰기도 됴흔 常平通寶 네가 만이 쓰랴나냐
(春) 아니 그것 니 다 실쇼
(道) 그러면 네 무엇 먹으랴나냐 둥굴둥굴 슈박 웃쏙지 쩨버리고 江陵 白
淸 쥬루루 부어 銀射匕로 쑥쑥 찍어 씰랑

〈19-뒤〉

은 바리고 붉은 졈 흔 졈을 먹으랴나냐
(春) 아니 그것도 니 다 실쇼
(道) 그러면 네 무엇 먹으랴느냐 시금쩔쩔 기술구 아기 셔는 먹으랴느냐
金錢을 쥬랴 銀錢을 쥬랴 둥둥 니 스랑
道슈님 春香다려 스랑ᄀ를 ᄒ라고 보치니 春香 말지 못ᄒ야 스랑ᄀ로 노
는디
　둥둥 니 스랑 將來 進士을 뫼신 듯 將來 及第를 뫼신 듯 校理 修撰을
뫼신 듯 參議 參判을 뫼신 듯 六曹 判書를 뫼신 듯 三政丞을 뫼신 듯 耆
社堂上을 뫼신 듯 둥둥 니 스랑 洞庭秋月夜 巫山젓ᄎ 놉흔 스랑 木落無邊
水如天 蒼海갓치 깁흔 스랑 三五新正 달 박른데 霧散千峰 翫月 스랑 曾經
學舞ᄒ올 젹에 借問吹簫ᄒ던 스랑 朱落日捲

〈20-앞〉

簾看에 桃李花開 노든 亽랑 둥둥 너 亽랑

흔참 이리 놀 젹에 一日은 窓 밧게 黃鷄 슈닭 두 나리 쑥쑥 치며 꼭괴요

우는 쇼리에 道令님 擧動보아라 父母 命을 生覺ᄒᆞ야 官家로 드러갈 졔 春

香이 ᄒᆞ난 말이

靡不有初니 鮮克有終이라 우리 둘의 百年佳約 中途改路 마옵쇼셔

道令님 그 말 듯고 들며 날며 亽랑ᄒᆞ며 離別 말ᄌᆞ 盟誓터니 ᄒᆞ로는 南原

貶題ᄀ 왓는디 使道 陞差ᄒᆞ야 同副承旨 堂上ᄒᆞ야 內職으로 드러갈 졔 올

나가실 治行을 ᄒᆞ시는디 馬頭 兵房 불너 말 團束ᄒᆞ고 工고子 불너 双가마

쉬미고 都使令을 불너 長을 定ᄒᆞ고 六房頭目을 불너 公由를 定ᄒᆞ고 吏房

불너 文書 下記를 닥고 後에 通引 불너 道令님 엿쥬어라 此時 道令님 드

러오시

〈20-뒤〉

니 使道 보시고

이 子息 너 엇듸 갓다 왓나냐

(道) 廣寒樓 구경갓다 왓셔요

(使) 廣寒樓에ᄂᆞᆫ 왜 갓던고

(道) 용흔 文筆이 붓헛다기에 구경ᄒᆞ엿셔오

(使) 니 드르니 밧게 怪惡흔 말이 間間 잇스니 兩班 子息이 나이 二十이

不遠ᄒᆞ얏는디 집안에 慶事가 잇스되 모르고 그 貌樣으로 단닌단 말이냐

(道) 慶事이 무엇이야요

(使) 오 나는 同副承旨ᄒᆞ야 內職으로 드러간다 나는 中記 닥고 올나갈 터

이니 너는 몬져 陪行ᄒᆞ야 明日 일직 쩌나게 ᄒᆞ여라

道令님 그 말 듯고 精神이 아득ᄒᆞ고 두 눈에 눈물이 얼이여 눈만 쌈작ᄒᆞ

면 눈물이 비오듯 ᄒ겟스니 눈을 먼동튼 듯이 쓰고

〈21-앞〉

  아부지 먼져 行次ᄒ시면 小子가 中記 싹고 가올리다
(使) 무엇이 엇더ᄒ여 나가고지고
道슈님 돌아셔며
  잇다금 져려케 忘靈이로군
道슈님 할릴업셔 비마진 龍大旗 格으로 후쥬군ᄒ게 나오면셔 春香의 집
向할 젹에 天地ᄂ 明朗ᄒ데 眼目은 不明ᄒ야 生覺할스록 謀策업셔 嘆息ᄒ
며 나갈 졔
  두고 갈가 디려 갈ㄱ 디려 ㄱ도 못 갈테오 두고 가도 못 갈테니 가슴
답답 이가 타니 우셔볼ㄱ 울어볼ㄱ 뎌를 디려가ㅈ ᄒ니 父命이 嚴肅ᄒ야
디려갈 슈 可望업고 져를 두고 가자 ᄒ니 그 마음 그 行實에 應當 自決할
터이니 이 事勢를 엇지ᄒ나

〈21-뒤〉

가만가만 緩步ᄒ야 春香의 집 當到ᄒ니 이 쩌 春香이난 道슈님 드리랴고
錦囊에 繡를 놋타 道슈님 두러오니 방긋 웃고 이러셔며
  오날은 왜 느졋쇼 오날이 멋칠인가 ᄒ로 보름 ᄒ니온디 使道쎄옵셔 客舍
行次 왜 ᄒ셧쇼 冊房에 손님 왓소 眉間에 愁色이오 面上에 눈물 痕跡 몸
이 압ᄒ 이리시오 쑤중을 드르셧소 말ᄒ오 왠 일이오 니 집에 단니신다고
惹端을 드르셧소
(道) 쑤중 말고 棍杖을 마졋기로 이다지 셜어 우루랴
(春) 셜운 일이 원 일이요 本宅셔 書簡이 왓다더니 언의 一家 兩班이 도
라가셧다고 訃告가 왓소

(道)　그가진 一家 萬名이 죽어도 닉 눈이나 쌈쪽흐랴
(春)　그러면 원 일이오 갑갑흐오 말흐시오
(道)　使道가 잡바지셧단다

<22-앞>

春香 쌈쪽 놀나
　使道께셔 上房에셔 근일다가 落傷흐셧소
　이 익는 말을 日常 뒤집어 듯더라 츠라리 너머져셔 엇의를 重傷흐셧스
면 藥을 쓰면 고만이지만은 同副承旨 堂上흐야 內職으로 드러가신단다 엇
지흔단 말이냐 明日 올나 간다
春香이 그 말 듯고
　닉 平生 願일너니 이졔 漢陽 가겟구나 춤말이요 眞情이오 나를 속이지
아니흐지 졍말이오
道슈님 氣가 막혀
　듯기 실타 나 죽겟다
春香이 다시 놀나
　웬 일이오 말슴흐시오 使道께셔 陞差흐니 慶事되면 넘오

<22-뒤>

　됴화 우나잇가 道슈님 올나가면 나 안갈가 이리흐오 女必從夫라니 千里
라고 짜라갈 터인디 우시는 속 모로겟소
(道)　春香아 드러보아라 닉가 너를 디려갈 터이면 나도 됫코 너도 됫코
兩人이 다 됴흐련마난 使道 分付內에 兩班의 子息 미중ㄹ 젼에 外方에 賤
妾을 흐엿다는 말이 나면 族譜에 일홈 쩨고 祠堂祭 參預를 못흔다 흐시니
그 안니 難處흐냐

春香이가 그 말 듯고 어여ᄲᅳᆫ 얼골이 붉으락 푸르락 ᄒᆞ고 눈셥이 ᄭᅩᆺᄭᅩᆺᄒᆞ더니 안젓다 이러셔난ᄃᆡ 발길에 발핀 초마ᄌᆞ락이 ᄶᆞ악 ᄶᅵ져지며 面鏡 体鏡을 둘너치며 文房四友를 와직ᄭᅳᆫ 와르륵 탕탕 ᄊᆡ티리며 書房 업슬 春香이가

셰간ᄒᆞ여 무엇ᄒᆞ며 丹粧ᄒᆞ야 쓸ᄃᆡ잇나

道令님 압헤 밧ᄉᆞᆨ 안지며

〈23-앞〉

무엇이 엇지ᄒᆞ여오 무엇시럿쇼 말 좀 ᄒᆞ오 갑갑ᄒᆞ오 엇지고 엇지야 賤妾 무엇 賤妾 이ᄯᅡ위 말이 몃가지나 되시오 道令님 여긔 안고 春香은 져긔 안뎌 나다려 ᄒᆞ신 말솜 무엇시라 ᄒᆞ시엿소 碧海가 桑田 되고 桑田이 碧海 되여도 離別 말ᄌᆞ 盟誓 아니ᄒᆞ시닛가 道令님 올나가면 貴家門에 ᄌᆞᆼ가들어 ᄭᅩᆺ갓ᄒᆞᆫ 안ᄒᆡ 엇고 草堂에 工夫ᄒᆞ야 大小科ᄒᆞ신 後에 名妓 名唱 風流 속에 晝夜浪遊 노실 적에 이갓ᄒᆞᆫ ᄉᆞ람이야 ᄭᅮᆷ에나 生覺ᄒᆞ신겟소 죽어도 갓치 죽고 ᄉᆞᆯ어도 갓치 ᄉᆞᆯ 可望업고 無可奈 아니 되려가고 道令님 ᄒᆞᆫᄌᆞ 가실진ᄃᆡ 오날밤 五更時를 살어잇지 안일테니 죽일테면 죽여쥬고 살닐테면 ᄃᆡ려가오

道令님 氣가 막혀

〈23-뒤〉

울지 마라 ᄂᆡ가 가면 아조 가며 아조 간들 이즐쇼냐 쇠ᄭᅳᆺᄭᅡᆺ치 모진 마음 烘爐라도 녹지 말고 다시 보기 기ᄃᆡ려라

이 ᄯᆡ 春香母는 졀고양이 貌樣으로 ᄯᅡᆨᄯᅡᆨ 아릐목에 축 업치고 누엇다가 건는방에셔 무엇이 와당탕 와르륵 ᄒᆞ며 울음 쇼릐가 隱隱히 들니니 春香母 이러나 우스며 ᄒᆞ난 말이

뎌것들 스랑쌈 흐난구나
엿드르러 나오난디 옷을 모다 버섯것다 치마도 벗고 고중이도 벗고 속속
곳만 입엇난디 映窓을 가만니 열고 도독괴 거름것듯 가만 가만 나오더니
春香 房 朧 귀를 기우리고 慇懃이 드러보니 離別이 分明흐다 春香母 쌈즉
놀나 이것들이 離別흐난구나 도로 房으로 드러와 버슨 옷을 다시 입고 映
窓을 후다닥 열고 긔침을 크게 흐고

〈24-앞〉

허허 이게 웬 우름이냐 니가 줌을 못줄진디 洞里 스람 줌 즈겟나냐 웨
우나냐 이 밤中에 至今 時俗 게집 아희들 열딧 쓸만 먹으면는 西房인지
南房인지 이고지고 스랑 쓰흠 눈이 시여 볼 슈 업다 父母가 줌을 즈면 操
心誠이 바이 업 남 다 즈는 깁흔 밤에 妖妄흐게 디고 우니 밋첫나냐 邪들
엿나냐 아비는 업거니와 어미 흐나 잇난 것을 어셔 어셔 죽어지라 이게
요 년 방졍이냐 四五才로 비운 것이 四書三經 聖訓이라 이게 무슴 行實이
며 우난 일이 웬일이냐 말흐여라 갑갑흐다
春香이 말 못흐고 초마끈만 물어쓰드며 눈물이 비오듯 흐야 옷깃을 젹시
니
(母) 말흐여라 웬 일이냐
(春) 道슈님이 가신다오

〈24-뒤〉

(母) 道슈님 엇딀가야
(春) 使道께셔 同副承旨 堂上흐야 內職으로 드러가신다오
春香母 大笑흐며
  이 의 宅에 慶事낫구나 道슈님이 慶事시면 니 집에도 榮華여늘 우난 일

이 웬 일이냐 道슝님 속속히 가면 나난 못갈망정 너난 갓치 治行ᄒ야 道
슝님과 갓치 가되 行次 前에 가지 말고 五里만큼 짜름짜름 밤 되거든 만
나볼 터인데 慾心 만은 盜賊년이 낫에 못보는 이가 타셔 남 다 자눈 밤中
에 이고지고 우니 道을 꼭 미여셔 네 고름에 치여 쥬랴 나는 ᄒ충 少年時
에 ᄒ로밤 셔방 離別 쉰도 ᄒ고 빅도 ᄒ되 能奸能手 잇난 故로 個個히 다
밋쳐셔 돈을 쥰다 乾達되면 神主까지 갓다주니 各집 神 모아 노은 게 아
마 열 셤은 되지 그리져리 지닛

⟨25-앞⟩

스되 울기눈 웨 우나냐 나는 셰간 放賣ᄒ고 쳔쳔 갈 터이니 너는 갓치
治行ᄒ야 道슝님을 짜라가지
(春) 道슝님이 못 다려간다요
(母) 웨 못 디려가 道슝님 丁寧 그리힛쇼
(道) 그럿타네
(母) 그게 웬 쇼리오 못 다려간다니
(道) 글셰 丈母 듯소 兩班의 子息이 編髮 兒孩로 外方作妾이 聽聞에 怪惡
ᄒ고 祠堂祭 參預를 안니 식인다니 卽今은 셥셥ᄒ나 後期約을 定ᄒ밧게
업네
春香母 그 말 듯고 검은 얼골이 붉으락 푸르락 ᄒ며 두 쥬먹을 불근 쥐고
벌벌 쩔더니 春香보고 ᄒ난 말이
이 년 죽어라 이 년 죽어라 어늬 놈의게 殺人을 홀 터이니 썩 죽

⟨25-뒤⟩

어라 道슝님 올나가면 뉘 간중을 녹이랴나냐 썩 죽어라
道슝님 압헤 밧싹 안지며

　네 이 놈 子息 나고 말 좀 ᄒ야보즈 나의 ᄯᆞᆯ 春香이가 行實이 그르던냐
人物이 밉더냐 言語가 不順터냐 雜시럽고 陋ᄒ더냐 언으 무엇 그르더냐
君子 淑女 바리는 法 七去之惡 업스며 바리는 法 업는 줄을 너는 엇지 모
르나냐 니 ᄯᆞᆯ 春香 ᄉᆞ랑ᄒ야 쎔도리로 ᄎᆞᄌᆞ와셔 春從春遊 夜轉夜晝 治遊
논닐다가 末境 갈 ᄯᅥ에는 쑥 쎄여 버리다니 楊柳千萬絲 가난 春風 줍아미
며 落花 落葉되면 언의 나뷔 도라오리 니 ᄯᆞᆯ의 고흔 花容 一生不得長春節
로 늘거 紅顔이 白首되면 時乎時乎不再來라 다시 졈지 못ᄒ난 줄 너는 어
이 모르나냐
와락 뒤여들어 道令님 넙젹다리를 함브로 물어쓴는디 春香

<h3 align="center">〈26-앞〉</h3>

母가 少年 落齒을 ᄒ야 압니가 쌰졋스니 아모리 물드리도 간즈럽기만 ᄒ
지 압ᄒ지는 아니ᄒ나 道令님 魂이 나셔
(道)　여보 丈母 두말 말고 디려감세 쥬훈 슈가 잇네 內行 압헤 神主輿 올
나갈 터이니 神主난 모서니여 소미 속에 넛코 春香은 輿 속에 안져 가게
되면 남들이 보기에 神主 든 줄 알지 春香 든 줄 알 슈 잇나 그 밧게난
道理업네
春香이 그 말 듯고
　어머니 건너가오 兩班의 体面되야 오즉이 답답ᄒ고 오즉 憫惘ᄒ야 더런
말슴 ᄒ시겟쇼 건너ᄀᆞ오
녀의 母親 보닌 後에 길이 歎息 우난 말이
　千里遠程 任 바리고 가난 生覺이 肝腸이 엇더ᄒ며 細雨紛紛花落時에 馬
上에 疲困ᄒ야 病이나 날가 念慮

〈26-뒤〉

오니 나의 生覺 ᄒ지 말고 安寧히 올나가오 道슈님은 올나가면 香花春風 집집마다 絶代佳人 됴흔 風流 樂而忘返 ᄒ실 젹에 나갓흔 春香이야 生覺 엇지 잇스릿가 ᄯ흔 니 팔즈니 죽어볼ᄭ 술아볼ᄭ 엇지ᄒ리 엇지ᄒ리 이니 身勢 엇지ᄒ리

이러케 안져 셜이 우니 道슈님 氣가 막혀

우지 말아 우지 말아 니가 간들 아조 가며 아조 간들 잇즐쇼냐 옛 일을 모르나냐 夫戍昭關妾在吾라 昭關에 戍客들과 吳나라 征婦라도 各分東西 任그리워 閨中深處 늘거 잇고 征客關山路幾重에 關征客이면 綠水芙蓉採蓮女 秋月江山 寂寞흔데 蓮을 키며 相思ᄒ니 나 올나간 後에라도 碧紗窓外 月明흔데 千里相思 부디 말아 他鄕千里 먼먼 길에 任을 두

〈27-앞〉

고 니가 간 후 漢陽城中 널분 곳에 玉女佳人 만컨만은 너 ᄒ나를 잇게 되면 一日 平明 十二時에 니가 엇지 便할숀냐 울지 마라 울지 마라 治行督促 滋甚ᄒ니 안에 暫間 단녀오마

道슈님 官家로 드러가 使道를 뵈온 後에 內衙에 얼픗 단여 冊房으로 나와 旁子 식여 나뷔 鞍裝 지여 타고 五里亭에 나와 六房 下人 下直밧고 나귀를 칫쳐 몰아 春香집 當到ᄒ야 안으로 드러가며 우난 春香 바라보니 淚陳兒ᄂ 似露滴花梢ᄒ고 哭聲兒ᄂ 似鶯囀喬林이라 道슈님 달녀들어 春香 허리 안고

우지 말아 우지 말아 니 ᄉ랑아 우지 말아

春香이 避席ᄒ며 나를 노으시고 져만큼 안지시오 갑갑ᄒ오 노으시오

道슈님 헐릴업셔 春香 허리 슬몃이 노코 春香은 이리 안고

〈27-뒤〉

道令님 져긔 만치 안져 보고 울고 울고 보며 離別을 ᄒᆞ난구나 含淚眼看含淚眼이오 斷傷人送斷傷人을 無情浿上絲柳로 未繫郞君七尺身을 三月當正三十日ᄒᆞ니 風光이 나를

離別허니 任도 나를 離別ᄒᆞ네 離別이냐 離別이냐 餞送春에 落花 離別 江樹遠含情ᄒᆞ니 萬里에 差君 離別 烟花三月下楊州ᄒᆞ니 黃鶴樓上 故人 離別 楚歌四面滿營月ᄒᆞ니 帳中白玉 美人 離別 雨雨風風馬嵬驛에 明皇 ᄉᆞ랑 貴妣 離別 掩淚辭丹 鳳昭君 薄命 故國 離別 漢使斷腸對歸客 孝子의 母子 離別 一場風雲 흣터지니 南北에 君臣 離別 三春에 雁化飛ᄒᆞ니 驛路에 兄弟 離別 모도 다 셜다 ᄒᆞ되 任 離別이 더옥 셜다 죽ᄌᆞ ᄒᆞ니 靑春이오 살ᄌᆞ ᄒᆞ니 任 그리워 엇지ᄒᆞ나 ᄂᆡ 身勢를 엇지ᄒᆞ랴

〈28-앞〉

우지 말아 우지 말아 至今 올나가면 金榜에 及第ᄒᆞ고 너를 ᄃᆡ려갈 터이니 셜어 말고 잘 잇거라

錦囊을 어루만져 거울 ᄂᆡ여 春香 쥬며

丈夫의 굿은 마음 거울 빗과 갓흘진ᄃᆡ 千萬年이 지나간들 變ᄒᆞᆯ 理 잇겟나냐

春香이 거울 밧고 숀에 ᄭᅵᆫ 指環을 버셔 쥬며 ᄒᆞ난 말이

玉環 一枚ᄂᆞᆫ 幼時의 所弄이라 冀充君子 下体之佩ᄒᆞ노니 玉取其堅潔不渝ᄒᆞ고 環取其終始不絶이라 願君子ᄂᆞᆫ 如玉之精ᄒᆞ고 如環不解ᄒᆞ소셔

(道) 오냐 오냐 셜워 말고 病나지 안케 保全ᄒᆞ면 明年春에 ᄃᆡ려감아

이 ᄯᅢ 春香母ᄂᆞᆫ 離別ᄒᆞᆯ 일 生覺ᄒᆞ니 天地 아득ᄒᆞ야 飮食을 全廢ᄒᆞ고 술만 먹고 두러너 牛黃든 암소 알틋 ᄒᆞ다가 아

〈28-뒤〉

모리 生覺ᄒ야도 離別이 꼭 되엿구나 헐일업셔 春香 房으로 건너와 ᄒ난
말이

　여보시오 道令님 니 나이 五十이라 늙기에 뎌것을 나어 金玉갓치 길너
닐 뎨 ᄒ나님게 祝壽ᄒ며 七星任께 祈禱ᄒ고 羅漢佛供 三神佛供 彌勒佛供
龍王祭 山神祭를 오날ᄭ지 誠心흠은 人物도 뎌와 갓고 地閥도 뎌와 갓흔
鳳凰의 쪽을 엇더 琴瑟友之 노는 것을 니 눈 압헤 보랴더니 꿈밧게 道令
님이 니 집을 ᄎᄌ와셔 西廂佳約 懇請ᄒ니 마음이 幻腸되고 두 눈이 뒤집
혀 션션이 許諾ᄒ야 金玉갓흔 뎌 子息을 이런 變을 當께 ᄒ니 눈 쎄고 혀
를 쎄여 기를 쥬어 合當ᄒ지 업지러진 물 되고 쏘아노은 술이라니 痛忿흔
들 쓸디업고 恨歎흔들 별일잇나 天下 雜년 地下 雜년 드럽게 늘

〈29-앞〉

　근 雜년 生離別 몃 千番에 안니 죽고 살아나셔 스위좃차 離別ᄒ니 드러
운 년의 팔ᄌ로다 大河長江 흘르는 물을 뉘라셔 막아니며 牛山에 지는 ᄒᆡ
를 그 뉘라 禁홀손가 두고 가는 이 肝腸과 감을 보는 그 마음이 雙全키
어러울손 漢陽 千里 먼먼 길에 病이 날ᄭ 念慮오니 우리 母女 生覺 말고
安寧이 올나가오 그러나 道令님 當付홀 말잇나이다 니 나이 半百이라 今
日이나 明日이나 다 썩고 나문 肝腸 生死를 未判이니 春香을 잇지 말고
百年期約 生覺ᄒ면 죽어 黃泉 도라가 結草報恩 ᄒ오리다
더버리고 설이 우니 道令님이 春香母를 慰勞할 졔 슐숭 들여놋고 술은 먹
지 안니ᄒ고 春香母는 大凡흔 擧動을 뵈이노라 抑制 울름을 춤는디 셩닌
둑겁이 슘쉬듯 비만 불둑ᄒ고

〈29-뒤〉

道슈님 당나귀 우름울 듯 우름보가 트지는디 열두 마듸를 꼭 썩거 울고
春香은 母親이 안졋스니 우름을 크게 울지 못ᄒ고 눈물만 비오듯 ᄒ야 옷
깃을 젹시며 上丹이는 돌아셔셔 초마즈락으로 얼골을 갈리고 痛哭ᄒ야 울
젹의 旁子놈이 헐썩헐썩

　여보시오 道슈님 惹端낫소 惹端낫소 무슨 離別을 이리 쓴질게 ᄒ시오
줄 가거라 줄 잇거라 付之一笑할 일이지 무슴 離別을 쎠ᄀ 녹도록 ᄒ신단
말이오 大夫人 行次 발셔 鼇水驛에 ᄂ가셧갓쇼
道슈님 쌈쪽 놀나 春香母 부여줍고

　여보 丈母 나는 가니 셜어 말고 잘 지니오 春香아 나는 간다 울지 말고
뫼시고 잘 잇거라 香丹이도 잘 잇거라

〈30-앞〉

道슈님 할일업셔 馬上에 올나안지며
　春香ᄋ 줄 잇거라
春香이 흔 손으로 中門을 부여줍고 흔 손으로 道슈님 숀을 잡으며
(春)　道슈님 荒村雨露에 眠宜早ᄒ고 野店風霜에 起要遲ᄒ쇼셔
(道)　오냐 오냐 줄 잇거라
旁子 밧슥 달너들어 馬 가즈 치질ᄒ니 飛虎깃치 가ᄂ 말이 靑山이 얼는
얼는 얼는 한 모롱 두 모롱 감돌고 풀노아 아득이 멀어지니 淸江에 놀든
鴛鴦 쪽을 일코 온 擧動이오 雨後淸江 뎌 白鷗 煙波外에 쩌나가듯 山 아
리 빗긴 길에 활기 흔번 투 치는 문득 간 곳 업셔지니 春香의 擧動을 보
아라 李道슈 가는 곳을 즈셰이 슬펴보니 因忽不見 속졀업다

〈30-뒤〉

(春)　香丹아

(香) 예-

(春) 道令님 엇듸만큼 ᄒ셧나 보아라

香丹이 엿ᄌ오디

　一鞭殘照裡오 西圍山色中이로쇼이다

春香이 精神업시 그 ᄌ리에 쥬져안져

　인졔논 할일업시 永離別을 ᄒ단 말ᄀ 나와 둘이 울던 任이 엇의 ᄀ고 안보이나 잘잇거라 ᄒ던 소리 귀에 錚錚 안보이네 二八時節 졀문 년이 郞君 글녀 엇지스나

春香母 氣가 막혀 궁글며 셜이 우니 春香은 孝女라 愁色을 감추고 天然이 위로ᄒ니 春香母 그 ᄯ의 擧動 보고 울음을 鎭定ᄒ고 大凡ᄒ 조흔 말로 ᄯᆞᆯ를 도로혀 慰勞ᄒ니 이러홈으로

<h2 style="text-align:center">〈31-앞〉</h2>

南原 月梅라 ᄒ던 것이엇다 此時 道令님은 鰲水驛에 宿所할 졔 私處에 衾枕 펴고 던진 듯이 홀노 누어 春香 生覺 셜게 울 제 안져 生覺 누어 生覺 生覺ᄉ록 보고 십고 보고 십어 發狂나니 이러케 보고 십어 니가 엇지 술 갓나냐 項羽의 玉帳悲歌와 明皇의 萬里幸蜀을 글노만 보앗더니 너게 와 當할 쥴을 엇지 ᄯᅳᆺ을 ᄒ엿스리오 길이 歎息 이ᄀ 탈 제 俄而고 날이 ᄉ니 早飯을 즙슌 後에 京城으로 올나가시니라 그 후 使道께옵셔 夫人과 酬酌ᄒ시고 春香 보시랴다 다시 生覺ᄒ니 道令님의 長愆도 될 터이오 下人所視에 안니되야 慇懃이 旁子 불너 돈 三千兩 니여쥬며 이것 갓다 春香母을 주고

　이것이 롬小ᄒ나 家用에 붓터 쓰고 道令님이 第及ᄒ면 將次 디려갈 터이니 母女間 셜어 말고 부디 줄 잇스리라

〈31-뒤〉

旁子 예- 大夫人이 吏旁 불너 白米 百石 衣次 언져 純金 三作 너여쥬며
  이것 갓다 春香 쥬고 나 츳던 것이니 나 본 듯이 가지고 슈이 다려갈
터이니 셜어 말고 安保ㅎ리라
吏房이 슈을 듯고 房子 식여 卽시 錢穀疋木과 珮物을 갓다 쥬며 使道 말
을 傳ㅎ니 春香母 謝禮ㅎ며 次例로 바다노니 道令님 生覺이 더욱 懇切ㅎ
더라 歲月이 如流ㅎ야 舊官은 올나가고 新官은 到任ㅎ야 數朔을 지닐 젹
에 이 쩨에 春香이는 失魂愁心 病이 나셔 門을 닷고 홀노 누어 相思曲 斷
腸聲으로 任을 그려 울더니라 玉갓흔 任의 얼골 달갓흔 任의 態度 支離
相思 보고지고 東風이 溫和ㅎ니 任의 懷抱 불어온가 반가울ㅅ 春風이여
春風에 피는 쏫은 웃는 듯 任의 얼골 져 쏫 갓치 보고

〈32-앞〉

지고 憂愁를 祈與誰ㅎ고 相思를 知者知라 老天이 不官人憔悴ㅎ니 淚添九
曲黃河溢이 恨壓三峰華岳抵로다 父母갓치 重흔 몸이 天地間 업건마는 郞
君 그러 스는 몸은 춤아 잇지 못할너라 寤寐中에 두 눈물이 밤낫업시 흘
으는디 一寸肝腸 좁은 곳에 万斛愁를 너어두고 우리 任을 다시 보면 이
셜움이 기련만은 언의 쩨 다시 만너 握手 論情 헐가보냐 그리워 못보는
任 이져 無妨ㅎ건마는 든 情이 病이 되야 스로나니 충즈로다 아마도 죽지
말고 保全타가 언의 年 언의 時 郞君을 만나거던 細細愿情 ㅎ오리ㄹ 此時
에 新官이 到任ㅎ야 一年을 지니더니 羅州牧使 移拜ㅎ고 다시 新官이 낫
스되 紫霞골 막바지 스는 卞學道라는 兩班이 낫스되 얼골이 졸나고 男女
唱 羽界面을 것침업시 줄 부르고 風流속이 通達ㅎ야 돈 줄 쓰고 슐 줄 먹
고 一代豪傑이로디 한가지 허물이

〈32-뒤〉

이던가 보더라 固執잇 眉連ᄒ야 조흔 말을 글니 알고 그른 말을 올쎄 알고 酒色이라면 火藥을 질머지고 불조심 아니ᄒ니 이러홈으로 곤다라의 알골 듯ᄒ고 지니다가 祖上 밧드러 南原府使를 除授ᄒ시니 이 쎠에 南原 新延이 올나와 次例로 見身ᄒ난디

　新延吏房 見身 新延通引 見身 新見首陪 見身ᄒ난디 都使令 都軍奴 都旁子 見身이오 使道 分付ᄒ되

　오 - 너의들 無事히 올나오며 너의 골에 무슴 일이나 업나냐

(吏)　예-

(使)　니 드르니 너의 고을이 色鄕이란 말이 올으냐

(吏)　예- 一色 妓生 만ㅅ옴니다

(使)　너의 고을 一色 春香이ㄱ 잇다지

(吏)　예- 萬古 一色이로쇼이다

〈33-앞〉

使道가 一色이란 말을 듯고 두 엇기 한 번 웃슥 ᄒ야지며

　春香이 平安이 게시냐

(吏)　예- 安寧이 게십니다

(使)　南原 에셔 몃 里나 되나냐

(吏)　六百 十里로쇼이다

(使)　됴흔 말 탓스면 흔나절에 갈ㄱ

(吏)　六五을 나려가 도임ᄒ시고리도 ᄒ로다 ᄒ시면 ᄒ로옵고 十日말에 나려가 도任ᄒ시고리도 ᄒ로라 ᄒ옵시면 ᄒ로로소이다

(使)　吏房의 말을 드르니 속이 시원ᄒ고나 將來 吏房 노릇 줄 희먹게다

잇튼날 平明後 新官 發行할 시 謝恩肅拜ᄒ온 후 長安署經 暫間 돌고 古祠

堂 參拜ㅎ고 全羅道로 나러간다 구름갓흔 双轎 별輦 牧丹싁임 완ㅈ창 네
활게 쪅이고 一等 馬夫 有囊達馬

〈33-뒤〉

썽그럿께 시러노코 키 큰 使슈 靑창옷 뒤치ㅈ비 힘을 쓰며 별輦 뒤짜랏는
디 南大門 外 썩 니다라 花蘭春城 萬化方暢 버들입 푸릇푸릇 白沙 銅雀
얼는 건너 南太嶺을 넘엇고나 首陪 흔 쌍 通引 흔 双 吏房 刑吏 工房이며
支掌色 吹鼓手 巡令手 都旁子 級唱이 左右로 擁衛ㅎ야 勸馬聲이 振動ㅎ더
라 左右로 뫼신 邏卒 日傘驅從 前後倍 各差備 馬를 타고 十里에 連ㅎ얏다
馬夫야 네 말 돗타 一時 마음 눗치 말고 두 팔에 힘을 올녀 兩협 기울지
안께 馬上을 우러러 고로 저어라 굽은 돌이야 지방이야 흐늘거려 갈 졔
新延吏房 치례보라 高陽나의 져고리 바지 斑紬동옷 모시直領 조츌ㅎ게 줄
치리고 가진 부담 올나 안져 별輦 뒤짜라잇고 新延通引 치례 보라 南方壽
紬 누비 바지 三八 동옷 甲紗쾌ㅈ 技香汗冲 鶴膝眼鏡 알쯧 모를 넌즛 차
고 가진 負

〈34-앞〉

擔 着氈笠 馬上態 밉시난다 新延級唱 치례 보라 키 크고 길 잘 것고 어엿
부고 말 줄ㅎ고 怜悧흔 뎌 級唱이 외올網巾 玳瑁貫子 直絲당쥴 달아 쓰고
偎日 상투 珊瑚 동굿 琥珀風簪 光彩난다 二百쥴 平布笠을 한 一 지게 반
듯 쓰고 白壽紬 누비 바지 韓山 모시 防牌 天翼 ㅈ락을 各其 졉어 黑紵紗
手巾으로 뒤로 졧쳐 ㅈ바 미고 熟포 반비 古緞背子 銀粧刀를 빗슥 츠고
龍靑毛綃 허리씌를 佑牽갓치 넓게 졉어 무릅 아러 쩌러트리고 桃榴拂手
錦囊에 大邱八絲 쑤여 츠고 엽낭 쌈지 슐승근 五色으로 얼는얼는 四날집
신 엽총 짜셔 落考低로 눌게 신고 潔흔 壯油紙로 초籠 단임 줍아미고 靑

帳줄 검처줍고 활기 훨훨 치며 大馬驅從아 너 갈 데 보지 말고 말 갈 데
보아라 쥬먹갓튼 닉민 돌이 셔실이 퍼럿쿠나 팔더 힘을 녀 고로게 허라
新延軍奴

<h3 align="center">〈34-뒤〉</h3>

치레 보라 山獸털 털벙거지 藍日光緞 안을 밧쳐 날닐 勇字 딱 부치고 宮
絹軍服 紅廣帶 背子 吐手 銀粧刀 五色手巾 藍肩帒 錦囊을 여럿 다라 뒤로
어슥이 둘너 미고 不良흔 눈망울이 이리뎌리 궁글며 예라 나지 마라 新延
使令 치레 보면 統營갓흔 꼿꼿 佩纓汗衫 달앗난더 완더그레 잣치 창옷 柳
木棍杖 방울 달아 日傘 압헤 갈나셔셔 에라 나지 마라 全州府中 드러달아
巡相게 延命ᄒ고 老姑바위 任實 지나 鰲水驛에 宿所ᄒ고 磚石티 넘어드니
六房 邏卒 다 나왓다 人物 差持 戶長이며 物品 差持 工房이며 座首 別監
通引들이 기럭이 雙雙으로 左右로 느러섯다 行道執事 치레 보라 統營絲笠
錦貝갓믄 보기 조흔 靑天翼 馬上에 올나안져 등치를 엇식 집고 雙雙이 前
陪ᄒ고 中軍 千總 把摠 軍官 純金 甲옷 千里馬에 두렷

<h3 align="center">〈35-앞〉</h3>

시 안진 貌樣 鎭三國之 猛將인 듯 執事 指揮 使團鍊使 敎鍊官 着氈笠 金
鞍駿馬 宣傳官의 態度로다 旗牌官이 号令ᄒ야 淸道導로 드러갈 제 二十八
門 各色 旗치 行伍 차즈 버러세고 虎尾金鼓 흔 雙 號銃 흔 雙 螺 흔 雙
笛 흔 雙 囉叭 흔 雙 鉢鑼 흔 雙 細樂 두 雙 鼓 두 雙 巡視 흔 雙 旗 두
雙 仙女갓흔 妓生들은 着氈笠 鞍粧馬 左右로 갈나셧다 쾡퉁 좌르르 囉叭
은 쏘- 고동은 쑤- 가진 吹打 行樂聲은 年豐을 즈랑ᄒ고 勸馬聲 前導헐 제
物色과 威嚴이 一邑에 가득ᄒ니 上下 男女 老少 人民이 左右로 구경헐 제
이 찌 使道는 藍輿 우에 올나 안져 고기를 엇지 너여 둘넛던지 撫面흔 부

치살에 코가 걸니어 피가 나도 모로고
(使) 首奴 부르라

〈35-뒤〉

(首) 예-의-
(使) 뎌긔 구경ᄒ난 것이 모도 다 妓生이냐
(首) 氣가 막혀 예-의- 모도 다 妓生이로쇼이다
使道 大笑ᄒ며
  인제야 니가 妓生벼락을 만난고나
客舍에 賀禮ᄒ고 東軒에 坐定ᄒ야 츠담床 잡스시고 當場 第三日 點考을
헐 터이나 體面을 生覺ᄒ고 이를 갈고 견디는디 엇지 이를 갈고 춤앗던지
압니가 다 쌔질 지경이엿다 第三日이 當ᄒ야 六房 下人 點考를 暫間 보고
戶房 督促ᄒ야 妓生 點考 어셔 ᄒ여라 戶房이 슈을 듯고 妓生 點考을 ᄒ
더니라 案冊을 드러노코 次例로 呼名을 ᄒ난디
  南浦月 깁흔 밤에 棹디 치는 뎌 ᄉ공아 뭇노라 너 탄 비 桂棹錦

〈36-앞〉

  帆 蘭周-
行首妓生이 드러오난디 羅裳을 것음것음 한 편으로 것어 안고 요만ᄒ고
안난 擧動 秋天明月 分明ᄒ다 나오-
  一代 文章 蘇東波 赤壁江에 비를 씌고 擧酒屬客 ᄒ올 덕에 小焉東山 月
出이
月出이가 드러오난디 紅裳을 것어 안고 含嬌含態度 것난 거름 千般이나
裊娜ᄒ고 萬般이나 ᄒ야 似垂柳花晚風前이로다 나오-
  李花滿不開門 長倍宮中 李花 나오-

使道 分付ᄒ되 妓生을 그럿케 느러지게 ᄒ면 멫날 멪칠 갈 쥴 몰로겟구나
갑갑ᄒ야 죽깃스니 밧비 밧비 불너라
戶房이 聽令ᄒ고 넛字 話頭로 부르것다
　渭城朝雨浥輕塵 客舍靑靑 柳色이 왓나냐

〈36-뒤〉

　예-의 等待ᄒ엿쇼
　紗牕에 빗취엿다 纖纖影子 初月이 왓나냐
　예-의 等待ᄒ엿소
　喃喃枝上 봄바람 頡之頡之 飛燕이 왓나냐
　예-의 等待ᄒ엿쇼
　千里江陵 느져간다 朝辭白帝 彩雲이 왓나냐
　예-의 等待ᄒ엿쇼
　太華峰頭玉幷蓮 花中君子 玉道가 왓나냐
　예-의 等待ᄒ엿소
　月明林下美人來 慇懃ᄒ다 梅仙이 왓나냐
　예-의 等待ᄒ엿소
　借問酒家何處在 牧童이 遙指 杏花가 앗나냐

〈37-앞〉

　예-의 等待ᄒ엿소
　玉露金風滿山紅 一葉靑光 沃葉이 왓나냐
　예-의 等待ᄒ엿소
　朱紅唐絲 벌미듬 츠고 나니 錦囊이 왓나냐
　예-의 等待ᄒ엿소

廣鳳殿上明月夜 羣仙이 如玉 玉仙이
丹山梧桐 그늘 속에 雙去雙來 飛鳳이
月中天香 丹桂子 香聞十里 桂花
思君不見 半月이
獨坐幽篁 琴仙이
漁舟逐水 紅桃
笑指蘆花 月仙이

<h3 style="text-align:center">〈37-뒤〉</h3>

重陽春色 菊花
四時長春 竹葉
翠香이 錦香이 月香이
使道가 香字만 드르면 궁둥이가 짜에 못 보이게 들먹더며
(使) 戶長 듯나냐
(戶) 예-의-
(使) 너의 고을에 春香이가 잇다더니 點考時에 업스니 웬 일이냐
(戶) 春香은 妓生이 안니오라 退妓 月梅 딸이온디 妓案 着名흔 일 업고
閭閻生長 ᄒᆞ옵더니 旧官 冊房 道令任이 머리를 잇짓나이다
(使) 舊官 冊房 道令이 머리를 엇젓스면 春香을 디려간나냐
(戶) 디려가지 아니ᄒᆞ고 제 집에 잇나이다

<h3 style="text-align:center">〈38-앞〉</h3>

(使) 니 드르니 春香은 原妓의 子息이오 쏘흔 人物이 一色이라 ᄒᆞ니 妓案
에 着名ᄒᆞ고 밧비 見身식이라
戶長이 슈을 듯고 게셔 업처 聽令ᄒᆞ야 春香을 불너올 닐 일오디 体面을

生覺ᄒ고 밧게 나와 行首妓生을 불너 使道 分付 如此키로 春香을 妓案에
着名ᄒ얏스니 네ᄀ 春香의 집에 나아가 春香母에게 말을 ᄒ고 至今 와 見
身ᄒ라 ᄒ여라 妓生 슈을 듯고 春香 부르러 나간다 廣寒樓 지나 烏鵲橋를
건너 春香 집에 드러가며 ᄒ난 말이

　여보쇼 春香阿氏 여보시오 셔울阿氏 셔울媽任 셔울夫人 使道께셔 부르
시니 어셔 밧비 드러가셰

　春香이 變色 對曰 使道께셔 부르시니 爲民之父母시라 불으시면 갈 터이
나 니가 妓生인가 妓生이 안닌 바의 불은다고 갈 슈 잇나 病든지 數朔이
라 出入할 슈 업섯스니 行首兄이 드러가셔 春香

〈38-뒤〉

　은 病이 들어 죽게 되엿다고 勸勞ᄒ야 말을 ᄒ고
行首妓生 그 말 듯고

　新官 使道 性情이 무섭고 엄슉ᄒ야 꾀를 쓸 슈 바이 업쓰니 아모됴록
잘 고ᄒ야 부르지 안쎄 ᄒ야봄셰
春香과 말을 ᄒ고 官家로 드러와 戶長을 對ᄒ더니 春香과 흔 말은 간 곳
업고 春香을 먹어젓치ᄂᆞ디 더톱 이승이엿다
(行)　春香이 죽어도 못 옷겟다 ᄒ옵듸다
(戶)　엇지ᄒ야 그리던냐
(行)　使道께셔 부르시면 네가 엇지 나왓나냐 ᄒ기에 戶長任이 轉次 分付
불너오라 ᄒ시더라 ᄒ니 너난 平生 戶長밧게 몰으나냐 戶長놈이 와셔 불
읏듸도 나난 못가겟다 ᄒ옵듸다
戶長이 春香의 凡節을 아는 고로 그 게집 아희가 그럴 理가 잇나 속

〈39-앞〉

으로 斟酌ᄒ고 官家에 드러가 禀ᄒ되

　小人이 春香을 불넛더니 제 郎君을 生覺ᄒ고 病이 들어 잇다 ᄒ고 오지를 안니ᄒ니 使道 處分이 엇더할난지

(使)　니가 뎌를 불으난디 守節 물졀이 엇더ᄒ니 제가 守節혼단 말을 니안에셔 드르시면 大夫人은 딱 氣졀를 ᄒ겟구나 至今 바비 春香 불너 見身식혀라

방울이 쩔렁 使令이

　예-의-

　春香 밧비 待令ᄒ나

　예-의-

軍奴使令이 나간다

　金番首야 웨야 朴番首야 웨 부르느냐 걸니엿다 걸니엿다 누

〈39-뒤〉

　가 걸니엇노 春香이가 걸니엿다 올타 그 亂杖 맛고 潭陽갈 년 兩班 書房 ᄒ엿다고 驕慢이 넙오 만코 態가락이 만트니라 그뭄코가 三千이면 걸닐 날이 잇나니라 春香의게 私情을 두는 놈도 기아들 놈이오 나도 기아들이니라 그 안니쑵고 쥬졔넘은 년 줄 되엿다 줄 졀엿다

小獸털 털벙거지 藍日光緞 안을 안을 밧쳐 날닐 勇字 딱 부치고 宮絹軍服 紅廣帶 거름 조차 팔녕팔녕 光風의 가뷔 날듯 樹林間 猛虎쳐럼 츙츙거러 드러가며

　春香아

부를 젹에 이 쩌 春香이난 千里相思 任을 그려 道令任씌 온 片紙를 츠레로 니여노코 보고 울고 울고 불 졔

千里相別 晝夜相思 老親侍下 줄 잇나냐 이 몸은 無事得

〈40-앞〉

達ᄒ야 堂上 問安 安寧 下情에 깃부도다 니 마음 네가 알고 네 마음 니가 아니 別 말이 웨 잇스리 八翼이 업스니 날아가지 못ᄒ고 一刻이 難堪ᄒ나 事勢를 엇지ᄒ리 니 마음의 가진 것은 尾生의 밋을 信字 네 마음에 가진 것은 貞女의 미울 烈字 우리 둘의 깁흔 言約 직힐 守 쑨이로다 엇지ᄒ야 天幸을 만날 날이 멀지 안닐쯧 安心ᄒ야 企待ᄒ여라 滿萬說話를 書中에 다 못ᄒ고 눈 압에 뵈이는 듯 답답ᄒ여 大綱 그리노라 年月日 싯헤 上丹이도 줄 잇나냐 片紙난 오것만는 任은 어이 안니오고 나는 엇지 못 가는고
柴門에 聞犬吠 기가 컹컹 지는 소리 문을 열고 니다보니 使令軍奴가 드러셧다 春香이 門을 열고 아중아중 나오면셔

金番首 오셧나 朴番首 오셧나 今番에 京ᄒ야 路毒이나 안니

〈40-뒤〉

나셧나 니 집을 츠지오기 쏫밧기로셰
손을 줍고 잇쓸몃셔 어셔 오소 어셔 오소 軍奴使令들이 生前 春香의게 그런 待接 못바다 보다가 손을 줍고 말을 ᄒ니 몸에 두두럭이가 날 地境이로구나

여보쇼 同生 웨 나왓나 病中에 觸觴ᄒ리 어셔 드러가세
房으로 드러 안치니 使令들이 가슴이 두군두군 單拍에 낫눈이 어둡고나 春香母 건너오며

이 子息들 오날 니 집에 오기 발병이나 아니난나냐 늙은 어미를 ᄒ번도 와셔 아니 보아 上丹아 按酒는 업다만는 술이나 만이 가져오너라

슐승 드러노코 슐 勸ᄒ니 使令들이 슐맛을 보더니
(使令) 말이야 바로 말ᄒ지 使道가 ᄌ네를 守聽 擧行 식인다고

〈41-앞〉

   지쵹이 티단ᄒ다 우리 두리 드럿스면 ᄌ네 ᄒ나 쎼아노키 못할 理가 잇
나
(春) 글세 鐵中에 錚쇼리라고 스람이 만은디 옵바 두 분만 잇쇼
(使令) 그 말이야 두 번인들 할 말인가
再促使令이 나온다 이 놈이 擾亂ᄒ다 우리 다 아는 장단일다 이리 와 슐
이나 먹ᄌ 셰 놈이 슐을 엇지 먹엇던지 하늘이 돈쏘싹만ᄒ고 世上이 노랏
케 되엿고나 春香이 돈 셕 兩 니요노으며
   이것이 畧小ᄒ나 드러가다가 藥酒나 ᄒ 盞 먹고 가오
(使令) 이게 될 말인ᄀ 쇠가 쇠를 먹고 살이 살을 먹는다고 ᄌ네 이것 바
다갈 슈 잇나
그리면셔도 돈은 쏭무니에 츠며 입슈나 다 올흔가 물나 ᄌ 우리 들이가네
春香을 作別ᄒ고 門外에 나오더니 세 놈이 손길을

〈41-뒤〉

마조 줍고 ᄌ 우리 노러나 ᄒ나 ᄒ야보세 그 말이 썩 좃코나
   白鷗야 썽청 쮜지 마라 너 잡으려 나 안간다 聖上이 바리시니 너를 좃
ᄎ 여긔 왓다 玉樓紗牕花柳中에 白馬金鞭 少年들은 碧梧桐 七絃琴을 알고
뎌리 질긔나냐 知音을 몰를진디 音律을 어이 알니 宮商角徵羽 五音六律
나다려 뭇게 되면 窮天之理를 大綱만 이르리라
   너 먼져 드러가ᄌ 이 이 우리 그리 말고 셋이 셔로 잡고 거드러거려 드
러가ᄌ

그것 썩 죠흔 말이다
세 놈이 숭토을 서로 줍고 설렁설렁 드러가며
春香使令 잡어드렷쇼
使道 어이업시

〈42-앞〉

이 놈 春香은 엇지ᄒ고 春香使令 줍아 드렷다니 뎌런 죽일 놈이 잇나
흔 놈이 아뢰는디
春香이가 病이 드러 거의 죽게 되엿는디 懇切히 말을 ᄒ며 됴흔 슐 됴
흔 按酒를 비가 터지게 먹고 돈 三兩 쥬기로 세 놈이 흔 兩씩 난오와 가
졋는ᄃᆡ 人情間에 못 잡아 왓스오니 다시 分付ᄒ옵시면 小人의 어미라도
待令ᄒ오리다 몰나 그럿치 小人의 어미가 春香보다 一色이지오
使道가 一色이란 말을 듯더니
네 어미가 一色이면 나이 몃 술이야
(使令) 예- 올에 아흔 아홉이로소이다
(使道) 밋친 놈이로고 이 길로 急히 가 春香을 불너오되

〈42-뒤〉

万一 더듸 擧行ᄒ다는 物故를 닐 터이니 至今 速히 불너오리라
뎌 使令들 슈을 듯고 千金一身 身外無物이라 ᄒ얏스니 春香의 事情보다
杖下之魂이 될 것이니 어셔 밧비 불너오자 春香의 집 急히 急히 가 門前
에 드러셔셔
여보쇼 셔울딕 홀일업네 드러가셔 擧行 잘못흔다 ᄒ고 行首執事 嚴棍
치고 都使令 都軍奴는 結縛ᄒ야 다랏스니 事勢가 엇지힐 슈 잇나 드러가
셔 드러가셔

春香이 할일업셔 官家로 드러갈 졔 헛트러진 머리털은 귀 밋헤 늘어지고
쓸니는 초마폭은 거름거름 것어 안고 비마즌 져비처럼 아장아장 것는 態
度 王昭君의 밉시로다 官家에 드러가 四桂花草 놉흔 단언 楊柳 靑靑 그늘
속에 가마니 안지니 廳令及唱이 나셔며

<h3 style="text-align:center">〈43-앞〉</h3>

春香이 見身이오
使道 보시고 참 万古一色이로구나 어셔 올너오리라
春香이 辭讓타가 못ᄒ야 上房에 올나가 고양이 믜마진 듯시 웃독 안져 벌
벌 쩌니 使道 보시고 連히 츠것다
  어어 어엽부다 沈魚落雁이란 말을 過히 츈가 ᄒ엿다더니 閉月羞花ᄒ는
態度 보던 즁 쳐음이오 작이 업는 一色일다 薛濤 文君 보랴 ᄒ고 盆州刺
使 自願ᄒ야 三刀夢을 꾼다더니 네 所聞이 하 즁ᄒ야 京郷에 有名키로 密
陽 瑞興 마다ᄒ고 艱辛히 셔드러셔 南原府使 ᄒ얏더니 오히려 늣덤벙여
先着鞭이 되엿스나 綠葉成陰子滿枝가 아즉 안니 되엿스니 不幸中 多幸일
다 旧官 冊房 道令任이 네 머리를 언졋다니 道令任 가신 후에 獨宿空房헐
슈 잇나 應當 愛夫 잇슬테니 官屬이냐 乾達이냐

<h3 style="text-align:center">〈43-뒤〉</h3>

어려이 알지 말고 바른디로 말ᄒ여라
春香이 엿즈오디
  倡女의 子息이나 妓案에 着名 안코 閨閣生長ᄒ옵더니 旧官宅 道令任이
年少ᄒ 風情으로 小女집을 차자와셔 西廂佳約 懇請ᄒ니 老母가 許諾ᄒ고
李氏宅에 許身ᄒ야 百年期約 밧들기로 斷斷盟誓ᄒ엿더니 好事가 多魔ᄒ야
道令任을 離別ᄒ고 獨宿空房 晝夜相思 찻질 날만 企待리니 官屬 乾達 愛

夫 말슴 小女의게 當치 안쇼
使道가 그 말 듯고 크게 웃고 稱讚ㅎ되
  얼골 보고 말 드르니 안팍으로 一色일다 玉顔從古多身累ㄱ 歐陽公의 글
짝이라 人物 죠흔 女人들이 節行이 업것만는 꼿갓흔 더 얼골 玉갓흔 그
마음이 어엽부고 아름답다 네 마음

〈44-앞〉

  은 그러나 李道令 어린 ᄋ희 중가들고 及第ㅎ면 千里他鄕 暫시 사亂 네
生覺을 할 슈 잇나 可憐흔 네 신셰가 꼿가지에 셔리오 弱흔 줄에 씌글이
라 黃昏約 간디업고 白頭吟 을푸며는 그 아니 불상ㅎ냐 네가 有識ㅎ다 ㅎ
니 史記로 이로리라 옛날 豫讓이는 再醮婦의 守節이라 네가 나를 爲히 守
節ㅎ면 豫讓과 一般이니 衣服丹粧 곱게 ㅎ고 오날부터 守廳ㅎ라
(春) 春香은 먹은 마음 使道任과 다르위다 오랄 가신 道令任이 無信ㅎ야
안츠면 班婕妤의 本을 밧아 玉牕螢影 직이타가 이 몸이 죽스오면 黃陵
墓를 차자가션 二妃魂靈 뫼시읍고 斑竹枝 졈은 비에 놀아볼가 ㅎ읍는더
再醮守節ㅎ란 말삼 小女의게는 當치 안소
使道가 到任 初에 春香 行實 모로셔 輕率이 불너셔 ㅎ난 말이 이

〈44-뒤〉

러ㅎ니 奇特ㅎ다 稱謝ㅎ고 고만 너여 보넛스면 官村無事 죠흘 것을 싱긴
것이 ㅎ 묘ㅎ니 慾心이 작득 나셔 을너보면 될 쥴 알고 節字를 가지고 한
번 잔득 을으것다
  허허 이런 슈졀 보쇼 妓生 守節 ㅎ단 말이 뉘 안니 腰絶홀가 니 分付
拒絶키는 間夫事情 懇切ㅎ야 別層節을 다 말ㅎ니 네 罪가 切切可痛 刑杖
아리 氣節ㅎ면 네 靑春이 屬절업지

春香이 결를 니여 不分生死 엿ㅈ오디
  使道는 兩班이라 禮節을 아시려던 守節婦女 抑奪ᄒ면 爲民之父母 道理
節次 絶當ᄒ오릿ㄱ 毁節ᄒ는 不正男女 切齒腐心ᄒ옵듸다
使道가 그 말 듯고 두 눈이 캄캄 코등이 믹믹 목 각 쉬며 網巾片子가 쑥
끈어지고 상투 웃고가 벌ᄯ 넙고 턱을 덜덜 쩔더니

<h3 align="center">〈45-앞〉</h3>

  이리오너라
(通引) 예-
(使) 이 년 잡아너라
(通) 예- 級唱이
(級) 예-의
(通) 春香이 잡아너라
(級) 예-의 使令 春香이 잡아너라
(使) 예-의-
더 使令 擧動보아라 우루루 달려드러 春香의 머리치를 휘휘친친 검처잡고
동덩이쳐
  잡아드럿쇼
크나큰 形틀에다 올려노코 미고

<h3 align="center">〈45-뒤〉</h3>

(使) 形吏 거긔 잇나냐
(形) 예- 形吏 待令ᄒ엿쇼
(使) 뎨 년을 써려 죽일이니 다짐 쓰라
(形) 예-

刑吏가 다짐 써셔 分付ᄒ되

　汝矣身이 唱家少婦로　不從官長之嚴令ᄒ고　發惡拒逆ᄒ니　身爲賤妓로　藉
稱貞節이　罪當萬死라　卽爲打殺ᄒ야　以一懲百ᄒ리니 죽기를 설워 마라
刑吏가 다짐狀 들고 니려가 春香다려 다짐두라 ᄒ니 春香이 더듬ᄒ되 鐵
杖갓치 다짐둔다 한 一字 드르르 그은 後에 마암 心字 그 아리 쓰고 붓더
를 너던지고 요만ᄒ고 안졋고나 執杖使令 擧動보아라 八尺長身 키큰 使令
箭篇갓흔 큰 팔 쎄여 웬 억기에

<h3 style="text-align:center">〈46-앞〉</h3>

둘너 메고 刑杖 안아다가 春香 前에 졀컥 노으니 鐵石肝腸 다 쩌러진다
刑杖 나발 좌르르 펼쳐 노코 이 놈도 골나 능청능청 뎌 놈도 골나 능청능
청 其中에 좀먹고 등힘업는 놈 골나 쥐고 이만ᄒ고 셔잇스니 使道 分付ᄒ
되
　네 이 놈 쳣 미에 두 다리가 쑥 부러지게 치되 만일 歇杖ᄒ면 執杖使令
죽으리라
執杖使令 업디면셔
　뎌만흔 년을 一毫 私情 두오릿가 부러지게 치오리다
미오 쩌려라 소리에 발맛쵸아 물너셧다 달여들어 한 기를 짝 붓치니 부러
진 刑杖가지 空中에 푸루루 쩌나가고 五六月 急흔 비에 벼락치는 쇼리로
다 苦草갓치 毒흔 春香 四枝六體를 바르르 썰며 場中에 글짓듯 ᄒ야 次例
로 알뢰는디

<h3 style="text-align:center">〈46-뒤〉</h3>

　一字로 알뢰리다 一鞭西去 우리 君子 一刻三秋 보고지고 一夫從事 굿은
마음 一刑厄 可笑롭다 一萬番 죽ᄉ온들 一片斷心 굿은 마음 一毫라도 變

改호오릿가 二字 낫을 짝 붓치니 二字로 알외리다 二月天桃 뫼신 佳約 二
姓之合 分明호니 二千里 流竄호들 二心을 두오릿가 二八靑春 春香 情曲
二天明燭 호옵쇼셔 三字 낫을 짝 붓치니 三字로 알외리라 三從之義 三綱
行實 三光을 몰으릿가 三光갓치 빗는 마음 三從之義 품엇스니 三生佳約
重호 몸을 三月花柳 알지 마오 四字 낫을 짝 붓치니 四字로 알외리다 四
五才로 익킨 것이 四書之經 聖訓이라 四維四端 어진 政事 四境安堵 바랏
더니 四時長春 곳흔 節行 四凶治罪 웬 일이오 五字 낫을 짝 붓치니 五字
로 알외리다 五馬로 오신 使道 五倫 발키시고 五品不順호는 官長 五刑 엇
지 모로릿가 五十三州 우리 道內 五敎

〈47-앞〉

不行 第一이오
(使) 네 그 년 大典通編을 모로난구나
春香이 엿즈오디
  大典通編이 무엇인지 仔細이 알아지다
使道 形吏 불너 大典通編 니여노코
  春香의게 제 罪狀을 일너라
刑吏가 다시 업치
  春香 들어라 大典通編에 호엿스되 謀叛大逆호난 罪는 凌遲處斬 호라호
고 拒逆官長 호난 罪호난 罪는 嚴治正配 宜當호니 너 죽는다 설워 마라
春香이 엿즈오디
  大典通編의 法이 그러할진디 有夫女 强奸호난 罪는 엇지호라

〈47-뒤〉

호엿느오

使道가 한 번 쒸더니

　이 놈 조런 년 妖妄흔 년을 어셔 쩌려

(春)　六字 낫을 딱 붓치니 六字로 알외리다 六國遊說 蘇秦이 六王을 달니건만 六月飛霜 春香 冤情 六腑五臟 가득ᄒ니 六房官屬 다 보ᄂᆞᆫᄃᆡ 六身을 치져쥬오 七字 낫을 딱 붓치니 七字로 알외리다 七夕 銀河 牽牛 織女 年年相逢 ᄒ것만은 七百里 가신 家長 어이 이리 못보나냐 七十 살아 무엇ᄒ리 七尺 刀斧手 脚안나오 七寶紅粧 屬節업시 七分鬼가 되엿세라 八字 낫을 딱 붓치니 八字로 알외리다 八十西來 太公 맛나 八百諸侯 歸順ᄒ들 八字雙眉 春香 情曲 八分이나 굽히릿가 八不出 使道 政体 八道中에 第一이오

〈48-앞〉

(使)　압다 그 찌져쥭일 년 어셔 쩔여라

(春)　九字 낫을 딱 붓치니 九字로 알외이다 九皐에 鶴이 되야 九曲 밋친 恨을 九重深處 알외고져 九月霜風 寥落ᄒ들 九月黃菊 이울닛가 열 긔를 딱 붓치니 열이오 十字로 알외리다 十生八死 이ᄂᆡ 마음 十二時로 恨心인ᄃᆡ 十介친다 毀節ᄒ리 十七才 春香 情緒 十五日 발근 달이 구름 속에 드럿도다 열다섯을 넘겨치니 二十度로 알외리다 二十文章 子長갓치 道令任도 南遊ᄒ야 二十五絃 皇英古調 春香 怨恨 푸러쥬오 三十度를 猛杖ᄒ니 白雪갓흔 두 다리에 살 흔 졈이 업고 뿌슈어진 쎄분이라 使道 歎日　그 년 모짐으로 이를진ᄃᆡ 毒蛇 以上이오 독ᄒ기로 이르면 苦草 以上이로고 어린 년이 將來 크게 일져즈르겟고 네 그 년 큰 칼

〈48-뒤〉

　씨워 項鎖 足鎖로 ᄒ여라

使令이 예의 ᄒ더니 春香 글너 刑틀 아리 너려노으니 呼吸을 不通ᄒ야 거진 죽는고나 使令이 올여 큰 칼 씨며 使道를 辱도 ᄒ며 或 탄식도 ᄒ며 칼머리 印封ᄒ야 고이 들어 삼문 밧 니치니 이 ᄶ에 春香母 우루루 달여드러 春香을 훔쳐 안고

   이고 니 ᄯ 죽엇고나
목을 안고 둥굴둥굴 ᄒ며

   明察ᄒ신 ᄒ나님 니 ᄯ 春香 죽슴니다 살여쥬오 이고 이고 丁寧 죽겟고나 닌들 살아 무엇ᄒ랴

ᄶ다 空中 ᄶ러져 목졉이질 덜컥컥 廬山瀑布를 궁글 듯 더굴더굴 궁굴면셔

   여보 使道 여보 어린 니 ᄯ 쳐죽엿쇼 烈女 春香 몰나보고 威力劫奪

⟨49-앞⟩

ᄒ랴 흔들 언으 발겨 ᄶ져질 진이 미 무셥다 屈服ᄒ며 죽기 셜워 毁節홀가 ᄒ나님도 無心ᄒ고 부처 彌勒 靈驗업네 上丹아 官藥房 急히 가셔 淸心丸 달니 오너라 五里便을 발너라
크다흔 함지를 더고 와르르 그 오짐에다 약을 기여 春香 입에 들어 부으니 春香 暫時間 ᄶ여나는지라 春香母 痛哭ᄒ고 上丹이노 痛哭ᄒ고 아전 通引 官奴 使令 南原府中 老少男女 所聞듯고 드러와셔 혀를 쿡쿡 발구르며 흐는 擧動 누가 보고 안니 울냐 이 ᄶ 春香이가 妓生 맛고보면 오입징이 妓生들이 와셔 人事를 ᄒ런마는 妓生은 안닌 고로 그런 일이 업더니라 春香母 셜이 울고 칼머리 들고 上丹이는 春香 업고 나오난더 南原府中 老人寡婦 울며 달여들어 음젼ᄒ다 奇特ᄒ다 稱讚ᄒ며 눈물홀니며 春香을 밧드러 獄으로 더려갈 계 獄司丁이 압홀 셔고 監獄刑吏 뒤를

〈49-뒤〉

뒤를 짜라 獄門前 當到ᄒ니 長城갓치 잠긴 문을 와락 열고 春香 넛코 문 치우니 春香母 氣絶ᄒ고 上丹이ᄂ 쌍을 치며

　　이고 앗씨 엇지ᄒ리

뒤에 짜라오던 부인 쎄울음이 이러나니 獄司丁이 監獄刑吏 발굴으며

　　앗가워라 불숭ᄒ다 츠고 츤 뎌 獄中에 뎌것 죽지 살 슈 잇나

歡息ᄒ고 드러가니 春香이 精神차려

　　어머니 셜워 말고 氣体安保 ᄒ옵시면 罪ᄒᄂ 春香 몸 셜마흔들 죽ᄉ 오릿가 水火劍槍 中이라도 아니 죽고 살 터이니 걱정을 말으시고 집에 가쇼셔 萬一 안니가시면 不孝흔 말슴이오나 至今으로 죽을 테니 다 가쇼셔

우름 쇼리 氣가 막혀 頃刻에 죽겟고나 春香母 할일업셔 獄中에

〈50-앞〉

쌀를 두고 天地가 아득ᄒ야 업더지며 잡바질 제 그 찌 왓던 부인 春香母을 잇그러 집으로 간 후 春香이 셜이 울며

　　불상ᄒ신 우리 母親 아비 업시 나를 길너 功도 들고 힘도 드리고 이ᄂ 몸 길너니여 죠흔 일을 못 보시고 눈 압헤 모진 일만 졀졀 당ᄒ니 不孝莫大 이제 몸이 죽ᄌ 히도 아니되고 ᄉᄌ ᄒ니 父母 근심 이런 넘 팔자 보아 上丹이 게 잇나냐

(上) 예-

(春) 니 걱정은 아여 말고 집으로 넌너 가셔 이웃집 부인네게 中中 懇請ᄒ야 어머니 우시거든 어머님 慰勞ᄒ야 달나고 미음 원마 ᄌ됴 쑤어 時時 勸케 ᄒ고 翡翠冊床 文匣 안에 人蔘 열 근 들엇스니 朝夕으로 다려 어머님께 드리오고 나 업다 셜워 말나 어머님께 懇勸ᄒ면 아니 죽고 살게 되면 네 은

〈50-뒤〉

헤 갑흐리라 네 마음을 니가 아니 별 당부 잇겟나냐 듯기 실은 우름
소리 니 肝腸 다 녹으니 우지 말고 나가거라
上丹이 도라보니고 홀로 안져 獄中形容 살펴보니 前窓에 살이 업고 後壁
에 위만 남아 冬至 셧달 찬 바람은 살 숏듯 드러오고 허즈리에 흘먼지 발
걸이 빠져고나 니 罪가 무삼 罪냐 國穀偸食ᄒ얏난가 殺人罪死 되앗는 嚴
刑重治 項鎖 足鎖 獄中嚴肉 웬 일이가 어화 世上 可笑롭다 이 지경 되엿
스니 恨歎ᄒ면 무엇ᄒ며 哀痛흔들 무엇ᄒ랴 欲死欲死 분흔 마음 머리를
부드지며 伏枕痛哭 슬이 울 졔 非夢似夢間에 莊周가 蝴蝶 되고 蝴蝶이 莊
周 되야 살갓치 남은 魂魄 바람인지 구름인지 흔 곳을 當到ᄒ니 天空濶
山明秀麗흔디 隱隱흔 竹林 속에 一層畵閣이 남비에 잠겻더라 大抵 鬼神
단이는 法은 排風禦氣ᄒ고 升天入地ᄒᄂ니 春香의 꿈 魂魄이 枕上片

〈51-앞〉

時에 萬里 瀟湘江울 갓더라 春香이 아모런 줄 모르고 四面으로 彷徨홀 졔
端正이 素服흔 叉鬟이 春香 압을 當到ᄒ야 恭遜히 揖ᄒ야 曰 우리 娘娘게
셔 娘子를 請ᄒ시니 이리로 오옵쇼셔 雙燈을 도도 들어 압길을 引導커늘
春香이 뒤를 짜라 中階를 다다르니 懸板에 金字로 黃金으로 삭엿스되 萬
古貞烈 黃陵廟라 두렷이 붓쳣거늘 心神이 散亂ᄒ야 두루두루 삷혀보니 堂
上에 白衣입은 夫人이 玉佩를 느짓 들어 座席으로 請ᄒ거늘 春香은 無識
지 아니ᄒ야 禮節를 아는 스람이라 辭讓ᄒ여 엿즈오디
몸이 塵世 賤人으로 尊嚴흔 貴席에를 엇지 敢히 오르릿가
夫人이 그 말 듯고

〈51-뒤〉

음전ᄒ다 朝鮮이 自古로 禮義東方이라 箕子遺風이 잇셔 靑樓出身 妓生
으로 져런 節行 싱겻도다 니가 日前 朝會次로 玉京에를 가니 너의 稱讚이
藉藉ᄒ기로 네 얼골 보고십흔 마음 참을 길 바이 업셔 너를 萬里 瀟湘江
으로 請ᄒ야 왓스니 착ᄒ고 어진 스람으로 슈고를 식히엿스니 甚히 不安
ᄒ도다 自古로 英雄烈士 苦楚를 격근 后에 榮華가 싱기ᄂᆞ니 男女ᄂᆞ 다를
망졍 所遇ᄂᆞ 갓ᄒ니라

春香이 階下에 鞠躬再拜ᄒ야 엿ᄌ오뒤

妾이 비록 無識ᄒ오나 일즉 古書를 보오니 夫人의 놉흔 事蹟 寤寐不忘
所願되야 엇지ᄒ면 速히 죽어 夫人의 尊顔ᄒ고 晝夜祝願 바랏더니 오날날
黃陵廟에 夫

〈52-앞〉

人을 對ᄒ오니 졔가 이졔 죽ᄉ와도 무슴 恨이 잇소릿가

(夫) 네가 우리를 안다 ᄒ니 이리로 올나오너라

待女로 引導ᄒ야 ᄒᆞᆫ편 엽에 아친 후

네가 나를 안다 ᄒ니 너의 말을 드러보아라 우리 聖君 大舜氏 南巡狩
ᄒ시다가 蒼梧山에 崩ᄒ시니 屬節업ᄂᆞ 두 몸이 瀟湘江 되숩풀에 피눈물을
ᄲᅳᆯ럿더니 가지마다 아롱아롱 입입히 寃魂이라 蒼梧山崩湘守節이라가 竹上
之淚乃可滅이라 千秋에 깁흔 恨을 하소할 길 업셧더니 너를 보고 말이로
다

말이 맛지 못ᄒ야 夫人이 放聲大哭ᄒ니 左右에 안진 夫人 一時에 起動터
라 夫人이 우름을 긋치고 손을 들어 가라쳐 曰

春香아 네가 여려 夫人을 다 모르리라 이ᄂᆞ 太姙이오 이ᄂᆞ 太姒

〈52-뒤〉

　오 이는 太姜이오 이는 孟姜이로다

이 말이 마지 못ᄒ야 南壁에셔 엇던 夫人 啾啾히 울고 나와 春香의 등을 어로만지며

　네 春香이라 ᄒ나냐 갸록ᄒ고 긔특ᄒ다 네가 나를 모리리다 나는 누고인고 ᄒ니 秦樓明月玉簫聲에 化仙ᄒ던 弄玉이로다 蕭史의 안ᄒ로셔 華泰山 別離 后에 乘龍飛去 恨이 되야 玉簫冤을 도ᄒ니 典終飛去不知處ᄒ니 山下碧桃春來러라

말이 맛지 아니ᄒ야 東便에 잇던 美人이 端正히 들어오며 春香의 손을 잡고

　여보게 春香이 즈네 나를 엇지 알니 나는 누구인고 ᄒ니 十斛明珠로 사던 石崇의 小艾綠珠로다 不測ᄒ 趙王倫은

〈53-앞〉

　나와 무ᄉᆷ 冤讎런가 樓前脚似紛紜雪ᄒ니 正是花飛碎時라 落花猶似墮樓人은 나의 冤讎 그 안닌가

말ᄒ 치 그칠냐 말야 陰風이 이러나 그 찬긔운이 蕭澁ᄒ며 陰雲이 즈옥ᄒ며 燭불이 벌넝벌넝 휘휘쳐 툭 거지며 무엇시 찌그르르 압헤 와 덜썩 當ᄒ난ᄃ 이것은 스람도 아니오 鬼神도 아니오 依稀 隱隱ᄒ 가운ᄃ 鬼聲哭이 狼藉ᄒ며

　여보아라 春香아 네가 나를 모로리라 나ᄂ 實高祖 안ᄒ 戚夫이로다 우리 皇帝 龍飛後에 呂后의 毒ᄒ 솜씨 趙王 如意를 酖殺ᄒ고 나의 平足 쓴는 後에 두 눈 찌고 暗藥 먹여 人彘라 일홈 지어 厠間 속에 잡아 너으니 千秋에 깁흔 ᄒᆫ을 呼訴홀 곳 업것더니 너를 보고 이 말이라

그 말이 맛지 못ᄒ야 문든 湘君夫人이 春香을 불너

〈53-뒤〉

  이 곳이라 ᄒ는 딕는 幽明이 路殊ᄒ고 顯晦가 自別ᄒ니 오릭 留치 못할지라
女童 불너 下直식여 急히 가라 지촉ᄒ니 春香이 下直ᄒ고 一步 二步 나올 젹에 東方에 蟋蟀聲이 스르르 이러나며 一雙 蝴蝶이 펄펄 쌈작 놀나 씨니 遠村에 닭이 울고 鐘閣에 罷漏ᄂ 쎙쎙 流汗이 沾背ᄒ며 精神이 灑落커날 門을 열고 너다보니 이 써ᄂ 五更天氣라 一片西傾月이오 數行南飛雁이로다 靑天에 쓴 기럭이 節節흔 긴 소릭 작을 불너 울고 가니 오나냐 기럭이야 蘇中郞 北海上에 편지 傳흔 기럭아 水碧沙明兩岸苔 淸怨을 몬 이기여 울고 가ᄂ 기럭이야 닉 흔 말 드러다가 우리 님께 傳ᄒ여라 말을 맛고 바라보니 기럭이 간딕업고 蒼茫흔 구름 속에 별과 달이 밝앗스니 無聊ᄒ기 그지업셔 소

〈54-앞〉

리를 나즉이 ᄒ야 痛哭ᄒ야 셜이 울 졔 그렁져렁 날이 시니 달은 지고 희쩌온다 門間 使令 츙츙 나와 司丁이
(丁) 예-
(使) 來日 아춤 朝査 後에 春香 올여 죽이라고 刑杖 만이 싹가 올니라 ᄒ시니 앗갑고 불숭ᄒ다 春香이ᄂ 죽ᄂ니 여보쇼 春香보고 셔울 편지나 ᄒ라오
使슈은 드러가고 司丁이 春香보고 여보 셔울딕 편지나 흔 쟝 ᄒ시오 셔울셔 알고 보면 그져 잇슬 理가 잇쇼
(春) 그 말도 當然ᄒ오 스람 ᄒ나 어더주오
道슈任 모시고 擧行ᄒ던 旁子 쏠짝쇠를 불너오니 반가와 ᄒᄂ 말이

돈 열 양 줄 것이니 서울 단여오면 冬衣 흔 별 ᄒ야줌세

〈54-뒤〉

(旁) 두말 말고 편지 써주오 晝夜倍道 단여옴세
春香이 편지를 쓰는디 凄然흔 淚水 옷깃을 적시며 조히 저저 글字가 水墨
진다 편지속 이를진디 鐵石肝腸 다 녹는다 그 중에 無名指 손가락 아드득
씨물며 혈셔를 쑥쑥 찍어 封ᄒ야 쥬며 百番 付托ᄒᄂ 말이
　밧부고 또 밧버도 道令任 答狀 쓸 찌 지촉 말고 슈이 밧비 단여오소 편
지는 간다만은 나는 엇지 못 가나냐 서울이 얼마 멀며 山은 몃 山 넘어가
며 물은 몃 물 건너가나 나리 돗친 鶴이 되여 쩌 수루루 날나가셔 우리
님 얼골 반겨보고 細細 愿情ᄒ야 볼ᄭ 그리도 못ᄒᆯ진디 이 몸이 죽어저서
空山에 杜鵑 되여 李花月白 寂寞흔디 歸蜀道 슯히 울어 우리 님의 귀에
들엿스면 나인 쥴을 아르실ᄭ

〈55-앞〉

길이 嘆息 설이 울 제 이 찌 道令任은 京城에 올나가 놀지 안코 工夫ᄒ야
科擧를 苦待터니 謁聖科 보이거날 李道令의 擧動보소 場中에 드러간다 東
人 私草 綱目 玉篇 帳幕 舖帳 燈찌 雨傘 舖氈 抹杖木 갓초 묵거 驅從지어
압세우고 場中에 들어ᄀ 懸題板下 燈찌 쏫고 帳前을 바라보니 白雪갓흔
白木遮日 寶階 우에 놉히 치고 細白木 設舖帳은 구름갓치 둘럿는디 御前
을 바라보니 威儀가 嚴肅ᄒ다 陽傘 日傘 青紅 黑盖 旗幡 黼黻 鳳毛扇과
龍旗 鳳旗 虎尾槍 紫介槍 三枝槍 偃日刀 行伍를 整齊ᄒ고 侍衛를 볼작이
면 兵曹判書 藩兵이오 都摠宮 別雲劍 承司閣臣 늘어섯다 金冠朝服 齊齊ᄒ
고 犀帶 玉佩 錚錚흔디 紗帽品帶 雙胸背 虎鬚笠飾 青天翼

〈55-뒤〉

에 着軍服 佩銅盖 宣傳官이 分明ᄒ다 先廂에 訓練大將 中央에 禁軍別將 後廂에 御營大將 總營使 別軍職과 左右捕將 느러섯다 衛內禁軍 七百名 傳令 司謁 別監이며 武藝差持 統長이라 駕前駕後 別隊馬兵 左右에 政院使令 八十名 邏將이며 近仗軍士 對答ᄒ고 御前牢子 버러섯다 侍衛를 整齊後에 士謁이 高聲ᄒ야 試官前進 前進 試官이 卽伏ᄒ 後 밧 代讀官들이 밧아들고 懸題板에 걸어 노앗스니 其題에 ᄒ얏스되 日光重 月光輪 星重輝 海重潤이라 두럿이 걸엿거늘 數萬名士 선비들이 글제가 넌츌져셔 命義를 未定ᄒ야 相顧脉脉ᄒᄂ구나 此時에 李道令은 龍硯에 먹을 갈아 胡黃毛 無心筆로 一筆揮之ᄒ니 文不加點이라 一天에 先張ᄒ니 上試官이 글을 보고 筆法도 楷正ᄒ고 文体도 老鍊ᄒ니 글ᄌ마다 批點이오 句句

〈56-앞〉

마다 貫珠로다 正三下의 等을 믹을 揮場ᄒ야 니쓰리니 壯元及第ᄒ얏구나 開封ᄒ 然後에 封內을 代讀ᄒ니 幼學臣 李夢龍 年 十七 本 延安 父 通政 大夫 承政院 同副承旨 參贊官 修撰官 俊相 李夢龍 姓名 三字 젹어셔 니쓰리니 政院使令 나온다 靑天翼 압헤 치고 ᄌ 세 치 간안 민를 보기 초케 활게 치며 壯元 峰導 못가에 두럿이 나셰면셔 李俊相 子弟 李夢龍 二三呼 부르는 소리 場中이 뒤집이며 春塘臺가 쩌나간다 仙風道骨 李夢龍은 洗手를 다시 ᄒ고 道袍를 곳쳐 입고 션거럽게 쎡 나셔니 政院使令 扶腋ᄒ얏실쎠 進退ᄒ 後에 新及第 李夢龍은 特히 賜樂ᄒ시고 副修撰을 除授ᄒ시니 弘化門 나올 젹에 머리에 御賜花 몸의 靑衫 銀牌 靑盖 前導ᄒ고 錦衣童 雙雙 소리 玉져를 戲弄ᄒ고 가진 風樂 길念佛 與民樂에 억기

〈56-뒤〉

츔이 졀노 난다 數萬名 션비들이 셔로 보기를 닷토와 업더지고 잡바지고
뉘 안니 稱贊ᄒ며 뉘 안니 불워ᄒ리 李壯元 마음에는 翰林侍敎 못 지너고
除授玉堂에 番을 드러 疏對를 치룬 後에 直所에 안젓더니 下番玉堂 入侍
ᄒ라 司謁에 傳命ᄒ니 李修撰 밧비 거러 承命入侍 進前ᄒ니 淳淳 下敎ᄒ
기를 宮闕이 깁고 깁허 四海가 漠漠ᄒ니 불숭홀스 百姓이라 蒼生에 疾苦
事를 一一히 슬피시고 八道御使 보너는디 兩司文官 가리나니 너의 성긴
外貌 보고 너의 지은 글을 보니 社稷에 多幸이오 百姓의 福이로다 나는
비록 젹웃스나 同休戚을 擔任식여 湖南御使 特差ᄒ니 百姓을 사룽ᄒ고 守
令牧伯 治不治와 孝子節婦 누구누구 유류업시 狀啓혼 後에 操心ᄒ야 단여
오라 馬牌 鍮尺 下賜커날 翰林이 惶感ᄒ야 叩頭謝恩 엿스오디

〈57-앞〉

나이 어리고 才操 업셔 范滂의 攬轡澄淸 設令 맛지 못ᄒ와도 王遵의 走
板勢를 本밧고져 ᄒ옵ᄂ니 陟罰藏否 ᄒ옵기를 彈城圖報 ᄒ오리다
下直肅拜 물너나와 君命을 奉承ᄒ야 急急히 쩌날 젹에 南大門 쎡 너다라
靑坡驛馬 잡아타고 七牌 八牌 비다리 지너 아야고기 넘엇고나 銅雀江 얼
풀 건너 南太嶺을 넘어 果川 들어 中火ᄒ고 밧막驛馬 갈아타고 冷泉고기
仁德院 갈미 슐막 軍浦內 別沙覴니 遲遲臺 넘어 彌勒堂이 槐邱亭 지너여
迎華驛馬 갈아타고 水原 北門 드러다라 南門 밧게 宿所ᄒ고 上下柳川 너
물막과 大皇橋 비켜 노코 쎡塵 지너여 진기울 즁메 넘어 오뮈津을 지너여
振威 들어 中火ᄒ고 희데院 넘어 柴園 지나 可養驛馬 가라타고 素沙 슐막
宿所ᄒ고 平原廣

〈57-뒤〉

野 넘은 들을 瞬時間 얼는 지나 成歡驛馬 가라타고 天安 들어 中火ㅎ고
三巨里를 지나 굴동통 다다라 大坪을 지너여 핑나무정이 中火ㅎ고 仁智院
잠간 넘어 廣政驛馬 가라타고 魯城邑內 얼풋 지나 平昌驛馬 가라타고 恩
津邑을 지너여 황희뎡 宿所ㅎ고 잇흘날 平明後에 타신 驛馬 除弊ㅎ고 三
倍道 變服ㅎ고 驛吏 驛卒 모다 불너 隱密히 約束ㅎ야 各其 分發ㅎ시난디
   너는 예서 니다라서 礪山 益山 金溝 泰仁 井邑 古阜 興德 高敞 茂長 長
城 光州 平南 綾州 和順 同福 昌平 玉果로 돌아 今月 十五日 午前에 南原
廣寒樓로 待令ㅎ여라 너는 예서 바로 니다라 臨陂 沃溝 金堤 萬頃 咸悅
扶安 灵光 咸平 務安 羅州 靈岩 海南 長興 寶城 興陽

〈58-앞〉

   樂安 順天 光陽 左水營 求禮 들너 谷城 단여 今月 十五日 午前에 南原
廣寒樓로 待令ㅎ라 나는 예서 全州 任實 茂朱 龍潭 錦山 鎭安 長水 淳昌
潭陽 들너 雲峰 단년 南原 四十八面 昭昭히 廉探ㅎ고 府中 안에 넘울 것
이니 너의들은 急急히 단여오라 十聞이 不如一見이니 남의 말을 듯지 말
고 貪官虐民 强鄕 不法之事와 不忠不孝ㅎ난 놈 남을 陰害ㅎ난 놈 老人尊
長 모론난 놈 國穀偸食ㅎ난 놈 有夫女 통간흔 놈 슐 먹고 愚惡흔 놈 남의
墳墓 私掘ㅎ는 놈 어진 안히 謀陷ㅎ고 家長 두고 셔방ㅎ고 제 것 두고 빌
어 먹고 酒色雜技를 파는 놈 남의 집 衝火ㅎ는 놈 낫낫치 젹어 쥐고 今月
十五日 午時에 廣寒樓로 一一 等待ㅎ여라
이럿틋 分付ㅎ야 各處로 보닌 후 礪山 初邑 當到ㅎ야 家家

〈58-뒤〉

戶戶 面面村村 洞里마다 廉探홀 제 列邑 各 官슈들이 御史 낫단 말을 듯고 還上에 일이 날가 稅米에 縮이 날가 公事에 失手할가 善治흐기 힘을 쓴다 이 쩌에 御使道는 驛馬 驛卒 書吏 中旁 各處로 다 보니고 獨行으로 나려올 제 건너 비탈 좁은 길로 兒孩 흐나 올나온다 쵸록단님 감기발 六升麻布 왼골肩貸 허리 둘너 잘근 미고 발넘은 웃노리치 兩 쯧 잘나 쑥쑥 집고 썰넝썰넝 올나오며 제 셜은 身勢自歎 노리를 흔다

어이 가리 어이 가리 漢陽 千里 어이 가리 道路는 멀고 먼디 漢陽城이 어듸메야 엇던 스람 八字 됴화 一代榮華 富貴흐고 이 몸 八字 어이흐야 이다지 窮困흐야 길품팔녀 가나 니 身勢는 八字이나 春香 身勢 가이 업다 모지도다 烈女 春香 몰나보고 威力 却奪흐려 흔들 松竹갓치 굿은 마음 節行 게

〈59-앞〉

뉘라셔 굽히리오 어이 갈가 어이 갈가
御使道 松竹에 쉬며 그 兒孩 소리를 드르니 두 눈이 아득흐고 가슴이 답답 肝腸이 스라지는 듯 精神업시 안젓다가 그 兒孩가 當到흐거날
아나 이 익
불으니 이 놈이 시골놈이라 장이 벗벗흐것다
웨 부로오 싀팔안 졀문 兩班이 나 만는 總角 어른보고 아나 이 익
(御) 이 익 너가 暫間 失手흐엿다 怒흐지 마라 그러나 너 엇의 스느냐
(兒) 엇의 술아 우리 싀골 살지
(御) 안니 이 익 너가 失手흐엿다 흐면 고만이지 웨 네가 쏘느냐 엇의 술아
(兒) 南原邑에 스오

(御) 엇의 가나냐

〈59-뒤〉

(兒) 셔울 旧官宅에 편지 가지고 가오
(御) 이 이 그 편지 됴금 보즈
(兒) 여보 남의 閨中편지 스연이 엇지된 줄 알고 任意로 보잔 말이오
(御) 네 말 올타마는 無識흔 말이로세 옛 글에 ᄒᆞ엿스되 行人臨發又開封
이라 ᄒᆞ엿스니 ᄶᅦ여보면 關係잇나냐
그 놈이 허허 웃고
　此所謂 베쥬머니 議送 드럿다더니 쏠不見이로고 그리ᄒᆞ오
편지를 니여쥬니 御使道 便紙 밧아 皮封을 ᄶᅦ여보니 春香 글시 分明ᄒᆞ다
편지에 ᄒᆞ엿스되
　別後 光陰이 于今 三千載에 尺書가 斷絶ᄒᆞ야 溺水 三千里에 靑鳥가 ᄭᅳ
어지고 北海 萬里에 鴻雁이 업스미 南天을 바라보니 望眼이 欲穿요 雲山
이 遠隔ᄒᆞ니 心膽이 俱裂이라 梨

〈60-앞〉

　花 杜鵑이 울고 梧桐에 밤비 울 제 寂寞히 홀노 안져 相思一念이 地荒
天老라도 此恨을 難絶이라 無心흔 蝴蝶夢은 千里에 오락가락 情不知抑이
오 悲不自省이라 鳴泣 長歎으로 花朝月夕을 보너더니 新官使道 到任 後에
守廳들나 ᄒᆞ옵기에 抵死謀避ᄒᆞ옵다가 慘酷흔 惡形을 當ᄒᆞ야 모즌 목슘이
ᄯᅳ어지지는 아니ᄒᆞ얏스니 未久에 杖下之魂이 될 터이오니 바라건디 書旁
任은 길이 萬鐘錄을 누리시다 千秋万世後 後生에나 다시 만나 離別업시
살어지다 平沙에 落雁쳐럼 피 痕跡이 쑥쑥 쯕혀거눌
御使道 편지 들고 ᄯᅡ에가 업더지며

어이 어이
兒孩놈 氣가 막혀

〈60-뒤〉

여보 이 양반 눈물에 편지 졋쇼 春香 편지 보고 三大祥 지닐 찌면 万一
春香 訃告 보앗더면 머리 풀겟쇼 그러나 여보 春香이와 엇지 되오
(御) 이 이 엇지 되여 그리홈이 아니라 편지 보니 스연도 불숭ᄒ고 血書
를 ᄒ엿스니 木石인들 보겟나냐
이 찐 그 兒孩 볼짝쇠는 南原 冊旁 旁子로 春香의게 靑鳥되야 오리 擧行
ᄒ얏스니 十年이 되엿기로 御使道를 모라볼 리가 인나 이것은 다 광딕의
농담이던가 보더라 旁子가 御使道를 路上의셔 뵈옵고 問安ᄒ 後 肩代에
書簡 ᄂ너여 올닌 後에 春香의 前後事情을 낫낫치 告ᄒ거늘 御使道 이를 갈
며 말솜을 旁子 든는 딕 生覺지 아니ᄒ고 함부로 ᄒ엿것다
이 놈을 單拍에 三門 出道ᄒ야 封庫를 ᄒ겟다

〈61-앞〉

旁了놈 數十年 官물을 먹어 눈치가 非常ᄒ 놈인딕 이 말솜 드르니 마음에
됴혼 김에 함부로 밀을 희
小人이 使道 保護 驛卒이 되오면 南原 出道時에 방망이로 딕강이를 찍
트리지오
(御) 이 놈아 니가 御使만 ᄒ면 그리헐 터인딕 그럴 슈가 잇나냐
旁子가 빙긋 웃고
이러도 아옵고 뎌러도 아옵니다 小人놈을 속이지 마옵쇼셔
御使道 그 놈의게 속들니는 말을 ᄒ엿스니 할 슈 업셔 볼작쇠를 다리고
萬福寺로 드러가니 前者에 春香母가 子息을 보랴고 至極히 情誠드리ᄌ 찐

가 맛노라고 春香을 나앗는디 春香이 重杖맛고 거의 죽게 되얏다고 老少
諸僧이 法堂을 掃灑ᄒ고 佛供祝願을 ᄒ것다 엇던 즁놈 編冠을 쓰고 엇던
즁

〈61-뒤〉

은 絡冠을 쓰고 엇던 즁 袈裟 메고 엇던 즁은 鉢羅 들고 엇던 즁은 廣釗
들고 엇던 즁 竹비 들고 엇던 즁 木鐸 들고 엇던 즁은 鉦釗 들고 조고만
흔 上佐 즁놈 象毛단 붓치를 兩 손에 갈나 쥐고 法鼓는 두리둥 廣釗는 씽
씽 木鐸은 쏙도도락 竹비는 철철 鉦釗는 씽씽 鉢羅는 쩌르르 南無阿彌墮
佛 南無西方淨土 極樂世界 三十六萬億 九千九百 同名同號 大慈大悲 南無
阿彌陀佛 釋迦如來 彌勒佛 觀世音菩薩 地藏菩薩 五百羅漢 八府神將 至誠
發願 海中 朝鮮國 全羅左道 南原府 鳳竹面 降仙洞 居 壬子生 成春香은 身
厄이 不吉ᄒ야 獄中에 갓치어 모진 刑罰에 殘命이 죽게 되오니 京城 三淸
洞 居 李夢龍으로 全羅監使나 暗行御史 點指ᄒ야 ᄒ옵시기를 所願成就 祝
願ᄒ며 鉢羅는 쳐르르 廣釗는 쌍쌍 法鼓는 두리둥둥 木

〈62-앞〉

鐸는 쏘도도락 八幅 長衫 너른 소미 장단맛쳐 너울너울 法鼓치는 뎌 上佐는
光風에 나뷔처럼 아리로 뒤척 흐늘거려 북을 치니 上界一時 分明ᄒ다 御
使道 구경ᄒ고 너가 우리 先塋 德陰인 줄 알랏더니 부처님의 德이로다 잇
흘날 즁을 불너 돈 千兩을 施主ᄒ고 書簡 흔 장 얼는 써 볼짝쇠를 쥬며
曰
  니 예셔 머물 것이니 書簡을 雲峰官家에 드리고 쥬시는 게 잇슬 테이니
줄 가지고 明日 午前으로 待令ᄒ여라
볼짝쇠 書簡 가지고 急히 가 官家에 드리니 雲峰이 書簡을 보고 羅卒를

불너 이 놈 갓다 獄에 단단히 가두고 멕이기는 잘 먹이고 다시 命을 기디
려라 예-의 ㅎ더니 불짝쇠를 獄中에 가두는구나 御使道 볼짝쇠를 雲峰으
로 보닌 後 卽時 쩌나 나려갈 제 이 쩌 春香이 흔 쑴을 엇으니 玉窓前 櫻
桃花 어지러이 쩌러

〈62-뒤〉

지고 丹粧ㅎ던 거울이 흔복판이 쩨여지고 門 무에 허두줍이 달녀 뵈고 獄
담에 감아귀 안져 가욱가욱 울어 뵈이니 凶夢인지 吉夢인지 마음이 散亂
ㅎ야 슬피 안져 生覺터니 西門 밧 許봉스 城中에 讀經왓다 가는 길에 問
誰를 외오니 春香이 반기여 듯고 司丁이를 불너 봉스를 請ㅎ니 봉스 드러
와 안즈며 趁時 못 와본 일 大端히 未安ㅎ이 其間 杖處와 苦生이 엇더흔
가
　엇의 杖處 좀 만져보세 니가 보던 못ㅎ여도 니 손이 藥손이라 니 손으
로 만지면 杖毒이 千兵萬馬 陣풀이듯 훽격 풀이여 셔지지 어리둥둥
春香이 미즌 다리를 니여 맛기니 봉스가 더듬더듬 만져 츠츠 손 깁히 드
러가는고나 春香이가 손을 쫙 잡고 쎔을 치고 십흐나 占칠 일을 生覺ㅎ고
쬐로셔 ㅎ는 말이

〈63-앞〉

　장님 드르시오 어머님이 말슴키를 西門 밧 許봉스는 눈은 眼廢ㅎ얏스나
根本이 兩班이오 品行이 正大ㅎ야 스람마다 稱贊이오 네가 치 어려쓸 쩌
미양 보면 덤셕 안고 한업시 스랑ㅎ야 니 쌀이야 니 쌀이야 등을 치더라
ㅎ시더니 제가 長成ㅎ야 즈로 뵙읍지 못ㅎ야도 어젠 듯 ㅎ외다
봉스 듯고 손을 쩨며
(봉) 그는 춤 그러히 미질을 엇의 놈이 ㅎ얏나

(春)　방울시가 ᄒ얏소

(봉)　그 놈이 毒ᄒ고 모진 놈이엿다 이 놈 正初에 讀經을 밧으러 오면 禍
害日을 밧어 쥬어 부른 비가 쑥 터지게 ᄒ겟다 쑴은 무슨 쑴을 쑤엇셔
春香이 쑴말을 다 이르니 봉스 졈을 치는 銀마구리 玳瑁算

<h3 align="center">〈63-뒤〉</h3>

箸 눈 우에 놉히 들고 祝辭를 이르는더 天何言哉시며 地何言哉시리오마는
告之則應ᄒ나니 感而遂通ᄒ소셔 夫大人者는 與天地 合其德ᄒ며 與日月 合
其明ᄒ며 與四時 合其廣ᄒ며 與鬼神 合其吉凶ᄒᄂ니 太歲 乙丑 五月 甲子
朔 二十日 甲寅 午時 海東 朝鮮 全羅左道 南原府 鳳竹面 降仙洞 居 壬子
生 成春香은 獄中에 갓치어 數月辛苦ᄒ오니 언의 날 노이며 京城 三淸洞
李夢龍은 언의 날 만나며 死生凶吉이 엇더할는지 伏乞 諸先生은 勿秘昭示
占掛 詳準ᄒ더니 봉스 더소ᄒ며

　어허 占掛 잘 낫다 官鬼가 空을 마젓스니 官鬼空亡은 訟事停이라 今明
兩日間에 노일 것이오 京城 李書旁으로 말ᄒ야도 靑龍官鬼 驛馬에 玉祿을
쎄엿스니 허허 大端 무셔운 벼슬로 虎出仁旺山ᄒ야 夜渡漢江水라 범이 仁
旺山에셔 나와

<h3 align="center">〈64-앞〉</h3>

　밤에 漢江水를 거넛스니 너려오난 擧動이로구나 너 占은 神占이라 虛쬐
이 아지 말고　고롬 밉고 니기하세

(春)　말슴만 드러도 반가오나 解夢이나 쥬시오

(봉)　그리ᄒ지 花落ᄒ니 能成實이오 鏡破ᄒ니 豈無聲이오 門上에 懸偶人
ᄒ니 人人이 皆仰視라 獄담의 감아귀 안져 가욱가욱 울엇스니 가字는 아
름다울 佳字 옥字는 집 屋字 어허 慶事낫네 明日밤 五更에 貴ᄒ 스람을

맛나며 됴흘 일 無數ᄒ며 오날밤 日辰이 甲寅이라 丙辰日 酉時에는 가마 탈 일이 잇는디 못 타면 집둥울이라도 탈 터이며 경졍 말쇼 경졍 말아

(春) 丁寧 그럴진디 슈고를 갑쇼리다

(봉) 여보쇼 近來 名色업는 감투 만으니 나를 감투나 ᄒ나 씨여쥬쇼 됴곰도 念慮말고 來日만 企待리오

作別ᄒ고 도

〈64-뒤〉

라오니라 이 ᄯ 御使道는 春香 生覺 가슴이 답답 遲滯업시 니려올 졔 그 ᄯᅢ는 언의 ᄯᅢ야 四五月 移種時라 億兆蒼 萬民들이 모됴리 갈삿갓 죠롱이 엽헤 끼고 널은 쓸 移種홀 제 移秧聲이 浪藉ᄒ고나 두리둥 쾡쾡

얼널널 상ᄉ뒤여 어루 승ᄉ뒤어 庠序學校 벼푸루고 聖訓을 비어가는 道德君子 홀 릴이라 어여어루 승ᄉ뒤오

朱門桃李 놉흔 집에 富貴누리는 卿大夫가 홀 일이라 어여어루 상ᄉ뒤오 花間陌上 느진 봄에 走馬鬪鷄 놀기는 豪俠少年 홀 일이라 어여두루 상ᄉ뒤오

丈夫 世上에 나 事業이 만컨마는 우리 農夫들은 일만 ᄒ고 밤만 먹고 슐만 먹고 잠만 자나 어여두루 성ᄉ뒤오

이 ᄯ 農夫 다 드러라 大洋에 汽船 타고 文明國에 단니면셔

〈65-앞〉

卒業을 만히 ᄒ야 丈夫의 놉흔 일홈 遺芳萬世 ᄒ여보세 어여어루루 승ᄉ뒤오

흔 農夫 썩 나셔며 가진 農夫를 멕이는디 丈夫事業歌로 잡소리를 쥬것다

어여루 상ᄉ뒤오 大丈夫 世上에 나 酒色의 累를 벗고 高尙흔 뜻을 가져

對人接物홀 젹에 一豪私曲 업슴으로 平生의 所爲事를 남을 對히 다 말홈
이 大丈夫의 일이로다 어여루 상ᄉ뒤오

千里駿驄 치를 쳐셔 天下名勝 구경ᄒ고 胸海가 훨신 널너 萬古文章된
然後에 到處마다 雄詞健筆 驚動一世 ᄒ난 것도 大丈夫의 할 일이로다 얼
널널 상ᄉ뒤오

社會에 領袖되야 法律範圍 違越 말고 一動一靜 知彼

〈65-뒤〉

知己 因其勢而導之ᄒ야 改良風俗ᄒ난 것도 大丈夫의 홀 일이로다 얼널널
상ᄉ뒤오

國內靑年 모러다가 敎育界에 집어넛코 各種 學問 敎授ᄒ야 人才養成ᄒ
然後에 學界 主人 되는 것도 大丈夫의 홀 일이로다 얼널널 상ᄉ뒤오

不惜千金 捐助ᄒ야 各社會를 維支ᄒ고 天賦好生 뜻을 밧아 窮隆殘民 廣
濟後 慈善活佛 되는 것도 大丈夫의 홀 일이로다 얼널널 상ᄉ뒤오

經國濟民 硏究ᄒ야 天下利益 엇덧다가 金庫에 滿積ᄒ고 商業紙日印 仕
意되로 經濟大家 되는 것도 大丈夫의 할 일이로다 얼널널 상ᄉ뒤오

天下事를 經營홀 제 地蓋頭가 될지라도 退步 말고 前

〈66-앞〉

進ᄒ면 事必竟成홀 터이니 臨難忍耐 ᄒ난 것도 大丈夫의 홀 닐이로다
얼널널 상ᄉ뒤오

大丈夫歌로 노러ᄒ니 뜻이 깁고 익가 타셔 가슴이 畓畓 못밀 일이로다
얼널널 상ᄉ뒤오

氷穴冷泉 길어다 시원ᄒ게 마신 後 天下大本 힘을 쓰자 얼널널 승ᄉ뒤오
모를 한춤 심으고셔 밧게 나와 슐 먹을 제 혼 편을 바라보니 엇더혼 農夫

홈의 메고 삭갓 쓰고 도롱이 엽헤 끼고 질火爐 겻불 푸여 압헤 노코 긔가
죽 쏨지 가로담비 툭툭 터러 웬손 바닥에 홈쳐 뒤고 가리침 탁 밧타 엄지
손가락 힘을 드려 부비젹 부비젹ᄒ야 승토에 질은 곱둘디 슉 쎄여 가루
담비 쌈북 담아 겻불을 뒤집어 담비를 콱 쳐박고 풀무담비로 쑥쑥 쌔니
御使道 겻헤셔 보고

<h2 style="text-align:center">〈66-뒤〉</h2>

  어허 그 農夫 입힘도 됏코
農夫 치어다 보며
  御使 낫다 ᄒ면 뎌런 것들 보기 실터고
御使道 짐짓
  즈네 이 골 원님 公事가 엇더흔가
農夫가 허허 웃고
  제가 御使인 듯이 公事 뭇고 公事 엇지ᄒ야 밥 잘 먹고 슐 줄 먹고 홈
의질 줄ᄒ고 갈키질 줄ᄒ고 甚至於 쇠시랑질꺼지 줄ᄒ니 그 우에 明官 업
고 烈女 春香을 明明 죄치 后 쎠려 죽인다던가 이 년셕 春香을 죽이기만
ᄒ여 보아라 집둥우리 ᄒ나면 다 망ᄒ리라 이 스람 명슘이 어 즈네 砂鉢
通文 보앗나

<h2 style="text-align:center">〈67-앞〉</h2>

  보앗네 四十八面 놈만 ᄒ여도 의려 千名일네 쉬셜ᄒ쇼
御使道 그 말은 모르란 체ᄒ고
  여보 春香이가 다른 셔방 ᄒ노라고 本官 말을 아니듯는다지
  뎌 農夫 氣急ᄒ야 두 눈을 부릅쓰고 두 쥬먹을 불끈 쥐고 猛虎갓치 달
녀들어 御使道 짜귀를 한 번 짝

이 換陽 쌍간나 식기 貞烈흔 春香의게 生誣陷 잡아니야 不測흔 辱을 ㅎ
니 보앗나냐 드럿나냐 보앗스면 눈을 쎄고 들엇스면 귀를 찟즈 바른디로
말ㅎ여라

쏘 흔 쎔을 후닥닥

總角大房 게 잇나냐 가리 이리 가더 오너라 여긔 파고 이 놈 뭇자

〈67-뒤〉

멱살을 웃지 되게 붓잡엇던지 御使道 危急ㅎ야

여보 살여쥬오 흔번 失手는 兵家常事라고 모로고 죽을 말을 ㅎ엿스니
살여쥬오

늙은 農夫 나오면셔

여보쇼 고만 두쇼 어린 스람이 쳘모르고 흔 말이니 니 情으로 고만 보
니쇼

左右 農夫 大笑ㅎ며 그런 말 쏘 ㅎ다가는 목슘 살기 어려오니 다시는 그
리 말고 어셔 가쇼

御使道 엇지 魂이 낫던지

예 農夫 여려분 다 安寧이 게시오

作別ㅎ고 도라오며 逢變은 ㅎ엿스되 이레케 즈미잇고 이러케 됴흘손가 鰲
水驛에 宿所ㅎ고 磚石티를 넘어오다

〈68-앞〉

가 크나큰 盤松下에 勞困을 못 이기여 岩上에 비겻더니 非夢似夢間에 엇
더흔 美人 ㅎ나 불 속에 쌔져 一身의 불이 딩겨 둥굴면셔 더긔 안진 李相
公은 어셔 나를 살여쥬오 御使道 急흔 마음에 불 속에 쒸여들어 美人을
품에 안고 불 밧게 니다라셔 쌈죽 놀나 끼니 南柯一夢이라 마음이 煩惱ㅎ

야 거름을 ᄌᄌ 거러 南原邑을 드러오며

獄에 가친 春香이ᄀ 살앗나냐 쥭엇나냐 生覺고 歎息ᄒᄂᆞ냐 나 오난 쥴
알양이면 춤으로 迎接ᄒᆞ고 우슴으로 人事ᄒᆞ야 스랑ᄒᆞ련마ᄂᆞ 뎌 모르니 虛
事로다 예 보던 景 다시 보니 山도 예 보던 山이오 물도 예 보던 물이로
다 綠樹秦京 너른 들은 나 단니던 길이오 客舍靑靑柳色新 ᄂᆞ귀 미고 놀던
디오 祖龍山城 다시 보자 仙隱寺야 無事ᄒᆞ냐 廣寒

〈68-뒤〉

樓야 잘 잇더냐 烏鵲橋 반가워라

廣寒樓 올나 春香의 집 望見ᄒᆞ니 行廊은 쩍으러지고 몸치ᄂᆞ 기우러져 보
줄 것 바이 업다

너가 南原을 쩌ᄂᆞ 지 不過 三年이 못되야 뎌 地境이 웬 일이냐

찬찬이 이리뎌리 두루두루 緩步ᄒᆞ야 春香이 집 當到ᄒᆞ니 예 보던 碧梧桐
은 樹林 속에 荒階에 것친 풀은 스람 ᄌ최가 喜微ᄒᆞ다 柴扉밥 쥬린 기ᄂᆞ
舊面目을 몰나보고 컹컹 짓고 니닷ᄂᆞᆫ디 窓外에 녯 節介ᄂᆞ 綠竹靑松쑌이로
다 已而오 日暮ᄒᆞ니 東山에 달 쩌러져 오고 心懷ᄂᆞ 疊疊혼디 뎌 기 소리
쓸ᄒᆞ도다 隱隱혼 우름 소리 凄涼히 들니거늘 우름 좃차 차져가셔 들은 쥭
冬栢 얼크러진 그 스이에 隱身ᄒᆞ야 삶혀보니 이

〈69-앞〉

쩌 春香母가 後園에 七星壇을 보고 燈불을 밝히고 시 등에 시 소반에 井
안水를 밧쳐 노코 焚香再拜 ᄒᆞ난 말이

天地之神 日月星辰 觀音諸佛 五百羅漢 四海龍王 八府神將 城主竈王前
비나이다 漢陽居 李夢龍을 全羅監使나 暗行御使를 點指ᄒᆞ야 쥬옵시면 獄
中에 죽게 된 子息 살녀닐가 바라오니 天地神은 感動ᄒᆞ와 살녀지다

빌다가 氣絶ᄒ야
  이고 니 쌀 春香아 金枝玉葉 니 子息을 아비업시 길너 이 地境 웬 일이
냐 뉘게 가셔 못 튀여나셔 此生에 罪만은 넌 니게 와 티나셔 어미 罪로
너 죽나냐 니 子息이 이고 이고
셜이 우니 御使道 氣가 막혀 恨심 쉬고 이러셔 기침을 크게 ᄒ고

〈69-뒤〉

  이리오너라
二三次 부르니 春香母가 우름을 鎭定ᄒ고
  上丹아 門前에 누가 왓나 가 보아라
上丹이 나온다 침아 즈락으로 눈물을 씻고
  게 누구오
(御) 니다
(上) 니라니 누심닛가
(御) 나를 모르겟나냐
上丹이가 仔細히 보더니
  이고 이게 누구심닛가
御使를 부여안고 痛哭ᄒ니 春香母 쌈쥭 놀나 나오면셔
  엇던 놈이 남의 子息을 찌리나냐

〈70-앞〉

(上) 이고 마님 셔울 셔방님이 오셧담니다
春香母가 물에 싸진 놈 高喊질으듯
  어허……
ᄒ더니 달녀들어 御使道의 물을 안고

이게 누구인가 ᄒ누님의 感動인가 부쳐님의 道術인가 光風에 날녀왓나
예 얼골 옛 模樣 그져 잇나 어셔 드러가세
御使道 손을 잡어 끌어 旁안에 안친 後에 門밧게 급히 나와
　上丹아 것너旁에 點火 좀 ᄒ고 쥐숭어미 불너 進旨 지으라고 고두쇠 불
너 官廳에 가 고기 스오라 ᄒ고 너는 饌需ᄒ여라
分別을 얼는 ᄒ고 旁으로 드러와 御使道 손을 잡고 精神업시 보는디 다
늙어 눈 어둡고 燈불이 침침ᄒ야 仔細 보이지

〈70-뒤〉

아니ᄒ니 春香母 이러나 다락문 열고 燈櫃를 니여노코 上旁燭 너덧 병 써
니여 불을 켜 노으니 旁 아니 밝고나 御使道와 마쥬 안져 물그럼이 바라
보니 얼골은 玉이로되 衣服이 襤縷ᄒ고 窮狀이 지르르 홀너 코만 홀젹홀
젹ᄒ다 春香母 肝膽이 셔늘ᄒ고 두 눈이 쌈쌈ᄒ여 무엇이 가슴에 칵 막혀
지며
　익고 이를 ……
ᄒ더니
　여보 李書旁 엇지ᄒ여 이 貌樣이 되엿소
(御) 丈母 니 말 좀 들어보소 讀書千卷無聲讀ᄒ니 科學도 못ᄒ고 坐待靑雲
未有期ᄒ니 벼슬 끈어지고 人生貴賤奈何오 이럿틋 賤케 되고 東西丐乞村
犬吠ᄒ니 門前마다 긔

〈71-앞〉

직히고 患難必思親戚救ᄒ니 丈母 生覺이 오직헐가 身勢가 이리 되니 붓그
럼은 멀고 故情을 生覺ᄒ니 時時마다 보고 십흐나 衣服 업고 行資 업셔
몃 ᄒᆡ 몃 달 빌어먹다가 舍廊마다 過客질노 보고가즈 너려오니 雪上에 加

霜으로 春香조차 쥭게 되니 니 身勢가 웨 이런지 목이 메여 말 못ᄒᆞ고 붓 그러워 볼 슈 업네
春香母가 그 말 듯고 썩다 空中에 떠러지며
쥭엇구나 쥭엇구나 野俗ᄒᆞᆫ 하나님도 無心ᄒᆞ고 日月星辰 諸佛彌勒 五百 羅漢 쓸ᄃᆡ업다 上丹아
(上) 예-
(母) 後園에 드러가 壇 허러 치워라 靈驗 업는 壇을 모고 손발 달케 빌엇 고나 불숭ᄒᆞ다 니 子息아 앗가워라 二八時節

〈71-뒤〉

됴흔 ᄯᅢ에 萬鐘錄을 못 누리고 어미를 잘못 맛나 寃痛이도 쥭겟고나 너…… 쥭는 것 엇지 보랴나냐 니가 먼져 쥭으리라
목졋시 질녀 쏴쏴 가슴 짱짱 두다리며 ᄃᆡ굴ᄃᆡ굴 굴면셔 쥭기로 斷定ᄒᆞ니 御使道 惘惘ᄒᆞ야 春香母 허리 안고
여보 丈母 나를 보아 鎭定ᄒᆞ쇼
(母) 예라 노아라 보기 실타 이 盜賊놈 썩 가거라 뎌 操格을 ᄎᆞ리고셔 니 집에 웨 왓나냐 이 셔울 싹정이 너 싱긴 体格을 보니 捕校 눈에 쓰이면은 零落업시 치여가겟다
(御) 여보 丈母 그 말 마소 行色이 草草ᄒᆞ야 녯 風彩 업슬망졍 엇지될 쥴 丈母 아나 ᄒᆞᆯ날이 무너저도 소ᄉᆞ날 궁기 잇고 桑田이 碧海가 되야도 빗켜 셜 길 잇나니 우지 말고 鎭定

〈72-앞〉

ᄒᆞ쇼
(母) 제라 別슈 잇는 쥴로 御史될ᄭᅥ 監使될ᄭᅥ 싱간 골이 客死ᄒᆞ겟다

(御) 무슴 스가 되던지 스만 되면 그 아니 됴흔가 시중ᄒᆞ니 밥이나 흔 슐 쥬쇼

(母) 밥 업다

上丹이 울며 엿ᄌᆞ오디

  마님 맙쇼셔 獄中 아씨 알으시고 보면 自處를 ᄒᆞ실 터이오 또흔 家運이니 恨歎ᄒᆞ면 무엇ᄒᆞ며 哀痛ᄒᆞ면 쓸 디 잇슬잇가 貴体 保重ᄒᆞ옵시고 밥이 아즉 짓지 아니ᄒᆞ얏스오니 조금 게시다가 아가씨젼 가스이다

上丹이가 통통 나가 進旨를 얼는 지어 御使道께 올니고 床

〈72-뒤〉

머리에 안져 슐 흔 존 勸흔 後에

  書旁任 進旨 만니 잡슈시오

(御) 오냐 다 먹겟다

御使道가 春香母의게 멋번 辱을 보고 시장도 흔 중 밋게만 보라고 밥상을 두 다리 스이에다 꼭 끼고 飯饌 ᄒᆞ나 안 남기고 훅 다 먹으며

· 上丹아

(上) 예…

(御) 누른밥 잇거든 더 긁져오너라

春香母가 氣가 막혀

  雜것이 한아도 될 것은 업고 밥만 잔뜩 먹어 食虫이 되엿구나 만니 빌어먹겟다

〈73-앞〉

卽時 床을 물녀 니고 上丹이 燈籠 들니고 春香母ᄂᆞᆫ 압을 스고 御史道 뒤를 따라 獄을 갈 제 此夜 風雨 散亂ᄒᆞ야 번기ᄂᆞᆫ 번젹 春香은 홀노 누어

郎君 生覺ᄒ난 말이

  野俗혼 우리 任은 혼번 離別 도라간 후 니 生覺을 이젓는가 夢中에 아
니 온다 좀아 오너라 꿈이나 좀 오럼으나 꿈 속에나 만나보즈 二八時節
절문 몸이 니가 무슴 죄로 獄中孤魂이 된단 말가 죽는 것은 셜지 아니ᄒ
나 白髮老親 뉘 맛흐며 우리 郎君 엇제 보리
伏枕痛哭 셜니 울 제 非夢似夢間에 李道令이 겻헤 와셔 金隱히 안젓스되
仔細이 숣혀보니 頭上에 金冠이오 腰間에 佩鉞이라 仙官의 擧動이오 風虎
의 威嚴이라 春香 마음 散亂ᄒ야 李道令의 손을 잡고 소소로쳐 씨니

〈73-뒤〉

道令任은 간 디 업고 뷘 칼머리만 잡히엿구나 冤痛코 有情郎君 꿈가온디
暫間 만나 萬端情懷 못흔 일이 絶痛ᄒ야 셜이 울 제 이 쩌 春香母 獄門前
當到ᄒ야

  아가 春香아 아가 春香아
불으니 春香이 쌈즉 놀나

  게 누구라 날 찬나 冤痛코 셜운 愿情 玉皇任이 알으시고 救ᄒ려고 날
찬나 箕山穎水 別乾坤 巢父 許由가 날 찬나 商山四皓 네 老人이 바둑 두
즈 날 찬나 首陽山 伯夷 叔齊 菜薇ᄒ자 날 찬나 富春山 嚴子陵 諫議大夫
마다ᄒ고 七里湘江一絲風 함끠 가즈 날 찬나 雪中騎驢 孟浩然이 訪梅次로
날 찬나 晋代 風流 즈랑 竹林七賢이 날 찬나 西域遠使 傳望候 牽牛 織女
차지랴고 漢浦로 지나면

〈74-앞〉

  셔 흠께 가즈 날 찬나 尋陽秋梅 白樂天이 琵琶 듯즈 날 찬나 風風雨雨
이 天地에 날 츠지 리 업것마는 뉘라셔 나를 찬나

(母)   아가 春香아 아가 春香아

(御)   이 스람 조금 크게 부르게

(母)   요란이 굴지 말쇼 만일 本官이 알면 네가 그 슘씨에 됴도리쪄가 빠지
고 燭臺쪄 붉어질나

御史道 소리를 크게 질너

　春香아 春香아

불으니 春香이 쌈죽 놀나

　게 누구요

(母)   너다

〈74-뒤〉

(春)   이고 어머니오 엇지 오셧쇼

(母)   왓다

(春)   무엇이 왓쇼 서울 편지 왓쇼 나 다리려 왓쇼 오다니 누가 왓쇼

(母)   잘 되고 貴히 되고 짝업시 되고 興나게 되고 불승이 되고 드럽게 되
고 됴흔 것이 되엿다

(春)   누가 그리 되엿셔오

(母)   너 平生 相思ᄒᆞᄂᆞᆫ 李書房이 왓다

春香이 그 말 듯고 쑴에 暫間 본 任 生時에도 보겟구나 黑雲갓흔 머리 목
에 휘휘 들여민고 길 넘는 全木칼을 즐르르 쓸면셔

　이고 허리야

〈75-앞〉

칼머리 들어 저만치 놋코 두 손으로 짜를 집고 뭉그젹 뭉그젹 나오면셔

　書房任이 엇의 왓쇼 書房任이 오셧거든 말쇼리나 드러보게

春香母 혀를 차며

  더 잘된 것 보고 單拍 밋치는구나

春香이 ᄒᆞ는 말이

  못되여도 니 郎君 잘되여도 니 郎君 高官大爵 니 다 실고 萬鍾祿도 니 다 실고 어머님 定ᄒᆞᆫ 配匹 돗코 굿고 웬 말이오 나를 츠져 오신 郎君 엇지 그리 愬視ᄒᆞ오

春香母 어이업셔 말 못ᄒᆞ고셔 볼 제 御史道 그러셔며

  春香아 苦狀이 엇더ᄒᆞ뇨 네 罪가 안니라 萬事가 모다 니 罪로다

〈75-뒤〉

(春) 書旁任 門틈으로 손을 느어 나를 좀 이리키오

御史道 急ᄒᆞᆫ 마음 獄門 틈으로 손을 잡으랴 ᄒᆞ니 셔로 손이 멀엇스니 잡을 슈 잇나

(御) 여긔 업듸쇼

(母) 雜것이로다 나를 웨 업듸라 ᄒᆞ나냐

(御) 나 네 발고 올나셔셔 春香 손 잡을나네

(母) 俗談에 미운 것이 우쥴거리며 쏭 싼다더니 그 말이 쏙 올코나 이 넘어 쓰지 말고 진솔로 엇거라

春香이 運身ᄒᆞ야 艱辛이 손을 잡고 발발 썰고 이러나며 두 눈에 눈물이 밋거니 둧거니

  엇의 갓다 인제 완나 東流渭水 말근 물 呂尙이 보러 가셧던가 穎水에 귀를 씻던 巢父 보려 가셧던가 鴛鴦繡枕 蝴蝶

〈76-앞〉

  夢 시 ᄉᆞ랑의 잠겻던가 無情ᄒᆞᆷ도 無情ᄒᆞ고 野俗ᄒᆞᆷ도 野俗ᄒᆞ네

御史道 손을 잡고 우서보며 울어보며

(春) 하느님이 感動ㅎ야 아니 죽고 살앗다가 다시 볼 줄 어이 알니 書旁
님 중가 들엇쇼

(御) 丈家가 다 무엇이냐 너를 離別ㅎ고 셔울 올나가셔 네 生覺ㅎ노라고
工夫도 못ㅎ고 父親 좃차니스 親舊 舍廊으로 도라다니며 밥슐이나 엇어먹
다가 消息도 알 슈 업고 生覺 懇切ㅎ야 不遠千里而來ㅎ니 너는 나부덤 더
慘酷ㅎ게 되얏스니 天地가 아득ㅎ고 가슴이 답답ㅎ다

春香이 그 말 듯고

  어머니 날이 발거든 우리 因緣미진 芙蓉堂에 點火ㅎ고

<h3 style="text-align:center">〈76-뒤〉</h3>

  나 덥던 衾枕 펴고 私處 定ㅎ고 것넛旁 三層藏에 필육 몃 필 골나니여
書旁 上下衣服 여러 벌 말으시고 갓 網巾을 곱게 ㅎ되 머리에 맛게 잘 맛
치고 다님 쌈지 염랑 紫介函에 드럿스니 철을 맛쳐 니여노코 玉色밧탕 紫
紬코 太史鞋 한 켤네 맛치시고 鄕校말 成座首의게 돈 二千兩 맛겻스니 그
돈 직시 츳자다가 집안에 家用ㅎ고 間日膏飮 胖汁 니여 시중치 안케 勸ㅎ
시며 어머니도 잡슈시오 너가 집에 업다고 어머니가 火를 니여 不平ㅎ게
ㅎ옵시면 千里에 오신 郎君 그 마음 便ㅎ릿가 性稟을 알거니와 萬一 恕視
ㅎ면 不孝女息 말이오나 自決ㅎ야 슉을 터이오니 處分ㅎ야 ㅎ옵소셔

春香母 그 말 듯고 듯지 안케 辱을 ㅎ것다

<h3 style="text-align:center">〈77-앞〉</h3>

  저런 비러도 못 먹을 년 질알흔다

(春) 上丹이 게 잇나냐

(上) 예-

(春)　書旁任 寢需凡節 安寧ᄒ시고 不平ᄒ시거든 專혀 네게 달엿다 밤참 朝飯 前後事를 至誠으로 貢饋ᄒ고 東門 밧 李主簿께 화제너여 藥 지어다 ᄒ로 두 첩式 네 다 알지 니 당부 안니흔들 범연ᄒ랴 書旁任…

부르니

(御)　웨―

(春)　드르니 明日이 本官 生辰 잔치 즉에 나를 죽일 터이니 아모디 가지 말고 獄門 밧게나 三門 밧게나 직혀셧다가 春香 올니라 슈을 니리거든 칼머리나 드러 쥬고 죽거든 다른 스

〈77-뒤〉

람 손길 디지 말고 書旁任이 달여들어 나의 尸体를 두리쳐 업고 집의 도라와 尸床 밧쳐 뉘인 후 나의 招魂 불너쥬되 獄中에셔 書旁任 그려 肝腸 셕은 逆流 땀니 뭇은 속赤衫 볏겨셔 虛空中天 둥둥 니두루며 海東 朝鮮 全羅左道 南原邑 降仙里 壬子生 成春香 復 復 復 세 번만 부르고 壽衣 ᄒ지 말고 나 입으랴던 衣服 갓초와 입혀 斂布 入棺ᄒ지 말고 書旁任 나를 爲ᄒ야 淸潔흔 곳 집히 뭇고 書旁任 속赤衫 볏셔 니 가슴 덥허주고 墓前에 標石 세고 標石에 글쓰되 守節怨死春香之墓라 ᄒ여 쥬면 妾 죽은 魂이라도 恨이 업겟쇼 쏘 흔 말 付託홀 일 잇쇼 可憐흔 어미 身勢 니 몸 ᄒ나 죽어지면 定處업시 불숭ᄒ니 河海갓흔 處分으로 老母를 밧드러셔 春香갓치 生

〈78-앞〉

覺ᄒ면 죽어 黃泉 도라가셔 結草報恩 ᄒ오리다 此生에 未盡 恨을 後世에 다시 만나 離別 말고 살난지 할 말 無窮ᄒ나 날이 발가 희가 쓰니 大綱 付託ᄒ오 오작 困ᄒ싯가 어셔 쥼으시오

(御) 오냐 근심 너모 말고 今日만 企待리면 生死間 날 터이니 別 마음 먹
지 말고 다시 보기 生覺ᄒ라
春香을 하직ᄒ고 獄門 밧게 나오는디
(母) 자네 엇의로 갈나나
(御) 엇의로 가 자네 집으로 가지
(母) 니 집 보더 죳고 큰 집으로 가쇼
(御) 엇의
(母) 客舍 東大廳에 가 坐起ᄒ쇼

〈78-뒤〉

(御) 자네 말이거든 말이 안닐세 ᄌ네 엇지 仔細 아나 아모 골을 가도 널
즉흔 客舍 東門廳이 니 處所이니 어셔 가쇼 나는 客舍로 가네
上丹이 달여들어 御史道 부여줍고
  마님 말슴 탄치 말고 宅으로 가ᄉ이다
(御) 볼 닐 急ᄒ니 니 밥이나 ᄒ여두어라
春香母와 上丹이는 돌아가고 御史道는 廣寒樓 올나가 擧事홀 일 生覺더니
書吏 中旁 驛卒 巳時前 等待ᄒ야 次例로 問安커날
(御) 오날 本官 잔치 時에 如此如此 홀 터이니 慇懃이 等待ᄒ고 눈치 보
아 擧行ᄒ라
(等) 에의-

〈79-앞〉

書吏 中旁 令을 듯고 各處로 ᄒ여지고 御史道 三門間 當到ᄒ니 各邑 守令
모와들 제 堂上 堂下 僉萬戶가 ᄎ례로 들어오난디 쉬 任實이오 에라 谷城
이오 勸馬聲 에오 潭陽府使 들어오고 淳昌郡守 玉果 求禮 連續ᄒ야 들어

올 제 喇叭소리 웅중ㅎ다 雲峰營將 들어온다 本官 主人으로 各所任을 團
束홀 제 肉直이 불네 큰 소 잡고 官廳色 불너 츠담 申飭 需母 불너 進旨
를 츠리고 各 六旁頭目은 進饌을 드려 各種 封物 느러셧다 執事 불너 工
人을 待令 首奴를 불너 妓生을 指揮홀 제 各邑 守令이 次例로 坐定ㅎ고
一等 妓生들이 左右로 느러셔 玉手羅衫을 툭툭 더지며 風樂소리 瑤地仙樂
完然ㅎ다 淵淵혼 큰 북 소리 春雷가 들네는 듯 두리 부는 피리 소리 鳳凰
이 노는 듯 瀟湘斑竹 뎌 쇼리 나의 셜음 잡아니고 曲曲聲振稽

〈79-뒤〉

琴聲은 年豊을 즈랑ㅎ다 五絃琴 검은고는 南薰殿 노리ㅎ고 二十五絃 琵琶
聲은 不勝淸怨 숣ㅎ고 男唱은 幽雅ㅎ고 女唱은 淸妙ㅎ다 古調誰自愛나 今
人이 多不彈을 伯牙의 一去後 世無知音者를 니 엇지 몰을쇼냐 御史道 興
을 니여 우줄우줄 들어가며 알리여라 使令아 通引아 먼 디 거지 大宴 만
나 按酒 혼 點 슐 혼 盞 엇어먹고 가스이다 소리를 버럭버럭 지르니 本官
이 火를 니여 뎌 밋친놈 멀니 춋쳐라 御史道 上枝棟 흠쳐 잡고
   나 쏫차너라 ㅎ는 놈 니 아들이오 나가은 놈은 人事不生이다
ㅎ며 使令을 號令ㅎ니 雲峰이 숣혀보니 幣布破笠中에 人物이 非凡ㅎ거날
雲峰이 通引 불너

〈80-앞〉

   뎌 兩班이 分明 兩班이니 末席에 안치고 飮食이나 줄 待接ㅎ라
通引이 츙츙 나가
   이리 오시오
御史道 우스며
   안다 안다 雲峰이 안다 雲峰이 苽滿이 되얏는디 加三年을 식혀보즈

션듯 올나 雲峰 엽헤 안즈며 長揖不拜ᄒ고 座中에 못본 人事 츠례로 흔
然後 雲峰 ᄒ난 말이
　座中에 헐 말 잇쇼
(本) 무슴 말이오
(雲) 末席에 안진 兩班이 過客이로디 同是 兩班인 듯 ᄒ오니

〈80-뒤〉

　待優흠이 엇더ᄒ됴
本官이 얼골 찡그리며
　그런 것들 갓가이 ᄒ면 담비디나 붓치 盜賊ᄒ여 가지 무엇을 待憂ᄒ셔
오
言畢에 츳담床이 나온다 各各 床을 밧앗스디 御史道논 菓子 흔 接匕 안니
쥬니 雲峰이 憫惘ᄒ야 通引 불너
　네 뎌 兩班 床츠려 들여라
御史道 床을 츠려 오는디 모 쩌러진 기다리 소반에 글거먹던 갈비쩌 콩나
물 디강이 흔 接匕 母酒 흔 沙鉢 노아다 쥬니 御史道 床을 보고 부치곡지
로 雲峰 갈비를 쑥 질으며
　여보 雲峰
雲峰이 쌈작 놀나

〈81-앞〉

　익고 웨 그리오
(御) 뎌 갈비 흔 디 쥬오
(雲) 이 兩班 갈비 달니면 그져 달나지 스람의 生갈비 틀너랴고 ᄒ오 이
이 갈비 갓다가 뎌 兩班 들여라

(御)   아니오 過客이 남의 슈고를 식일 것 업쇼 니 숀으로 갓다 먹지
ㅎ고 珍味를 다 갓다가 기다리 소반에 놋코
  됴코 됴코 ㅎㅎ 塵合泰山이라더니 호호
부치로 쏘 雲峰을 쑥 지르니
(雲)   이 兩班 참 밋쳣쇼
(御)   니가 밋친 것이 안나라 妓生을 보니 슐을 그더 먹을 슈 업쇼 妓生
불네 슐 흔 盞에 勸酒歌 ㅎ나 ㅎ라시오

〈81-뒤〉

(雲)   여보아라 뎌 兩班께 勸酒歌ㅎ여라
(妓)   옛날이나 지금이나 달을 理가 잇나 되지 못흔 것이라도 操만 쎄면
妓生인 줄 알고 이고 妓生 노릇ㅎ랴다가 벨 우슨 꼴을 다 보겟꾼 이 兩班
웨 불넛쇼
(雲)   號슈ㅎ야 이 년 이 怪惡흔 년 엇더ㅎ신 兩班이시던지 니 불너 식이
거든 雲峰으로 잡아다가 학치를 부질를리라
雲峰이 짝 으르니 妓生이 흔 풀이 격겻구나 御史가 勸酒歌를 請ㅎ니 妓生
이 勸酒歌을 ㅎ는더
  이 슐 흔 盞 줍으면 千萬年 이 貌樣 스오리다
(御)   네 勸酒歌를 드르니 시로 는 勸酒歌로구나 名妓로다
슐을 먹지 안니ㅎ고 자리에 쏫으며

〈82-앞〉

  어불ㅅ 조흔 즈리를 바리겟구나
道袍쇼민로 슐을 뭇쳐 左右로 니쑤리니 座中이 發動ㅎ야 雲峰은 우슨 것
을 다 請ㅎ다가 座席이 搖亂셰ㅎ오 本官이 生覺ㅎ되

　뎌 놈이 兩班의 子息은 分明흔디 졀문 아희가 져리 버릇 업슬진디 난봉
이오 畢竟 無識홀 터이니 韻字를 니여 좃츠리라
흐고 座中에 흐는 말이
　여보 우리 定坐흐야 글 흔 슈 짓스니다 만일 글을 못 진는 즈는 큰 벌
을 쓸 터이니 座이 글이 알으시오
本官이 韻字를 니엿스되 高膏 부르거늘 御史道 나안즈며

〈82-뒤〉

　나도 父母任 德으로 글字나 일것더니 글 흔 句 지으리다
雲峰이 반겨 듯고 筆硯을 니여쥬니 御史道 얼는 지어 자리 밋에 넛고 本
官을 對흐야
　먼 디 거지 酒肉을 飽食흐니 恩惠가 難忘이오 後日 다시 봅시다
作別흐고 이러셔니 本官이 시원흐야
　이 兩班 平安이 가시오 쏘 언제 볼는지
御史道 가신 후 雲峰이 글을 니여 읍는디
　金樽美酒는 千人血이오 玉盤佳肴는 萬姓膏라 燭淚落時에 民淚落이오 歌
聲高處에 怨聲高라
雲峰이 벌벌 떨며
　本官은 잘 노으시오 有故흐야 가오

〈83-앞〉

任實 갓치 떨며 니러나니 本官이
　任實은 웨 이러나시오
(任) 나도 큰닐 낫쇼
(本) 웨 그리오

(任) 大夫人이 落胎ᄒ셧다 긔별이 왓셔오
(本) 宅 大夫人의 春秋가 얼마신듸 落胎를 ᄒ셧쇼
(任) 今年에 八十九이요
(本) 여든 아홉에 아기를 비여 落胎ᄒ단 말이오
(任) 아니오 落胎가 안니라 落腸을 ᄒ셔다요
이 ᄯᅢ 座首가 雲峰 글읍ᄂᆞᆫ 것을 屛風 넘어로 卽時 드러와 分別를 ᄒᄂᆞᆫ듸
  三公兄 불너라 三行首 부르고 都書員 불너 前例를

〈83-뒤〉

올니며 各倉빗 불너 留穀이 올으냐 工房 불너 舖氈를 단束 囚形吏 불너
獄囚을 團束 執事를 불너 羅卒 旗幟 吹打 工人을 團束ᄒ고 司丁을 불너
刑具를 團束 肉雇子 불너 燈籠를 團束 都使令 불으고 都軍奴 불너라 刑杖
질은 완불쇠로 세우고 棍杖字字ᄂᆞᆫ 許千釰로 定ᄒ고 吏房을 불너 官奴 妓
生 通引 使令을 待令ᄒ라
이리 가도 슈군 뎌리 가도 슈군 이 ᄯᅢ 御史道ᄂᆞᆫ 午時를 企待려셔 三門 밧
셕 나셔니 書吏가 번ᄯᅳᆺ 눈 ᄒ 번 꿈격 驛卒이 얼는 손 ᄒ 번 긋덱 書吏
驛卒 눈치 치고 驛所로 다라들며
 驛長아 史道 分付 急急ᄒ다 靑上積 입고 紅肩帶 씌여라 사마치 두루고
左牽을 달아라 史道 타실 大馬 들여라 鞍粧

〈84-앞〉

지어라 빈ᄯᅢ를 조르고 것굴네 씨우고 후거리 듸여라 평양이 엇디긔 방망
이 들여라
사ᄌ갓흔 馬頭驛卒 六모방치 놉히 들고 우루루 달여들어 三門을 쌍쌍 치
며

暗行御史 出道야 暗行御史 出道야
두세 번 高喊쇼리 府中이 쩌나갈 듯 飛虎갓치 날닌 驛卒 에 가 번듯 제
ㄱ 번듯 三公兄 후닥딱 쑥딱 御史道 分付ᄒ되
　南原골 六房下人 大監께 擧行ᄒ던 下人이니 애여 傷치 말고 守令을 살
녁을 쎄라
驛卒이 廳令ᄒ고 守令 모힌 잔치 座席 모치로 바슈는디 錦屛 繡屛 山水屛
과 數十坐 交坐床 양치 디야 吐器 징

<h3 align="center">〈84-뒤〉</h3>

接匕 大盒 슐甁 후닥즉격 거문고 伽倻琴 洋琴 笙簧 短簫 북 長鼓 楓琴 젓
디 손슨 부러질 제 各邑 守令 逃亡ᄒ다 雲峰營將 印딍이 일코 슈박 들고
도망ᄒ고 潭陽府使 갓을 일코 芳席 들고 다라나고 淳昌郡守 氅衣 일코 몽
도리 입고 任實 망巾 일코 花冠 쓰고 다라날 제 本官이 겁을 니여 쏭 오
짐 싸고 逃亡홀 제 雲峰 말 걱구루 타고 간다 智利工房 녁을 일코 官廳色
痛哭ᄒ다 눈치 잇고 날닌 通引 臺上에 쮜여올나 前後 擧行홀 제 山川草木
이 스사로 덜덜 무섭고 두렵도다 御史 東軒에 坐定後 獄中에 갓친 罪人
여러 百名 冤屈터니 一時에 불너들여 諄諄이 이르시고 白放으로 ᄒ시니
誦德이 ㅋㅋᄒ다 御史가 首刑吏 불니 春香 前後事를 무르니 首刑吏 這這
告ᄒ니 御史가 分付ᄒ되

<h3 align="center">〈85-앞〉</h3>

春香을 칼 볏기고 올니라
監獄刑吏 獄司丁이 압세우고 獄으로 갈 제 六房官屬이 서로
　明徹ᄒ신 繡衣使道 烈女 春香 放送ᄒ면 千秋 有名ᄒ랸만 알 슈 잇나
칼를 볏기우고

여보쇼 셔울찍 精神 收拾ㅎ오 繡衣使道 分付內에 올니라니 畢竟 放送헐
듯ㅎ니 精神을 일치 말고 말 줄ㅎ오 松竹갓흔 節行 皇天이 感動ㅎ시리다
春香이 精神 아득

上丹아 獄門 밧게 누구 잇나 보아라
(上)   아모도 업쇼이ᄃ
(春)   天地間 모진 兩班 엇져역 오섯슬 찍 申申當付ㅎ엿건만 午日이

〈85-뒤〉

過토록 오시지 안니ㅎ고 消息이 頓絶ㅎ니 無情ㅎ고 野俗홀ᄉ 우리 任
죽기 젼 보짓더니 엇의 가고 아니오나
소소로쳐 솟는 눈물 피가 되아 옷깃을 젹신다 春香母 발 구르며 上丹이도
痛哭ㅎ니 監獄吏 獄司丁이 눈물 흘니면셔

우지 말쇼 千兵졍萬馬 劍戟中에 살아날 곳 잇고 하늘이 무너저도 소스
날 궁기 잇느니
지촉使令 이어서 ㅎ는 쇼리 天地가 뒤놉는 듯 春香이 할닐업셔 官家로 드
러갈 졔 上丹이 春香이 업고 春香母 뒤를 짜라 드러갈 졔 이 찍 南原邑
老少寡婦 쎄를 지어 모혀들어 春香 살여너라 御史께 等狀을 드럿는더 人
物도 어엽부고 씨긋ㅎ게 늘근 夫人 素服 精ㅎ고 羞態 씌인 절문 寡婦 肥
膚가 豊盈ㅎ고 장옷 쓴 져 夫人 얼골도 동탕ㅎ고 기골 長大ㅎ야 말 줄ㅎ
는 夫人이며 靑霜

〈86-앞〉

寡婦 八字 되야 궁틱로 싱긴 夫人 百畝良田 밧미다가 홈의 들고 오는 夫
人 數百名 寡婦쎄가 東軒 쓸에 가득 츠니 御史 分付ㅎ되
엇던 夫人들이 이다지 만니 왓쇼 무슴 緣故로

그 중의 혼 夫人 出班 알외는 말이
   寡婦等 발괄홈은 至宪홀 일 잇기로 明察 使道 前에 말等狀 왓나이다
(御)   무슨 所懷 잇는지 這這 알외라
(寡)   烈女不更二夫는 天地間 읏듬인디 奉命ᄒ신 方泊 守令 烈女를 모로릿
가 月梅 딸 春香은 어미는 妓生이나 아비는 宰相이라 舊官 子弟 李夢龍과
百年配匹 미진 후 好事가 多魔되야 李道令 離別ᄒ고 守節ᄒ는 春香 本官
城主 到任後 春香 잡아다가 妓案 着名ᄒ고 守廳들나

<h3 style="text-align:center">〈86-뒤〉</h3>

   ᄒ되 終始 毀節 아니ᄒ니 春香 杖下刑罰 거의 죽게 되엿스니 烈女 미
친다고 變ᄒ릿가 꿈갓친 밋친 목슘 頃刻에 죽겟스니 明治ᄒ신 使道 處分
烈女 春香을 特히 放送ᄒ옵심을 바라ᄂ이다
(御)   春香은 娼妓로셔 官庭發惡 ᄒ엿스니 容貸치 못ᄒ리라 그 중에 늘근
寡婦 左右을 헤치면셔 ᄒ난 말이 니 나이 百 일곱이오 皮膚가 潤澤ᄒ고
耳目이 明瞭ᄒ고 氣운 정정 夫人이 체머리를 흘들면셔 兩眉間을 찡그리고
ᄒ는 말이
   여보 御史道 處分이 웬 말이오 書旁 守節혼다 잡아가고 말 잘ᄒ는 놈은
죄가 업고 守節 春香 官庭發惡 大端 큰 것이오 公事도 우슙쇼 御史道 奉
命使官이니 驛卒 보니여 李夢龍 어린 兒孩 盜賊놈부터 잡아다가 凌杖 周
牢ᄒ오

<h3 style="text-align:center">〈87-앞〉</h3>

驛卒 썩 나셔며
   쉬-
(늙)   쉬라니 비암이 지나가나냐 쉬가 다 무엇이냐 네가 驛卒이냐 장이 무

셥다 罪업고 늙은 스람 御史道면 엇지히

御史道 속으로 慇懃이 죠화 大笑ᄒ시며

　事必歸正홀 터이니 夫人들은 念慮말고 各其 도라가라

御史가 셔리갓치 號令ᄒ니 使令 잡아들엿거늘

　너는 遐鄕之賤娼女로 不從官名ᄒ고 發惡官庭을 能作例事ᄒ니 罪當萬死

라

守廳들 號令이 山川이 쩌나가단 春香이 알외디

　娼女에 節行이 업쇼릿가 春香은 娼女 子息이오나 娼女 안닌중 娼女 節

行 烈烈ᄒᆫ 쥴 모르시오 昔者 義昌은 泰學士

〈87-뒤〉

를 셤겨잇고 有名ᄒᆫ 紅佛妓는 李靖 짜라 갓스오니 娼女 節行 업쇼릿가 龍

泉劍 드는 칼노 春香 목을 베여 九曲淸溪 깁흔 물에 너커나 烘爐 모진 불

에 살나 죽이던지 處分되로 處分되로 ᄒ오

御史道 暫時 보기 민망ᄒ야 離別時 玉指環 니여 뵈니 春香이 올여다 보고

한거름에 올나 울며 前後事를 告ᄒ며 소소러쳐 나오나니 눈물이라 御史

卽時 四人輪 들여 春香 집으로 보니 春香母 조화ᄒ난 擧動 이로 다 紀錄

지 못헐너라

　御史 怒혀 말쇼 늙은 년이 後園에 壇을 모고 北斗七星子夜半에 燈을 발

이고 우리 사위 貴히 됨을 밤낫 祝願ᄒ엿더니 天地神明이 感動ᄒ샤 御史

道가 도엿세라

此時 本官이 無色ᄒ야 印兵符을 올니니 御史 本官을 請ᄒ야

〈88-앞〉

우스시며 曰

男兒의 貪花홈은 英雄烈士 一般이라 擧聖薦賢 아니ᄒ면 聖賢을 누가 알며 本官이 아니면 春香 節行 엇지 아오릿가 本官의 슈고를 얼마침 感謝ᄒ오

本官이 羞慚ᄒ야 唯唯不答 안져스니

(御) 然이나 南原이 大邑이라 歉歲民情 嗷嗷ᄒ야 萬民塗炭 되엿스니 아모됴록 善治ᄒ야 萬人傘을 밧게 ᄒ고 還鄕相逢 ᄒ옵시다

因卽 作別ᄒ니 本官이 再拜ᄒ고 款曲ᄒ 處分을 못닉 謝禮ᄒ더라 此時에 御史道ᄂ 半夜三更 退令 後에 人聲이 寂寞ᄒᆫ데 驛卒 燈 들니고 春香 집 나갈실 제 樹影은 參差ᄒ고 月色은 玲瓏ᄒᆫ데 欲向靑山聞杜鵑 자조 운다 시소 녜 듯던 不如歸오 憂

<h3 align="center">〈88-뒤〉</h3>

然長鳴 더 두름이 回情을 짐작ᄂ지 두 나리 쩍 펼치고 징금징금 쑤벅쑤벅 나를 보니 반기ᄂ 듯 蓮塘에 金鯽魚ᄂ 달를 좃츠 쒸여 놀고 花間에 줌든 거위 스람 즈최 놀나 씬다 驛卒이

  쉬-

房으로 드러가 萬端 慰勞ᄒ며 米飮도 勸ᄒ시고 藥도 勸ᄒ며 ᄒ난 말이

  自古로 英雄 美人 苦生 안니치 못ᄒ지라 우연 나를 만닉 苦生이 專혀 닉 罪닉 허물지 말고 이제ᄂ 偕老百年 有子生女 所願不生 지널 테니 速速 蘇復ᄒ야 家産 放賣ᄒ야 먼저 올나가면 나는 後次 올나갈 터이니 迅速히 올나가라

母女의 當付ᄒ고 作別ᄒ고 全羅道 五十三官 行雲갓치 단니시며 這這히 巡察ᄒ야 文簿 닥근 後 셔울 올나와 同副承旨 堂上

<h3 align="center">〈89-앞〉</h3>

ᄒ야 大司成 지나고 ᄎᄎ 內職 도도와 輔國ᄭ지 횟더라 春香의 壯ᄒ 節行
自上으로 洞燭ᄒ사 忠烈夫人을 封ᄒ시니 忠烈夫人 榮貴홈이 壹世에 振動
ᄒ더라

明治 四十五年 七月 二十日 李廣陵 容澈은 書于中谷洞

春香歌 講演 全部

名唱 朴基弘 調

解觀子 刪正

錦波 李容澈 駿筆

獄中花 終

해서체로 또박또박 쓴 한글 필사본이다. 책 크기가 횡 20cm 종 35cm 정도로 아주 크다. 한 면이 16행으로 되어 있고, 한 행마다 35자 내지 40자를 배열했다. 흥부전과 합철되어 있는데 그래서 그런지 나손문고의 분류번호도 '흥'으로 되어 있다. 앞의 흥부전 시작하는 곳에 병진(丙辰)이라는 글씨가 흐릿하게 보이는 것으로 보아 1916년에 씌어진 것으로 짐작된다. 앞부분이 낙장되고 춘향이 태장을 맞고 십장가를 부르는 대목에서부터 시작된다. 그러니까 반 이상이 낙장된 상태의 이본이다. 옥중화 계열의 이본으로서 십장가 이후의 내용은 앞의 54장본 옥중화나 89장본 옥중화와 대동소이하다.

대상본 소재처 : 단국대 나손문고 (단국대 분류번호 : 고853.5 흥2072)

김동욱 소장 춘향전 (낙장 20장본)

(앞부분 낙장)

〈1-앞〉

ㅅㅈ 낫을 짝 보치니 사ㅈ로 알외리다 사오셰로 익긴 것이 사셔습경 셩훈
이라 사유시난 어진 졍ㅅ ㅅ견안도 ㅂ라더니 ㅅ시장쳥 곳흔 졀힝 ㅅ흡치
죄 웬 일이오 오ㅈ 낫을 짝 보치니 오ㅈ로 알외리다 오마로 오신 ㅅ도 오
륜을 밝히시오 오품불순ㅎ는 관장 오형 엇지 모르릿ㄱ 오십습쥬 우리 도
니 오교불힝 데일니오 네 그 년이 디뎐통편을 몰으는고나 츈향이 엿ㅈ오
되 디뎐통편이 무엇인디 ㅈ셰이 알아지이다 ㅅ도 형리 불너 디뎐통편 니
여놋코 츈향의게 계 죄상을 일너라 형리 다시 업쳐 츈향 드러라 디뎐통편
에 ㅎ얏스되 모반디역ㅎ는 죄는 릉지쳐참ㅎ라 ㅎ고 거역장반ㅎ는 죄는 업
치쳥비 의당니니 너 죽는다 셜워 말아 츈향이 엿ㅈ오되 디뎐통편의 법이
그러홀진디 유부녀 강간ㅎ는 죄는 엇지ㅎ라 ㅎ얏ㄴ뇨 ㅅ도가 한 번을 쒸
더니 이 놈 조런 요망훈 년을 어셔 쎠려라 륙ㅈ 낫을 쩍 부치니 륙ㅈ로
알외리다 륙국유셜 소진이 륙쥬왕을 달너건만 유월비상 츈향 원졍 육부오
장 가득ㅎ니 륙방관속 다 보는디 뉵신을 쎠져쥬오 칠ㅈ 낫을 짝 부치니
칠ㅈ로 알외리다 칠석은ㅎ 견우 직녀 년년상봉ㅎ건마는 칠빅리 ㄱ신 ㄱ장
어이 이리 못보ㄴ냐 칠년 살아 무엇ㅎ리 질쳑 도부수 겁 안ㄴ오나 질보흥
즁 속졀업시 칠분귀 되엿셰라 팔ㅈ 낫을 짝 부치니 팔ㅈ로 알외리다 팔십
셔리 티공 만나 팔빅졔후 귀순훈들 팔ㅈ쌍미 츈향 졍곡 팔분이나 굽히리
ㄱ 팔불츌 ㅅ도 졍쳬 즁에 데일이오 압다 그 년 쎠져 죽일 년 어셔 쎠려
라 구ㅈ 낫을 짝 부치니 구ㅈ로 알외리다 구고에 흑이 되야 구만장공 놉

히 나라 구곡간장 미친 혼을 구중심쳐 알외고져 구월상풍 요락혼들 구월
황화 이우릿가

〈1-뒤〉

열기을 짝 부치니 열이오- 십즈로 알외리다 십싱구스 이니 모음 십이시로
혼심인터 십기 친다 회셜ᄒ니 십칠세 츈향 졍셔 십오야 밝은 달리 구름
속에 드럿도다 열다섯을 남겨 치니 이십도로 알외리다 이십 문장 자장ᄀ
치 도령님도 남유ᄒ야 이십오현 황영고됴 츈향 원혼 푸러쥬오 슴십도을
밍장ᄒ니 빅셜ᄀ흔 두 다리에 살 혼 점이 업스지고 쑤수어진 쎼 쑤이라
스도 탄왈 에- 그 년 모질기로 이을진터 독사 이상이오 독ᄒ기로 일으면
곳 고초 이상이로고 어린 년이 장리 크게 일 져즈르겟고 네 그 년 큰 칼
씨워 황쇄 족쇄로 ᄒ옥ᄒ여라 스령이 에의이 ᄒ더니 츈향 씰너 동틀 아리
너려노으니 호흡을 불통ᄒ야 거진 죽는고나 스령이 울며 큰 칼을 씨우며
스도을 욕도 ᄒ고 혹 쉬ᄒ기도 ᄒ고 눈도 흘기고 탄식도 ᄒ고 칼머리 인
봉ᄒ고 얼둥거러 고히 드러 슴문 밧 니치니 이 ᄯᅢ에 츈향모가 우르르 달
너들러 츈향을 훌쳐 안고 이고 니 쌀 죽엇고나 목을 안고 둥굴둥굴 명찰
ᄒ신 ᄒ는님 니 쌀 츈향 죽심니다 살녀쥬오 살녀쥬오 이고 졍연 죽겟고나
닌들 살아 무엇ᄒ랴 ᄯᅥ다 공중 ᄯᅥ러져서 목졉이질 덜컥 덜컥 려산폭포 물
굴 듯이 디굴디굴 궁굴면셔 여보 스도 니 쌀 엇지 쳐죽엿소 럴녀 츈향 몰
나보고 위력겁탈ᄒ랴 혼들 언으 발겨 ᄯᅵ질 년이 이 미 무셥다 굴복ᄒ며
죽기 셜워 회졀홀가 ᄒ난님도 무심ᄒ고 부쳐 미록 령험업네 향단아 관약
방 급히 ᄀ셔 청심환을 사오너라 동변을 밧드라 동변을 못밧으면 니가 누
마 크다흔 흠지을 디고 와르르 오즘 누어 그 오즘에다 약을 기여 츈향 닙
의 드러부으니 츈향이 잠시간에 ᄭᅵ여ᄂ는지라 츈향모 통곡ᄒ고 향단이도
통곡ᄒ고 아젼 통인 관로스령 남원부즁

〈2-앞〉

로소남녀 소문듯고 드러와셔 혀을 씰씰 발굴르며 울며불며 ㅎ는 거동 누가 보고 아니 울냐 이 쩌 츈향이가 기싱 굿고 보게되면 오닙쟝이 기싱들이 와셔 인亽을 ㅎ연마는 기싱이 아닌고로 그런 일이 업더니라 츈향 셜리 울며 칼머리 들고 향단이는 츈향 업고 ㄴ오ㄴ디 남원부즁 로인과부 울며불며 달녀드러 음젼ㅎ다 긔특ㅎ다 칭찬ㅎ면 눈물흘여 혀도 차고 츈향을 밧드러서 옥으로 니려굴 졔 옥亽졍이 압을 셔고 감옥형리 뒤를 짜라 옥문 젼 당도ㅎ니 장셩굿치 장긴 문을 와당퉁탕 졀컥 열고 츈향 넛고 문 치우니 츈향모 긔졀ㅎ고 향단이는 짱을 치며 이고 아씨 엇지ㅎ리 이고 아씨 엇지ㅎ리 뒤의 쌀어오든 로인 쩨울음이 니려ㄴ니 옥亽뎡이 감옥형리 발구르고 돌아셔며 앗가워라 불상ㅎ다 차고 찬 뎌 옥즁에 뎌것 죽지 살 수 잇ㄴ 탄힉ㅎ고 드러가니 츈향이 졍신차려 어머니 셜워 말고 긔쳬 안보ㅎ옵시면 죄업는 츈향몸이 셜마ㅎ들 죽샤릿ㄱ 수화검창 즁이라도 아니 죽고 살 터니 걱졍을 말르시고 집으로 가옵소셔 만일의 안가시고 뎌리 울고 계시오면 불효ㅎ 말슴이나 지금으로 죽을 테니 나가소셔 울음소리 긔가 막켜 경각에 죽겟니다 츈향모 홀일업셔 옥즁에 쌀을 두고 텬지 아득ㅎ야 업터지며 잡바질 졔 그 쩌 왓든 여러 부인 츈향모을 잇쓰러셔 집으로 ㄴ간 후에 츈향이 셜이 울며 불상ㅎ신 우리 모친 아비업시 ㄴ을 길너 공도 들고 힘도 드려 고이고이 길너니여 됴흔 일은 못보시고 눈압혜 모진 일만 졀졀리 당ㅎ시니 불효막뎌 이 년 몸이 죽즈 히도 아니되고 사자 ㅎ니 부모 근심 죽도 살도 못ㅎ겟네 드런년의 팔즈로다 향단이 게 잇ㄴ냐 예- 니 걱졍은 아여 말고 집으

〈2-뒤〉

로 건너가셔 이웃집 부인네끠 신신히 간쳥ㅎ야 어머니 우시거든 위로ㅎ야

달나 ㅎ고 미음 웬미 자로 쑤어 시시로 권케 ㅎ고 비쥐칙상 문갑 안에 인
슴 열 근 드러스니 조셕으로 찐케 디려 어머니끠 드리오고 느 업다 셜워
말아 어머님게 간권ㅎ면 안니 죽고 살아느셔 네 은혜을 갑프리라 네 무
음을 니가 아니 별당부 잇겟느냐 듯기실은 우름 소리 니 간장 다 녹으니
울지 말고 느가거라 향단이 도라보니고 츈향 홀노 안져 옥즁 형용 슮혀보
니 압문에 살이 업고 뒷벽의 외만 남아 동지셧달 찬 바롬은 살쏜쓰시 드
러 불고 헌 잘리에 흙먼지는 발길이 쌔지도다 니 죄가 무슴 죄냐 국곡투
식ㅎ얏는가 살인죄범 되얏는가 엄형즁치 황쇄 족쇄 옥즁엄수 웬 일이냐
어화 세상 가소롭다 이 지경 되얏스니 호탄ㅎ면 무엇ㅎ며 잇통혼들 무엇
ㅎ리 욕사욕사 분혼 무음 머리을 부듸치며 복침통곡 슬피 운다 비몽사몽
간에 장쥬가 호접되고 호접이 장쥬되야 실곳치 남은 혼빅 브람인지 구름
인지 혼 곳을 당도ㅎ니 텬공디활ㅎ고 산명수려ㅎ더 은은한 죽림 속의 일
층 화각이 밤사비에 잠겨셔라 디져 귀신 단이난 법이 비풍어긔ㅎ고 승텬
입디ㅎ느니 춘향의 꿈혼빅이 침상편시에 만리 소상강을 곳던 것이엿다 츈
향이 아모런 쥴 모로고 사면으로 방황홀 졔 안으로 단졍이 소복혼 초환이
츈향 압을 당도ㅎ야 공손이 읍ㅎ야 왈 우리 랑랑끠셔 랑즈을 쳥ㅎ시니 이
리 오옵소셔 쌍등을 도도들어 압길을 인도커늘 츈향이 뒤을 짜라 즁계을
다다르니 검은 현판에 황금디즈로 삭얏스되 만고졍열 황릉묘라 두렷시 붓
쳣거늘 심신이 살날ㅎ야 두루두루 슮혀보니 당상의 빅의 닙은 두 부인이
옥패을 는짓 들어 좌셕을 쳥ㅎ거늘 츈향은 무식지 안이ㅎ야 례졀

〈3-앞〉

을 아는 사롬이라 사양ㅎ야 엿즈오디 몸이 진셰 텬인으로 존엄혼 좌셕의
을 엇지 감히 올으릿고 부인 그 말 듯고 긔특ㅎ고 엄젼ㅎ다 조션이 즈고
로 례의동방이라 긔즈유풍이 잇셔 쳥루 츌신 소성으로 더런 졀힝 싱겻도
다 너가 조회츠로 옥경의 올나가니 너의 칭찬이 자자키로 네 얼골 보고십

흔 ᄆᆞᆷ 참을 길 바이 업셔 너을 만리 소상강으로 쳥ᄒᆞ야 왓스나 착ᄒᆞ고
어진 사롬으로 수고을 식혀스니 심히 불안ᄒᆞ도다 ᄌᆞ고로 영웅달스 고초을
겻근 후에 영화가 슴기ᄂᆞ니 남녀은 달을망졍 소우는 ᄀᆞᆺ흐리라 츈향이 계
ᄒᆞ에 국궁지비ᄒᆞ고 엿쥬오디 쳡이 비로 무식ᄒᆞ오나 일즉 고셔을 보오니
부인의 롭흔 스적 오미불망 소원되야 엇지ᄒᆞ면 속히 죽어 부인의 존안을
앙디ᄒᆞ고 쥬야축원 ᄇᆞ라더니 오늘놀 황릉묘의 부인을 디ᄒᆞ오니 졔가 이졔
죽스오들 무슴 훈이 잇소릿ᄀᆞ 부인 그 말 드르시고 네가 우리을 안다ᄒᆞ니
이리로 올나오라 시녀로 인도ᄒᆞ야 훈 편의 안친 후에 부인 ᄀᆞᆯ〬스디 네ᄀᆞ
날을 안다ᄒᆞ니 너의 말을 드어보라 우리 셩군 디순씨 남순수 ᄒᆞ시다가 창
오산에 붕ᄒᆞ시니 속졀업ᄂᆞᆫ 이 두 몸이 소상강 디수풀의 피눈물 쑤려ᄂᆞ니
가지마다 아롱아롱 입입히 원혼이라 창오산봉상수졀이라야 죽샹지루니가
멸이라 쳔츄 깁흔 훈을 ᄒᆞ소홀 곳 업셧더니 너을 보고 말리로다 말이 맛
지 못ᄒᆞ야 부인이 방셩디곡ᄒᆞ니 좌우에 안진 부원 일시에 긔통터라 부인
이 울음을 긋치고 손을 드러 ᄀᆞᆯ아쳐 왈 츈향아 네가 여려 부인을 다 모로
리다 이ᄂᆞᆫ 태임이오 이ᄂᆞᆫ 티스오 이ᄂᆞᆫ 티강이요 이ᄂᆞᆫ 밍강이로다 이 말이
맛지 못ᄒᆞ야 남벽의 엇던 부인 츄츄히 울고 나와 츈향 등을 어로만지며
네가 츈향이라 ᄒᆞᄂᆞ냐 자릑ᄒᆞ고 긔특ᄒᆞ다 네가 ᄂᆞ을 모르리라 ᄂᆞᄂᆞᆫ 루구
인고 ᄒᆞ니 진루명월옥쇼셩의

〈3-뒤〉

화션ᄒᆞ던 롱옥이라 소시에 안회로셔 슈화산 리별후의 승룡비거 훈이 되야
옥소로 원을 풀니 곡종비거불지쳐에 산ᄒᆞ벽도츈ᄌᆞ리라 말이 맛지 못ᄒᆞ야
동편의 엇던 미인 단졍이 드러오며 츈향의 손을 잡고 여보게 츈향이 ᄌᆞ네
가 ᄂᆞ을 엇지 알니 ᄂᆞᄂᆞᆫ 누구인고 ᄒᆞ니 십괵명쥬로 샤던 셕슝의 소이 록
쥬로다 불측훈 조왕 윤은 ᄂᆞ와 무슴 원수런가 루젼각스분운셜ᄒᆞ니 졍시화
비옥쇄시라 락화유사타루인은 ᄂᆞ와 원혼 그 아닌ᄀᆞ 말을 치 그칠랴 음풍

이 이러느고 찬 긔운이 소삽ᄒ며 음운이 자옥ᄒ고 촉불이 벌넝벌넝 휘휘 쳐 툭 ᄭ져지며 무엇이 ᄶ그르르 옵혜 와 덜컥 당ᄒᄂᆫ듸 이것은 사름도 안니오 귀신도 아니오 의희은은ᄒᆫ 가온듸 귀곡셩이 랑자ᄒ며 여보아라 춘향이 네가 ᄂᆞᆯ 모로리라 ᄂᆞᄂᆞᆫ 흔고됴 안ᄒᆡ 쳑부인이로다 우리 황뎨 룡비후에 려후의 독ᄒᆫ 솜씨 됴황 여의을 짐살ᄒ고 ᄂᆞ의 수족 ᄭᆞᆫ은 후에 두 눈 ᄲᅢ고 암약 먹여 인체라 일홈지여 칙간 속의 잡어너으니 쳔츄의 깁흔 ᄒᆞᆫ을 호소ᄒᆞᆯ 곳 업셧더니 너을 보고 이 말이라 그 말이 맛지 못ᄒ야 문득 샹군 부인이 춘향을 불너 왈 이 곳지라 ᄒᄂᆫ 듸가 유명이 로수ᄒ고 현회가 즈별ᄒ니 오리 유치 못ᄒᆞᆯ지라 녀동 불너 ᄒᆞ직식여 급히 가라 지촉ᄒ니 춘향이 ᄒᆞ직ᄒ고 일보 이보 나올 젹의 동방의 실솔셩이 스르르 이러ᄂᆞ며 일쌍호졉이 펄펄 ᄶᅡᆨ 놀니 ᄭᅢ다르니 원촌의 ᄃᆰ이 울고 종각의 파루ᄂᆞ 뎅-뎅- 듀ᄒᆞᆫ이 쳠비ᄒᆞ며 정신이 쇄락커늘 문을 열고 ᄂᆡ다보니 ᄂᆡ ᄭᅮᆫ은 오경텬긔라 일편셔경월이오 수힝남비안이로다 쳥텬의 ᄯᅳᆫ 기럭이 옹옹ᄒᆫ 진 소리로 ᄶᅡᆨ을 불너 울고 가니 오ᄂᆞ냐 기럭이야 소즁랑 북회상의 편지 젼ᄒᆫ 기럭이야 수벽산명량안틔 쳥원을 못 이긔여 울고 가

〈4-앞〉

ᄂᆞᆫ 기럭기야 ᄂᆡ ᄒᆞᆫ 말 드러다가 우리 님게 젼ᄒ여라 말을 맛고 ᄇᆞ르보니 기럭이 간듸업고 창망ᄒᆫ 구름 속의 별과 달리 밝가스니 무료ᄒᆞ기 그지업셔 소리을 나직ᄒ야 통곡ᄒ야 셜니 울 졔 그렁져렁 놀이 ᄉᆡ니 달은 지고 히 ᄯᅥ온다 문간 ᄉᆞ령 츙츙 나와 ᄉᆞ뎡이 웨야 러일 앗춤 조ᄉᆞ 후에 춘향 올녀 죽리랴고 헝장 만이 ᄶᅡᆨ가 올나라 ᄒᆞ옵시니 앗갑고 불상ᄒ다 춘향이ᄂᆞᆫ 죽ᄂᆞ니 여보소 춘향보고 셔울 편지나 ᄒᆞ라 ᄒᆞ소 ᄉᆞ령은 드러ᄀᆞ고 ᄉᆞ뎡이 춘향보고 여보소 셔울ᄶᅵᆨ 편지 ᄒᆞᆫ 쟝 ᄒᆞ시오 셔울셔 알고보면 그져 잇슬 리ᄀᆞ 잇소 그 말도 당연ᄒ오 ᄉᆞ름 ᄒᆞᄂᆞ 엇더쥬오 도령님 모시고 거힝ᄒᆞ던 방ᄌᆞ 볼ᄶᅡᆨ쇠을 불너오니 춘향 반겨 ᄒᆞᄂᆞᆫ 말이 돈 열 량 지금 쥴 건

니이 셜울 가 단여오면 동의 흔 벌 흐여쥬셰 두말 말고 편지 쓰소 쥬야비
도 단여옴셰 춘향이 편지 쓰는디 쳐쳔 누수 옷깃슬 졋시며 죠히 져져 글
즈가 수먹진다 편지 속에 싁일진디 털셕간장 다 녹은다 그 중에 뭉명지
손가락 아드득 씨무러 혈셔를 쑥쑥쑥 찍어 봉흐고 쏘 보흐여 쥬며 빅번
부탁흐는 말이 밧부고 쏘 밧버도 도령님 답장 쓸 찌 지쵹을 부디 말고 수
히 밧비 단여오소 편지 써 보넨 후 장탄식 울는 말이 편지는 갓다마는 ᄂ
은 어니 못가는냐 셔울이 얼마 멀며 산은 몃 손 넘어가며 물은 몃 물 건
너가나 나리돗친 흑이 되여 쩌ㅅ쑤루루 날아가셔 님의 얼골 반겨보고 셰
셰원뎡흐여불가 그리도 못흘진디 이 몸이 쥭어져셔 공산에 두견 되야 리
화월빅 적막흔디 귀쵹도 셜피 울어 님의 귀에 들엿스면 ᄂ인 쥴을 알르실
ᄭᆞ 길리 탄식 셜워 울 졔 이 찌 도령님은 경셩에 올나가 놀지 안코 공부
흐야 과거을 고디터니 알셩과을 보니거눌 리도령의 거동보소 상중을 드러
가다 동인 사초 강목 옥편 장막 포

<h3 align="center">〈4-뒤〉</h3>

장 등ㅅ써 우산 포젼 말장목 갓초 묵거 구종지워 압셰우고 쟝중 드러가
현계판흐 등ㅅ써 쏫고 쟝젼을 바라보니 빅셜ᄀᆞᆺ흔 빅목치일 보계 우에 놉
히 치고 세빅목 셜포장은 구름ᄀᆞᆺ치 둘넛는디 어젼을 바라보니 위의가 엄
숙흐다 양산 일산 쳥홍 흑기 긔번보둑 봉미션과 룡긔 봉긔 호미창 자긔창
슴지창 인월도 힝오을 졍졔흐고 시위을 볼작시면 병조판셔 번병이오 도쵼
관 별운검 승ㅅ각신 느려셧다 금관조목 졔졔흐고 셔디 옥디 총총흔디 ㅅ
모품디 쌍흑 흉비 호슈립식 쳥쳘릭의 착군복 퓌동긔는 션젼관이 분명흐다
션상에 훈련디장 즁앙에 금군별장 후상에 어영디쟝 총영ㅅ 별군직과 좌우
포쟝 느럿셧다 위ᄂᆞ금군 칠빅명 젼명사알 별감이며 무례츠지 통쟝이라 가
젼가후 별디마병 좌우에 뎡원ㅅ령 팔십명 라쟝이며 근쟝군사 디답흐고 어
젼뢰ㅈ 버러셧다 시위을 졍졔 후에 사알이 고셩흐야 시관젼진 시관젼진

시관이 고복흔 후 디독관이 밧아들고 현제판에 걸어노니 글졔의 흐엿쓰되
일즁광 월즁룬 셩즁휘 희즁눈리라 두럿시 거러거을 수만다사 션비들이 글
졔ㄹ 넌출져셔 명의을 미뎡흐야 상고믹믹흐눈고나 츠시에 리도령은 룡녀
의 먹을 갈아 호황모 무심필노 일필휘지흐니 문불가졈이라 일텬의 션쟝흐
니 샹시관이 글을 보고 필법도 희뎡흐고 문례도 로련흐니 글즈마다 비졈
이오 귀귀마다 관쥬로다 졍슴흐에 등을 믹여 휘쟝흐야 니둘리니 쟝원급뎨
흐얏쏘나 상젼 탁봉흔 련후에 봉니을 디독흐니 유흑신 리몽용 년 십칠 본
연안 거경부 통졍디부 승졍원 동부승지 참찬관 수찬관 리쥰상 리몽용 셩
명 슴즈 쎠 젹어 니쓰리니 졍원스령 느온다 쳥쳘

〈5-앞〉

익 압헷 치고 즈 셰 치 긴 소미을 보기됴케 활긔치며 쟝원봉 련못가에 두
럿시 나셔면셔 리쥰상 즈졔 리몽용 리몽용 이슴호 불으는 소리 쟝중이 뒤
지피며 츈단디가 쪄느간다 션풍도골 리몽용은 셰수을 다시 흐고 도포을
곳쳐 닙고 션거럽게 썩 나셔니 졍원스령 부닉흐야 실리진퇴흔 연후에 신
급뎨 리몽용은 특히 사악흐시고 부수찬을 졔수흐니 홍화문 밧 느올 젹의
머리의 어사화 몸예는 쳥슴이라 은퓌 쳔긔 젼도흐고 검의화동은 쌍쌍이
느려셔셔 옥져을 희롱흐고 가진 풍악 길념불 여민락에 엇기츔이 졀노 눈
다 수만명 션비들이 셔로 보기을 닷토아 업더지며 잡버지며 뉘 안이 칭찬
흐며 뉘 안니 부러흐리 리쟝원 모음에는 혼림 디교 못지너고 졔수옥당 셥
셥흐나 텬은을 엇지흐리 옥당에 번을 드러 소디 치흔 후에 직소 안졋더니
흐번옥당 입시흐라 사알이 젼명흐니 리수찬 밧비 거러 승명닙시 젼진흐니
순순흐교흐시기을 궁궐이 깁고 깁허 스희ㄹ 막막흐니 불상흘샤 빅셩이라
챵싱의 질고스 일일히 슮히려고 팔도어스 보너눈디 량스문십 가리느니 너
의 싱긴 모양 보고 너의 지은 글을 보니 스직에 다힝이오 빅셩의 복이로
다 느는 비록 졀머스나 동휴쳑을 답님식여 흘님어사 특차흐니 빅셩을 사

랑ᄒ고 슈령목빅 치불치와 효ᄌ 졀부 누구누구 유루업시 쟝계ᄒ 후에 조
심ᄒ여 단여오라 마퓌 유쳑 ᄒ스커늘 ᄒ림이 황공ᄒ야 고두ᄉ은 엿ᄌ오디
나 어리고 지조업시 범방의 남비징쳥 셜영 못ᄒ와도 왕쥰의 츙슘을 본밧
고저 ᄒ옵ᄂ니 쳑별장부 ᄒ옵기을 탄성도보 ᄒ옵이다 ᄒ직슉비 물너ᄂ와
군명을 봉승ᄒ야 급급히 ᄯ날 젹의

<h2 style="text-align:center">〈5-뒤〉</h2>

남디문 밧 썩 니다라 쳥파영마 자버 타고 칠픠 팔픠 비다리 지나 아야고
기 넘엇고나 동작강 얼풋 건너 남디령을 넘어 과쳔 드러 즁화ᄒ고 밧막역
마 잡어타고 닝쳔고기 인덕원 갈미 슐막 군포니 스근너 지지디 너머 미력
당이 괴구졍 지니여 영화영마 ᄀ라타고 수원 북문 드러다라 남문 밧게 슉
수ᄒ고 상ᄒ류쳔 시슐막과 디힝교 비케노코 썩견거리 지니여 진기울 즁메
넘어 오뮈진을 지니여 진위 드러 즁화ᄒ고 회데원 넘어 칠원 지나 가양역
마 가라타고 소시 슐막 슉소ᄒ고 평원광야 너른 드를 순식간의 얼는 지나
성하력마 가라타고 텬안 드러 즁화ᄒ고 슘거리을 지니여 굴모롱 다다라
디평을 지니여 핑나무졍이 즁화ᄒ고 인지원 잠간 넘어 광졍력마 가라타고
로셩업니 얼푼 지나 평창력마 가라타고 은진읍 지니여 황흑졍 슉소ᄒ고
잇훈날 평명 후에 타신 력마 졔폐ᄒ고 슙비도 변복ᄒ고 력리 력졸 모다
불너 은밀이 단속ᄒ야 가기 분발ᄒ시ᄂ디 너온 예셔 나다라셔 령산 닉산
금구 티인 뎡읍 고부 흥덕 고창 무장 장성 광쥬 남평 릉쥬 화순 동복 창
평 옥과로 도라 금월 십오일 오시에 남원 광훈루로 디령ᄒ라 예의이 너ᄂ
예셔 니다라 림픠 옥구 금졔 만경 흠열 부안 령광 흠평 무안 라쥬 령암
히남 쟝흥 보성 흥야 락안 순쳔 광야 좌수령 구례 들너 곡성 단여 금월
십오일 오시에 남원 광훈루로 디령ᄒ라 예의이 나는 예셔 젼쥬 님실 무쥬
용담 거산 진안 장수 순창 담양 들녀 운봉 단여 남원 ᄉ십팔면 소소히 염
탐ᄒ고 부즁 안에 머믈거시니 너의들은 급급히 단여오되 심문이불여일젼

이니 남의 말을 밋지 말고 탐관혹민 불법지ᄉᆞ와 불츙불효ᄒᆞᄂᆞᆫ 놈 남을 음히ᄒᆞᄂᆞᆫ 놈 유분녀 통간ᄒᆞᆫ 놈 남의 분묘 ᄉᆞ굴

〈6-앞〉

ᄒᆞᆫ 놈 어진 안ᄋᆡ 모흠ᄒᆞ고 ᄀᆞ장 두고 셔방ᄒᆞ고 졔것 두고 비러먹고 쥬식잡기로 판ᄂᆞᄂᆞᆫ 놈 남의 집 츙화ᄒᆞᆫ 놈 낫낫치 젹어줘고 금월 십오일 오시에 광ᄒᆞᆫ루로 일일히 등ᄃᆡᄒᆞ라 예이의 이럿튼 분부ᄒᆞ야 각쳐로 보ᄂᆡ 후 려산 쵸읍 당도ᄒᆞ야 가가호호 면면촌촌 동리마다 렴탐홀 졔 렬읍 각관 슈령 들니 어ᄉᆞ 낫단 말을 듯고 환上의 일이 날ᄀᆞ 셰미의 촉이 날ᄀᆞ 공ᄉᆞ 실수홀ᄀᆞ 션치ᄒᆞ기 힘을 쓴다 ᄂᆡ 씩에 어ᄉᆞ도ᄂᆞᆫ 력마 력졸 셔리 즁방 각쳐로 다 보ᄂᆡ고 독힝으로 날려올 졔 건너 빗탈 놉흔 길노 ᄋᆞ희 ᄒᆞ나 올ᄂᆞ온다 쵸록다림 감ᄀᆡ발 륙승마포 왼골젼ᄃᆡ 허리 둘너 잘끈 ᄆᆡ고 ᄒᆞᆫ 발 넘은 육노리치 량끗 잘나 쑥쑥 집고 셜넝셜넝 올난오며 졔 셜은 신세 ᄌᆞ탄노ᄅᆡ을 ᄒᆞᆫ다 어니 골리너- 어니 골리너- ᄒᆞᆫ양 쳘니 어니 ᄀᆞ랴 도로ᄂᆞᆫ 멀고 먼ᄃᆡ ᄒᆞᆫ양셩이 엇의냐 엇던 ᄉᆞ람 팔자됴화 일ᄃᆡ영화 부귀보고 이 놈 팔ᄌᆞ 어이ᄒᆞ야 이ᄃᆡ지도 곤궁ᄒᆞ야 길품팔너 나셧ᄂᆞ냐 ᄂᆡ 신셰ᄂᆞᆫ 팔ᄌᆞ이나 츈향 신셰 가이 업다 모지도다 독ᄒᆞ도다 신관 ᄉᆞᆺ도 모지도다 렬너 츈향 몰나보고 위력겁탈ᄒᆞ랴 ᄒᆞᆫ들 송숙갓치 굿은 졀힝 게 뉘라셔 굽히리요 어이 가리너 어이 가리너 어ᄉᆞ도 송ᄒᆞ의 쉬며 그 ᄋᆞ희 노ᄅᆡ을 드르니 두 눈이 아득ᄒᆞ고 가슴이 답답 간장이 사라지ᄂᆞᆫ 듯 졍신업시 안졋다가 그 ᄋᆞ희가 당도커늘 아나 이 ᄋᆡ야 불으니 이 놈이 시골놈이라 장이 쌧쌧ᄒᆞ겟다 웨 불으오 보아ᄒᆞ니 ᄉᆡ팔안 졀문 량반이 나 만은 총각 어룬을 보고 아나 이 ᄋᆡ 이 ᄋᆡ 내가 좀간 실슈ᄒᆞ엿다 로혀지 말아 그려나 너 엇의 사ᄂᆞ냐 엇의 살아 우리골 살지 안이 이 ᄋᆡ ᄂᆡ가 실슈ᄒᆞ엿다 ᄒᆞ면 고만이지 웨 네가 ᄭᅩ은냐 엇의 살아 남원읍에 사오 엇의 가ᄂᆞ냐 셔울 구관ᄃᆡᆨ 편지 가지고 가오 이 ᄋᆡ

〈6-뒤〉

그 편지 조곰 보쟈 여보 남의 규중편지 사연이 엇지된 쥴 알고 임의로 보
쟌 말이오 너 말이 올타마는 무식혼 말이로다 녯 글에 닐엇스되 횡인님발
우기봉이라 ㅎ얏스니 째여보면 관게잇느냐 그 놈이 허허 웃고 차소위 베
쥬머니 의송드러다더니 쓸불건이로고 그리ㅎ오 편지을 니여쥬니 어스도
편지 밧다 피봉을 쩨고 보니 츈향 글시 분명ㅎ고ᄂ 편지 사연 ㅎ엿스되
별후광음이 우금숩지에 쳑셔가 단절ㅎ야 약수 숩쳘리에 쳥조가 끈어지고
북희말리에 홍안이 업스미 남쳔을 브라보니 망안이 록쳔이오 운상이 원격
ㅎ니 시상이 구렬이라 이화에 두견 울고 오동에 밤비 올 졔 젹막히 홀노
안져 상시일념이 디황텬노라도 츄혼은 란졀이라 무슴 호졉몽은 쳔리에 오
락가락 졍부지억이오 비불자셩이라 오읍장탄으로 화초월셕을 보ᄂ더니 신
관 스도 도님 후의 수쳥들나 ㅎ옵기에 져사모피ㅎ압다가 참혹혼 악형을
당ㅎ야 모진 목숨이 끈치든 안이ㅎ엿스니 쟝ㅎ지혼이 미구의 될 터오니
브라옵건디 셔방님은 기리 만죵록을 누리시다 쳔츄만셰후 후싱에나 다시
만나 리별업시 살아지다 평사에 락안쳐럼 피흔젹이 쑥쑥 쩍혀거늘 어스도
편지 들고 짱에 가 업더지며 어이어이ㅎ니 아히놈 긔가 막혀 여보 이 량
반 눈물에 편지 졋소 츈향 편지 보고 숩디샹 지닐 쩌은 만일 츈향 부고
보앗드면 머리풀겟소 그려나 여보 츈향이와 엇지 되오 이 이 엇지의 그리
흠이 아니라 편지 보니 사연도 불상ㅎ고 혈셔을 ㅎ엿스니 목셕인들 보긴
ᄂ냐 이 쩌 그 익희 쏠짝쇠ᄂ 남원 칙방 방즈로 츈향에게 쳥조 되야 오리
거힝ㅎ엿스니 십년이 되얏기로 어스도을 몰나볼 리ㄱ 잇깃느냐 이것은 모
다 광디의 롱담이던 것이엿다 방즈가 어스도을 로

<7-앞>

상에서 뵈옵고 문안혼 후 견디에 셔간 너여 올닌 후에 츈향에 전후사져 낫낫치 고호거늘 어스도 이을 갈고 말숨을 방즈 듯는디 싱각지 안니호고 흠부루 호셧것다 이 놈을 단박에 슘문츌도을 호야 봉고을 호겟다 방즈놈이 슈십년 관물을 먹어 눈치가 비상혼 놈인디 이 말숨을 드러노으니 마음이 됴흔김에 져도 흠부루 말을 히 소인이 삿도 보호력졸이 되오면 남원 츌도시에 방망이로 디가리을 씨튼리지오 이 놈아 너가 어스만 호엿스면 그리홀 터닌디 그럴 수가 잇는냐 방즈가 빙긋 웃고 이럿디도 아옵고 뎌럿디도 아옵니다 소인을 속키기 마옵소셔 어스도 그 놈에게 속들니는 말숨을 호엿스니 홀 슈 업셔 쏼짝쇠을 다리고 만부스을 드러가니 전즈에 츈향모가 즈석을 보랴 호고 두로두로 공들일 졔 논셤직이을 사셔 그 졀에 시쥬호고 지극히 정셩드려 쟈년 쩌가 맛노라고 츈향을 나앗난디 츈향이 즁장맛고 거의 죽게 되엿다고 로소계승들이 법당을 소쇄호고 불공죽원을 호겟다 엇더혼 즁은 편발을 쓰고 쏘 엇던 즁은 락관을 쓰고 엇던 즁은 가스을 메고 쏘 엇던 즁은 발라 들고 엇더혼 즁은 광쇠 들고 쏘 엇던 즁은 죽비 들고 엇더혼 즁은 목탁 들고 쏘 엇던 즁은 증쇠 들고 죠고마혼 샹좌즁놈 샹모단 복치 들고 량소에 갈나쥐고 법고는 두리둥둥 광쇠는 쌍쌍 목탁은 쏘따락 죽비는 찰찰 증쇠는 쌍쌍 발라은 쳐르르 남무아비타불 남무셔방정토 극락세계 이십륙만역 구쳔구빅 동면동호 디즈지비 남무아미타불 셕가여리 미록불 관셔음보살 지장보살 오빅라혼 팔부신장 지셩발원 히동조션 졀나좌도 남원부 봉죽면 강션 동거 임즈싱 셩츈향은 신외이 불길호야 옥즁에 갓치여 모진 형벌에 잔명이 죽게 되오니 경성 슘청 동거 리

<7-뒤>

몽용으로 젼라감스느 암힝어스 졈지호야 쥬옵시기을 소원셩취 축원호며

발라은 쳐르르 광쇠는 쌍쌍 법고는 두리둥둥 목탁은 쏘도락 팔폭장심 너
른 소미 쟝단 맛쳐 너울너울 법고치는 뎌 샹좌는 광풍에 나뷔쳐럼 이리로
뒤젹 뎌리로 뒤젹 뒤젹 혼을거려 북을 치니 샹계일시 분명ᄒ다 어ᄉ도 그
구경을 ᄒ시고 니가 우리 선현덕인 줄 알엇더니 부쳐님에 덕이로다 잇튼
날 즁을 불너 동 쳔 량 시쥬ᄒ고 셔간 ᄒ 쟝 얼는 써 쌀짝쇠을 쥬시며 왈
니 예셔 머물 것이니 니 셔간을 운봉 관가에 드리고 쥬시는 게 잇슬 터니
잘 가지고 명일 오젼으로 디령ᄒ여라 예의이 쌀짝쇠 셔간을 가지고 운봉
을 급히 가 관가에 셔간 올니니 운봉이 셔간 보고 라쥴 불너 이 놈 갓다
옥에 단단히 가두고 먹이기 잘 먹이고 다시 령을 기디려라 예이의 ᄒ더니
쌀짝쇠을 옥에 가두는고나 어ᄉ도 쌀짝쇠을 운봉으로 보닌 후에 즉시 쪄
ᄂ 라려갈 제 이 쪄에 츈향이 ᄒ 꿈을 엇어스되 옥창젼 잉도화 어즈러히
쪄러지고 단장ᄒ던 큰 거울리 혼복판이 씨허지고 문 우에 허수아비 달녀
뵈이고 옥담에 가마귀 안져 까옥까옥 우어 뵈이니 흉몽인지 길몽인지 마
옴이 사란ᄒ야 슯히 안져 싱각터니 셔문 박 허봉사 셩즁에 독경왓다가ᄂ
문수를 외이니 츈향이 반겨 듯고 ᄉ졍이을 불너 봉사을 쳥ᄒ니 봉사 드려
와 안지며 진시 못와본 일 디단히 미안ᄒ니 기간 쟝쳐와 고싱이 엇더혼가
엇의 샹쳐을 좀 만져보세 니가 보든 못ᄒ여도 니 손이 약손이라 니 손으
로 만지면 쟝독이 쳔병만마 진풀이 듯 활셕 풀이여 업셔지지 어듸 응응응
츈향이가 미즌 다리을 닉여 맛기니 봉사가 더듬더듬 만져 차차 손길이 드
려가는고나 츈향이 손을 딱 잡고 썜을 치고 십흔ᄂ 졈질 일을 싱각ᄒ야
쇠로써 ᄒ는 말이 장님 드르시오 어먼님이 말슴커을 셔문 밧 허

〈8-앞〉

봉사는 눈은 안폐ᄒ엿스되 근본이 량반이오 힝신이 졍디ᄒ야 사름마다 칭
찬이오 네가 치 어렷슬 쩌 미양 보면 덤셕 안고 혼업시 사랑ᄒ야 니 쌀이
야 니 쌀이야 입맛츠고 등치더라 ᄒ시더니 제가 차차 쟝셩ᄒ야 자로 뵈지

못ᄒ여도 어졔듯 ᄒ눈이다 봉사 듯고 손을 쎼며 그눈 맘 그려ᄒ눈 이 미질을 엇던 놈이 ᄒ엿눈 왕방울쇠가 ᄒ엿소 그 놈이 독ᄒ고 모진 놈이엿다 이 놈 증죠의 독경날을 바드러 오면 화희일을 바어쥬어 부른 빅가 툭 터지겟다 쑴을 엇지 쑤엇셔 츈향이 쑴말을 다 이르니 봉스 졈을 치눈디 은 마구리 대모산통 눈 우에 놉히 들고 츅스을 텬ᄒ언지시며 디ᄒ언지시리오 마눈 고지즉응ᄒ눈니 감히슈통ᄒ소셔 디부인즌눈 여쳔디 흡기덕ᄒ며 여일월 흡기명ᄒ고 여스시 흡기셔ᄒ며 여귀신 흡기길흉ᄒ눈니 티셰 을츅 오월 갑즌삭 이십일 갑인 오시 희동 조션 전라좌도 남월부 봉쥭면 강셩동 거임즌싱 셩츈향 옥즁의 갓치여 슈월 신고ᄒ오니 언의 날 노이며 경셩 슴쳥동 리몽용을 만느며 스셩길흉이 엇더ᄒ올눈지 복걸 계션셩은 물비소시 물비소시 졈괘 상쥰ᄒ더니 봉시 디소ᄒ며 어허 졈괘 잘 낫다 관귀가 공을 마졋스니 관귀공망은 송스졍이라 금명 량일간 노일 것이오 경셩 리셔방으로 ᄒ여도 쳥용관귀 력마에 정록을 쓰엿스니 허허 디단 무셔운 별살이로고 호츌인왕산ᄒ야 야도흔강수을 것넛스니 너려오눈 거동이로고나 니 졈은 신졈이라 혓되이 알지 말고 고롬 믹고 너기ᄒ셰 말솜만 드려도 반가오나 희몽이나 ᄒ야 쥬오 그리ᄒ지 화락ᄒ니 능셩실이오 경파ᄒ니 긔무셩가 문승에 현우인ᄒ니 인인이 기양시라 옥담에 ㄱ마귀 안져 ㄱ옥ㄱ옥 울엇스니 가즌은 알람다올 가즌 옥즌눈 집 옥즌 어허 경스난네 명일밤 오경에 귀흔 스롬

〈8-뒤〉

을 맛나면 됴흔 일 무수ᄒ고 오날 일진이 갑인이라 병진일 유시에눈 가마 탈 일이 잇눈디 가마을 못타면 집둥울이을 타도 탈 터이니 걱졍 말소 걱졍 말아 졍년이 그럴진디 수고을 갑소리다 여보소 근리 명식업눈 감투 만ᄒ니 나을 감투나 ᄒ나 씨워쥬소 됴곰도 넘녀 말고 수일만 기디리소 작별ᄒ고 도라가니라 이 ᄶ에 어스도눈 츈향 싱각 가슴 답답 지쳬업시 너려올

그 씨는 언의 씨냐 스오월 리종시라 억죠창싱 만민들이 모조리 갈삭갓 도
롱이 업페 씨고 널은 들 리종홀 제 리앙셩이 랑자ㅎ고나 두리둥둥 탱탱
어널널 상사뒤 어 -어루 샹사되요 샹셔흑교 베푸루고 셩훈을 비오기는 도
덕군ᄌ 홀 일이라 어-어-여루 샹사뒤오 쥬문도리 놉흔 집에 부귀을 누리
기는 경더부가 홀 일이라 어-어-여루 상사뒤요 화간믹상 느진 봄의 쥬마
투겨 논일기는 호협소년 홀 일이라 어-어-여루 상사뒤요 쟝부 셰상에 나
스업이 만흐것마은 우리 농부들은 일만 ㅎ고 밥만 먹고 슐만 먹고 잠만
자느냐 어-어-여루 샹사뒤요 흔 농부 나다라며 자진농가을 먹이는디 쟝부
스업가로 압소리을 쥬것다 어-어-여루 샹사뒤요 디쟝부 셰상에 나 쥬식의
루을 벗고 고샹흔 쑷을 가져 디인졉물ㅎ올 젹의 일호스곡 업슴으로 평싱
의 소원스을 남을 디희 다 말홈이 디쟝부의 일이로다 얼널널 샹사뒤 쳔리
준총 치을 쳐셔 텬ㅎ명승 구경ㅎ고 흉희가 훨실 널너 만고문장되 연후에
도쳐마다 웅스건필 경동일셰ㅎ는 것도 디장부의 일이로다 얼널널 상사뒤
스회의 령수되야 법률범위 위월 말고 일동일졍 지피지의 인기셰이 도지ㅎ
야 기량품속ㅎ는 것도 디쟝부의 일이로다 얼널널 샹사뒤 국늬쳥년 모라다
가 교육계에 집어넛코 각종흑문 교수ㅎ야 인지양셩흔 연후의 흑계 쥬인되
는 것도 디쟝부의 일이로다

〈9-앞〉

얼널널 샹스되 불셕쳔금 연조ㅎ야가 사희을 유지ㅎ고 텬부호싱 쑷을 박아
궁부잔민 광졔 후에 ᄌ셜활불 되는 것도 디쟝부의 일이로다 얼널널 샹스
뒤 경국졔민 연구ㅎ야 텬ㅎ리익 엇엇다가 금고에 만격ㅎ고 샹업졔앙 임의
디로 경졔디가 되는 것도 디쟝부의 일이로다 얼널널 샹스뒤 텬ㅎ스을 경
영홀 졔 디진두가 될지라도 퇴보 말고 전진ㅎ면 스필경셩홀 터니니 임는
임늬ㅎ는 것도 디쟝부의 일이로뒤 얼널널 샹사뒤 쟝부가로 노릐ㅎ니 쑷이
깁고 이가 타셔 가심 답답 목말으다 얼널널 샹스뒤 빙혈늬쳔 기러다가 시

웬흐게 마신 후의 텻흐디변 힘을 쓰쟈 얼널널 샹스뒤 모을 흔참 심으고셔
밧게 나와 슐 먹을 졔 흔 편을 브라보니 엇더흔 농부 홈의 메고 삿갓 쓰
고 도롱이 엽혜 씨고 질화로 겻불 퓌여 옵혜 노코 기가죽 쌈지 가로담비
툭툭 터러 왼손바닥의 움계 쥐고 가라팀 타 비텨 엄지가락 힘을 올녀 부
비젹 부비젹 흐야 샹투의 질은 곱돌더 쑥 찌여니여 가루담비 담쑥 담어
겻불을 뒤집어 담빗더을 칵 쳐박고 풀무담비로 쑥쑥 쌔니 어스도 겻헤셔
보고 어- 그 농부 닙심 됴코 농부 치어다 보며 어스 낫다 흐면 뎌런 것들
보기실터고 어스도 짐짓 즈네 이 골 원님 공스가 엇더흔가 농부 허허 웃
고 졔가 어스인 듯이 공스 뭇고 공스 엇지흐야 밥 잘 먹고 슐 잘 먹고 홈
의질 잘 흐고 갈키질 잘 흐고 심지어 소시랑질기지 잘 흐니 그 우의 명관
업고 렬녀 츈향을 명일 즌치 후 쩌려죽인다든가 이 연셕 츈향을 죽이기만
죽기어라 집동울이 흐느면 호강흐리라 이 사룸 명삼이 어 즈네 사불통문
보앗나 보앗나 사십팔면 머슴만 흐야도 여러 쳔명일네 쉬 막셜흐소 어스
도 그 말

〈9-뒤〉

은 모로는 체흐고 여보 츈향이가 다른 셔방 흐노라고 본관 말은 아니 듯
는다지 뎌 농부 긔그흐야 두 눈을 부룹쓰고 두 쥬먹을 불끈 쥐고 밍호ᄀ
치 달녀들어 어스도 쓴귀을 흔 번 짝 이 환양 쌍간나 식기 졍렬흔 츈향이
게 싱무흠 잡아니여 불측흔 욕을 흐니 보안느냐 드럿느냐 보앗스면 눈을
찌고 드러스면 귀을 쩻쟈 바른디로 말흐여라 쏘 흔 쌤을 후닥닥 총각디방
게 잇느냐 가리 이리 ᄀ져오느라 여기 파고 이 놈 뭇즈 멱살을 엇지 되게
쥐엿던지 어스도 외급흐야 여보 살여쥬요 흔번 실수는 병가장사라고 모르
고 죽을 말을 좀 흐얏스니 살여쥬오 늙은 농부 나오며 여보소 고만두소
어린 스람이 쳘모르고 흔 말이이 니 쳥으로 고만 보니소 좌우 농부 디소
흐며 그런 말 쏘 흐다는 목슘 살기 어러운니 다시는 그리 말고 어셔 가소

어ᄉᆞ도 엇지 혼이 낫든지 예- 농부 여려분 다 안영히 게시오 작별ᄒᆞ고 도라오며 봉변은 ᄒᆞ엿스되 이렇케 잡미잇고 이렇케 됴흘손가 옷력의 슉소ᄒᆞ고 박셕퇴을 넘어오다 크나큰 반송ᄒᆞ의 로곤을 못이긔여 암샹에 빗겟더니 비몽ᄉᆞ몽간 엇더ᄒᆞᆫ 미인 ᄒᆞ나 불 속의 몸이 빠져 일신에 불이 당겨 둥굴 둥굴 둥굴면셔 뎌긔 안진 리셔방은 나을 엇셔 살러쥬오 어ᄉᆞ도 급ᄒᆞᆫ ᄆᆞ음 불 속의 뛰여들러 민인을 품에 안고 불 밧게 내다라셔 깜짝 놀나 씨다르니 남가일몽이라 ᄆᆞ음이 번뇌ᄒᆞ야 거름을 자조 거러 남원읍을 드러오며 옥에 갓친 츈향이가 샬안는냐 쥭언는냐 날 ᄉᆡᆼ각고 탄식는냐 오는 쥴 알양이면 츔으로 영졉ᄒᆞ고 우슴으로 인ᄉᆞᄒᆞ야 알뜰 ᄉᆞ랑ᄒᆞ련ᄆᆞᆫ는 져 모르니 허ᄉᆞ로다 예 보던 경 다시 보니 산도 옌 보던 샨이오 물도 옌 보던 물이로다 록수진경 너른들 나 단긴 길이오 조롱샨셩 다시 보쟈 션은손아 무

〈10-앞〉

사ᄒᆞ냐 광ᄒᆞᆫ루야 잘 잇더냐 오작교 반가워라 광ᄒᆞᆫ루 올나셔셔 츈향에 집 망견ᄒᆞ니 힝낭은 찌그러지고 몸치은 기우려져 보잘것이 업다 너가 남원 써난지 불과 숨년이 못되거든 뎌 디경이 웬 일이냐 촌촌히 이리뎌리 두루두루 완보ᄒᆞ야 츈향의 집 당도ᄒᆞ니 옛 보던 ᄇᆡᆨ오동은 수림손의 홀노 셧고 면회ᄒᆞᆫ 압뒤 담은 간간이 문어지고 황게의 거친 플은 사ᄅᆞᆷ 자취 희미ᄒᆞ다 시비 입 주린 기은 구면목을 몰나보고 컹컹 짓고 너닷는ᄃᆡ 창외의 녯 졀기는 록쥭청송ᄲᅮᆫ이로다 이이오 일모ᄒᆞ니 동샨에 달 써오고 심회는 쳡쳡ᄒᆞᆫ듸 뎌 시소리 슯으도다 은은ᄒᆞᆫ 우름 소릐 쳐량히 들이거ᄂᆞᆯ 울음 조차 차져가셔 들쥭 동ᄇᆡᆨ 얼크러진 그 ᄉᆞ이에 은신ᄒᆞ고 슯혀보니 이 ᄯᅢ에 츈향모가 후원에 칠셩단을 모고 등불을 ᄇᆰ히어셔 시 동에 시 소반에 졍화수을 밧쳐노코 분향지비 비는 말이 텬디지신 일월셩신 관음졔불 오ᄇᆡᆨ라ᄒᆞᆫ ᄉᆞ희 용왕 팔부신장 셩쥬조왕젼 비는이다 ᄒᆞᆫ양거 리몽용은 젼라감ᄉᆞ나 암힝어ᄉᆞ을 졈지ᄒᆞ야 주옵시면 옥즁에 쥭는 ᄌᆞ식 살녀닐가 바라오니 텬디신명은

감동ᄒ와 살녀지다 살녀지다 빌다가 긔졀ᄒ야 이고 니 쏠 츈향아 금지옥
엽 니 ᄌ식을 아비업시 길너 이 지경 웬 일이냐 뉘게 못틔여나셔 ᄎ셩에
죄 만은 년 니게 와 틔여나셔 어미 죄로 너 쥭ᄂ냐 니 ᄌ식아 니 ᄌ식아
이고 이고 셜니 우이 어ᄉ도 긔가 막혀 흐슘쉬고 이리셔셔 ᄌ최업시 가만
가만 문젼에 니르러셔 기침을 크게 ᄒ고 이리오너라 이리오너라 이슴차
불으니 츈향모 울음을 진졍ᄒ고 향丹아 문젼에 누가 찻나 나가보아라 향
단이 나온다 향단이 나온다 아쟝아쟝 나오며 초마짜락으로 눈물을 씨고
게 누구오 니일더 니라니 뉘심닛가 나을 모르겟ᄂ냐 향단이가 ᄌ셰히 보
더니 이고 이게 누구

<h3 align="center">〈10-뒤〉</h3>

심닛가 어ᄉ도을 부어안고 아이아이 통곡ᄒ니 츈향모 쌈짝 놀나 우루루
나오면셔 엇던 놈이 남의 ᄌ식을 쩌리ᄂ냐 이고 만님 셔울 셔방님이 오셧
눈이다 츈향모가 물의 ᄲ진 놈 고흠질으 듯 어허 어허 ᄒ더니 우루루 달
녀들어 어ᄉ도 목을 안고 이고 이게 누구인가 아이아이 이 사롬아 이 사
롬아 ᄒ난님이 감동ᄒ가 부쳐님에 도슐인가 ᄒ눌에셔 쩌러젼나 쌍에 쑥
소샷나 광풍에 날녀온가 녯 얼골 녯 모양이 그져 잇나 엇의 보세 어셔 오
소 드러가셰 드러가셰 어ᄉ도 손을 끌어 방안에 안친 후에 문 밧게 급히
ᄂ와 향단아 건너방에 가 졈화 좀 ᄒ고 뒤슘어미 불너 진지 지으라고 고
두쇠 불너 관쳥에 가 고기 사오라 ᄒ고 너는 닭잡아 찬수ᄒ여라 분별을
얼는 ᄒ고 방으로 드러와 어ᄉ도 손을 잡고 경신업시 보ᄂ더 다 늙어 눈
어둡고 등잔불 침침ᄒ야 자셔이 보니지 아이ᄒ니 츈향모 이러나 벽장문
열쩌리고 촉궤을 니여노코 샹방 촉 너덧 병을 니여 흐겁에 불을 커노으니
방안이 쪄여지ᄂ 듯하게 붉겟다 어ᄉ도와 마조안져 물그럼이 ㅂ르보니 얼
골ᄂ 옥이로더 의착이 남루ᄒ고 궁샹이 지르르 흘너 코만 훌젹훌젹 ᄒ니
츈향모 가슴이 셔늘ᄒ고 두 눈이 컴컴ᄒ며 무엇이 가슴 쫘 미쳐지며 이고

혼무되을 ᄒ더니 여보 리셔방 엇지 이 모양이며 웨 뎌리되냣나 장모 닌
말 드러보소 독셔쳔군무셩가ᄒ니 과거도 못ᄒ고 좌뎌쳥운미유긔ᄒ니 벼살
길 쓴어지고 인싱귀쳔리수ᄒ오 이럿틋 쳔케 되고 동셔긔걸촌견폐ᄒ니 문
젼마다 긔짓키고 환랑필ᄉ 친쳑 구ᄒ니 쟝모 싱각이 오쫙홀가 신셰가 이
리 되니 붓그럼은 멀니 가고 고졍을 싱각ᄒ니 시시마다 보고십ᄒ니 의복
업고 힝차 업셔 몃ᄒ 몃탈 버르다가 ᄉ랑마다 과긕질노 보고ᄌ 나려오나
셜상에 가장으로 츈향됴차 죽게 되니 닌

<h2 style="text-align:center">〈11-앞〉</h2>

신셰가 웨 이런지 목이 메여 말 못ᄒ고 붓그러워 볼 수 업네 츈향모 그
말 듯고 썻다 공즁 써러지며 죽엇고나 죽엇고나 우리 며녀 다 죽엇네 이
고 ᄒ는님 이터지도 야속ᄒ오 ᄒ는님도 무심ᄒ고 일월셩신 제불미록 오빅
라ᄒ 쓸디업다 향단아 예- 후원에 드러ᄀ 단 헐고 다 치워라 령혀업는 단
을 모고 손발 달케 비럿고나 불샹ᄒ다 닌 ᄌ식아 앗가워라 닌 ᄌ식아 이
팔시졀 됴흔 쎄에 만죵록을 못눌니고 어미을 잘못 만나 원통이도 죽게고
나 너 죽는 것 엇지 볼랴 니가 몬져 죽으리라 목졉이질 졀컥졀컥 가슴 쾅
쾅 두다리며 뎌골뎌골 둥굴면셔 죽기로 단뎡ᄒ니 어ᄉ도 민망ᄒ야 츈향모
허리 안고 여보 쟝모 나을 보아 진뎡ᄒ오 예라 노와라 보기 쓸타 이 도젹
놈 썩 가거라 뎌 조격을 차리고셔 닌 집의 웨 왓는냐 이 셔울 쌱졍이 네
싱긴 톄격 보니 포교눈에 쓰이면은 령락업시 치이것다 여보 장모 그 말
마소 힝식이 초초ᄒ야 녯 풍치 업슬망뎡 엇지될 쥴 장모 아나 ᄒ눌이 무
러져도 쇼셔눌 궁기 잇고 샹젼이 벽히 되야도 빗켜셜 길 잇느니 울지 말
고 진뎡ᄒ소 뎨라 별 수 잇는 쥴노 어ᄉ될가 감ᄉ될가 싱긴 꼴이 긕ᄉᄒ
겟다 무슌 ᄉ가 되던지 ᄉ만 되면 안이 됴홀가 시장ᄒ니 밥이나 흔 슐 쥬
소 밥 업다 향단이 울며 엿ᄌ오되 마닉님 마읍소셔 옥즁 앗씨 알르시고
보면 ᄌ쳐을 ᄒ실 터이니 혼탄ᄒ면 무엇ᄒ며 이통ᄒᄒ들 쓸디잇소 귀테 보

중ᄒᆞᆸ시고 밤이 아즉 깁지 안으니 조곰 안져 계시다가 아가씨젼 ᄀᆞᆫ스이
다 향단이 통통 나가 진지을 얼는 지여 어ᄉᆞ도게 올이고 상머리에 ᄭᅮ려
안져셔 슐 ᄒᆞᆫ 즌 권ᄒᆞᆫ 후의 셔방님 진지 만이 잡수시오 오냐 다 먹겟다
어ᄉᆞ도가 츈향모ᄭᅴ 멋번 욕도 보고 시장도 ᄒᆞ신 중에 밋게만 보이랴고 밥
상을 두 다리 사이에다 ᄭᅩᆨ ᄭᅵ고 반찬 ᄒᆞ나 안남기고 훅닥 ᄒᆞ더니 다

〈11-뒤〉

먹고 물 ᄒᆞᆫ 디졉 다 먹으며 향단아 예 누룬밥 잇거든 더 가져오너라 춘향
모가 긔가 막혀 잡것이 ᄒᆞ낫도 될 것은 업고 밥만 ᄶᅡᆨ득 벼어 신츙가 되얏
고나 만이 비러먹겟다 즉시 상을 물너니고 담비 ᄒᆞᆫ 디 먹을 젹에 파루는
ᄲᅢᆼᄲᅢᆼ 치ᄂᆞᆫ디 향단 이러나셔 등룡에 불을 커며 파루을 첫스오니 아가씨젼
가ᄉᆞ시다 향단이 등을 고 츈향모ᄂᆞᆫ 압을 셔고 어ᄉᆞ도 뒤을 ᄯᅡ라 옥으로
ᄂᆡ려갈 졔 차야 풍우 살난ᄒᆞ야 바람은 우루우루 집동칫듯 불고 구진비는
헛날이고 텬동은 우루루 우루루 번기불은 번쯧번쯧 옥중 귀곡셩은 두런두
런 형장 마져 죽은 귀신 곤장 맛고 죽은 귀신 쥐니 을더 죽은 귀신 틱장
맛고 죽은 귀신 들쑈여 목을 미고 디롱디롱 죽은 귀신 둥식 쎗식 짝을 지
어 희희호호 아이아이 번기은 번쩍 텬동은 우루루 달고비은 쥬룩쥬룩 바
람은 ᄲᅥ러 불어 문풍지 더르더르 밤식은 붓붓 비식은 비비 옥문 덜컥 락
수 쑥쑥 원촌에 계셩 은은히 들니ᄂᆞᆫ디 츈향은 홀노 누어 남군 싱각 우는
말이 약속ᄒᆞᆫ 우리 님은 ᄒᆞᆫ번 리별 도라간 후 닉 싱각을 이져는가 몽즁에
아이 온다 잠아 오너라 ᄭᅮᆷ아 오려모나 ᄭᅮᆷ속의나 만나보자 이팔시졀 졀믄
몸이 니가 무슴 죄가 만ᄒᆞ 옥중 고혼이 되단 말가 죽기은 셜지 안으나 빅
발모친 뉘 밧들며 우리 랑군 언졔 보리 복침통곡 셜이 울다 비몽사몽간에
리도령 겻희 와셔 은연이 안져는디 ᄌᆞ셰히 숧허보니 두상의 금관이오 요
간 픽월이라 션관에 거동이오 풍호에 외엄이라 츈향 ᄆᆞ음 살난ᄒᆞ야 리도
령 손을 잡고 소소로쳐 잠을 ᄭᅢ니 도령님은 간디업고 뷔인 칼머리만 잡엇

고나 원통코 유정랑군 쑴가온디 잠간 만나 만단졍화 못흔 일이 졀통ᄒ야 셜이 울 졔 이 ᄯᅦ 츈향모 옥

〈12-앞〉

문젼 당도ᄒ야 아가 츈향아 츈향아 불으니 츈향이 쌈작 놀나 게 뉘라 찻나 원통코 셜운 원졍 옥황님이 알으시고 구ᄒ랴고 날 찻나 긔산여수별건 공 소부 어유 날 찻나 샹산스호 녯 로인 바둑두자 날 찻나 수양산 빅이 숙졔 치미ᄒ쟈 날 찻나 부츈산 엄즈릉 간의ᄃᆞ부 마다ᄒ고 칠리동강 일수 풍 흠게 가즈 날 찻나 셜즁긔려 밍호연이 방미츠 날 찻나 진ᄃᆞ풍유 자랑 코져 죡림칠현 날 찻나 셔역원스 박망후 견우 직녀 차지라고 호포로 진ᄂᆞᆫ 면셔 흠기 가자 날 찻나가 심양츄야 빅락텬이 비파 듯자 날 찻나 풍풍우 우 이 텬디에 날 차즈 리 업겟마는 게 뉘라서 날을 차나 아가 츈향아 이 사름 조곰만 크게 부르게 요란이 굴지 말소 만일 본관이 알면 네가 그 솜 시에 고도리쎠가 쑥 ᄲᅡ지고 촉ᄃᆡ쎄가 부러질나 어스도 소릭을 크게 질너 츈향아 불으니 츈향이 쌈짝 놀닉 게 뉘오 닉다 이고 어머니오 어머니 엇 지 오셧소 왓다 무어이 와요 셔울셔 편지 왓소 나 다리러 스름 왓소 오단 이 누가 왓소 잘 되고 귀히 되고 고만 되고 가업시 되고 흥나게 되고 불 상히 되고 더럽게 되고 됴흔 것시 되엿 왓다 누가 그리 되여 왓소 너 평 싱 상사ᄒᆞᆫ 리셔방인지 셕히 셔방 왓다 츈향이 그 말 듯고 쑴에 즘간 본 림 싱시에도 보깃고나 흑운ᄀᆞ치 헛흔 머리 목에 휘휘 돌너미고 길넘은 젼 목칼을 드르르 드르르 쯔을면셔 이고 허리야 이고 허리야 칼머리 둘녀 더 만콤 노코 두 손으로 쩡을 집고 뭉긔젹 긔여 ᄂᆞ오 셔방님 엇의 왓소 셔방 님 오셧거든 말소릭나 드러보세 츈향모 혜을 츠며 더 잘 됫 것 보고 단박 미치ᄂᆞᆫ고ᄂᆞ 츈향이 ᄒᆞᄂᆞᆫ 말이 못되야도 닉 랑군 잘 되야도 닉 랑군 고관 ᄃᆡ작 닉여 실코 만종록도 닉 다 실코 어머니가 명흔 비필 됴코 글코 웬 말이오

⟨12-뒤⟩

나을 차자 오신 랑군 엇지 그리 괄시ᄒ오 츈향모 어이업셔 말못ᄒ고 셔셔
볼 졔 어ᄉ도 드러셔며 츈향아 고샹이 엇더ᄒ뇨 네 죄가 안이라 만ᄉ가
모다 니 불출이다 셔방님 문틈으로 손을 너어 날을 좀 이리키오 어ᄉ도
급ᄒ ᄆᄋᆷ 옥문으로 손을 너어 츈향 손을 잡으랴 ᄒ니 셔로 손이 멀엇스
니 잡을 수 잇ᄂ냐 여긔 업듸소 잡것시로다 ᄂ을 웨 업듸라 ᄒᄂ냐 자너
발고 올ᄂ셔셔 츈향 손을 잡을냐네 속담의 미운 것이 우슐거리며 쏭산다
더니 그 말이 꼭 올코ᄂ 이 넘어 쓰지 말고 진솔로 잇거라 츈향이 운신ᄒ
야 간신히 손을 잡고 발발 썰고 이러나며 두 눈에 눈물이 믲거니 듯거니
엇의 갓다 인졔 온가 동유위수 말근 물 여상 보려 갓셧던가 영수에 귀을
씻던 소부 보러 갓셧던가 원앙수침 호졉몽 시 사랑에 잠겻던가 무졍ᄒ고
무졍홈도 야속ᄒ네 어ᄉ도 손을 잡고 우셔보고 울어보며 ᄒᄂ니이 감동ᄒ
야 안이 쥭고 샬앗다가 다시 볼 쥴 어이 알이 셔방님 장가드럿소 쟝가가
다 무엇이냐 의거리가도 못드럿다 나도 너 리별ᄒ고 셔울 올나가 네 싱각
ᄒ노라고 글공부도 안이ᄒ고 아부지조차 닉사 친구 사랑으로 도라단이며
밥술이나 엇더먹다가 소식도 알 수 업고 네 싱각이 간졀ᄒ야 불원털리 나
려오니 너는 나보다 더 참혹ᄒ게 되얏스니 텬디가 아득ᄒ고 가슴 답답 ᄂ
쥭깃다 츈향이 그 말 듯고 어머니 듯됴시오 날이 밝거든 우리 두리 인연
믲든 부용당에 졈화ᄒ고 두리 덥던 검침 펴고 사쳐을 뎡ᄒ시고 건너방 슘
층쟝에 필육 몃필 골ᄂ니여 셔방님 샹ᄒ의복 여러 벌을 마르시고 ᄀ 망건
을 곱게 ᄒ되 머리에 맞게 잘 맛츄고 단님 줍치 쌈지 염랑 자긔홈에 드럿

⟨13-앞⟩

스니 쳘을 맛쳐 닉여노코 옥식 밧탕 쟈쥬코 틱사혜 ᄒ 켜레 맛츠시고 향

교말 셔좌수에게 돈 이쳔량 맛겨스니 그 돈 즉시 차져다가 집안에 가용ᄒ
고 간일고음 양집니여 시장치 아니ᄒ게 권ᄒ시고 어머이도 잡수시오 니가
집에 업다 ᄒ고 어머니가 화을 니여 불평ᄒ게 ᄒ옵시면 쳔리에 오신 랑군
그 ᄆ음이 편ᄒ릿가 셩품을 알거니와 만일 괄시ᄒ면 불효녀식 말이오나
자결ᄒ야 죽을 테니 쳐분ᄒ야 ᄒ옵소셔 츈향모 그 말 듯고 츈향 쓷지 안
이ᄒ게 감안이 욕ᄒ겟다 뎌런 빌어도 못먹을 년 질알ᄒ다 향단이 게 잇는
냐 예 셔방님 침수범졀 안영ᄒ시고 불평ᄒ신 거은 젼혀 네 ᄒ기에 잇스니
밤참 조반 젼우스을 지셩으로 공궤ᄒ고 동문 밧 이부쥬씨 화졔 니여 약
지여다 ᄒ로 두 쳡식 네 다 알지 니가 당부 안이ᄒ들 네 마음 나와 ᄀ지
니 마음 네가 알고 네 ᄆ음 니가 안니 별말이 웨 잇스냐 셔방님 왜야 드
르니 명일이 본관 승신 잔치라 쟝치 씃혜 ᄂ을 올녀 죽인다고 스졍의게
분부ᄒ야 형장 만니 짝가 올니라 ᄒ얏스니 아모티도 ᄀ시지 말고 옥문 밧
게ᄂ 슙문 밧게ᄂ 직혀셧다 츈향 올나라 영이 니리거던 칼머리ᄂ 들어쥬
고 ᄂ을 죽여 니치거든 다른 사롬 손길 티이지 말고 셔방님이 달녀들어
ᄂ의 신톄을 두리쳐업고 니 집에 도라와 시상 밧쳐 누인 후에 ᄂ의 초혼
불너쥬되 옥즁에셔 셔방님 그려 가장 썩은 역유슈 쌈씨 뭇은 속격슴 벗계
니여 허공즁텬 등등 휘두르며 희동 조션 젼나좌도 남원읍 강션니 임ᄌ셩
셩츈향 복복복 세 번만 웨치고 집응 우의 츳드리고 슈의도 ᄒ지 말고 나
닙으라 지는 의복 갓초가소 다 잇스니 ᄆ음티로 골나 닙혀 염포 입관ᄒ지
말고 셔

〈13-뒤〉

방님 속격슴 버셔 니 가슴을 덥허쥬고 묘젼의 표셕 셰고 표셕의 글을 쓰
되 수졀원스 춘향지묘라 디즈로 크게 써셔 묘 압혜 셰워쥬면 쳡의 죽은
혼이라도 아모 ᄒ니 업겟ᄂ니다 불상ᄒ신 우리 모친 니 몸 일신 죽어지면
뉘게가 의지ᄒ며 빅골 념도 뉘라 ᄒ리 슯프다 우리 모친 나을 일코 익통

타고 셜워도 죽을 톄오 굴머도 죽을 텨오 의지업시 도라가면 오연의 압히
된들 뉘라 휘여 날여쥬리 아이아이 셜이 우니 구슬ㄱ튼 두 눈물이 옥면에
너가 되야 입은 옷을 다 젹신다 셔방님 웨야 도리는 안니오나 긴이 말부
탁홀 일이 잇는이다 무슨 말이냐 셔방님 뫼시옵고 히로빅년 지너오던 무
슴 톄며 츠즈릿가 랑군을 못셥기고 불상이 죽는 년이 무슴 부탁ᄒ오릿가
가련ᄒ 어미 신셰 니 몸 ᄒᄂ 쥬어지면 정쳐업시 불상ᄒ니 ᄒ희ㄱ흔 쳐분
으로 로모을 밧드려셔 츈향ㄱ치 싱각ᄒ면 죽어 황쳔 도라가셔 결쵸보은ᄒ
오일다 차싱의 밋진 혼을 후싱에ᄂ 다시 만나 리별업시 스올는지 홀 말이
무궁ᄒ나 날이 밝아 히가 쓰니 더강 부탁ᄒ옵니다 오작 곤ᄒᄒ시릿가 어
셔 나가 쥼으시오 오냐 근심 넘오 말고 금일 히만 기디리면 싱ᄉ간 알 터
니니 별ᄆ음을 먹지 말고 다시 보기 싱각히라 츈향을 ᄒ직ᄒ고 옥문 밧게
나오는디 즈네 어듸로 갈나나 엇듸가 자니 집으로 ㄱ지 니 집보다 크고
됴흔 집으로 가소 엇의 긱ᄉ 동디쳥의 가 좌긔ᄒ고 자네 말이 거짓말은
안일셰 즈네 엇지 자셰 아나 아무 골에을 가도 널즉ᄒ 긱ᄉ 동디쳥이 니
쳐소이니 어셔 가소 나는 긱ᄉ로 가네 향단이 달너들어 어ᄉ도을 부여잡
고 마난님 말슴 타치 마옵시고 딕으로 가ᄉ이다 오- 볼 일이 급ᄒ니 니
밥이나 ᄒ야

<h2 style="text-align:center">〈14-앞〉</h2>

두어라 츈향모 향단이는 집으로 것너가고 어ᄉ도는 광혼누을 나가 이리뎌
리 건일며 거ᄉ홀 일 싱각더니 셔리 즁방 력졸들이 ᄉ시젼 등디ᄒ야 츠례
로 문안커늘 오늘 본관 잔치시의 여차여차홀 터니니 은근히 등디ᄒ고 눈
치보아 거힝ᄒ라 예-의 셔리 즁방 령을 듯고 각쳐로 허여지고 어ᄉ도 슴
문 밧 당도ᄒ니 각읍 슈령 모아들 졔 당상당ᄒ 쳔만호가 츠례로 드러오는
디 쉬- 임실이오 곡셩이오 어허- 권마셩에 담양부ᄉ 드러오고 순창군수
옥과 구례 연속ᄒ야 드러올 졔 라팔소리 쓰산 에찌름 에이찌름 운봉영장

드러온다 본관 쥬인으로 각 소림을 단속홀 제 육직이 불너 큰 소 잡히고
관청식 불너 츠담을 신칙 슈모을 불너 지지을 차이고 각 육방 두목은 진
찬을 드러 각종 봉물 드러셧다 집스을 불너 공인을 디령 수로을 불너 기
싱을 지위홀 제 각읍 수령이 제츠로 좌뎡ᄒ고 일등 명기들이 좌우로 느러
셔셔 옥수라삽을 툭툭 더지며 쎵통 나지나 풍악소리 요지 션악 완연ᄒ다
년년ᄒ 큰 북 소리 츈뇌가 들네는 듯 두리 부는 피리 소리 봉황니 노니는
듯 소상반죽 덧더 소리 나의 셔름 작아리고 곡곡션진 희금션은 연풍을 자
랑ᄒ다 오현검 검은고는 남후젼 노랴ᄒ고 이십오현 비파셩은 불승쳥원 슯
흘시고 남창은 유아ᄒ고 녀창은 쳥묘ᄒ다 고조를 슈자이나 금인이 다불탄
을 빅이의 일거후 세무지음자을 니 엇지 몰을소냐 어스도 홍을 니여 우줄
우줄 드러ᄀ며 아뢰여라 스령아 엿쥬어라 통인아 먼디 잇는 거러지ᄀ 디
연 만나 안쥬 ᄒ 졈 술 ᄒ 잔 엇더먹고 가ᄌ이다 소리을 버력 지으니 본
관이 화을 니여 네 밋친 놈 멀니멀니 좃차니라 어스도 상

〈14-뒤〉

지동을 훔쳐 안고 나 좃차니라 ᄒ는 놈은 니 아달이오 나가는 놈은 인스
불상이라 ᄒ며 스령을 호령ᄒ니 운봉이 슯허보니 폐모파립 즁에 인물이
비범ᄒ거늘 운봉이 동인 불너 어보아라 더 량반이 량반이 분명ᄒ니 말셕
의 안치고 음식이나 잘 디졉ᄒ라 예이- 통인이 충충 나갸 쉬 스령 예-이
그 량반 이리 올나오리라 어스도 우스시며 안다 안다 운봉이 안다 운봉이
과만이 되얏난디 가슴년을 식여보자 션듯 올나가 운봉 엽혜 가 안지며 장
읍불비ᄒ고 좌즁에 못본 인스 츠례로 ᄒ 연후의 운봉이 ᄒ는 말이 좌즁의
통홀 말이 잇소 무슨 말이오 이 말셕의 안진 량반이 과긱이로디 동시 량
반인 듯 ᄒ오니 디우홈이 엇더시오 본관이 얼골을 찡그리며 그런것들 ᄀ
가히 ᄒ면 담비디나 부치나 도젹ᄒ여 가지 무엇을 디우ᄒ셔오 언필에 츠
담쌍이 드러오는디 각각 상을 밧앗스되 어스도는 과ᄌ ᄒ 졉시을 안이 쥬

이 운봉이 민망ᄒᆞ야 이리오너라 예-이 네 이 량반 상 츠려다 드러라 예-
의 어ᄉᆞ도 상을 츠려오ᄂᆞᆫ디 모 쪄러진 기다리 소반에 글거먹든 갈비디 콩
나물 디가리 ᄒᆞᆫ 졉시 멸으치 ᄭᅩ리 ᄒᆞᆫ 졉시 모쥬 ᄒᆞᆫ 사발 노아다 쥬니 어
ᄉᆞ도 상을 보고 부치ᄭᅩ지을 걱구로 쥐고 운봉 갈비을 ᄶᅮᆨ 질으며 여보 운
봉 운봉이 ᄶᅡᆨ짝 놀나 익고 웨 그리오 더 갈비 ᄒᆞᆫ 디 쥬오 이 량반 갈비을
달나면 그져 달나지 스람에 싱갈비을 먹으랴ᄒᆞᆫ단 만이오 운보이 통인 부
러 갈비 니러다 뎌 량반 드리여라 안이오 엇더먹ᄂᆞᆫ 사롬이 남의 수고ᄒᆞᆯ
것 잇소 니 손으로 갓다 먹지 이리더리 단이며 진미만 다 니려 기다리 소
반에 ᄭᅩᆺ다 노코 됴코 됴코 홍홍진홈 티산이라더

〈15-앞〉

니 ᄒᆞᆼᄒᆞᆼ 부치로 ᄯᅩ 운봉을 ᄶᅮᆨ 쩰으니 이 량반 춤 밋쳐소 니가 밋친게 안
이라 기싱 보니 그디로 슐을 먹을 수 잇소 뎌 기싱으로 ᄒᆞ야곰 슐 ᄒᆞᆫ 잔
ᄶᅡ르고 권쥬ᄀᆞ ᄒᆞᄂ ᄒᆞ라시오 여보아라 뎌 량반끠 권쥬ᄒᆞ여라 녯날이나
지금이나 달을 리가 잇ᄂᆞ냐 되지못ᄒᆞᆫ 거라도 조만 쎄면 기싱인 쥴노 익고
기싱노릇 ᄒᆞ랴닛가 우순 것슬 다 보겟고 이 량반 웨 불넛소 운봉이 호령
ᄒᆞ야 이 년 고악ᄒᆞ고 엇더ᄒᆞ신 량반이던지 니가 불너 식커거든 운봉으로
잡아다가 이 년 혹실을 부지르리라 훈봉이 ᄶᅡᆨ 으르니 기싱이 혼풀이 썩겻
구나 이 이 니 무릅 우에 올나안져라 여보 실소 ᄒᆞ라ᄂᆞᆫ디로 ᄒᆞ지 ᄒᆞ니 기
싱이 무릅 우의 올나안지니 어사도가 갈비을 쯧든 안이ᄒᆞ고 압뒤로 침만
담북 무쳐 갈비의 침이 ᄶᅮᆨᄶᅮᆨ 흐르ᄂᆞᆫ디 이 이 이것 무러라 실소 드럽소 이
이 나는 네가 기싱이라 이러케 됴흔디 너는 나을 어이 됴화ᄒᆞᄂᆞᆫ냐 익고
이게 웻 일이냐 망신도 ᄒᆞ여라 이 년 망신이라니 물남 물것이지 졍귀치
안코나 그계야 기싱이 갈비을 문이 에라 고만 리려안져 슐 ᄒᆞᆫ 잔 부어 권
쥬가 ᄒᆞ여라 나는 권쥬가는 못ᄒᆞ오 기싱이 권쥬가을 못ᄒᆞᆯ 리가 잇나 ᄒᆞ여
라 기싱이 권쥬가을 ᄒᆞᄂᆞᆫ디 잡지그러 잡지그러 이 슐 ᄒᆞᆫ 잔 쳐잡으면 쳔

만년이나 이 모양 사오리다 슐 흔 잔 먹지 안이ᄒ고 자리에 부어며 어불
사 됴흔 쟈리을 밧리게구나 도포 소미로 슐을 뭇쳐 좌우로 니쌜이니 좌중
에 발동ᄒ야 운봉은 우수 것을 다 쳥ᄒ야 좌셕이 요란ᄒ오 보관이 싱각ᄒ
되 뎌 놈이 량반의 자식은 분명흔대 졀문 이가 져리 버릇시 업슬진더 졔
지반 눈봉이오 필경 무

<h2 align="center">〈15-뒤〉</h2>

식홀 터이니 운즈을 너여 쫏치리라 ᄒ고 본관이 ᄒᄂ 말이 여보 우리 좌
뎡ᄒ야 글 흔 슈 짓사오이다 만일 글을 못짓ᄂ 즈ᄂ 큰 벌을 쓸 터니니
좌중이 그리 알르시오 본관이 운즈을 니엿쓰되 롭흘 고즈 기름 고즈 두
즈을 불으거눌 어사도 나안지며 나도 부모님 덕으로 글즈나 닑엇드니 글
흔 귀 지면 엇더ᄒᄂ지오 운봉 반겻듯고 필연을 니여쥬니 여ᄉ도 필연 밧
아 얼는 지여 자리 밋희 넛코 본관을 향ᄒ야 먼더 잇ᄂ 거러지가 쥬유을
포식ᄒ니 은혜 랑망잉 후일에 다시 보압시다 작별ᄒ고 이러스니 본관 시
원ᄒ야 이 량반 평안이 가시오 언졔 쏘 맛ᄂ볼ᄂ지 조곰 잇스면 쏘 보지
오 어ᄉ도 가신 후 운봉이 자리 밋혜 글을 너여 읽ᄂ디 금준미쥬ᄂ 만인
혈이오 옥반가효ᄂ 만셩고라 촉루락시에 민루락이오 가셩고쳐에 원셩고라
운봉이 벌벌 쓸며 본관은 살 노르시오 나ᄂ 유고ᄒ야 먼져 가오 님실이
갓치 쓸며 니러가니 임실 웨 이러나시오 나도 큰 일 잇소 웨 그리오 더부
인이 락티을 ᄒ엿다고 곳 긔별이 왓소 덕 더부인이 츈츄가 을마신더 락티
을 ᄒ서오 금년의 여든 아홉이오 여든 아홉에 아기을 비여 락티흔단 말이
오 안이오 락티가 아이라 락셩을 ᄒ엿다ᄂ 것을 겹결에 잘못흔 말이오 이
찌 좌수와 칙방이 운봉 글 업ᄂ 것을 병풍 넘어로 보다가 즉시 드러와 분
별을 ᄒᄂ디 슴공혈 불너라 슴희수 부르고 도셔원 불너 젼례을 올이며 각
창빗 불너 류곡이 올ᄒ냐 공방을 불너 포젼을 간숙 수힝이 불너 옥니을
단속 집ᄉ을 불너 라졸 긔치 취타 공인을 단속ᄒ고 ᄉ졍이 불너 형구을

단속 유고즈 불너 등용을 단속 도스령

〈16-앞〉

불으고 도굴노 불너라 형장질은 왕방울쇠로 셰우고 곤즈 로즈는 현천쇠로
뎡ᄒ고 니방 호방 불너 관로 기싱 통인 스령 등디ᄒ라 이리 가도 수군수
군 뎌리 가도 수군수군 이 놈들아 뎡신차려라 몃 놈이 죽을 쥴 모로리라
이 ᄤ 어스도 오시을 기다리고 슴문 밧 썩 나셔니 셔리가 번듯 눈 ᄒ 번
씀쩍 력졸 얼는 숀 ᄒ 번 싯쩍 셔리 력졸 눈치치고 력소로 니다르며 력장
아 스도 분분 급급ᄒ다 청상력 입고 홍젼디 씌여라 스마치줄을 좌견을 달
아라 스도 타실 디마을 드러라 안장 지여라 비쩌을 졸으고 덧굴뇌 씨우고
후거리 니여라 폐양이 엇짓늬 방울이 드러라 스즈갓흔 마두력졸 류모방치
놉피 들고 우루루 단여들어 슴문을 당당 치며 암힝어스 츌도야 암힝어스
츌도야 두셰번 고흠소리 부중이 쓰르르 비호ᄀ치 날닌 력졸 예 가 번듯
졔 가 번듯 슴공형 슴공형 예- 후닥짝 후닥짝 어스도 분부ᄒ되 남원골 류
방 ᄒ인 디감끠 거힝ᄒ든 ᄒ인이니 아예 샹치 말고 수령들만 넉을 쎄라
력졸이 청령ᄒ고 수령 모인 잔치 좌셕 몽치로 ᄇ소늬디 금병 수병 산수병
과 수십좌 교즈상 양치디야 토긔 징반 졉시 디흠 슐병 후닥 쩟끈 윙그렁
징그렁 씌여지고 거문고 ᄀ양금 양금 싱황 단소 북 장고 히금 졋디 산산
이 부셔질 졔 각읍 수령 도망ᄒ다 운봉영장 인뒹이 일코 수박 들고 도망
ᄒ고 단양부스 갓을 일코 방셕 쓰고 다라나고 슌창군슈 창의 일고 몽도리
입고 다라나고 님실원님 탕건 일코 화관 쓰고 다라날 졔 본관은 겁을 니
여 안악으로 드러가며 어 무셥다 어스보아라 문 드러온다 바람 닷아라 요
강 마렵다 오좀 드려라 운봉영장 말 겍구로 타고 압다 이 이 말 보아라
압으로는 안이가고 뒤로 어스도 게신 디로만 가는고나 어스도가

〈16-뒤〉

츅디법도 ᄒᆞ눈고나 말을 걱구로 타계시니 바로 타옵소서 언졔 둘너타고 잇겟ᄂᆞ냐 말 목아지을 이리 갓다 바어라 자리공방 넉을 일코 관쳥식은 통곡ᄒᆞᆫ다 눈치잇고 날닌 통인 디상에 쒸여 올나 집ᄉᆞ 예의 좌우 훤화 금ᄒᆞ랍신다 예-의 슌령슈 예-의 좌우 형화 금ᄒᆞ랍신다 예-의 젼비 드리라 예-의 젼비을 드리고 명금이ᄒᆞ 디취타 가진 풍악 부즁이 뒤놀 젹에 짓든 기도 목이 쉬고 나눈 시도 안이날며 산쳔초목이 스사로 덜덜 쓰니 무셥고도 두렵도다 어ᄉᆞ도 동원에 좌뎡ᄒᆞ시고 담상 올녀 잡슌 후에 갓친 죄인 여러 빅명 원굴터니 일시에 불너드려 슌슌히 이르시고 빅방으로 노으시니 슈빅명 옥슈들이 츔을 츄며 송덕ᄒᆞᆫ다 어ᄉᆞ도 슈형니을 불너 츈향 젼후ᄉᆞ을 무르시니 슈형니 져져히 고ᄒᆞ거늘 사도 분부ᄒᆞ되 츈향 칼벗겨 잡아드리라 감옥형니 분부ᄒᆞ고 옥ᄉᆞ뎡을 압세우고 옥으로 ᄂᆞ려굴 졔 류방관속 모아셔셔 셔로 보고 ᄒᆞᄂᆞᆫ 말이 명졀ᄒᆞ신 스의ᄉᆞ도 럴녀 츈향 방송ᄒᆞ면 쳔츄 유명ᄒᆞ시런만 쳐분을 알 수 잇나 옥문젼 당도ᄒᆞ야 장셩ᄀᆞᆺ치 장긴 문을 와랑통탕 덜컥 열고 톱을 들고 드러가셔 코카코칵 칼을 벗겨 옥담의 걸쳐 세고 여보소 셔울쩍 졍신을 수습ᄒᆞ오 수의ᄉᆞ도 분부니에 셔울딕을 올니라니 쳐분을 모로오나 필경 방송홀 듯ᄒᆞ니 졍신을 일치 말고 말슴을 잘 알위시오 송쥭ᄀᆞᆺ치 굿은 졀힝 ᄒᆞᄂᆞ님도 아시거든 셜마 엇디ᄒᆞ오릿ᄀᆞ 츈향이 졍신 아득 향단아 예 옥문 밧게 누가 잇나 보아라 아모도 입셔오 ᄯᅩ 보아라 아모도 업셔오 텬지간 모진 량반 오셔슬 졔 신신당부ᄒᆞ야것만 오일이 넘어스되 오시시 아이ᄒᆞ고 소식도 돈젼ᄒᆞ니 나 죽는 것 안보랴고 엇의 잇고 아

〈17-앞〉

이오나 밤에 잠을 못자계셔 잠을 깁히 들으션나 무졍ᄒᆞ고 악속ᄒᆞᆫ 님 죽기

젼의 안와보고 엇지흐야 안이오나 쇼쇼로쳐 솟눈 눈물 피ㄱ 되여 흘너니려 옷깃이 사모친다 츈향모 발구르며 가슴 탕탕 엇지흘고 향단이 통곡흐니 감옥형니 옥ᄉ뎡이 눈물을 흘이면셔 울지 알쇼 울지 말쇼 천병만마 금국즁에 살아랄 틈이 잇고 흐놀이 문어져도 사사날 궁기 싱기느니 지쵹ᄉ령 련이어셔 흐눈 소리 텬디가 뒤놉눈 듯 츈향이 홀길업셔 관가로 드려ᄀ다 향단이는 츈향이 업고 츈향모는 뒤을 ᄯ라 울고 울며 드려ᄀᆯ 졔 이 ᄶᅥ 남원읍 로소과부 ᄶᅦ을 지어 모혀들러 츈향을 살니랴고 어ᄉ도ᄶᅵ 등장을 드럿눈디 인물도 어엽부고 ᄶᅵ끗흐게 늙은 부인 소복을 졍이 흐고 수퇴ᄶᅵ인 졀믄 과부 비부가 풍령흐고 장옷 쓴 뎌 부인 얼골도 동탁흐고 키골도 장뎌흐야 말 잘흐는 부인이며 청상과부 팔ᄌ되야 궁틔로 싱긴 부인 빅묘량젼 밧미다가 호미들고 오는 부인 직반등산 ᄲᅩᆼᄶᅡ다가 모양업시 오는 부인 수빅명 ᄶᅦ과부 동현 쓸에 ᄀ득 차니 어ᄉ도 분부흐되 엇더흔 부인들이 이다지 만히 왓노 무슴 련고을 알외라 그 즁에 부인 흐나 츌반흐야 알위눈디 과부등 발괄홈은 지원흔 일 잇습기로 명찰흐신 사도젼에 등장ᄎ로 왓느이다 어ᄉ도 분부흐되 무슴 소위 잇눈디로 져져히 알위여라 과부 등이 엿ᄌ오디 렬녀불경이부는 텬디간 웃뜸인디 봉명흐신 방빅 수령 렬녀을 모로릿가 월미 ᄯᆯ 츈향이는 어미는 충녀이나 아비는 지상이라 구관 ᄌ졔 리도령과 빅년비필 미진 후에 호사다만되야 도령님으로 리별흐고 수졀흐고 잇는 츈향 본관 셩쥬 도님 후에 츈향을 잡아다가 후온에 츅명흐고 슈

〈17-뒤〉

쳥들나 달니여도 종시 혜졀 안이흐니 츈향을 잡어니여 공흐에 모진 혐별 거의 죽게 되○○즉 흐놀님이 니신 렬녀 미 친다고 변흐릿가 실ᄭᅩᆺ치 남은 목슈 명지경각 죽겟스니 명치흐신 사도 쳐분 렬녀 츈향 특히 방송흐옵심을 흐눌ᄀᆺ치 바라오니 어진 사도 쳐분이오 어ᄉ도 분부흐되 츈향은 창녀로셔 관졍발악 흐얏스니 용뎌치 못흐리라 그 즁에 늙은 과부 좌우을 혜치

며 썩 나셔는더 나은 일빅 일곱 살이오 피부가 윤퇴ᄒ고 이목이 명용ᄒ고
긔운이 정정ᄒ니 심슐만코 욕 잘ᄒ고 곳곳ᄒ고 쎄손잇고 모질고 독ᄒᆫ 부
인 톄머리 흔들흔들 눈셥이 곳곳 셔셔 량미간을 쎵그리고 이을 으드득 가
려 여보 어ᄉ도 이 쳐분이 웬 말이오 졔 셔방 수졀ᄒᆫ다고 잡아드가 수졀
말고 나와 살자 희결을 안이ᄒ고 졔 말 듯지 안는다고 잡아니려 형별ᄒᆫ
사룸은 죄가 업고 슈졀 츈향 관졍발악 디단 큰 죄인가 어허 공ᄉ도 우숩
고 어ᄉ도는 봉명사신이시니 이 곳에 안지시고 력졸 보니여 셔울놈은 못
잡아오시오 리몽용인가 어린 아히 도적녀셕부터 잡아다가 릉쟝 쥬뢰을 트
러쥬시오 력졸이 썩 나셔며 쉬- 쉬라니 엇의 비암이 지나가는냐 쉬가 도
무지 무엇인냐 네가 력졸이냐 력졸 보니 쟝이 무셥다 죄읍고 늙은 날을
어ᄉ도면 엇지ᄒ고 어ᄉ도 속으로 은근이 됴화셔 궁둥이을 들셕들셕 디소
ᄒ시고 분부ᄒ시되 사필귀졍ᄒᆯ 터니니 분인들은 넘녀 말고 다 각기 도라
가라 부인들이 물너눌 졔 늙은 부인 쏘 알왼다 여보 샷도야 기ᄌ치 공ᄉ
말고 렬녀 츈향 노으시오 참 큰 봉변ᄒ오리다 슴문 밧게 물너나와 츈향
노니기을 기디일 졔 츈향 잡아드리라 예의 츈향 잡아들럿소 츈향이 죽은
드시

〈18 앞〉

업데스니 그 참혹ᄒᆫ 형상은 목불인견이로더 ᄒᆫ 번 호령을 ᄒ시것다 분부
드려라 너는 ᄒ향지쳔창녀로셔 불종관령ᄒ고 발악관졍을 능작례사ᄒ니 죄
당만스라 본관 수졍을 낫나ᄒ다니 어ᄉ 수쳥이 엇더ᄒᆯ고 어 알와라 호령
소리 산쳔이 쩌나간다 츈향이 알외는더 초록은 동식이오 가지도 게편이라
양반님네 일반이오 창녀게 졀힝이라니 츈향은 창녀 자식이오나 창녀도 안
이온 즁 창녀 졀힝 렬녀ᄒᆫ 쥴 사도 엇지 모로시오 녯격의 의창이는 티흑
ᄉ을 셤겨잇고 유명ᄒᆫ 홍불기는 리졍 쩌라 갓스오니 창녀 졀힝 업스릿가
룡쳔검 드는 칼노 츈향 목을 덩그렁 볘여 구곡쳥계 깁흔 물의 풍덩실 던

지거나 홍노에 모진 불의 살아셔 쥬읍던지 쳐분디로 ᄒ려이와 회졀 아이
ᄒ는 뜻을 봉명어스 모로릿가 죽이시면 죽ᄉ옵고 살니시면 살 터니니 좌
우간 ᄒ옵소셔 어스도 다시 뭇기을 맛치시고 리별시 밧든 옥지환 니여 힝
수기싱을 불너 이것 갓다 춘향 쥬라 힝수기싱이 지환을 가지고 니여와 춘
향 압혜 갓다노으니 춘향이 정신업셔 지환인 쥴은 알앗스나 랑군의게 표
쥰 지환인 쥴 몰나것다 어스도가 얼골 들어 디상을 보라 이슴츠 분부ᄒ니
춘향이 얼골을 들어 디상 살펴보니 옥문 밧게 왓든 랑군이 분명ᄒ고나 춘
향이가 디상에 쒸여올나 어스도을 안고 울며 춤츄고 논다 ᄒ되 춘향이가
무슴 그럴 리가 잇ᄂ냐 스롬이 긔막힐 일을 당ᄒ면 ᄆ음이 스사로 악ᄒ야
지고 됴코 반가온 일이 잇스면 ᄌ연 셔름이 나것다 디상을 물그럼이 슯혜
보며 구슬갓튼 눈물이 두 눈으로 소사 흘너 옷기슬 젹수며 울름이 소사ᄂ
ᄂ디 이 우름은 오장륙보에셔 나는 우름도 아이오 류쳔 마

<h2 align="center">〈18-뒤〉</h2>

디에셔 ᄂ는 우름도 안이오 이는 꼭 쓸기에셔 나오는 우름이라 아이아이
아이아이 울름 울며 모지도다 모지도다 셔울 량반 모지도다 엇져역에 옥
에 오셔 니 형상을 보셧스니 나더러만 말슴ᄒ고 마음노코 잇스라면 지는
밤 그 가장을 안녹이고 안심ᄒ슬 걸 뎌 년 엇지 안이 죽나 죽는 꼴을 보
랴는 걸 뎌 년 엇지 안이 죽나 죽는 꼴을 보랴는 걸 어리셕은 춘향이는
이을 갈고 안이죽고 향여나 살아나셔 랑군을 다시 만나 지닌 고싱 다 바
리고 빅년종사 ᄒ오리라 단단 밍셰 지닌 년을 불상이는 안이 알고 죽기기
로 드신 ᄆ음 니 몰낫지 나 몰낫셔 그 마암 알앗드면 늬가 발셔 업슬 걸
아이아이 우니 어스도 즉시 사인교을 드려 춘향을 틱화 졔 집으로 건너보
니니라 이 ᄯ 춘향모는 혼금이 엄숙ᄒ니 드러오든 못ᄒ고 문 밧게셔 혼자
동동거리며 방졍을 쩌다가 그 쏠이 나오니 됴코 질거워 밋치ᄂ디 쏠은 압
혜 니보니고 춘향모와 여려 부인들이 ᄒ 번 놀고 나가것다 얼시고나 지화

자아 엇져녁에는 걸인 사위 어스란 말 웬 일이냐 쑴이더냐 싱시더냐 쑴이
거든 씨지 말고 싱시거든 미양 잇자 지화자아 지화자 이 놈 도스령아 슴
문 줍아라 어스 장모 드러가신다 장비야 비 다닷칠나 이 궁등이 두엇다가
논을 살ㅅ 밧을 살ㅅ 이런 써나 흔들러라 지화자아 지화자 여보 남녀노소
부인네들 아달 낫키 원을 말고 쫄만 만히 나으시되 혼 티쥴에 네다셧식
쏙쏙 쏩아 니쓰리소 이고 나가 밋친년이지 엇져녁의 우리 스위을 욕도 만
히 흐고 구박도 만히 흐얏더니 이 비러먹을 년이 그 무슴 밋친 지시야 이
년 쥬동이을 칼노 씨일 밧게 수가 읍네 여보소 웃고름의 찬 칼 좀 쥬소
이 년에 입 씨일

⟨19-앞⟩

나네 씨면 아마 압흘걸 압흘터니 못씨겟네 아장아장 드러가며 션풍도골
뎌 모양이 엇져녁에는 걸인 되야 나 속이기기 웬 일이오 오날 앗참 진시
말에 발감기 발밉씨에 폐양이을 졔쳐 쓰고 니 집 문젼 기웃기웃 나을 보
고 도라가며 손가락질 흐던 것 인졔 싱각 럭졸일세 아장아장 드러가며 스
도 부디 노혀마오 스도 암만 노혀신들 장모 날을 엇잘테오 스도 셔울 가
신 후에 늙은 마누라가 후원에 단을 모고 북두칠셩 ᄌ야반에 등불을 밝키
고셔 우리 스위 귀히 됨을 밤낫 죽원흐얏더니 흐ᄂ님이 감동흐사 이사도
가 되얏셰라 지화자아 지화자 그러나 스도젼에 엿쥴 말이 잇슴니나 부디
청드럽소셔 달은 말슴 아이오라 우리 골 본관스도 부디 괄시 마ᅌ소셔 츈
츈는 반흐시나 마ᅌ이 호협흐야 호쥬담화 흐시기는 두목지에 짜이살라 츈
향 일식 말을 듯고 불너보니 만고 일식 욕심이 잔득 나셔 달녀도 안이
듯고 을너보되 듯치 안으니 천가지로 유인흐고 만가지로 달녀도 종시
듯지 안이흐니 위협흐면 될 줄 알고 잡아니여 호령흐니 미물혼 츈향이가
종다리시 나룩씨 ᄭ듯 쫑쫑 안져 치밧치니 흐인소시 란당흐야 동틀드려
올여 미되 조금도 두려안코 관경발악흐던 말을 엇지 다 엿쥬릿가 본관스

도 나갓든면 단박 쩌려 죽여슬걸 본관스도 어진 쳐분 지금것 살녓스니 그
은혜 장ᄒᆞ오며 본관스도 안이시면 춘향 슈절 어서 나리 지화자아 지화자
엇쓱엇쓱 궁등이춤이 졀노 나니 쟝관이오 엇겨녁 걸인 사위 어스 되니 쟝
관이오 ᄒᆞ맛트면 죽을 춘향 살어나니 쟝관이오 남원읍 월민씨가 어스 사
위 쟝관이오 남원부즁

<h3 style="text-align:center">〈19-뒤〉</h3>

과부 부인 등장홈도 쟝관이오 남녀◯◯◯◯◯◯◯◯◯◯◯◯◯◯◯◯◯◯◯◯◯◯◯◯◯◯◯
◯◯◯◯◯ 쟝관일다 지화자아 지화자 이 씨 춘향모와 부인들이 손목을 잡
고 춘향 집으로 가 큰 소 잡아 업지르고 상ᄒᆞ 남녀로소 업시 추례로 더접
홀 제 이 씨 운봉읍에 가든 방ᄌᆞ놈이 어스도 남원 출도ᄒᆞ야 운봉영장이
보션발노 도망ᄒᆞ야 왓단 말을 듯고 간다온다 말도 업시 도쥬ᄒᆞ야 와셔 어
스도끠 문안ᄒᆞ니 어스도 우슈시며 이 놈 운봉에 가둔 놈이 니 령 업시 왓
단 말리냐 이 놈이 어스도로 드려더ᄂᆞᆫ더 소인을 무슴 죄로 가두엇소 마마
님 셔간에 소인 가두라는 부탁이 잇셔 가두웟소 수년 모시고 거힝ᄒᆞ던 놈
을 그려케 괄시ᄒᆞ셔오 어스도 우스시며 네가 죄가 잇셔 가둔 게 안이라
네가 방정마진 놈이 되야 루셜이 될 터기로 잠시 너을 가두엇다 즉시 방
자로 남원 관로쳥 일과 소님을 식키시고 십년 훈뎡ᄒᆞ야 완문ᄭᅡ지 ᄒᆞ여쥬
시니라 추시에 본관이 무식ᄒᆞ야 인병부 ᄭᅳᆯ너 어스도씨 밧치시 어스도 본
관을 쳥ᄒᆞ야 됴흔 말노 수작ᄒᆞ되 일셩즁 동거ᄒᆞ야 놉흔 셩화는 만이 듯고
맛나기는 쳐음이오나 나을 뉘인 줄 아시닛가 본관 몸을 굽혀 모를 리가
잇소릿가 어스도 우스시며 남아에 탐화홈은 령웅렬스 일반이라 그러나 거
현쳔능 안니ᄒᆞ면 형능을 뉘가 알며 본관이 안이면 춘향 졀힝 엇지 아오릿
가 본관에 수고홈이 얼마즘 감사ᄒᆞ오 본관이 수참ᄒᆞ야 유유부답 안졋스니
연이나 남원이 더읍이라 겸셰민졍 오오ᄒᆞ야 만민 도타되얏스니 아모조록
션치ᄒᆞ와 만인산을 밧으시고 환향 상봉ᄒᆞ옵시다 인즉 쟉별ᄒᆞ시니 본관이

지비ᄒ고 관곡ᄒ 쳐분을 못닉 사례ᄒ더라 이 ᄶᆡ에 어ᄉ도ᄂᆞ 반야슴경 퇴
령후에

〈20-앞〉

인셩이 요젹훈디 력졸에게 등 들니고 츈향집 나가실 졔 수영은 참치ᄒ고
월식은 령롱훈데 욕향쳥상 문두견 즈조 운다 져 시 소리 녯 듯던 불여귀
요 알연쟝명 뎌 두룸이 구졍을 짐작ᄂᆞᆫ지 두 나릭 쎡 쎨치고 지금징금 ᄭᅮ
벅ᄭᅮ벅 나을 보고 반기ᄂᆞᆫ 듯 련당에 금붕어ᄂᆞᆫ 달을 좃차 쮜여놀고 화간에
잠든 겨우 스름 자쵀 놀나 씬다 력졸이 드러셔며 쉬- 츈향모 깜쫙 놀나
익고 ᄉᆞ도 나오시네 쓸에 나려 영졉ᄒ야 츈향방 드러가니 이 ᄶᆡ의 츈향이
ᄂᆞᆫ 누엇다 겨우 이려 어ᄉ도 손을 잡고 셔름이 사모쳐셔 늑기며 셜이 우
니 어ᄉ도 수건으로 눈물을 씨셔쥬며 울지 말아 울지 말아 즈고로 영웅
미인 고셩업ᄂᆞᆫ 뉘 잇ᄂᆞ냐 네가 우연 나을 만나 나 위ᄒ야 고셩흠도 젼혀
모다 닉 죄로다 울지 말아 울지 말아 만단으로 위로ᄒ며 미음도 권ᄒ시고
약도 ᄶᅡ 권ᄒ시며 이졔ᄂᆞᆫ 우리 둘이 희로빅년 유ᄌᆞ싱녀 소원 평싱 즐길
테니 속속히 소복ᄒ야 가산을 방민ᄒ고 너ᄂᆞᆫ 먼져 올나가셔 나 오기을 기
디려라 봉명사시 몸이 되야 지테홀 수 바이 업셔 나ᄂᆞᆫ 멸일 가거이와 간
곳마다 통신ᄒ야 소식 자조 알 터니며 무리년 니방에게 치힝 졀차 다 일
르고 본딕 셔간ᄒ얏스니 ᄒ인 수히 올 터이라 소복이 되ᄂᆞᆫ디로 신속히 올
나가라 모녀에게 당부ᄒ고 작별ᄒ고 이러셔니 쏘 리별이 되ᄂᆞᆫ고나 밝기
젼 드려와셔 힝장을 지쵹ᄒ아 젼라도 오십 습관 힝운고치 다이시며 져져
히 수찰ᄒ야 문부을 닥은 후에 셔울노 올나오사 동부승지 당상ᄒ야 디사
셩을 지닉시고 ᄎᆞ추 닉직 도도와셔 보국ᄭᅡ지 ᄒ셧것다 츈향에 장ᄒ 졀힝
ᄎᆞ상으로 통쵹ᄒ샤 츙렬부인 봉ᄒ시니 츙렬부인 ○귀흠이 일셰이 진동터
라○○○○○○○○○○○○○○○

김동욱 소장 48장본 옥중화

〈1-앞〉

옥중화

○○○○○○○○○○○○강산정기 타고 난듸 졀늬산○○○○○○○○○○○○○
○○○○○○○○○○ᄒ고○○○○○○○○○○○○○○○○○○○○출○○
○○○○○○○○○○○○○○○○○○○○○○○○○○○○○○○○○○○
○○○○○○○○○○○○○○○○○○○○○○○○○○○○○○○○○○○
○○○○○○○○○○○○○○○○○○○○○○○○○○○○○○○○○○○
○○○○○○○○○○○○○○○○○○○○○○○○○○○○○○○○

〈1-뒤〉

도임한 제 일식만의 빅셩어게 션치ᄒ야 거리거리 션졍비를 차시 사도 자
제 도련임이 게시도 일홈은 몽용이요 연광은 심육세를 풍체난 두목지요
얼골언 관옥인듸 위인이 죠달ᄒ야 시서 풍유와 이주 탐화ᄒ야 밤이면 동
영 명월을 완상ᄒ고 낮지면 화류 풍국을 놀기이 죠화한이 가위 호걸기님
지를 일일언 도련임이 춘형얼 못 이기서 방자 불러 무러시되 너의 고을
싱지강산이 으더ᄀ 제일인야 방자 엿자오되 공부ᄒ신 도련임이 싱지차자
무엇ᄒ시랴 도련임 ᄒ시난 밀삼 친ᄒ 제일 명싱지난 도처마듸 걷귀로듸
니 이럴기 드르보와를 기산영수별건곤의 쇼부 허유 노라잇고 적벽강 추야
월의 쇼자첨이 노라잇고 황학누 고쇼디예 문장 명필 자취로듸 늬도 쏘한
호협시를 동원도리편시춘을 늬 어이 허숑ᄒ랴 잡말 말고 으외여를 방자
드시 엿자오되 쇼인이 고얼이 별반 싱지 업사오느 낫낫치 으뢰리듸 북문
박 느가오면 죠죵산성 죠사압고 서문 박 느ᄀ오면 관왕묘도 경체 죠코 남

문 박 느가오면 광활누 죠사온듸 오작교 영주각은 삼남의 제일 죠헌 싱지
로쇼이듸 그러면 광활누 구경갈 터인이

〈2-앞〉

느구 안장 지여라 방자 분부 덧고 예 ᄒ고 나오던이 서산나구 솔질하야
ᄀ진 안장 진넌다 홍영자공 산호편 옥안장 비단다련 청홍사 고언 굴러 상
모 다라 덥벅 다라 왑뒤 걸처 자바미고 칭칭다리 언엽덩자 호피도덤 밉시
난다 이라 툭 처 나귀 디령하엿쇼 도연임 거동보쇼 수수히기 잘 차리고
나귀 덩의 올나안ᄌ 그덜거리 나갈 적이 도화점점 뽈쎤 꽂천 보보힝풍 쩌
러저서 자춰마다 싱힝이라 서부렁 섭적 광활누의 당도하야 도련임 말계
나려 광활누 올라ᄀ서 이리저리 바리본여 남천을 살피본이 적성의 ᄋ침날
언 느진 안기 쒸여잇고 녹수의 저문 봄언 화류동풍 둘너난듸 광활누 경체
죳컨이와 오작교 분명하다 오작교 분명ᄒ면 견우 직여 업실숀야 견우성언
니련이와 직여성언 뉘ᄀ 될고 오날 이 곳 화임중의 삼싱연분 만니시면 방
자야 술 올여라 이 죠중의 뉘ᄀ 나이 기중 만년야 방자 엿자오듸 저 후
비사령이 키ᄀ 죠고만ᄒ고 얼골리 노리도 나이 사십여세로쇼이다 애 죤장
이 바로 반이 너머고나 후비사령 상죠로 안치고 방ᄌ 너도 올라오너라
황숑하오이다 누린 숑아지 엇더하야 어서 올라오너라 술상을 더려놋코 사
령이 수비하고 방ᄌ도 먹고 도련임도 잡순 후○ 도련임이 방자 불러 이리
파탈ᄒ고 놀 디난 상하○ 너무 차리면 정도 업고 녹녹하고 ○○○○○

〈2-뒤〉

씨난이라 힝당언 막여치라 연치 차자 술 먹어신이 담비들 먹어라 도련임
취힝을 못 이기여 ○○○○○나서 두루두루 근일면서 남방을 바리본이 주
렴취각언 반공의 어리여 수호문창 덩실 쇼사 압허로 영주 뒤으로 무렁 힌

비즈 쌀걸 홍자 숑이숑이 곳치 되고 쌀걸 단 푸릴 청 고물고물 단청○○
유막의 잉제성언 나이 헝을 도도난듸 화지빅접쌍쌍비○○○○○ 빅빅홍홍
난만중의 선여 미식이 나난구나 춘힝의 거동보와라 추천얼 하려ㅎ고 장장
치싱 군듸줄을 두 손의 갈라 쥐고 선덧 올라 발구린이 한 변 둘러 뒤ㄱ
숫고 두 번 굴러 왑히 놉파 연비여천 쇼리기 쩌덧 난만 도화 놉푼 가지
쇼쇼려처 툭툭 친이 숑이숑이 미친 곳치 너러저 쩌러진이 풍무성이 낙화
로다 오락가락 논일 적의 도련임이 정신업시 한참 서서 망견턴이 쩟밧계
ㅁ엄이 엇식 쇼럼이 쏙 기친이 정신이 암암 일신을 발발 쩌며 방즈야 부
런이 방자놈은 ○○더러 예어 저 건늬 오락가락 언덧벗덕ㅎ난 기 무어신
야 바자 엿자오듸 쇼인 눈의난 아무것도 안이 보여요 늬 부치 쩟터로 바
로 보와라 부치 마고 미륵 쩟터로 바로 보와도 안이 보이요 이 놈으 눈도
상목 반목이 다러단 말인야 상한의 눈언 양반의 튀눈만도 못하고나 너가
탐심이 업난고로 검이 화히 보이나보다 방자 엿자오듸 검의 늬력을 알뢰
리다 금언 엔날 쵸

<h2 style="text-align:center">〈3-앞〉</h2>

한시의 육출기계 진평이ㄱ 범아부얼 자부랴고 황검 사만 양을 쵸군중의
헛터신이 금이 엇지 여긔 와요 그러면 옥이로다 옥의 늬력을 더러시오 옥
언 홍분연 산치시의 빔징의 씨친 옥이 빅설이 된 연후의 화염곤강의 옥석
이 구분이라 옥이 엇지 예 올잇ㄱ 그러면 귀신이로다 빅주청명 발건 날의
귀신이 엇지 잇실잇ㄱ 그러면 금도 옥도 안일진딘 무어시란야 각갑하다
일러다고 방자놈이 거지야 시침을 쩐다 오 저것 말리요 나난 무어이라고
이제 자세이 본이 본업 기싱 월미 쌀 춘힝이로쇼이다 도련임이 춘힝이란
말얼 덧고 우숨을 권ㅁ성 우심으로 웃던이 이 익 정영 춘힝인야 전불자작
(顚不刺的)을 견요만천(見了万千)이로되 저반ㄱ히랑(底般可喜娘)은 한징
견으(罕曾見我) 안화요란구란언(眼花搖亂口難言)이라 홀영아비거반천(魂

靈兒飛去半天)이로다 눈의 수언(水銀)을 덧뵈이느보다 잠말 무고 어서 오
란드고 불러온너라 방자 엿자오되 춘힝 설부화룡 남방의 유名하야 감수
병사 목부사 군수 현감 관장덜리 무수히 보랴 하되 녹수의 식과 설도의
문장과 목난의 예절을 흉중의 푸머신이 만고여중군자압고 어미난 기싱이
나 근본이 인난 고로 임이로 부러지 못ㅎ난이다 도련임이 허허 웃고 네
말리 무식하다 형산 빅옥과 여수 황금이 물각유주라 임자ㄱ 각각 인난이
라 잠말 말고 불러오너라 방자 하일업서 춘힝

<h3 style="text-align:center">〈3-뒤〉</h3>

부러로 건늬간다 광풍의 나부 날덧 충충거러 건늬간다 언덕 ㅇ리 수풀 사
이로 ○○○○키 ㄱ만ㄱ만 언덕 썩 더러서 숄리을 커기 질러 춘힝아 부런
이 춘힝이 쌈작 놀리 군데 ㅇ리 나려서서 잇고 고연석 죠검 하더라면 낙
상할 번 희여지 방자 썰썰 우시며 세상이 엇지 되여 열디여섯 살 먹언 기
집ㅇ희ㄱ 낙티란 말리 윈 말인야 밋친 연석이로구나 니 언지 낙티라 하던
야 낙상할 분 하엿다 ㅎ엿지 방ㅈ 거난 우심의 말리나ㅁ 수신하난 기집ㅇ
희가 삼남 디로변의 추천이 당ㅎ며 오난 사람 ㄱ난 사람 너만 보고 정신
업시 ㄱ지 안코 안자 본이 너 힝실이 온전한야 사도 자제 도련임이 광활
누 구경왓다ㄱ 너를 보고 부러란이 이삼차 엿자와도 종시 덧지 안이시고
불너오라 하시기로 할 수 업서 와여신이 어서 밧비 갓치 ㄱ자 못가깃다
엇지하야 못ㄱ긴난야 양반이 부러시난디 천연이 못간다 하여 인 연석 도
련임만 양반인야 나도 양반이로다 너도 양반이로디 너난 절눔바리 양반이
라 씰디업난 말인이 어서 밧비 건디ㄱ자 못가깃다 못갈 니력을 말ㅎ여라
못갈 니력 더러보와라 양반썩 도련임이 글공부 안이하고 유산하기 길치
안코 유산을 할지라도 남의 집 여자보고 전갈하기 당치 온코 전

〈4-앞〉

갈얼 하더라도 여즈의 도리로 남즈의 전갈 덧고 싸라ㄹ기 괴이ㅎ다 희당
화 거널 속으로 본치 안코 도라선이 방자 허허 웃고 스도 자제 도련임은
얼골언 일식이요 풍치난 두목지요 문장언 이티빅 필법언 왕히지라 세디충
효디ㄹ로셔 ㄹ세ㄹ 장안 갑부요 지벌언 연안이요 외ㄹ난 청풍이라 남편을
어더라면 이러한 남편을 엇지 시골 무지렁이얼 엇난드 말인야 이 자식 남
편도 서울 남편 시골 남편 드러단 말린야 그럿치야 산세로 두고 이럴진딘
서울 산세 다리고 시골 산세ㄹ 다런이 니 이럭기 더러보와라 경상도난 산
이 준하미 사람이 나면 쑥쑥ㅎ고 절나도난 산이 순ㅎ미 사람이 나면 간ㅎ
고 충청도난 산이 촉하미 사람이 나면 지죠잇고 경기도로 치달라서난 수
락산 쩌러저 도봉이 삼겨 잇고 도봉이 쩌러저서 종남산 삼겨 잇고 왕심이
청용이요 말이지 빅회라 한강이 죠수되고 동작이 수구막어 천부금탕 되엿
신이 문호장안 예 안인야 사람이 나면 선한 자난 선ㅎ고 악한 지난 무서
워라 부원군이 외삼촌이요 이죠판서 동성 죠부요 눕원부사 자갸 어루신니
라 문일 온이 ㄹ면 니일 ㅇ참 죠사 쎳티 너의 모친 자바다ㄹ 칙방 단장
안이 문수거리 ㅎ○○○

〈4-뒤〉

○○○마암 엇쩌ㅎ며 닌덜 마암 죠헐손야 ㄹ랴거던 ㄹ고 문랴거던 문라머
느 느난 간다 느난 간다 춘향이 잠간 으러석어 방자 을넝들넝ㅎ난 말의
쏙으드시 ㅎ난 말리 글시 방자야 비루한 상한 몸얼 오라신이 감격ㅎ다만
언 쏫쏫문다 노난 느부 쏫치 엇지 싸라ㄹ랴 여자 염치 못ㄹ깃드 도련임
전의 ㄹ서 온수히 접수화 희수혈리라 하여라 방자 힐알업서 건니ㄹ고 춘
힝은 집으로 도라ㄹ난지라 도련임이 뒷짐지고 춘힝 오난 글 살피던이 춘
힝언 도라ㄹ고 봉자 혼자 근니올 제 도련임이 춘힝을 보고 글 한 귀얼 업

난듸 신선이 귀동천한이 공여양유연이요 지문죠작헌이라 방자 당도커날
도련임이 화을 니여 이 놈으 춘힝 불러오러지 춘힝 쪽고 오라던야 붕자
엿자오듸 쇼인언 욕을 잔덕 먹고 왓사이드 욕언 무어이라 흐던야 온수희
접수화 희수혈이라 흐여산니 그른 욕 잇시잇가 도연임 그 말 듯고 잠잠흐
고 안즈든이 올타 올타 너 몰나다 니 이를게 들러보라 안수희라 흐난 거
선 기르기 안즈 짜을 수즈 바다 희즈 분명흐고 접수화라 흐난 거선 나부
접 짜를 수짜 꼿 화즈 분명흐고 희수혈이르 흐는 거선 게 희즈 짜를 수즈
구무 혈즈 분명흐니 오랄

<h3 align="center">〈5-앞〉</h3>

밤 습경시의 랄노 흐여금 제 지으로 오라 흐여시니 썩정이 무어시야 혀락
이 정영흐다 느구얼 지촉흐야 칙방으로 도라오니 만스의 듯지 업고 눈압
히 보니난 건 춘항이요 동현에 출입도 모도 드 춘향 갓고 니아로 드러오
니 뵈이난 기 모도 드 춘향이르 이런 환중흔 눈이 닌나야 춘향얼 보고십
혀 보고지고 찬난구느 보고지고 보고지고 보고지고 춘향집을 가고지고 쇼
리얼 크기 질너더니 스도난 공스의 뇌곤흐야 상방에 취침타가 이 쇼리의
깜짝 놀늬 리오느라 예의 칙방의 어나 놈늬 싱침을 만난야 외마듸 쇼래ㄱ
웬 일니야 스실흐여 올이르 흐니 통인이 칙방의 급히 느와 쉬- 도연임언
무삼 쇼리얼 질너신지 스도게압서 놀늬시고 스실흐여 올이르오 도련임 혀
혀 웃고 놀늬시먼 기타니야 빅성의 호원 쇼리난 몰느도 그른 쇼리난 릴수
듯는다든야 이난 드 광듸의 망발이라 그를 이ㄱ 잇난야 아바지ㄱ 놀나섯
드 흐니 흐정의 황슝코느 글얼 릴드가 글즈얼 잇고 싱각노르고 그리흐여
드 엿자워르 통닌이 도라와 스도 전의 그리흐니 스도 드으시고 딕쇼흐시
머 용싱용 봉싱봉이르 흐난 수 업난이르 허허 우스시고 통인 불너 승방
촉 두 즈루 니여 도렁임게 올이고 오랄밤의 쵸 달토록 독서성이 동헌꺼지

○○

〈5-뒤〉

○○고 즈라 ᄒ른 통닌이 쵸 갓드가 올이며 그디로 알외니 도련임 쵸 바
드 니던지며○ 심술얼 니드ㄱ 싱각ᄒ고 방즈야 온갓 칙얼 들리ᄅ ᄉ서슴
겅 니여노코 쇼리얼 크기ᄒ여 노루글노 함부름 쒸여ㄱ며 릴으는디 밍지건
양혜왕ᄒ신디 왕왈 쉬불원철리이니ᄒ신니 디학지도넌 지명명덕ᄒ며 지신
민ᄒ며 지지어지선인이ᄅ 관관저구 지ᄒ지쥬로드 요죠슉여 군즈호구로드
남충언 고군이오 홍도난 신부ᄅ 성분익진ᄒ고 지점형여로드 아스ᄅ 이 글
드 즈미업드 주역을 들리ᄅ 쥬역을 드려노코 코을 부으난디 난디 코가 드
나온드 건언 원코 형코 이코 정코 츈향 코 ᄒ티 디일 코 그르코 저르코
어쌀ㅅ 각 코가 둘러왓구 방즈 겨티 섯다 도련임 엇진 코ㄱ 그리 만쇼 니
코 좀 여의시오 이 놈 네 코난 슝훈이 코ᄅ 못 엿캐드 쳔즈을 드려노코
환우 쳔 ᄶ 지 여보 도련임 세 살 자신드시 쳔즈 릴고 안저 게시오 이 놈
너ㄱ 쳔즈슉얼 삿삿치 시거 이르며 쏭얼 절노 싸리ᄅ 그르면 쳔즈푸리 ᄆ
리오 쳔즈 뒤푸리얼 너ㄱ 아는야 쇼인이 홀기 들으시오 옥황임 기시 흔우
쳔 인간 차자 ᄶ 지 휘휘친친 가물 헌 싹 룰너드 누루 황 쵸ㄱ삼칸 집 우
이 놈아 그르케 일너 못신드 니 이르개 들

〈6-앞〉

어바ᄅ 즈시의 싱천 불언행四時 유유피창 ᄒ날 쳔 축시에 싱지ᄒ야 오힝
얼 맛타시니 양싱만물 ᄶ 지 유현미뫼 흑정식 북방현부 삼물 현 궁상각지
우 동서남북 즁앙토색 누우 황 천지ᄉ방 몃 말니야 ᄒ루(廈樓)광활 집 우
연디국조 홍망성쇠 왕고니금 집 쥬 우치홍수 기즈(箕子)츄연 홍범구쥬(洪
範九州) 너불 홍 제제군싱 수억 즁의 화급팔황 썻칠 황 요순성덕 장홀씨
고 취지여일 나 일 억죠창싱 걱양가 강구연월 달 월 五거시셔 빅ㄱ어 적

안영상(盈箱) 찰 영 방즈야 히 엇지 되야난야 릴즁직칙 기울 칙 二十八宿
흐도낙셔 군셩공(群星拱)지 벌 진 가연김야숙창가 원앙검침 잘 숙 졀디가
인 죠흔 풍유 만반진수 벌 얼 스창월식 삼경야의 경경정회 베풀 장 부귀
공명 꿈박기르 포의흔스 찰 흔 인싱이 유수갓히 세월 장차 올 니 남방 千
이 불모지지 츈거흐래 더울 셔 공부즈의 즁흔 도덕 수쳔말연 갈 왕 금풍
이 쇼실흐니 낙엽오동 갈 츄 빅발리 장츠 오기 되면 쇼연풍도 거둘 수 낙
목흔쳔 찬 바람 빅셜강산 겨으 동 오매불망 우리 스랑 규즁심쳐 감츌 장
부용즈약 세우즁○○○○○○윤 이러흔 쳔흐미식

<h1 style="text-align:center">〈6-뒤〉</h1>

○○ 보아도 남무 여 이 몸이 훨훨 랄아 쳔스만스 일 셩 이리져리 논릴ᄃ
ᄀ 부지세월 히 세 안히 박디 못흐난이르 디전통편 법 율 츈향 입 니 입
한티 디여 법즁 여 안니야 방즈야 동헌의 가보아라 아직 퇴등 멀어쇼 쏘
보아르 아직 멀럿쇼 고만 도으르 니 집 늘근인ᄂ 남의 집 늘근이ᄂ 눈의
희점이 만으면 심술리 죠치 못흐것ᄃ 퇴영쇼리 키기 나니 도연임 죠와라
고 방즈야 불 발켜르 쳥스쵸롱 불 발키여 방즈 들여 압서우고 춘향집얼
츠즈 간ᄃ 공숙문 니달 죵노얼 지니 남문 박 썩 나선이 월츌경산 죠시명
츈간 저 시쇼리 니 어형을 도돗난덧 협노진간 ᄂ난 구럼 인간월식 히농흐
고 화간의 푸린 버덜 믹 번이나 째여시며 디로상 발자취난 믹 변이나 침
엄하여 투게쇼연 으희들은 야입쳥누 흐엿신이 지체을 어이하리 춘힝 집
당두한이 월식은 방농하고 슝쥭언 언언한디 취병 썰 낭간 아리 빅두럼이
당계우요 거울갓탄 연못 속의 디접갓탄 검붕어요 덜쥭 칙빅 잔나무와 포
도 다리 어럼듬불 휘휘친친 강기여서 청풍이 불 디마다 허닐허닐 츔얼 춘
다 화게상의 올라본이 목단 자약 월게화며 난쵸 파쵸 미화 국화 온갓 화
쵸 슘어난디 석탑이 자난 기난 사람자취 놀리 씨여 찍찍 직고 니단난디
이도령은 형을 기와 방자 불러

〈7-앞〉

이 이 방자야 에어 이 릴얼 엇지 하여야 올럴야 엇지할 수 잇쇼 도련임이
와락 쮜여더러ㄱ 춘힝을 꼭 붓잡고 실컨 마암더로 지죠더로 희보지요 그
려 도련임이 왈 ♀무리 상한인덜 말좃차 무식한야 지여난 막여모란니 츈
향모얼 보아야 홍성이 될 듯ᄒᄃ 언필의 츈향모가 나오난디 부산 백통더
예 서쵸을 피워 물고 ᄉ창을 두룩 여니 빈 마루의 달 뿐이로ᄃ 저 기야
짓지 말러ㄹ 공손의 잠겐 달 네가 보아 왜 진난야 쇽담의 이으기얼 달 보
고 자난 기ㄹ든니 너얼 두고 이름일ᄃ ♀장♀장 나오며 후원 쵸당의 드러
간이 잇 쩨예 춘힝이난 걸을 일고 안자거날 춘힝모이 ᄒ난 말리 밤이 미
우 깁퍼난디 지검까지 안이 ㅈ고 걸만 일고 안자난야 춘힝이 급피 ᄂ와
모친을 마진이 춘힝모 한숨쉬며 허허 쑴도 이상ᄒ다 무삼 쑴을 쮜신잇ㄱ
촉불리 명낭ᄒ야 발기ㄱ 낫갓기로 좌석이 의지ᄒ야 쇼설칙을 보다ㄱ 홀연
이 잠이 든이 비몽사몽간이 너 자난 침상이서 치운이 이러나며 청용이 너
을 물고 하날노 오르기로 용이 허리을 나도 안고 이리 궁굴 저리 궁굴 궁
굴ᄃㄱ 쇼쇼로처 잠을 쮠이 한출첨비되고 ㄱ삼이 두군두군 마암이 경산ᄒ
야 줌 못ㅈ○○다ㄱ 글쇼리 들이기로 너을 보랴 ᄂ와신이○○○○○○○○
○○○○○○○○

〈7-뒤〉

○○더과할 쑴이로다 모여간 수작을 할 제 화계상의셔 두런두런 춘향모
놀ᄂ 가만이 ○○본이 엇드ᄒ 총각이 은은이 안즈거날 춘향모 ᄒ는 말이
션동인야 인동인야 봉니 천틱 치약동ㄱ 엇드ᄒ ♀희ㄱ 아인 밤즁이 남의
집 들러와 은근이 안즌난야 필연 도적놈이로구ᄂ 붕ㅈ 민망ᄒ여 화계의
ᄂ려셔 쉬- ᄉ도 ㅈ제 도련임이오 춘향모 놀닌난 치ᄒ며 이 자석 방ㅈ야

그러면 진작 그리지 디단 죄숑ᄒ고나 춘향모 화계예 올나ᄀ 도련임 숀을
잡고 도련임 이 널건기 눈이 어두워 자시 보지 못ᄒ고 함부려 말한 바을
노어 마옵쇼서 도련임 잇 쩌난 거런 말리 더 죠헌이 염여마쇼 으이고 저
리 쉬 푸러질 줄을 으라더면 욕을 죠검 더 할 걸 도련임이 허허 우신이
춘향모 하난 말리 도련임 니 집이 오시기 천만 의외로쇼이다 니 방의 드
ᄀ 노러시ᄃ ᄀ압쇼서 도련임 온이 날갓턴 주인이 잇시면 노다 갈ᄀ 노혀
할 터나 널건○ ○시러요 춘향모 허허 널거면 죽어야지 춘향도 시러요 도
련임이 허허 니 거 말 듯쟈 마릴시 춘향모 왑헐 서고 도련임얼 인도할 제
윈숀을 넌짓 드러 사창을 반만 열며 으가 춘향아 스도 자제 도련임이 너
문장이란 말을 듯고 와겨신이 문 박계 ᄂ오너라 춘향이 문의 나와 수연한
고언 티도 조양의 히당화요

<h3 align="center">〈8-앞〉</h3>

이실바던 부용이라 도련임을 영접ᄒ여 제 방안의 죄정 후이 춘향모 ᄒ난
말리 도련임이 오시기난 너 보랴고 와서신이 인사을 엿주어라 춘향이 저
의 모친 말을 덧던이 도련임 알영ᄒ시오 예 올영ᄒ시오 춘향모 담비불 붓
처 도련임계 올인이 도련임이 입의 물고 방안을 잠간 본이 별노 사치업실
망정 명화 두어장 붓치난듸 이상ᄒᄀ 보더라 탕인군이 히성되여 전죠단발
신영빅모 디사로 비을 비러 디우방수 철이익 골용포 적시 입고 연궁으로
ᄀ난 경을 역역히 그리잇고 남벽을 살펴본이 상산사호 닛 노인이 바닥판
을 압퓌 녹코 일점 이점 쌍쌍 둘 제 엇던 노인 학창이익 윤건 씨고 빅기
을 숀의 덜고 요만ᄒ고 안자잇고 엇던 노인 갈건도포 털처 입고 혁기을
숀이 뀌고 하도낙서 법을 차려 요만ᄒ고 안저잇고 바둑 훈수 하노라고 억
기너무론 넘다보며 이만ᄒ고 안진 경알 역역히 기린 양이 엇던 노인 갈건
버서 숑지의 글고 죽관을 지처 씨고 오현금 그문고을 실상 우의 올여녹코
세무지엄 우이곡을 시러렁 타고 놀 제 빅확이 춤을 춘다 북벽을 바리본이

천연반도 요지봄 서왕모의 청죠로다 기럼 아리 안진 춘향 달도 갓고 꼿도
갓다 월서씨 틱도 갓고 숙낭자 체격이라 방안 세간 살피본이 문치 죠헌
디모칙상 화류문갑 비취연상 산호필

〈8-뒤〉

○○호연적 용지연 봉황필 시서을 싸어난듸 도련임이 호걸 남지로더 이런
일언 처엄 당히난지라 가삼이 두군 말 못하고 안자던이 춘향모 하난 말리
도련임이 니 집의 오실 비 업거날 이체럼 누지의 왕임하신이 더단 불안ᄒ
외이다 도련임이 춘향모 말 한 마데의 말구멍이 열이것다 무삼 그럴 이ㄹ
잇ᄂ 검야의 나온 쩟전 월식도 죠컨이와 자니 쌀 춘힁이을 보랴 왓난듸
니 널건이게 홀 말이 잇시ᄂ 더럴난지 자니 쌀과 나와 빅연기약홈이 엇더
훈가 츈향모 그 말 듯고 안식을 불변ᄒ고 천연이 ᄒ난 말리 니의 쌀 춘향
이ㄹ 상ᄉ람이 안이라 회동 성참판 영감이 보위로 남원의 좌정ᄒ야 일식
명기 ᄃ 바리고 늘근 라얼 수청키 ᄒ시니 뫼시지 수삭만의 이죠춤판 승차
ᄒ여 니직으로 드어갈 제 나얼 ㄱㅈ ᄒ옵시ᄂ 노부가 게신고로 짜ᄅ가지
못ᄒ옵고 이벌훈 그 달부터 저것 밴 줄 짐작ᄒ고 언유고목ᄒ니 젓줄 쩔만
ᄒ기 되면 다려간ᄃ ᄒ시던니 그 뒥 운수 불길ᄒ여 령감이 벌세ᄒ니 저거
설 못 보닉고 저만치 길너닐지 칠세예 쇼혹 일니 수신제가 화순심을 낫낫
치 갈아치니 근본니 잇난고로 만ᄉ가 달통이ㄹ 삼강힝실 인의예지 누가
니 쌀이ㄹ ᄒ올잇가 니 지벌 부족ᄒ니 지상가 부당ᄒ고 상천비난 부족

〈9-앞〉

ᄒ여 상ᄒ불급 혼인 느저 듀야로 걱졍니나 도열임언 양반이ㄹ 춘절 나부
쏫본다시 아직 사랑 취컨이와 ᄂ죵의 바리시면 독숙공방 쇼연정멸 쇽졀업
시 늘길진딘 저인들 안니 불상ᄒ오 뎐후ᄉ얼 싱각ᄒ니 안이키만 못ᄒ오니

그은 말삼 말으시고 놀으시ᄃ 도라ᄀ오 도연임 ᄒ난 말리 츈향도 미혼전
나도 미쥿가 전이ᄅ 밋친 듯 경심되야 자녀 집 나와난디 진퇴유곡이ᄅ 장
황이 죠롱마고 한 말을 결단ᄒ면 육예난 못 일우나 양반의 ᄌ식으로 일구
이언 엇지ᄒ며 양반의 평싱사을 밍서 안이할 수 인나 불효불충하기 전의
저럴 엇지 이지리요 니 이지면 쇼자식이지 허락ᄒ여 주시오 춘향모 몽사
을 싱ᄀᆨᄒ이 도련임 일홈이 꿈 몽자 용 용자라 ᄆ엄이 가덕ᄒ야 과히 죠
롱 ᄋ이ᄒ고 히식으로 허락ᄒ며 육에은 못 이루나 혼서에장 사주단자 겸
ᄒ야 정서 한 장 ᄒ여주오 그거년 거리ᄒ오 연상을 단여 녹코 만호연적
물얼 ᄶ라 수양먹을 진키 ᄀ라 청황모 무심필얼 반중둥이 휠선 푸러 빅닝
운화간지의 두어 줄 써 춘향모을 준이 거 서의 하여시되 천장지구(天長地
久)의 히고석난(海枯石爛)이라 천지신명(天地神明)이 공징차밍(公證此盟)
이라 ᄒ엿거날 고이 집어 간수ᄒ고 시체 수단으로 술상을 차리난디

<h3 align="center">〈9-뒤〉</h3>

ᄂ주 칠반의 침치 ᄒ 보 약포육 점복쌈 한 접시 실과 겻더려 노와것다 춘
향모 ᄒ난 마리 도련임 안주 업서오나 이난 장모의 허물리라 용서ᄒ시고
술리나 만이 잡수시오 ᄋᄀ 춘향ᄋ 부거려워이 말고 술 부워라 춘향이 잔
을 더러 술 부어 도련임기 더린이 도련임이 잔 바더며 춘향보고 하난 말
리 이히사수가 환비수요 방불문향이구나 여보 장모 니ᄀ 디과겁지을 한덜
길겁기 오날 갓털ᄀ 이 술리 왼 술인야 이 술 먹기 덕이로다 첫지 잔은
ᄋᄇ지 덕 둘지 잔은 으먼이 덕 두 덕을 합ᄒ야 덕ᄌ로 운얼 달자 천황씨
목덕 지황씨 화덕 화우씨 수덕 주문왕의 순덕 우리 양인 서로 만니 빅연
을 기약ᄒ이 장모의 언덕이라 니 덕 네 덕 흡ᄒ여 장모전의 권ᄒ여라 춘
향이 술얼 부어 모친게 올인이 춘향모 술 바더며 목이 머며 ᄒ난 말리 길
겁고 죠헌 날리 오날 우리 더 업시ᄂ ᄋ비업시 설리 자라 ᄒ나임이 감격
ᄒ사 명문디ᄀ 도련임과 빅연을 기약ᄒ이 칙양업난 경사로더 영감 싱각이

간절ᄒ야 천지 ᄋ덕 ᄒ사이ᄃ 춘향도 수식 쬐여 두 눈의 눈물 어리여 목
단화 ᄋ침 이실을 먹으문 덧ᄒ더라 도련임이 춘향모얼 위로ᄒ되 오날날
죠헌 날릐 왕사난 물논ᄒ고

<h3 style="text-align:center">〈10-앞〉</h3>

술리나 잡수시오 一二三盃 五六盃가 된이 談담쇼 낭낭할 제 술상 물여 방
ᄌ 쥬니 방ᄌ 잔쏙 먹고 도연임 디스나 평안니 지닉시오 오- 너난 안목이
ᄂ 단단 살피보아ᄅ 방ᄌ 간 연후에 고만 ᄌ야홀 터닌디 츙향모 취ᄒ 듯
의 도련임과 춘향을 스랑ᄒ여 건닉ᄀ지 ᄋ니ᄒ고 씰디업난 잔쇼리로 날싯
기을 몰의난디 도련임은 민망ᄒ야 쬈비도 알고 헛쥬정도 ᄒᄃ ᄒ되 알심
잇난 춘향모가 그을 이ᄀ 잇ᄂ 방ᄌ 간 연후에 이러나 검침 나려 싸라쥬
고 밤이 미우 깁허시니 일직 짐으시오 ᄒ직ᄒ고 건닉ᄀ거다 춘향과 도련
임과 단 두리 안저시니 그 엇지 될 거인ᄂ 도련임 쬐을 쓸으니 츈향이 이
려ᄂ 도포 바다 의중의 걸 제 벽승에 걸인 거문고 도포자락 실치며 스르
렁 ᄒ난 쇼리 도련임 조화ᄅ고 돗타 돗타 황학누 취적성이 이에서 더ᄒ며
ᄒ손사 야반둥셩 이에서 더홀쇼야 너가 먼저 버서ᄅ 도련임 먼저 버시시
오 미스넌 간듀인이ᄅ니 너ᄀ 면쳡 부서ᄅ 미스난 간쥬인이ᄅ니 주인 씨
기난디로 ᄒ시오 도련임 달여들어 준향을 휠여 안고 오셜 ᄎᄎ로 고이 벗
기 검침 쇽에 집어넛코 도련임도 할할 벗고 화월삼경 깁푼 밤의 ᄌ미잇기
줄 노드ᄅ 하로 잇들 수일되야 십여일이 지닉가니 이정도 가득ᄒ고 부거
럼도

<h3 style="text-align:center">〈10-뒤〉</h3>

업서지니 그 가온티 스랑흠얼 엇지 ᄃ 말할손야 이릴언 도련임이 춘향을
히롱ᄒ○○○○○거시 사랑가 되여것다 만첩청순 늘근 범이 살진 암기 무

러다 노코 이난 쌔즈 먹지난 못ᄒ고 으르릉 으르릉 놀이난 듯 북힉이 흑
용이 여의주을 물고 치운간이 넘노난 듯 단순의 봉황이 죽실을 물고 오동
우익 넘노난 듯 춘풍 황잉이 버절 부르며 셰류중익 넘노난 듯 이도령이
흥을 기와 노즈 노즈 영척은 쇼을 타고 밍호연을 ᄂ귀 타고 이틱빅은 고
리 틱고 젹숑즈은 학을 틱고 일디중강 저 어부난 죠고만흔 일엽션 틱고
이도령은 탈 것 업셔 둥둥 닉 ᄉ랑 어허둥둥 닉 ᄉ랑 너 죽어도 너 못 ᄉ
고 ᄂ 죽어도 너 못 ᄉ난이ᄅ 어허둥둥 닉 ᄉ랑아 우리 두리 ᄉ랑타ᄀ ᄒ
분 ᄋ츳 죽기 되면 후싱기약 셔로 ᄒ즈 너난 죽어 무엇 되며 ᄂ난 죽어
무엇 되리 너난 죽어 물리 되되 장강틱힉 다 ᄇ리고 음양수란 물리 되고
ᄂ난 죽어 싱ᄀ 되되 잉무 공작 ᄃ 브리고 원앙죠란 싱ᄀ 되여 연파녹수
간익 빅노횡강격으로 주야 ᄉ랑 노기 되면 ᄂ인 줄 네ᄀ 아랴 둥둥 닉 ᄉ
랑 너난 죽어 꼿치 되여 연화 즈약 ᄃ 바리고 목단화 되고 ᄂ난 죽어 ᄂ
부 되여 이슴월 춘풍시의 너 꼿 속익 닉가 안저 ᄇ람셰 ᄀ난디로 ᄂ러을
썩 버리고 너울너울 노기 되면 닉인 줄 아려무ᄂ 어허둥둥 닉 ᄉ랑이지
이리 보와도 닉 ᄉ랑 저리 보와도 닉 ᄉ랑 장닉 부인을 틱흔 듯 정열부인

<h2 style="text-align:center">⟨11-앞⟩</h2>

을 틱흔 듯 숙절부인을 틱흔 듯 월셔시을 틱흔 듯 양틱진을 틱흔 듯 숙낭
즈을 틱흔 듯 둥둥 닉 ᄉ랑 어허둥둥 닉 ᄉ랑 네 무어설 먹으랴난야 네
무어설 씨랴난야 씨기 죠흔 상평통보 네ᄀ 만이 씨랴난야 안이 그것 닉ᄉ
실쇼 그르면 네 무어설 먹으랴난야 둥글둥글 수박 웃쪽지 씩브리고 강능
빅청 주루루 부어 은시로 쑥쑥 찍어 먹으랴난야 안이 그것 닉ᄉ 실쇼 그
르면 네 무엇 먹으랴난야 시금틀틀 기살구 ᄋ기 셔난 디 먹으랴난야 금전
을 주랴 은전을 주랴 둥둥 닉 ᄉ랑 도련임 춘향드려 ᄉ랑ᄀ ᄒ라 보친이
춘향이 ᄆ지 못ᄒ야 ᄉ랑ᄀ로 노난디 둥둥 닉 ᄉ랑 이리 보와도 닉 ᄉ랑
저리 보와도 닉 ᄉ랑 장닉 진ᄉ을 묘신 듯 장닉 급지을 묘둣 참의 춤판을

묘신 듯 육죠판셔을 묘신 듯 삼정승을 묘신 듯 기스당승 묘신 듯 둥둥 니
스랑 동정추월 달 발근 디 무순갓치 노푼 스랑 낙목무변수여천의 충희갓
치 기푼 스랑 삼오 신정 말근 밤의 무순천봉 완월 스랑 증경학무흐올 적
의 스문치쇼흐듯 스량 두루낙일권언근이 도리화기오듯 스랑 어허둥둥 니
스랑이지 훈참 이리 노일 적이 황기 쏙달 두 느리을 툭툭 치며 쏙기오 우
난 쇼리 도련임 거동보기 부모 명영 싱각흐여 관근로 들어갈 졔 춘향이
흐난 말이 미불유흐느 선극유죵이라 우리 두리 빅연근약 중도기로 모옵쇼
셔 도련임 그 말 듯고 들며 느며 스랑흐야 ○○○○○○ 흐로난 남원 표○

<h3>〈11-뒤〉</h3>

가 와난디 사도 승차흐사 동부승지 당상흐야 니직으로 드러갈 졔 올나가
실 치힝○○○디 마두병방 불너 말 단속흐고 공고자 불너 쌍가마 꾸미고
도사령 불너 장을 명흐고 뉵방 두목 불너 공뉴을 졍흐고 이방 불너 문서
흐기을 짝건 후에 통인 불너 도련임쎄 엿주어라 잇 디 도려임 드러오니
삿도 보시고 이 즈식 너 오디 갓던야 광할누 갓다왓셔요 광할누에는 외
갓던고 용훈 문필이 붓틋다고 구경흐엿서요 니 더러이 밧계 괴약훈 말이
간간 잇신이 양반의 자식이 나히 이십이 불원흐야난디 집안의 경스잇씨되
모러고 그 모양으로 단이단 마린야 경스난 무신 경시리요 오— 나난 동부
승지 승차되여 니직으로 더러근다 느난 중기짝고 골 틴이 너난 너의 어미
비힝흐여 명일 일직 근기 흐여라 도련임 거 말 덧고 정신이 아덕 두 눈의
눈물리 어리여 눈만 감작흐면 눈물리 비오덧 흐짗신이 눈을 먼둥트드시
쓰고 오부지 먼저 힝차흐시면 쇼즈근 중기짝고 근오리드 무어시 엇쩌히
쩍 나오근거라 도련임 도라서며 엇지 저리키 뭉영이루구 할릴업서 용디기
격으로 후주리흐기 느오면서 춘힝의 집 향할 적이 천지난 명난훈되 안광
언 불명흐야 싱각쇼록 모

〈12-앞〉

칙이 업서 탄식ᄒ며 ᄂ올 적의 두고 갈ᄀ 다려 갈ᄀ 다려 ᄀ도 못할 테요
두고 ᄀ도 못할 터이라 ᄀ삼 답답 익ᄀ 타 우서볼ᄀ 우러볼ᄀ 저을 ᄃ려
ᄀ자한이 부모 명영 엄숙한이 ᄃ려ᄀ 수 ᄀ망업고 저럴 두고ᄀ자ᄒ이 그
마암 거 힝실의 엉당 자결할 터인이 이 사세을 엇지ᄒᄂ ᄀ만ᄀ만 완보ᄒ
야 춘향집 당도ᄒ니 잇 ᄃ이 춘향이난 도련임 들일랴고 금낭이 수노타ᄀ
도련임이 들러온이 붕긋 웃고 이러서며 오날은 왜 ᄂ젓쇼 오날이 밋칠인
ᄀ ᄒ로 보름 온이온디 ᄉ도기압셔 긱ᄉ 힝츠 왜 ᄒ셧쇼 칙방이 숀임 왓
쇼 미간이 수식이오 면상의 눈물 흔적이오 몸이 압ᄒ 이르시오 쑤중을 들
어셧쇼 말슴ᄒ오 왠 일이오 도련임 ᄂᆡ 집의 단이신ᄃ고 ᄉ도계 야단을 들
어셧쇼 쑤중마고 곤장을 마저기로 이디지 셔르우랴 써른 일이 왼 일이오
본틱의 셔ᄀ이 왓ᄃ든이 언ᄋ 일ᄀ 양반이 죽어ᄃ고 부고 왓쇼 긋ᄭᆺ짓 일
ᄀ 양반 만명 죽은들 닉 눈이ᄂ 쌈작ᄒ야 그르면 왼 일이오 각갑하오 말
좀 ᄒ시오 ᄉ도ᄀ 잡바지셧단다 춘향이 쌈죽 놀ᄂ ᄉ도임이 숭방이 기시
ᄃᄀ 낙상ᄒ셧쇼 이 이 일승 남이 말을 뒤집어 듯드라 츠ᄋ리 넘어져셔
어디을 중승ᄒ셔신면 약을 씨면 고만이지만언 동부승지 당승ᄒ○○○으로
ᄃ르가신단다 엇이 ᄒ단 말인야 ○○○○○○○○○○○○○○○○○○

〈12-뒤〉

너니 ᄒ양 가기구나 참말이요 진정이요 나을 쑈기지 안이ᄒ지 정말리요
도련임 그가○○○○기 실타 닉 듁기ᄃ 츈향이 ᄃ시 놀나 원 이리요 말삼
ᄒ오 ᄉ도게셔 승차ᄒ니 경ᄉ되야 너머 죠와 우난이짜 도련임 올ᄂ가면
닉 아니갈가 이러ᄒ오 여필죵부란니 쳘이ᄅ도 짜라갈 터인디 우시난 속
모ᄋ기쇼 도련임 ᄒ난 말리 츈향아 드러보아ᄅ 너얼 다여갈 터이면 나도
죠코 너도 죠코 양인이 죠ᄒ련마은 삿도 분부니에 양반의 ᄌ식이 미중가

전의 위방쳔첩ᄒ여단 마리 나면 족보의 못 올으고 ᄉ당참ᄉ 못ᄒᆫᄃ ᄒ니
그 안니 난쳐ᄒ야 츈향이 그 말 듯고 어엽분 얼골 쏼그락 풀의락 눈셥이
ᄭᅩᆺᄭᅩᆺᄒ며 안즈다 이러서난디 발길애 발피난 치마자락이 짜락 씨저지며 면
경 체경 둘너치며 문방ᄉ우 얼와 직근 와루룩 탕탕 ᄭᅢ틀리며 서방 업실
츈향이ᄀ 세간둔들 무엇ᄒ며 단장ᄒ여 씰디잇ᄂ 도련임 압히 밧짝 들안지
며 무어이 엿지ᄒ여요 무어시리쇼 말 좀 ᄒ오 엇지히요 쳔첩 무엇 쳔쳐이
요 도련임언 져개 안고 츈향이난 여기 안자 날다여 ᄒ신 말삼 무어이ᄅ
ᄒ시여쇼 벽히ᄀ 상젼 되고 상젼이 벽히 되여도 이별마자 ᄒ신 말삼 밍셔
안이신잇가 도련임언 올가면 귀가의 장가들려 ᄭᅩᆺ갓탄 안히 어더 쵸

〈13-앞〉

당의 공부하야 디소과 ᄒ신 후의 명기 명창 풍유 속의 주야낭유 노실 적
의 날갓튼 ᄉ람이야 ᄭᅮᆷ의나 싱각ᄒ리 죽어도 갓치 죽고 사라도 갓치 살제
가망업고 무가니히지 나럴 안이 다려가고 도련임이 가실진딘 오날밤 오경
시의 사라잇지 안일 터니 죽길 터면 죽겨주고 살일 터면 다려가오 나도
가세 나도 가세 도려임과 나도 가세 도련임 기가 막혀 우지 마라 우지 마
라 니가 가면 아조 가며 아조 간들 이즐손야 쇳곳갓치 모진 마음 홍노라
도 녹지 말고 다시 보기 기다려라 잇 ᄯᅢ 츈향모닌 절고양이 모양으로 착
접치고 누어던이 건니방의셔 무어시 화낭탕퉁탕 와루룩 ᄒ며 우름 쇼리
은은이 들이거늘 츈향모 이러너셔 우시며 ᄒᄂᆫ 마리 저거들 ᄉ랑싸홈ᄒᄂᆫ
고ᄂ 엿드르로 ᄂ오난디 오셜 모도 버셧것다 치무도 벗고 고장이도 벗고
속옷만 이벗것ᄃ 영충을 ᄀ만이 열고 도독귀 거름으로 ᄀ만ᄀ만 ᄂ오든이
춘향방 충 박기 귀을 기우리고 은건이 드러본이 이별리 분명ᄒ다 춘향모
〇〇〇〇〇〇〇〇〇〇〇〇〇〇〇〇〇〇〇〇〇〇〇〇〇〇〇〇〇

〈13-뒤〉

영창을 후닥닥 열며 기침을 ○ᄒ고 허허 이기 원 우룸인냐 니가 잠을 못
잘진틴 동인 사람 잘 자긴나 외 우난냐 니 말중의 지금 시속 기집아히 열
디여섯 살 며그면 셔방인지 사랑싸홈 눈이 시여 못 보깃ᄃ 부모가 잠을
즈면 죠심셩이 바이 업고 남 다 즌는 지푼 밤의 요망ᄒ기 디고 운이 밋쳔
눈야 스들엿ᄂ 아비는 업건이와 어미 ᄒ나 인난 거셜 어서어서 쥐겨라 이
기 외 이 방졍인야 스오셰로 비운 거시 스셔습경 셩훈이라 이기 무슴 힝
실이며 우는 이리 원 이린야 말ᄒ여라 각갑ᄒᄃ 춘향이 말 못ᄒ고 치ᄆ즈
탁만 무러띄며 눈무리 비오듯ᄒ야 말ᄒ여라 원 이린야 여츠키로 도련임이
ᄀ신ᄃ오 춘향모 디쇼ᄒ며 이 이 딕의 경스 늣고ᄂ 도련임이 경스시면 니
집 영화어든 우난 이리 원 이린야 도련임 쇽히 ᄀ면 나는 ᄌ치 못ᄀ망졍
너난 ᄌ치 치힝ᄒ야 도련임과 ᄌ치 ᄀ디 힝츠 압히 ᄀ지 말고 오리만곰
싸름싸름 밤드거든 만ᄂ보고 ᄂ지면 기리ᄃᄀ 밤이면 ᄃ시 ᄆᄂ볼 트인디
욕심마넌 도젹연이 ᄂ지 못보난 의ᄀ 타셔 남 ᄃ 즈는 이 밤중이 의고지
고 디고 운이 도련임을 쏙

<h3 style="text-align:center">〈14-앞〉</h3>

미여셔 네 고롬이 치여주랴 ᄂ난 ᄒ참 쇼연시이 ᄒ로밤 셔방 이별 열도
ᄒ고 빅도 ᄒ되 능간능수 인난 고로 기기히 ᄃ 밋쳐셔 돈주ᄃᄀ 건달 되
면 신주가지 갓다준이 그리저리 지니시되 울기난 외 우난야 ᄂ난 세간 방
미ᄒ고 천천이 갈 터인이 너난 갓치 치힝ᄒ야 도련임을 싸라ᄀ지 도련임
못ᄃ려 ᄀᄃ오 외 못 ᄃ려ᄀ 졍여 그리힛쇼 그룻트니 도련임 그기 원 일
이오 못 ᄃ려ᄀ단이 글시 장모 듯쇼 양반이 즈식 평발 ᄋ희로 위방죽첩이
청문의 괴악ᄒ고 스당제 참여을 안이 씨기단니 직금은 셥셥ᄒᄂ 후기약을
졍할 밧기 업니 춘향모ᄀ 이 말 듯고 쩌문 얼골이 불그락 푸리락 두 주먹
을 불근 쥐고 벌벌 쩌며 춘향보고 ᄒ난 말이 이 연 죽어라 언으 놈이 살
인을 당할 턴이 셕 죽어라 도련임 올ᄂᄀ면 뉘 간장을 녹이라난야 요 연

썩 죽어라 도련임 압히 밧작 으저며 네 이 놈이 즈셕 느ᄒ고 말 좀 ᄒ즈 느의 ᄯᅡᆯ 춘향이ᄀ 힝실이 그르든야 인물이 밉든야 언어ᄀ 불순튼야 즙실 릅고 누ᄒ든야 언으 무엇 그르든야 군즈숙여 ᄇ리난 법 칠거지악 업시며 언 ᄇ리난 법 업난 줄을 너난 엇지 모르난야 니 ᄯᅡᆯ 춘향 스랑ᄒ야 쎔도리 로 ᄎᄌ와셔 춘종춘유 야전야 주야유 논일드ᄀ 말경이○○○○○○○○○○ ○○○○○○○

<h2 align="center">〈14-뒤〉</h2>

니 ᄯᅡᆯ의 고언 화룡 일싱부덕장춘졀노 널거 홍안이 빅발 되면 시호시호불 지리○○○ 점지 못하난 줄 너난 어이 모러난야 와락 뒤여덜며 도련임 넙 썩치을 함부럼 무러ᄶ난ᄃ 춘향모ᄀ 쇼연 낙치ᄒ야 압 이ᄀ ᄲᅡ자신이 으 무리 무더리도 간지럽기만 ᄒ고 압푸지 으니ᄒ되 도련임 혼이 나서 여보 장모 두말 마오 드려ᄭᆷ시 죠헌 수ᄀ 인니 니힝 압희 신주 여ᄀ 올난갈 터 니니 신주난 묘서니여 쇼미 쇽의 너코 춘향은 여 쇽의 안즈 가기 되면 남 들 보기에 신주 든 줄 아지 춘향 든 줄 알 수 인나 그 박기난 도리 업니 츈향니 그 말 듯고 어머니 거니ᄀ오 양반의 체면되고 오작 답답 오작 민 망ᄒ여 져른 말삼 ᄒ시잇가 건너가오 건너가오 저의 모친 보닌 후의 기리 탄식 우난 말리 쳘이원뎡 임 바리고 가난 싱각 그 간징니 엇더ᄒ며 셰우 분분화락시의 마승의 피곤ᄒ여 병니 날ᄀ 염여오니 날 싱각ᄒ지 마고 알 영이 ᄀ옵시오 도연임은 올난가면 힝화춘풍 집집마드 절더ᄀ인 조흔 풍유 낙이 망반ᄒ실 녁의 날갓탄 츈힝이야 싱가 엇지 ᄒ시익가 이도 ᄯᅩᄒᆫ 니 팔즈이 스라볼가 둑어볼가 엇지ᄒ리 엇지ᄒ리 니 신셰얼 어지ᄒ리 익키 안즈 실피 우니 도연임 기가 막혀 우

〈15-앞〉

지 마라 우지 마라 니フ 간들 아주 フ며 아주 ㄹ들 이질손야 옌 이를 모
르난야 부수쇼관쳡지오라 쇼관이 졍긕들과 온ㄴ라 정부들도 フ분동셔 임
그리려 규즁심쳐 늘거잇고 졍긕관손노기즁이 관손졍긕이여 녹수부용 치련
여 추월フ승 격막훈디 연을 키며 승ㅅ훈이 ㄴ 올ㄴㄹ 후라도 벽ㅅ창위월
명훈디 쳘이 승ㅅ 부딕 마라 타향 쳘이 면면 기리 임을 두고 니フ ㄹ 후
훈양 셩즁 너른 고딕 옥여フ인 만큰마은 너 ㅎㄴ을 잇기 되면 일일평균십
이시예 니フ 엇지 편홀손야 우지 마라 우지 마라 치힝독척 ㅈ심훈이 오의
좀관 단여오마 도련임 관フ로 드러フ 사쏘을 베은 후이 니아로 급히 단여
칙방으로 ㄴ와 방ㅈ 씨기 ㄴ귀안즁 지여 타고 오리졍의 ㄴ와 육방 ㅎ인
ㅎ직밧고 ㄴ귀을 치쳐 모라 춘향집 당도ㅎ야 안으로 더러フ며 우는 춘향
바리본이 주루아는 ㅅ노격화쵸ㅎ고 곡셩아는 ㅅ잉젼교림이라 도련임 달
여들러 춘향이 허리 안고 우지 마라 우지 마라 니 ㅅ랑 우지 마라 춘향이
피셕ㅎ야 ㄴ을 노으시고 져만침 안지셔오 도련임 ㅎ릴

〈15-뒤〉

업서 츈힝 혀리 실뭇 녹코 츈힝언 여기 안고 도련임은 저기 안ㅈ 울고 보
며 보고 울며 이별을 ㅎ난구ㄴ 함누안간함누안이오 단장인숑단장인을 무
졍푀상천사류로 미계낭군칠쳑신을 三月졍당三十日훈이 광풍이 나을 이별
턴이 임도 나을 이별ㅎ니 이별이야 이별이야 젼숑춘의 낙화 이별 フ수원
함졍훈이 말이익 차군 이별 연화三月ㅎ양주훈이 황학누상 고인 이별 쵸가
사면만영월의 쵸푀왕의 미인 이별 우우풍풍 마외역의 당명황의 귀비 니별
음누사단봉 왕소군의 한국 니별 한사단절더귀긕훈이 치문히의 고국 이별
일장풍운 훗트진니 남북의 군신 니별 상춘의 안북귀훈이 역노의 형졔 이
별 모도 다 셜건만은 임 이별 더욱 셜다 죽자훈이 쳥춘이요 사자훈이 임

거려와 엇지ᄒᄂ 엇지ᄒᄂ 니 신세을 엇지ᄒ리 우지 마라 우지 마라 니ᄀ
지금 올라ᄀ면 금방의 급지ᄒ고 너을 ᄃ려ᄀᆯ 터인이 우지 말고 잘 잇거라
금낭을 으루만지 거울 니여 춘힝 주며 ᄃ장부의 발건 마암 거울과 갓털진
던 천만연을 지니ᄀᆫ덜 변ᄒᆯ 이ᄀ 잇기난야 춘향이 거울 밧고 손의 씬 옥
지환을 버

〈16-앞〉

서 주며 ᄒ난 말리 옥환 일민난 어걸 씨 히롱하미라 원컨디 군자난 여옥
지정ᄒ고 여환불히ᄒ쇼서 오야 오야 설러 마고 병ᄂ지 안키 ᄒ여라 명연
봄의 ᄃ려ᄀ마 잇 씨의 춘힝모는 이별ᄒᆯ 일 싱각ᄒᆫ이 천지ᄀ 으덕ᄒ야 식
엄을 전픠ᄒ고 술만 먹고 ᄃ루누어 우황든 암쇼 알틋 으모리 싱각ᄒ야도
이별 쏙 되야구나 준힝모 ᄒᆯ릴업시 춘힝 방으로 건너와서 죠흔 말노 ᄒᄂ
마리 여보시오 도연임 니 나히 五十이ᄅ 늣기야 저걸 나여 금옥갓치 길너
닐 제 ᄒ날임게 축수ᄒ기 칠성임게 기도ᄒ여 오날까지 성심홈언 인물도
저와 갓고 지별도 저와 갓고 봉황의 짝을 어더 금실우지 노난 거설 니 눈
압히 보랴쩌니 꿈밧게 도연임니 니 집의 ᄎᄌ와서 서상가약 간쳥ᄒ니 마
음이 환중되여 두 눈이 뒤집히여 신신이 허락ᄒ야 금옥갓든 니 ᄌ식을 이
른 변을 당키 ᄒ니 눈을 ᄲᅢ고 헤얼 ᄲᅢ어 긔일 준들 잇가올야 통분ᄒᆫ들 씰
디업고 한탄ᄒᆫ들 별일 인ᄂ 천ᄒ 잡연 지ᄒ 삽연 더럽기 늘근 잡연 성이
별 맷쳔 분이 오니 듁고 스ᄅ나서 사외죠ᄎ 이별ᄒ니 더런 연의 팔ᄌ로ᄃ
○○○○ 흐르난 눈물을 ○○○○○○○○ 지난 히얼 뉘ᄅ서 검할쇼

〈16-뒤〉

야 두고 가난 그 간장과 함기 못간 그 마암니 쌍전키 어려울 결 한양 철
이 면면 길의 병니 날○○여오니 우리 모여 싱각 마고 안영니 올나ᄀ오

그르느 도련임게 당부할 말 잇난니ᄃ 니 나히 반빅이ᄅ 오날이ᄂ 니일이
ᄂ ᄃ 썩고 남문 간장 셩ᄉ을 미판이ᄅ 춘힝을 잇지 마고 빅연가약 싱각
ᄒ면 듁어 황쳔의 도ᄅ가셔 결초보은ᄒ올리ᄃ 퍼퍼리고 실피 우니 도련임
츈힝모을 위로ᄒ여 술상을 드려놋코 술은 먹지 안이ᄒ고 춘향모난 디범ᄒ
거동을 보이랴고 억지로 우음을 참는디 셩닌 쑥겁이 숨쉬듯 비만 불눅불
눅 도련임은 당나귀 울음 우듯 우음보가 터지난디 열두마듸 쑥 썩썩 우고
춘향은 모친이 ᄋᄌ시니 우음 크게 우지 못ᄒ고 눈물만 비오듯ᄒ야 옷깃
설 적시며 향단이난 도ᄅ서서 치마ᄌ락으로 얼골얼 가리고 통곡ᄒ홀 제 방
ᄌ놈이 혈덕혈덕 여보시오 도련임 야단낫쇼 무삼 이별을 이웃키 ᄒ시오
잘 가그ᄅ 잘 잇그ᄅ 부지밀쇼할 이리지 무삼 이별 ᄲᅧ가 녹드록 ᄒ단 마
리오 디부인 힝ᄎ 발셔 오수역의 나가쎗쇼 도련임 쌈작 놀니 츈향모을 부
려잡고 여보 장모 나난 ᄀ니 설어 마고 잘 지니오 춘향아 우지 마고 잘
잇거ᄅ 힝

<h3 align="center">〈17-앞〉</h3>

단이도 잘 잇거ᄅ 도련임 ᄒ릴업서 마상의 올나안저 춘향아 잘 잇거ᄅ 춘
향이 ᄒ 손으로 듕문을 부려잡고 ᄯᅩ ᄒ 손으로 도련임 손을 잡고 도련임
도련임 황촌우로의 먼의죠ᄒ고 야졈풍상의 기요지ᄒ쇼서 온야 온야 잘 잇
거ᄅ 방ᄌ 밧작 둘여드러 마을 가ᄌ 채질ᄒ니 비호갓치 가난 마리 청손녹
수 얼넌얼넌 한 모릉 두 모릉얼 감돌고 얼푼 도ᄅ 아득히 며어지이 청강
의 노은 원앙 짝을 이은 거동이오 우후청강 져 빅구언 좌위에 쩌나간 듯
활기 ᄒ분 탁 치난디 문듯 간 곳 업셔지니 춘힝의 거동보기 도련임 가난
고졀 ᄌ셔이 살피든니 인홀불견 속졀업ᄃ 행단아 예- 도련임 어디ᄆ침 ᄀ
신ᄂ 보아ᄅ 향단이 엿자오디 일펀잔죠리요 사위산색듕이로쇼이ᄃ 춘향이
졍신업셔 그 자리예 듀져온져 인지닌 ᄒ릴업시 영이별ᄒ단 말가 나와 두
리 우든 임이 어디 ᄀ고 ᄋ보이니 잘 잇거ᄅ ᄒ든 쇼리 귀의 징징 안들이

니 이팔시졀 졀문 몸이 랑군 그려 엇즈 스나 츈향모 기ㄱ 막혀 ○○○○
○○○○○○○○○○○○○○○○○○○○

〈17-뒤〉

제 춘향모 제 딸의 거동 보고 우음으 진졍ㅎ여 디범호 죠흔 말노 딸얼 도
루 위로ㅎ니 일여흠으로 남원 월미ㄹ ㅎ여겻ㄷ 잇 쩌 도련임언 오수역의
숙쇼할 제 스쳐의 검침 폐고 우실업기 홀노 누어 춘향 싱각 서른 심스 안
즈 생각 누어 싱각 싱각수록 보고십허 쵸패왕의 옥장비가 당명황의 말이
힝촉 글노만 보아던니 니게에 당홀 줄얼 잇지 싱각ㅎ여시리 이리 탄식 익
ㄱ 탈 제 으이오 날리 시니 죠반을 잡순 후의 경성으로 가시니ㄹ 그 후
스도게압셔 부인과 수작ㅎ시고 춘향 불너 보실야다 다시금 싱각ㅎ니 도련
임의 상심도 될 터이요 ㅎ고 쇼시의 안니 되여 은근이 방즈 불너 돈 삼쳔
양 니여쥬며 이것 갓다 춘향모 주되 약쇼ㅎ나 가용의 보티씨고 도련임니
급제ㅎ면 장츠 다려갈 터이니 모여간 셜어 마고 부디 잘 잇실러ㄹ 방즈가
에-이 디부인니 이방 불너 빅미 빅셕 의츠 언저 순금 삼작 너혀쥬며 이것
갓ㄷ 춘향 주고 ㄴ 차든 노으기니 나 본다시 잘 가지고 수히 달려갈 터이
니 서워 마고 안보ㅎ러ㄹ 이방이 영얼 듯고 방즈 씨겨 직히 젼곡필목 패
물일 갓다쥬며 스도 말삼 디

〈18-앞〉

부인 말삼얼 젼호이 춘향모 사례ㅎ고 차례로 바다 노헌이 도련임 싱ㄱ 너
옥 간졀ㅎ더라 세월리 여류ㅎ야 구관은 올나ㄱ고 신관은 도임ㅎ야 수삭을
지닐 적의 잇 쩌 춘힝이난 실혼수심 병이 되야 문얼 닷고 홀노 누어 상사
곡 단장성의 임을 그려 우던이 옥갓탄 임의 얼골 달갓탄 임의 티도 지리
상사 보고지고 동풍이 온화호이 임의 회포 부러온ㄱ 반ㄱ올사 춘풍이여

피난 곳천 운난덧 임의 을골 저 곳 갓치 보고지고 보고지고 수식을 수여
츠할고 상사을 지자지라 노천이 불관인쵸최훈이 누첨구곡황ᄒ일리요 한압
삼봉화악저로ᄃ 부모갓치 중한 몸이 천지간의 업건만언 낭군 거려 사난
몸은 차마 잇지 못할너라 오미중 양힝누ᄀ 밤낫업시 허러난디 일촌간장
죠분 고디 만곡수을 여어두고 우리 임을 다시 보면 이 서럼이 기런마난
악수상봉할가본야 그리워 못 보난 임 업서 무방ᄒ건만언 던정이 병이 되
야 사로난이 창자로ᄃ ᄋ모죠록 죽지 ᄆ고 명디로 보죤타ᄀ 어너 연 어너
시이 ᄂ군을 만너그던 세세원정ᄒ오리다 ○ 차시이 신관이 도임ᄒ야 一연
을 지니던이 ᄂ주목사 이비ᄒ고

〈18-뒤〉

여창 우계명을 거침업시 부러고 풍유속이 달통ᄒ야 돈 잘 씨고 술 잘 먹
고 一디예 호걸이되 훈ᄀ지 허물 인난ᄀ부더라 고집잇고 미런ᄒ야 죠헌
말을 걸이 알고 그런 말럴 올히 ᄋ라 주식이라 ᄒ면 화약 질머지고 불죠
심 온이훈이 이르함으로 고승이 지니든니 죠승이 밧들러 남원부ᄉ을 지수
ᄒ신니 남원 신연 오ᄂ와 츠리로 현신ᄒ난디 신연 이벙 현신이오 신연 통
인 현신이오 신연 수비 현신니오 신연 급창 도ᄉ령 도굴노 현신이오 ᄉ쏘
분부ᄒ시되 오- 너이 무ᄉ니 올ᄂ오며 너의 골도 무ᄉᄒ야 예-의 니 드른
이 너의 골이 식향이란니 오른야 예-의 일식 기싱 만ᄉ옴늬ᄃ 너의 골 일
식 춘향이 잇ᄃ지 예-의 만고일식이로쇼이ᄃ ᄉ쏘ᄀ 일식이란 말을 듯든
이 두 억기ᄀ 훈분 웃식ᄒ여지며 춘향이 평안이 계신야 예-의 알영니 기
심늬ᄃ 남원이 예셔 몐 이ᄂ 되난야 예-의 육빅십이로쇼이다 죠훈 말 탓
시면 훈ᄂ질이 갈ᄀ 예-이 오륙 일을 ᄂ려ᄀ 도임ᄒ시듸리도 ᄒ로라 ᄒ신
면 ᄒ로옵고 열흘만이 ᄂ려ᄀ 도임하드리도 ᄒ로ᄅ ᄒ면 ᄒ로로쇼이ᄃ 이
방이 말 드른이 속이 시연ᄒ고ᄂ 중니 니벙 노릇 잘ᄒ여 먹깃ᄃ 이튼날
평명후 신관ᄉ도 발힝할 시 ᄉ은숙비ᄒ고 중안셔경

〈19-앞〉

잠관 도고 고스당 참비ㅎ고 절ㄴ도로 ㄴ려ㄹㄷ 구름갓튼 쌍교 별연 목단
식임 ㅇㅅ창이 네 활기 짝 벌치고 일등 ㅁ부 유랑달ㅁ 덩그러키 실려노코
키 큰 스령 청충옷 뒤치 ㅈㅂ 힘을 씨며 남디문 박 썩 니다라 화란춘성
만화방충 버들입 푸릇푸릇 빅스 동작 을는 건니 남티령을 넘어고ㄴ 수비
ㅎ 쌍 통인 ㅎ 쌍 이방 형이 공방이며 도방ㅈ 급창이 죠우의 옹위ㅎ야 권
ㅁ셩 진동ㅎ다 죠우의 미신 ㄴ졸 일ㅅ구죵 전후비 츠리로 말을 타고 십
니의 연ㅎ엿ㄷ 흐늘거려 ㄴ려갈 제 각식 ㄴ졸 치래 죠트 신연 이방 치래
보기 고양누이 저구리 만주ㅂ지 모시징열 죳촐ㅎ기 잘 츠리고 가진 부담
올ㄴ 온저 별비 뒤짜리고 신연 통인 남방수주 누비ㅂ지 습팔동옷 갑ㅅ쾌
ㅈ 발향ㅎㅊ 학실안경을 알듯몰쯸 넌짓 츠고 ㄱ진 부담 착절입이 마승티
도 밉시난ㄴ 신연 급창 치래보기 외올망근 진ㅅ당줄 ㄷ라씨고 손호동곳
ㅎ박풍즘 광치난ㄷ 이빅줄 평포입을 ㅎ 일ㅈ로 반듯 씨고 빅수주 누비 ㅂ
지 ㅎㄴ 모수 방푀 철육 ㅈ락을 곱기 접어 흑저ㅅ 수건으로 뒤로 지쳐 ㅈ
ㅂ미고 숙주비ㅈ 고단비ㅈ 은중도을 빗식 츠고 청천모쵼

〈19-뒤〉

◯여 츠고 협능쌈지 오식 쯴을 밉시잇기 을는을는 ◯◯◯◯◯◯◯◯◯◯
미고 결빅ㅎ 장유지로 쵸록단임 자바미고 신연 굴노 치레 보라 손수털 벙
거지◯ 눌닐 용ㅈ 짝 부치고 궁쵸군목 홍광디 비ㅈ 토수 은중도 오식 수
권 남견디 금능을 여럿 다라 되로 수겨 둘너미고 불량ㅎ 눈망우을 이리져
리 궁그리면 졀ㄴ 우즁 드러다라 수승게 연명ㅎ고 노고ㅂ우 임실 지니 오
수역이 숙쇼ㅎ고 박셕튀 너머든이 육방ㄴ졸 ㄷ ㄴ왓ㄷ 인물 츠지 호장이
며 물품 츠지 공방이며 죄수 별감 통인들이 기력이 쌍쌍으로 죠우로 ㄴ

러셧ᄃ 힝수 집스 치려 보기 통영스립 금파각근 쳔충 파충 순금 갑옷 쳘
이마이 두려시 안진 모양 진슘국지 밍중인 듯 착젼입 금안준마 션젼관의
틱도로ᄃ 기픠관이 호령ᄒ야 쳥도도로 드러갈 시 이십八문 각식 기치 흥
오츠려 버러서고 션여ᄀ튼 기싱드른 축젼입 안중마로 좌우의 갈ᄂ 셧ᄃ
ᄀ진 춰타 힝악셩은 연풍

⟨20-앞⟩

얼 자랑ᄒ고 권마셩 젼도할 제 물식과 위염이 일읍의 가득할 제 승ᄒ노쇼
인민니 좌우의 구경ᄒ니 잇 써 스도 남여 우의 안즈 보든니 수로 불으ᄅ
에으 젹의 귀경ᄒ난 거시 모도 ᄃ 기싱이야 수로 기가 막혀 예-으 모ᄃ
기싱이로쇼이ᄃ 스도 디히ᄒ여 이제야 니가 기싱 별악을 맞깃구ᄂ 긱스의
ᄒ례ᄒ고 당장 졈고얼 할 터니ᄂ 체면을 싱각ᄒ야 엇지 이얼 갈고 차ᄆ든
지 암 이ᄀ ᄃ 쌘질 지경이엇ᄃ 제삼일을 당ᄒ야 육방ᄒ닌 졈고얼 잠간
보고 호방얼 독촉ᄒ야 기싱졈고 어서 ᄒᄅ 호방니 쳥영ᄒ고 기싱졈고얼
ᄒ난디 온칙을 들려놋코 츠열노 호명ᄒ난디 남포월 깁흔 밤의 쫏더치난
져 사궁아 문노론이 너 탄 배 게도금범 난주 힝수 기싱이 드러오난디 나
상을 거듬거듬 한 편으로 거더 오고 요만ᄒ고 안는 거동 추쳔명월 분명ᄒ
ᄃ 나오- 일쎄문장 쇼동파 젹벽강의 배얼 쮜워 거주쇽긱ᄒ올 젹의 쇼언동
손 월출이 월출이ᄀ 들어오난디 홍상얼 거더 오고 함교함틱ᄒ난 거름 쳔
만이ᄂ 요ᄅ(褭娜)ᄒ고 만변니ᄂ 기리ᄒ여 사수유지만풍젼이로다 나오

⟨20-뒤⟩

사도 분부ᄒ되 기싱졈고얼 이으키 느르기 ᄒ면 몃 달이 갈 줄 몰으깃구ᄂ
각갑ᄒ여 듯긴난야 밥비 불너ᄅ 호중이 쳥영ᄒ고 넉즈 화두로 불으겻ᄃ
위셩조우읍경진 긱사쳥쳥 유식이 예-으 등더ᄒ여쇼 사창의 빈취여ᄃ 셤셤

영ㅈ 죠월이 에- 등디ㅎ여쇼 남남지상 봄바람 힐지황지 비련이 에-으 등
디ㅎ여쇼 쳘이 강등 느져간ㄷ 죠사빅제 치운이 에-으 등디ㅎ여쇼 티화봉
두옥연화 화중군ㅈ 옥연이 에-으 등디ㅎ여쇼 월명임ㅎ미인니 은근ㅎㄷ 미
션이 예-으 등디ㅎ여쇼 차문듀가ㅎ쳐지 목동요지 향화가 예-으 등디ㅎ여
쇼 옥노금풍만산홍 일엽평광 옥엽이 예-으 등디ㅎ여쇼 듀홍당ㅅ 별믜듬
츠고난이 검낭이 왓난야 예으 등디ㅎ여쇼 진주 명주 ㅈ룽마라 제일 보픠
산호주 왓난야 예-으 등디ㅎ엿쇼 광활누상 명월야 군션이 여옥 옥션이 예
-으 등디ㅎ엿쇼 단셩오동 그늘 쇽의 쌍거쌍니 비봉니 예-으 등디ㅎ여쇼
사군불견 반월리 독죄유황 검션이 어주축수 홍도 듕양츄식 국화 ㅅ시중춘
듁엽이 취향이 검향이 난향이

<h2 align="center">〈21-앞〉</h2>

사도 향짜만 더러면 죄불안석ㅎ던이 호장 덧거라 에어 너의 고올의 춘향
잇다던이 졈고시의 업서신이 왼 일인야 호장이 엿자오되 춘향은 기성이
온이오라 퇴기 월믜 달이온디 기온의 착명 ㅎ코 여렴의 싱장ㅎ옵던이 구
관 칙방 도련임이 머리을 언젓난이ㄷ 구관 칙방 도련임이 머리을 언져시
면 ㄷ려갓난야 ㄷ려ㄱ지는 안이ㅎ고 제 집의 인난이ㄷ 니 ㄷ런이 춘향은
원기의 ㅈ식이요 쏘한 인물리 일식이라 흔이 기온의 칙명ㅎ고 밧비 현신
씨기여라 호장이 쳥영ㅎ고 제ㄱ 느가 부럴 터이로디 제면을 싱각ㅎ고 밧
계 느와 힝수 계싱을 불러 ㅅ쏘 분부 여츠키로 기온의 측명ㅎ엿신이 네ㄱ
춘향모계 말ㅎ고 직금 와 현신ㅎ리ㄹ 힝수 기신이 영을 덧고 춘향 부러로
느간다 강할누 얼는 지니 오작교을 건니 춘향집을 드러ㄱ며 비실터리 ㅎ
난 말이 여보쇼 춘향ㅇ시 여보시오 서울ㅇ시 서울부인 사도계서 부러신이
밧비 더러ㄱ시 춘향이 변식 디왈 사도계서

〈21-뒤〉

부러신이 위민지부모시라 부러시면 갈 터이느 너ㄱ 기싱인ㄱ 기싱이 온인
비○○○드고 갈 수 인느 병는 제 수식이라 출립홀 수 업신이 힝수형이
드러ㄱ서 춘향은 병이 드러 거의 죽기 되여쓰고 글노하야 말을 흐오 힝수
기싱 그 말 듯고 신관사도 성정이 무수워여 쐬쎌 수 업시느 으모죠록 잘
고흐야 부러지 온키 흐여봄시 흐고 관ㄱ로 더러ㄱ 춘향과 흐던 마련 간
곳 업고 춘향을 먹어지치는디 춘향이 죽어도 못옴짜고 흐옵씨드 엇지흐여
그리던아 사도계서 부러시면 네ㄱ 엇지 느와난야 흐기예 호장임이 전차
분부흐시더라 흔이 너난 평싱 호장밧계 모러난야 호장놈이 와 부런디도
나난 못 간드 흐옵디드 호장이 춘향 범절을 으난 고로 그 기집으희ㄱ 거
럴 이ㄱ 인느 쇽으로 짐작흐야 관ㄱ의 더러ㄱ 품흐되 쇼인이 춘향을 불너
쩐이 제 낭군을 싱각흐여 병이 더러잇다 흐고 오지 온이흔이 사도 처분이
엇더흐실난지요 사도 드르시고 너ㄱ 저을 부러난듸 수절불ㄱ

〈22-앞〉

너ㄹ 흐니 수절이론 마얼 너아의 들으시면 더부인언 싹 기졀흐깃구나 지
금 밧비 춘향 불너 현신씨기ㄹ 방우리 덜넝 스령이 예-이 춘향 밧비 더령
흐ㄹ 예-이 굴노스령이 나간드 사영굴노가 나간드 금변수야 웨야 임번수
야 웨 부르난야 걸이여드 걸이여 게 누ㄱ 걸이엿쇼 성춘향이 걸이엿드 올
타 그 난장맛고 담영얼 갈 연 양반 셔방흐엿쓰고 교만니 티심터니 그물고
삼천이면 걸일 날리 잇난이ㄹ 춘향으계 스정두난 놈 뉘 잇실야 잘 도여드
잘 걸여드 수림의 밍호체름 충충거려 들어ㄱ며 춘향으 불을 적의 춘향이
난 철이 승사 임얼 기려 도련임끠 온 편지을 츠려로 너여노코 보고 울고
울고 볼 제 철이 승별 주야 상스 노침시흐 잘 인느야 이 몸언 무스 득달
흐야 당상 문안 알영 흐졍의 기부도드 너 마음 너ㄱ 아고 니 마음 너가

안니 벌말리 외 잇시리 팔익이 업서시니 날ᄂ 가지 못ᄒ고 일각이 난감ᄒ
나 사세을 엇지ᄒ리 너 마음 가진 거난 정여의 미울 열즈 우리 두리 깁흔
언약 직

〈22-뒤〉

○ 수즈 뿐이로ᄃ 엇지ᄒ야 쳔힝으로 만날 날이 잇슬 듯 안심ᄒ여 기ᄃ려
ᄅ 만만셜○○서듕의 못ᄯᄒ고 눈 압퍼 보이난 듯 답답ᄒ야 디강 그리노
ᄅ 연월일 슷티 향단이도 잘 인나야 편지난 오건만언 임은 어이 안이오고
ᄂ난 엇지 못가난고 시문의 문견페 기ᄀ 컹컹 짓난 쇼리 문얼 열고 니ᄃ
보니 ᄉ령굴노ᄀ 드려섯ᄃ 춘향니 문얼 열고 아장아장 나오면서 금번수
오셔ᄂ 박변수 완난가 금번의 상경ᄒ야 노독이ᄂ 안난난ᄀ 너 집얼 차즈
오기 꿈밧긴 이리로시 숀을 잡고 이쓸며셔 어서 오쇼 어서 오쇼 저 사령
들리 싱견 춘향으게 그은 디졉 못 밧ᄃᄀ 숀얼 잡고 말을 ᄒ니 몸이 두드
려기ᄀ 일 지경이ᄅ 여보 동싱 왜 ᄂ완나 병듕의 쵹상ᄒ리 어셔어셔 드러
가시 방안의 드러 안진니 ᄉ령드리 가삼 두군두군 단박의 눈이 어둡구ᄂ
춘향모 거니오며 이 ᄌ식 오날 너 집의 오기 발병이나 온니난나 늘근 어
미얼 ᄌ주 와서 안이보아 향단ᄋ 안주넌 업ᄃ마는 수리나 만니 가저 온으
ᄅ ᄉ령들 술얼 보든니 마리야 바로 ᄒ지 ᄉ도가 ᄌ너일 수쳥 거힝 인니
ᄒᄃ고 지쵹이 디든ᄒ나 우리들리 드러서면 너 ᄒ나 쎄여니지 못홀 이ᄀ

〈23-앞〉

ᄋ이오 지쵹사령이 오난야 ᄀ만히 잇거라 오난야 이 놈ᄋ 요란ᄒ다 우리
ᄀ ᄋ난 장단이라 예 와 술이ᄂ 먹자 세 놈 드러오자 술얼 엇지 먹어던이
ᄒ날이 돈죡만ᄒ고 세상이 노라키 되여쑤ᄂ 춘향이ᄀ 돈 석 양 니여노며
이그시 약쇽ᄒ나 들ᄀ다ᄀ 약주 ᄒ 잔 먹고 ᄀ오 이기 될 말인야 쇠ᄀ 쇠

을 먹고 살이 살을 먹넌듸고 자니어게 이것 바다 갈 수 인느 거면서도 돈언 쏭문이 차며 입수느 다 오런 자 우리 덜려 니 춘향을 작변 고 문박게 느오던이 세 놈이 귀을 마죠 잡고 자 우리 노리 나 여보자 빅구야 궝청 느지마라 너 자부로 니 안이 간듸 성상이 바리신이 너을 쏫차 여기 왓다 옥누사창 화류 중의 빅마금편 쇼연더라 벽오동 칠현금을 올고 저리 질기난야 지엄을 모럴진듼 엄율얼 어이 으리 궁상각치우 오엄육율 날다려 뭇기 되면 궁천지이을 듸강만 이러리 너 먼저 더러 자 너 먼저 더 자 이 이 우리 그리 말고 서로 잡고 그덜그러 드러 자 그거 썩 죠헌 말리로구느 세 놈이 상토 잡고 설넝설넝 드르 며 춘향 사령 자부더리쇼 사도 어이 업서 이

<h3 align="center">〈23-뒤〉</h3>

놈 춘향은 엇지 고 춘향 사령 자바더린듸 한이 저런 죽일 놈이 잇느 ○○○○○ 춘향이 병이 드러난듸 그에 죽기 되여잇고 간절이 말얼 며 죠헌 안주 죠헌 술을 비으지 터지기 미기압고 돈 석 양 주기로 인정간 못자비 왓사온이 듸시 분부 압시면 춘향을 못 자바오면 쇼인 어미르도 디령 오리듸 몰라 거럿치 쇼인의 으미 춘향버듸 더 일식이지오 사도 일식이란 말얼 더러면 느이 멋 살인야 에으 으헌 으홉이로쇼이듸 밋친 놈이로구 이 길로 급피 가 춘향을 불너오되 만일 더듸 거힝 면 엄형을 당할 터니 지금 쇽키 불너오느 저 사령들 영을 듯고 천금일신 신외예 무물이르 춘향 사정보듸가은 장 지혼될 터이니 어셔 밧비 불너오자 춘향 집을 급피 나가 문젼의 드러서며 여보쇼 서울듸 하일업니 드려가세 거힝 잘못 듸고 힝수집사 엄곤 고 도사령 도굴노난 걸박 여 달아시니 스세 엇지할 수 잇느 드러 세 춘향이 릴업서 관가로 드러갈 제 훗튼 머리난 귀 밋태 느러지고 끌이난 치마 락

〈24-앞〉

거듬거듬 거더 안고 비마진 제비체름 아장아장 건는 티도 왕쇼군의 밉시
로듯 관가의 들어가서 스게화죠 놉흔 담안 양유청청 근을 쇽의 가만니 안
즈시니 급창니 나서며 춘향이 현신이요 스도 보시고 참 만고일식이로구ㄴ
어서 오르리ㄹ 춘향니 싱각타 못ㅎ여 상방의 올라가 웃독 안즈 발발 쩌니
스도 보시고 연희 추것듯 어- 어엽부듯 어- 어엽부듯 침어낙안이ㄹ 말얼
과히 죤문ㅎ여쩌니 페월수화ㅎ난 티도 보든 중 처음이오 싹이 업난 일식
일듯 설도문군 보랴 ㅎ고 익주즈스 즈원ㅎ야 삼도몽을 꾼듯든니 쇼문이
하 장ㅎ여 경향의 유명키로 미량 서홍 마듯 ㅎ고 간신니 셔둘려서 남월부
스ㅎ여든니 녹엽성음즈만지ㄹ 안직 안니 되야시니 불힝듕 듯힝일듯 구관
책방 도련임니 너 머리 언저쏜이 도련임 가신 후의 독숙공방 할 수 인ㄴ
응당 간부 잇실터니 관쇽인야 건달인야 어렵기 읏지 마고 바른디로 말ㅎ
여라 츈향니 엿즈오디 창여의 즈식이나 계안의 착명 은코 여렴싱장ㅎ옵던
니 구관 칙방 도련님이 연소한 풍정으로

〈24-뒤〉

○○○츠자와서 서상가야 간청ㅎ니 노모가 허락ㅎ고 잇씨딕의 ○○ㅎ고
빅연기약 밧드기로 단단 밍서ㅎ엿든니 호스ㄹ 다미ㅎ여 도련님 니별ㅎ고
독숙공방 주야상스 츠질 날만 기달닌니 관속 건달 간부 말삼 손여계난 당
치 안소 샷도 그 말 듯고 디소ㅎ며 칭찬혼다 얼골 보고 말 드르니 안팍그
로 닐식닐다 옥안종고다신누ㄹ 구양공의 글작니라 닌물 조흔 여닌드리 힝
실닛기 쉽잔큰만 옥갓튼 그 마음니 어엽부고 아람답듯 네 마음니 그러ㅎ
나 니도령 어린 아히 장기들고 급제ㅎ면 철니 타향 잠시 장난 너 싱각할
수 닌나 가련한 너 신세ㄹ 꼿ㄹ지의 니실요 약흔 풀의 쓷글리라 황혼 언
약 간 곳 업고 빅두움얼 업기 되면 그 안니 불상한냐 네ㄹ 뉴식ㅎ듯 한니

스기로 니르리라 옛날 녜양니난 지초부의 수절리라 네ㄱ 나럴 위하야 수 절ㅎ면 예양과 닐반니라

〈25-앞〉

니복단장 곱기 ㅎ고 오날부터 수청ㅎ라 춘향니 엿ㅈ오디 손여이 먹은 마 음 삿도임과 드르니ᄃ 올ᄂㄱ신 도련님이 무심ㅎ야 안 차지면 반첩여의 쎈을 ㅂᄃ 옥창영형 직키ᄃㄱ 이 몸니 죽사오면 황능묘을 차ㅈㄱ서 이비 혼영 뫼시옵고 반죽지 저문 비이 놀라볼ㄱ ㅎ노이ᄃ 지쵸수절ㅎ란 말씀 손여계난 당치 안쇼 스도 허허 이른 시절 보쇼 기싱 수졀 ᄒ단 말을 뉘 안이 요절할고 ㄹ부 수정 간절ㅎ여 별칭탈을 다 말ㅎ니 네 뒤ㄱ 절절ㄱ통 이ㄹ 형중 ᄋ리 기절ㅎ면 청춘이 쇽절업지 춘향이 졀을 니여 불분스싱 엿 ㅈ오되 스도난 양반이ㄹ 예절을 ᄋ시어던 수절부여 억탈ㅎ먼 위민부모 도 리 절츠 절당ᄒᄃ ᄒ오리ㄱ 회졀ㅎ난 부졍 남여 절치부심 ᄒ옵늬ᄃ 스도 그 말 드르시고 두 눈이 캄캄 코궁기 쎅쎅 망건편ㅈ 싹 ᄰ치며 승토고픠 발ㄴ 넘고 틱을 썰썰 쩌든니 이리오느라 예-의 이 연 ㅈㅂ니라 예-의 스 령 춘향 줍아니ㄹ 예-의 저 스령 거동보기 우루루 달여들어 춘향이 머리 치을 휘휘친친 ㄱ마쥐고 동당이처 잡ᄋ○○○○○

〈25-뒤〉

○ᄋ리 덩그키 올이미고 형이 거 인난야 예-이 형이 디영ᄒ여쇼 저 연 당 중 타살할 터인이 다짐씨라 예-이 형이 ᄃ짐쎠셔 분부ㅎ되 여의신이 창ㄱ 쇼부로 부죵관장지음영ㅎ고 발악거역ᄒ이 신위천기로 ㅈ칭 정절이 쥐당만 시라 직위타살하야 이일증빅ㅎ린이 죽기을 셜워 ᄆ라 형이 다짐장을 들고 ᄂ려가 춘향다려 ᄃ짐을 두라 ᄒ이 춘향이 다짐ㅎ되 죠금도 굴치 안코 철 장갓치 다짐둔다 ᄒ 일ㅈ 주루루 그은 후이 마음 심ㅈ ᄋ리 씨고 붓더을

닉던지며 요만ᄒᆞ고 안저고나 집장ᄉᆞ령 거동보아라 팔쳑장신 키큰 ᄉᆞ령 전통갓튼 팔을 ᄡᅦ여 윈억기의 둘너미고 형즁 담박 안ᄋᆞ다ᄀᆞ 춘향 압희 왈칵 논이 철셕간장 ᄯᅥ러진ᄃᆞ 이 놈도 골ᄂᆞ 능청능청 저 놈도 골ᄂᆞ 능청능청 기중의 좀먹고 힘업난 놈 골ᄂᆞ닉여 셔연난ᄃᆡ ᄉᆞᄯᅩ 분부ᄒᆞ되 네 이 언을 쳣 ᄆᆡ의 두 달리ᄀᆞ 쑥 부러지기 치되 만일 흘장ᄒᆞ면 너 놈이 죽을이라 집중ᄉᆞ령 저만ᄒᆞᆫ 연을 일호 ᄉᆞ정 두오리ᄀᆞ 부러지기 치오리ᄃᆞ ᄆᆡ우 치라 호령 씃히 발맛추워 물너셧ᄃᆞ 달여들러 ᄒᆞᆫ ᄀᆡ을 ᄯᅡᆨ 부친이 부러진 형즁 ᄀᆞ지 공중의 피르르 ᄯᅥᄂᆞ가고 오유월 급ᄒᆞᆫ 비의 벽역치난 쇼릭로다 꼿치갓치 독ᄒᆞᆫ 춘향 ᄉᆞ지을 ᄇᆞ르르 ᄯᅥ며 장중의 글짓드시 ᄎᆞ리로 아뢰난ᄃᆡ 일ᄌᆞ로 아뢰리ᄃᆞ 일편셔거 우리 낭군 일각숨추 보고지고 일부죵

〈26-앞〉

ᄉᆞ 구든 마음 일시 형익 ᄀᆞ쇼롭다 일만분 죽ᄉᆞ온든 일호 변정ᄒᆞ오리ᄀᆞ 두 낫철 ᄯᅡᆨ 부친니 이ᄌᆞ로 아외리ᄃᆞ 이군불사 충신이오 이부불경 열여로다 이월요도 ᄆᆡ진 ᄀᆞ약 이셩지합 분명ᄒᆞ니 이철이 유찬ᄒᆞ드릭도 이심을 두오리가 이팔청춘 춘향정국 이천명쵹ᄒᆞ옵쇼셔 셰 낫철 ᄯᅡᆨ 부친이 삼ᄌᆞ로 알외리다 숨싱구ᄉᆞ ᄒᆞ드릭도 삼강을 이질이ᄀᆞ 숨광갓치 빗난 ᄆᆞ음 숨죵지의 푸머신이 숨싱가약 ᄀᆞ약 중ᄒᆞᆫ 몸을 숨월화류로 알시 ᄆᆞ오 네 닛칠 ᄯᅡᆨ 부친이 ᄉᆞᄌᆞ로 아외리ᄃᆞ ᄉᆞ오세로 이킨 거시 ᄉᆞ셔숨경 셩훈이라 ᄉᆞ유ᄉᆞ단 어진 정ᄉᆞ ᄉᆞ셩안도 바릭든이 ᄉᆞ시중춘 어진 절히 ᄉᆞ흉치쥐 원 일이오 오ᄌᆞ 닛칠 ᄯᅡᆨ 부친이 오ᄆᆞ로 오신 힝ᄎᆞ 오륜을 바리시오 오품 불순 ᄒᆞ난 관장 오형 엇지 모르리ᄀᆞ 오십숨 주 우리 도닉 오교불힝 지일이오 네 그 연ᄃᆡ전통편을 모르난고ᄂᆞ 춘향이 엿ᄌᆞ오되 ᄃᆡ전통편이 무어인ᄃᆡ ᄌᆞ셰이 ᄋᆞ라지ᄃᆞ ᄉᆞ도 형이 불너 ᄃᆡ전텅편 닉여노코 춘향으계 쥐승을 ᄌᆞ셔이 이르라 형이 춘향아 드르라 ᄃᆡ전통편의 ᄒᆞ여시되 모반ᄃᆡ역ᄒᆞ난 쥐은 능지처춤ᄒᆞ라 ᄒᆞ고 거역관장ᄒᆞ난 쥐은 음치정ᄇᆡ 의당이라 죽난다 셜워마라 춘향이

여ᄌ오되 디전통편 법을 그를커 되여시면 유부여 강간ᄒ난 쥐난 엇지ᄒ라
ᄒ얏난야 ᄉ도ᄀ 한분 삭ㅣ 든이 ○놈 져 요망ᄒ 연을 어셔 치라 육ᄌ 낫

〈26-뒤〉

철 싹 부친이 육ᄌ로 알외리다 육국유셰 쇼진이난 육왕을 달니건만 육월
비상 춘향 원정 육부오장 ᄀ득ᄒ이 육방관속 다 보난디 육신을 찌저주오
일곱 낫철 싹 부친니 칠ᄌ로 아외리다 칠셕은ᄒ 견우직여 연연승봉 잇근
마는 칠빅이 ᄀ신 군ᄌ 어이 그리 못보난야 칠십ᄉ라 무엇ᄒ리 칠척비수
급안ᄂ오 칠보단장 속절업시 칠분혼 되야셰라 여덜 기을 싹 부친이 팔ᄌ
로 ᄋ외리다 팔십셔리 티공 만니 팔십지후 귀순ᄒ들 팔ᄌ쌍미 춘향 정곡
팔분이ᄂ 구필의ᄀ 팔불출 ᄉ도 정치 정치 즁이 지일이오 앗다 그 연 찌
저 죽일 연 어셔 찌려라 ᄋ홉 낫철 싹 부친이 구ᄌ로 알외라듸 구고의 학
이 되야 구만장공 노피 ᄂ라 구만즁공 노피 ᄂ라 구곡간중 미친 한을 구
즁심처 알외고저 구추상풍 요락ᄒ들 구월황화 일들이ᄀ 열기 싹 열이오
십ᄌ로 알외리듸 십싱구ᄉ 이니 ᄆ음 십이시로 ᄒ심인듸 십기 친두 회절
ᄒ리 십칠셰 춘향 정셔 십오야 발근 달이 구름 속이 들러도다 이십도을
음즁ᄒ니 이십으로 알윌이듸 이십문중 ᄌ장갓치 도련임도 남유ᄒ야 이십
오현 황영고죠 춘향 원ᄒ 푸러주쇼 슴십도을 밍즁ᄒ니 빅셜갓튼 두 달리
이 살 ᄒ 점 업셔지고 쑤시러진 쎡쑨이ᄅ ᄉ쏘 탄왈 네 그 연 모질기로
일를진딘 독ᄉ 이승이오 독ᄒ기로 일를진딘 고쵸 이승이로고ᄂ 어린 연이
즁니 큰 일 저지깃고 그 연 큰 칼 씨여 황시 쪽식

〈27-앞〉

로 ᄒ옥ᄒ여라 ᄉ령이 예-의 춘향을 쓸너 형틀 ᄋ리 ᄂ려논니 호흡을 불
통하야 거의 죽기 되야고ᄂ ᄉ령이 칼씨이며 ᄉ도을 욕도 ᄒ고 눈흘기며

칼머리이 인봉ᄒ고 양모을 고이 들어 슘문 박기 니친니 이 씨 춘향모ㄱ
우루루 달여들어 춘향을 쓰러안고 이고 니 짤 죽어고ᄂ 목을 안고 궁글궁
글 명찰ᄒ신 ᄒᄂ임 니 짤 춘향 죽심늬ᄃ 살여주오 살여주오 정영 죽긱고
ᄂ 니들 ᄉ라 무엇ᄒᄂ 공중 쩌러져서 여산폭포 물진ᄃ시 궁글궁글 궁글
면서 여보 ᄉ쏘 니 짤 엇지 처죽여쇼 열여 춘향 몰ᄂ보고 위역으로 급탈
ᄒᆫ들 어ᄂ 발길 찌질 연이 미 무십ᄃ 굴복ᄒ며 죽기시러 회절할ㄱ ᄒᄂ임
도 무심ᄒ고 부치 미록 영홈업ᄃ 향단ᄋ 관약방이 급히 ㄱ셔 청심환을 ᄉ
오느라 향단이도 통곡ᄒ고 ᄋ전 통인 괄노ᄉ령 남원부중 노쇼남여 쇼문듯
고 들와보고 히을 쓸쓸 발구리며 불며우며 ᄒ난 거동 뉘ㄱ 보고 안이 우
리 이 씨 춘향모 칼머리 들고 향단이난 춘향 업고 ᄂ오난뎌 부중이 노인
과부 울며 불며 달여들러 엄전ᄒᄃ 기득ᄒᄃ 칭춘ᄒ여 눈물헐너 히도 츠
며 춘향을 부쵹ᄒ여 옥으로 ᄂ갈 제 옥ᄉ정이 ᄋᆸ헐 셔고 옥형이 뒤을 쩌
라 옥문전 당도ᄒ여 장성갓치 잠긴 문을 ○○○○○○○○○○○○○○○○○○

<h2 style="text-align:center">〈27-뒤〉</h2>

○졀ᄒ고 향단니난 쌍을 치며 이고 아씨 엇지ᄒ리 엇지ᄒ리 뒤의 짜ᄅ 오
든 부인 쩨울음이 이려난니 옥사정 감옥 형이 발구리고 도ᄅ셔며 아까워
라 불상ᄒᄃ 츠고 츤 저 옥등의 저것 둑지 슬 수 잇ᄂ 딘식ᄒ고 드리간이
춘향이 정신츠리 어머이 셜워 마고 기체 안보ᄒ옵시면 죄업난 춘향 몸이
혈마 즘 죽ᄉ올이ㄱ 걱정 너무 말으시고 집으로 가옵쇼셔 만일의 안가시
고 저리 우고 게시오면 불효ᄒᆫ 말슘이ᄂ 제ㄱ 먼저 죽긔시니 ᄂ가쇼셔 ᄂ
가쇼셔 춘향모 할릴업서 옥중의 짜얼 두고 집으로 도라셔니 천지ㄱ 아득
ᄒ야 업더지며 잡바지며 집으로 나간 후의 춘향니 셜이 우며 불상ᄒ신 우
리 모진 아비 업시 나을 길너 공도 들고 힘도 들러 고이고이 길너니여 죠
흔 이얼 못 보시고 눈압페 모진 일만 졀졀리 당ᄒ시니 불효막더 니 몸이
여 죽ᄌ 해도 ᄋ니 되고 ᄉᄌ ᄒ니 부모 근심 죽도 사도 못ᄒ기니 드런

연의 팔즈로ᄃ 향단니 기 인난야 에- 니 걱정ᄒ지 ᄆ고 집으로 건니ᄀ서
이우집 부인으기 신신이 간청ᄒ여 어머이 우시거든 위로ᄒ여 달나ᄒ고 미
음얼 즈쥬

⟨28-앞⟩

써서 시시로 권키 ᄒ고 비취책상 문갑 안의 인삼 열 근 드러신이 조석으
로 진키 싸려 어머이게 드리오고 나 업짜 설워 마ᄅ 어먼임게 간권ᄒ면
으니 죽고 스라나서 네 은헤을 갑푸리ᄅ 네 마음 니ᄀ 아니 별당부가 잇
긴난야 듯기 시른 우음 쇼리 니 간중니 다 녹나니 우지 ᄆ고 나ᄀ거ᄅ 향
단이 도라보니고 춘향이 홀노 안즈 옥중 형용 살퍼보니 암문은 살만 남고
뒷벽은 우만 느마 원학의 찬 바람은 살쏘ᄃ시 드리부고 헌 즈리 흘문지난
발기리 쌔진도ᄃ 니 죄ᄀ 무삼 죄야 국곡투식ᄒ야난ᄀ 살인범죄 되야난ᄀ
옥중엄수 원 일닌고 어와 세상 가쇼로다 이 지경이 되야시니 훈탄훈들 무
엇ᄒ며 이통훈들 무엇ᄒ리 욕스욕스 분한 마음 머리얼 푸트리고 복침통곡
실피 운ᄃ 비몽사몽간의 장주ᄀ 호접 되고 호접이 장듀 되야 실갓치 남문
혼빅 ᄇ람인지 구움인지 한 곳절 당두ᄒ니 은은훈 죽임 쇽의 일칭화각이
밤비의 잠게드ᄅ 춘향의 침슝편시 꿈혼빅이 말이 상강 가엿드ᄅ 스면을
방황할 제 엇쩌훈 단정니 쇼복훈 여인니 춘향 압혈 당두ᄒ야 왈 우

⟨28-뒤⟩

○ 링링게서 랑즈얼 청희시니 이리로 오옵쇼서 쌍등얼 도도 드러 압길얼
인도키을 춘향니 뒤을 싸ᄅ 등게의 ᄃᄃ으니 거문 현판의 황금디즈로 식
겨난디 만고정열 황능묘라 두려시 삭여거랄 심신이 살란ᄒ야 두루두루 살
피든니 당상이 비의 입은 두 부인니 옥퓌 넌짓 드려 좌석을 청ᄒ거날 춘
향이 무식지 안이ᄒ야 예절을 아난 고로 사양ᄒ야 엿즈오되 진세의 쳔인

으로 존엄훈 좌석의 엇지 오으잇가 부인이 그 말 듯고 깃특후고 엄전후두
죠선이 ᄌ고로 예의동방이ᄅ 청누 출신 쇼싱으로 절은 절힝 싱게도두 니
가 일전 죠휘츠로 옥경의 올라ᄀ니 너의 칭찬 ᄌᄌ키로 너을 부랴 쳥힉시
니 착후고 어진 마음 수고얼 싱각마ᄅ 심히 불안후도두 ᄌ고로 영웅달ᄉ
고상을 적근 후이 여화ᄀ 인ᄂ이ᄅ 남여언 달을망졍 쇼우언 갓흔이ᄅ 춘
향이 계훈의 나려 국궁지비후고 엿ᄌ오디 쳡이 비록 무식후오나 고서을
보오니 부인의 놋흔 ᄉ적 오미불망 쇼원되야 엇지후여 쇽키 죽어 부인의
존안을 앙디할고 듀야축원 바리써니 오날날 황능묘의 부인을

〈29-앞〉

디후오니 제가 이졔 죽사온덜 무삼 한이 잇사오리가 부인이 그 말 드러시
고 네가 나을 안다 후니 나의 말을 더어보아라 우리 셩군 디순씨 남순수
다가 창오산의 붕후시이 속절읍난 이 두 몸니 쇼상강 디수풀에 눈물 듯려
가커ᄆ당 아룽아룽 입입히 원혼이라 창오산붕상수절니라야 죽상지누가 니
가멸이라 쳔추의 깃푼 훈을 호쇼훌 곳 업섯던이 너을 보고 말이로다 말이
맛지 못후야 부인이 방셩디곡후니 좌우의 안진 부인 일시의 기동터라 부
인이 우름을 긋치고 손을 드러 갈치여 왈 늬가 여려 부인을 모러리라 이
난 티임이요 이난 티사요 이난 디깅이요 이난 밍강이로다 할 차의 남벼의
웃던 부인 주추이 울고 나와 춘향의 손을 잡고 네가 춘향이야 이엽부고
기득후다 늬가 날을 모러리라 나난 뉘 안이라 진누명월옥쇼셩의 화션후던
농옥이라 소사익 안희로서 주화산 이별 후의 승용비거 후니 되야 옥소로
월을 품의 곡죵비거부지쳐의 산하벽도춘자리라 마리 맛지 못후여 엇든 부
인 단졍이 들러오며 춘향익 손을 잡고 ᄌ니 날을 엇지 으리 ᄂ난 십괵 명
주로 ᄉ든 셕숭익 소이 녹주로다 불칙훈 죠왕 윤은 ᄂ와 무삼 원술는ᄀ
누전각ᄉ분분셜후니 정시화비옥쇠시라 낙○유ᄉ타부인은 ᄂ의 원혼 그 안
ᄀ 말이 맛지 못후야 ○충이 이러만며 쳔 기운이 소상후니

552   춘향전 전집 ⑦

〈29-뒤〉

○○셩이 낭즈ᄒ며 여ᄇᄅ 춘향ᄋ 네ᄀ ᄂ을 모를리ᄅ ᄂ난 ᄒ고죠 안희
쳑부인로다 황제 용비후이 여후이 독ᄒ 솜씨 죠왕 여의을 짐살ᄒ고 ᄂ이
수죡 ᄯᆫ은 후이 두 눈 ᄲᅦ고 암약ᄒ여 인체라 일홈지여 칙간 쇽이 잡ᄋ연
이 쳔추이 기푼 한을 ᄒ쇼할 곳 업셔든이 너을 보고 이 말이ᄃ 그 ᄯᆞᆺ히
승군부인이 춘향 불너 왈 이 고지ᄅ ᄒ난 더ᄀ 유명이 현수ᄒ고 현회ᄅ
즈별ᄒ니 오러 유치 못할지라 여동 불너 ᄒ직씨기 급히 ᄀᄅ 지촉ᄒ니 춘
향이 ᄒ고 일보 이보 ᄂ올 적이 동방이 실솔셩은 시르렁 이러ᄂ며 일쌍
호접이 펄펄 ᄂ라 씨달른니 원쵼이 달기 우고 동각이 파루난 덩덩 윤혼이
첩비ᄒ며 정신이 쇄락ᄒ여크날 잇 더난 오경쳔이ᄅ 일편서경월이오 수힝
남비안이라 쳥쳔이 ᄯᆫ 기려기 옹옹ᄒ 쇼리로 짝을 불너 우고간이 오난야
기려기야 쇼중낭 북희상이 편지 젼튼 기려긴야 수벽ᄉ명양안터이 쳥원을
못이기여 울고ᄀ난 기력이야 너 ᄒ말 들려ᄃᄀ 우리 임계 젼ᄒ여라 말을
맛고 바리본니 기력이난 ᄀ곳업고 충망ᄒ 구름 쇽이 별과 달이 버렷신이
무료ᄒ기 그지업다 쇼리업시 실피 울 제 그릉저리 날이 신이 단은 지고
희쩌온이 문간이 ᄉ령들이 총총 ᄂ와 ᄉ정이 왜야 명일 ᄋ첨 죠ᄉ후이 춘
향 올여 주긴ᄃ고 형중 만이 짜그론이 ᄋ쌉고 불승ᄒ다 여보기 춘향

〈30-앞〉

보고 서울 편지나 ᄒᄅ ᄒ기 ᄉ령언 들어ᄀ고 ᄉ정이 춘향보고 여보쇼 서
울썩 편지 ᄒ 장 ᄒ시오 서울서 알고보면 그저 잇실 이ᄀ 잇쇼 그 마리
당여ᄒ오 ᄉ람 ᄒ나 어더주쇼 도련임 묘시고 거힝ᄒ든 방즈놈을 불너오니
춘향니 반게 ᄒ난 마리 돈 열 양 지금 쥬고 서울ᄀ 단여오면 동의 ᄒ 불
ᄒ여줌새 두말 말고 편지 씨쇼 주야벙힝 단여옴새 춘향니 썰 더 체연ᄒ

눈물리 쑥쑥 써러 글즈마당 수먹진듯 쇽니을 식일진딘 쳘셕 간장 듯 녹난
듯 무명지 숀가락을 빠드득 씨무러 헐서을 쑥쑥 직어 근봉ᄒ고 쏘 봉ᄒ여
니여주며 빅편니ᄂ 부탁ᄒ난 마리 밥부고 쏘 밥부되 도련임 답장 씰 디
지쵹얼 부디 말고 수이 밥비 단여오쇼 펴지 써 보닌 후이 장탄식 우난 마
리 쳔지난 갓듯마는 나언 어니 못 가난야 몃 숀이ᄂ 너머가며 멋 무리나
건니난야 랄이 돗든 학이 되면 반공의 훨훨 랄ᄋ 임의 얼골 반게 보고 세
세원정 ᄒ련만는 그리도 못홀진딘 죽어저서 공산의 두견되야 이화월빅 적
막ᄒ딘 귀쵹도로 실피 우러 임의 귀의

<h3 style="text-align:center">⟨30-뒤⟩</h3>

○○야면 나인 줄노 알으실ㄱ 기리 탄식 설이 울 제 잇 디 도련임은 경성
의 올나ㄱ 노지안코 공부ᄒ야 과기을 고디터니 알성과 보이기로 도련임의
거동보쇼 장중의 들어갈 제 동인 숫쵸 강목 옥편 다 갓쵸와 노즈지여 압
서우고 중중의 드러ㄱ서 현제판ᄒ 등디 곱고 중전을 바리보니 빅설쌋튼
빅목츠일 보게 우의 놉히 치고 세빅목 설포장을 구음갓치 둘너난디 어전
을 바리보니 위의도 엄숙ᄒ듯 양산 일산 쳥홍힉기 용기 봉기 봉미선과 시
위얼 볼작시면 병죠판서 번벙이오 싱숫각신 느러섯듯 금관죠복 제제ᄒ고
서디옥디 **춍춍ᄒ디** 숫모풍디 씽학홍비 호수입식 쳥쳘육의 차군복언 선전
관이 분명ᄒ듯 글제의 ᄒ여씨되 일중광 월중윤 성중히 힉등활리ㄹ 두러시
거어거롤 수만 명 듯숫드리 글제 보고 명의을 미졍ᄒ야 상고믹믹ᄒ난고나
ᄎ시인 이도령은 용연의 먹을 가ᄋ 호황모 무심필노 일필휘지ᄒ니 문불가
점이ㄹ 일쳔의 선중ᄒ니 숭시관니 그 글얼 보고 필법도 힉정ᄒ고 문

<h3 style="text-align:center">⟨31-앞⟩</h3>

체 老란니라 글마다 비졈니요 귀귀마다 비졈니라 졍삼하 등을 미여 휘장

ᄒ야 니트리니 장원급제ᄒ얏고ᄂ 상전 탁봉한 연후이 봉니을 권독ᄒ니 유
학신 니목용 연은 십칠니요 본은 연안니요 부 통정디부 승정원 동부승지
니준상 ᄌ제 니목용 셩명 삼ᄌ 적어 니트린니 정원사령니 ᄂ온다 정원사
령니 ᄂ온다 청철닉 압헷 시고 ᄌ 세 치 긴 소미을 보기조키 활기치며 장
원봉 연못 ᄀ의 두려시 나서면서 이쥰상 자지 니몽용 니몽용 니삼차 부르
ᄂ 소리 춘당디ᄀ 쩌ᄂᄀᄃ 선풍도골 이몽은 세수을 ᄃ시 ᄒ고 도포을 곤
치 입고 선거럼의 썩 ᄂ선니 정원ᄉ령 부익ᄒ고 실니 신퇴훈 연후의 특히
ᄉ악ᄒ고 부수찬을 지수ᄒ니 홍화문 밧 ᄂ올 적의 머리의 어사화 몸이ᄂ
청치의라 은피 청기 전도ᄒ고 금의화동 쌍쌍니 ᄂ러서서 옥저을 히롱ᄒ고
가진 풍악 여민악의 억기춤니 절노 ᄂᄃ 수만 명 선비더리

<h3 style="text-align:center">〈31-뒤〉</h3>

보기을 도토와서 업더지며 잡버지며 보기을 뉘 안이 칭찬ᄒ며 뉘 안이 칭
○○○ 이장 마음의ᄂ 할님디교 못 지니고 지수옥당 섭섭하여 천은을 엇
지ᄒ리 옥당의 번얼 드러 소디을 치룬 후의 직소의 안ᄌ신이 ᄒ번옥당 입
시ᄒᄅ 사알리 전명커눌 이수찬 밥비 거러 싱명입시 진젼ᄒ니 순순ᄒ교
ᄒ시기을 궁궐리 깁고 깁허 사희ᄀ 막막ᄒ니 불상홀스 빅셩니ᄅ 창싱의
고질사을 일일리 살피여라 八도어사 보닉ᄂ디 양사문신 갈이 니니 너의
싱긴 모양 보고 너의 지은 그을 본니 사직니 ᄃ힝니오 빅셩의 복이로ᄃ
ᄂ난 비록 연소ᄒᄂ 동휴척을 담임ᄒ니 호남어ᄉ 특초로ᄃ 빅셩을 사랑ᄒ
고 수령 목빅 치불치와 효ᄌ 열부 누구누구 류루업시 장게 후의 죠심ᄒ여
단여오ᄅ 마피 유척 ᄒ사커날 할임이 황공ᄒ야 고두ᄉ은 엿ᄌ오디 나 어
리고 지죠업시 범망의 남비징청 못ᄒ와도 왕듄의 충심을 쏜밧고저 ᄒ옵난
니 척벌중부 ᄒ옵기얼 탄성도보 ᄒ올리ᄃ

〈32-앞〉

흐직슉비 물너나와 군명얼 봉심ᄒ야 급급히 ᄯᅥ날 적의 남디문 썩 니ᄃᆞ르 청푸역무 자바타고 동작강을 어푼 지니 남틱령을 너머 과천 드러 중화ᄒ고 반막억무 가으틱고 넝미가기 갈미 슐막 미럭뎅이 지니여 연ᄒ역마 가으타고 수원 북문 드러ᄃᆞ르 남문 박긔 슉쇼ᄒ고 승ᄒ유천 시슐막과 디힝교 비키 노코 ᄯᅥ전거리 지니여 진위 드러 듕화ᄒ고 회기원 너머 칠원 진외 ᄀᆞ양 역무 가으틱고 쇼사 슐막 슉쇼ᄒ고 평원 광야 너은 더을 순식난의 얼넌 지니 성환 역무 갈아틱고 천온 드러 듕화ᄒ고 삼거리 지니여 굴모웅이 ᄃᆞ돌나 디평을 지니여 펑나무정이 듕화ᄒ고 인지원 잠간 너머 광정 역무 가라틱고 노성업니 얼푼 지니 팽충 역무 가라틱고 은진읍얼 지니여 황학정 슉쇼ᄒ고 잇튼랄 평명의 타신 역마 제폐ᄒ고 남누의복 변복ᄒ고 역이 역졸 모ᄃᆞ 불너 은미리 단쇽ᄒ고 각기 분발ᄒ시난디 너난 예서 여순 익순 금구 틱인 우윤 고부 홍덕 고창 무중 중성 광쥬 남평 능쥬 화순 평충 옥게로 도르 금월 십오릴 오시의 남원 광흔누로 디령

〈32-뒤〉

흐흐 예-으 너난 예서 나서 임파 오구 김제 만경 ᄒ멸 부안 영광 흠평 무안 라주 ○○ 희남 중홍 실영 홍양 락온 순천 광양 좌수령 곡성 단여 금월 십오일 오시의 남원 광활누로 디령ᄒ르 예-으 나난 예서 전주 임실 무듀 용담 검소 진오 즁수 순충 담양 드려 운봉 단여 남원 ᄉᆞ십 팔면 쇼쇼이 연탐ᄒ고 부등안의 머물 거시이 너의 등니 급급히 단여오되 십문이 부려일견이르 남의 말 밋지 말고 탐관혹민 불법지사와 불충불효ᄒ난 놈 남음히ᄒ난 놈 술 먹고 우악ᄒ야 노인존중 몰으난 놈 살인ᄒ고 음치ᄒ난 놈 국곡투식ᄒ난 놈 유부여 통간ᄒ난 놈 남의 분묘 스굴ᄒ난 놈 어진 온희 모함ᄒ난 놈 ᄀᆞ중 두고 서방ᄒ고 듀식잡게로 판난 놈 나무 집 충화ᄒ혼 놈

낫낫치 적어 쥐고 금월 십오릴 니로 광한누로 디령ᄒᆞᆯ 예-으 이려키 분
부ᄒᆞ야 각처로 보닌 후의 여산쵸읍 당두ᄒᆞ야 가가호호 동이ᄆᆞᆮ 련탐홀
제 각읍 관중 수렁드리 어스 낫던 마을 듯고 공스의 실수할ᄀᆞ 선치ᄒᆞ기
힘을 씬ᄃᆞ 잇 ᄯᆡ의 어스도난 역마 역쫄 서리 듕방 각

<h2 align="center">〈33-앞〉</h2>

처로 보니시고 독힝으로 나려ᄀᆞᆯ 제 건너 비탈 죠분 길노 ᄋᆞ희 하나 올나
온다 쵸록 단임 통비자 허리쒸을 허리 잘건 밉시인기 잡바미고 한 발 ᄂᆞ
문 육노리치 양썻 잘ᄂᆞ 쑥쑥 집고 설넝설넝 올라오 제 서런 신세을 자탄
한다 어이 가리 어이 가리 한양 철이 어이 가리 도로난 멀고 먼디 한양성
중 어디민야 엇던 사람 팔자 죠와 일디영화 부귀ᄒᆞ고 이 놈 팔자 어이ᄒᆞ
야 이디지도 곤궁ᄒᆞ여 길픔팔노 ᄂᆞ선난야 니 신세은 팔즌이와 춘향 신셰
ᄀᆞ이 업ᄃᆞ 모지도다 독ᄒᆞ도다 신관스도 모지도다 열여 춘향 몰ᄂᆞ보고 위
력급탈ᄒᆞ려 흔들 숑빅갓치 구든 절힝 그 뉘ᄅᆞ셔 구피리요 어이 ᄀᆞ리 어이
ᄀᆞ리 이 ᄯᆡ 어스도 숑임ᄒᆞ이 쉬며 그 아히 노리을 들른이 두 눈이 아득ᄒᆞ
고 가슴이 답답ᄒᆞ야 정신업시 안저던이 그 ᄋᆞ희 당도키날 ᄋᆞᄂᆞ 이 이야
네 어디 스ᄂᆞ 남원읍 스오 어디 가난야 셔울 ᄀᆞ오 셔울은 와 ᄀᆞ난야 구관
딕 편지 ᄀᆞ지고 ᄀᆞ오 이 익 그 편지 죠금 보즈 여보 남이 규즁 편지 스연
이 엇지될 줄 ᄋᆞ고 임의로 보존 말이오 이 익 네 말이 무식ᄒᆞᄃᆞ 옛 글의
ᄒᆞ여시되 힝인임발우기봉이라 ᄒᆞ여신이 쒸여보면 관계인난야 그 놈이 허
허 웃고 츠쇼위 비주먼이의 숑드러ᄃᆞ든이 꼴불견이로고 그리ᄒᆞ요 편지을
ᄂᆞ여준이 어스도 편지 ᄇᆞᄃᆞ 피봉 쐬고 본이 춘향 글시 분명ᄒᆞᄃᆞ 편지 스
연 ᄒᆞ여시되 별후광음○○○

〈33-뒤〉

○○○ㄱ 당절ᄒ야 약수삼철이의 청죠가 썬어지고 북희 말이이 홍안이 업
시미 ○전을 바리본이 망안이 욕천이요 운산이 원격ᄒ이 심장이 구열이라
이화이 두우 울고 오동 밤비올 제 적막히 홀노 안자 상사 일염이 지황 철
노라도 차한을 난절리요 무심한 호접몽은 철니의 오락가락 정불지윽니요
비불자성이라 명읍상탄으로 화조월석을 보니든이 신관샷도 도임 후의 수
청드라 ᄒ옵기로 저사모피ᄒ옵ᄃㄱ 참목ᄒ 형악을 둥ᄒ여 모진 목심은 씃
치지 안이ᄒ여시ᄂ 장ᄒ지혼이 미구의 될 터인니 ᄇ리근던 서병임은 만종
녹을 ᄇ드시다 천추만쉬 후의 후성의니 ᄃ시 만니 이별업시 사라지ᄃ 펑
사의 낙안칙로 피흔적이 쑥쑥 쩌러거날 어사도 편지 들고 쌍의 업드져 어
이어이ᄒ이 아희놈 기가 막혀 여보 이 양반 눈무러 편지 졋소 춘향 편지
부고 삼디상 지닐진딘 춘향 보고 보면 머리 안풀깆소 그르ᄂ 춘향이와 엇
지 디오 이 이 엇디 디여 펀

〈34-앞〉

지 본이 사연도 불상ᄒ고 혈서ᄒ여신이 목석인덜 보긴난야 잇 쩌 그 ㅇ희
닌 남원 칙방 방자로서 춘향ᄋ게 청죠 되야 오리 거힝ᄒ여시ᄂ 수삼 연
사라 펀시 볼 둥인의 깃 밋히로 지세 본이 저실ᄒ다 다시 문안 ㅇ뤄 후의
춘향의 전후사을 낫낫치 고ᄒ거날 어사도 이럴 갈며 봉자는 싱각지 온이
ᄒ고 이 놈을 담박 삼문 출도ᄒ아 봉고을 ᄒ깆ᄃ 봉자놈이 심 연 관물을
먹어 눈치ㄱ 비상ᄒ 놈이라 이 말삼을 더런이 무엄이 쇼헌 김의 흠부럼
말을 ᄒᄃ 쇼인이 사도 출도시의 보호 역쫄이 되면 남원 출도시의 방망이
로 스도 디깅이을 기트리지오 이 놈ᄋ 니ㄱ 어스면 그을 터니ᄂ 그을 수
가 잇난야 방즈 벙긋 웃고 이런디도 알고 저은디도 아옵니ᄃ 쏙이시지 마
옵쇼서 어스도 그 놈이 귀쇽들일 마을 ᄒ여시니 할 수 업시 그 놈을 다리

고 만복스로 드러ㄱ 밤을 쉬고 잇튼랄 죠죠의 서간 혼 장을 맨들어 주며
왈 니 예서 머물 거신니 이 서간을 운봉 관ㄱ의 드리면 답서ㄱ 잇실 터니
잘 ㄱ지고 명일 오전으로 디령ㅎ여ㄹ 예-으 이 놈이 서간을 ㄱ지고 운봉
을 급히 ㄱ서 관ㄱ의 올이니 운봉이 서간 보고 라졸얼 지측ㅎ○

<h3 style="text-align:center">〈34-뒤〉</h3>

옥이 갓ㄷ 옥의 단단이 ㄱ두고 먹기기난 잘 먹기되 다시 영을 기ㄷ려ㄹ
예-으 ㅎ던니 옥이 갓ㄷ ㄱ둔난고나 어스도 박금셰을 운봉으로 본인 후의
직시 쩌나 날려갈 졔 잇 디 춘향이난 혼 꿈을 어더시되 옥창전 잉도화ㄱ
이지러저 쩌러지고 단중ㅎ든 ㅇ황경이 혼복판이 찌여지고 문 우의 혀수ㅇ
비 달려 보니고 옥담이 ㅆ마구난 ㅆ옥ㅆ옥 우러 보이니 길몽인지 흉몽인
지 마음이 살난ㅎ야 기리 온저 싱각터니 서문 박 허봉스가 성중의 독경
왓ㄷ ㄱ난 길이 옥문전 당두ㅎ야 여보 춘향ㅇ씨 진작 못 와보니 디단니
미안ㅎ나 기간 중쳐 엇쩌혼ㄱ 미질언 엇던 놈이 ㅎ야나 왕방울쇠ㄱ ㅎ엿
쇼 그 놈이 모지고 독ㅎ거던 춘향이 몽스얼 낫낫치 ㅇ뢰니 봉스 점을 치
난디 은마구리 디모산통 눈 우이 놉피 들고 축수을 천ㅎ언지시며 지ㅎ언
지시리오마은 고지직응ㅎ논니 감이순통ㅎ쇼서 부디인즈난 여쳔지 흡기덕
ㅎ며 여일월 합기명ㅎ며 여스시 합기셔ㅎ며 여귀신 합기길흉ㅎ노니 티세
을축

<h3 style="text-align:center">〈35-앞〉</h3>

오월 갑즈삭 二十五日 甲寅 午時 히동 죠선국 전ㄹ좌도 남원부 봉죽면 강
선동 거 임즈싱 성춘향 옥중의 갓치여 수월 신고ㅎ오니 어닉 날 노니며
경성 숨쳥동 이몽용언 언이 날 만니며 스셍길흉이 엇드ㅎ올난지 복걸 제
선싱 물비쇼시 물비쇼시 점괘을 상등ㅎ던니 봉스 디쇼ㅎ며 어혀 점괘 잘

낫드 관귀ㄹ 공을 마즈시니 관귀공망은 숑ㅅ정이ㄹ 금명 양일간의 노일
거시오 경성 이셔붕으로 ㅎ여도 청용관귀 역마의 정녹얼 쒸여시니 혀혀
디단 무셔운 벼살이로구ㄴ 호출인왕순ㅎ야 야도강훈수얼 건너시이 라려오
난 거동이로고나 니 졈은 신졈이ㄹ 혓되이 으지 마고 고음 밋고 너기ㅎ자
말삼만 드러도 반ㄱ온니 희몽ㅎ여 주시오 그리ㅎ지 화락ㅎ니 능성실이오
경파ㅎ이 기무성가 문상이 현우인ㅎ니 인인이 기앙시ㄹ 옥담의 가마귀난
길조을 아ㄴ 고로 ㄱ옥ㄱ옥 우러시니 어혀 경사난니 걱정마고 기다리기
정영이 그을진딘 수고을 으외리드 작별ㅎ고 간난이ㄹ 잇 디 어스도난 춘
향 싱각 ㄱ슴이 답답ㅎ야 지체 은코 나려올 제 그 쎠난 언으 쎠야 ㅅ오월
이○

<h3 style="text-align:center">〈35-뒤〉</h3>

○○ 억죠창싱 만민드리 평원 광야 너은 덜이 이웅성이 낭즈ㅎ고나 얼널
널 상ㅅ되 얼얼널널 상ㅅ되요 상서학교 배푸고서 성훈얼 비우기난 도덕
군즈 이리로드 얼널널 상ㅅ되오 듀문도리 놉흔 집이 부귀을 누리기난 경
디부이 이리로드 얼널널 상사되오 화간믹상 느진 봄이 주마투겨 논일기난
호협쇼연 홀 이리ㄹ 얼널널 상ㅅ되오 장부ㄱ로 노리ㅎ니 쓰지 깁고 익가
타셔 가삼 답답 목 마르드 얼널널 상ㅅ되 빙혈닝쳔 기려ㄴㄱ 시원ㅎ기 마
신 후이 쳔ㅎ디본 힘을 쎠즈 얼널널 상ㅅ되 디즁부 쳐세ㅎ야 ㅅ업이 만키
만난 우리 이 농부드언 일만 ㅎ고 술만 먹고 잠만 즈나 얼널널 상ㅅ되 모
을 훈참 수무든니 박게 ㄴ와 술먹을 제 훈 편을 바리보니 엇든 농부 ㅎ나
호미 미고 식갓 쓰고 디로 화루 겻불 피워 압히 노코 기가둑 씸지이 가루
담비 툭툭 쎠려 곰방디예 쑥쑥 담으 겻부리 칵 쳐박고 쑥쑥 쌘니 어스도
셧드ㄱ 어 그 농부 입심 죠코 농부 치으드 ㅎ며 어스 낫드 ㅎ면 저른 것
들 보기 실트ㄹ 어스도 김짓 즈니 이 골 공ㅅ 엇더훈ㄱ 농부 허허 웃고
제ㄱ 어스드시 공ㅅ 뭇고 공ㅅ 엇지ㅎ야 밥 잘

〈36-앞〉

먹고 술 잘 먹고 호미질 잘 ᄒ고 실기질 잘 ᄒ고 심지어 쇼실랑질꼬지 잘
ᄒ이 그 우이 명관 업고 열여 춘향을 명일 잔츠 후이 죽인ᄃᄃᄀ 인 연셕
죽기기만 죽여라 집둥우리 ᄒᄂ이면 호강ᄒ리라 이 스람 명슘이 즈니 스
발통문 보완ᄂ 보완니 스십팔 면 머셤만 ᄒ여도 여러 쳔명일니 쉬 막셜
어스 모러는 치ᄒ고 여보 춘향이ᄀ 드른 셔방ᄒ느라고 본관 마를 안이 든
는ᄃ지 저 농부 기급ᄒ여 두 눈을 부럿쓰고 두 주먹 불건 쥐고 밍호ᄀ치
달여드러 어스쪼 귀을 흔 분 짝 요 연셕 정열흔 춘향으기 싱모흠을 자바
니야 불칙흔 욕을 ᄒ이 드런난야 보와난야 드럿거든 귀을 찍고 보와거든
눈을 쎄즈 쪼 흔 썜을 후닥닥 춍각디방 거 인는야 ᄀ리 이리 ᄀ주오라 여
기 파고 이 놈 뭇즈 믹슐 엇지 드럿든지 어스도 위급ᄒ야 여보오 슐여주
오 슐여주오 흔 변 실수은 병ᄀ의 상스라고 모러고 죽을 마를 좀 ᄒ엿쇼
슐여주오 늘근 농부 ᄒᄂ 오며 여보기 고만 두기 어린 스룸 쳘모르고 흔
마린이 니 쳥으로

〈36-뒤〉

고만 보니기 좌우 농부 디소ᄒ고 글은 말 쪼 ᄒᄃᄀ는 목숨 살기 어려울
것인니 다시난 그리 마고 어서 가쇼 스도 엇지 혼니 낫든지 예 여려분 알
양이 게시요 쟉별ᄒ고 도르오며 봉변은 ᄒ여시되 지미가 절노 는ᄃ 오수
역을 지니오며 옥중 ᄀ친 춘향이ᄀ 스라는야 죽엿는야 날 오난 줄 알연이
면 춤으로 영접ᄒ고 우슘으로 인사ᄒ여 알들 사랑 ᄒ련ᄆ는 저 모른이 허
스로ᄃ 옛 보든 경체로ᄃ 산도 옛 보든 산이오 물도 예 보든 물리로ᄃ 녹
수진경 너은 디리 옛 단이든 기리로다 죠용산셩 ᄃ시 보즈 광할누도 잘
인나야 오작교도 무스ᄒ야 선은스 반ᄀ워ᄅ 광할누 올나서서 춘향 집 망

견ᄒ니 힝랑치넌 찌그러지고 몸치난 퇴락ᄒ여 보잘거시 업깆구ᄂ 니ᄀ 남
원얼 쩌난 제 불과 슴연이되 저 지경이 되야고ᄂ 찬찬이 완보ᄒ야 춘향
집 당두ᄒ니 옛 보든 벽오동언 수임 쇽이 홀노 셧고 면회ᄒ 압뒤담은 간
간이 문어지고 화게예 쩌친 풀언 스람 즈취 히미ᄒᄃ 시비압 즈든 기ᄀ
구면목을 몰나보고 컹컹 짓고

<h2 style="text-align:center">〈37-앞〉</h2>

니단난디 창외예 옛 졀긔난 녹듁충숑쑌이로ᄃ 이이으 일모ᄒ니 동산이 달
더오고 심회난 첩첩ᄒᄃ 저 시쇼리 실푸도ᄃ 은은ᄒ 우음 쇼리 체량이 들
이거날 울음 쇼리 츠저ᄀ셔 들듁 숑빅 욱어진디 은신ᄒ고 살펴보니 잇 디
의 춘향모ᄀ 후원의 칠성단 무어노코 향단은 등불 들고 시 동우 시 쇼반
이 정ᄒ수 밧처 노코 분향지비 우난 마리 천지지신 일월성신 관음제불 오
빅라ᄒ 스히용왕 팔부신장 성쥬 죠왕전이 비나이ᄃ 한영 거 이몽용을 절
라감스나 암힝어스나 점지히 듀압시면 옥듕의 쥭난 즈식 살여닐가 바리오
니 천지신명은 감동ᄒ스 살이지ᄃ 비ᄃᄀ 기졀ᄒ야 이고 춘향ᄋ 금지옥엽
니 즈식을 이비 업시 길너니여 이 지경이 윈 일인야 뉘게 ᄀ 못ᄒ여셔 ᄎ
생이 죄마은 연 니계 와 ᄐ여나서 어미 죄로 너 죽난야 니 즈식ᄋ 이고이
고 서리 우니 어스쏘 기ᄀ 막혀 ᄒ심쉬고 이러서서 즈취업시 가만가민 문
전이 이르러서 깃침을 크기 ᄒ고 이리오느ᄅ 이리오느ᄅ 숨스ᄎ 불으니
춘향모 울음얼 진정ᄒ고 향단ᄋ 문전이 뉘ᄀ 와나 나ᄀ 보ᄋ라 나온다 나
온다 향단

<h2 style="text-align:center">〈37-뒤〉</h2>

이ᄀ 나온다 아즁아즁 나오며 쵸마 즈락으로 눈물 씨고 게 누구오 니일ᄃ
니이르니 뉘심늬ᄀ 나을 모르긔난야 향단이ᄀ 즈세이 보더니 이고 이기

뉘심닉ㄱ 어스또을 부려온고 으이으이 통곡ㅎ니 춘향모 감작 놀나 우루루
나오면셔 엇던 놈이 남이 ㅈ식을 쎠리난야 이고 마임 서울 서븡임이 오섯
나이ㄷ 춘향모ㄱ 물이 쌘진 쇼리로 어허어허 ㅎ든니 우루루 달여들러 어
스또이 목을 안고 이고 이고 이 스람으 이고 이고 이 뉘신고 ㅎ나임이 감
동ㅎㄱ 부치임이 도술인ㄱ 광풍이 라아온ㄱ 쌍이 쇼서난ㄱ 옛 얼골 그 모
양 그져 인ㄴ 어셔 보세 드러가세 드러가세 어스쏘 숀얼 쓰여 문안이 안
친 후이 문 박기 급히 나와 향둔으 건네방의 점화ㅎ고 고두쇠 불너 관청
의 ㄱ 고기 스오라 ㅎ고 너난 닥 줍으 찬수ㅎ여ㄹ 분뷔을 얼는 ㅎ고 방으
로 들어와 어스쏘 숀얼 잡고 정신업시 보난더 늘거 눈 어둡고 등잔니 침
침ㅎ야 ㅈ시 보이지 아니ㅎ니 춘향모 이러나서 벽장을 열트리고 숭봉 촉
네 병 니여 불얼 케이 방안니 쎄여진 듯 어스도와 마죠 온ㅈ 밀그음이 바
리보니 얼골언 옥이로더 의측 남누코 궁

<h3 align="center">〈38-앞〉</h3>

상이 질질 흘너 코만 훌적훌적ㅎ니 춘향모 간담이 서늘ㅎ고 두 눈이 캉캄
ㅎ야 이고 한마듸을 ㅎ던니 여보 이셔방 엇지 이 모양이며 웨 졀리 되야
쇼 즁모 니 말 들어보쇼 독서천권무성가ㅎ니 좌디청운미유기ㄹ 벼술길 근
어진이 인싱귀천니약ㅎ오 동서촌 긔걸ㅎ니 문전마ㄷ 긔ㄱ 짓고 활란빌스
친척구ㄹ 장모 생ㄱ 오작 할ㄱ 신세ㄱ 이리 되니 붓그럼은 멀이 ㄱ고 고
정을 싱각ㅎ니 시시ㅁ다 보고십허 사랑마ㄷ 과긱질노 라려오니 설승의 가
상으로 춘향죠츠 저리 된이 신세ㄱ 웨 이은지 목이 며여 말 못ㅎ고 부그
러워 볼 수 업니 춘향모 그 말 듯고 왈칵 쮜여 라려지며 죽어고나 죽어고
나 우리 모여 죽어고나 이고 화나임도 야속ㅎ고 일월성신 씰디업ㄷ 향단
으 예- 후원이 드러ㄱ 단 모은 거 ㄷ 치워ㄹ 영흠업난 단을 못코 손발 쏠
키 비러고나 불숭ㅎㄷ 니 ㅈ식아 아싼워ㄹ 니 ㅈ식이 이팔시졀 죠흔 쎠예
만죵녹을 못 누리고 어미얼 못 만니여 원통이도 죽난고ㄴ 너 죽난 것 엇

지 보리 니 먼저 죽으리르 가슴을 쌍쌍 디굴디굴 궁글면서 듁기로 단정ᄒ
니

〈38-뒤〉

어ㅅ쏘 민망ᄒ여 춘향모 허리 안고 여보 즁모 라을 보ᄋ 진정ᄒ오 예르
노와르 보기 실타 이 도적놈 썩 ᄀ그르 여보 즁모 그리 마고 시즁ᄒ니 밥
이나 혼 술 주오 밤 업ᄃ 향단이 엿ᄌ오디 마노리임 그리 ᄆ쇼 옥즁 ᄋ씨
알으시면 ᄌ처을 할 터이니 훈탄ᄒ면 무엇ᄒ며 이통ᄒ면 쓸디잇쇼 귀체
ᄋ보 ᄒ옵시고 밤이 깁ᄌ느니 죡곰 ᄋᄌ 게시ᄃᄀ 악ᄋ씨 젼 ᄀᄉ이ᄃ 향
단니 통통 나ᄀ 진지을 얼넌 지여 어ㅅ쏘 젼이 올이고 승머리의 단좌ᄒ야
술 혼 잔 권혼 후이 진지 만이 잡수시오 온야 다 먹깆ᄃ 어ㅅ도ᄀ 춘향모
게 멧번 욕도 먹고 시즁ᄒ신 즁이 밉기만 보이랴고 반춘 ᄒ나 안 남기고
획닥획닥 먹더니 향단ᄋ 예 눌은 밥 잇ᄀ던 ᄀ저 오나르 춘향모 기가 막
혀 ᄒ나도 될 거 업고 잔쓱 먹고 식충이ᄀ 되여고나 만이 비러먹깆다 직
시 승을 물이고 담비 혼 디 먹을 적의 파루난 덩덩 치난디 향단이 이러나
셔 등촉의 불얼 키여 파루얼 쳣ᄉ오니 아ᄀ씨 젼 ᄀ옵시ᄃ 향단이난 등농
들고 춘향무난 압혈 서고 어ㅅ도 뒤얼 ᄯ라 옥으로 향희 갈 졔 츠시이 풍
우난 살난혼디 쳔동언 우루

〈39-앞〉

루 번기언 번쓱번쓱 옥즁의 귀곡셩은 두련두련 원츈이 계명셩언 은은이
들이난디 춘향은 홀노 누어 낭군 싱각 우난 마리 야쏙할스 우리 임은 혼
분 이벌 ᄀ신 후이 니 싱각 이젼난ᄀ 몽듕이도 ᄋ니 온ᄃ 잠ᄋ 오느르 쑴
ᄋ 오르 몽듕이 만니 보ᄌ 이팔 시졀 졀문 몸이 무슴 죄ᄀ 지즁ᄒ여 옥듕
고혼 되단 말고 죽기난 설ᄌ으나 빅발 모친 뉘 밧드며 우리 랑군 언지 보

리 복침통곡 서리 울 제 잇 디 춘향모 옥문전 당도ᄒ여 아ᄀ 춘향아 부으니 춘향이 심싹 놀닉 게 뉘ᄀ 날 츤나 날 츠지 리 업건마은 원통코 서은 정을 옥항임이 올으시고 구안ᄒ랴 날 츤나 기손영수별건곤이 쇼부 허유 날 찬ᄂ 승순사호 넷 노인이 ᄇ독 두즈 날 츤나 수양순 비이 숙제 치미ᄒ즈 날 츠나 설듕기여 맹호연이 방미츠로 날 츤나 풍풍우우 이 천지이 날 츠지 리 업건만은 그 뉘ᄅ서 날 찬나 아ᄀ 춘향ᄋ 그 뉘ᄅ요 닉다 이고 어머니 어머니 엇지 오서쇼 왓다 무어이 와요 셔울서 편지 왓쇼 날 다리로 스람 왓쇼 잘 되고 고만 되고 더럽기 되여 왓ᄃ 누ᄀ 그리 되여 왓쇼 너 평싱 상스ᄒ든 이

<h2 align="center">〈39-뒤〉</h2>

서방인지 식히 서방인지 왓ᄃ 이고 뉘ᄅ 희쇼 꿈이도 못 본 임을 싱시의 보기구나 흑운갓치 홋튼 머리 목이 휘휘 둘너미고 육듕한 전도칼 드르르 쯔을면서 이고 허리야 이고 허리야 두 숀으로 쌍을 집고 서방임 어디 왓쇼 서방임 오서거던 말쇼리나 들어보시 춘향모 헤을 츠고 저 잘된 것 보랴고 단박 밋난고나 춘향니 ᄒ난 마리 못 되야도 닉 랑군 잘 되여도 닉 랑군 고관디작 니스 실코 만종녹도 니스 실코 어머이ᄀ 정ᄒ 비필 죠코 안코 웬 마리요 라을 츠자 오신 양반 엇지 그리 괄세ᄒ오 어스도 드러서며 춘향아 고상 엇더ᄒ야 너 죄ᄀ ᄋ니ᄅ 만스 다 닉 불찰릴ᄃ 서방임 문틈으로 숀을 여허 나을 죠곰 이으키오 어스도 급ᄒ 마음 문틈으로 숀을 여니 춘향이 간신이 운신ᄒ여 숀얼 잡고 발발 쩔며 이러서니 두 눈이 눈물리 밋그이 뜻그이 어데 갓ᄃ 인제 왓쇼 동유위수 말근 물이 여승 보로 ᄀ시든ᄀ 영수이 귀얼 씨코 쇼부 보로 ᄀ시든ᄀ 원앙수침 호접몽이 스랑이 샌즈든ᄀ 무전ᄒ고 야쇽ᄒ니 어스도 숀얼 잡고 우서볼ᄀ 우러볼ᄀ ᄒ나임니 감동ᄒ스 온 죽고 사ᄅ나서 ᄃ시 볼 줄 어이 아리

〈40-앞〉

서방임 중기 들러싯쇼 장기ㄱ 무어시야 나도 너얼 이별ㅎ고 올나ㄱ서 너
싱각ㅎ노ㄹ고 글공부도 안니ㅎ미 ㅇ부지ㄱ 쑈츠니ㅅ 친구집 스랑으로 단
니면서 밥수리ㄴ 어더먹ㄷㄱ 쇼식도 알 수 업고 너 싱각이 간절ㅎ여 불원
철이 라려오니 너은 나보ㄷ 더 춤혹ㅎ기 되여신이 천지ㄱ ㅇ득ㅎ고 ㄱ삼
답답 니 죽깃ㄷ 춘향이 그 말 듯고 어머이 드러시오 우리 두리 인연밋든
부용당이 점화고 두리 덥든 검츰 펴여 스채얼 정희 주고 건너방 숨칭중의
필육 멧 필 골나니여 서방임 숭ㅎ 의복 여러 불 마으시고 요더 던임 부쇠
쌈지 자기함이 드러시니 철을 ㅊㅈ 니여주고 힝교마 성좌수게 돈 이천 양
밋기신이 그 돈 직시 ㅊㅈ다ㄱ ㄱ용이 보틱 씨고 음식지절 정이 ㅎ여 시
중 안키 즙수시고 시중 안키 권ㅎ시오 니ㄱ 집이 업다 ㅎ고 어머이ㄱ 화
얼 니여 불평ㅎ기 ㅎ옵시면 철이 원정 오신 랑군 그 마음이 편ㅎ릿ㄱ 처
분ㅎ야 잘 합시오 춘향모 그 말 듯고 춘향이 듯지 안키 ㄱ만이 욕얼 ㅎㄷ
저런 비러도 못 머글 연 지알ㅎ다 향단ㅇ 서방임 침수범절 안영ㅎ고 불편
키넌 너게 달여시이 침수죠반 전후스얼 ○

〈40-뒤〉

○으로 공귀ㅎ라 너 마음을 니ㄱ ㅇ니 별당부ㄱ 익기난야 서방임 왜야 들
은니 명일언 본꽈 즌츠라 즌츠 후이 나을 죽긴다고 형중 만이 ㅅㄱ단니
ㅇ모 틱도 ㄱ지 ㅁ고 숨문 밧기 비겨드ㄱ 날 올이ㄹ 영 나거든 칼무리나
들러주고 나을 듁이 너치거던 다은 스람 손길얼 디이지 ㅁ고 서방임이 딜
여들러 너의 신처 둘너업고 니 집으로 도라와서 시승이 누인 후이 쵸혼얼
불녀주되 쇽젹슴을 벽겨주고 수의도 ㅎ지 마고 니 입으랴 지은 의복 갓쵸
갓쵸 ㅊㅈ니여 마음디로 골나 입피 염포 입관ㅎ지 ㅁ고 서방임이 나을 안
고 정결훈 곳 가리ㅊㅈ 김피 파고 뭇들 적이 서방임 쇽젹슴을 버서니여

니 가삼을 덥퍼주고 묘전 표석 ㅎ나 서와주되 수절원ᄉ춘향지묘ᄅ 디즈로
크기 써서 묘전이 서와주면 첩이 죽근 혼이ᄅ도 여ㅎ니 잇시릿ᄀ 서방임
왜야 긴이 부탁 말 잇난이ᄃ 서방임을 묘시압고 희로빅연 지니오면 무삼
ㅎ니 잇시잇ᄀ마은 낭군임을 못 묘시고 불숭이 죽난 연이 무삼 부탁 안니
오ᄅ ᄀ련ㅎ 어미 신세 니 몸 ㅎ나 죽어지면 무의무탁 불상ㅎ니 하희갓탄
처분으로 노묘얼 잇지 마고

<h2 style="text-align:center">〈41-앞〉</h2>

춘향갓치 싱각ㅎ면 둑어 항천 도ᄅ가서 결쵸보은ㅎ오리ᄃ 츠싱이 미진ㅎ
얼 후싱이 다시 만니 이별업시 ᄉ올난지 할 마리 첩첩ㅎ나 동방이 발ᄀ오
미 디강 부탁ㅎ옵늬ᄃ 오작 곤ㅎ시잇ᄀ 어서 나ᄀ 지무시오 오야 너무 근
심마고 오랄 희만 기ᄃ리면 싱ᄉ간 알 터이니 별마음 먹지 ᄆ고 ᄃ시 보
기 기ᄃ려ᄅ 춘향을 작별ㅎ고 옥문전 나올 적이 춘향모ᄀ 즈니 어드로 갈
나나 어드로 ᄀ 즈니 집으로 ᄀ제 니 집버더 죠흔 긱ᄉ 동디청으로 ᄀ기
어ᄉ도 즈니 아라니 긱사ᄀ 간 디ᄆ다 니 좌석일시 나난 긱ᄉ로 간너 향
단이 달여들려 어ᄉ도 부려잡고 마임 말삼 탄치 ᄆ고 딕으로 ᄀ사이ᄃ 오
볼 이리 잇시니 급히 ᄀ 밥이ᄂ 희두ᄅ 춘향모 향단이난 집으로 도ᄅᄀ고
어ᄉ도난 광할누을 올나ᄀ서 이리저리 건일면서 거힝할 일 싱각든니 서리
중방 역죨리 ᄉ시전 등디ㅎ야 츠예로 문온커날 오랄 본관 즌츠시이 여츠
여츠할 터이니 눈치보와 거힝ㅎᄅ 예-오 서리 중방 영얼 듯고 각처로 훗
터지고 어ᄉ도 삼문간의 당도ㅎ니 각읍 수령 모여들 제 당상당ㅎ 만호후
ᄀ 츠예로 드러온다

<h2 style="text-align:center">〈41-뒤〉</h2>

○○ 심실이오 곡성이오 어허허 권마성이 담양 부ᄉ 들러오고 순창 군수

연쇽ᄒᆞ야 드러온ᄃᆡ ᄂᆞᆫ발은 ᄊᆡᆨᄊᆡᆨ 운봉 영ᄌᆞᆼ 드러온ᄃᆞ 본관은 주인으로 각 읍 수령 영졉ᄒᆞ고 일등 명기들은 좌우의 느러서서 옥수나삼 ᄯᅥᆯ트리고 ᄊᆡᆼ 통 나지ᄂᆞᆫ 풍악 쇼ᄅᆡ 요지선악 완연ᄒᆞᄃᆞ 은은ᄒᆞᆫ 큰 북 쇼ᄅᆡ 우뢰ᄀᆞ 들이 난 듯 쌍을 지와 부난 쇼ᄅᆡ 봉황이 춤얼 춘 듯 쇼상반죽 젓ᄃᆡ 쇼ᄅᆡ 나ᄋᆡ 서음 ᄌᆞᄅᆞᄂᆡ고 곡곡성진 ᄒᆡ금성은 연풍을 ᄌᆞ랑ᄒᆞᄃᆞ 오현금 거문고난 남훈 전 노ᄅᆡᄒᆞ고 二十五현 비파성은 불싱청원 ᄒᆞ여잇고 남충은 유ᄋᆞᄒᆞ고 여충 은 청묘ᄒᆞᄃᆞ 고죠얼 수ᄌᆞᄋᆡ나 금인이 다불탄은 비ᄋᆞᄋᆡ 일거후ᄋᆡ 세우지음 ᄶᆞ을 엇지 모을쇼야 어ᄉᆞ도 홍얼 ᄂᆡ여 우질우질 드러ᄀᆞ며 ᄋᆞ외여ᄅᆞᆯ ᄉᆞ령 ᄋᆞ 통인ᄋᆞ 먼 ᄃᆡ 인난 걸인이 ᄃᆡ연을 만ᄂᆡ 술 ᄒᆞᆫ 잔 안주 ᄒᆞᆫ 점 어더먹고 ᄀᆞᄉᆞ이ᄃᆞ 쇼ᄅᆡ을 버럭 지으니 본관이 화을 ᄂᆡ여 저 밋친놈 멀이멀이 ᄶᅭᄎᆞ ᄂᆡᄅᆞᆯ ᄉᆞ도 지동을 흠치 안고 나 ᄶᅭᄎᆞᄂᆡᄅᆞᆯ ᄒᆞ난 놈언 ᄂᆡ ᄋᆞ들 ᄂᆞᄀᆞ난 놈은 인ᄉᆞ불성이라 ᄒᆞ며 ᄉᆞ령을 호령ᄒᆞ니 운봉이 본직 페포파입이ᄂᆞᆫ 인물

〈42-앞〉

리 비범ᄒᆞ지ᄅᆞᆯ 통인 불너 저 양반 말석ᄋᆡ ᄋᆞᆫ치고 주효 ᄃᆡ접 줄 ᄒᆞᄅᆞᆯ 어ᄉᆞ 도 ᄂᆡ렴ᄋᆡ 안ᄃᆞ 안ᄃᆞ 운봉이 과만되여시ᄂᆞᆫ ᄀᆞ슴연 씨겨보ᄌᆞ 선듯 올나ᄀᆞ 운봉 엽ᄒᆡ 탁 ᄋᆞᆫᄌᆞ 좌중의 못 본 인ᄉᆞ ᄎᆞ예로 ᄒᆞᆫ 연후ᄋᆡ 운봉이 좌듕ᄋᆡ 통향 마리 잇쇼 말석ᄋᆡ ᄋᆞᆫ진 저 양반이 수과긱이로ᄃᆡ 동시 양반인 듯 ᄒᆞ 니 후ᄃᆡ함이 엇쩌ᄒᆞ시오 본관이 ᄉᆞᆼ을 징그리며 그은 것들 간진ᄒᆞ면 담비 ᄃᆡ나 부치나 도적ᄒᆡ ᄀᆞ난이ᄃᆞ 그리 ᄆᆞ오 언필ᄋᆡ ᄎᆞ담ᄉᆞᆼ이 들오난ᄃᆡ 어ᄉᆞ 도난 다만 ᄀᆡ다리 쇼반ᄋᆡ 콩나물 ᄃᆡ깅이 미르치 ᄭᅩᆼ다기 ᄒᆞᆫ 접시 ᄆᆞ주 ᄒᆞᆫ ᄉᆞ발 ᄀᆞ다 노커날 어ᄉᆞ도 상을 보든니 부치ᄶᅩᆨ지을 각구로 쥐고 운봉 갈비 얼 ᄭᅮᆨ 지으며 운봉 여보 운봉이 감짝 놀ᄂᆡ ᄋᆡ고 외 그리요 저 갈비 ᄒᆞᆫ ᄃᆡ 조쇼 이 양반 갈비얼 달나면 그저 둘라지 ᄉᆞ람ᄋᆡ 싱갈비을 먹으려ᄒᆞᆫ단 마 리요 운봉이 통인 불너 이 갈비 라려ᄃᆞ 저 양반 드르ᄅᆞᆯ 어ᄉᆞ도 ᄋᆞ이오 어 더먹난 ᄉᆞ람이 남ᄋᆡ 수고할 것 잇쇼 ᄂᆡ 숀으로 갓ᄃᆞ 먹지 이리저리 단이

면서 진미만 라려드ㄱ 쇼반이 갓드노코 죠튼 허허 진○○○○로구 허○○

⟨42-뒤⟩

부치로 쏘 운봉얼 쑥 지으니 이 양반 춤 미처쇼 너가 미친기 온이ㄹ 술얼
본이 ○○ 먹을 수 잇쇼 저 기싱 ㅎ나 불너 권주ㄱ ㅎ나 ㅎ라 ㅎ시오 여
보ㄹ 너 이 양반게 권주ㄱ ㅎ여ㄹ 기싱이 오든이 우순 거을 드 보기니 이
양반 위 불너쇼 운봉이 ㅎ령ㅎ야 이 연 엇쓰한 양반이든지 니ㄱ 불너 씨
기거던 운봉으로 즈바드ㄱ 학지얼 뿌시리ㄹ ㅎ니 그 연이 풀리 죽난지ㄹ
이 이 니 물읍 우이 올나온저ㄹ 여보 실쇼 운봉이 ㅎ란디로 ㅎ지 기싱이
올나안난지ㄹ 술 ㅎ 즌 부어 권주ㄱ ㅎ여ㄹ 나난 권주ㄱ 못ㅎ오 기싱이
권주ㄱ을 모을 이ㄱ 잇나 ㅎ여ㄹ 권주ㄱ을 ㅎ난디 잡지그러 잡지그러 이
술 ㅎ 즌 처잡우면 천만연이ㄴ 이 모양 스오리드 네 권주ㄱ얼 드으니 시
로 난 권주ㄱ로고나 명기로드 술얼 먹지 온코 주루루 부며 엇불스 도포
쇼미이 술얼 뭇처 좌둥이 니부리니 좌둥이 팔동ㅎ야 운봉언 고약한 걸 드
청ㅎ야 좌석이 요란키 ㅎ오 본관이 쑈칠 모칙으로 여보 좌정ㅎ야 글 한
귀식 짓스이드 만일 글얼 못 진는 즈는 큰 벌얼 씰 터이니 좌중이 드 그
리 으쇼 ㅎ고 운즈을 니

⟨43-앞⟩

는디 놉흘 고 기름 고 두 즈얼 불으거날 어스도 나안지며 느도 부모 덕으
로 글즈나 배와던니 글 한 귀 지으면 엇더할난지오 훈봉이 반기ㅎ며 필련
얼 니여주니 필련 브드 얼년 지여 즈리 밋티 여코 본관을 향ㅎ야 먼 디
인난 거어이ㄱ 주육을 포식ㅎ니 은헤 난망이ㄹ 후일에 드시 보옵시드 작
별ㅎ고 이러서니 본관니 시원ㅎ야 이 양반 평안히 ㄱ시오 언제 볼난지 죠
곰 잇시면 쏘 보지요 어스도 ㄱ신 후이 운봉니 글얼 니여 일난디 금쥰미

주은 천인혈이요 옥반ㄱ효년 만성고ㄹ 촉누낙처민누낙이요 ㄱ성고처원성
고ㄹ 운봉 별별 쩌며 본관언 잘 노시오 나난 유고ㅎ야 먼저 ㄱ오 심실 쏘
ㄱㅊ치 쩌며 나도 큰 일 잇쇼 외 그리오 디부인이 낙티ㅎ여ㄷ고 곳 기벌이
왓쇼 노형 디부인이 춘추ㄱ 얼미신디 낙티얼 ㅎ여쇼 금연이 여든 ㅇ홉이
오 여든 ㅇ홉이 익기얼 비여 낙티얼 ㅎ여단 마리요 아니요 낙티ㄱ 안이ㄹ
낙승이란 마을 급결이 잘못ㅎ엿쇼 잇 디 죄수 칙방이 운봉 글 보난 걸 병
너무로 보ㄷㄱ 드러와 분별얼 ㅎ난디 슘고형 불너ㄹ 슘힝수 불너ㄹ 도서
원 불너 ○○

<h3 align="center">〈43-뒤〉</h3>

○○이며 공방을 불너 포진얼 단쇽 형이얼 불너 옥니얼 단쇽 스정이 불너
형구얼 단쇽 육고ㅈ 불너 등농얼 단쇽 도스령 불으고 도굴노 불너ㄹ 형중
질언 왕방울울쇠로 정ㅎ고 이붕 호방을 불너 괄노 기싱 통인 스령얼 등디
ㅎㄹ 이리 ㄱ도 수군수군 저리 ㄱ도 수군수군 잇 디 어스도 오시얼 지ㄷ
리고 슘문 밧게 ㄴ서니 서리ㄱ 번듯 역졸리 얼는 숀 흔 분 것뜻 역중이
스도 분부 급급ㅎ야 청승적 입고 홍견디 쒸여ㄹ 스모치 들고 죄견얼 다아
ㄹ 피양이 씨고 방밍이 드러ㄹ 스ㅈ갓튼 마두역졸 디모방치 놉히 들고 우
루루 달여드러 슘문얼 쌍쌍 치며 암힝어스 출도아 안힝어스 춤도야 두세
분 고함 쇼리 부중 쓰르르 비호갓치 달어드러 예 ㄱ 번뜻 제 ㄱ 번뜻 슘
고형 예- 후닥닥닥닥 어스도 분부ㅎ되 남원골 육방 ㅎ인 디감게 거힝ㅎ든
ㅎ인이ㄹ 숭우치 ㅁ고 수령들만 넉을 쎄ㄹ 역졸이 청영ㅎ고 수령 모인 준
ㅊ 좌석 몽치로 바순난디 금병 수병 순수병과 수십좌 스ㅈ상을 낫낫치 바
수난디 토기 칭반 졉시 디합 수병 후닥 직근 웡그렁 정그렁 찌여지고 거

〈44-앞〉

문고 양금 오음육율 난낫치 뿌서질 듸 각읍 관중 도주훈듸 운봉영중 인통
일코 수박 들고 도망호고 담양 부스 탕건 일코 화관 씨고 드르나고 본관
은 겁을 니여 안으로 다으나고 즈리 공방 넉얼 일코 관청식은 통곡훈듸
눈치잇고 날닌 통인 듸승이 쮜여 올라 집스야 예- 좌우 현화 검하랍신듸
예- 술령수 예- 좌우 현화 검집호라신듸 예- 어스도 동원이 좌정호시고
츠담승 올여 줍순 후이 옥중이 갓친 죄인 일시이 불너드려 순순히 이으시
고 빅방으로 노으시니 수빅명 옥수드리 춘얼 추며 숑덕훈듸 어스도 형니
불너 춘향 전후스얼 무으신이 형니 저저이 고호거날 스도 분부호시되 춘
향을 칼 벗겨 줍으드리르 형니 옥스정을 읍서우고 옥으로 드려갈 제 육방
관숙 모여셔셔 서로 보고 호난 마리 명출호신 수의스도 열여 춘향 방숑호
면 천추 유명호시련만 처분얼 알 수 인느 옥문전 당도호야 장성갓치 잠긴
문얼 ○당탕 쩔걱 열고 여보쇼 서울찍 정신을 수십호오 수의스도 분부니
예 세울딕

〈44-뒤〉

을 올이르니 처분을 몰으오나 정신얼 일치 말고 말슴을 줄 알외오 숑빅갓
치 굿든 절힝 호나임도 아시거든 혈무 엇쩌호올잇ㄱ 춘향니 정신이 으득
호야 향단으 예- 옥문 밧게 누ㄱ 잇느 보으르 으모도 업서요 쏘 보으르
업서요 천지간 모진 양반 신신당부호여건만 오시ㄱ 너머시되 오시지 으니
호고 쇼식이 돈절호니 나 죽난 것 안 볼나고 어듸 잇고 으니 오나 밤이
잠을 못 즈겨서 잠을 집히 즈시난ㄱ 무정호고 야숙훈 임 죽기 전이 안와
보고 엇지호여 안이오나 쇼쇼로처 숏난 눈물 피ㄱ 되여 옷 적신듸 춘향모
발구리며 가슴 캉캉 엇지홀고 향단이도 통곡호니 감옥형니 함누호며 우지
마쇼 우지 마쇼 천병만무 검극중이 스라날 틈이 잇고 호날리 문어저도 쇼

실 궁기 잇난이듸 지쵹ᄉ령 나오면서 오난야 ᄒ난 쇼리 부즁이 뒤눕난 듯 춘향이 ᄒ릴업서 관가로 드러ᄀ듸 향단이난 춘향 업고 춘향모 뒤얼 ᄯ라 울면불면 드러갈 제 잇 듸 부즁 노쇼 과부드리 쎄을 지여 모여드러 춘향 술이랴고 ᄉᄶ게 등즁을 드러난듸 인물도 어엽

〈45-앞〉

부듸 짓긋ᄒ고 늘근 부인 쇼복얼 졍이 ᄒ고 수퇴쎤 절문 과부 피부ᄀ 풍영ᄒ고 장옷 신 저 부인언 얼골도 동탁ᄒ다 ᄉ도 분부ᄒ되 엇더ᄒ 부인 등이 무슴 쇼회 인난듸 연고얼 아뢰레ᄅ 부인 등이 엇ᄌ오되 열여불경이 부난 천지간 웃듬인듸 봉명ᄒ신 방빅 수령 열여얼 모르잇ᄀ 월미 달 춘향이난 어미난 기셩이나 ᄋ비난 지상이ᄅ 구관 ᄌ제 이도령과 빅연 비필 미진 후이 호ᄉᄀ 다미되여 도련임을 이별ᄒ고 수절ᄒ고 인난 춘향 ○○○ ○○○○○○ 춘향을 잡ᄋᄃᄀ 기온이 착명ᄒ고 수쳥드라 달너여되 죵시 회절 ᄋ니ᄒ니 춘향을 잡ᄋ너여 즁ᄒ이 모진 형별 거의 죽기 되여시니 ᄒ나임이 너신 졍절 명츌ᄒ신 ᄉ도 처분 방숑홈얼 바러오니 어ᄉ도 처분이오 어ᄉ도 분부ᄒ되 춘향언 창여로서 관졍발악ᄒ여시니 용듸치 못ᄒ리ᄅ 그 즁이 엇든 부인 여보 ᄉᄶ 처분이 윈 마리요 어ᄉ도 우시시고 ᄉ필귀졍홀 터이니 부인들언 염여 마고 ○○○○○○○○○○ 슴문 맛게 물너니외 춘향 노이기얼 기다일 제 ○○○○○○○○○○○○

〈45-뒤〉

춘향이 죽은다시 업더러시니 그 참혹ᄒ 형승○○○○○○○○○○○○을 ᄒ시 것듸 분부 드으ᄅ 너난 ᄒ향지쳔창여로서 부죵관○○○○○○○ 능작여ᄉ ᄒ니 죄당만시라 본관 수쳥 낫듸 ᄒ니 어ᄉ 수쳥이 엇더할고 ᄋ뢰ᄅ 호령 ○리 산쳔이 쩌나간듸 춘향이 알외난듸 쵸록언 동식이요 가지난 게편이ᄅ

양반임니 일반이요 춘향은 창여도 안이올 뿐 청여 절힝 인난 줄얼 스도난
모르잇ㄱ 옛날 ○○○○○○○을 섬계잇고 유명혼 홍불기난 이정 싸라
갓스오니 창여 절힝 업시릿ㄱ 용천금 드난 칼로 쇼여○○○ 버혀 구곡청
게 깁푼 물이 풍덩실 쩐지거나 홍노이 모진 불이 스라서 주옵던지 처분디
로 흐련이와 회졀 으니흐난 쓰졀 봉명스신 모르잇ㄱ 죽이시면 죽스옵고
살이시면 살 터이니 좌우간 흐옵쇼서 어스도 드시 분부을 긋치고 이별할
디 밧든 옥지환얼 니여 힝수 기싱을 주며 이것 갓드 춘향 주르 힝수 기싱
지환을 가지고 라려와 춘향 압히 노으니 춘향이 정신업

<h3 align="center">〈46-앞〉</h3>

셔 지환인 줄은 올으시ㄴ 낭군게 표 준 지환인 줄언 몰너것드 어스도
분부흐되 얼골 들어 당상을 살펴보르 지삼 분부흐니 춘향이 얼골 드러 당
상을 살펴보니 어제밤 옥문 밧기 왓든 낭군이 분명흐고ㄴ 사람이 기가 막
킬 이얼 당흐면 마암이 시시그 악히지고 죠코 반ㄱ온 이리 잇시면 즈연
마음이 셜거던 당승얼 밀그림이 보며 구실갓든 두 눈물리 쇼사나여 옥안
을 적시니 육전 므듸 쎼 쇽이셔 나난 눈물일너르 아이아이 서리 우며 모
지도드 모지도드 서울 양반 모지도드 어제밤 옥이 와서 니 형상○○○○
○ 혼 말삼문 흐여시면 지니간 밤 그 간중을 안녹이고 안임할○○○○○
○○○○○○○○○○○○ 보랴난 걸 얼으석은 춘향이난 이얼 갈고 안니 죽○
○○○○○○○○○○○○○고상 드 가리고 빅연종스 흐올○○○○○○
○○○○○○○○○○○○○○○○

<h3 align="center">〈46-뒤〉</h3>

향을○○○○으로 건너보니○○○○○○○○○○○○○○○○○○못흐고○ 삼문
밧기서 동동거리며 방○○○○○○○○○○○○○○○○○분 놀것드 얼씨고

지으즈 지아즈 어제○○○○○○○○○○○○○○○○○○성시는야 꿈이어던 씨
지 마고 싱시어던 미량 잇즈 지으즈 조흘시고 조흘시고 이 놈 도사령으
삼문 잡으라 어스 장모 들ㄱ신ᄃ 얼씨고ᄂ 절씨고ᄂ 이 궁둥이 돗다ㄱ 밧
쳘 스나 논얼 스나 이은 ᄃ나 흔드즈 지으즈 조흘씨고 여보 남여노쇼들니
으들낫키 원을 마고 쌀만 만이 ᄂ으시되 한 뒷줄이 네다섯식 나으시오 부
중싱낭중싱여얼 날노 두고 일름이지 익고 니ㄱ 어제 젝이 우리 스외 욕도
만니 ᄒ고 구박도 만니 ᄒ여씨니 입을 찌야 맛둥ᄒ나 압ᄒ 못ᄒ깃ᄃ 으중
으중 드러오며 스도 부디 노혀 ᄆ오 스도 암만 노혀신들 장모 나얼 엇지
터오 사쏘 서울 가신 후익 늘근 마루리ㄱ 후원익 단얼 모와 북두칠셩 즈
야반익 등불을 발키고 우리 스외 귀익 됨얼 밤낫 축원ᄒ여던니 ᄒ나임이
감동

<h2 align="center">〈47-앞〉</h2>

ᄒ사 어스쏘ㄱ 되야셔ㄹ 지으즈 조흘시고 조흘시고 그러나 스쏘전익 엿줄
말숨 ᄒ나 잇쇼 부디 니 쳥 드르쇼서 ᄃ은 말숨 으니오라 우리 골 본관
스쏘 부디 괄세 말으쇼서 춘추난 만으시ᄂ 마음이 호헙ᄒ야 호주탐화 ᄒ
시기난 두목지익 짝이시ㄹ 춘향 일식 말을 듯고 불너본니 만고일식 욕심
이 잔쪽 나셔 달니여도 온니 듯고 을너보되 듯지○○○○○ 천ㄱ지로 ○
인ᄒ고 만ㄱ지로 달니여되 종시 듯지 으니ᄒ니 위협ᄒ면 될 줄 ○○○○
○○○○○○○ᄒ니 미몰호 춘향이ㄱ 죵다리시 나략 ᄮ듯 죵죵 안즈 치밧○
○○○○○○○○○○ 형들익○○○○○ 죠금도 두려안코 관정발악 ᄒ듸 말
얼○○○○○○○○○○○ 찌려죽이실 걸 본관 스쏘 어진 처분○
○○○○○○○○○○○○○○○○○○○○○○ 춘향 수졀○○○○○
○○○○○○○○○○○○

〈47-뒤〉

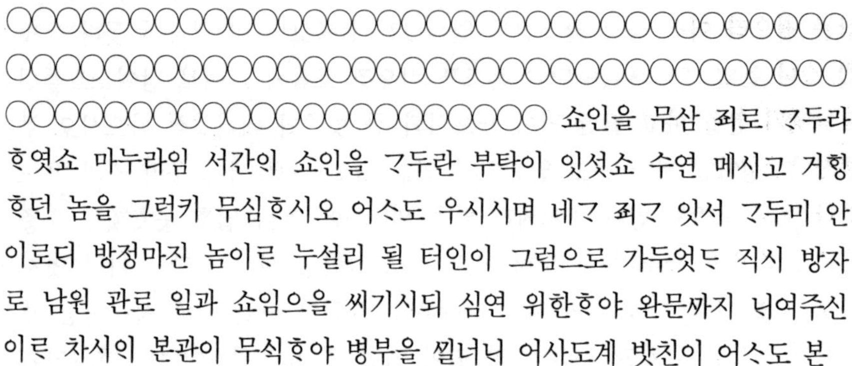

○○○○○○○○○○○○○○○○○○○○○○○○○○○○○○○○○○○○○○
○○○○○○○○○○○○○○○○○○○○○○○○○○○○○○○○○○○○○○
○○○○○○○○○○○○○○○○○○○○○○○○○○○○ 쇼인을 무삼 죄로 가두라
ᄒ엿쇼 마누라임 서간이 쇼인을 가두란 부탁이 잇섯쇼 수연 메시고 거힝
ᄒ던 놈을 그럭키 무심ᄒ시오 어ᄉ도 우시시며 네가 죄가 잇서 가두미 안
이로터 방정마진 놈이ᄅ 누설리 될 터인이 그럼으로 가두엇ᄃ 직시 방자
로 남원 관로 일과 쇼임으을 씨기시되 심연 위한ᄒ야 완문까지 너여주신
이ᄅ 차시이 본관이 무식ᄒ야 병부을 씰너니 어사도계 밧친이 어ᄉ도 본

〈48-앞〉

관을 청ᄒ야 죠헌 말로 수작ᄒ되 일성중 동거ᄒ야 성화난 만이○○○○○○
너기난 처엄이요 날을 뉘인 줄 알깃쇼 본관이 몸을 굽피 모럴 이가 잇○
○○○○ ᄉ도 우시시며 남ᄋ의 탐화흠언 영웅열사 일반이ᄅ 그러ᄂ 거○
○○○○ᄒ면 현능을 어이 ᄋ리 본관이 안이시면 춘향 절힝 웃지 ᄋ릿가
본관의 수고함은 얼ᄆ첨 감ᄉᄒ오 본관이 수참ᄒ야 묵묵부답 안자신이 연
이ᄂ 남원은 더업이라 ○○○○○ᄒ야 만민 도탄되여○○○○○○ ᄋ모쪼록
선치ᄒ야 만인○을 바드시○○○○○○○○○○○○○○○○ 관곡한○○○
○○○○○○○○○○○○

편저자 소개

◇ 김진영(金鎭英)
서울대학교 국어교육과, 동대학원 국어국문학과 졸업. 문학박사.
현재 경희대학교 국어국문학과 교수

〈주요저서〉 이규보문학연구(집문당, 1984)
　　　　　　춘향전 어떻게 읽을 것인가(공편; 박이정, 1993)
　　　　　　춘향가·홍보전·심청전·토끼전(공역주; 박이정, 1996-1998)
　　　　　　춘향전·심청전·토끼전·홍부전·적벽가 전집(공편; 박이정, 1997-8)

◇ 김현주(金賢柱)
서강대학교 대학원 국어국문학과 졸업. 문학박사.
현재 경희대학교 국어국문학과 교수

〈주요저서〉 춘향가·홍보전·심청전·토끼전·적벽가(공역주; 박이정, 1996-8)
　　　　　　춘향전·심청전·토끼전·홍부전·적벽가 전집(공편; 박이정, 1997-8)
　　　　　　판소리 담화 분석(좋은 날, 1998)

◇ 차충환(車充煥)
경희대학교 대학원 국문학과 졸업. 문학박사.
현재 경희대학교 국문학과 강사.

〈주요논문〉 숙향전 연구(박사논문, 1998)
　　　　　　숙향전의 구조와 의미(1998)

◇ 조영식(趙泳植)
경희대학교 대학원 국문학과 수료
현재 경희대학교 국문학과 강사.

〈주요논문〉 이육사의 시와 그 역사인식 연구(1992)

◇ 김희찬(金熙瓚)
경희대학교 대학원 국문학과 석사과정 수료.

〈주요논문〉 이조선초기 관각문학(館閣文學) 성립의 한 양상(1995)

고전명작 이본총서

춘향전 전집 7

1999년 6월 30일 인쇄
1999년 7월 10일 발행

지은이 : 김진영/김현주/차충환/조영식/김희찬
펴낸이 : 박찬익

펴낸곳 : 도서출판 **박이정**

130-070 서울시 동대문구 용두동 129-162
전　화 : 922-1192~3, FAX : 928-4683
온라인 : 주택576037-01-001536 우편010447-005340
등　록 : 1991년 3월 12일　제1-1182호

ISBN 89-7878-345-7　　　　　　　　　정가 25,000원